中国古代散文论丛

——第三届骈文国际学术研讨会论文专辑

（2013）

西北师范大学文学院　华南师范大学文学院　编

中国出版集团

世界图书出版公司

广州·上海·西安·北京

图书在版编目（CIP）数据

中国古代散文论丛 . 2013：第三届骈文国际学术研讨会论文
专辑/西北师范大学文学院，华南师范大学文学院编 . —广州：
世界图书出版广东有限公司，2014.10
　　ISBN 978-7-5100-8748-6

　　Ⅰ . ①中… 　Ⅱ . ①西… ②华… 　Ⅲ . ①骈文—文学研究—中
国—古代—国际学术会议—文集 　Ⅳ . ① I207.22-53

中国版本图书馆 CIP 数据核字（2014）第 231202 号

中国古代散文论丛（2013）——第三届骈文国际学术研讨会论文专辑

策划编辑　孔令钢
责任编辑　李　瑞
出版发行　世界图书出版广东有限公司
地　　址　广州市新港西路大江冲 25 号
http:// www.gdst.com.cn
印　　刷　虎彩印艺股份有限公司
规　　格　889mm×1194mm　1/16
印　　张　17
字　　数　486 千
版　　次　2014 年 10 月第 1 版　2015 年 3 月第 2 次印刷
ISBN　978-7-5100-8748-6/I · 0327
定　　价　52.00 元

《中国古代散文论丛》编辑部

地址：广州市天河区华南师范大学文学院

邮编：510006

邮箱：gudaisanwenmmj@126.com

电话：13316268311

目　录

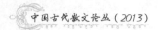

骈文史研究

其他相关研究

十年来骈文研究巡礼

谭家健

（中国社会科学院文学研究所）

近十年来，关于骈文研究，发表或出版过许多文章、专著和选本。这里简单介绍十八本专著，稍加点评，以出版先后为序。

1. 于景祥《中国骈文通史》，吉林人民出版社 2002 年出版，共 12 章，约 80 万字，是迄今为止篇幅最长内容最丰富的骈文通史。此书首论骈文文体特征、美学价值、产生原因、历史地位、与其他文体之关系，然后以 10 章分别叙述骈文从上古至战国之滥觞、秦汉之萌芽、建安西晋之形成与发展、六朝之鼎盛、唐宋之蜕变、西夏辽金之远播、元明之衰落、清代之复兴、近代现当代之再度衰变的全过程。所涉及范围较现有骈文史有所拓展。专设西夏辽金一章，前所未有。唐宋元明清各章皆以专节论骈文对通俗文学如小说、戏曲、民间文学的影响。全书结束语对骈文发展演化规律及得失做总结。此书已有多篇书评推介、评价，但也有不同意见，如王永的《金代骈文研究》，主要针对于书中关于金代部分，不赞成对徽钦二帝谢恩表的评价。阮忠指出："于氏《通史》很少探讨作家作品的思想内容。"（《中国散文史学术档案》第 375 页）于书把某些古代散文名作视为骈文，有些学者持异议。

2. 李蹊《骈文的发生学研究——以人的觉醒为中心之考察》，河北大学出版社 2005 年出版，共 5 章，28 万字。第一章，偶辞俪句的发生期。针对先秦时期关于"和"的思想、"文"的思想，从运动与稳定角度考察，说明散句与偶句产生的心理基础。第二章，偶辞俪句的繁荣期，主要讲汉代。指出疏论中偶句的发展，辞赋是偶辞俪句的渊薮，汉人的审美意向主要是宏放。第三章，从偶俪铺张到骈体成文，认为个体觉醒与骈文形成有内在联系。汉魏是从俪句到骈文的过渡期，当时文人特别关注心理平衡，而对偶句正是实现这种平衡的手段。第四章，古文中断与魏晋文章。分析玄学与个性解放及骈文偶辞产生的关系，从人的觉醒来评论邺下风流的慷慨多气，竹林畅饮与人生悲歌。第五章，骈文的正式形成，认为是在西晋。正式骈文有三条标准：首先看偶句的数量是否达到全文半数以上；其次看偶句的质量，是否句子结构形式对应、字数相等；再次还要看是否讲究藻饰，即具有文学语言艺术审美特征。他还提出，仅有前两条只能称为"准骈文"，汉魏时期一些被后人认作骈文者，他视为"准骈文"。此书角度新，观点新，理论系统性强，许多见解与众不同，而且分析论证具体严密，不是泛泛空论，是近数十年在骈文发生学研究方面具有突破性的成果。作者对一些古文的对句仔细统计，确认一批被当作骈文者其实还算不上，这样的判断令人信服。此书也有可议之处：所谓魏晋"古文中断"说待商，正式骈文的第三条标准不易把握。从魏晋到清末，多有所谓"白描骈文"，全文或大部分由对偶句组成，典故和藻饰不太讲究，是否可以把这类文章当作散文看待呢？

3. 莫道才《骈文研究与历代四六话》，辽海出版社、中华书局 2005 年出版，48 万字。上编为骈文研究，收录作者单篇论文 20 篇，涉及骈文名称、界说，骈文的产生、形式特征与文化内涵，骈文史的分期，骈文研究小史，唐骈之历史地位，宋四六的兴起，孙梅《四六丛话》的学术价值，关于铃木武雄的《骈文史序说》和姜书阁的《骈文史论》的书评等。上编附录作者本人所作《听雨轩四六话》，共 141 则，每则数百字，是作者读历代骈文作品的笔记，包括秦 1 篇，汉 1 篇，建安至南北朝 76 篇，清代 63 篇，以简单的文字做扼要的点评，清代部分心得颇多。下编为历代四六话辑录，包括《四六话》、《四六谈麈》、《云庄四六余话》、《容斋四六丛谈》、《四六金针》、《四六丛话》之叙论与评萃，《骈体文钞》之评萃与按语，《骈文通义》，《六朝丽指》等，均为白文而未加注释。还附录近百年海内外骈文研究著作及论文索引。

4. 施懿超《宋四六论稿》，上海古籍出版社 2005 年出版，是博士论文，20 万字。上编共 4 章：第一章，宋四六研究综述。第二章，欧阳修四六文研究，以古文为四六是欧阳修对宋四六的革新与开创。第三章，论谨守法度的王安石四六文、行云流水般的苏轼四六文。第四章，以三节论汪藻的四六文，一节论李刘的四六文。下编为宋四六文献研究：第五章，总集叙录，介绍九种；第六章，别集叙录，介绍十七种；第七章，类书四六文叙录，介绍六种；第八章，四六话叙录，介绍四种；第九章，宋代四六类专门性类书的编撰。对各书的版本详加考论，对内容做简略介绍。此书研究分析相当深入细致，版本收罗用力尤勤。但是，仅仅讲述五位作家，不足以反映宋四六全貌。

5. 何祥荣《南北朝骈文艺术探赜》，香港汇智出版有限公司 2005 年出版。何氏现任香港树仁大学中文系副主任。该书绪论探讨骈文艺术的美学意蕴。第一章，南朝骈文艺术的形成与开展：刘宋与萧齐。认为南朝骈文兴盛的原因有：帝王的推动，社会的审美风尚，穷奢极侈、尚美的骈文正迎合时人审美所需。宋齐是骈文艺术的开展期。第二章，南朝骈文艺术的演进与深化：梁前朝。指梁朝始建（502 年）至萧统去世。此时艺术上更追求雕饰之美，对偶日趋精工，用典密度增加，音韵注意抑扬回荡。但也存在不足，对仗尚欠工稳，用典较为单调，对句音律尚在探索中。第三章，南朝骈文艺术的蜕变：梁后朝。所谓蜕变指侯景乱前雕饰绮丽文风变本加厉，以后变为苍凉悲壮。第四章，南北文风的融合与骈文艺术的总结。分析了南北文风的差异，后期渐次融合。认为陈代承接梁代绮的文风，无大突破，是骈文的总结期。此书对前人研究成果加以归纳吸收，并补充发挥，评价大体稳妥。但是对陈朝三十三年的骈文史既认作总结期，却不设专节，而梁后期仅二十来年，却设专节，似欠允当。

6. 奚彤云《中国古代骈文批评史论稿》，华东师范大学出版社 2006 年出版，21 万字。上编：作为一般文章学的骈文批评。第一章，刘勰之前与骈文有关的文章批评。第二章，骈文文章学的建立：以《文心雕龙》为标志。涉及骈文起源论、文化论、风格论、创作方法论及作家论。第三章，刘勰以后的骈文理论（法古与趋新、诗笔分途）。第四章，转型期的唐代骈文批评。中编：宋元明：作为专门文体学的骈文批评。第一章，北宋四六文体观念的逐步确立。第二章，宋元四六文话及笔记中的四六文批评。第三章，明代文学复古运动中的骈文批评。第四章，万历以后骈文批评的复兴。下编：清代：骈散相对观念下的骈文批评。第一章，清前期的骈文批评。第二章，阮元等人排斥桐城文章的骈文批评。第三章，李兆洛与《骈体文钞》（折中骈散的骈文批评趋向）。第四章，沟通骈散的骈文批评。第五章，清代的骈文选本。余论：李详、孙德谦的骈文理论。此书是第一部系统的中国骈文批评史。很有理论深度，使用概念判断精密严谨，界限分明。认为唐以前骈文已是独立文体，而批评界仅针对其文章，从教化价值出发批评其弊端，很少针对整个骈文体，宋以后才是文体学的批评。北宋四六话和笔记主要着眼于对偶、用典等技巧。南宋及元代则对骈文文体特征、结构范式、修辞风格及不同场合的不同要求等等做出总结性说明。关于清代骈散之争，奚氏总结出清初主要为骈文正名，以求得自主发展；中期阮元崇骈斥散，李兆洛折中骈散；再后以沟通骈散为主流。她把基本线索与具体分析结合起来，做出的概括深得个中三昧。作为一部骈文批评通史，宋以后还有尚待补充的空间，如：南宋理学家的骈文观，明代的骈文限用论和废除论，清代的偏激派和有意混淆骈散界线以求息争止讼派，曾国藩等人的骈散并存而以骈为主体，等等，似可进一步补充。

7. 沙红兵《唐宋八大家骈文研究》，人民文学出版社 2008 年出版，22 万字，是博士论文，共 6 章：第一章，八大家与骈文、时文的关系。所谓时文，既指当时流行的骈文和科举诗赋，也包括庸常无奇的散文。第二章，八大家骈文与骈文史新变。指出在八大家以前骈文近乎诗，而在其后则近乎"文"。作者对早已流行的"骈散兼行"说与八大家援古文体制意法入骈的骈文新变加以区别（这一点非常精到）。第三章，韩柳骈文创作与渊源。分别对他们的碑志、杂记、书、启、表、状等文体进行骈散统计而后加以评论，很能说明问题。指出韩集中骈文约占十分之一，柳文中不同体裁的骈文分别占或十分之一，或七分之一，或五分之一。第四章，欧阳修、苏轼、王安石的骈文。作者统计，欧集中骈文约占百分之十五，苏集中约占六分之一，王集中近三分之一（大部分为诏、诰、表），然后按"情与理"、"对偶"、"用典"分别论析。对宋四六王苏二派做出说明，认为区别并不是绝对的。第五章，苏洵（只有 2 篇骈文）、曾巩（制诰）、苏辙（表状）进行分析。第六章，论八大家骈文艺术特点；多角度的叙事艺术，承前启后的长对特色，意在言外的寄意技巧，贺表、谢表的咏物方式，以及以戏笔为骈文等等。

此书写法不同于一般作家论。把八大家作为整体，放在骈文发展史中进行研究，在时代总体文学氛围中考察八家骈文，把新骈文的形式技巧变化与知人论世相结合。又将八大家分为三组，分别比论其特点，避免面面俱到。全书新见迭出，分析细密而不琐碎，视野宏阔而不空泛。但是这样的写法，每位作家的全貌看不到了，一些重要的有个性的作品不得不割爱或者仅见题目而已。

8. 陈鹏《六朝骈文研究》，巴蜀书社 2009 年出版，28 万字，是博士论文。除引言、余论外，共 6 章。第一章，骈文的名称与骈文的产生。把骈文定义为以对偶为主且不限声律和用典的文章，认为李斯《谏逐客书》和贾谊《过秦论》不能算骈文。陆机《豪士赋》、庾信《哀江南赋》，其序为骈文，其赋为骈赋。第二章，六朝骈文发展的社会文化背景。第三章，六朝骈文四六化的进程及其原因。第四章，六朝骈文分体研究，本章占全书百分之六十。分九节：赋、书牍、启、颂、表、论、檄、诔、连珠。每类皆考论其起源和发展、骈化进程、艺术得失。分析具体，但有不少遗漏，如序跋、杂记、碑铭，未能论述。第五章，六朝骈文形式研究。分析落霞句式、藏词法、马蹄韵、行文之气等。第六章，六朝骈文与诗歌互动。先论诗歌对骈文的影响，骈文有诗化倾向，宫体诗、咏物诗对同类题材骈文的影响；次论骈文在句式和用典方面对诗歌的影响。此书观点鲜明，对当代各种意见，赞成什么反对什么皆大胆表述。对古人亦然。认为李兆洛《骈体文钞》所选汉代文章都不是骈文。但有些意见（如某些文体之特点及得失）讲得太细了，难免欠准确。关于连珠的属性还可以讨论。

9. 何祥荣《四六丛话研究》，线装书局 2009 年出版，304 页，共 5 章。先有导论，简介《四六丛话》内容及写作动机，并综述历代骈文批评。第一章，探讨明末清初学术背景与孙梅《四六丛话》的构建，尤其是骈散之争对孙氏的影响。第二章，孙梅的生平，《四六丛话》的学术价值。第三章，从《四六丛话》看孙梅对传统文论的继承与开拓，涉及文质论、艺术形式论、艺术内涵论、四六文的创作原则和审美理想、四六文与古文融通、与诗融合等。第四章，《四六丛话》的四六文体论；分目、嬗变与评价；将《文选》与楚辞作为四六之两大渊源，然后分节论析赋、诏令、奏议、颂、书牍、碑志、序跋、记文、论说、铭箴、檄移、哀祭、杂文、谐隐，考察其含义、美学特征等。同章另一节又分别分析上述十四类中十一类之演变与评价。此书是目前对孙梅《四六丛话》做单独研究的唯一专著。张少康教授在序中称赞它"资料丰富，引证广博，辨析细腻，逻辑严密"。

如果从全面公正的角度来衡量，此书只讲优长和贡献，不讲缺失与局限，颇感遗憾。《四六丛话》面世后，受到以阮元为首推崇骈文为正宗者的极力赞扬，但也有人不断提出批评。《续修四库全书总目提要》在肯定其成就之后，即指出，"其于四六诸体源流得失之辨，往往不能窥其要领"，如论铭、檄之起源，"皆不免失之纰缪。且其间议论，大抵词胜于意，虽极纵横博辨之致，终是行文之体，非衡文之作"。晚清李慈铭、谭献皆对孙梅深为不满。民国钱基博《骈文通义》说该书"辞涉曼衍"。吕双伟《清代骈文理论研究》指出孙书局限有四：①没有评价清代骈文，像一部宋四六话；②孙氏文体论因袭刘勰；③部分按语较为随意，以一己爱好为转移；④附录资料泛杂、重复。何氏对上述意见没有回应。

10. 曹丽萍《南宋骈文研究》，江西高校出版社 2009 年出版，260 页，博士论文。前言之后设 4 章。第一章，陆贽对南宋骈文的影响。着重阐述在陆贽和欧阳修、苏轼影响之下，南宋骈文的散体化追求。第二章，南宋骈文的格律化。涉及词科设置与南宋骈文，以汪藻为代表的南渡初期骈文的格律化，中兴时期和南宋后期的格律化。第三章，南宋理学家的骈文理论与创作。第四章，以杨万里骈文研究。着重论述杨氏骈文与欧苏派的关系，杨氏骈文的审美化追求（此节具体细密），以杨万里为代表的南宋骈文与六朝骈文的关系。此书像是由若干篇专题论文集合而成，每个题目分析相当深入，对杨万里骈文艺术的研究尤为出色。第三章关于理学家的骈文理论与创作，其他文学史和文学批评史很少论及。此书有不少内容属于创新成果。可是，书名与内容有差距，只讲两位作家，难以概括整个南宋骈文。

11. 叶农、叶幼明《中国骈文发展史论》，澳门文化艺术学会 2010 年出版，约 37 万字。此书体大思精，系统全面，多有独到精辟之见。第一章，骈文的特质。分五节辨析骈文的产生时代、骈文与骈偶排比、骈文与散文、骈文的分类、骈文的名称与特质，相当细致而允当。第二章，骈文的成因，涉及主观、客观条件，文学因素，骈文与骈赋的相同点与不同点，骈文的产生。第三章，历代骈文发展概述。先秦胚胎期、汉代孕育期、魏晋形成期、南北朝鼎盛期、唐代继盛期、宋代转变期、元明衰落期、清代复兴期、现当代余波。第四章，骈文的辑录与整理。分六节介绍唐五代以前、宋代、元明、清代、现当代，以及骈文在海外的传播（此节极可贵）。第五章，历代骈文研究。实为骈文研究小史，分节与第五章相同，前章侧重资料整理，此章主要讲理论批评。书末附录自 1840 年至 2006 年一百六十多年来之骈文文集书录、研究论著书目和研究论文索引，涵盖中国大陆、台湾、香港、澳门以及海外其他地区，收罗之广，大大超过其他同类目录索引。不足之处是，第三章稍嫌简略，附录书目和论文目录有不少重复，有少数论文及论著只讲散文不讲骈文者也收录了。对个别当代研究著作的评价尚可商榷。

12. 莫山洪《骈散的对立与互融》，齐鲁书社 2010 年出版，约 37 万字，博士论文，共 8 章。第一章，先秦骈散未分与骈偶成分的增加；第二章，两汉文章的骈化与骈散殊途；第三章，六朝骈散对立的形成与骈散互融的历史演进；第四章，隋唐五代文章骈散对立与互融的深化；第五章，两宋古文与四六的互融与骈散分流；第六章，元明时期骈散对立互融的演变；第七章，清代骈散相争与互融的极盛；第八章，近代文章骈散对立与互融的演进。

作者以骈散对立与互融贯穿全书，力图打通古今，点面结合，史论兼顾，对骈散关系做系统的梳理。提出了一系列新概念、新命题、新判断，能启发人们思考。但题目甚大，必然留下不少有待补充说明的空间和存疑可商之处。书的题目："骈散"、"对立"、"互融"含义究竟是什么，需要进一步厘清。

"骈散"之"骈"，可理解为文体，也可理解为句子形式、修辞方法和单纯追求形式美的不良文风。莫书主要讲两种文体之争，实际上涉及上述各种情况，往往造成论述对象前后不一。关于骈散"对立"，历来含义、程度不同。有对不良文风的批评（这是主要方面），有对骈体文的轻视、排斥甚至禁止。而反对派则有为骈文正名者、争平等地位者，甚至争正宗者。所谓"互融"情况更加复杂，有时指骈句散句杂用、兼行，两体并存，或互容、互补；有人主张以散入骈，以文体为四六；有人主张融骈入散，或主沟通，或倡互重；有人以散为主而给骈文辅助地位。这些差别往往因时因人而异，笼统归于"互融"，似乎说不清楚。

莫书为了证明宋明骈散互融，列举大量例文，如李清照《金石录后序》、岳飞《五岳盟誓记》、刘因《辋川图记》、吴澄《送何太虚北游序》、刘基《卖柑者言》、李贽《题孔子像于芝佛堂记》、张岱《西湖七月半》等历代散文名作，摘出其中极少的几个对偶句，说这些文章都是"骈散互融"，窃以为未必。在明代真正算得上骈散互用或互融的文章，应该是像解缙《大庖西室封事》、陈子龙《答夏考功书》那样的，大段散句与大段骈句几乎各半，兼具散文气势与骈文整饰之美，莫书似未注意。莫书结论中说："儒学的每次复兴都会带来骈散对立"，"纯骈或纯散都或多或少有碍于思想的表达"，这两个判断是否准确呢？

13. 邓瑞全、孟祥静《旖妮人生的玄淡超脱——说骈文》，中国大百科全书出版社 2010 年出版，11 万字。共 5 章：第一章，概论。论骈文之名称、产生、特征、骈文与散文。第二章，骈文滥觞——先秦两汉。先秦起源，秦汉发展。第三章，骈文成熟。分述魏晋、宋齐、梁陈骈文和集大成者徐庾。第四章，骈文衰变——唐宋。第五章，骈文复兴。元明清。目前各种骈文史皆以唐骈为鼎盛期，元明为衰落期，此书见解与众不同，但未做必要论证。书名以"旖妮人生的玄淡超脱"概括骈文的基本内容，未必贴切。书中所举骈体例文，有的不是骈文而是散文。如柳宗元《至少丘西小石潭记》，该书既承认它"以散为主，偶有骈句相间"（实际上此文对句极少），为何又视为骈文代表作呢？

14. 翟景运《晚唐骈文研究》，商务印书馆 2010 年出版，315 页，博士论文。此书从宏观角度论述：第一章，古文运动的衰落和晚唐骈文的再度兴起。把中唐反骈分为反对骈文中的形式主义和反对骈文，当时许多人所反对的是前者而未必是后者。此章还着重讨论晚唐政局的变化、政治改革的失败与古文运动衰落的关系，介绍了晚唐反对功利主义文学思潮的兴起，指出古文运动本身存在弊病，给骈文复兴留下发展的空间。第二章，晚唐骈文文体研究。重点是幕府公文的新变和律赋题材的拓展。此章多发前人所未发，但其他文体则一律未讲。第三章，晚唐骈文与晚唐诗。诗律向骈文渗透，骈文形式严格化。晚唐骈文和诗歌中都有感伤身世的内容，这是由时代造成的。对李商隐以骈文为诗和以诗为骈文做深入的剖析。第四章，晚唐骈文的影响。从五代讲到北宋。此书视野开阔，前后关联，文史贯通，诗赋文一体考察，综合分析概括能力强，许多论析在前人基础上更进一步。遗憾的是不够全面，从读者角度来看，总希望多介绍一些骈文作家作品，而本书作者似乎志不在此。

15. 曹虹、陈曙文、倪惠颖《清代常州骈文研究》，江苏人民出版社 2010 年出版，387 页，共 6 章。第一章，序说，着重说明这个题目在地域视野与文体视野两方面的研究意义。第二章，说明常州骈文兴盛的时代条件与区域因素。第三章，清初常州骈文，主要介绍陈维崧。第四章，介绍常州骈文的旗帜洪亮吉，以及他之前的邵齐焘、刘星炜，同时或之后的孙星衍、杨芳灿。第五章，阳湖文派的赋学成就及融通骈散之风，主要介绍张惠言、董士锡、李兆洛、周济。第六章，道咸以后常州骈文的传衍。主要介绍这时骈文观念的新变，董基诚、董祐诚兄弟、方履籛、洪碻孙、陆绂恩及其周围的骈文群体，屠寄和《国朝常州骈体文录》。

常州地区历来文化昌盛，在清代形成了常州古文派（又称阳湖派）、常州骈文派、常州词派、常州画派和综合经史子集整理研究的常州学派。像这样，文化以地域而集中的现象，清代还有桐城派、仪征派（扬州）、湖湘派（此派涉及政治、军事、思想、文化等方面）。这本书是常州清代文化研究丛书之一。其突出特点就是把骈文成就与古文、诗词、朴学等联系起来，不少骈文家往往身兼数家，众体皆擅，相互促进，这就给人以立体汇通感，不只是就骈文论骈文。作者在文献方面很有功力，收罗相当完备，评述允当，行文典雅。重点介绍骈文家们的成就，也没有忽略其不足与缺陷，作者们的鉴识眼光是高明的。然而，他们使用的品鉴词语，基本上是形容作品风格的古代词语，一般读者似乎不易理解其究竟。用于品评诗词或许还可以，品评散文（古文）就少见了。大量地用于骈文，未免有雾里看花之嫌，最好能进一步分析其风格的具体体现以说明之。

16. 颜建华《清代乾嘉骈文研究》，光明日报出版社 2011 年出版，约 26 万字，是博士论文，共 9 章。第一章，概述。第二章，乾嘉骈文发展源流，此章简介 32 位作家，每位平均六七百字。第三章，以地域、家庭、女性分析作家群体。第四章，介绍当局对知识分子政策和文化政策。第五章，乾嘉骈文与幕府。第六章，骈文创作与江南商业文化。第七章，乾嘉骈文与乾嘉学派。第八章，乾嘉骈文与桐城派、阳湖派。第九章，乾嘉骈文的艺术成就及对小说戏曲的影响。

此书不是断代文学史，也不同于作家作品论，而是力图从整体上多层次多角度探讨与乾嘉骈文繁盛有关的社会、政治、文化、风俗、习尚等因素之间的复杂关系。有关江南商业文化一章较为出色，见解新颖，资料丰富，分析全面，既讲正面的推动促进作用，也讲负面的不良影响。关于幕府一章，有新鲜感，但只讲正面作用，而不讲负面作用。幕府文章实质是"遵命文学"，主要内容是歌功颂德、粉饰太平、互相吹捧、逢迎应付，不大可能反映社会生活民间疾苦和抒发真情实感，这个根本缺陷被作者忽略了。关于科举考试介绍不够全面，只讲乡试、会试，未提院试和殿试。只讲科举促进骈文创作，很少讲八股文对骈文体的限制。而八股文是禁用四六句，限用典故，不提倡藻饰的。

17. 吕双伟《清代骈文理论研究》，人民出版社 2011 年出版，约 34 万字，是博士论文，共 6 章。绪论论述骈文文体自足性与兼容性，疏理骈文之"名"、"实"及其演变（此节较他人更精准），回溯骈文理论研究历史。第一章，晚明之六朝文风和四六选本。第二章，康熙时期之四六批评。弘扬清情流丽文风，以经典和自然中的对偶现象来呼吁四六文的文体地位。第三章，乾嘉道时期的骈文理论。述及四库馆臣的骈文观、骈文复古论，以"沉博绝丽"、"于绮藻丰缛之中，存简质清刚之制"为骈文风格特征。某些人为骈文求对等，另一些人极力崇骈排散争文宗，还有一些人主张融汇骈散，从而形成交错三重奏。第四章，专论《四六丛话》。第五章，晚清骈文批评。特别拈出朱一新的"潜气内转，上抗下坠"论，兼及民初李详、孙德谦的骈文理论。第六章，清代骈文创作和理论繁荣的原因。最后是总论，从文位、文体、文风等方面总结清代骈文理论的共时性和历时性特征。

此书是一部相当系统的断代骈文批评史，分析细密、严谨，引用了大量第一手资料，从中做出准确如实的判断，许多地方摈弃前人泛泛之论，提出自己独到的见解，精彩纷呈。如关于"求对等、争正统、融骈散"的三重奏，符合实际。分析朱一新的"潜气内转"，切中肯綮。书中总结出："骈文理论重审美形式，古文理论重内容教化，这是两者的重要区别，也是古代文章两种不同评价标准。"（第 83 页）点明这一区别，对于整个古代文学批评史都很重要。

此书视角宽广，但似乎仍然局限于从骈文论骈文。如果把骈文理论和当时更为丰富而系统的散文理论联系起来考虑，也许更为全面。并不需要在书中同时介绍散文家之见，但讲骈文理论时心目中不能忘记其对立面的存在，这样才能还原骈散之争的历史实际，避免片面性。

18. 于景祥《骈文论稿》，中华书局 2012 年出版，30 万字，是论文集，收入作者从 1996 年至 2011 年发表的论文 21 篇。其中三篇分别论述骈文的形成与鼎盛及蜕变，与散文的关系，其他文章依所论对象之时序排列。有：关于楚辞在文章骈化过程中的地位和影响，《文心雕龙》所论骈体演化轨迹及以骈体论文之是非，南朝散文受骈俪之风的影响，六朝骈文对唐代骈文的影响，四杰骈赋与庾信骈赋的关系，刘知几论史书之用骈散，欧阳修、宋祁《新唐书》对骈体文献的删改，朱熹的骈文批评，祝尧的骈文观，陈绎曾在骈文批评上的贡献，徐师曾的骈文批评，《四六法海》的贡献与存在问题，艾南英的师古与反骈，《四库全书总目》对六朝骈文的态度及其骈文史观，《红楼梦》与骈体文。这 20 来篇文章涉及骈文理论史和骈文发展史上一系列问题，每篇都有独立见解，而非一般的知识性文章，有一些是他人所未曾注意的，是一部有学术价值的论文集。当然，其中某些见解还可以做进一步探讨。

论葛洪的思想、著述及价值

赵逵夫

（西北师范大学文学院）

（一）

对葛洪，过去学者们更多的是关注他在道教和化学、医学上的贡献，对其在文学理论方面的成就也有论述，但尚未能联系他的生平与全部著作，对他在传统文化、士人品格、民族精神方面的坚守与承传进行探究与评价。在中国大陆，过去由于单一的政治标准，有的学者甚至做出了完全否定的评价。比较而言，1949 年以后的三十年中，国外和中国台湾学者的研究面要相对宽一些，也更深入一些。[1]改革开放以后，中国大陆也有很大发展，除了多种道教史、道教思想的论著以外，王明《抱朴子内篇校释》1980 年由中华书局出版，也有一些研究其哲学思想、政治思想与文学理论的论文发表，有几篇学位论文，对其美学思想和在逻辑学发展史上的贡献做了专门论述。王利器先生的《葛洪论》于 1997年在台北五南图书出版公司出版；卢央的《葛洪评传》于 2006 年在南京大学出版社出版；而杨照明先生的《〈抱朴子内篇校释〉补正》洋洋七八万字的宏文，在王明先生《校释》的基础上对其文本、断句、词义做了细致入微的探讨，为《抱朴子内篇》的进一步研究在文本依据和解读方面奠定了更好的基础。[2]他的《抱朴子外篇校笺》（中华书局 1991 年）同样为《外篇》的进一步深入研究奠定了很好的基础。此外，近年还出版了两部专著：武锋《葛洪〈抱朴子外篇〉研究》（光明日报出版社 2010 年），郑全《葛洪研究》（宗教文化出版社 2010 年）。这些都标志着相关研究的进展与成就。

但是，在对葛洪思想的认识、评价方面，还是存在一些问题，主要是对其生平、思想各方面的研究，即使是在一些综合论述的论著之中，也往往是论述某一个问题，专言这个问题，而不是从其生平、思想的各个方面看他提出一些看法、做一些事情的目的，不是在对他的生平、思想做总体把握的基础上考虑其行为的现实根源与理论言说的针对性。研究一个生活在社会动荡、生活环境处于巨变中的学者、思想家，对其各个时期的著作、理论不能就理论谈理论。我以为学者们之所以认为在葛洪的著作中有些矛盾的理论，在他身上有些不一致的行为，是因为我们未能联系他的家族、联系当时的社会、联系他的人生理想，来把握他思想上总的追求；未能考虑到各种主张、理论之间的联系与相互制约，弄清哪些话是为了避免政治上的忌讳而笼统言之，实际则有所主指；哪些是旁敲侧击，借此言彼。

我觉得对葛洪这样一位重家庭传统、重个人修养的思想家的研究，一定要把他放到当时的时代中，联系其家庭传统、人生目标在整体上去认识他立说的思想根源、动机及其贡献。

[作者简介] 赵逵夫，西北师范大学文学院教授，博士生导师。

[1] 1977 年台北出版了梁云苃的《抱朴子研究》（牧童）、尤信雄的《葛洪评传》（文津出版社），1980 年出版了林丽雪的《抱朴子内外篇思想析论》（学生书局）、陈飞龙的《葛洪之文论及其生平》（文史哲出版社），1989 年又出版了蓝秀隆的《抱朴子研究》（文津出版社）。

[2] 载《文史》第十六辑、第十七辑，北京：中华书局 1983 年版。

葛洪生于名门世家，在《抱朴子外篇自叙》（以下简称为《自叙》）中开篇先叙其姓名籍贯，以下说："其先葛天氏，盖古之有天下者也，后降为列国，因以为姓焉。"接着从西汉远祖叙先世功业。然后说："洪祖父学无不涉，究测精微，文艺之高，一时莫伦，有经国之才。"介绍其仕于吴，官至大鸿胪、侍中、光禄勋、辅吴将军，封寿县侯等经历。又说："洪父以孝闻，行为士表，方册所载，罔不穷览。"介绍其先仕于吴，官至会稽太守，未赴任而晋军至，选拔人才，因荐任于晋，历任至邵陵太守的经历。并言其任肥乡令时"举州最治，德化尤异。恩洽刑清，野有颂声，路无奸迹。不佃公田，越界如市，秋毫之赠，不入于门；纸笔之用，皆出私财；刑厝而禁止，不言而化行"。后任郎中令，"正色弼违，进可替不，举善弹枉，军国肃雍"。然后自言十三岁丧父，家道败落，"饥寒困瘁，躬执耕穑。承星履草，密勿（黾勉）畴垄"。他讲这些，正同司马迁在《太史公自序》中从颛顼开始历数家世渊源，直至其父，然后叙自己游学经历的情形一样。在汉魏六朝子书中，如《太史公自序》之详叙其家世、生平与志向者，只葛洪的这一篇《自叙》（王充《论衡·自纪》稍相近，但叙家世文字不多）。由此就可以看出，葛洪认为自己肩负着怎样的历史使命：即不能立功于世，也当立言、立德，以益于人，著于史。

我以为正是家庭的深刻影响及青年时的困难遭遇，激励他形成以继承家学为己任、以做一个正直士人为目标的人生理想。他在《自叙》中说："累遭兵火，先人典籍荡尽，农隙之暇无所读，乃负笈徒步行借。""伐薪卖之，以给纸笔。"尤其谈到在战乱频仍、世风日下之时他坚守作为正直士人的操守。为此，他不顾一切嘲讽、冷遇甚至打击，而坚持自己的处世之道，内心坦然，毫无愧怍之感。在社会处于安定的情况下，士人们看起来都礼数周到，无可挑剔；而当战乱危急之际，世风日下之时，一些人的本性便暴露无遗，一些本质上尚好但意志薄弱者也难免随波逐流、苟合求媚，以至于上下钻营、助纣为虐，这时才显出那些深固难徙、卓荦不群者的不凡品格。从葛洪的一生可以看出，他意在坚持、承传一个家族的传统作风，而实际上肩负起了承传民族文化使不坠失的使命。所以我以为对葛洪各种著述的考察研究，一要联系当时的社会，二要同他的人生愿望联系起来，这样才能对他身上一些看似互相矛盾的理论、相互抵触的思想行为有一个合理的解释，对他的一生有一个正确的认识与评价。

（二）

十多年前读《晋书·葛洪传》，觉得传末对葛洪的四句赞语抓住了葛洪精神的实质，体现了对葛洪历史贡献的较准确的评价。这四句赞语是：

稚川优洽，贫而乐道。载范斯文，永传洪藻。

所谓"优洽"，是言才思卓异而学问广博又融会贯通。[1]"载范斯文"应指其著《良吏传》、《隐逸传》、《神仙传》、《郭文传》及整理《西京杂记》等。《自叙》言其"又传俗所不列者为《神仙传》十卷。又撰高尚不仕者为《隐逸传》十卷"云云，则葛洪撰此类书，有保存佚史、标举高格的意思在内。"洪藻"是对其著述内容与文学价值的概括评价，认为它们都富有文采，能够永传于世。这几句同传中所说"洪博闻深洽，江左绝伦，著述篇章富于班、马，又精辩玄赜，析理入微"及"凡所著述，皆精核是非，而才章富赡"是一致的。四句赞语大体上概括了葛洪作为学人的一生。

葛洪在《自叙》中言"年十六，始读《孝经》、《论语》、《诗》、《易》"，又言"曾所披涉，自正经、诸史、百家之言，下至短杂文章，近万卷"，而作《自叙》之时"齿近不惑"，则其四十岁以前主要读儒家经典，也抱着儒家"穷则独善其身，达则兼善天下"（《孟子·尽心》）的人生准则。

---

[1] 南朝梁王筠《昭明太子哀册文》云："总贤时才，网罗英茂。学穷优洽，辞归繁富。"又《北齐书·杜弼传》："卿才思优洽，业尚通远，息栖儒门，驰骋玄肆。"则"优洽"之意可见。

看其四十岁以前生平，虽然也曾受学于道士郑隐[1]，但据《抱朴子内篇·遐览》所说："郑君本大儒士，晚而好道，仍以《礼记》、《尚书》教授不绝"，则当时授于葛洪者，正是儒家经典，只以道书付葛洪而已。故当时石冰起义之后受义军大都督顾秘之召，将兵平乱。乱平之后他投戈释甲，后又接受稽任参军之请而募兵，因稽含被人暗杀而罢。但建兴三年西晋王朝风雨飘摇之际，司马睿为丞相，他又受命任丞相掾之职，两年后西晋亡，晋愍帝已于先一年被刘曜所俘，于是司马睿即晋王位，葛洪被封为关内侯。至晋元帝司马睿因"下陵上辱，忧愤告谢"，葛洪的姐夫许朝也因谋讨王敦未成自裁而死，他才死了从政立功之心。葛洪青年时着力于儒家经典，"期于守常，不随世变，言则率实，杜绝嘲戏。不得其人，终日默然"（《自叙》）。读书之外，开始著述。他作《良吏传》、《隐逸传》等，同他"患弊俗舍本逐末、交游过差，故遂抚笔闲居、守静筚门，而无趋从之所；至于权豪之徒，虽在密迹，而莫或相识焉"的思想行为一致，都是为了保存传统士人的正气。除了自身的坚守之外，还将所知保持着这种疾俗守正风尚者的事迹记录下来，使后人知道虽当世风颓败、渣滓浮泛之时，仍有忠于职守、系心百姓、廉洁公正、鞠躬尽瘁者；当世道颠覆、横波逆冲之际，仍有抛弃富贵、离世高蹈、洁身自守者。《战国策·楚策一》莫敖子华对楚威王中说，当吴楚柏举之战楚人战败、吴人入郢、昭王与卿大夫出逃、百姓离散之时，楚臣蒙谷"入太宫，负离次之典，以浮于江，逃于云梦之中"。吴军退去之后，昭王返郢，而典章法制不存，"五官失法，百姓昏乱"。当此之时，"蒙谷献典，五官得法，而百姓大治"。故莫敖子华以为论蒙谷功劳之大，"与存国相若"。我们看葛洪生当乱世、道德颓败之时，不但自己保持了一个正直士人的品格，而且将所可考知那些良吏、隐逸者等行为当中可为典范、可以唤起人良知的事迹记叙下来，这不正是承传民族的精神、保留民族的灵魂吗？《晋书·葛洪传》赞语中的"载范斯文"也正是说此。

葛洪并不以此为限，他认真思考从汉末至西晋末年一百余年中社会动乱、朝臣专权、军阀争斗、朝代更替的历史，"草创子书"，"立一家之言"。《抱朴子外篇》以《嘉遁》、《逸民》开篇，似乎是不关乎政治，其实此书全针对当时的社会现实。《嘉遁》篇云：

> 昔箕子睹象箸而流泣，尼父闻偶葬而永叹，盖寻微以知著，原始以见终。然而暗夫蹈机不觉，何前识之至难，而利欲之弥笃邪！……况能窬之主，不世而一有；不悦之谤，无时而暂乏。德不以激烈风而起蘖木，事不以载珪璧而称多才。

这才是在当时之世他称许"嘉遁"的原因。《逸民》篇云：

> 夫倾庶鸟之巢，则灵凤不集；漉鱼鳖之池，则神虬遐逝；刳凡兽之胎，则麒麟不峙其郊；害一介之士，则英杰不践其境。

这才是作者同情逸民的关键。

书中有《汉过》一篇，陈澧曰："此篇指斥当时之事，托言汉末耳。"王国维批曰："《汉过》、《吴失》二篇，皆为晋而作。"则其他如《君道》、《臣节》、《良规》、《时难》、《官理》、《务正》、《贵贤》、《任能》、《钦士》、《用刑》、《审举》、《擢才》、《任命》、《饥惑》、《刺骄》、《百里》（"百里"原由一县辖地衍为县令的代称）、《接疏》、《仁明》等等，从题目即可看出其针对性，

---

[1] 据《抱朴子内篇·遐览》言郑隐于"太安元年（302）""知季世之乱，江南将鼎沸，乃负笈持仙药之朴，将入室弟子，东投霍山，莫知所在"，则葛洪受学于郑隐的时间应在太安二年（时葛洪二十一）之前。钱穆《葛洪年谱》云："洪受学郑隐，当在二十以前十六以后之数年中。"胡孚琛《葛洪年谱简述》系于元康九年（299）。我以为当系于永康元年（300，洪年十八）。此年三月贾后矫诏废愍太子为庶人，后害死；旋即赵王伦又矫诏废贾后为庶人，而司空张华、尚书仆射裴頠皆遇害，并被夷三族；隔数月，潘岳、欧阳建等被诬殒命，夷三族。葛洪正是受到这些惨烈事情的刺激，而始生出世之想。但当时并不坚定。故当朝中明选之人用事时，又曾出仕。

其他如《酒诫》、《疾谬》、《省烦》等虽未必专门针对当时的政治而发，但也是与当时社会风气相关。《抱朴子外篇》全书多用辩难的方式结构成篇，也正说明它们是与当时一些权臣、显宦、名士的不见面的思想交锋，且也时时将矛头指向昏君、乱臣，言语十分犀利。

葛洪有大量的医学著作，多为集抄前人成果而成。其《〈肘后备急方〉序》中说，他以著述之暇，兼及张仲景等医家之书如《秘要金匮》等将近千卷，"患其混杂繁重，有求难得，故周流华夏九州之中，收拾奇异，捃拾遗逸，选而集之，使种类局分缓急易简，凡为百卷，名曰《玉函》"。他的目的很明确，是为了实用，为了更多的人使用方便。然而他又考虑到，即使有这一套书，"既不能穷诸病状，兼多珍贵之药，岂贫家野居所能立办"？因而又编成《肘后救卒》三卷[1]：

> 率多易得之药，其不获已须买者，亦皆贱价草石，所在皆有。兼之以灸；灸但言其分寸，不名孔穴，凡人览之可了。其所用或不出乎垣篱之内，顾眄可具。苟能信之，庶免横祸焉。

其良苦用心可见。他在当时百姓流离、死伤无数的情况下，提供、保存、传播救人之法，不仅在当时，而且在乱后休养生息、恢复正常生活过程中，甚至在以后一千多年的社会中，也都具有很大意义，因为任何社会中都会有一些贫困无钱治病者。与上面所述著《良吏传》等行为相比，前者是拯救灵魂，此则是拯救生命，都不是只关乎个人或一家一族的事。因此，他学医，尤其是在乱世民生凋敝之际收集医药之书，同饥荒之年有良知的士人编集《救荒本草》类书的目的是一样的，也同他恪守儒家道德，一直以"苏世独立，横而不流"（屈原《橘颂》）、"信心而行，毁誉皆置于不顾"（《自叙》）的志士自居的处世方法是一致的。

（三）

一千多年来，人们关注葛洪最多的是因为他是一位名道、高道，用今天的话来说是一位著名的道教学者、炼丹家、道教外丹派和道教神学的奠基人。他在历史上获得很高的声誉是由于此，得到完全否定性的评价也由于此。

葛洪从事于道教理论的研习和著述，甚至于晚期全身心地投入道教理论的建设，主要是因为所处时代和人生经历使他看到，他一直恪守的儒家以维系人心、安定天下为己任的那一套，要承传正直士人的品格、承传孔孟的道统已不可能，而且连保住性命也做不到。

葛洪父子两代经历了两次亡国：其父葛悌经历了孙吴的亡国，因而后来荐仕于晋；葛洪生于晋朝，其八岁之时晋武帝薨，贾后干预朝政，诛杀大臣，朝政混乱一片。王族权臣间互诬互杀，朝臣名士被夷三族者非一。朝野刀光剑影，时时血飞尸横，天下岂安！故几处造反之帜揭起，而宗族间互相攻伐，未曾间断，士人与无辜百姓时有飞来横祸。当葛洪年方弱冠时，尚抱着安天下的愿望参与平石冰之乱，如其《自叙》所言："既桑梓恐虏，祸深忧大，古人有急疾之义"，乱平之后，他将所奖布匹"分赐将士及施知故之贫者"，脱身北上洛阳，欲广求异书，只是因"正遇上国大乱，百道不通"而作罢。可见他即使看到朝廷政治斗争的激烈与从政从军的凶险之后，只想走端直的士人之道，不求显宦，不求财富，只求保持正直文人的独立人格，但仍不可能。三十四岁之时刘曜攻陷长安，俘晋愍帝，西晋灭亡。次年宗室司马睿继位于建安，虽仅偏安，而内外仍不安宁。四十岁时王敦以诛刘隗、刁协为名，举兵反叛，晋元帝忧愤而卒。葛洪的姐夫许朝谋讨王敦，事败自杀，时之著名学者、作家郭璞也于上层斗争中遇害。真是国无宁日，而事事闻之触目惊心。在此情况下，任谁也难以坚持儒家"仁、义、礼、

---

[1]　今传《肘后备急方》八卷，而前代典籍《隋书·经籍志》等著录或曰六卷，或曰四卷，盖后人有所增益。《正统道藏》于《肘后备急方序》下注云："亦名《肘后救卒方》也。""卒"，古"猝"字。"救卒"即"救急"。

智、信"、"温、良、恭、俭、让"的一套。当时自上而下对社会道德、对人良心的摧毁粉碎，使人对他人的一切承诺都采取怀疑的态度，对外界的所有变化都采取警惕的态度与防御的手段。我以为这些是葛洪由以儒家思想为主导转向以道家思想为主导，又由道家而入于道教的根本原因。

葛洪之最终转向道教，自然也同他的老师郑隐的影响有关。郑隐本是大儒，晚而好道，又是葛洪叔祖葛玄的学生，对葛洪十分器重。不过，这只是一个诱因，主要还是因为当时的社会现实与他所受家庭的教育与自己的遭遇。大体说来，有两方面的原因：

其一，他希望回避社会矛盾、离开官场的纷争、离开一些人为争权夺利而不断厮杀的环境。这在《自叙》中有明显的表露。他要担起承传诗礼世家的家庭传统，首先要能活下去，争取度过乱世，使子侄有可能继承下来。这应是他关注炼丹等长生不老之术的主要原因。他关注医学，也应同此有些关系。

其二，从东汉末年太平道的黄巾大起义，到晋武帝咸宁三年（277）的天师道陈瑞的起义，再到晋惠帝永宁元年（310）的天师道李特、李雄起义等，道教成为社会动乱中一些人希望通过改朝换代或独霸一方改变命运的工具。另一方面，有些道徒如曾为赵王伦策划阴谋篡权的孙秀等，积极奔走，参与上层政治斗争。而一些世胄豪门也多信天师教。葛洪改造和完善道教理论，使道教长生理论同儒家所主张封建伦理结合起来，又突显、强调了《太平经》中要求君要明智、举贤才、知人善任、听取忠善诚信之谏，不闭塞言路；臣要忠、民要顺等思想。葛洪认识到很多人在乱世之中经历种种难以理解、难以接受的事情，在心理上难以越过眼前的鸿沟崖坎；很多人受到无尽的蹂躏，内心受到一次又一次的刺伤，从而变得野蛮、无理、没有同情心。儒家的一套道理无法拯救人们的善心，无法使无数受伤的心归于宁静平和，只有虚幻的宗教学说可以最大限度地使人回避对一切不公正现象的思考，用宿命的思想使他们放弃暴虐的手段。

对那些王侯将相、显宦豪门中以奢侈相竞、挥霍无度、不以下层人民的生死性命为事的人，只有宗教的轮回报应能使其有所畏惧，只有出于养生的原因在靡费财物上会有所节制。《抱朴子内篇·对俗》篇说：

> 为道者以救人危使人免祸、护人疾病、令不枉死为上功也。欲求仙者，要当以忠、孝、和、顺、仁、信为本。若德行不修，而但务方术，皆不得长生也。行恶事大者，司命夺纪，小过夺算，随所犯轻重，故所夺有多少也。

《道意》篇说：

> 心受制于奢玩，情浊乱于波荡，于是有倾越之灾，有不振之祸，而徒烹宰肥腯，沃酹醪醴，撞金伐革，讴歌踊跃，拜伏稽颡，守靖虚坐，求乞福愿，冀其必得，至死不悟，不亦哀哉？

这些理论，对那些文化素养不高又想长寿的人来说，总会起到一点导之向善的作用的，这个作用是大儒高士的说教文章做不到的。这些对他来说不一定是有意的、自觉的，但在当时的社会条件下，要从下层社会方面减少社会动乱和社会灾难的程度，只能如此。

以上两点是联系在一起的。他在《养生论》中说：

> 夫爱其民，所以安其国；爱其气，所以全其身。民弊国亡，气衰身谢，是以至人上士，乃施药于未病之前，不追修于既败之后。

由此可以看出他谈养生目的上至于民、国，下至其身，非仅出于一己之欲望。也因此，他的养生论和道教理论中也带有儒家的色彩，尤其在修身、伦理的方面。《养生论》中说：

> 且夫善养生者，先除六害，然后可以延驻于百年。何者是邪？一曰薄名利，二曰禁声色，

三曰廉货财，四曰损滋味，五曰除佞妄，六曰去沮嫉。

穷人只求勿病，具有基本的生存能力，进而能养家糊口；只有富贵者才有长生的愿望。但很多富贵者的生活方式与其愿望恰恰相反。葛洪反复强调这方面的道理，无论如何，能多少转变一些身居显位、家藏万金之人的观念，在穷奢极欲之中有所节制，在聚敛盘剥上知其所止，从而多少起到一点缓和阶级矛盾的作用。葛洪作为一个无职无位的士人，于道教理论中提出这种思想，在减缓当时大量存在的社会疾病、社会危机方面，应该说，是发挥了最大的能量，起到了最大的作用。我们也不能不佩服他思想的深刻和社会政治方面的高超才略。

从唯物主义立场说，所有的宗教都是欺骗，都是精神鸦片。但是，在一个人一出世便受到各种教育，说话、行事要遵法度、讲道理、合人情，而现实生活中又处处存在贪赃枉法、蛮横无理、无情无义之事，常常看到好人而穷迫受罪，恶人而富贵尊荣的事，只有宗教可以使其心理平衡，得以生活下去，且情绪不失控。所以，在乱世中宗教是大量未受过文化教育的下层人所需要的，对一些受过教育的人来说也是需要的。西汉末年甘忠可作《天官历包元太平经》十二卷，借天帝、真人的权威以言救世之道，有争取登上政治舞台的倾向，由于其理论与传统不合，甘忠可与其徒先后被下狱、处死或徙边。此后长期以"黄老"之学的形式在上层社会中流传。东汉末年，道教在民间一些地方形成较大的影响，但是，以黄巾起义为活动高峰的太平教代表下层人民利益，有明显的与社会不合作的造反精神。张鲁的五斗米教则以政教合一的形式割据一方。葛洪将道教的教义系统化，加强了神仙理论和方术理论体系，又将儒家的纲常名教与道家的戒律融为一体，使之成为一般人作为精神寄托的信仰，既消除了反抗统治者的内容，也不追求与国家机器的结合，而更侧重于引人向善、心理调适、完善人格，侧重于进行社会伦理、修身养性方面的教育。可以说，他一方面在当时社会矛盾极端复杂剧烈的情况下，在利用宗教缓和阶级矛盾的方面起了很大作用；另一方面在道教作为宗教独立发展的方面，起了十分关键的作用。很多道教史研究者只注意到后一方面，而从事自然科学史研究的学者则关注到其炼丹中在化学上的创获，大家都忽略了前一方面。

（四）

葛洪的转变不是突然的，它有一个过程。如果要分阶段，大体上可以分为两段：第一阶段是由以儒家思想为主导转向以道家思想为主导；第二阶段是由道家思想为主导再转向以道教的理论建设与活动为主。过去有的学者把葛洪身上、葛洪著作同时存在儒、道两家的思想看作是矛盾的、互相抵触的，或者认为前期重儒贬道、后期重道贬儒，不稳定，或以为其转变是以某时期为界突然完成，这些看法都是欠确切的。

实际上葛洪从青年时起所尊奉的儒家思想，已与传统儒家思想有一定距离，而体现着一些道家的思想因素。如其《自叙》言："洪少有定志，决不出身，每览巢、许、子州、北人、石户、二姜、两袁、法真、子龙之传，尝废书前席，慕其为人。"但儒家却是主张积极入世的。可见其在少年时思想上已具部分道家的因素。又葛洪二十三岁之时被授以伏波将军之职，按儒家思想，这正是立功报国、光宗耀祖的机会，但他却辞去而北上访书。因此，道家思想在他的青年时代已有，只是以后由于社会现实的原因不断向这边倾斜而已。

大多数学者认为《抱朴子外篇》成书在前，《内篇》成书在后，大都根据其《自叙》认为均编定于建武中。"建武"为东晋元帝即王位年号，仅一年，次年三月改元为太兴，杨明照先生说："是《抱朴子外篇》完稿之日，尚在太兴元年三月前，故云建武中乃定。"[1] 我以为这是有问题的。《自叙》为几次增补而成，可由其文本看出。其末有云："洪既著《自叙》之篇，或人难曰"云云，以下又是一大段议论，即可知时有联缀。《自叙》中先说"今齿近不惑"，应是指三十八九岁，但后面又说："洪年二十余……乃草创子书……不复役笔十余年，至建武中乃定"，而建武年间他才三十五岁。并且，在这段文字之后又说："晚又学七尺杖术"，"晚"则更在"不惑之年"以后，按理应该在"知天命"之年以后。所以，我以为其《外篇》初次编定于建武年间，后三四年中又有增补，而内篇之成在其后。其《自叙》中说："凡著《内篇》二十卷，《外篇》五十卷，碑、颂、诗、赋百卷，军书、檄移、章表、笺记三十卷，又抄五经、七史、百家之言，兵事、方技、短杂三百一十卷，别有《目录》。"共四百一十卷。这显然是对其一生著述的总结。他"年十六始读《论语》、《诗》、《易》"，且"贫乏无以远寻师友"，自言"孤陋寡闻，明浅思短，大义多所不通"，并且读"自正经、诸史、百家之言，下至短杂文章近万卷"，而又著书三百多卷，内容又如此广、杂，是不可能之事。如以这些都成于其三十五六岁以前，那么他在三十六七岁以后的二十多年中干了些什么？他对炼丹感兴趣应在四十多岁以后，《内篇》中列《金丹》《黄白》等，则显然成于四十多岁以后。

比较《内篇》与《外篇》，虽然《外篇》中也有论及道的地方，但含义并不一样；《内篇》也有言及"仁"、"德行"，说什么"忠、孝、和、顺、仁、信为本"（《对俗》），但侧重点不同。而从总体上说，《外篇》之时其思想侧重于儒家，有的地方明显贬低道家。如《用刑》云：

> 道家之言，高则高矣，用之则弊。

又其《自叙》亦云：

> 念精治五经，著一部子书，今后世知其为文儒已。

则至当初编《外篇》以至《外篇》编定之时，均以"五经"为主脑，愿以"文儒"名于后世。

但《内篇》中的观点却正好相反。其《明本》云：

> 道者，儒之本也；儒者，道之末也。

又云：

> 凡言道者，上自二仪，下逮万物，莫不由之。但黄老执其本，而儒墨治其末耳。

可见这里他又是以道为本而儒为末，道之中又以黄老道为正。

葛洪所遵奉的"道家"非老庄之道，而是黄老道，这一点已为成学者们的共识。但是，对于葛洪自青年时期至完成《抱朴子外篇》这期间所遵奉的儒家思想的类型或曰派别，尚缺乏深一层认识。

我以为葛洪所遵从的儒学，并非思孟一派的儒学，而是荀子一派的儒学。不少学者的论著中言及葛洪思想中除儒家、道家因素外也有法家思想，强调法制，甚至主张以刑法治奸臣乱民，其实这是荀子一派儒家固有。荀况主张以法制充实礼治，而不只讲礼。《荀子·礼论》中说：

> 人生而有欲，欲而不得，则不能无求，求而无度量分界，则不能不争，争则乱，乱则穷。

> 先王恶其乱也，故制义以分之，以养人之欲，给人之求。

这是解说礼的起源，其实已含有对"法"的合理性的解释。《荀子·性恶》云：

> 今人之性，生而有好利焉，顺是，故争夺生而辞让亡焉；生而有疾恶焉，顺是，故残贼

---

[1] 杨明照：《抱朴子外篇校笺》，北京：中华书局 1991 年版。

生而忠信亡焉；生而有耳目之欲，有好声色焉，顺是，故淫乱生而礼义文理亡焉……故必将有师法之化，礼义之道，然后出于辞让，合于文理，而归于治。

尊礼而不废法，正是《抱朴子外篇》的主导思想。在《抱朴子外篇》中，表现了《荀子》中这种思想的地方很多。如《用刑》篇云：

仁之为政，非为不美也。然黎庶巧伪，趋利忘义，若不齐之以威，纠之以刑，远美羲、农之风，则乱不可振，其祸深大。以杀止杀，岂乐之哉！

德须威而久立，故作刑以肃之。班、倕不委规矩，故方圆不戾于物；明君不释法度，故机诈不肆其巧。

葛洪认为人有私欲，只靠礼、靠仁德教化不能完全解决问题。仁政与法制并不是对立的。

《外篇》中也特别强调加强君权和知人善任、选拔贤才、预防贪贿等问题。这也与荀况、王充、王符思想一脉相承，更由于社会长期处于动乱之中，篡谋、逆反之事不断，很多忠正的官宦士人无所适从甚至白白丢掉性命，给广大人民带来无尽的灾难的缘故。在不到百年之中，魏代汉，晋代魏，而西晋建国十一年晋武帝一死，从朝廷到郡县就再没有太平过。所以书中明确地说：

然则危亡，不可以怨天，微弱不可以尤人也。夫吉凶由己，汤武岂一哉？（《君道》）

若有奸佞翼成骄乱，若桀之干辛、推哆，纣之崇侯、恶来，厉之党也，改置忠良，不亦易乎？（《良规》）

也就是说，世代都会有商汤王、周武王这样能首倡革命之人，就看在位君王是否自省勤政，以国事为第一，并选用贤才、赏罚分明，又崇礼据法、御下有术，使臣下、亲近无可乘之机。书中又说：

其周文掩未埋之骨，而天下称其仁；殷纣剖比干之心，而四海疾其虐。望在具瞻，毁誉尤速。得之举，不在多也。凡誉重则蛮貊归怀，而不可以虚索也；毁积则华夏离心，而不可以言救也。是以小善虽无大益，而不可不为；细恶虽无近祸，而不可不去也。（《君道》）

这是对最高统治者的告诫，既具思想家的深刻性，又表现出一个大德仁人的哲理性。这与他后来所倡导的一些道教思想理论也是相通的。其针对权臣说：

除君侧之众恶，流凶族于四裔，拥兵持疆，直道守法，严操柯斧，正色拱绳，明赏必罚，有犯无赦，官贤任能，唯忠是与，事无专擅，请而后行，君有违谬，据理正谏。战战兢兢，不忘恭敬，使社稷永安于上，己身无患于下。（《良规》）

因为从汉末到西晋之时，汉末的曹操专权、魏末的司马氏专权、以及西晋时赵王伦的篡位（301年）、东海王司马越的擅权（306年）等，都以安社稷为言，开始时一样多被比为周公、伊尹，所以书中说：

周公之摄王位，伊尹之黜太甲，霍光之废昌邑，孙綝之退少帝，谓之舍道用权，以安社稷。然周公之放逐狼跋，流言载路；伊尹终于受戮，大雾三日；霍光几于及身，家亦寻灭；孙綝桑荫未移，首足异所。皆笑音未绝，而号啕已及矣。（《良规》）

这是正告那些破法规礼数而为异谋的人：这样做自己的下场也并不好。整个南北朝的历史也进一步证实了这一点。

我们联系《君道》篇所说"然则危亡，不可以怨天"及"汤武岂一哉"等语，可知葛洪并不是像有的学者所认为的只是强调君权，实在是当时不断的政变和为争夺君位而给社会带来巨大灾难的缘故。

日本学者大渊忍尔在《抱朴子研究序说》一文中，比较了《抱朴子外篇》与《潜夫论》、《论衡》的异同之后，认为《抱朴子外篇》在对世道的批判上对后两书有所继承，连篇名也多有相似之处，这是事实。但我们如果以之与《荀子》比较，就会发现《抱朴子外篇》与《荀子》的篇名也有相似之处：两书都有《君道》篇，其他如《勖学》与《劝学》、《臣节》与《臣道》、《钦士》与《致士》、《清鉴》与《非相》等，都很相近。应该说，王充、王符思想也是受荀子的影响，而葛洪所遵崇儒学为荀况一派，可以肯定。

本文第一部分指出《抱朴子外篇自叙》明显是受了《史记·太史公自序》的影响，表现了他要继承先人遗志，立德、立言而益于世。这只是一个方面的原因。另一个原因是：司马迁的主导思想为黄老道家思想，而对荀况思想也有着深入的了解。《史记·荀卿列传》中说：

> 荀卿嫉浊世之政，亡国乱君相属，不遂大道，而营于巫祝，信机祥，鄙儒小拘如庄周等，又滑稽乱俗；于是推儒墨道德之行事兴坏，序列著数十万言。

司马迁著《史记》，"究天人之际，通古今之变，成一家之言"，是西汉时代对荀学有正确把握的少数学者之一。他在《史记·自叙》中说："或曰：天道无亲，常与善人。余甚惑焉。"对社会发展变化及一些社会现象的思考突破当时很多学者的认识范围。所以，他的道家思想中也含有儒家的成分。他给孔子以极高评价，便是明证。

葛洪所处时代比起荀况的时代来，更是混乱。他家族的变化，他个人的境遇，虽与司马迁不一样，但因事变而衰微，个人坠入无法摆脱的困境中，则是一致的。他们也都由于家族风气的影响，不低沉，不自弃，不忘应承担的社会责任。由荀况、司马迁、王充、王符，到葛洪，都是在居于政治核心之外（司马迁虽为史官，但为负罪之人），自比于被放逐的屈原、膑脚的孙膑、迁蜀的吕不韦、囚于秦的韩非，属于"意有所郁结，不得通其道，故述往事，思来者"的人。我们很难将他们划为某一家，原因是他们既有广博的学问，对各家都有所了解，又纵观历史，对很多问题有着独立的思考，同时又特别地关注现实，很多看法都是针对现实提出。这样，就不可能不对有些知识和理论做新的整合，并且随着现实的变化，在理论倾向方面有变化调整。

总之，我认为葛洪一生的行为和著述虽然前后期有所不同，但从基本思想和精神动力上说是一致的，即要坚守士人之家讲究纲常名教和正道直行的传统，并为此风气与传统不至坠失而进行各种努力。他后期思想同前期思想之间也不是断裂性突然转变。由于社会现实的原因，前期思想中已包含道家的成分，后期思想中也极力将儒家应坚守的原则贯穿到道教理论中去。应该说，在当时他作为民族的脊梁在维护民族优秀传统不至坠失的方面尽到了个人的努力。

骈赋非骈文辨

叶幼明

（湖南师范大学）

　　骈赋，自唐宋以后，许多文章家都把它视作骈文而选入骈文选本，甚至有些古文家还将其选入古文选本。如姚鼐《古文辞类纂》就选有潘岳《秋兴赋》、《笙赋》、《射雉赋》，张华《鹪鹩赋》，鲍照《芜城赋》。我认为，骈赋是辞赋的一体，是纯文学性质的韵文，与以应用文为主体的骈文是全然不同的类别。将骈赋当作骈文，视同一般的文章，是不恰当的。其理由如次。

　　第一，从文体分类看，历代学者，特别是唐代以前的学者，视诗赋为一个大类，以与其他文体并列而加以区别。屈原即自称其作品为诗，如《九章·悲回风》的"介渺志之所惑兮，窃赋诗之所明"，即其明证。汉魏时期，学者们更是诗赋连称。如刘歆《七略》与班固《汉书·艺文志》就专门设有《诗赋略》，以与《六艺略》、《诸子略》、《兵书略》、《术数略》、《方技略》等无韵之文区分开来。曹丕《典论·论文》也说"诗赋欲丽"，以与"奏议"、"书论"、"铭诔"等文体区分开来，并指出它们在写作上的不同特点。至陆机《文赋》始将"诗"与"赋"分列，但"诗缘情而绮靡，赋体物而浏亮"，诗与赋是紧挨着的，以与"碑"、"诔"、"铭"、"箴"、"颂"、"论"、"奏"、"说"等区别开来，辨明了它们在体裁方面的各自不同的特点："碑披文以相质，诔缠绵而凄怆，铭博约而温润，箴顿挫而清壮，颂优游以彬蔚，论精微而朗畅，奏平彻以闲雅，说炜晔而谲诳。"刘勰《文心雕龙》、萧统《文选》虽都"诗"、"赋"分列，但"诗"与"赋"仍是紧连着而归入有韵之文，以与无韵之笔区分为不同类别。刘勰还特别在《定势》篇中予以说明云："括囊杂体，功在诠别。宫商朱紫，随势各配。章表奏议，则准的乎典雅；赋颂歌诗，则羽仪乎清丽；符檄书移，则楷式乎明断；史论序注，则师范于核要；箴铭碑诔，则体制于弘深；连珠七辞，则从事于巧丽；此循体而成势，随变而立功者也。"这里就明确地把诗赋列为一个大类，指出其特点是清丽，以与其他文体加以严格的区分，还特别指出："括囊杂体，功在诠别"，各种文体不加区别，是错误的。

　　第二，从产生的时间看，是先有骈赋，然后才有骈文，骈文是在骈赋的影响下产生的。骈偶，作为一种能增加语言对称美的修辞手法，可以说是与我国文学一起产生的。原始歌谣里就有骈偶这种修辞手法。如《吴越春秋·越绝书》所载的一首《弹歌》云："断竹，续竹，飞土，逐肉。"这首歌谣就对仗工整。至春秋战国时期，骈偶已被作家普遍运用。骈偶在各种著作中出现的频率更高。但这个时期还只是作家们自发地偶一为之，还未能出于完全自觉地刻意经营。故《文心雕龙·丽辞》篇云："唐虞之世，辞未极文"，而皋陶赞云"罪疑惟轻，功疑惟重"，益陈谟云"满招损，谦受益"，"岂营丽辞，率然对尔"。到汉代，情况就发生了巨大的变化。这时，继《诗三百篇》之后率先出现于文坛的纯文学体裁——辞赋兴盛起来。并且，汉人认识到辞赋这种纯文学体裁的特点是"丽靡"。但汉人理解的"丽靡"，主要是"合纂组以成文，列锦绣而为质，一经一纬，一宫一商"（葛洪《西京杂记》所载司马相如语），是"极丽靡之辞，闳侈巨衍，竞于使人不能加也"（见《汉书·扬雄传》），也就是语言华丽。于是，骈偶作为一种能增加语言对称美的修辞手法，就被辞赋家普遍地加以运用，自觉地予以经营，而在辞赋中较多出现。到东汉时期，这种修辞手法运用更加日益繁密，而率先出现骈赋。张衡的《归田赋》就是骈赋的权舆之作。这股骈偶的风气也逐渐影响到诗文，诗文中的骈偶成分也日益增加，到曹魏时期，骈偶化就成为当时文学发展的重要特征。所以刘勰在《文心雕龙·丽辞》篇中云："至魏晋群才，析句弥密，联字合趣，剖豪析厘。"刘师培在《中国中古文学史·论文杂记》中更明确地把曹魏时期作为骈文的形成时期。他说："建安之世，七子继兴，偶有撰著，悉以排偶易单行，即有非韵之文，亦用偶文之体，而华靡之作，遂开四六之先。"他们都说得很明确，建安时期，骈偶的发展进入到了一个新时期。到了晋代就正式出现骈文，陆机、潘岳即其代表。整个两晋南北朝时期，骈赋、骈文成为"文之正宗"，几乎占据了整个文学园地，而给散文留下的地盘就极少。所以，可以说，骈赋与骈文的关系是母子关系，而不是兄弟关系，骈文是在骈赋的影响之下产生的，把骈赋视为骈文的一体而选录在一起是极不恰当的。

第三，从社会功用看，骈赋是辞赋一种体裁，属于纯文学性质。它与诗一样，只用于描写与抒情，是作家抒情言志的一种文学形式。而骈文当中虽也有少量的纯文学作品，但其主要部分则为应用文，是作家进行社会交往的重要工具，而不是为了描写与抒情。如明人王志坚编的《四六法海》，将骈文分为 41 类，即敕、诏、册文、赦文、制、手书、德音、令、教、策问、表、章、扎子、状、弹事、笺、启、书、颂、移文、檄、露布、牒、诗文序、宴集序、赠别序、记、史论、论、碑文、志铭、行状、铭、赞、七、连珠、志、哀策文、悼祭文、判、杂著。这 41 类之中，只有七、连珠、杂著和记中的一部分是纯文学，而其他则皆为应用文。又如清人李兆洛编的《骈体文抄》，将骈文分为 3 大类，31 小类：

上编　庙堂之制，进奏之编：铭刻类，颂类，杂物颂类，箴类，谥诔哀策类，诏书类，策命类，告祭类，教命类，策对类，奏事类，驳议类，劝进类，庆贺类，荐达类，陈谢类，移檄类，弹劾类；

中编　指事述意之作：书类，论类，序类，杂颂赞箴铭类，碑记类，墓碑类，志状类，诔祭类；

下编　缘情托兴之作：设辞类，七类，连珠类，笺牍类，杂文类。

这 31 小类之中，只有下编的设词类、七类、连珠类三类和杂文类中的一部分可以看作是纯文学作品，其他的均为有某种社会功用的应用文。从此，我们可以看到，骈文与骈赋的社会功用是完全不同的。王志坚、李兆洛就看到了它们的不同，故他们不把骈赋选入他们的骈文选本《四六法海》、《骈体文抄》之中，这是有见地的。

第四，从文学体裁看，骈赋属于辞赋的一种体裁，同属韵文，是诗、词、曲、赋四大韵文类别中的一种，无韵者无论如何都不能算作赋。姚鼐编的《古文辞类纂·辞赋类》中选录了《战国策》的《淳于髡讽齐威王》、《楚人以弋说顷襄王》、《庄辛说襄王》三篇历史散文，还在《序目》中振振有词地说："余尝谓《渔父》，《楚人以弋说顷襄王》，宋玉《对楚王问》，皆设辞，无事实，皆辞赋类耳。太史公，刘子政不辨而以事载之，盖非是。辞赋固当有韵，然古人亦有无韵者，以其义在讽托，亦谓之赋耳。"（《古文辞类纂·辞赋类序目》）如果不管体制如何，凡"有讽托"而"无事实"者皆可谓之赋，则讽喻诗、有讽喻意义的杂文和故事岂不皆可谓之赋？赋的概念岂不是太泛了吗！不图姚氏之自乱其体例一至如此！充其量这只是姚氏的一家之言，并非通达之论。故他的这种说法，前无古人，后无来者，为大家所不取。

而骈文则不要押韵，纯粹是文，是与古文相对的古代文章的一种，与骈赋在体制上是完全不同的。

孔稚圭《北山移文》、李华《吊古战场文》有韵，是否可以算作有韵的骈文？其实这类有韵的骈文，虽以文名篇，实则它们更接近于赋。马积高教授的《赋史》就将这类骈文名曰赋体文，而归入辞赋一类。马先生的这种归类，也不是他闭门造车，而是有所遵循的。刘禹锡编《柳河东集》，就将柳宗元的《乞巧文》、《骂尸虫文》等十篇以文名篇的作品归入"骚"一类，而骚则为赋之一体。屈原的作品就既可以称为骚，又可以称为赋，即其例。元人祝尧的《古赋辨体》卷十《外录下·文》一目之中，就收有孔稚圭的《北山移文》，李华的《吊古战场文》，韩愈的《吊田横文》，柳宗元的《吊屈原文》、《吊苌弘文》、《吊乐毅文》，并在《序说》中特别予以说明云：

> 昔汉贾生投文而后代以为赋，盖名则文而义则赋也。是以《楚辞》载韩柳诸文，以为楚声之续。岂非以诸文并古赋之流欤！今故录历代文中之有赋义著于此。若夫赋中有文体者，反不若此等之文为可以入于赋体云。
>
> （祝尧《古赋辨体》卷十《外录下·文序说》）

可见这种文是属于赋体之一，故当有韵，而归入赋体之中。即便不将它们视为赋体文，而仍然作为骈文看待，这种有韵的骈文，在骈文中其数量是微乎其微的，是骈文的一些特例，并不影响骈文就其整体而言是无韵之文，与骈赋必须有韵，是完全不同的文体。

第五，从体制结构看，骈赋与骈文也有重大的区别。骈赋往往在结构上采用客主问答的形式来展开描写。"述客主以首引"（《文心雕龙·诠赋》），通过客主问答来展开描写，这是辞赋特别是散体大赋经常采用的手法。骈赋也经常采用这种手法。如谢惠连的《雪赋》，就是通过梁王与邹生、枚叟和司马相如的问答来展开对雪的描写的。而谢庄的《月赋》则是通过陈王与仲宣的问答来展开对月的描写的。而骈文则是一般的文章，很少采用这种客主问答的结构形式。

其次，骈赋在结构上的另一特点是在结尾处往往有"乱"（或称"颂"、"系"、"歌"、"重"、"讯"等）。"乱"是骚体赋结尾处常有的部分，是骚体赋篇终的结束语。王逸《楚辞章句·离骚》于"乱曰"下注云："乱者，理也，所以发理词指，总撮其要也。"骈赋继承了骚体赋在结构上的这一特有形式，在结尾处常有"乱曰"、"歌曰"、"重曰"、"颂曰"、"讯曰"等。刘抬拱于《论语骈枝·太伯》"师挚之始，关雎之乱"句下注云："始者乐之始，乱者乐之终。""乱"本为"乐之卒章"，故郭沫若《离骚今译》将"乱曰"译为"尾声"。诗原本是可以入乐歌唱的。"赋者，古诗之流也。"（班固《汉书·艺文志·诗赋略叙》）赋是由诗歌发展演变而来的。赋虽然已经是"不歌而诵"（班固《汉书·艺文志·诗赋略叙》），已经不入乐歌唱，但仍然保留着可歌唱的诗的痕迹，故有乱（或称"颂"、"系"、"歌"、"重"、"讯"等），而且是赋在结构上的重要组成部分。而骈文则是由一般的古代散文发展而来，属于一般的文章，是一般文章的结构形式，除了少数的赋体文可以有"乱"之外（如贾谊《吊屈原文》就有"讯曰"，《汉书·贾谊传》作"淬曰"），一般的骈文是没有"乱"（或称"颂"、"系"、"歌"、"重"、"讯"、"诗"等）的。这是骈赋与骈文在结构上的又一个重大的区别。

吴楚才、吴调侯编选的《古文观止》卷七《六朝唐文》中选录的王勃的《滕王阁序》的后面是有一首歌咏滕王阁的七言诗，并且序文的结尾处设有"请洒潘江，各倾陆海云尔"二句。但是，《滕王阁序》本来就是为这次宴会上的客人们所写的诗而作的序言，所以有的本子就题为《滕王阁诗序》（有的题作《秋日登洪府滕王阁饯别序》）。作者在序文中的结尾处也说得挺清楚。他说："临别赠言，幸承恩于伟饯；登高作赋，是所望于群公。"他希望在座的客人们发挥君子"登高能赋"的才能，而"临别赠言"，写诗发表自己登高的感想，在宴会之后，即将分别之时，能赠人以言。还说："请洒潘江，各倾陆海云尔。"也就是号召大家发挥自己杰出的文学才华写成诗赋。既然要求大家都来写诗，王勃自己当然得先做表率，所以他"一言均赋。四韵俱成"，写成了这首滕王阁诗，这首诗有人就将其附录在序文之后。但是，这首诗纯粹是歌咏滕王阁的诗集中的一首，而不是《滕王阁序》这篇序文的不可或缺的有机部分，与骚体赋的"发理词指，总撮其要"的"乱曰"是完全不同的。故其诗之前没有"乱曰"、"颂曰"、"系曰"、"歌曰"、"重曰"、"讯曰"、"诗曰"等字样，以表明它是游离于序文之外的附录而已。故很多本子或选本就诗与序文分别收录或只选录序文而不选录这首诗，如《初唐四杰集·王勃集》就将这首诗题作《滕王阁》而收入卷二《七言古诗》，而将序文题作《秋日登洪府滕王阁饯别序》而收入卷五《序》一类中。《全唐文》卷181《王勃》5，李昉等编《文苑英华》卷718《序》20（《饯别》4），高步瀛选注《唐宋文举要·乙编》卷一《唐文》，朱东润主编的《高等学校文科教材·中国历代文学作品选》中编第一册《散文》等著作，选录这篇作品就都题作《秋日登洪府滕王阁饯别序》，都只收录序文而不收录这首诗，就是这个道理。故《滕王阁序》之后的这首诗，既不能算作是"篇义既成，撮其大要"（《国语》韦昭注）的"乱"，也不能算作"乱者乐之终"的"乱"，因为《滕王阁序》是文，与音乐无关，就不是"乐之卒章"。

第六，从句式看，骈赋与骈文也有许多的不同之处。骈赋的句式除了"骈四俪六，隔句作对"的四六句之外，还可以有骚体句、五七言诗句，特别是律化的五七言诗句，读来极具有骚体诗与五七言诗的韵味。如江淹《别赋》云："夏簟清兮昼不暮，冬缸凝兮夜何长。织锦曲兮泣已尽，回文诗兮影独伤。"这不就是一首优美的骚体诗吗？又如庾信《春赋》："宜春苑中春已归，披香殿上作春衣。新年鸟声千种啭，二月杨花满路飞。河阳一县并是花，金谷从来满园树。一丛芳草足碍人，数尺游丝即横路。"这不又是一首优美的七言诗吗？可见骈赋的句式是多种多样的。

而骈文则除了一些散文句式之外，基本上只用四六句，故骈文又称为四六文。四字句、六字句、骈四俪六、隔句作对，是骈文最基本的句形，极少使用骚体句或五七言诗句，尤其是律化的五七言诗句。当然，也有骈文使用骚体句与五七言诗句。如孔稚圭《北山移文》就有"希踪三辅豪，驰声九州牧"，"涧户摧绝无与归，石径荒凉徒延伫"这样的五七言诗句，李华《吊古战场文》就有"鸟无声兮山寂寂，夜正长兮风淅淅。魂魄结兮天沉沉，鬼神聚兮云幂幂"这样的骚体句。但是前面已经论及，此类骈文乃是赋体文，更加接近于赋，是赋体的一种特有的形式。即算不归入赋类，而仍然将其视作骈文，但这类骈文在骈文中为数很少，只能算作特例，并不影响大多数骈文的一般句式是四六句、骈四俪六和隔句作对。因此，骈赋与骈文在句式上也有很大的区别。

综上所述，骈赋与骈文是两种完全不同的文体，绝不可以视为同一类型而选录在一个选本里。当然，把骈赋视为文，也有它的历史原因。辞赋发展到唐宋时期，随着古文运动的兴起，古文逐渐取代了骈文的统治地位而占据了文章园地的主导地位。这股风气也影响到辞赋而使之逐渐趋向散文化，进而出现了一种新的赋体——唐宋文赋。这种文赋其体制特点是：语言风格与唐宋古文相似，行文运用散文的气韵，句式散文化，不拘对偶，不拘四六，押韵也疏密不等，无固定格式，内容亦写景、抒情、议论皆宜，成为所谓"则是一片之文但押几个韵尔"（祝尧《古赋辨体》卷八《宋体序说》）。如大家熟知的苏轼的《前赤壁赋》的一段有云：

苏子愀然，正襟危坐而问客曰："何为其然也？"客曰："月明星稀，乌鹊南飞，此非曹孟德之**诗**乎？西望夏口，东望武昌，山川相缪，郁乎苍苍，此非孟德之困于周**郎**者乎？方其破荆州，下江陵，顺流而**东**也，舳舻千里，旌旗蔽**空**，酾酒临江，横槊赋诗，固一世之雄也，而今安在哉？……"苏子曰："客亦知乎水与月乎？逝者如斯而未尝往也，盈虚者如彼而卒莫消长也。盖将自其变者而观之，则天地曾不能以一**瞬**；自其不变者而观之，则物与我皆无尽也，而又何羡乎？"

这段文章，除了我们变了粗体的那几个疏密不等的几个韵脚之外，不就是一段议论开阖的散文吗？

因为这种文赋以散文的气韵为文，使这种赋体更加接近于文而远于诗，从而引起人们（特别是唐宋古文家）对辞赋分类的看法的改变，他们之中有些人就不再区分有韵之文与无韵之笔、应用文与纯文学的区别，而将诗、词、曲以外的韵文（包括辞赋、箴、铭、颂、赞等）都归入文章一类。这是文体散文化而引起文体分类观念发生变化的结果。依据唐宋文赋的特点，将这种文赋视为古文亦无不可。但这种文赋是有唐宋以后才出现的，并且只占辞赋的很小的一部分，不可以将唐宋文赋以外的赋皆视为文章，而归入文章（包括古文与骈文）一类。骈赋是赋，骈文是文，二者不可以因为它们都姓"骈"就视为同宗，正如诗中的"律诗"，赋中的"律赋"，词曲中的"小令"，记叙文中的"小说"，曲中的"散曲"，文中的"散文"，赋中的"散体赋"，不可以因为它们都姓"律"，都姓"小"，都姓"散"，就视为同属一个类别而选录在一起一样。这是人尽皆知的事实。为什么唯独骈赋与骈文要将它们视为同属一类呢！

中国骈文学的思想传统

曹 虹

（南京大学文学院）

相比于古文之学以"载道"、"传道"、"托古"、"雅化"等思想策略为文学方针，其与思想史的对接之迹较为光鲜明朗，而传统骈文之学如何淬练思想史资源的线索就显得较为曲折而杳暝。[1]但尽管如此，中国骈文学中所蕴含的思想传统仍然是值得加以稽考归纳的，兹略析为四个方面加以认识。

一、缘何尊体？

经学素来是中国古代思想的渊薮，圣贤之言可为后世之法言。骈文作为讲究修辞与文采的体式，其存在意义与文体价值的体认与掘发，往往借重于经学中的某些论断与思想。

兹以清代三家名言为例。《皇朝骈文类苑》由姚燮辑、张寿荣补辑，是清代较晚期出现的一部规模较大的当代骈文选本，姚燮所撰叙录指出：

> 其曰"古文丧真，反逊骈体，骈体脱俗，即是古文"者，曾燠氏之言也。其曰"以多为贵，双词非骈拇；沿饰得奇；偶语非重台"者，吴鼐氏之言也。其曰"人受天地之中，资五气之龢，一言之中，莫不律吕和、宫徵宣，而不自知，或右韩、柳而左徐、庾，殆非通论"，则又吴育氏之言也。[2]

他这里引重的，是清中期三部骈文选本之序言中的意见。其一是（嘉庆十一年）曾燠《国朝骈体正宗》自序之语，将文体尊卑之争的症结加以化解，归结为真伪雅俗的价值趣味之认同，这种尚真尚雅的标准早已是士文化传统的符码，内化于人心而无需论证。其二是（嘉庆三年）吴鼐《八家四六文钞》自序之语，其上下文如此：

> 夫一奇一偶，数相生而相成；尚质尚文，道日衍而日盛。旸谷幽都之名，古史工于属对；觏闵受侮之句，葩经已有俪言。道其缘起，略见源流。盖琴无取乎偏弦之张，锦非倚乎独茧之剥。以多为贵，双词非骈拇也；沿饰得奇，偶语非重台也。要其搏扯虽富，不害性灵；开阖自如，善养吾气。[3]

---

[1] 清中期曾燠《国朝骈体正宗序》回顾骈体长久以来所处的不利地位曰："国朝云汉为章，璧奎应象，人称片玉，家有联珠。唯骈体别于古文，相沿既久，或以篆刻太工，为扬雄之小技；喻言虽妙，类庄子之外篇。"《国朝骈体正宗》卷首，清嘉庆十一年赏雨茆屋刻本。

[2] 清光绪九年刻本。

[3] 清光绪五年刻本。

这里实际上是将奇偶相生、质文递变看作"天地之道"的运作规则，符合于《周易·系辞下》"天地之大德曰生"的理念。更如《诗经》有"觏闵既多，受侮不少"之偶句实例，骈文可以自尊其源。骈即是双与多，《文心雕龙》讲文贵"复意"（隐秀篇）、"沿饰得奇"（夸饰篇），也为吴氏取材，但不会必然地走向"骈拇"与"重台"所喻示的反面的累赘。其三是（道光元年）吴育为同乡挚友李兆洛所编《骈体文钞》撰序申张其宗旨，不必扬散抑骈的终极理由是，"人受天地之中，资五气之胰"[1]。中国古典哲学所崇尚的宇宙观是天人合一，"天地絪蕴，万物化醇"（《周易·系辞下》），把宇宙万物（包括人在内）看成是一大生命的整体，其中部分与整体之间或部分与部分之间都构成一种有机关联。[2]"天地之大德曰生"（《周基于这种将宇宙万物视为有机的生命整体的思想预设，易·系辞下》），人文活动乃至文之存在就足以获得枝繁叶茂、生生不已的生命力，这也正是刘勰论"文之为德也大矣"时感叹其"与天地并生者，何哉"（《文心雕龙·原道篇》）的思想背景。那么，文体衍生形态之毗散毗偶都是资于宇宙化生之理的成果，实不必加以轩轾。

就此而言，吴育表述之意，实不如李兆洛本人自序结合经传阐述得更为详赡：

> 天地之道，阴阳而已，奇偶也，方圆也，皆是也。阴阳相并俱生，故奇偶不能相离，方圆必相为用。道奇而物偶，气奇而形偶，神奇而识偶。孔子曰："道有变动，故曰爻；爻有等，故曰物；物相杂，故曰文。"又曰："分阴分阳，迭用柔刚。故易六位而成章。"相杂而迭用，文章之用其尽于此乎！

借《周易》阴阳合德的思想而证不废骈散，所引孔子之语出于《周易·系辞下》："易之为书也，广大悉备，有天道焉，有人道焉，有地道焉。兼三才而两之，故六；六者非它也，三才之道也。道有变动，故曰爻；爻有等，故曰物；物相杂，故曰文。"对"物相杂，故曰文"，韩康伯注曰："刚柔交错，玄黄错杂。"又《周易·说卦》曰："昔者圣人之作《易》也，将以顺性命之理。是以立天之道曰阴与阳，立地之道曰柔与刚，立人之道曰仁与义。兼三才而两之，故《易》六画而成卦。分阴分阳，迭用柔刚，故《易》六位而成章。"从以上两段话中的"相杂"和"迭用"，看出文章的运化大用也全在于此。

以上所举曾燠、吴鼐、李兆洛、姚燮四家选本之见，在清代中后期文坛影响颇大。值得稍作比较的是，某些文论家在证成骈文存在的合理性时，往往以自然界的丽景作为比附，如清初黄始《听嘤堂四六新书序》曰：

> 日星丽乎天，而光华常旦；川岳附乎地，而经纬恒新。是日星川岳，天地之大文也[3]。使天有其日星，而无云霞为之披拂，雨露为之濡润，则天亦颓然其光华尔；使地有其川岳，而无波涛为之潆洄，草木为之掩映，则地亦庞然其经纬尔。曷以穷生态之奇，宣物华之盛哉！

> 文章之道亦然。西京而下，暨唐宋诸大家之文，文之日星川岳也。魏晋而下，自六朝以迄唐初诸子比耦之文，文之云霞雨露、波涛草木也。龙门昌黎、欧、苏诸家，发其光华，彰其经纬，而无徐、庾、谢、鲍、王、杨、卢、骆诸子为之披拂焉，濡润焉，潆洄而掩映焉，则文之体终未备，文之奇终未宣，文之精英光怪终未毕呈而畅露。故大家之文与比耦之文，不可不并传也。[4]

---

[1] 《四部备要》本。

[2] 参见余英时：《代序》，载李建民《生命史学——从医疗看中国历史》，三民书局2008年版，第7页。

[3] 唐代张怀瓘《文字论》："察其物形，得其文理，故谓之曰'文'……日、月、星、辰，天之文也；五岳、四渎，地之文也；城阙、朝仪，人之文也。"黄始关于天文、地文之基本意象有其来历。

[4] 清康熙八年刻本。

虽然也利用了将天道自然与人文景观加以沟通的思想视野，但在具体形容和比对时却又落入了大小之分别，实际上骈文的地位还是没有获得尊体之功。不难看出，黄始的立说在义理上粗糙，他展望的"穷生态之奇，宣物华之盛"，姑且也可谓是宇宙生生之景，但他不如吴鼒谓"一奇一偶，数相生而相成"及李兆洛的见解中对《易》学的领悟与运用之精巧。《易》学的精义并不在于一般地诉说世界生成的图景，而是把世界如何生成的问题作为思考的中心，那么"奇偶相生相成"或"阴阳相并俱生"的生成法则对于尊骈的意义就胜于雄辩了。李兆洛的同乡后进方履籛也云："每谓奇偶相生，大圆所以启运；元黄成采，睿哲所以含章。故继经有作，必开屈宋之宗；逮汉以还，遂建曹刘之帜。此实体变之繇，抑乃化机之理。"[1] 所谓"化机之理"的着眼，也正可看出他们浸染于《易》学之深。

二、文人修养

骈文家具经史素养，或竟成为儒林典型者代不乏人。大致来说，基于两点，一是从文体看，如清初沈荃《四六纂组序》所言："四六之体，贵协调、贵谐声、贵秉经据典、贵推旧易新，庶令观者相悦以解。苟非素为揣摩，一旦操觚，谩夸白战，蹈袭于汎滥迂疏，调不协、声不谐、语不经、事不典，陈陈相因，粟红贯朽而不适于用，则鄙甚矣。"[2] 他赞扬这个选本之文"率皆调中宫商，声谐金石，而且镕经铸典，理从故而生新，言泽新以化故"。二是从文人身份看，前台固然多是"人人握隋侯之珠，家家抱荆山之璞"，但背影却需是"材知深美"之士 [3]，吴鼒称进入到《八家四六文钞》的诸人为"通儒上材"，多有"修述朴学，传薪贾郑"之迹，这种学问倾向或多或少与时代风尚相关。不过，作为"镕经铸典"的当然素养，历来的骈文家在笔下翰藻中不掩思想光芒的，还是大有人在。

兹以一度被苛评为"词赋罪人"的庾信为例。关于庾信之学养，《周书·庾信传》和《北史·文苑传》均谓"聪敏绝伦，博览群书，尤善《春秋左氏传》"，清黄子云《野鸿诗的》更概括为："子山看核乎六籍之间，探索乎百家之旨。"西晋杜预集注的《左传》受到庾信重视，实际上作为经学家与事功家的杜预也是他心仪的典范，"羡言杜元凯，河桥独举觞"（《奉在司水看治渭桥》）；"昔桓君山之志事，杜元凯之平生，并有著书，咸能自序"；"平吴之功，壮于杜元凯"（《哀江南赋序》）。庾信的文学成就，以北迁以后达到最高峰，《四库全书总目·庾开府集笺注提要》赞其"华实相扶，情文兼至"。在其动人心魄的"乡关之思"中，也融铸了儒家仁学与礼义观念。庾信本来就自豪于文儒传家，"门有通德"（《小园赋》），他的学养如《左传》中也有丰沛的礼学观念。《左传》论"礼"，既是顺天安民的社会准则，"礼，所以守其国，行其政令，无失其民者也"（昭公五年），"礼以顺天，天之道也"（文公十五年），"礼可以为国也久矣，与天地并"（昭公二十六年）；《左传》论"礼"还包含了仁、忠信等道德观念，强化了庾信对人格操守的判断标准，也因此导致他后半生的不断自责。如果我们看不到儒家思想对他的隐形作用，就不能很好地理解何以他在仕北以后得到的"高官美宦，有逾旧国"（宇文逌《庾子山集序》），却仍以一种自我折磨的固执，沉溺于名节玷污的煎迫，将内心的惊辱形容为"倡家遭强聘，质子值仍留"（《拟咏怀》其三），责备自己仕于敌国为"遂令忘楚操，何但食周薇"（《谨赠司寇淮南公》）。这样的自我拷问的文学表达，其实是具有思想性的。

骈文家的素养问题，因中唐古文家"文道合一"的文艺观形成思潮，古文与六经的关系在理论与

---

[1] 《答陈伯游书》，《万善花室文稿》卷四，《丛书集成初编》本。

[2] 《四六纂组》卷首，清康熙十八年刻本。

[3] 班固《汉书·艺文志》诗赋略谓："传曰：'不歌而诵谓之赋，登高能赋，可以为大夫。'言感物造端，材知深美，可与图事，故可以为列大夫也。"

实践上得以明朗化，几乎抢占了理论的优势。在这种惯性态势下，才会有清初许自俊为李渔《四六初徵》作序时的如下设论：

> 说者曰古大儒不屑为丽句，故司马不习四六，不知温公以辞知制诰，非不能为丽句也。唐宋明三代制诰、表诏式用四六，亦所以珍重丝纶、鼓吹坟典，岂作月露风云、雕虫剪彩哉！至今读王僧虔《劝进》、赵丞相《遗表》，令人色飞心动；读李敬业《讨武后檄》、江浩宣《布中原诏》，令人慷慨呜咽，泣下沾巾。古之忠臣名将，倚马作露布，草檄愈头风，其英杰雄伟之气，飞扬跋扈之才，皆能随风生珠玉，掷地为金石，何至以寒蛩之唧唧，笑仙凤之喤喤哉！即以是编为六经百史之笙簧可矣！[1]

骈文不被"古大儒"所染指的误会，就在于认定骈体不能胜任"鼓吹坟典"的使命，这种舆论定势也从一个侧面说明，文人素养的评价也关乎文章尊体的评价。许自俊将这个骈文选本说成是"六经百史之笙簧"，这一美化的方式既证自骈文史的若干实例，也是受到古文家的激励所致吧。

由于文章学的发展不能无视骈散角力的实际创作历程，那么，尤其是在清代被反复谈论的一个话题也就有了特殊的理论意义。兹从彭元瑞《宋四六选》自序的见解切入：

> 世逝川波，文传薪火。增冰积水，有递嬗之风流；明月满墀，得常新之光景。萧选熟而无奇不偶，韩集起而有衡皆从。昔也矜俪事于典坟，今焉侈遣词于经史。俪事久，而文章或成糟粕；遣词当，而臭腐皆化神奇。若是班乎，其致一也。是知诗裁元白，亦列正声，词出苏辛，更参别调。庶几克尽乎能事，未容顿薄乎古人。[2]

这里其实指出骈散创作都可以"觇学人之经术"，就文体经验而言，骈文"矜俪事于典坟"有着比古文家优先且富足的经历，是不应该妄自菲薄的。从文学审美的"能事"上看，"臭腐"、"神奇"的对转与创新性有关，后起的古文家如韩愈极善于从经史中"含英咀华"而融铸新词，开发出文学取资经史的新本领。而且这种对转也不会是静止或终极的，焉知古文技法沿袭既久亦难免"或成糟粕"？再如吴鼒也警惕作为骈文之营养的经史俪藻恰如"醇甘所以养生，或曰腐肠之药；笙簧所以悦听，或曰乱雅之音"（《八家四六文多钞序》）。中国文论中关于"臭腐"与"神奇"、"糟粕"与"醇甘"的辩证对转观念极具智慧，其重视有机世界的整体性，强调通过转化而不是割弃而获得新的生机。

彭元瑞之后，从骈散两体审美对转的角度来论述者，见解精辟者不止一家，著名的如曾燠"古文丧真，反逊骈体，骈体脱俗，即是古文"之论。兹再以郭嵩焘《十家四六文钞序》为例：

> 文章缘始，取资根柢，品事类情，理体并呈。流派区分，轨辙斯异。寻求两汉之作，树干为胃，错综经纬，辅之以辞，非博览无以厚其藏，非精思无以折其理，异制繁兴，摛词无二。六代波流渐趋繁缛，遂乃排比为工，陶染为富，至唐四杰出，体□丰靡，无复余蕴。杨雄氏已言：今之学者非但为之华藻，又从而繡鞶帨，盖世愈靡矣。昌黎氏起而振之，抗两汉而原本六经，创为古文之名，六代文体判分为二。夫诚有涵濡六经之功，斯为美矣。而舍铅华以求情盼，去篡组而习委他，劳逸差分，丰约殊旨，俗学虚桴波荡以从之，则矫之于古者，抑亦转而就衰之征乎？[3]

---

[1] 清康熙十年刻本。
[2] 清乾隆四十一年刻本。
[3] 清光绪十五年刻本。

郭氏作为有桐城派古文后劲湘乡派背景的学者，他看出古文立名之尊，"昌黎氏起而振之，抗两汉而原本六经，创为古文之名"，但他也没有因此而认为古文就是万全不衰的"醇甘"之品，他担心"俗学虚枵波荡以从之"，这一点在他之前袁枚已痛快言之："词骈则徵典隶事势难不读书，其词散则言之无物亦足支持句读"（《胡稚威骈体文序》），以郭嵩焘而讲出了担心曾有"起衰"之荣的古文落入"转而就衰"的危机，实具智者的眼光。通过这份睿智，我们也不妨可以通达地想象骈体传达好学深思的思想性意旨的功能。

其三是关于风格的思想意义。骈文学上对"哀感顽艳"、"六朝真诀"、"潜气内转"诸风格的体认，涉及骈文史与思想史交涉的相关背景。其四是骈文流派的思想基础。这里姑从略，有待续篇再做详述。

《文心雕龙·丽辞》读解

韩高年

（西北师范大学文学院）

南北朝时期不仅是骈文创作兴盛的时期，也是骈文创作理论自觉的时期。譬如刘勰，不仅用骈文著《文心雕龙》一书，彰显骈体文在说理方面的优长和独特之处，同时还对骈文的起源、文体特点及风格等问题进行了开创性的总结论述。《文心雕龙·丽辞》一篇，可以说是骈文理论的开山之作，其理论观点具有开创性，对后世的骈文创作实践及"四六话"评价骈文的标准和批评模式产生了重要的影响。过去学者们对此注意不够，故本文就此略陈己见，以求教于方家。

一、《丽辞》是现存最早的骈文专论

陈寅恪曾指出："就吾国数千年文学史言之，骈俪之文以六朝及赵宋一代为最佳。"[1]

今天研究骈文的学者们也认为，在文学史上，骈文创作有两个高峰：一个是六朝[2]，一个是宋代[3]。综观这两个高峰时代，骈文作家作品数量多、质量高，对骈文创作的理论总结也特别受到重视。六朝号称文学自觉，对骈文创作进行理论总结，亦属应有之义。然而就此问题而言，在骈文研究界却存在一些认识上的偏差。宋代费衮《梁谿漫志》卷五"《四六谈麈》差误"条云："古今人做诗话多矣。近世谢景思（伋）作《四六谈麈》、王性之（铚）作《四六话》，甚新而奇，前未尝有此。"说前未尝有此，似有绝对之嫌。《文心雕龙》之《丽辞》篇虽不在其"文体论"之中，但处在骈体文繁荣之时代，又作为骈体文创作的大家和尝试者，刘勰在此篇中总结骈文创作的经验、揭示骈文起源及文体风格的意识是非常清楚的。对此问题，莫山洪曾引述前人观点予以探讨[4]，在此基础上，笔者再提出三证以证之。

---

[1]　陈寅恪：《论再生缘》，载《寒柳堂集》，生活·读书·新知三联书店2001年版。

[2]　于景祥言："尽管六朝骈文有过重形式、忽略思想内容的弊端，但这不是主流，而是支流，从整个骈文史上看，六朝是骈文的黄金时代，前无古人，后难为继，创造了难以企及的美文的巅峰。"此说见其《中国骈文通史》，吉林人民出版社2002年版，第326页。

[3]　宋代骈文创作不仅作家作品数量超过前代，而且形成了独特的文体特点与风格特点。施懿超言："宋人别集几乎都有四六文，个别的甚至以四六名集；宋人总集亦如此，吕祖谦《宋文鉴》一百五十卷，四六文约占三分之一，魏齐贤、叶棻合编《圣宋名贤五百家播芳大全文粹》一百五十卷，所选以四六文为主，约占到三分之二以上；另外，还有专收四六文的宋人总集，如南宋人编宋人四六集《三家四六》、《四家四六》等；再有就是为研究者所忽视的几种四六类专门性类书部分，如叶棻所编《圣宋名贤四六丛珠》一百卷等。从文学创作的实际情况来看，宋四六文数量大大超过前代，四六文创作大家辈出，精品杰作屡见。"此说见其《宋四六论稿》，上海古籍出版社2005年版，第1—2页。程千帆、吴新雷著《两宋文学史》（上海古籍出版社1991年版，第520—522页）概括宋代骈文的艺术特色有五个方面：第一是注入散文的气势，少用故事而多用成语；第二是排偶中喜用长句；第三是参以散文之议论；第四是工于剪裁；第五是语句较为朴实，且多用虚字以行气。

[4]　莫山洪：《〈文心雕龙·丽辞〉与骈文理论》，载《柳州师专学报》2002年第3期。

首先，篇名"丽辞"，即语涉辞章与骈偶二义。修辞本不可离开辞章而孤立存在，刘勰谈论骈偶也是如此。纪晓岚评《丽辞》篇曰："骈偶于文家为下格，然其体则千古不能废。其在六代犹为时尚，故别作一篇论之。"[1] 揭示《丽辞》篇的写作旨趣，也认为不能将其视为单纯地探讨骈偶这种修辞手法的篇章。范文澜《文心雕龙注》云："丽辞，犹言骈俪之辞耳。"[2] 周振甫则径言"丽辞即骈文，讲对偶句，所以承接《章句》"[3]。虽显极端，但亦道出《丽辞》篇与骈文的关系。

其次，尽管骈文的文体特征有讲求骈偶、声韵、隶事和藻饰等方面，但学者们认为，"骈文最大的特征，首先是它的对仗"[4]。也就是说，骈偶是骈体文的核心特点，因此讨论作为修辞手法的骈偶，本身就是讨论骈文文体。

再次，《丽辞》篇主要讨论了丽辞的起源与"丽辞之体"两个问题，前者显然并非单纯探讨一种修辞手法的起源，而是简要地梳理了从骈偶修辞手法到骈体文形成的过程。而"言对"、"事对"、"正对"、"反对"四体之说，也不仅涉及骈体文联词成句、联句成篇的方法，而且涉及骈文创作中隶事用典这一重要的文体特征。其篇末赞语总括一篇之大旨曰："体植必两，辞动有配。左提右挈，精末兼载[5]。炳烁联华，镜静含态。玉润双流，如彼珩珮。"意谓骈偶乃出乎自然之对，文章之有骈偶出乎天然，如运用得当，必能对仗精工，音韵和谐。孙德谦《六朝丽指》言：

> 六朝之文可贵，盖以气韵胜，不必主才气立说也。《南齐书·文学传论》曰："放言落纸，气韵天成。"此虽不专指骈文言，而文章之有气韵，则亦出于天成可知矣。余尝以六朝骈文譬诸山林之士，超逸出群，别有一种神峰标映，贞静幽闲之致。其品格孤高，尘氛不染，古今亦何易得是？

从孙德谦的概括可知，六朝骈文虽然专事雕绘，但不失天然生动之气韵。[6] 刘勰赞语显然不是空论，而是在总结同时代骈文整体风格特点的基础上，结合自己的创作经验所做的概括。梁祖萍认为："《文心雕龙·丽辞》专论文章的骈偶属对，从其论述中我们可以看到，刘勰推崇自然成对、迭用奇偶、情文并茂的骈文，反对盲目追求形式的平庸之作。"[7] 所言近真。

由此可以看出，对刘勰而言，著《丽辞》一篇是在有意探讨骈文的起源与写作方法，也是一篇涉及骈文文体的专论。前人限于对《文心雕龙》一书编排体例先总论，后文体论，后创作论的成说，认为《丽辞》一篇属于创作论，而不涉及文体，是不全面的。

二、《丽辞》的骈文起源观念影响深远

《丽辞》作为一篇骈文专论，对后世论者评价和讨论骈文影响很大，其中影响最大者，当数刘勰对骈文起源于自然的观点。这和《原道》篇中关于文学起源的观点是一致的，同时也是对《原道》篇"言

---

[1]　见黄霖编：《文心雕龙汇评》，上海古籍出版社 2005 年版，第 118 页。

[2]　范文澜：《文心雕龙注》，人民文学出版社 1958 年版，第 590 页。

[3]　周振甫：《文心雕龙注释》，人民文学出版社 1981 年版，第 389 页。

[4]　莫道才：《论骈文的形态特征与文化内蕴》，载《骈文研究与历代四六话》，辽海出版社 2005 年版，第 23—33 页。

[5]　原作"味"，当作"末"，"精末"，意为精粗。据郭晋稀《白话文心雕龙》改，岳麓书社 1997 年版，第 395 页。

[6]　钟涛认为六朝骈文的勃勃生机体现在三个方面：一是句式转合多样，二是骈中运散，三是藻绘华缛中不乏韶秀质朴。很能发明刘勰《丽辞》篇中关于骈偶运用之妙的论述。此说见其《六朝骈文形式及其文化意蕴》，东方出版社 1997 年版，第 154—159 页。

[7]　梁祖萍：《从〈文心雕龙·丽辞〉看刘勰所推崇的骈文》，载《宁夏社会科学》2006 年第 2 期。

立而文明，自然之道也"文学起源论[1]的具体化。《丽辞》开篇云：

> 造化赋形，支体必双；神理为用，事不孤立。夫心生文辞，运裁百虑，高下相须，自然成对。唐虞之世，辞未极文，而皋陶赞云："罪疑惟轻，功疑惟重。"益陈谟云："满招损，谦受益。"岂营丽辞？率然对尔。《易》之《文》、《系》，圣人之妙思也。序《乾》四德，则句句相衔；龙虎类感，则字字相俪；乾坤易简，则宛转相承；日月往来，则隔行悬合：虽句字或殊，而偶意一也。至于《诗》人偶章，大夫联辞，奇偶适变，不劳经营。自扬、马、张、蔡，崇盛丽辞，如宋画吴治，刻形镂法，丽句与深采并流，偶意共逸韵俱发。至魏晋群才，析句弥密，联字合趣，剖毫析厘。然契机者入巧，浮华者无功。

骈文本是对偶这种修辞手法发展到极致的产物，其显著的风格特点就是人工经营、雕绘满眼，隋、唐及之后的骈、散之争的焦点也在此。[2]然而刘勰却指出其起源的"自然"特点，这实际上是从根源上对骈体文的充分肯定。也就是说，导致骈文过分讲求形式美的主要原因并非这种文体本身不值得提倡，而是作家在创作中未能处理好"率然"与"经营"的关系所致。不能因此而否定骈体文存在的合理性。后世的"四六话"论骈文的创作及风格莫不以此为准的。如欧阳修早年为科举而作骈文，意在逞才学，故所作骈文如《上胥学士偃启》等文字极尽繁缛，几乎句句用典，句句对偶。宋人黄伯思《黄氏日钞》卷六十一评其"《上胥学士偃启》等，皆少年之作，一句一故事，非晚年明白言意者比"。清人何焯评其《谢进士及第启》以为是"少作，风逸既不如唐，又未变新体"[3]。都是批评其少作经营过甚，有损自然。

清人李兆洛在《骈体文钞序》：

> 少读《文选》，颇知步趋齐梁。后蒙恩入庶常，馆阁之制，例用骈体，而不能致工，因益搜辑古人遗篇，用资时习。区其钜细，分为三篇，序而论之曰：天地之道，阴阳而已。奇偶也，方圆也，皆是也。阴阳相并俱生，故奇偶不能相离，方圆必相为用，道奇而物偶，气奇而形偶，神奇而识偶……六经之文，班班俱存，自秦迄隋，其体递变，而文无异名。自唐以来，始有古文之目，而目六朝之文为骈俪。而为其学者，亦自以为与古文殊路。既歧奇与偶为二，而于偶之中又歧六朝与唐宋为三。夫苟第较其字句，猎其影响而已，则岂徒二焉三焉而已，以为万有不同可也。夫气有厚薄，天为之也，学有纯驳，人为之也。体格有变迁，

---

[1] 王元化认为："刘勰所说的'自然之道'也就是'神理'。这一点黄侃的《札记》也不讳言。《原道篇》说：'若乃河图孕乎八卦，洛书韫乎九畴，玉版金镂之实，丹文绿牒之华，谁其尸之，亦神理而已。''神理'即自然之道的异名。篇末《赞》曰：'道心惟微，神理设教。'二语互文足义，说明道心、神理、自然三者可通。据此，刘勰说的'自然之道'，虽与人为人造的概念相对，含有客观必然性的意思，但这个客观必然性只是代表宇宙主宰（即神理）的作用，而不是指物自身运动的客观规律。"此说见《刘勰的文学起源论与文学创作论》，载《文心雕龙讲疏》，上海古籍出版社1991年版，第53—78页。

[2] 《新唐书·文苑传序》载："高祖、太宗，大难始夷，沿江左余风，缛章绘句，揣合低昂，故王、杨为之伯。玄宗好经术，群臣稍厌雕琢，索理致，崇雅黜浮，气益雄浑，则燕、许擅其宗……大历、贞元之间，美才辈出。韩愈倡之，柳宗元、李翱、皇甫湜和之，排逐百家，法度森严。"所谓"江左余风"即主要是指骈文在辞句和典事、音韵方面的刻意经营。谭家健先生《关于骈文研究的若干问题》一文指出："唐初，太宗对传统文化特别是南朝文化尤为喜爱，周围多来自江南的文化贵族，故初唐骈风继续发展。盛唐时期，骈文的形式主义倾向引起许多人的不满，如陈子昂、独孤及、萧颖士等，但他们未能改变文坛风气。这时真正有力地抵制骈风并收到一定成效的是唐玄宗李隆基。他有很高的文化素养，但不喜欢浮夸之风，而'好经术'……在他的支持下，才有所谓'燕许大手笔'，即比较注意内容的新骈体。中唐时期，新骈体的代表是陆贽。他位居宰相，所作骈体应用文（诏令表奏之类）是得到德宗皇帝的赞同，因而在实际活中发挥了巨大的作用。"文载《文学评论》1996年第2期。

[3] 何焯：《义门读书记》，中华书局1998年点校本，第443页。

人与天参焉者也，义理无殊途，天与人合焉者也。得其厚薄纯杂之故，则于其体格之变，可以知世焉，于其义理之无殊，可以知文焉。文之体，至六代而其变尽矣。沿其流极而溯之，以至乎其源，则其所出者一也。吾甚惜夫歧奇偶而二之者之毗于阴阳也。毗阳则躁剽，毗阴则沈腿，理所必至也，于相杂迭用之旨，均无当也。

李氏提出的为文中"天为之"文、"人为之"文的概念显然是受刘勰《丽辞》的影响，他认为文章最初并无所谓骈、散之分，为或骈或散，初只出乎天然，在这方面六经之文可为典范；后之作者不明此理，取其一端，极尽"人为"之经营而成文，于是才有骈、散之争。

黄侃《文心雕龙札记》亦言：

文之有骈俪，因于自然，不以一时一人之言而遂废。然奇偶之用，变化无方，文质之宜，所施各别……一曰"高下相须，自然成对"，明对偶之文依于天理，非由人力矫揉而成也。次曰"岂营丽辞，率然对尔"，明上古简质，文不雕饰，而出语必双，非由刻意也。三曰"句字或殊，偶意一也"，明对偶之文，但取配俪，不必比其句度，使语律齐同也。四曰"奇偶适变，不劳经营"，明用奇用偶，初无成律，应偶者不得不偶，犹应奇者不得不奇也。终曰"迭用奇偶，节以杂佩"，明缀文之士，于用奇用偶，勿师成心，或舍偶用奇，或专崇俪对，皆非为文之正轨也。

"勿师成心"即是要求在为文中率然而对，不刻意求经营之功。这也是对刘勰"自然"说的继承与发挥。

三、《丽辞》华实并举的骈文风格论是骈文文体自觉的标志

刘勰身处六朝骈文鼎盛之时，自身又喜好骈文。《文心雕龙》以骈文写成，既是文学批评方面的创举，同时也是对骈文文体功能的一次创造性的尝试。[1]所以他和其他文人不同，对骈文的评价能够一分为二，既充分肯定其优点，也意识到了其为文之弊，这是十分难能可贵的。除此之外，他还在骈文风格方面提出了华实并举、奇正相参的主张，这也直接影响到后代四六话对骈文批评的标准。《丽辞》曰：

张华诗称："游雁比翼翔，归鸿知接翮。"刘琨诗言："宣尼悲获麟，西狩泣孔邱。"若斯重出，即对句之骈枝也。是以言对为美，贵在精巧；事对所先，务在允当。若两事相配，而优劣不均，是骥在左骖，驽为右服也。若夫事或孤立，莫与相偶，是夔之一足，踉踔而行也。若气无奇类，文乏异采，碌碌丽辞，则昏睡耳目。必使理圆事密，联璧其章；迭用奇偶，节以杂佩，乃其贵耳。类此而思，理自见也。

刘勰认为，对偶当以言事相兼，骈散相间，这样才能做到"理圆事密，联璧其章"，才能使读者喜读乐读，不致昏昏欲睡。如果只是一味地隶事用典，那么文章的表意效果就要大打折扣。这与他在《定势》篇中批评当时的文人为文中"新学之锐，则逐奇而失正；势流不反，则文体遂弊"的思想是一致的。显然，这里已经不仅是在谈丽辞之对偶了，也涉及用典和声韵的方面。这表明刘勰已经从理论上认识到骈文创作中的核心问题是骈偶手法的具体运用：骈偶在骈文创作中并不能简单地理解为句子形式的

[1] 蒋原伦、潘凯雄指出："批评文体概念的提出是缘于以下的目的，即将批评文本的具体操作和批评家的话语方式、话语秩序从整个批评活动中剥离出来，并予以独立的关注。""批评家尚无暇顾及自身，没有意识到当他们在对各类文艺作品进行研究时，在对创作文体进行忠实的或独具个性的描述时，其本身正在复写或创造一种文体，并且就文体价值而言，理论文体和创作文体是相等的。"（《历史描述与逻辑演绎——文学批评文体论》，云南人民出版社1994年5月版，第1—2页。）其实刘勰并不是"没有意识到"他在创造一种文体，而是对骈文的文体功能有充分的自觉。

外在对偶，它是包含了形式层面（句式、声韵）和意义层面（事对、言对）的综合的手法。

由此出发，刘勰还引申出对骈偶化的利弊的理论总结，从而对骈文风格的理想状态进行了很有理论高度的总结，《丽辞》中这样说：

> 故丽辞之体，凡有四对：言对为易，事对为难，反对为优，正对为劣。言对者，双比空辞者也；事对者，并举人验者也；反对者，理殊趣合者也；正对者，事异义同者也。长卿《上林赋》云："修容乎《礼》园，翱翔乎《书》圃。"此言对之类也。宋玉《神女赋》云："毛嫱鄣袂，不足程式；西施掩面，比之无色。"此事对之类也。仲宣《登楼》云："钟仪幽而楚奏，庄舄显而越吟。"此反对之类也。孟阳《七哀》云："汉祖想枌榆，光武思白水。"此正对之类也。凡偶辞胸臆，言对所以为易也；征人之学，事对所以为难也；幽显同志，反对所以为优也；并贵共心，正对所以为劣也。又以事对，各有反正，指类而求，万条自昭然矣。

这里所说的"丽辞之体"，实际意指略等于"骈文的体式"。如果这个说法成立，那么后文所述言对、事对、正对、反对"四对"就不仅仅是指造句的方法，而且也涉及组句成篇的方法。"四对"当中，"言对"只是做到了形式（词性）上的对偶，因创作时只考虑词性，无别的限制，所以比较容易做到；而"事对"则不然，除了要提炼词语之外，还要从经典及史事中搜索可以成对的例子。这就要求作者既具备高度的驾驭语言的能力，同时还要有渊博的知识。刘勰所举的"事对"的例子是宋玉《神女赋》中的一例，"毛嫱"对"西施"，不正用其事，而对以"鄣袂"、"掩面"，显得出人意料。"正对"指对句之间意义相类或相同，做到这样比较容易；而"反对"则是上、下句意义相反相成中形成相互衬托的表达效果，使相对的两方都更加突出。因此"反对"对作者的文学素养的要求更高。当然，"言对"、"事对"本身也都有所谓"正"、"反"的问题，不过从总体上来说，刘勰在骈文的创作中所崇尚的是"事对"和"反对"。虽然"言对"侧重于"双比空辞"，但如果通篇都是"事对"，也会使整篇文章因塞满了典故而显得凝重有余而轻灵不足。所以"言对"的适当运用，也会起到调节文气的作用，使文章在表达上形成疏密相间、轻重相宜效果。

欧阳修是唐宋古文运动的主将之一，但他早年工于骈文，晚岁"以古文为四六"，也在骈文的革新方面有很大的贡献。学者们在前人研究的基础上指出"欧阳修将古文体制引入四六文写作之中，完成宋代对四六文革新的第一步，这是相当关键的一步"，"是四六文发展历史上前所未有的事"。[1] 其实对比欧公早年与晚年的骈体文，就会发现，所谓"以古文为四六"，就是在骈文创作中引入散文的笔法，做到言事相兼、骈散相间。虽然欧阳修的做法人称革新，但从中可以看出刘勰思想的启发与影响。这也从另一个方面证明了《丽辞》一篇标志着刘勰在骈文文体上的自觉意识。

总而言之，《丽辞》篇当是骈文鼎盛时期产生的一篇骈文专论，其中关于骈偶属对起源、骈文创作方法、骈文的风格等问题的论述，为后世骈文的发展、骈文理论、骈文评点创立了规范，具有十分重要的意义。

---

[1] 详参施懿超：《宋四六论稿》，上海古籍出版社2005年版，第18—34页。

论《六朝丽指》在骈文批评上的贡献

刘 涛

（韩山师范学院中文系）

民国初年，随着新文学运动的兴起，"提倡白话文，打倒文言文"的呼声甚器尘上，中国传统文学受到前所未有的冲击，此前备受推崇的中国古典文学的存在价值被彻底否定。与此同时，西方文化也强势侵入中国，中外两种文化展开了激烈的碰撞。在这双重因素的交织压制下，一批倡导中国古典文学者，尤其是倡导骈文者进行了有力的反击，在骈文创作和研究方面取得了突出的成就，成为民国文学的一道亮丽风景线。就骈文研究而言，各种著述风起云涌，如孙德谦的《六朝丽指》，谢无量的《骈文指南》，金秬香的《骈文概论》，钱基博的《骈文通义》，瞿兑之的《中国骈文概论》，刘麟生的《骈文学》和《中国骈文史》，蒋伯潜、蒋祖怡合著的《骈文与散文》等。在这些著作中，就骈文批评所取得的高度成就来说，应首推孙德谦的《六朝丽指》。该书立足于六朝骈文，通过论析骈文的创作、鉴赏、风格、文体源流、代表作家作品等构建出关于六朝骈文批评的理论体系。

一、孙德谦与《六朝丽指》

孙德谦（1869—1935），字受之，又字寿芝，号益庵，晚号隘堪居士，江苏元和（今苏州吴县）人。初习经学兼小学，后转治子部之学，并用会稽章学诚治史之法考证诸子流变。"上溯班书六略，旁逮周季诸子，考其源流，观其会通。"[1] 又与钱塘张尔田为友，共设学堂讲学，赏心谈艺，一时之间，声名远播，并称"两雄"。辛亥革命以后，孙德谦寓居上海，历任大夏大学、交通大学、国立政治大学教授，直至去世。据王蘧常《孙隘堪先生行状》所记，孙德谦一生著述颇丰，主要有《太史公书义法》、《〈汉书·艺文志〉举例》、《刘向校雠学纂微》、《四益宧骈文稿》、《六朝丽指》、《稷山段氏二妙年谱》、《诸子要略》、《诸子通考》、《枫园艺友录》等十四种，另有未完成稿及亡佚遗失者十四种。孙德谦主要生平事迹见于吴丕绩《孙隘堪年谱初稿》及王蘧常《孙隘堪先生行状》。

除精通子部之学外，孙德谦在骈文创作和研究方面也颇有成就。自二十岁始致力于骈文创作，日取武进李兆洛编选《骈体文钞》研读诵习以为范式，历经三十载反复斟酌玩味，终悟骈文潜气内转及比兴用典之法。《六朝丽指自序》曰："余少好斯文，迄兹靡倦，握睇籀讽，垂三十年。见其气转于潜，骨植于秀，振采则清绮，凌节则纡徐。缉类新奇，会比兴之义；穷形抒写，极绚染之能。至于异地隽才，刚柔昭其性；并时齐誉，希数观其微。"[2] 孙德谦推尊六朝骈文，极重视其气韵及疏逸风格，并高度赞赏其骈体与散体兼行的句法，故提出骈文创作当师法六朝。《六朝丽指》谓："李申耆先生《骈体文钞》以六朝为断，盖使人知骈偶之文，当师法六朝也。其中六朝名篇，搜采殆尽。余三十之年，喜读此书，始则玩其辞藻耳，久之乃觉六朝文字，其开合变化，有令人不可探索者。顾其时心能喻之，

---

[1] 钱基博. 现代中国文学史 [M]. 上海：上海书店出版社，2004：118.

[2] 王水照编. 历代文话·第九册 [M]. 上海：复旦大学出版社，2007：8423.

而口不能道，但识其文之隽妙而已。"[1]孙氏为文遒逸古淡，不尚涂泽，唯务气韵天成，深得南朝范晔、沈约文的神韵，其创作多见于《四益宧骈文稿》中。时人论骈文创作，莫不标举"李孙"，然皆以李详为第一，孙德谦次之。细考之，二人创作特点明显不同，李文以雕藻隶事著称，过重句法而忽略章法，孙文则以疏逸之气闻名，强调通过潜气内转之法以疏通文气。冯煦《六朝丽指序》仿照曹植《与杨德祖书》胪陈时贤，尤推重孙德谦："并世作者，可得而言：夔生鹰扬于岭表，芸子猿吟于蜀都，静山鸿冥于毗陵，审言鹤峙于淮左，并抽秘骋妍，标新领异。今益庵异军特起，群列退辟，遗落铅椠之末，振举尘埃之表，譬之繁卉沃若，崇兰扇其古馨；丛灌森然，高梧挺其寒翠，独秀江东，未云多让。"[2]"夔生"，即况周颐，晚清词人，词学家，著有《蕙风词》、《蕙风词话》，与王鹏运、朱孝臧、郑文焯并称为"清末四大家"。"芸子"，即宋育仁，早期改良主义思想家，政治家，曾参加维新派组织"强学会"，提倡"中国自强之学"，著有《时务论》、《采风记》等。"静山"，即屠寄，清末史学家，工诗词、骈文，长于史地之学，尤专注于蒙古史，著有《蒙兀儿史记》160卷（其中14卷有目无文）。"审言"，即李详，当时著名学者，国学大师，工诗文考证，著述丰富，骈文创作声名颇显。

　　《六朝丽指》是孙德谦晚年汇集历年论述骈文之语而成，此书刊行于1923年，集中体现出孙氏多年研究六朝骈文的心得。全书以文话形式撰成，共100则，堪称一部六朝骈文概论。其内容较丰富，举凡六朝文地位、骈文创作及鉴赏、文体源流、骈散合一理论、作家作品评骘、与其他学术或文体的关系等，皆有论述。《六朝丽指》一书凭借独特深刻的理论阐发，为骈文理论的发展做出了很大贡献，在骈文理论批评史上占据重要的地位，言骈文者无不推崇备至，时人对其多褒扬有加。如冯煦《六朝丽指序》云："孙子益庵，振奇鹤市，发采虎阜，总百家之要删，漱六艺之芳润。爇花著论，笼陈、管于往图；扫叶雠书，架顾、黄于前篆。既擅雅材，弥工俪体。凌徐轹庾，晨把龙威之精；吐沈含任，夕披鸡次之典。服膺六朝，数有论列，都为一编，目曰《丽指》。祖子桓之述文，抗士衡之诠赋。甄综异同，叶殊征于吐凤；掎摭利病，迈绝作于雕龙。洵乎前哲之流别，来学之津逮矣。"[3]刘麟生撰《中国骈文史》先后引用或论及《六朝丽指》达七次之多，引述篇幅长短不一，整段引用或多段连续引用皆较常见，如此频繁称引，可见对该书的推重程度。如第四章"所谓六朝文"论及"六朝文亦重气势"时说："骈文之弊，堆垛陈腐，生气毫无，此非骈文之为害，实文章不重气势，舍本逐末之所致，未足尽为骈文诟也。今试熟读六朝文，则知六朝文章，亦重气势自然，无殊散体。此语古人亦已言之，而孙德谦《六朝丽指》，言之最为详尽。"[4]以下连续引用《六朝丽指》中的五段文字。又如第十二章"今后骈文之展望"赞赏《六朝丽指》说："孙德谦着《六朝丽指》，推重气韵，泯骈散之争，其书抉摘精微，发前人之所未发。"[5]另外，蒋伯潜、蒋祖怡合著的《骈文与散文》引用《六朝丽指》竟达十次之多。钱基博著《现代中国文学史》言及骈文时专论刘师培、李详、王式通、孙德谦、孙雄五家，其中论述孙德谦时即立足于《六朝丽指》。钱著全文录入《六朝丽指自序》后概括《六朝丽指》的骈文取向说："籀其归趣，大指主气韵，勿尚才气，崇散朗，勿嬗藻采。"[6]"主气韵，勿尚才气，则安雅而不流于驰骋，与散行殊科。崇散朗，勿矜才藻，则疏逸而无伤于板滞，与四六分疆。"[7]又比较李详与孙德谦的骈文观的不同说："李详以为骈文全须隶事，不可拾他人唾余。而德谦则病任彦升隶事太多，不如沈休文之秀润有逸气……李详以隶事新颖自夸，德谦以逸气清空为尚……吾则谓任、沈之优劣，即是李、孙之优劣尔。然德谦好自标置，特工议论，而所作或不逮。"[8]

[1]　王水照编．历代文话·第九册[M]．上海：复旦大学出版社，2007：8432．

[2]　王水照编．历代文话·第九册[M]．上海：复旦大学出版社，2007：8421．

[3]　王水照编．历代文话·第九册[M]．上海：复旦大学出版社，2007：8421．

[4]　刘麟生．中国骈文史[M]．北京：东方出版社，1996：36．

[5]　刘麟生．中国骈文史[M]．北京：东方出版社，1996：133．

[6]　钱基博．现代中国文学史[M]．上海：上海书店出版社，2004：120．

[7]　钱基博．现代中国文学史[M]．上海：上海书店出版社，2004：121．

[8]　钱基博．现代中国文学史[M]．上海：上海书店出版社，2004：121．

二、《六朝丽指》在骈文批评上的贡献

《六朝丽指》是六朝骈文批评史上的一部重要著作，在骈文批评方面贡献颇多，所探讨的问题主要包括骈文的文体源流、艺术手法、鉴赏技巧、骈散合一、气韵说、风格特征及代表作家作品等。该书论述全面，分析深刻，评点准确精当，颇受学界称赏。

（一）论骈文的文体之源及六朝骈文之正宗地位

孙德谦崇尚骈文，极力抬高其地位，提出骈文原本于六经，有《诗经》的风雅比兴之旨，亦可经世致用。"文出五经或六经"一说起自刘勰、颜之推，后世学者多承之。《文心雕龙·宗经》谓："论说辞序，则易统其首；诏策章奏，则书发其源；赋颂歌赞，则诗立其本；铭诔箴祝，则礼总其端；记传盟檄，则春秋为根。"[1]《颜氏家训·文章》云："夫文章者，原出《五经》：诏命策檄，生于《书》者也；序述论议，生于《易》者也；歌咏赋颂，生于《诗》者也；祭祀哀诔，生于《礼》者也；书奏箴铭，生于《春秋》者也。"[2]宋人李涂《文章精义》曰："《易》、《诗》、《书》、《仪礼》、《春秋》……皆圣贤明道经世之书；虽非为作文设，而千万世文章从是出焉。"[3]可证六经本虽为治世而生，但也未尝不可把它看作后世文章的源头。上古时期文史不分，骈散合一，文章多注重教化功能。"其文莫非史也，其史莫非治化也。"[4]《文史通义·易教上》亦曰："六经皆史也。古人不著书，古人未尝离事而言理，六经皆先王之政典也。"[5]足见早期文章文史合一，多用于政教治化的特点。章学诚论文推崇战国诸子，然而也要上溯至六经，其《文史通义·诗教上》云："周衰文弊，六艺道息，而诸子争鸣。盖至战国而文章之变尽，至战国而著述之事专，至战国而后世之文体备，故论文于战国，而升降盛衰之故可知也……知文体备于战国，而始可与论后世之文。知诸家本于六艺，而后可与论战国之文……战国之文，其源皆出于六艺，何谓也？曰：道体无所不该，六艺足以尽之。"[6]刘师培《论文杂记》也说："古人不立文名，偶有撰著，皆出入《六经》、诸子之中，非《六经》、诸子而外，别有古文一体也。"[7]孙德谦基本上继承了前人的观点，认为骈文源于六经，并高度评价六朝批评家的远见卓识："文章体制，原本六经，此说出之六朝，其识卓矣。《文心·宗经篇》曰：……《颜氏家训·文章篇》曰：……所言虽有异同，而以文体为备于经教则一，可见六朝之尊经矣。夫论文之作，始于魏文《典论》，其后挚虞《流别集》……而刘舍人、颜黄门两家，独识文字之原六经，无体不具，前此未有言之者，犹可贱视六朝乎？"[8]孙氏将骈文溯源于六经，实亦本于宗经思想，却也可以借此提高骈文的地位。

在认可骈文源于六经的基础上，孙德谦进一步指出，只有六朝骈文才是骈文的正宗，世人作骈文论骈文当师法六朝。骈文极盛于六朝，其时骈体创作技巧已极其精湛，无论对仗、用典、藻饰还是声律，都达到了无以复加的程度。尤其是骈散兼行句法的运用，可使文气疏宕而不滞塞，因此更受后人的赞许。学界论六朝骈文者，莫不推举徐陵、庾信，如明人王志坚《四六法海原序》谓："魏晋以来，始有四六之文，然其体犹未纯。渡江而后，日趋缛藻。休文出，渐以声韵约束之。至萧氏兄弟、徐庾父子，而斯道始盛。"[9]清人蒋士铨《评选四六法海凡例》亦谓："徐庾并称，犹诗中之裴王也，虽有低昂，究无彼此。孝穆较开府为近人，至王杨则铿锵悦耳。下逮樊南，则雕镌可喜，然愈近愈薄，愈巧愈卑……

[1] 刘勰着，范文澜注. 文心雕龙注 [M]. 北京：人民文学出版社，1958：22.

[2] 王利器. 颜氏家训集解 [M]. 北京：中华书局，1993：237.

[3] 李涂著，王利器校点. 文章精义 [M]. 北京：人民文学出版社，1960：59.

[4] 陈柱. 中国散文史 [M]. 北京：东方出版社，1996：4.

[5] 章学诚著，叶瑛校注. 文史通义校注 [M]. 北京：中华书局，1985：1.

[6] 章学诚著，叶瑛校注. 文史通义校注 [M]. 北京：中华书局，1985：60.

[7] 陈引驰编校. 刘师培中古文学论集 [C]. 北京：中国社会科学出版社，1997：230.

[8] 王水照编. 历代文话·第九册 [M]. 上海：复旦大学出版社，2007：8447.

[9] 蒋士铨. 评选四六法海 [M]. 光绪乙亥年重刊寄螺斋藏版本，1875.

四六至徐庾，可谓当行。王子安奢而淫，李义山纤而薄，然不从王李两家讨消息，终嫌枯管不解生花。唐四六毕竟滞而不逸，丽而不遒，徐孝穆逸而不遒，庾子山遒逸兼之，所以独有千古。"[1] 阮元《四六丛话后序》云："孝穆振采于江南，子山迁声于河北。昭明勒《选》，六代范此规模；彦和著书，千古传兹科律。迄于陈、隋，极伤靡敝。天监、大业之间，亦斯文升降之会哉！"[2] 程杲《四六丛话序》亦云："四六盛于六朝，庾、徐推为首出。其时法律尚疏，精华特浑，譬诸汉京之文，盛唐之诗，元气弥沦，有非后世所能造其域者。"[3] 许梿评徐陵《玉台新咏序》谓："骈语至徐庾，五色相宣，八音迭奏，可谓六朝之渤澥，唐代之津梁。而是篇尤为声偶兼到之作，炼格炼词，绮缛绣错，几于赤城千里霞矣。"[4]《四库全书总目·庾开府集笺注提要》评庾信云："其骈偶之文，则集六朝之大成，而导四杰之先路，自古迄今，屹然为四六宗匠。"[5] 徐陵、庾信为六朝骈文巨匠，其骈体造诣无待多言，上述诸家之评确非溢美之词。与唐代骈文的雕饰过度、凝重滞塞相比，六朝骈文更显萧散俊逸，故孙德谦论骈文尤重文气通畅的疏逸一路。孙氏标举六朝骈文，除称誉其高度成就外，尚有因流溯源之意。《六朝丽指自序》曰："丽辞之兴，六朝称极盛焉。夫沿波者讨源，理枝者循干，作为斯体，不知上规六朝，非其至焉者矣……六朝之气韵幽闲，风神散荡，飘流所始，真赏殆希。"[6]《六朝丽指》开篇又曰："骈体文字，以六朝为极则。作斯体者，当取法于此，亦犹诗学三唐，词宗两宋，乃为得正传也。"[7]"有志斯文者，当上窥六朝以作之准，不可逐末而忘其本。何则？六朝者，骈文之初祖也。"[8] 认定六朝骈文为骈文之本根、骈文之正宗，此为孙德谦宗骈之归趣。以此为依归，孙氏又进一步明确划分骈体与四六的界限："骈体与四六异。四六之名，当自唐始，李义山《樊南甲集序》云：'作二十卷，唤曰《樊南四六》。'知文以四六为称，乃起于唐，而唐以前则未之有也。且《序》又申言之曰：'四六之名，六博格五，四数六甲之取也。'使古人早名骈文为四六，义山亦不必为之解矣……吾观六朝文中，以四句作对者，往往只用四言，或以四字、五字相间而出。至徐、庾两家，固多四六语，已开唐人之先，但非如后世骈文，全取排偶，遂成四六格调也……而世以四六为骈文，则失之矣。"[9] 此说指出，将骈文称为四六，应始于唐李商隐。六朝骈文对句类型较灵活，非如唐代以后全取四六对句的状况。出于宗尚六朝骈文的目的，孙德谦有意将唐代以后正式形成的格式凝滞僵化的四六文排斥于骈文之外，故指出骈文与四六文不同。这一观点基本上已为时人刘麟生所接受："骈文较自由，四六更工整；骈文不必尽为四六句，而四六文实为骈俪之文无疑。"[10]

六朝时期，各种散文文体皆趋于骈化，形成骈文，一时之间，骈俪之风大兴于文苑。"凡君上诰敕，人臣章奏，以及军国檄移，与友朋往还书疏，无不袭用斯体。至于立言传世，其存于今者，若梁元帝《金楼子》、刘昼《新论》、颜之推《家训》，其中皆用骈偶，《新论》则全书尽然。若刘舍人专论文字，更不待言矣。"[11] 于此可概见骈文极盛于六朝之情状。《文选》选文强调"沈思"、"翰藻"，故多选录六朝骈俪之文，亦见偏重六朝之风尚。有论者斥责六朝文浮靡华艳，以为无补于世用，孙德谦反对此论调，提出六朝骈文亦可经世致用，以此进一步维护骈文的地位。譬如朝廷章表奏疏类公文，即体现出很强的实用性。举凡萧衍《申饬选人表》、孔稚珪《上法律表》、王融《上北伐图疏》、牛宏《请开献书之路表》等，或论选举，或言刑法，或崇武备，或尊经籍，不一而足，无不具有经世致

[1] 蒋士铨．评选四六法海 [M]．光绪乙亥年重刊寄螺斋藏版本，1875．

[2] 孙梅著，李金松校点．四六丛话 [M]．北京：人民文学出版社，2010：3．

[3] 孙梅著，李金松校点．四六丛话 [M]．北京：人民文学出版社，2010：6．

[4] 许梿评选，黎经诰笺注．六朝文絜笺注 [M]．上海：上海古籍出版社，1982：142．

[5] 永瑢等撰．四库全书总目 [M]．北京：中华书局，1965：1275-1276．

[6] 王水照编．历代文话·第九册 [M]．上海：复旦大学出版社，2007：8422．

[7] 王水照编．历代文话·第九册 [M]．上海：复旦大学出版社，2007：8424．

[8] 王水照编．历代文话·第九册 [M]．上海：复旦大学出版社，2007：8425．

[9] 王水照编．历代文话·第九册 [M]．上海：复旦大学出版社，2007：8425．

[10] 刘麟生．骈文学 [M]．海口：海南出版社，1994：2．

[11] 王水照编．历代文话·第九册 [M]．上海：复旦大学出版社，2007：8427．

用之功能。孙德谦标举六朝骈文为骈体正宗，然亦主张兼学汉唐。与汉文的骨力雄健、多鸿篇巨制相比，六朝文略显气局促狭、才力卑弱，此说似有一定的道理。唐代骈文博肆壮丽，虽源于徐、庾两家，却乏逋逸之致，然就藻饰声律、气魄宏伟而言，也不无可取之处。六朝文中亦有汉文气体恢弘风格者，但数量不多，如鲍照《河清颂》，萧纲《南郊颂》、《马宝颂》，薛道衡《老氏碑》，李德林《霸朝集序》等。诸文皆"开张工健"[1]、"规模闳远"[2]、"气颇壮"[3]，不同于他文的柔靡缓弱。

（二）论六朝骈文的艺术手法及鉴赏技巧

骈文的艺术手法是骈文批评中的一个重要问题，也是研治骈文理论者不可回避的问题，前代不少学者都有所涉及。刘勰《文心雕龙》专设《情采》、《声律》、《章句》、《丽辞》、《比兴》、《事类》、《练字》等篇，曾论及骈文的辞藻、声律、句法、对仗、比兴、用典等问题，论析深刻，出语准确精当。孙梅的《四六丛话》是继《文心雕龙》之后的一部专论骈文的大部头著作，其《总论》曰："故文以意为之统宗……极而论之，行文之法，用辞不如用笔，用笔不如用意。虎头传神，添毫欲活；徐熙没骨，着手成春，此用笔之妙也。言对为易，事对为难；反对为优，正对为劣，此用意之长也。隶事之方，用史不如用子，用子不如用经。"[4]孙梅提出辞（语词）、笔（笔法）、意（内容）三个概念的主次地位，强调以意为统宗，以意驱笔，以笔驱辞，标举"意"在骈文中的主体地位。论及达意，孙氏又具体阐述了笔法（对仗、用典技巧）使用的妙处；言及对仗，孙梅继承了刘勰的观点，主张多使用体现学识的事对、反对；至于用典，则提倡多使用言浅意深的经书上的典故。

孙德谦在继承前人的基础上，更加全面具体地探讨了六朝骈文的字法、句法、用典法等多种艺术表现手法。关于骈文的用字法，《六朝丽指》一书曾论述到使用虚字虚词法、裁剪成语法、代字法等六朝骈文中常见的用字技巧，所言甚为得理。孙德谦认为，对句中融以虚字、虚词可以避免文气滞塞不通："作骈文而全用排偶，文气易致窒塞，即对句之中，亦当少加虚字，使之动宕。"[5]"夫文而用骈体，人徒知华丽为贵，不知六朝之妙，全在一篇之内，能用虚字使之流通。"[6]傅亮《为宋公求加赠刘前军表》、任昉《宣德皇后令》、丘迟《永嘉郡教》分别运用"于"、"则"、"而"来疏通文气，句子极其流畅。另如刘裕《与臧焘敕》则使用"良由"、"岂可"、"非惟"、"或是"等虚词，故亦不落入滞相。正是因为这些虚字虚词的运用得当，才使得文章血脉贯通。裁剪成语法也是六朝骈文用字的一种常见技巧："六朝文士引前人成语，必易一二字，不欲有同钞袭……盖引成语而加以剪裁，以见文之不苟作，斯亦六朝所长耳，彼宋人则异是。"[7]该技巧往往通过字词换位或更改、删减字词来完成，如沈约《梁武帝与谢朏敕》"不降其身，不屈其志"，本源于《论语·微子》"不降其志，不辱其身"，"志"、"身"二字换位，又改"辱"为"屈"。又如萧衍《请征补谢朏何胤表》"穷则独善，达以兼济"，亦源于《孟子·尽心上》"穷则独善其身，达则兼善天下"，删去"其身"、"天下"，改"则"、"善"为"以"、"济"。诸如此类，不胜枚举。《六朝丽指》又论代字法说："夫文之有假借，即代字诀也。吾试取江文通文言之。其《齐太祖诔》云：'誉馥区中，道蔼氓外。'《为萧拜太尉扬州牧表》云：'礼蔼前英，宠华昔典。''馥'、'蔼'、'蔼'、'华'，皆代字也。使非代字，而曰'誉播区中，道高氓外'，有能如是之研炼乎？'蔼'之训为'茂'，'华'之训为'盛'，如谓'礼茂前英，宠盛昔典'，即用其字本义，未尝不善，究不若'蔼'、'华'代字之艳丽也……凡文用代字诀，均是避陈取新之道，六朝文中类此者至多，吾亦不能殚述。从事骈文而不识代字之诀，

---

[1] 李兆洛选辑. 骈体文钞 [M]. 上海：上海书店出版社，1988：25.

[2] 李兆洛选辑. 骈体文钞 [M]. 上海：上海书店出版社，1988：69.

[3] 李兆洛选辑. 骈体文钞 [M]. 上海：上海书店出版社，1988：70.

[4] 孙梅著，李金松校点. 四六丛话 [M]. 北京：人民文学出版社，2010：532-533.

[5] 王水照编. 历代文话·第九册 [M]. 上海：复旦大学出版社，2007：8435.

[6] 王水照编. 历代文话·第九册 [M]. 上海：复旦大学出版社，2007：8453.

[7] 王水照编. 历代文话·第九册 [M]. 上海：复旦大学出版社，2007：8448.

则遣词造句何能古雅？此六朝作者所以多通小学也。然亦须全体相称，不可仅施之一二字，庶为完美。若故求生僻，亦失之。"[1] 六朝骈文重华词丽藻，使用代字法无疑可收到此效果，又能迎合自刘宋初以来的新奇文风。骆鸿凯说："六代好用代语，触手纷纶。举'日'义言之，曰曜灵，曰灵晖，曰悬景，曰飞辔，曰阳乌，皆替代之词也；……颜、谢继作，缀缉尤繁。而溯其缘起，大抵由文人厌黩旧语，欲避陈而趋新，故课虚以成实，抑或嫌文辞之坦率，故用替代之词，以期化直为曲，易迤成迂。虽非文章之常轨，然亦修辞之妙诀也，安可轻议乎？"[2] 六朝骈文中代字的运用很常见，颜延之的《三月三日曲水诗序》、孔稚珪的《北山移文》、丘迟的《永嘉郡教》等篇中也有。代字的使用，一则可增强语词的藻饰，这是六朝骈文的风尚所趋，当然也与其时避陈求新的作风有密切的关系；二则可使遣词造句更趋典雅，这无疑也符合当时文人的创作心态。其实，代字的运用在一篇中只是偶或为之，运用得当，显然可加强表达效果；运用不当，反使文句生僻艰涩甚或出现歧义。就此而言，绝对不可强力为之。六朝文尚工于炼字，于字句不厌推求，以取得最佳表达效果为目的。

除字法外，六朝骈文的句法、用典法、对仗法也颇具特色。关于句法，孙德谦提出，创作骈文可酌情模仿前人的句调，但不可沿袭并落入俗套，否则会使文句一成不变，形成一种凝滞僵化的套路。有鉴于此，即使学习前人句法，也要仔细揣摩词句，努力熔铸锤炼而不露痕迹，此方为上格。另外，骈文虽然不同于赋，但六朝文又具有赋心，即文家在创作时常常采用赋的句法，致使作品体现出赋化倾向。如颜延之、王融的同名作《三月三日曲水诗序》，鲍照的《登大雷岸与妹书》、《河清颂》，孔稚珪的《北山移文》，刘峻的《广绝交论》、《东阳金华山栖志》等，"其中词句，皆近赋体，盖可见矣。刘彦和《诠赋》云：'六义附庸，蔚为大国。'是殆风、骚而后，汉之文人胥工于赋，而猎其材华者，不能不取赋为规范。故六朝大家，宜其文有赋心也。"[3] 六朝文家在构造句式时还经常使用断笔法，即句子前后两部分连接不紧密，而是中间插入他语，似断而实续，以此旋转文气，产生疏通文脉的效果。"往往于此句之下，玩其文气，不妨以入后数语，在此紧接中间，偏运以典雅之辞，一若去此，则文无精彩，而其气亦觉薄弱者。"[4] 又有所谓开合之法，运开合法于骈句之中，既可避免并列平铺，又可使文气贯通。六朝骈文中还常见十字句、或字句，如鲍照《登大雷岸与妹书》、王融《三月三日曲水诗序》、沈约《梁武帝集序》等多用十字句，铺陈罗列，颇具气势；而范晔《后汉书·逸民传论》、任昉《为范尚书让吏部封侯第一表》则叠用或字句，而非化散为整，以骈偶行之，故笔法纵放，文气通畅，且免于繁冗之嫌。六朝文家为求新奇，时常生造词句，致使文义艰涩难解，似此则为学者当审慎。关于骈文用典，孙德谦认为，考虑到典故的使用场合、用途不同，所以用典应该有所区别，有时典故不必确切，而且用典不仅用其意，也用其文。另外，孙氏还论及用典两句一意、引用古籍以虚作实等问题，可谓多有创见。对仗是骈文创作中最常用的艺术手法，孙德谦分别以傅亮《为宋公修楚元王墓教》中"信陵"对"甘棠"，庾信《周柱国长孙俭神道碑》中"南巢"对"西伯"为例，指出六朝骈文可用人名对物名、地名的特点。针对《文心雕龙·丽辞》中所说的"对句之骈枝"的问题，孙氏提出六朝文则无此缺陷："六朝诸家，于无可属对者，往往化骈为散，即使两句相对，而不嫌其重沓者，或事非一人，或时分两代，极之意虽从同，而于用字则有判别。"[5] 六朝作家属对灵活多样，绝对不会重出。

此外，《六朝丽指》还探讨了六朝骈文的比兴、烘托、形容、比拟、详略等多种艺术手法。六朝文继承《诗经》的比兴传统，其遣词造句、属对隶事多用性质相近的事物加以比附。为突出骈文善于描摹形容、活泼生动的特点，孙德谦以绘画作比，指出文家亦用烘托法以取得传神的效果，可谓颇得画理。论及骈文的抒情性，孙氏认为借助四时节序、景物的更替以抒发情性，亦可称别开文境。至如

[1] 王水照编．历代文话·第九册 [M]．上海：复旦大学出版社，2007：8441-8442.

[2] 骆鸿凯．文选学 [M]．北京：中华书局，1989：356.

[3] 王水照编．历代文话·第九册 [M]．上海：复旦大学出版社，2007：8438.

[4] 王水照编．历代文话·第九册 [M]．上海：复旦大学出版社，2007：8456.

[5] 王水照编．历代文话·第九册 [M]．上海：复旦大学出版社，2007：8470.

六朝文家代人作骈体书信与妇人，摹写相思之苦，情致缠绵，恐后人亦不易企及。六朝文有须详说者，有不妨从略者，作者要权衡详略之度，遣词命意才能得其精要。

关于骈文的鉴赏技巧，孙德谦提出六朝骈文宜缓读，宜轻读，读骈文当以意逆志，须识得潜气内转妙诀等。如论读六朝文宜用缓曰："其气疏缓，吾即从而缓读之，乃能合其音节。如使急读，将上下文连接而下，有不知其文气已转者；并有读至篇终，似觉收束不住，此下又疑有阙脱者。实则只在读时须舒缓，而不出以急迫，则其文自成结构。"[1] 又论宜用轻曰："六朝骈文，既须缓读，则不宜重读明甚。读散文者，固当振吾之气；骈文而用重读，通篇节奏不能合律矣。故读六朝诸家文，大体只从轻读可耳，然亦间有贵重读者。"[2] 其说剖析之深，实令人佩服至极。

（三）论六朝骈文的骈散合一、气韵及风格特点

孙德谦论骈文主张沟通骈散，认为骈散合一才是骈文正格。就六朝骈文而言，虽以俪体行文，却又融以散句，不仅文气畅达，而且叙事清晰，实非单纯骈偶体制所可企及，故"以论骈体正宗，则宜奉六朝为法"[3]。骈散兼行的句法堪称六朝骈文创作的一大特色，其用途颇大，《六朝丽指》云："文章之分骈散，余最所不信。何则？骈体之中，使无散行，则其气不能疏逸，而叙事亦不清晰。尝欲选辑六朝人文，取其通体不用联语者，汇成一编，以示人规范。今录一篇于此。傅季友《为宋公至洛阳谒五陵表》……此篇竟同散文，几无偶句，但究不得不以骈文视之，盖所贵乎骈文者，当玩味其气息。故六朝时虽以骈偶见长，于此等文尤宜取法。"[4] 又云："碑志之文，自蔡中郎后，皆逐节敷写……若六朝则犹守中郎矩矱，王仲宝、沈休文外，以庾子山为最长。观其每叙一事，多用单行，先将事略说明，然后援引故实，作成联语，此可为骈散兼行之证。夫骈文之中，苟无散句，则意理不显……故子山碑志诸文，述及行履，出之以散，而骈俪之句则接于其下。推之别种体裁，亦应骈中有散，如是则气既舒缓，不伤平滞，而辞义亦复轩爽……要之，骈散合一乃为骈文正格。"[5] 孙氏举傅亮文为例，主要看重其通体句式基本整齐，但不用精工的偶句，并且具有骈文的气息。又举庾信碑志文为例，则着眼于其骈句中夹用散句来说明事理，体现出骈散合一的态势。孙德谦还以诗赋为例来说明问题：不少诗赋作品前面都有序，以散体行文，用来表明创作意图，而正文则用骈体撰成。如果诗赋前面没有序加以说明，而是仅靠华辞丽藻铺成正文，那么读者读至篇末往往仍然难以得其旨趣。撰作骈文亦然，若仅着力于藻饰、用典、属对之事，不知寓散于骈的技巧，那势必很难准确传达出作者的真实创作意图。后世书启类文章通篇采用严整的骈偶句式，不用散句来疏通文气，故不能算作真正意义上的骈文。

应该说，孙德谦倡导沟通骈散的理论在很大程度上继承了清代以来学者的观点。清人论沟通骈散，最初立足于在古文创作中吸收骈文的技巧，而后又主张对骈散采取兼收并蓄的态度，体现出骈散合一的观念。王芑孙、刘开、包世臣、袁枚、李兆洛、孔广森、曾国藩、朱一新等人都有这方面的相似的言论。如刘开《刘孟涂文集·与王子卿太守论骈体书》认为，骈、散二体只是形式上的不同，并无实质上的区别："夫骈散之分，非理有参差，实言殊浓淡，或为绘绣之饰，或为布帛之温，究其要归，终无异致。"[6] 骈、散二体本来同源，故应彼此结合，相辅相成："夫文辞一术，体虽百变，道本同源，经纬错以成文，玄黄合而为采。故骈之与散，并派而争流，殊途而合辙。千枝竞秀乃独木之荣，九子异形本一龙之产。故骈中无散，则气壅而难疏；散中无骈，则辞孤而易瘠。两者但可相成，不能偏废。文有骈散，如树之有枝干，草之有花萼，初无彼此之别，所可言者，一以理为宗，一以辞为主耳。夫理未尝不藉乎辞，辞亦未尝能外乎理，而偏胜之弊遂至两歧。始则土石同生，终乃冰炭相格，求其合

[1] 王水照编.历代文话·第九册 [M].上海：复旦大学出版社，2007：8444-8445.

[2] 王水照编.历代文话·第九册 [M].上海：复旦大学出版社，2007：8445.

[3] 王水照编.历代文话·第九册 [M].上海：复旦大学出版社，2007：8445.

[4] 王水照编.历代文话·第九册 [M].上海：复旦大学出版社，2007：8443-8444.

[5] 王水照编.历代文话·第九册 [M].上海：复旦大学出版社，2007：8450-8451.

[6] 刘开.刘孟涂文集 [M].慈谿大郧山馆童氏光绪十一年刻本，1885.

而一之者，其惟通方之识、绝特之才乎？"[1]刘开主张骈散合一的观点和当时不少人是不谋而合的，这充分体现出清代骈、散之争即将结束的趋势。时至近代，章太炎、黄侃等人也主骈散合一，骈体与散体之用各适所宜，若并而用之，则效果更佳，况且二体之间始终都在相互影响、相互作用。章太炎《文学略说》云："头绪纷繁者，当用骈；叙事者，止宜用散；议论者，骈散各有所宜。"[2]"今以口说衡之，历举数事，不得不骈；单述一理，非散不可。二者并用，乃达神旨。"[3]黄侃《文心雕龙札记·丽辞札记》亦云："然奇偶之用，变化无方，文质之宜，所施各别。"[4]"用奇用偶，初无定律，应偶者不得不偶，犹应奇者不得不奇也。"[5]陈柱《中国散文史·序》则说："散文虽欲纯乎散，而不能不受骈文之影响。骈文虽欲纯乎骈，而亦不能不受散文之影响。以至乎四六专家，八股时代，凡为散文骈文者，胥不能不受其影响。此文学各体分立之后，不能不各互受其影响者也。"[6]孙德谦正是在前人的基础上，进一步阐发沟通骈散的理论的。

针对清人王先谦论骈文重作家才气的观点，孙德谦则更看重骈文内在的气韵，而若言气韵，六朝骈文堪称典范："惟既言骈文，则当上规六朝，而六朝文之可贵，盖以气韵胜，不必主才气立说也……余尝以六朝骈文譬诸山林之士，超逸不群，别有一种神峰标映、贞静幽闲之致。其品格孤高，尘氛不染，古今亦何易得？是故作斯体者，当于气韵求之，若取才气横溢，则非六朝真诀也。"[7]孙氏认同萧子显《南齐书·文学传论》中"放言落纸，气韵天成"的说法，提出六朝骈文的气韵，自然也是出于天成，故论骈文当玩其气韵，如果仅仅着眼于作家的才气，但观其藻饰、裁对及隶事技巧，则不足取法。孙德谦标举气韵说，于是从清代古文家分阳刚、阴柔两种风格入手，指出六朝骈文具有阴柔之气："以吾言之，六朝骈文即气之阴柔者也……若高人逸士，潇洒出尘，耿介拔俗，自有孤芳独赏之概，以言文辞，六朝之气体闲逸，则庶几焉……六朝文体，盖得乎阴柔之妙矣。"[8]萧纲《与湘东王论文书》指责当时骈文文风有"懦钝"、"阐缓"之弊，而孙德谦认为这正是它的长处，因为六朝骈文"绝不矜才使气，无有不疏宕得神，舒缓中节，似失之懦钝者"[9]。六朝文的气韵具有阴柔的风格，更多地指向其内在的气体闲淡超逸，非但不是卑弱，反而具有遒劲之气。"六朝文中，往往气极遒炼，欲言不言，而其意则若即若离，急转直下者。"[10]

孙德谦提出，六朝骈文的气韵是通过"潜气内转"来实现的，这一理论本源于清人朱一新的《无邪堂答问》："及阅《无邪堂答问》，有论六朝骈文，其言曰：'上抗下坠，潜气内转。'于是六朝真诀，益能领悟矣。盖余初读六朝文，往往见其上下文气似不相接，而又若作转，不解其故，得此说乃恍然也。"[11]孙氏在前人的基础上又加以具体深刻的阐发，认为通过"潜气内转"来转换文气，即使不用虚字也可以得到这种效果。如刘柳《荐周续之表》："虽汾阳之举，辍驾于时艰；明扬之旨，潜感于穷谷矣。"上句用"虽"字，然下句"明扬之旨"前却未用"而"字来转笔，但文气却已转换。概言之，一般文章的上下承转，必须借助虚字来完成，但六朝骈文则不同，往往不需要加虚字，即可将文气转入后面。"故读六朝人文，须识得潜气内转妙诀，乃能于承转处迎刃而解，否则上下语气，将不知其若何衔接矣。"[12]孙德谦重视潜气内转的妙诀，同样也没有忽视虚字在骈文中的功用。他认为，正是因为作者运用虚字，

[1] 刘开.刘孟涂文集 [M].慈谿大鄬山馆童氏光绪十一年刻本，1885.

[2] 章太炎.国学讲演录 [M].上海：华东师范大学出版社，1995：243.

[3] 章太炎.国学讲演录 [M].上海：华东师范大学出版社，1995：244.

[4] 黄侃.文心雕龙札记 [M].上海：华东师范大学出版社，1996：205.

[5] 黄侃.文心雕龙札记 [M].上海：华东师范大学出版社，1996：205.

[6] 陈柱.中国散文史 [M].北京：东方出版社，1996：1.

[7] 王水照编.历代文话·第九册 [M].上海：复旦大学出版社，2007：8435.

[8] 王水照编.历代文话·第九册 [M].上海：复旦大学出版社，2007：8431.

[9] 王水照编.历代文话·第九册 [M].上海：复旦大学出版社，2007：8431.

[10] 王水照编.历代文话·第九册 [M].上海：复旦大学出版社，2007：8448-8449.

[11] 王水照编.历代文话·第九册 [M].上海：复旦大学出版社，2007：8432.

[12] 王水照编.历代文话·第九册 [M].上海：复旦大学出版社，2007：8460.

才使得文章血脉保持畅通："文亦有血脉，其道在通篇虚字运转得法……倘后人为之，纯用对偶，而无虚字流通于其间，无怪人之鄙薄骈文也。且六朝匪特全篇时用虚字，虽造成联语，亦必用虚字，乃见句法流动耳。"[1] 虚字的运用在文章开合变化中无疑起到连贯作用，这与"潜气内转"的理论要求并不矛盾，因为骈文内在气韵的通畅与外在语词的连接可以相辅相成。孙德谦真正反对的是既不用虚字连接，又无深厚文气底蕴的文章。

关于六朝骈文的风格特征，《六朝丽指》中还有多处论述，如南北文风不同论，三体之说（疏缓、对偶、雕艳），四体之分（永明体、宫体、吴均体、徐庾体），新奇文风、清辨文风、质朴文风等，说明六朝文风格、技巧具有多样化的特点。此外，《六朝丽指》还论及连珠体、七发体、墓志体、论体、游戏文、序录体、赠序体、书记体、移文体等各体骈文，探源述流，对特点的把握非常准确，具有较高的参考价值。

（四）论六朝骈文代表作家作品及《六朝丽指》的时代意义

《六朝丽指》在骈文批评上的贡献还体现在对六朝作家作品的分析评价上，书中评论到的骈文家有颜延之、谢灵运、范晔、江淹、鲍照、任昉、沈约、徐陵、庾信、陆倕、刘令娴、丘迟、邢邵、魏收等。在这些作家中，孙德谦最欣赏任昉和沈约，因为二人之文颇具疏逸散朗的气韵："骈文之有任、沈，犹诗家之有李、杜，此古今公言也。二子之文，就昭明所录，与诸选本观之，彦升用笔稍有质重处，不若休文之秀润、时有逸气为可贵也……然而任、沈要为骈文大家也。"[2] 将骈文中的任昉、沈约与诗歌中的李白、杜甫相提并论，足见对任、沈的推重程度。然而，徐陵、庾信的骈体创作技巧无疑要高于任昉、沈约，这已成为批评家的定论，而且孙氏也有褒扬之语："徐、庾文体，亦极藻艳调畅，然皆有遒逸之致，非仅如唐文之能为博肆也。"[3] 徐、庾之作以丽藻缛绘、音律谐畅、遒逸之致著称，可谓藻采、骨力兼备，堪称俪体之上乘。但在孙德谦看来，却算不上最佳状态，因为在辞藻与气韵之间，他更倾向于后者。可见，孙氏之所以如此立言，仍着眼于六朝骈文的宏逸散朗的文气，以此而论，任、沈之作显然更符合这一条件，如此一来，徐、庾自然也就比不上任、沈了。另外，关于任昉与沈约的骈文，孙德谦更看重沈约之作。任昉骈文亦同于其诗，"失在贪用事，故不能有奇致……事事征实，易伤板滞"[4]，故孙氏指出任昉文"用笔稍有质重处"。齐梁时期，"沈诗任笔"之说似已成为时人对二子所擅文体的定论，受此说影响，后代批评家多关注沈约诗而不重其骈文。孙德谦却一改前人轻视沈约骈文的态度，准确指出沈文秀润疏逸的特点，高度肯定了沈约创作对骈文发展的作用。

颜延之、谢灵运为刘宋初骈文家，谢文传世颇少，文风应与其诗风接近，《文选》多录颜文，可见颜氏颇擅雕饰辞藻。《六朝丽指》评论说："《宋书·颜延之传》：'与灵运俱以词彩齐名。'则颜、谢二人，固同以词彩见长矣。至《灵运传论》：'灵运之兴会飙举，延年之体裁明密。'此虽就诗言，而'明密'两字以观延年之文，亦可作定评。《文选》所载《曲水诗序》、《陶征士诔》、《吊屈原文》，无不辞理明晰，意藻绮密。梁简文《与湘东王论文书》云：'谢客吐言天拔，出于自然，时有不拘，是其糟粕。'又云：'是为学谢，则不届其精华，但得其冗长。'谢文传世不多，而以此数言推之，灵运得自然之妙，间有冗长处。两家相较，当是一疏一密。"[5] 对颜、谢文的技巧及风格特点把握得非常准确。又如关于江淹、鲍照的骈文，孙德谦提出，二人之作皆藻采艳丽，但江文疏逸，鲍文质实。究其原因，当归于两家体制所本明显不同。鲍文笔法似乎纯粹出自汉赋，故比江作细密质实；而江文除取法汉赋外，还兼学其他文章体制，故句法灵活顿宕，疏逸散朗。评骘准确精当，可谓一语中的。再如对刘令娴骈文的评点，同样不乏真知灼见。《六朝丽指》评云："至六朝则有刘令娴《祭夫徐悱文》……其文如'霣碎春红，霜凋夏绿'，足称富艳难踪。即观其通篇，皆能以雅炼之笔，达悲恸之怀。"[6]

[1] 王水照编．历代文话·第九册 [M]．上海：复旦大学出版社，2007：8452-8453．
[2] 王水照编．历代文话·第九册 [M]．上海：复旦大学出版社，2007：8478-8479．
[3] 王水照编．历代文话·第九册 [M]．上海：复旦大学出版社，2007：8455．
[4] 王水照编．历代文话·第九册 [M]．上海：复旦大学出版社，2007：8479．
[5] 王水照编．历代文话·第九册 [M]．上海：复旦大学出版社，2007：8446．
[6] 王水照编．历代文话·第九册 [M]．上海：复旦大学出版社，2007：8483．

刘令娴为刘孝绰第三妹，徐悱妻，文尤清拔。徐悱辞世，令娴为《祭夫文》以寄哀悼之情，辞甚凄怆。许梿《六朝文絜》称此文"深情无限"[1]，孙梅《四六丛话·叙祭诔》称该文"长于哀怨"[2]，皆为识者之言。明人王志坚《四六法海》卷八则赞赏刘令娴曰："无限才情，出之以简淡，当是幽闲贞静之妇。是编上下千余年，妇人与此者，一人而已。"[3] 自晋代左思之妹左棻以后，南朝擅文之名媛唯有鲍照之妹鲍令晖、孝武帝时宫人韩兰英、刘孝绰妹刘令娴等寥寥数人。鲍、韩二人以诗赋闻名，而刘令娴则长于哀祭文，以哀文而论，自魏晋至明清之际，仅令娴一人声名显著。

另外，《六朝丽指》还评论过范晔《后汉书》中的序论之作："盖蔚宗之文，叙事则简净，造句则研炼，而其行气则曲折以达，疏荡有致，未尝不证故实，肆意议，篇题散逸，足为骈文大家。"[4] 范晔生当刘宋前期，其骈文多骈散兼行，文气疏逸，故颇受孙氏赏识。又评丘迟骈文说："丘希范诗，钟仲伟评为'点缀映媚，似落花依草'。余读其文，觉文亦如此。其文传者不多，《永嘉郡教》中所云：'曝背拘牛，屡空于畎亩；绩麻治丝，无闻于窦巷。'或谓《诗品》之说，观此益信，是则然矣。至其《与陈伯之书》通篇情文并茂，可谓风清骨峻。其间如'暮春三月，江南草长，杂花生树，群莺乱飞'，真有点缀映媚，落花依草之致。此文体虽称书，实与阮元瑜《为曹公作书与孙权》等文，均可作檄移读。檄移文字，植义飏辞，务在刚健，此乃动之以情，为用少变。然'迷途知返'云云，遣意则同'暮春'四语，借景生情，用眼前花草作点缀。吾恐钟记室品诗，即从此处悟出其诗境耳。"[5] 诸评皆立言有据，出语精准，体现出骈文批评家过人的才识。虽稍显零散，但切中肯綮，弥足珍贵，体现出很高的学术价值。

《六朝丽指》产生于新文学运动大兴之时，其极力推尊六朝骈文的地位，主要意图在于为骈文张目，以此与白话文抗衡。针对当时倡导新文学者认为文言文是僵死的文学，应该彻底打倒，而白话文才是充满了生机与活力的文学，所以理应张扬这一观点，孙德谦明确提出，文章生死与其体制或语言形式无关，而主要取决于作家的创作才力。以六朝骈文而言，其骈散兼行的句法与疏宕散朗的文气，即足为他文所取法，类似这样的作品，绝对不能称为死文学。《六朝丽指》曰："近人喜语体者，以为用此则生，文言则死，其排斥骈文尤甚，此大谬不然。夫文之生死，岂在体制？以言语论，人之言语，有同说一事：一则娓娓动听，栩栩欲活；一则不善措辞，全无生气。乌在一用语体，其文皆生耶？……又人之为文，在善叙事。作游记文，能状山川情景，乃使读之者心旷神怡，如置身于其中；作节烈传记，述其一言一动，只知有殉夫之志，往往令人不忍卒读，泪下沾襟。夫文至可以动人若此，又得谓一用文言，而斥之曰自古皆死耶？"[6] 为了进一步说明骈文同样充满生气，孙德谦以六朝骈文为例来印证观点。如刘孝仪《北使还与永丰侯书》云："马衔苜蓿，嘶立故墟；人获蒲萄，归种旧里。"此描写酷似一幅苏武归国图。又庾信《为梁上黄侯世子与妇书》云："想镜中看影，当不含啼；栏外将花，居然俱笑。"此种描写何等活泼，可谓直入画境。"夫文能妙达画理，岂犹垂垂欲死耶？"[7] 六朝骈文不仅工于描摹而直入画境，而且善于叙事，明白如话。如萧统《谢敕赉地图启》曰："域中天外，指掌可求；地角河源，户庭不出。"又庾肩吾《谢历日启》曰："初开卷始，暂谓春留；未览篇终，便伤冬及。"骈体行文，四言成句，非但对句不工，而且几乎不用典故，文脉贯通，充满活力与生气，可谓明白如话。此等文章，显然不可以死文视之。

孙德谦的《六朝丽指》凭借精湛深邃的理论阐发为六朝骈文批评做出了卓越的贡献。此举既推动了民国时期骈文研究的前进步伐，维护了传统文学的地位，又起到了与新兴白话文抗争的作用。

---

[1] 许梿评选，黎经诰笺注．六朝文絜笺注[M]．上海：上海古籍出版社，1982：185.

[2] 孙梅著，李金松校点．四六丛话[M]．北京：人民文学出版社，2010：469.

[3] 蒋士铨．评选四六法海[M]．光绪乙亥年重刊寄螺斋藏版本，1875.

[4] 王水照编．历代文话·第九册[M]．上海：复旦大学出版社，2007：8480.

[5] 王水照编．历代文话·第九册[M]．上海：复旦大学出版社，2007：8484.

[6] 王水照编．历代文话·第九册[M]．上海：复旦大学出版社，2007：8495-8496.

[7] 王水照编．历代文话·第九册[M]．上海：复旦大学出版社，2007：8496.

《辞学指南》所见之宋代骈文思想

施懿超

（浙江理工大学文化传播学院）

科举制度，尤其是南宋词科制度与宋代骈文关系密切，"宋代词科，专门以培养四六词臣为目标，可谓前无其例，后无其继"，词科"不仅造就了众多的四六高手，而且将骈体文的艺术表现功能发展到了极致"，骈文"能够在南宋复兴，主要推动力正是词科"[1]。词科是宋代一种特殊的科举制度，和宋代特别是南宋骈文发展密切相关，目前尚无关于词科的专著，但是前有聂崇歧先生论词科在先，后有祝尚书先生再谈词科制度，以及其后学者不断从各个角度对词科考试、词科制度、《辞学指南》以及王应麟文体学、文学批评思想等方面做出不同程度的进一步研究。[2] 祝尚书先生既已指出词科对于骈文发展的重要作用，王水照先生又提示了《辞学指南》在文体形态研究及骈文批评思想上的重要意义。本文试图具体阐述《辞学指南》所体现的骈文思想的几个方面，包括详分文体、明乎体制、严守程式、精于技巧、创新点评，等等。

一、词科性质略析

关于词科发展的四个阶段，即宏辞科、辞学兼茂科、博学宏辞科以及辞学科，通称为"词科"，《辞学指南序》对词科各个阶段的特点有准确概括，即宏辞科重"华藻"、辞学兼茂科讲究"淹该"，可说各有侧重，到了博学宏辞科，这一特殊的考试制度逐步走向规范和程式化。

关于词科性质，王应麟在《辞学指南序》中先追记了唐博学宏辞科的情况：

> 博学宏辞，唐制也，吏部选未满者试文三篇（赋、诗、论）。中者即授官。韩退之谓所试文章亦礼部之类，然名相如裴、陆，文人如刘、柳，皆繇此选。制举又有博学通议、博通坟典、学兼流略、辞擅文场、辞殚文律、辞标文苑、手笔俊拔、下笔成章，文学优赡、文辞秀逸、辞藻宏丽、文辞清丽、文辞雅丽、藻思清华、文经邦国、文艺优长、文史兼优之名。

---

[1] 祝尚书：《宋代词科制度考论》，载《文史》2002 年第 1 辑，第 181、192 页。

[2] 这些研究成果主要包括：聂崇歧：《宋词科考》，载《文史丛考》，北京：中华书局 1980 年版，第 127—170 页，原载《燕京学报》第二五期；祝尚书：《宋代词科制度考论》，载《文史》2002 年第 1 辑，第 181—192 页，又见《宋代科举与文学考论》，郑州：大象出版社 2006 年 3 月版，第 158—174 页；祝尚书：《试论王应麟〈辞学指南〉的价值》，载傅璇琮、施孝峰主编：《王应麟学术讨论集》，北京：清华大学出版社 2009 年 10 月版，第 1—17 页；王水照：《王应麟的"词科"情结与〈辞学指南〉的双重意义》，载《社会科学战线》2012 年第 1 期，第 227—233 页，又见傅璇琮、施孝峰主编：《王应麟学术讨论集》（2011），北京：清华大学出版社 2012 年 5 月版；任竞泽：《王应麟〈辞学指南〉暨〈玉海·艺文〉的文体学思想》，载《宋代文体学研究丛稿》，北京：商务印书馆 2011 年 11 月版，第三章；曹丽萍：《南宋词科对南宋骈文发展的影响》，载《北京化工大学学报（社会科学版）》2008 年第 4 期，第 54—58 页，又见《南宋骈文研究》，南昌：江西高校出版社 2009 年 9 月版，第二章第一节；李铤萍：《王应麟与〈辞学指南〉研究》，中山大学中国古代文学专业 2006 年硕士论文；张骁飞：《〈辞学指南〉研究》，载《王应麟文集研究》，北京：中华书局 2011 年 8 月版，第六章。

这里首先需要厘清的是，唐代的博学宏辞科和宋代的词科都是吏部科目选，是一种科目选人之法，而非特指皇帝自诏"以待非常之才"的制科或大科。[1] 所谓吏部科目选，就是吏部打破选格限制，通过科目考试来选拔一些特殊人才的一种选官制度。而宋代词科恰恰就是这种"收文学博异之士"，以造就朝廷"应用之文"即四六文专门写作人才的选官制度。《新唐书 选举志》、《宋史 选举志》以及清徐松《登科记考》[2]、清秦瀛《己未词科录》等皆误将唐、宋博学宏辞科归于制科。

王应麟在上述《辞学指南序》中将唐代"博学宏辞"和"制举"分而述之[3]，一如"宋人本不视二科为一类也"[4]，认为唐代的博学宏辞科，是吏部之选，所试重词章，为赋、诗、论三篇，名相文人都有中此选者，同时，又列举了制举诸多其他别称。将"宏词"和"制举"并举，尚可举王应麟《困学纪闻》材料为证：

> 唐宏词之论，其传于今者，唯韩文公《颜子不贰过》。制举之策，其书于史者，唯刘蕡一篇。不在乎科目之得失也。[5]

总之，宋代词科"科目虽袭唐旧，而所试文则异矣"，是指唐、宋博学宏辞科同是吏部科目选，名称相同，但是所试内容、要求等却全然不同。

二、《辞学指南》所体现的骈文思想

"宋世记词科之作，著称者有陆时雍《宏辞总类》，王应麟《辞学指南》二书。《宏辞总类》已失传。"[6]"《辞学指南》是现存唯一一部研究宋代词科的专书，在中国科举史上占有不可或缺的地位；而在该书卷二至卷四论述词科试格等部分，更在文体形态研究、骈文批评思想和文话著作类型特点等方面，为中国古代文章学史增添重要的篇章。"[7]《辞学指南》具有学术史上的双重意义，甚或更多重意义。此处仅就王应麟《辞学指南》所体现的骈文思想观念进行论述。

（一）一切关乎词科

方回《读〈宏辞总类〉跋》云："自绍圣创学以至靖康以来，凡有司之命题，与试者之作文，无非力诋元祐，以媚时相，四六于是愈工，而祖宗时文章正气扫地。"可见词科文章兴盛，直接影响四六文的复兴及其发展，同时产生正面及负面影响。

从《辞学指南》书籍性质来看，《辞学指南》所提及的十二体考试所用文类，从考试要求规定使用的体裁来看，大致可以分为三类：一是只许用四六体，即只能用骈文来写作的制、表、露布及檄书；箴、铭、赞、颂较为特殊，不仅要求用四六体，并且都有用韵语的要求；二是只许用散体，即只能用古今体来写作的记和序；三是许用四六，亦许用古今体的诰、诏。总之，这十二体并非全部是四六文，所以，这也是我们不主张将《辞学指南》归入四六话的原因之一。事实上，因为《辞学指南》的编纂

---

[1] 唐、宋博学宏辞科不属于制科，在学术界已成定论。聂崇歧《宋史丛考》、傅璇琮《唐代科举与文学》、王勋成《唐代铨选与文学》等著作中皆有充分考论。又见于张亚权：《康熙博学鸿儒科研究》，南京大学中国古代文学专业 2003 年博士论文，导师张宏生。

[2] 参见陈铁民：《唐代无所谓博学宏词制科辨》，载《中国典籍与文化》2011 年第 4 期，第 149—151 页。

[3] 此处需特别注意的是，因为《历代文话》本《辞学指南》在此序文中标点点读有误，易致误解。

[4] 聂崇歧：《宋代制举考略》，载《宋史丛考》，北京：中华书局 1980 年版，第 175 页。

[5] 宋王应麟著、清翁元圻等注：《困学纪闻（全校本）》，上海：上海古籍出版社 2008 年 12 月版，卷十四"考史"，第 1613 页。

[6] 聂崇歧：《宋词科考》，载《文史丛考》，北京：中华书局 1980 年版，第 127 页。

[7] 见王水照：《王应麟的"词科"情结与〈辞学指南〉的双重意义》，载《社会科学战线》2012 年第 1 期，第 231 页。

目的就是词科应试，所以这些论述的用力点就在于如何做考试前准备、如何应对每一类可能涉及的文体。从历年词科试题考试频率的角度进行统计可以发现，制和表是考试涉及最多的文类，当然也是王应麟笔力着墨最多的地方，但是，从《辞学指南》全部四卷内容来看，无论总论、分论、句联或文例等等，十二体全部涉及，皆有论述。故而，仍然将此书作为一部词科专门性著作来看，会比较切合著作的原本目的。当然，此书的学术价值应该是不仅仅局限于科举学史意义、文章学史意义，或者还可推及至文学批评史、文献学乃至教育学等等方面。

《辞学指南》是专门针对词科考试而做，一切以词科为准是其专业性及其独创性的最好体现。从王应麟锁定的十二体文体、所选各体词科篇目、所选篇目作者背景以及对历代和当代评论家评论观点的辑录等方面来看，均关乎词科，为了词科考试的胜出。《辞学指南》在词科材料的完整性及其准确性上的确值得肯定。

《辞学指南》所讨论的十二文体以词科考试为准，十二文体的所有作为典范的例文、段落及文句基本以中词科者各体文章为例。如制文，首选孙觌制文为例，孙觌制文典重得体，可为词科典范。其文略引如下[1]：

镇洮军节度使除大尉制

孙　觌

门下：价藩经武，久资戎翰之良；帅阃畴庸，增重本兵之寄。（此制包尽前后任，又下语稳。）眷余哲艾，惟国老成。（"艾"、"老"似重叠。）敷告路朝，诞扬褒律。具官某才堪大受，学富多闻。沈谋有先物之几，居简得镇时之望。（颂德处更当一聨。）出际明良之会，具宣夙夜之勤。劢相我家，定訏谟而入告；修和有夏，迪彝教以来宣。维陕服之奥区，宅洮河之巨屏。（宅宇未安。）斋坛推毂，俾专阃外之权；幕府运筹，旋迪师中之吉。令闻令望，屡达余听；（望字不当用侧声。）懋官懋赏，实允金言。申加徽数之隆，褒进武阶之长。神旗豹尾，对三接以疏荣；虎韔镂膺，总十连而敌忾。尽护诸将，作屏大邦。（此制除上数件皆可发明为今格，如"沈谋"二句及"劢相"、"齐坛"二联皆可为法。）于戏，说《礼》、《乐》而敦《诗》、《书》，既备元戎之选；戢干戈而櫜弓矢，无忘懿德之求。（凡下语临了一字须要来历，不可杜撰。如"懿德之求"盖《诗》有"我求懿德"也。）益壮远猷，服我休命。可。

作者的词科背景和词科经历是王应麟选文的标准之一。孙觌的词科出身、孙觌此篇以及和孙觌此篇相同或类似的众多选文恰恰说明了这一选文标准。词科经历和骈文文风密切相关，骈文作者的词科经历是认定该作者骈文文风的主要背景依据之一，在很大程度上决定了骈文作者骈文写作水平的高下及其写作特色。《辞学指南》还大量引述了本朝著名学者如吕谦祖、朱熹、真德修、楼昉、倪思等人的言论来论证自己的观点，而这批学者也多数为词科出身。

（二）明乎体制、详分文体、严守程式

《辞学指南》在文体学上的特殊贡献之一就是其所强调的以体制为先及其一系列的文体学观念，并且成为最早记载倪思以下著名的"文体话语"的第一人。《辞学指南》卷二"制"引倪正父曰：

文章以体制为先，精工次之；失其体制，虽浮声切响，抽黄对白，极其精工，不可谓之文矣。凡文皆然，而王言尤不可以不知体制。龙溪、益公号为得体制，然其间犹有非君所以告臣，人或得以指其瑕者。

---

[1] 《辞学指南》卷二"制"。

《辞学指南》为应试词科而设，指出词科考试中的每一文体的规定体制，十二体各各有体，不同文体不同体制，每文体下如有各文类，则不同文类不同体制。此处仅以王应麟对于表文的阐述为例，具体说明如下。

《辞学指南》卷三为"表"，首先分别列举了贺表、谢表、及进书、进贡、陈请等类表的体制，如针对贺表，规定体制如下：

> 臣某言（或云臣某等言），恭觌（守臣表云恭闻）某月日云云者（祥瑞表云伏觌太史局奏云云者、守臣表云伏觌都进奏院报云云者）。云云。臣某懽忭懽忭，顿首顿首。窃以云云。恭惟皇帝陛下云云。臣云云。臣无任瞻天望圣，激切屏营之至，谨奉表称贺以闻。臣某懽忭懽忭顿首顿首谨言。年月日，具官臣姓某上表。

可见作为贺表的结构程式，是一种规定性、规范化的文章格式。上述其他各类也同时分别列举其规定格式。

还是以表文为例，《辞学指南》详细列举了大类及其细目，此处不避细碎，详列如下，可略见《辞学指南》详尽细密的文体分类思想：

> 表有贺（郊祀、宗祀、册宝、建储、立后、诞生皇子孙、肆赦、祥瑞、改元、奉安史策礼成、兵捷之类），有谢（赐宴、赐御制、御书、赐器服茶药等类、除授、转官、加恩、代外国谢赐物赐历），经筵进读（正说、宝训三朝两朝、高宗、孝宗、仁皇训典、高宗、孝宗圣政、九朝通略、稽古录、通鉴纲目、帝学、续帝学、大学衍义、陆贽奏议、魏徵谏录、名臣奏议），进讲（易、书、诗、二礼、春秋、语孟、孝经、中庸、大学、讲彻赐象简金带鞍马香茶、秘书省赐宴、读彻赐金砚匣，余同。或赐御书御制诗及进诗），有进贡（进奉圣节、代外国贡献之类），有进书（玉谍、国史、纪、志传、实录、日历、宝训、政要、会要、仙源类谱、积庆图、御集、经武要略、勅令格式、宽恤诏令）。其体颇不同。

仅表文，有大类还有小类，分类详尽而且细密，并且特别强调"其体颇不同"，《辞学指南》辨体思想分明，并且是一种从实际使用出发而细分的实用文体分类，表文是要求必须使用骈文体裁的，所以这种分类也可以看作是宋代骈文的文类细分思想，实用而且周全。

词科考试制度使四六文更加程式化，程式化的好处在于宋四六众多文类有了可以遵循的规矩，也就增加了更大的操作性，具备更大范围的实用性；程式化的另一个好处是人们更加注重文章创作技巧的探讨，从而催生像《辞学指南》这样一批指导应试写作的应试指导书如《声律关键》、应试类书如《圣宋千家名贤表启翰墨大全》等等。当然，四六程式化的恶果也相当明显，尤其南宋晚期士人所批评的一些四六流弊尽显无遗。

（三）精于技巧、创新点评

《辞学指南》从认题命意到结构程式，从谋篇布局到句法字法均做出切实可行的实际指导。和其他著作相比，《辞学指南》的考试指导专业书籍的特色表现无遗，总论部分独创性地安排了"编题"、"作文法"、"语忌"、"诵书"、"合诵"、"编文"等，完全迎合考试的各种总体性要求，特别是列举"作文法"，是最早于文体选本中首列"作文法"的[1]，具有较强的应试指导性。

仍然以表文为例，对王应麟所提及的表文写作技巧略做分析，以见《辞学指南》对十二文体写作技巧的讲究。如引述前人说法或自述评论曰：

---

[1] 参见任竞泽：《宋代文体学研究论稿》，中国社科院 2008 年博士论文，导师党圣元，第 78 页。

　　表断句须要有力，如洪景卢"但惊奎璧之辉，从天而下；莫测龟龙之秘，行地无疆"。

　　西山先生曰："表章工夫最宜用力。先要识体制，贺、谢、进物，体各不同，累举程文，自可概见。前辈之文惟汪龙溪集中诸表皆精致典雅，可为矜式，录作小册，常常诵之。其他亦须徧阅。"

　　一表中眼目全在破题二十字，须要见尽题目，又忌体贴太露。如前辈《庆云瑞粟野蚕成茧表》用"参著两仪之瑞"，《五色雀瑞麦瑞芝》用"睹珍符于动植"（便见三者分明），《安南国谢加恩并赐对衣金带鞍辔表》用"式兼名器之荣"，盖只用两字该尽题目，最可法也。贴题目处须字字精确，且如进书表，实录要见实录，不可移于日历，国史要见国史，不可移于玉牒，乃为工也。

　　大抵表文以简洁精致为先，用事不要深僻，造语不可尖新，铺叙不要繁冗，此表之大纲也。

随引以上几条即可见一斑，《辞学指南》首先强调体制为先、分别文体，提出"表文"文风当是"以简洁精致为先"，明显和制诰、启文等区别开来，并对表文用典提出"不要深僻"，对造语提出"不可尖新"，对铺叙提出"不要繁冗"的要求。还指出表文破题二十字当包尽题义，贴题须字字精确，断句需要有力，等等。

《辞学指南》中对四六文评点的做法是一个值得注意的问题。从某种意义上说，《辞学指南》还是一部带有点评的词科文章选本。《辞学指南》全文收录词科文章主要有三部分：一则十二体中选录全文的篇目；另外，还有王应麟宝祐四年丙辰科应试文六篇，分三场，依场次顺序排列；还有就是该书最后所附王应麟"博学宏辞所业"，即十二体，每体两篇，共计二十四篇全文。《辞学指南》收录全文的做法和其他科举类用书完全一致，即除了助考的理论指导之外，还可以给予应试者最实际、最直观的实例参考，理论与实际两者结合的应试教育方式或者可以给后人一些启迪。以下将孙觌的表文及其王应麟的评点全文移录于下，对其评点形式及内容可略见一斑[1]：

代高丽王谢赐燕乐表
孙　觌

　　十行赐札，诞弥辽海之邦；万里同文，普听钧天之乐。（起头若如第二人止说"宠逮远邦"之语，则弱而无力，故用此意而择语言换转"十行赐札"、"万里同文"是也。才读此两句便见大体，）俯惭虚受，中积愧怀。伏念臣锡坯三韩，袭封四郡。环居岛服，习闻夷靺之声；仰睎云门，实眩咸池之奏。（先说远夷不足以知雅乐，而后叙作乐之盛，受赐之宠。凡四夷受赐表皆可仿此。）方重华之上治，跻累洽之闲休。监二代以斁文，命一夔而制乐。登歌下管，天地同流；鼓瑟吹笙，君臣相说。（此表警句。全用经句而复典丽。大凡词科四六须间有此一两联则易入人眼。王志古亦云："征角并扬，庆君臣之相悦；埙篪迭奏，与天地以同流。"事亦与孙仲益同，但不合，不全用，故弱。此不善用。）加贲鹿革之絵，辅成《鱼藻》之欢。有怀疏逖之臣，亦预分颁之数。玉帛万国，干舞已格于七旬；箫韶九成，肉味遽忘于三月。仰止祝将之赐，郁然食侑之光。骤此叨居，（未安。）殆无前比。兹盖伏遇皇帝陛下躬持慈宝，丕冒仁天。通道八蛮，坐致远人之悦；同符五帝，肇闻古乐之兴。出大晟之珍藏，作朝鲜之荣观。兜离一变，慈惠均欢。荡荡乎无能名，虽莫见宫墙之美；欣欣然有喜色，咸与闻管钥之音。稽首拜嘉，周邦来贺。臣敢不服膺睿奖，谨度遐方。仰九门之句传，徒起戴盆之望；与百兽

---

[1]　《辞学指南》卷三"表"，引文中括号部分为王应麟点评内容。

而率舞，但深倾藿之心。（此表辞意俱胜，可为定格）

从以上点评内容看，既有对此表的总体评价，也有对此表句联的评价；既有正面肯定，也有反面例证；有具体分析，更有规律总结。"此表辞意俱胜，可为定格"是对表文的总体评价，也是选取孙觌此表的主要原因。"先说远夷不足以知雅乐，而后叙作乐之盛，受赐之宠"可以算作是对句联的评价，明显注重行文结构和表达顺序问题，这种表文讲究以中国为先才算得体，故而又进一步总结道，"凡四夷受赐表皆可仿此"，既给出具体句联的分析，又进而总结此类表文的一贯写法，这种做法尤其适合应试备考人之需。"登歌下管，天地同流；鼓瑟吹笙，君臣相说"，指出此联为表文警句，说明此联有点在"全用经句而复典丽"。"大凡词科四六须间有此一两联则易入人眼"的总结是对表文乃至整个词科四六须有警句的提示。接下来举出王志古"征角并扬，庆君臣之相悦；埙篪迭奏，与天地以同流"一联，和孙觌此联比较，事同但用法不同，从反面给出例证，这也是一个很有价值的点评做法，在比较中鉴别好坏。同时，点评还将此表中"未安"之联指出，也是反面例证，如果能同时提供修改之联就更加完美。

可以说，《辞学指南》对于选文的点评是南宋时期文学批评的一种形式，就骈文而言，是一种创新形式的专门性著作，在宋代骈文研究中作用重大。其实，除了对选文全篇的点评外，还有一些句联后附点评，以及其他的如题目列举、警联列举及引述注释等形式，均能给应试备考者最直接、最直观的参考材料。

另外，《辞学指南》在"破体为文"问题上的做法也值得肯定。十二体的细分实际只是从应试角度而言，对于四六文发展的影响事实上和其对古文及其时文的影响是完全相同的。这时不仅有了"以古文为四六"的做法，更有了"以古文为时文"的提法，以及其他如"以文为诗"、"以文为赋"的观念和做法，凡与之相关统统看作是宋代"破体为文"在不同文体上的表现。《辞学指南》卷四"序"下引西山先生曰："序多以典籍文书为题，序所以作之意。此科所试，其体颇与记相类。姑当以程文为式，而措辞立意则以古文为法可也。"由此可见，王应麟《辞学指南》在"破体为文"问题上所表现的是一种非常通达和兼容并蓄的态度。无论四六或者时文，皆可"以古文为法"。

古代骈文界说之反思

欧明俊

（福建师范大学文学院）

骈文概念有独特的内在规定性，骈文究竟指什么？概念上首先要界说清楚，这是科学评价古代骈文的前提。古今学者对骈文的界说有许多真知灼见，但也存在不少模糊认识和片面性，兹试做系统梳理和反思。

一、骈文的共名与异名

现代通行的是以"骈文"指称古代骈体文，古人多以骈俪、骈俪文、今文、时文、四六、骈体文、骈偶文等指称骈文，而很少用"骈文"概念，但"骈文"概念已通行百年，约定俗成，故仍应该用"骈文"概念指称古代骈体文，作为这一文类的"共名"或通用名。

两匹马并驾叫作骈，因句式两两相对，犹如两马并驾齐驱，故称骈文，骈文名称正是概括了这一文类的主要特点，骈文是与古文或散文相对而言，主要特点是全篇以四六句式为主，即双句（俪句、偶句）为主；讲究对仗，结构平行；讲究平仄，韵律和谐；多注重藻饰、用典和形式技巧，形式工整。其中，对偶句是必备条件，其他条件则因时因人而异。

在历史发展不同阶段，骈文有不同名称，内涵有差异。骈文产生于魏晋，梁简文帝《与湘东王论文》曰："若以今文为是，则昔贤为非；若昔贤可称，则今体宜弃。"他所说的"今文"和"今体"，即指当时新兴的骈体文。汉代到六朝，出现了"文"、"笔"的对立，刘勰《文心雕龙》曰："今之常言，有文有笔，以为无韵者笔也，有韵者文也。"宋、齐时期的文笔之辨着眼点在于有韵与否，所谓"文"，近似专尚辞藻华丽、受字句和声律约束的骈体文；所谓"笔"，近似专以达意为主，不受字句和声律约束的散体文。骈文在梁、陈时叫作"今文"，唐宋时叫作"时文"，皆相对于古文而言，意思是时下流行的文体。"骈文"、"骈俪文"名称出现较晚，唐代以后才有。骈文到中晚唐特别是宋代以后，一般又称为"四六"，这是因为骈体文在句式上多以四字句和六字句为主。

《文心雕龙·章句篇》曰："笔句无常，而字数有常，四字密而不促，六字格而非缓，或变之以三、五，盖应变之权节也。"就是说，骈体文一般以四字、六字句为主体，间或也用三或五字句，但只是为调和一下音节，偶然插用而已。一些关于骈文的专著多以"四六"为名，如王铚的《四六话》、谢伋的《四六谈麈》等，这样，"四六"成为骈文的又一概念。

唐代以前无骈文之称，虽无骈文之名，但有骈文之实，骈文概念是后世"追认"的。从乾隆时起，"骈体"或"骈文"之名在各类骈文集的题名中得到了显著运用，袁枚《胡稚威骈体文序》正式提出应以"骈文"、"骈体"取代"四六"之称，但他的倡议在清代并未被普遍接受，直至民国时，文学研究学科化，学者们因考虑到"骈文"一名能突出骈俪之文的本质特征，并可与古文或"散文"相对，

才真正以它代替"四六"，后者则成为其概念下宋元时期骈文的专称。民国时一些骈文史著作，如谢无量的《骈文指南》、刘麟生的《中国骈文史》、瞿兑之的《中国骈文概论》等，无不以此命名。清李兆洛《骈体文钞序》论骈文曰："自秦迄隋，其体递变，而文无异名：自唐以来，始有'古文'之目，而目六朝之文为'骈俪'，而其为学者，亦自以为与古文殊途。"

有些学者将丽辞、丽语、偶语、俳语等骈句视为骈文概念。准确地说，它们是指对仗、对偶，属于句式和修辞方法，并非专指骈文。刘勰《文心雕龙》中有《丽辞》一篇，专门论述文章中的对偶问题，他只是从一般修辞的角度立论，所举对偶句例有诗、赋、文，有人认为《丽辞》篇专论骈文，即所谓"丽辞"，严格地说，刘勰并不是给这种文类定名。

因此，我们要动态认识骈文，切勿凝定看待。并要清楚，骈文是后起名，只是骈体文的通用名，不是原名。

二、骈文与古文、散文、韵文的关系

骈文有一对应概念，就是古文。古代非诗歌类文类，可分为骈文和古文两种，"骈文"概念却作为"古文"的对应文类而命名的。古文中也有骈俪句式、骈俪片段，但不是骈文。是古文还是骈文，应视骈俪句式多寡而定，骈文与古文有"交集"部分，并不是绝对的非此即彼关系，如李兆洛编撰的《骈体文钞》所收作品上自先秦下迄隋代，一些散文也被他纳入"骈体"范围。

正统文人以古文（散体文）为文章正宗，排斥骈文。作为桐城派古文理论的"反拨"，阮元《文言说》承继了六朝"有韵为文，无韵为笔"的观念，主张"文"须排偶对仗，有声韵，否则就是"直言之言，论难之语"[1]。阮元认为，与古文相对，骈文才是真正的"文"，而无韵散行者只是"笔"，将古文排除于"文"外。刘师培《广阮氏文言说》承阮元观点，力倡韵偶之文，主张以"藻饰"、"对偶"、"声律"为"文"之标准，强调"'文'以'藻缋成章'为本训"，"就应对言，则直言为言，论难为语，修词者始为文。文也者，别乎鄙词俚语者也"[2]。刘氏将"文"与"言"、"语"分别开来，认为"文"才是真正的文学，排除"鄙词俚语者"，也就是不承认通俗文的价值。

阮元《文言说》鼓吹骈体，视骈文为正统，为了推崇骈文，将古文排斥于文学范畴之外，说骈文才是真正的"文"，古文就不是"文"。吴鼒的《国朝八家四六文钞》、曾燠的《国朝骈体正宗》、李兆洛的《骈体文钞》等，皆宏扬骈文正脉。他们完全排斥古文，观点极为片面。

骈文还有一对应概念，就是散文、散体。以骈句（对偶句）为主的文章叫作骈文；与之相对，以散句（非对偶句）为主的文章叫作散文。李商隐在《樊南甲集序》中以"古文"与"今体"对称，"古文"指散体，"今体"即指骈文，也就是"四六"。

古代文章中，骈散句式自来并存，往往互相搭配，自由组合，散文中可有少量骈句，骈文中也可有少量散句，骈文、散文之分并不在于骈偶、对仗之有无，而在于其数量多少，可以说骈句自古有之，但不能说骈文古已有之，句子并不等于文章。阮元从《尚书》、《周易》、《诗经》等先秦古籍中搜集一些对偶句，认为那即是骈文，混淆了文类、文体与句式三个不同的范畴。现当代有些学者也以散句为主的文章中里面有少量对偶句子即视为骈文，这是不妥的。

古人眼中，骈文与散文通常是平行概念，不是统属关系，骈散之争只是大散文内部的观念之争。现当代不少学者将散文等同于古文，以散文涵盖骈文，即以散文为母概念，骈文为子概念，骈文归属于散文，如1937年，商务印书馆出版的陈柱《中国散文史》将古代散文史描述为骈散分合演变史："自

---

[1] 阮元著，邓经元点校：《揅经室集》三集卷二，中华书局1993年版，第605页

[2] 刘师培著，陈引驰编：《刘师培中古文学论集》，中国社会科学出版社1997年版，第183页。

无骈散之分以至于有骈散之分，以至于骈散互相角胜，以至于变而为四六，再变而为八股。骈文虽欲纯乎散，而不能不受骈文之影响。骈文虽欲纯乎骈，而亦不能不受骈文之影响。"[1] 如此认识骈文，并不完全合理。

有部分学者持折中态度，如刘开主张骈散融合，不能偏废，《与王子卿太守论骈体书》曰："夫文辞一术，体虽百变，道本同源……故骈之与散，并派而争流，殊途而合辙……骈中无散，则气壅而难疏；散中无骈，则辞孤而易瘠。两者但可相成，不能偏废。"[2] 突破骈文、散文二元对立观念的局限，如此认识骈文和散文，是有理论价值的，可惜学界重视不够。

文学与经学、史学分离后，骈文指经、史、子、集的"集部"之文，讲究对偶、文采、辞藻、想象、技巧，接近于现代"纯文学"意义上的散文。

骈文是散文，还是韵文？论者亦见仁见智，有学者将其归入散文，许多散文史著作也都包括骈文；有学者将其归入韵文，如中国韵文学会，下有骈文分会；《中国韵文学刊》即刊发骈文研究论文。笔者以为，骈文既是散文，也是韵文。但严格地说，骈文既不是散文，也不是韵文，而是中间文类。可跳出二元两级、非此即彼的习惯思维，一分为三，将骈文独立为一文类，为何一定要散文、韵文两分呢？

三、骈文是"文体"，还是"文类"？

西方文类（genre）概念，是指诗歌、散文、小说、戏剧等体性不同的文学类型，每一文类均代表着特有的一套成规；文体（style），是指某一作家或某一时代所表现出来的文学风格。Style，一般学者译为"风格"，徐复观《〈文心雕龙〉的文体论》认为"文体"更近乎 style 的英文原意。[3] 中国古代的"文类"，是指文体的归类类型和具体文体的分类，标准不同，归类和分类不同；古代"文体"，类似西方的"文类"；西方的"文体（style）"，则类似中国古代的"风格"。有别于西方文学理论中的文类、文体概念，古代广义骈文是"类"概念，指"文类"，不像现代学者观念中的骈文是"体"概念，是"文体"。广义骈文是抽象概念，总括此类各种文体，骈文是由众多具体的文体构成的，骈文类下的制、表、启、记、序、跋、尺牍等体式，才是具体的骈文"文体"，才是"实体"的骈文。古人论骈文，有时指文类，有时则指文体，应区别看待。不少学者将"类"与"体"混为一谈，如果不跳出文"体"的习惯思维，骈文概念即永远认识不清楚。

四、骈文的"原生态"和"衍生态"

古代骈文是流动概念，骈文从起源、发生、产生、雏形、定型到变体，一直与时俱变。"起源"与"发生"，是两个既有联系又有区别的概念，"起源"包括渊源和胚胎，只是"祖宗"、"父母"，不是自身，"发生"是指文体的产生过程，强调一种长时性、动态性，而"产生"只是一时的、静态的。古今论者论骈文的起源、发生及产生，所用概念甚多，如渊源、肇始、兴起、发轫、鼻祖、胚胎、孕育、滥觞、萌芽、权舆、雏形、诞生、形成、成立等，内涵有别。骈文演进可比喻为河流，如长江，最远源头是沱沱河，在东流过程中，又汇集了众多山涧之水，便形成长江之为长江，这些小河流，皆是长江之源。长江源头是一源，又是多源，论骈文的起源，亦应作如是观，如连珠只是骈文渊源之一，不是骈文本身。骈文起源是一源，又是多源；多源，不是平均，有主次之分，有主源和非主源；有远源，有近源；

---

[1] 陈柱：《中国骈文史》，东方出版社 1996 年版，第 1 页。

[2] 刘开：《刘孟涂集·骈体文》卷二，清道光六年姚氏檗山草堂刻本。

[3] 徐复观：《中国文学精神》，上海书店出版社 2006 年版，第 146 页。

有直接渊源，有间接渊源；有内源，有外源，内源即文学自身之源，外源即外部文化资源，即文化之源；有民间之源，有文人之源。应做全方位的考察，不应只强调某一方面而否定其他方面。先秦两汉各体文章中的大量骈俪句，是骈文的雏形。成熟定型的骈文全篇句式以对偶为主，且句式较固定。

"原生态"文体，是指文体的初始形态和定型形态，以后演进过程中产生新变，则称"衍生态"文体。骈文有"原生态"与"衍生态"之别，"原生态"的骈文，言、文一体，雅、俗一体，道、艺一体，应用性、文学性一体；"衍生态"的骈文，则言、文分离，雅、俗分离，道、艺分离，应用性、文学性分离。应动态地看待古代骈文，仅将其视为"纯文学"之体或"应用性"文体，仅重"原生态"或"衍生态"，必然会"遮蔽"骈文史及整个文学史许多真相。

骈文有"正体"与"变体"之分，正体是定型的且成为传统的骈文，变体是对定型的传统骈文的发展变化。文体演进有"常"有"变"，刘勰《文心雕龙·通变》曰："夫设文之体有常，变文之数无方。何以明其然耶？凡诗、赋、书、记，名理相因，此有常之体也；文辞气力，通变则久，此无方之数也。"不变是永远不变的，变是可变的，变有得失优劣。如陆贽的骈文明白晓畅，少用典使事，是骈文的一种"变体"，"变体"骈文是骈文的"衍生态"。当骈文与其他文体比较时，应以"原生态"的"正体"为准，正如以婉约、本色代表词体特征一样。正体代表骈文，价值优劣高下则另当别论，当进行内容、艺术等价值判断时，正体未必胜过变体，变体未必不如正体。

五、骈文定义与本质界说

骈文的定义，即回答什么是骈文？什么不是骈文？作为文类，古代骈文有基本的内在规定性，就是对偶，古人多以散体文为参照，比较中界说骈文，以对偶与否为本质标准，全篇句式以对偶为主且句式较固定的，就是骈文；或者说，骈文是以对偶句为主、介乎散文与诗歌之间的一种文类，否则便不是骈文，散体文即使写得再好也不是骈文，这是绝对的。定义只有一个，没有什么好讨论的。广义骈文是文类，而非文体。

什么是骈文？什么是骈文的本质？实为不同的概念，古今学者界说骈文，多指骈文的本质而非骈文的定义。明王志坚《四六法海》"总论"曰："古文如写意山水，俪体如工画楼台。"钱基博《骈文通义》指出骈文："主气韵勿尚才气，则安雅而不流于驰骋，与散文殊科。崇散朗勿矜才藻，则疏逸而无伤于板滞，与四六分疆。"台湾学者张仁青说："散文主气势旺盛，则言无不达，辞无不举。骈文主气韵曼妙，则情致婉约，摇曳生姿。"又说："散文得之于阳刚之美，即今世所谓壮美者也；而骈文得之于阴柔之美，即今世所谓优美者也……散文家认为文章所以明道，故其态度是认真的、严肃的，盖以文章为经世致用之工具也……骈文家之见解则以文章本身之美即为文章之价值，故其态度是淡泊的、超然的，盖以文章为抒写性灵之工具也。"诸家如此概括，只是骈文的本质界定，而非定义。实际上，骈文中并不乏阳刚柔之美者，散文中也有擅阴柔之美者；骈文亦可经世致用如陆贽，散文亦宜抒写性灵如晚明小品。现代有学者称骈文为"美文"、"贵族文学"、"庙堂文学"，也是对其本质特性的概括，而非定义。古今学者常谈的往往是"骈文的本质"概念，骈文有"本质"，就有"非本质"，非本质特性，也是骈文的特性，并非可有可无。

骈文本质界定，有形式、内容、语言风格、功能四种表述方式。如以辞藻"典丽"、"华丽"来界定骈文，其实，"典丽"、"华丽"只是骈文的语言风格特点，其他文体也可具备这一特点，故此界定只是骈文的本质，可以有不同的理解。骈文的定义首先是纯形式界定，在形式基础上，再指出以什么内容为主，判定是否骈文，首先应看形式，非散体文即是骈文，形式是最基本的要求，其次看其本质，徒具形式也是不够的。

《易经·系辞》曰："形而上者谓之道，形而下者谓之器。"骈文具有"形而上"、"形而下"的不同层面，"形而上"者是骈文之"道"，指文心、文义、文理、文情、文神、文气、文味、文韵、文趣、文境等，是骈文的本质、精神和灵魂，是更高层面；"形而下"者是骈文之"艺"（技、术），指文技、文格、文式、文法等纯技巧形式，是技术层面。那么"道"和"艺"的关系究竟如何呢？"道"重要，还是"艺"重要，或二者都重要？古人有不同的理解。有人认为，"道"最重要，只要把思想感情表现出来，工不工并不重要，甚至可有可无；有人更重视"艺"，讲究技巧、艺术、形式，内容不是很重要。以上两种观念是对立分离的，当然"道"和"艺"即内容和形式的完美统一是最好的，这是理想的骈文。骈文有"道"与"器"之别，"道"是内容，"器"是载体，是工具，骈文是一物多用之器具，几乎任何东西都可以装盛，可抒情，亦可写景、叙事、说理；可论政，亦可论兵、论佛、论道，单纯强调"道"的某一方面，而排斥其他，是狭隘片面的。

骈文的定义，为是非真假判断，是唯一的；骈文的本质界说，是高下优劣的价值判断，可有多种观点，不同时代、不同流派、不同人，对骈文的本质有不同的认识。每种界说，皆有合理性，同时亦有局限性，多是"片面的深刻"。不能用一花独放的"专制"思维轻易肯定或否定，要允许这种差异性和多样性的存在。

六、骈文与赋

赋是综合吸收韵文、散文诸文类特点而形成的特殊文体。有赋体骈文，叫作骈赋；有赋体散文，叫作文赋。骈文与赋的关系，学界大致有三种观点：1.骈文包括赋。2.骈文不包括赋。3.骈文包括骈赋，但不包括其他赋体。笔者认同第三种观点。实际上，赋是文体，骈文是文类。古代文体中，赋从来自成一家，六朝骈赋属于骈文，而汉代大赋、唐代律赋、宋代文赋，都不属于骈文。骈文与赋的根本区别：骈文以对偶为主，赋以铺陈为主；骈文以对偶句为主，赋以排比句为主。姜书阁《骈文史论》主张律赋应归骈文，不妥；于景祥《唐宋骈文史》将文赋（即散体赋）的代表作《秋声赋》、《赤壁赋》等视为骈文，亦不妥。只能说律赋、文赋中有骈文句式，不能说就是骈文，不能将骈文句式和骈文文类混为一谈。

赋的"骈化"称作"骈赋"，文体吸收他体之长，以创新发展，仍有"主客"之分，也就是说，赋无论如何"骈化"，仍是赋，文体内在规定性仍是存在的。骈赋是赋，也是骈文，骈文与赋有"交集"部分，只有骈赋与骈文发生明显关系。骈赋与骈文是种属关系，骈赋是种概念或下位概念，骈文是属概念或上位概念，或者说，骈赋是子概念，骈文是母概念，骈赋是文体，骈文是文类，两者不是一个层面，不是并列概念。骈文可包括赋，即骈赋，只能说骈文包括骈赋，赋包括骈赋，不能说骈文包括赋，更不能说赋包括骈文，骈文与赋不是非此即彼的关系。

赋是文体，与启、疏、记、序、跋、尺牍、诗、词等文体并列；骈文是文类，与散体文相对，不可与启、疏、序、跋并列。所有非诗歌文体皆可写成骈文，但绝没有启体赋、记体赋等。两者不是并列概念、平行概念。

七、结　　论

古代骈文，有不同层次的含义，实为不同的概念。最广义的骈文，是一种文类，与散文、散体相对，包括一切种类与形式的非诗歌类的非散体文章；次广义的骈文，是一种文类，与古文相对，特指今体、今文、时文，即时代流行文体；狭义的骈文，指具体骈文文体，如骈体赋、骈体尺牍、骈体小说等；

最狭义的骈文，只指骈偶句式，并不是文体。古人界说骈文，有具体的语境，同是"骈文"概念，所指不同，内涵各异，要区别对待，不应简单泛泛理解。

作为"文体"的骈文，有狭义、广义之分，狭义的指体裁，是体制之体，即形式，如句式、声调等；广义的指文学、文化之体，指区别于其他文体的一切特征，不只是形式，还有题材、主题、风格、技艺等。

骈文是应用文类，还是"纯文学"文类？诰、启、疏等是功能性骈文文体，有特定的作者、言说对象、语词、表达方式、行文规范，是严肃的应用文；有的骈文如尺牍、游记是"纯文学"美文。骈文既是应用文，也是"纯文学"美文，不应一概而论，更不应片面肯定某一方面。传统主流骈文观念是"大文学"观念，应用文最受重视；现代吸收西方"纯文学"观念，以感性、抒情性、审美性、艺术性为标准看待古代骈文，只承认其审美、抒情、艺术价值，而贬低其实用价值，这显然是片面的，应从传统汉语言文章的实际情况出发。现代学者论文学，以"艺"为本位，颠覆传统的"道"本位，古今文学观念差异甚大，古今骈文观念亦如此，我们应有清醒的认识。

骈文是纯洁性与驳杂性、封闭性与开放性、自足性与兼容性、独立性与依附性、绝对性与相对性、艺术性与实用性、功利性与超功利性的统一体。

古代骈文是一种客观、独特的历史存在，古人骈文观念也是一种客观、独特的历史存在，自具其"历史合理性"一面，学界不自觉的错误是轻视甚至忽视古人观念，而拔高或贬低现代人"观念先行"的古代骈文的价值和地位，过于轻视历史。对古人的观念，我们应具"了解之同情"，充分"体认"，给予起码的尊重。科学认识古代骈文，既要承认当下通行的观念，又要考虑传统骈文观念；既要防止完全以今衡古、以今释古，又要防止完全以西衡中、以西释中。现代以西方"纯文学"观念硬套中国古代骈文，造成不少混乱。骈文观念是动态的，是由"前理解"和"当世"观念、"历时"观念共同构成的，应结合历史语境和当下语境，对其做出既合乎历史的又合乎逻辑的认识和评价。

我们应跳出唯一思维、二元对立思维的局限，以动态、开放而非静态、封闭的态度认识骈文。骈文界说，许多方面皆须做学理上的深刻检讨和反思。

古文与骈文：在"桐城谬种，选学妖孽"之后

朱丽霞

（上海财经大学人文学院）

20 世纪初，"桐城谬种，选学妖孽"成为五四新文化运动的精神旗帜。废除古文与骈文，倡导白话，成为不可阻挡的文化趋势。经由胡适、陈独秀等大批新文化人士的共同努力，白话文最终取代古文与骈文，取得"五四"之后中国文学的语体霸权。从此，中国文学进入了真正的白话时代。

一

五四新文化运动后，古文与骈文退出文学表达的话语主流。但二者却遭遇了完全不同的命运：古文从此一蹶不振，再无振兴之机；骈文并未从此销声匿迹，而是作为文化潜流一直存在于文体的生命嬗变中，未曾间断，并在民国时期东山再起，出现创作与研究的双度繁荣。五四新文化洪流过后，骈文迅即复兴。骈文不仅依然是国民政府的通用文体，而且成为 20 世纪二三十年代的一种学术时潮：孙德谦《六朝丽指》，钱基博《骈文通义》，瞿兑之《中国骈文概论》，谢无量《骈文指南》，金秬香《骈文概论》，刘麟生《中国骈文史》和《骈文学》，蒋伯潜、蒋祖怡《骈文与散文》等一批骈文研究著作相继诞生。而此时论骈文的单篇文章，文人骈体书信等不胜枚举，形成了骈文史上一道壮丽景观。

武昌起义后，国民政府的《布告全国电》、《檄各府州县电》、《电告汉族同胞之为满清将士者》、《宣布满清罪状檄》、《致满清政府电》等众多政治文件即例用骈体。为申明义举的合理性，文件起草者从各个角度铺叙历史，剖陈利害，慷慨淋漓，激动人心。如《宣布满清罪状檄》历数清政府罪恶："九万里宗邦，久沦伤心惨目之境；五百兆臣庶，不共戴天覆地之仇。阅及近兹，益逞凶悍；毒屠诛杀，不遗余力。举天下之膏血，尽贻四邻；割神州之要区，归之万国。淫凶酷虐，炽于其前；刀锯鼎镬，随于气后。"在整齐的节律中生发着昂扬奋发的感人力量。孙中山于 1915 年发布的《讨袁檄文》历数袁世凯罪状云："侦谍密布于交街，盗匪纵横于邑鄙，头会箕敛，欲壑靡穷，朋坐族诛，淫刑以逞；矿产鬻而国财空，民党戮而元气尽。军府艰难缔造之共和，以是坏灭无余。而贼恶盈矣！殉国烈士，饮恨于九泉；首义勋贤，投荒于海外。"声讨清朝的残暴统治和卖国罪行，宣传革命的正义性和必要性，号召全国人民揭竿而起，推翻清政府，建立共和政权。骈句铺排，气势纵横，鼓荡人心。

当时各路军阀政党之间的通电一律用骈体。著名的骈文作者饶汉祥《郭松龄之通电张作霖一》（1926年 11 月 22 日）历数东三省位置的重要和历史作用后，嗟乎慨叹："足冻伤心，唇亡迫齿。钧座痛正气之不申，惧边人之将尽……将欲凭陵劲旅，混一寰区耶？"[1] 希望张作霖放弃内斗，建立共和。句句肺腑之言，动人心魄。爱国文人柳亚子曾以其骈文精妙被召入国民政府，专事撰写政府骈体公文。

抗日战争与新民主主义革命时期，政府檄文仍例用骈体。抗战爆发后，八路军晋察冀军区司令员

---

[1] 丁中江：《北洋军阀史话》，北京：中国友谊出版公司 1992 年版，第 228 页。

聂荣臻、政治部主任舒同于1939年9月17日在《抗敌报》上联名发表给侵华日军东根清一郎的复信——《致东根清一郎书》[1]，书中历数日本帝国主义侵华之罪恶历史，明确表示中国人民誓死御敌的决心和意志。信中述及日军给中国人民带来的灾难云："及登中国之陆，立送炮火之场；军威重于山岳，士命贱于蚊虻；或粉身而碎骨，或折臂而短足；或暴尸于原野，或倒毙于山窟。所为何来？其或幸而不死，经年调遣转移；炎夏冒暑而行，冽冬露营而宿。时妨遭遇，曰畏游击。征战连年，无所止期。军中传言，充耳伤亡之讯；家内来书，满纸饥寒之语。山非富士，不见秀丽之峰；树无樱花，莫睹鲜艳之枝。望复望兮扶桑，归莫归兮故乡。生愁苦于绝国，死葬身于异邦，能无痛乎？"情文并茂，动人心魄。作为文体，则是一篇朗朗上口的白话骈文。

上述可知，五四运动以后，古文已逐渐消退，而骈文依然盛行不衰。尽管白话新骈文在白话文大潮中并未汇入主流，甚至微不足道，但终究证明了骈文作为一种文体自身的生命价值与活力。所以，民国时期，骈文仍是社会所最易接受的文体，"当世之人，痛诋文言，虽作联语，亦必白话。虽为白话，仍是骈偶，足知习俗如此，终不脱骈文之拘绊也"[2]。

新中国成立后至70年代末的三十余年，政治至上的时代，骈文与古文同时销声匿迹。80年代改革开放后，文艺界百花齐放，骈文重新被学界所重视。不仅有理论研究，而且骈文创作亦枯木逢春。

21世纪之初，骈文开始出现繁荣强盛之势，并再铸辉煌。2006年国际骈文学会在贵阳召开。2007年1月洛阳大学辞赋研究所全国范围内征集并出版《当代咏洛赋集》，全面展示洛阳之文化底蕴、山水名胜及建设成果，引发了声动全国的"洛阳辞赋热"。同年4月，牡丹盛开之际，"首届中国辞赋创作研讨会"在洛阳召开，80余篇《洛阳赋》、《牡丹赋》和20余篇辞赋研究论文，名家赋手，汇聚一堂，引起社会各界广泛关注，这是当代为弘扬中华辞赋的一次最为轰轰烈烈的文化运动。同年8月，中国国际第七届辞赋研讨会在兰州召开。与此相应，中华辞赋网、骈文网的建立为众多的辞赋文士提供了交流创作的平台，专门发表辞赋的刊物如《中华辞赋》，报纸如《中华辞赋报》等也纷纷问世，各省市的地方辞赋爱好者也多有地域的辞赋报刊出版。至目前，全国范围的辞赋报刊已不下数十种。与创作上的繁荣相一致的是，众多辞赋研究机构也应运而生。济南、洛阳、南昌、榆林等地的辞赋研究所先后成立。在辞赋创作与辞赋研究的深度、广度与力度等诸多方面，将追求更超迈的品格与更完美的境界，正在向更高层次上发展。

这是前所未有的辞赋盛况。2007年春3月，《光明日报》为进一步推动辞赋创作的繁荣，特开设"百城赋"专栏。首篇为《西安赋》，铺采摛文，热情洋溢，展现各个城市的风采。《武汉赋》、《宜宾赋》、《三亚赋》、《南京赋》、《广州赋》、《长沙赋》、《九江赋》、《昆明赋》、《大庆赋》、《济南赋》、《太原赋》、《温州赋》、《福州赋》、《大连赋》、《南宁赋》、《重庆赋》、《深圳赋》、《香港赋》、《酒泉赋》、《海南赋》、《大同赋》、《聊城赋》、《茌平赋》、《句容赋》、《惠州赋》、《威海赋》等，如沐春风，似饮琼浆，借助于"百城赋"，我们了解了一个城市的人文地理、历史沿革、风物人情与世事沧桑。"百城赋"刊登后引起全国范围的普遍关注和强烈反响。每篇赋文问世，都受到读者热烈品评。一些城市甚至把"百城赋"列入中小学备选教材或参考资料。哈尔滨、沈阳、苏州、合肥、绵阳等近20个城市为了向"百城赋"专栏供稿，开展全市征文活动。《芜湖赋》征文启事刊出后，短短一月，即收到赋文三百余篇。

既然桐城之文为"谬种"——载道说理，选学之文乃"妖孽"——雕琢迂晦，皆在五四新文化运动的铲除之列。那么，为什么这样一种极符合时代潮流的文体意识和文学思想最终打倒的是古文而非

---

[1] 东根清一郎，日军宣抚班长，因其朋友浦田好雄被八路军俘虏，致信八路军晋察冀军区负责人聂荣臻、舒同，要求予以释放。对此，聂、舒回了这封信。随此信发出的还有浦田好雄给其父母的家信。

[2] 刘麟生：《中国骈文史》"瞿兑之序"。北京：东方出版社1996年版。

骈文？古文从此烟消云散，而骈文却在21世纪初得以再铸辉煌？其中，是什么原因使得骈文历经责难而生命不息？几经波折而终于不倒，并最终出现复兴之势？依据常理，颂写百城，即使一城，可以采用的文体很多，最常用的即现代诗歌、散文等，为什么到21世纪一定选择2 000多年前即达其鼎盛的骈"赋"的形式，而且波澜壮阔？这无疑是一个十分复杂的问题，尤其因为它涉及了许多跨文化的因素。然而，今日当我们检视古文与骈文的不同命运时，我们不得不重新思考这个问题所象征的文化意义。

二

由新闻媒体发起的一场当代骈文复兴的文化运动正在蓬勃兴起，"名城赋"、"名镇赋"随之诞生，"千城赋"也应运而出，骈体辞赋几乎占据了时下文坛的半壁江山。

西汉时期，对外抵御了西域骚扰，化干戈为玉帛，往来友好，打通了丝绸之路，出现万象归一、声威远振的景象。广阔的疆域和强大国势给人们带来蓬勃向上、昂然奋进的精神与动力，这一空前的"鼎盛"需要文学加以描写和记录，并能反映汉帝国的宏大气势，赫赫声威，歌颂这种国泰民安、诸侯宾服的盛世之景。而在所有的文体中，唯有骈体辞赋能够胜任这一历史使命，辞赋具有其他文体所不能具备的可以充分表达社会价值观和艺术观的功能。对于"颂"世的动机来说，赋最具表现力和感染力。由此，汉赋兴起，并最终成为一个王朝数个世纪的文体典范。

如果说汉赋反映了西汉王朝全面鼎盛的社会景况，那么20世纪末辞赋的复兴则充分展现了改革开放以来所取得的巨大成就。至21世纪初，中国已沿着改革开放的道路走过步履蹒跚的三十多年，经济取得了长足发展。目前，祖国正处在市场兴旺、经济繁荣、科学发达、社会稳定的时期，特别是2008年奥运会的成功举办，更加显示了国力的强盛，激起全民族的自豪感。传媒界敏锐地捕捉到此期此际国力与大汉盛唐的相似之处，倡导全社会以高度的热情讴歌"盛世"的再现，以增强国人团结一致、继续前进的信心。

更为引人兴奋的是，伴随着经济的发展，城市建设日新月异，绚丽多彩，不仅大中型城市，即使小城小镇也开始注重城市的人文景观和地域文化。用文学手段宣传城市，骈文成为首选，优美的城市赋可以起到城市名片的特殊效果。以百城为题撰写美文，从内容到形式，汉赋都具有可资借鉴之处。这即辞赋复兴的社会需要性。较之于其他各类文体，骈文更具有社会适用性。四六对仗、辞丰藻丽的艺术形式可以使作者施才逞华，阅读者感到气势雄壮、音韵铿锵，较古文更易引起听者的注意。挥洒自如、情文并茂，歌咏盛世，诗词之外，骈体最宜。而诗词尽管精悍却短小的篇幅不足以容纳庞大的胸怀与气魄。

骈文自身的生命强度，古文无堪比拟。古文作为道德文章，不仅要求文以载道，而且要求"文"要发挥救世劝俗之功能。由于过分强调文章"载道"的道德功能而导致文章"空言义理"[1]，枯涩乏味。桐城古文学行程朱，文彰韩欧，讲究伦理纲常，保持了清醒的理性，却忽略了文学之所以为"文"的抒情和社会公用性及文的审美价值，"不足以振奋人心"[2]。尽管古文、骈文都依赖于封建科举而生存，但伴随封建专制的崩溃，桐城派的文统、道统也成为历史陈迹。桐城派文运与清王朝国运相始终，骈文则因其自身的文体优势和美感价值而得以永存。太平天国时期，为宣传排夷，洪仁玕等发表《戒浮文巧言谕》："照得文以记实，浮文所在必删；言贵从心，巧言由来当禁。"旨在反对辞藻华丽、对仗工整的骈文。但具有讽刺意味的是，洪仁玕反对骈文所采用的文体依然是骈文。而文学史上，排骈最力的唐人韩愈也无意识地用骈文反对骈文。可知，骈文已经成为人们日常生活和政治生活中不能脱

---

[1] 朱维铮：《跋〈夏曾佑致宋恕函〉》，载《复旦大学学报》1980年版第1期。

[2] 游国恩：《中国文学史》，北京，人民文学出版社1979年版，第155页。

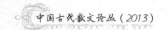

离的一种适用性极强的文体。

上述所言仅为骈文复兴的外部因素，而骈文复兴的更为重要的原因在于骈文自身的文化特质。

首先，骈文自身的艺术美感。作为骈文的突出特征——典故和比喻等修辞手法的巧妙运用增加了语言的内涵与韵味，因而用这一文体形式进行叙写，更能描绘出一个城市的容貌、气势。然而典故并非骈文才用，散文、诗歌的运作中适当用典能增加美感和可读性，但用典却非散文和诗歌的必然要求，亦可不用，而骈文则几乎非用不可，而且以巧擅长。公文中适量用典，从作者方面讲，钩贯经史、熔铸古今，闳丽渊雅，既可显示作者学识渊博，亦可使文章风格典雅，词句精工，增强艺术感染力，可使文章委婉含蓄、意味深长。而从读者方面讲，情境贴切的典故，可以引发更多的联想，激发内心共鸣，而这则是古体散文所不具备的特质。如《济南赋》中即有："关汉卿漫游历下，浅斟低唱，作'杜娘智赏'之剧；赵孟頫任职济南，濡翰挥毫，绘'鹊华秋色'之景。伊自明朝，始为省会，筑石墙，浚深壕，金城汤池，巍立东境。王渔洋水面亭赋《秋柳》，蒲松龄东流水觅佳菊。孙中山演说议会厅，讨袁军攻占济南府。中共建党，星火燎原，尽美、恩铭辄轶讹，'一大'留名。'五卅'惨案，公时殉难辄辑讹，国耻莫忘，警钟长鸣。一九四八，正义炮响，济南解放，万众欢腾。"（《光明日报》2007年5月8日）所用典故者四：其一、"杜娘智赏"之剧，元代戏剧家关卿之杂剧《杜丽娘智赏金线池》。其二、赵孟頫，元代诗人、书画家，曾任济南总管府同知，所作《鹊华秋色图》为传世名画。其三，"王渔洋水面亭赋《秋柳》，蒲松龄东流水觅佳菊"，王士祯，号渔洋山人，济南人，清初神韵派诗人。蒲松龄，字留仙，号柳泉，淄川人（时属济南府治），曾到济南东流水街觅佳菊。其四，"孙中山演说议会厅，讨袁军攻占济南府"，1912年9月，孙中山至济南，在省议会厅发表演说。1916年3月，居正奉孙中山之命，起兵讨袁，夺占济南。文中运典，增加了阅读的含蓄隽永与曲折回环之美。此其一。

艺术上，赋之最突出的特点乃铺张扬厉、词采华丽。而在铺采摛文、渲染夸饰方面，骈文尤具优势。"百城赋"即致力于宣传百城的独到美景与源远流长的城市文化传统，歌颂城市风貌的历史巨变，如《长沙赋》："山水洲城，美不胜收。岳麓山西屏，四季图画，春花夭，夏绿滴，秋果黄，冬雪洁，无景不美。最爱晚秋，霜叶红于二月花。湘江水穿城，一条碧带，清风徐，船影繁，游云舒，柳枝柔，满江风情。尤怜仲夏，涛声日夜下洞庭。橘子洲长卧，中流艨艟，橘飘香，莺啼翠，廊回曲，亭绕絮，一岛幽清。且去倚栏，绵长乡愁暮笛起。风鸣铎铃，天心阁登高情怡；塔摇清波，烈士园缅怀心肃。晨练沿江彩带，老幼各得其乐；晚登杜甫江阁，诗家逸兴遄飞。处处风光都美好，时时景色尽宜人。"（《光明日报》2007年4月9日）透过优美的文字夸饰，我们可以感受到长沙的怡人景致，如在眼前，如临其境。此其二。

抒情的淋漓酣畅。托云播雨，纵横捭阖，场面的铺陈渲染，用骈偶往往造成特殊气氛，动人心魄。"百城赋""开栏的话"云："天地形胜，城以盛民，而文明兴焉。一个城市就是一本历史，记录着这块土地的风雨兴衰，见证着这里人民的智慧创造。从江南到漠北，从东海到西疆，灿若星河的中华名城叙述着泱泱华夏的辉煌……大汉盛唐，是所有炎黄子孙最骄傲的印记。繁荣昌盛的汉唐气象，孕育了汉唐歌赋的磅礴恢弘。又逢盛世，何妨且歌且赋？沐浴在城市光辉中的人们，身感幸福，际遇和谐，心为之动，而后赋成。"（《光明日报》2007年3月8日）《光明日报》旨在忠实地记录这种真诚的心动，希望全民共同分享伟大时代、伟大祖国的荣光，颂扬新时代、新精神。此其三。

其次，与时俱进的文体品格。中国文章，自先秦时起，即以奇句单行的散体文为主，到汉代，由于辞赋风靡，散体文为了自身的"生存"和自己的文体地位，不得不与时俱进，改变风格。因而，汉代的散体文吸收辞赋的艺术表现手法而开始讲究对偶，骈文规模初具。两晋，骈文正式成体，以陆机成就最高。其许多骈文都精彩富艳，对仗工整。许多篇章成为传世经典，为后世学人反复模仿。旨在推扬骈文的萧统《文选》即以陆机的选文为最多。南朝，由于朗朗上口的骈文取代了枯燥乏味的玄言诗，骈文地位得到进一步提升。骈文固有更适用于祝颂类文体的先天弊端，但古文亦未曾难免，故"文章之弊，即散文亦何尝不可以阿谀取容，如寿序墓志铭诸种文体，根本上即难免此种讥诮。至文字之迂晦艰涩，虽散文亦常有之"[1]。

内容上，吸收古文表达范围，提升了骈文容量。讽刺手法本属古文所用，但清代骈文中兴之际，已多有所用，如赵翼《戏控袁简斋太史于巴拙堂太守》[2]对袁枚独特的个性解放思想进行抨击，讽刺攻击的骈偶词句比比皆是。骈文容纳了古文的题材内容，声势依然宏阔庞大，却比古文更易打动人心。形式上，吸收白话，出现了白话骈文，从文体形式到思想内容都对古典骈文做了极大改革：将散文的句法引入到骈体之中，使骈文成为一种平易自然、驱使自如的文体，依然是骈文的文体形式——四六格式，语言却是白话。而古文则缺少这种随机而变的功能。古文就是古文，一旦用白话写作，自然就是白话文。而骈文则不同，遵循骈偶格式，用白话写作，仍然是骈文。有行云流水之致，而无堆砌板滞之疵，又摆脱了绮罗香泽之态，极大地提升了骈文的表现功能。

骈文由文言改为白话，出现了现代白话骈文，既美丽动人，又易于理解。由此，"百城赋"骈文运动，将上下数千年、纵横几万里的中华名城镶嵌在《光明日报》上，人文地理，历史沿革，风物人情，绘成中华锦天绣地。"百城赋"不仅以传统的骈文形式介绍我国城市的历史文化和现代文明，而且借助于报纸的传播方式对骈文文体做了一次最为广泛的普及。

三

"百城赋"旨在颂扬中国和谐、繁荣的"盛世"。作为辞赋文化事件，《光明日报》以其极强的舆论优势弘扬辞赋文化，成为当代国学文化振兴的重要标志。骈文会议和相关辞赋文化运动的蓬勃兴起，为辞赋征文的举行创造了骈体文化的社会环境。同时，这一栏目的开辟，使无数的骈文爱好者、骈文作者不断地加入撰写各地城市撰赋作者的行列，或以现有的城市赋为蓝本，独立地创作出更为优秀的骈文作品，在全国掀起一股创作名城名市赋的热潮，从而催生出讴歌中华34个省区、700多个地市、2 000多个县城（市）的系列骈文作品的问世，具有一定的实践与理论意义。

"百城赋"直接地促进了中华骈文的复兴和创作新格局的形成，是一次古代文体——赋的复兴运动。使骈文这种古老的文学体裁形式，在改革开放的新形势下又注进了新的文学元素，从而间接推动了整个国学的逐步复兴与繁荣。事实证明，祖国经济建设所取得的巨大成就给予国人的空前的激情与充分的自信，传统文化中有大量精华值得提倡和弘扬。近年"国学"研究成为新的学术热点，甚至许多高校成立了"国学院"、"国学所"，复兴与弘扬中华文化，是时代之需，也必然形成客观的趋势。随着中国经济的不断发展，中华文化的复兴必成为一股不可抗拒的潮流：力求"辞赋创作"与"辞赋研究"并举，国学复兴与骈文繁荣同煜。作为文化事件的"百城赋"彰显出如今的泱泱中华、堂堂大国的太平"盛世"，在一定意义上体现了中华文化的博大精深，展示了民族精神的强大凝聚力，体现了国人爱国爱家乡的集体观念。不仅弘扬优秀传统文化，而且具有爱国教育的意义。

尽管新世纪的骈文复兴实际上是白话骈文的振兴，但长期以来，见诸于报刊的城镇宣传文章多叙事简略，语汇贫乏，缺少文采，感受不到作者的激情，更难以激发读者的感情。"百城赋"尽管属于宽泛意义上的白话骈文，但仍坚守旧格，极尽铺陈，辞采飞扬，似一股清新的气息，使得当代读者耳

---

[1] 刘麟生：《中国骈文史》"今后骈文之展望"，北京：东方出版社1996年版，第134页。

[2] 赵翼《戏控袁简斋太史于巴拙堂太守》："占人间之艳福，游海内之名山。人尽称奇，到处总逢迎恐后；贼无空过，出门必满载而归。结交要路公卿，虎将亦称诗伯；引诱良家子女，蛾眉都拜门生。"

目一新。对于一座城市来说，通过这样的赋体叙述，使得读者记住一座城市的历史、文化、经济特色，给人以鼓舞和力量。

更令人深感欣慰的是，《光明日报》并未置"百城赋"于文学副刊，而是以第四版综合新闻"经济社会"之大版面的醒目位置刊出。这表明《光明日报》不是把这些精彩赋文作为纯文学作品来欣赏，而是作为城市底蕴、人文脉络、地灵人杰之精神去传扬，作为阔步前行的中国经济文化社会蓬勃发展之缩影来展示，从而成为当代文化思潮中最令人感到兴奋的文化事件。这场文化风潮涉及面之广、影响之深也是文学史中所罕见的。首先，从文体学角度审视这一文化事件说明，在重新估价骈文文体价值的过程中：作为美文的骈文在艺术上及文化上已经建立了一个成熟的审美传统。它与古文传统的最终断裂意味着古文传统的权威终被摒弃。

百篇经典出自无数篇的同类精华之作，其总体数量将会成千上万，由百篇赋所引领的骈文复兴将对中国的文坛产生不可估量的积极影响。《光明日报》在全国范围内发起"百城赋"骈文运动，证明了作为一种古老的文学体式——骈文迎来了自己生命史中最光辉灿烂的时代，借助于媒体报纸，与经济建设相适应的一种强大的美文思潮正在蓬勃兴起。

固然，"骈文之盛，而弊亦随之，此不必为骈文讳"[1]。骈文形式上的骈四俪六，束缚了作者思想的自由表达；而用典、夸饰、物色等形式上的要求，影响了作者情感的真挚动人。骈文的逞才使气也确实给创作带来了不便。故刘麟生曰骈文"诚不免于雕琢迂晦艰涩之讥"[2]。于是，从初唐陈子昂开始，公然挑战骈文，倡导古文。从此，中国文学史开始了艰难的"古文运动"。宋、明、清三代，硕学大儒都把古文看成中国古代诗歌之外古代文体的正宗，认为古文所代表的才是中国真正的文学精神。他们执著于古文的写作，反对骈文形式的华美与内容的空虚。唐人韩愈力持古文，率先揭橥古文运动的旗帜。宋代欧阳询、苏轼父子等先后相继，古文的文体地位突飞猛进。而影响最广、规模最大的则是清代桐城派。桐城派主盟文坛时代，骈文确已被排挤出大雅之堂。而桐城派古文的文化霸权则伴随有清王朝的最终灭亡而消歇。

尽管经过了"五四"的摧折，但"新文化"最终击垮的是古文而非骈文。"五四"退潮后，骈文迅即于民国时期得到复兴。如今历史已经进入21世纪，再度出现骈文复兴之势。这说明，无论何朝何代，无论支持还是反对，都不能影响骈文自身的文体寿命。尽管"百城赋"征文也留有明显的不足，如伴随大量将流传后世的经典美文的问世的同时，也有部分不够成熟的作品流露了生拼硬凑、材料堆积的缺憾，留有斧凿的痕迹。然而瑕不掩瑜，骈文作为美文，经历代淘洗，已经转化为一种时代文化心理，已经上升到了"文化"的价值高度，并形成了自己的"文化身份"，具有独特的文化品格，它可以包容古文、古诗所具有的文化及文学色彩。

骈文历经劫难而不败的事实表明：作为一种历史的文化现象，在文化多元的今日，骈文必有其存在的正当性和合理性；作为一种持久流行的文体，骈文具有其他任何文体所难以取代的生机和活力。

[1]　刘麟生：《骈文学》"骈文之渊源与进展"，见瞿兑之《骈文概论》，海南出版社1994年版。

[2]　刘麟生：《中国骈文史》第十二章"今后骈文之展望"，北京：东方出版社1996年版。

从"话"的文本特性看宋四六话的博杂特点[1]

莫道才

（广西师范大学文学院）

关于宋代四六话的兴起和意义，笔者曾经写过《论宋代四六话的兴起》[2] 予以讨论，曾枣庄先生也写过《宋代四六创作的理论总结——论宋代四六话》[3] 对其理论价值予以评价。对于宋四六话文本内容和体制的博杂特点及其原因，尚未有人关注，笔者在此试做一初步探讨。

一、四六话的文本特性与"话"的关系

王铚的《四六话》标志着宋代四六话这种文学批评形式的兴起。清人王士禛说"宋王铚作《四六话》二卷，与诗话、赋话、文话并传于时，又有作《四六谈麈》者，唐宋以来重四六如此。"[4] 宋四六话的文本体制特点和产生原因值得探究。

"话"是唐代就有的词语，指说故事。元稹《酬翰林白学士代书一百韵》云："翰墨题名尽，光阴听话移"其下自注："乐天每与予游从，无不书名屋壁。又尝于新昌宅说《一枝花话》，自寅至巳，犹未毕词也。"[5] 说明唐代文人很喜欢听这种故事，这是最早用"话"来称故事的。元稹《寄浙西李大夫四首》之三："禁林同直话交情，无夜无曾不到明。最忆西楼人静夜，玉晨钟磬两三声。"[6] 白居易在《招东邻》诗中说："小槛二升酒，新篁六尺床。能来夜话否？池畔欲秋凉。"[7] 即招徕邻居夜晚一起来听"话"。李涉《重过文上人院》："南随越鸟北燕鸿，松月三年别远公。无限心中不平事，一宵清话又成空。"[8] 崔峒《宿江西窦主薄厅》："广庭方缓步，星汉话中移。月满关山道，乌啼霜树枝。时艰难会合，年长重亲知。前事成金石，凄然泪欲垂。"[9] 这里提到的"话"都是具有故事性的含义。在古代，缺乏现代意义的娱乐活动，在唐宋时期连观摩戏剧这种娱乐活动都还匮乏，听故事

---

[1] 【基金】国家社科基金项目"中国古代骈文文论研究"（10XZW0023）。本文原载《广西师范大学学报》2013 年第 2 期。

[2] 莫道才：《论宋代四六话的兴起》，载《广西师范大学学报》1996 年第 1 期。

[3] 曾枣庄：《宋代四六创作的理论总结——论宋代四六话》，载《宋代文化研究》第 5 辑，成都：四川大学出版社 1995 年版。

[4] 王士禛：《池北偶谈》卷十六，清文渊阁四库全书本。

[5] 《全唐诗》卷四百五，北京：中华书局 1960 年版，第 4519 页。以下凡引唐诗均出该版本，不另说明。

[6] 《全唐诗》卷四百十七，第 4603 页。

[7] 《全唐诗》卷四百三十，第 4746 页。

[8] 《全唐诗》卷四百七十七，第 5429 页。

[9] 《全唐诗》卷二百九十四，第 3347 页。

聊天就是最好的娱乐性活动了。那些善于说话讲故事的人就很受欢迎了。"说话者谓之舌辨"[1]说话有所谓小说、讲史、说经、合生等四家[2]，而与下层百姓满足于媚俗的故事不同，文人还要谈论与自己的精神生活有关的故事，与诗、词、文章创作有关的故事，这样就形成了专题性的"话"，有好事的文人就把这些记录下来。这样专门记录与诗有关的故事性话题的就形成了诗话，与词创作有关的话题的就形成了词话，与骈文创作有关的话题的就形成了四六话。也有很庞杂的，宋人潘若同的《郡阁雅言》就是这样的作品。"太宗时守郡，与僚佐话及南唐野逸贤哲异事佳言，辄疏之于书，凡五十六条，以资雅言。或题曰《郡阁雅谈》，或题曰《郡阁雅谈》。《书录解题》作《郡阁杂言》，题赞善大夫潘欲冲撰。"[3]又如《茅亭客话》"皇朝黄休复撰。茅亭，其所居也。暇日，宾客话言及虚无变化、谣俗卜筮，虽异端而合道旨，属惩劝者，皆录之。"[4]这些都是以资谈兴之用的作品。作为文人雅聚的谈论内容，诗话、词话、四六话慢慢有了文学批评的含义。

"话"除了故事性外，还要有趣味性。文人相聚，议论风生，自然以文会友，以文相戏。用骈语相戏呈才，自然也在其中。明人蒋一葵《八朝偶隽》也是辑录四六话之作，其论云："晋魏间尚未知声律对偶。荀鸣鹤（隐）陆士龙（云）二人会张茂先（华）坐。张以其并有大才，可勿作常语。陆举手曰：'云间陆士龙。'荀答曰：'日下荀鸣鹤。'张抚掌大笑。后释道安自北来荆州与习凿齿相见。道安因目通曰：'弥天释道安。'习答曰：'四海习凿齿。'此四公相谑之辞，当时指为的对。乃知此体自然，不待沈约而能也。旧不解四海弥天为何语，因读《高僧传·凿齿与道安书》云：'天不终朝而雨六合者，弥天之云也；弘渊源而润八极者，四海之流也'两人摘其语以为戏耳。"[5]荀隐和陆云互相通报姓名，巧妙将含义和声韵都对仗了，展示了自己的才学，斗才斗智，均不相上下。释道安与习凿齿也是用姓名通报来炫耀才学。看来古人用偶语加用典来相戏赏玩是魏晋开始就有的习俗。在唐代，文人这种以骈句相戏的例子也不少，比如"唐制：举人试日，既暮，许烧烛三条。德宗朝，主文权德舆于帘下戏云：'三条烛尽，烧残举子之心。'举子遽答云：'八韵赋成，惊破侍郎之胆。'"[6]主考官权德舆与举子们的戏言也是尽显学问。宋代也有这样的例子，如宋人杨困道的《云庄四六馀话》载；"范石湖帅蜀，上巳日大燕，乐语僚佐撰呈，皆不惬意。有石其姓者一联云：'三月三日，岂无长安之丽人；一咏一觞，载讲山阴之禊事。'语出天成，公心肯之。或谓赵卫公雄为帅时，命僚属撰乐语，有此一联，其人姓杨。"[7]可以看出宋代承袭了这种风气。

正是在这种文化氛围下，才有了四六话的出现。"古今人作诗话多矣，近世谢景思（伋）作《四六谈麈》、王性之（铚）作《四六话》，甚新而奇，前未尝有此。"[8]还出现了像《云庄四六馀话》汇集本，"凡宋人说部中之言四六者，若《玉壶清话》、《容斋随笔》、《能改斋漫录》、《文章丛说》之类，莫不广搜博采，其论四六，多以剪裁为工。又云'制诰笺表，贵乎谨严，启疏杂著，不妨宏肆。持论精审，固习骈体者之所必资也。"[9]而要在应用性公文中擅长骈偶就不是闲谈那么容易了。而到了清代彭元瑞编的《宋四六话》更意识到宋四六话博杂的特点这个问题，取材比较丰富，除了《四六话》、《四六谈麈》这类明确讨论骈文的作品外，从正史到野史，从笔记到诗话均有取舍，搜集了大量的四六话汇编成册。清人汪琼说"应酬书牍例用骈体，当以宋人四六为法，宋人文集传世者多，遍购固难行。籑

---

[1] 吴自牧：《梦梁录》卷二十，清学津讨原本。

[2] 佚名：《都城纪胜》，清武林掌故丛编本。

[3] 马端临：《文献通考》卷二百十六·经籍考四十三。杭州：浙江古籍出版社2000年版，第1963页。

[4] 同上。

[5] 蒋一葵：《八朝偶隽》卷一，明木石居刻本。

[6] 同上，卷三。

[7] 杨困道：《云庄四六馀话》，丛书集成初编本。

[8] 费衮：《梁溪漫志》卷第五，清知不足斋丛书本。

[9] 阮元：《揅经室集》外集卷三，四部丛刊景清道光本。

中亦不便携带，彭文勤公所辑《宋四六选》、《宋四六话》，两宋俪词之渊海也，宜时时阅之"[1]。这类书到清代仍然很有市场，受到读书人的追捧。

二、宋四六话的文本内容的博杂特点

钱基博云："论骈文者，睹记所及，宋人有王铚《四六话》，谢伋《四六谈麈》；清人有彭元瑞《宋四六话》，孙梅《四六丛话》；皆以四六为主；不过骈文之枝子，而未见古人之大体。"[2]他认为，从王铚《四六话》、谢伋《四六谈麈》到彭元瑞编的《宋四六话》和孙梅编的《四六丛话》都是庞杂的资料，谈的都是枝节琐屑的内容。确实，正如前面所分析的，宋四六话是建立在"话"的文体基础上的，是建立在以资闲谈的背景上的，所以就呈现出内容上博杂的特点。虽然如此，具体来看还是围绕了以下几个中心内容。

（一）骈家故事

所谓骈家故事，就是骈文家有关骈文创作的轶事。这是最有故事性的爆料式"话"资，也是当时文人雅聚交流时最津津乐道的话题。有的也记录了宫廷的政治生活内幕和官场内部的各种复杂关系。如彭元瑞编的《宋四六话》[3]卷一引无名氏（或作郑文宝）《江南馀载》中的一则：

> 张洎与钱若水夜直，太宗召二人草制词，加李昉左仆射班。洎辄前数唐以来十余名相，皆有德望镇服天下，故自右加左，今以此待昉，非公议所允。若水欲进解之，洎当帝前以笏排若水，曰："陛下熟知矣。"明日，洎进制草，有云：'黄枢重地，难委于具臣；苍昊景灵，惧罹于大谴。'太宗竟从洎意，昉止右仆射归班。

这一段记载的故事与张洎所制朝廷文书有关。张洎和钱若水都是宋太宗草拟诏书的文臣。张洎原仕南唐为清辉殿学士，后归宋，拜太子中允。《宋史》本传说钱若水"尝草赐赵保忠诏，有云：'不斩继迁，开狡兔之三穴，潜疑光嗣，持首鼠之两端。'太宗大以为当。"[4]李昉是当时的大学者，很受器重，奉敕撰了《太平御览》、《文苑英华》、《太平广记》等书。宋太宗欲擢李昉，从右仆射晋升为左仆射，但是敢于直谏的张洎提出了自己的异议。《宋史》李昉本传如是记载："先是，上召张洎草制，授昉左仆射，罢相，洎言：'昉居燮理之任，而阴阳乖戾，不能决意引退，俾居百僚师长之任，何以示劝？'上览奏，乃令罢守本官。"[5]可以互相参照。宋人公认王安石"荆公尤工于四六"[6]。王铚《四六话》[7]记载王安石父亲王益与元厚之的故事，揭示了元厚之与王安石关系的更深厚的背景：

> 王荆公父名益，以都官员外郎通守金陵。而元厚之作金陵幕官，其契分久矣。荆公既相，神宗欲慎选翰林学士。时厚之久在外，老于从官。荆公对曰："有真翰林学士，但恐陛下不能用耳。"上固问之。因道姓名。上久之曰："元绛在外久，不以文称，且令为制诰如何？"荆公曰："陛下果不能用尔。况已作龙图阁直学士，难下迁知制诰。"遂自外径除翰林学士。中外大惊。既就列，有称职之誉，不久遂参大政。故厚之深德荆公。其后荆公居金陵，厚之

[1] 汪琬：《随山馆稿》尺牍卷下，清光绪刻，随山馆全集本。

[2] 钱基博：《骈文通义》，上海：大华书局1934年版。

[3] 彭元瑞：《宋四六话》，清海山仙馆丛书本。以下凡引该书者均出自该本，不再另注。

[4] 脱脱：《宋史》卷二百六十六列传第二十五，清乾隆武英殿刻本。

[5] 脱脱：《宋史》卷二百六十五列传第二十四，清乾隆武英殿刻本。

[6] 陈鹄：《耆旧续闻》西塘集，《耆旧续闻》卷第六，知不足斋丛书本。

[7] 王铚：《四六话》，百川学海本。以下凡引该书者均出自该本，不再另注。

以太子少保致仕，归平江，以启谢荆公曰："眷林泉之乐，方遂乞骸；望衮绣之归，徒深引脰。"

元厚之这段知遇之恩不会为史书所载，但如果不了解这段故事，当然就不会理解"眷林泉之乐，方遂乞骸；望衮绣之归，徒深引脰"所蕴含的深意了。元人危素在《危学士全集》中叙介《玉堂集》时叙云："昔我太子太师章简公以世家子登宋天圣五年进士甲科，历任州县，号为清强。神宗既更庶政，欲慎选词臣，宰相王公安石对曰：'有真翰林学士，但恐陛下不能用耳。'元某是也。"[1]这件故事后来一直为后人津津乐道。像这些骈家故事肯定是文人雅聚时乐此不疲谈论的话题。有关诏诰、章表写作的佚事应该是文人喜欢谈论的，所以王铚《四六话》这类的骈家故事也不少：

> 子瞻幼年，见欧阳公《谢对衣金带表》而诵之。老苏曰："汝可拟作一联。"曰："匪伊垂之而带有余，非敢后也而马不进。"至为颍州，因有此赐，用为表谢云："枯羸之质，匪伊垂之而带有余；敛退之心，非敢后也而马不进。"后为兵部尚书，又作《谢对衣带表》，略曰："物生有待，天地无穷。草木何知，冒庆云之渥采；鱼虾至陋，借沧海之荣光。"虽若可观，终非其有。四六至此，涵造化妙旨矣。

这里记录了苏轼幼年习诵欧阳修骈文对后来影响的一段故事，可以看出苏轼在骈体公文写作上从小受到父亲的指点，受到了欧阳修骈文的影响，也说明对学子来说从小就要学习骈体公文的重要。清人徐时栋在《烟屿楼读书志》中称赞："枯羸之质，匪伊垂之而带有余；敛退之心，非敢后也而马不进。"这一对仗"用古甚工"[2]评价很高。

这些骈家故事，多是当时或前辈的一些名家的骈文写作背景的故事。内容很随意，未必是骈文名篇，未必有精彩的骈句。但是背后一定有一个与骈文有关的故事。宋代文人以四六写作公文为立身之本，所以，宋代四六话多这类骈家故事就不足为奇了。

（二）骈语本事

"本事"是指作品创作原本的故事。历来传统文坛多喜欢用"本事"来记录文学的发生背景。骈语本事是关于骈文用语涉及的有关历史或人物的本事，是骈文写作时文本构词含义的本源。如果不熟悉骈语涉及的历史或人物背景就难以理解骈文了。彭元瑞编的《宋四六话》卷一引袁褧《枫窗小牍》的一则就是宋太宗诏书所涉及的本事：

> 太平兴国五年，泾州安定县妇人怒夫前妻之子。妇断其喉而杀之，下诏曰："刑宪之设，盖厚于人伦；孝慈所生，实由于天性。矧乃嫡继之际，固有爱憎之殊。法贵原心，理难共贯。自今继母杀伤夫前妻之子，及姑杀妇者，并以凡人论。"

宋人李焘《续资治通鉴长编》作兴国二年事："丙寅，泾州言：安定民妻怒其夫前妻之子，妇断其喉而杀之。上谓左右曰：'法当原情，此必由继嫡之际，爱憎殊别，固当以凡人论也。'乃诏：'自今继母杀伤夫前妻之子及其妇，并以杀伤凡人论，'"[3]如果不了解这个事件，是无法理解这个诏书骈文所用词句的含义的。

有的骈文涉及历史人物的一段隐情，不解释难以理解文章，则作阐述。如彭元瑞编的《宋四六话》卷一引《东坡志林》：

---

[1] 危素：《危学士全集》卷三序，清乾隆二十三年刻本。

[2] 徐时栋：《烟屿楼读书志》卷十六集，民国17年本。

[3] 李焘：《续资治通鉴长编》卷十八，清文渊阁四库全书本。

盛度，钱氏婿，而不喜惟演，盖邪正不入也。惟演建言一后并配，御史中丞范讽发其奸，

落平章事以节度使知随州，时度年几七十，为知制诰。责词云："三星之媾，多戚里之家；

百两所迎，皆权要之女。"盖惟演之姑嫁刘氏，而其子娶于丁谓也。

今本《东坡志林》未见这一则。宋佚名《宋朝大诏令集》卷二百五政事五十八载明道二年九月丙寅《责钱惟演崇信军节庭赴木镇诏》，其中有这样的句子："有三星之媾，姑务结于戚藩；百两所迎，率相依于权利。"[1]文本与此不同。清人张尔岐《蒿庵闲话》则记载为"宋钱惟演建言二后并配，中丞范讽发其奸，落平章事，以节度使知随州。盛度为知制诰，草责辞云：'三星之媾，多戚里之家；百两所迎，皆权要之子。'盖惟演之姑嫁刘氏，而其子娶于丁谓也。今人多以连姻贵显为荣，不计其人贤否，援为谱牒之重，抑知古人所唾之詈之，以为趋炎附热之左证者即在此乎？"[2]可以互参。

有的骈体公文建立在当时公认的知识信息，但过后的读者未必了解，则必须做解释，也是骈语本事常见内容。如王铚《四六话》：

邓左辖温伯三入翰林，前后几二十年，高文大册，每号称职。其《立哲宗为皇太子制》，
首曰："父子，一体也，惟立长可以图万世之安；国家，大器也，惟建储可以系四海之望。"
末云："离明震长绵，帝祚于亿年；解吉涣亨，洒天人于万宇。"天下诵之。

还有的涉及当时发生的自然、天文、地理的凶吉之象，恰好与社会的某种灾害或灾难、战争巧合，而古人讲究天人合一，相信其中有某种必然得联系，文章中常常类比联系。这类骈语如不解释则也无法理喻。如王铚《四六话》：

熙宁中，彗星见。是岁，交趾李乾德叛，邕州二广为之骚动。朝廷遣郭逵、赵高讨之。
荆公作相，草《出师敕榜》，有云："惟天助顺，已兆布新之祥。"为彗星见而出师也。行
年《河洛记》：王世充假隋泰帝禅位策文云："海飞群水，天出长星。除旧之征克著，布新
之祥允集。"荆公用旧意为新语也。

这里涉及了一段历史本事。《宋史》卷五十六《天文志》第九："熙宁八年十月乙未星出轸度中"。"惟天助顺"即是指此。熙宁九年（1076）正月，交址李乾德攻陷邕州等地，朝廷拜郭逵为安南道行营马步军都总管经略招讨使，兼荆湖南北路、广南东西路宣抚使，携同在鄜延与河东的旧将士，前往征讨。与李乾德在富良江决战。李乾德无路可走，奉表请降。

（三）骈语品评

正如诗话多摘句作诗作名句品评，宋四六话也有很多这类名言佳句的品赏。可能是当时骈文家雅聚是经常品赏的句子。王铚《四六话》对自唐至宋共约六十位代表作家四六文进行了评论。算是比较集中的。谢伋《四六谈麈》是继王铚《四六话》又一部重要的四六话著作。《四库全书总目》评"其论四六，多以命意遣词分工拙，视王铚《四六话》所见较深。"[3]谢伋《四六谈麈》[4]记载的骈语品评也不少：

孙巨源作《除太尉制》云："秦官太尉，汉代上公。"语典而重。

[1] 佚名：《宋朝大诏令集》卷二百五政事五十八，清钞本。
[2] 张尔岐：《蒿庵闲话》卷一，清康熙徐氏真合斋磁版印本。
[3] 永瑢：《四库全书总目》卷一百九十五集部四十八，清乾隆武英殿刻本。
[4] 谢伋：《四六谈麈》，百川学海本。本文凡引该书者均出自该本，不再另注。

孙巨源是苏轼的朋友，苏轼与他多有唱和。"秦官太尉，汉代上公。"无论在音韵上还是在用词意蕴上，都对仗工整精巧又和深厚的含义。"语典而重"就是典雅又厚重。在《四六谈麈》中，大多数的情况是只摘录句子而不点评。

在散见的宋四六话中也有不少品评，清人陆以湉《冷庐杂识》卷六"宋四六"条云"彭文勤公有《宋四六选》一书，又采诸家书为《宋四六话》，名篇杰句，美不胜书"[1]。指出彭元瑞编的《宋四六话》多采选骈体名言佳句。如《宋四六话》卷一引叶梦得《避暑录话》：

> 前辈作四六不肯多用全经语，恶其近赋也。然意有适，会亦有不得避者，但不得强用之耳。子瞻作《吕申公制》云："既得天下之大，老彼将安归？乃至国人皆曰贤夫然后用。"气象雄杰，格律超然，固不可及。

这是苏轼所拟的《除吕公著守司空同平章事制》的骈语。叶梦得称赞"气象雄杰，格律超然，固不可及。"这篇文章众多文选竞相选入，引为标准。

宋四六话也有对骈句不足的指摘，如王铚《四六话》记载的一则：

> 元厚之作《王介甫再相麻》，世以为工，然未免偏枯。其云："忠气贯日，虽金石而为开；谏波稽天，孰斧戉之敢阙。"上句"忠气贯日"则可以衬"金石而为开"。下句"谏波稽天"则于"斧戉"了无干涉，此四六之病也。元厚之取古今传记佳话作四六，"虽金石而为自开"，《西京杂记》载扬雄全语也：四六尤欲取古人妙语以见功耳。

这一段通过对元厚之的骈句评点指出"四六尤欲取古人妙语以见功"。又如：

> 沈存中缘永乐陷没谪官。久之，元祐中复官分司，以表谢曰："洪造与物，难回霜霰之余；圣恩及臣，更过天地之力。"又曰："虽奋竭之心，难伸于已废之日；惟忠孝之志，敢忘于未死之前。"皆新语也。

元丰三年，沈括知延州，加鄜延路经略安抚使。徐禧失陷永乐城，沈括坐谪，后被启用。王铚称赞这篇感恩的谢表用词"皆新语"，完全是自铸新词，写出了对朝廷的一片赤诚之心。《四库全书总目》指出《四六话》"皆评论宋人表启之文，六代及唐词虽骈偶而格取浑成，唐末五代渐趋工巧……宋代沿流，弥竞精切，故铚之所论，亦但较胜负于一联一字之间，至周必大等承其余波，转加细密，终宋之世，惟以隶事切合为工，组织繁碎，而文格日卑，皆铚等之论导之也，然就其一时之法论之，则亦有推阐入微者，如诗家之有句图，未可废也"[2]。

对骈语对仗不足的批评在《四六谈麈》中的也有，如：

> 王初寮作《宣德门成赏功制》云："间道穹隆，两观寨翔于霄汉；阙庭神丽，十扉阖辟于阴阳。"时谓工则工矣，但唤下句不来。

这里批评"工则工矣，但唤下句不来"可谓绵里藏针，让人体会个中意味。这些点评对于远离宋代的官场文化背景的现代读者是无法理解的。

（四）骈语典故

骈文写作最显示才学，往往需要在文中或明用或暗用各种典故。宋人崇尚才学，所以在四六话中，

---

[1] 陆以湉：《冷庐杂识》卷六，清咸丰六年刻本。

[2] 永瑢：《四库全书总目》卷一百九十五集部四十八，清乾隆武英殿刻本。

讨论典故的内容也很多。人们对这类文人掌故也十分喜欢谈论。

宋人杨囷道《云庄四六馀话》记载："唐李百药七岁能属文，父德林尝与其友陆义、马元熙宴集，读徐陵文曰：'既取成周之禾，将刘琅琊之稻。'并不知其事。百药时侍立，进曰：'传称鄅人藉稻'，杜预注曰：'鄅国在琅琊开阳。'义等大惊异之。"[1]像李百药这样饱读诗书、记忆惊人的故事，这可能是当时文人雅聚是常常闲谈的吧。

宋四六话对骈句用典故的解释不少，如王铚《四六话》记载的一则：

> 谭昉，曲江人，荆公少年仕宦韶州之友也，特善笺表。荆公在金陵，称其一对云："车斜韵险，竞病声难。""竞病"二字，曹景宗故事也。白乐天《与元微之书》曰："何处春深好"，诗以斜车二字为韵，往来几百篇。

王安石称赞谭昉的一对句"车斜韵险，竞病声难"，原来"车斜"是用了白居易与元稹的以"斜车"二字为韵往来几百篇的典故。而"竞病"则是用《南史·曹景宗传》之典。南朝梁曹景宗既破魏军，振旅凯旋而还，梁武帝（萧衍）宴于华光殿，令沈约赋诗。时韵已用尽，只剩下"竞病"二字。曹景宗操笔成诗曰："去时儿女悲，归来笳鼓竞。借问行路人，何如霍去病。"武帝与在座者皆嗟叹不已。这样的解说典故的四六话不少，再如王铚《四六话》：

> 唐张籍用裴晋公荐为国子博士，而东平帅李师道辟为从事，籍赋《节妇吟》见志以辞之。云"君知妾有夫，赠妾双明珠。感君缠绵意，系在红罗襦。妾家高楼连苑起，良人持戟明光里。知公用心如日月，事夫誓拟同生死。还君明珠双泪垂，何不相逢未嫁时。"先子元佑中除知陈留县，唐君益帅荆南，方董辰沅边事，辟先子通判沅州。先子已得陈留而辞之，以启谢君益曰"抱璧怀沽，虽免匹夫之罪；还珠自叹，空成节妇之吟。"

王铚指出其父亲在谢表中善用典故。"抱璧怀沽"用《左传·桓公十年》："周谚有之：匹夫无罪，怀璧其罪。"注："人利其璧，以璧为罪。""还珠自叹，空成节妇之吟。"则是用张籍《节妇吟》诗之典。又如王铚《四六话》所记王禹偁的一则轶事：

> 王元之谪居黄州，至郡，二虎斗于郡境，一死之。群鸡夜鸣，冬雷电。司天奏守土者当之，诏内臣乘驲劳之。即徙蕲州。抵蕲，上谢表曰："宣室鬼神之问，敢望生还；茂陵封禅之书，止期身后。"上览之曰："禹偁其亡乎。"

"宣室"句化用《史记·屈原贾生列传》和李商隐《贾生》诗："宣室求贤访逐臣，贾生才调更无伦。可怜夜半虚前席，不问苍生问鬼神。""茂陵"句则用《史记·司马相如传》："相如既病免，家居茂陵。天子曰：'司马相如病甚，可往从悉取其书；若不然，后失之矣。'使所忠往，而相如已死，家无书。问其妻，对曰：'长卿固未尝有书也。时时著书，人又取去，即空居。长卿未死时为一卷书，曰有使者来求书奏之。无他书。'其遗札书言封禅事，奏所忠。忠奏其书，天子异之。"这些典故都是文人所熟知的，但是用在这里恰到好处，令人击掌，所以不需王铚说出出处。

四六话中这样阐释骈语典故的情况不少。彭元瑞编的《宋四六话》卷一引王应麟《困学纪闻》：

> 《谷梁》：隐四年，传注云："建储非以私亲，所以定名分。"邓润甫草东宫制云："建储非以私亲，盖明万世之统；主器莫若长子，兹本百王之谋。"盖出于此。

---

[1] 杨囷道：《云庄四六馀话》，丛书集成初编本。

如果没有王应麟的解释点出，恐怕很多人不会想到"非以私亲"这么平常的句子居然也会用了语典，而且是出自《谷梁传》！

（五）骈文理论

骈文理论是宋四六话最有文体理论价值的，这是对骈文创作的经验总结和概括。往往先说理论总结，再引例证文本。骈文理论多是作法之类，皆从作品写作经验中总结出来。如王铚《四六话》：

> 四六有伐山语，有伐材语。伐材语者，如已成之柱楶略加绳削而已。伐山语者，则搜（搜山，一作披山）山开荒，自我取之。伐材谓熟事也，伐山谓生事也。生事必对熟事，熟事必对生事。若两联皆生事，则伤于奥涩；若两联皆熟事，则无工。盖生事必用熟事对出也。
>
> 文章有彼此相资之事，有彼此相须之对，有彼此相须而曾不及当时事，此所以助发意思也。
>
> 唐人方有此格，谓之互换格，然语犹拙。

这些理论虽然只有只言片语，但都是甘苦寸心之言，对于习作骈文的写作者来说，可谓是指点迷津的点睛之论。他也讲创新，比如"四六贵出新意，然用景太多而气格低弱，则类俳。唯用景而不失朝廷气象，语剧豪壮而不怒张，得从容中和之道，然后为工。"这种点拨对于初学公牍骈体的人来说还是有指导意义的。

谢伋《四六谈麈》也有这样的骈文理论之语，其一开篇就谈论：

> 四六施于制诰、表奏、文檄，本以便于宣读，多以四字六字为句。宣和间，多用全文长句为对。习尚之久，至今未能全变，前辈无此体也。此起于咸平王相翰苑之作，人多效之。
>
> 四六之工在于裁剪。若全句对全句，亦何以见工。
>
> 四六经语对经语，史语对史语，诗语对诗语，方妥帖。太祖郊祀，陶谷作赦文，不以"笾豆有楚"对"黍稷非馨"而曰："豆笾陈有楚之仪，黍稷奉惟馨之荐。"近世王初寮在翰苑，作宝箓宫青词云："上天之载无声，下民之虐匪降。"时人许其裁剪。

谢伋提出，四六用语制诰、表奏、文檄这些公文的原因是为了在朝堂上便于宣读，因为四字句和六字句很富于节奏感，这种铿锵有力的宣读有助于强化渲染自身的观点。而宋代又慢慢喜欢用长句对，这也是基于同样的原因。因而，剪裁对于这种应用的公牍文就很重要，所以强调"四六经语对经语，史语对史语，诗语对诗语，方妥帖。"《四库全书总目》指出这些论断"尤切中南宋之弊，其中所摘名句虽与他书互见者多，然实自具别裁，不同剿袭。"[1]

比较而言，祝穆《新编四六宝苑群公妙语》理论性更强一些。虽然他是以类相从，编辑已有的四六话为主，但是有所提炼，有理论升华。其卷一《议论要诀·上》提炼出的"叙述贵得体"、"用古书全句"、"用全句贵善衬"、"包体贵尽"、"体题贵切"、"礼物贵工"、"认意贵明"、"下字贵审"、"属对贵巧"、"用事贵精"、"用事贵博"、"实事贵相守"、"字面贵换易"、"时忌贵回互"、"衬语贵相贯"，卷二《议论要诀·下》提炼出的"状景贵脱洒"、"借彼明此"、"夺胎换骨"、"生事对熟事"、"古事配今事"、"逐句自为对"、"字有来历则以来历字对"、"造语有典重者"、"有质实者"、"有平正者"、"有奇壮者"、"有豪放者"、"有新奇者"、"有华丽者"、"有感慨者"、"有戏用方言者"、"有当用俳语者"、"有不可用俳语者"这些简明扼要的提炼均有理论概括性。而总论体制所云"皇朝四六，荆公谨守法度，东坡雄深浩博，出于准纯之

---

[1] 永瑢：《四库全书总目》卷一百九十五集部四十八，清乾隆武英殿刻本。

外"[1]，也可见精准。

结　语

总的来说，如果要从理论的角度来看，宋四六话很难找出太多的理论话语和概念，它并不是以理论见长的。清人丁丙指出王铚《四六话》"所论多宋人表启之文，但举工巧之联，不尚气格与法律也。自来专论四六之书，此为权舆。"[2] 它反映了宋代文人社会生活和文坛的状态。人们更多的是从写作和品赏角度来议论骈文，所以宋四六话呈现了更多的宋人文化原生态面貌。作为初始阶段的骈文批评，宋四六话的文本呈现出博杂的特点。但是，还是有一个大致的中心，那就是围绕骈家故事、骈语本事、骈语品评、骈语典故和骈文理论几个方面而言。这正是宋代文人雅聚聊天论及骈文话题时随意、散漫、博杂造成的。因为，它并不是骈文论坛，不需要严谨的论述，当然呈现出来的文本就不是条理清晰、阐述精深的论文形态了。宋人费衮说"古今人作诗话多矣，近世谢景思（伋）作《四六谈麈》、王性之（铚）作《四六话》，甚新而奇，前未尝有此"[3]。我们并不能因为这样而否定宋四六话存在的开创性历史贡献和价值。

---

[1]　祝穆：《新编四六宝苑群公妙语》，明钞本。

[2]　丁丙：《善本书室藏书志》卷三十九，清光绪刻本。

[3]　费衮：《梁溪漫志》卷第五，清知不足斋丛书本。

刘咸炘论骈文

丁恩全

（周口师范学院中文系）

刘咸炘，生于清光绪丙申（1896 年）十一月二十九日，死于 1932 年。关于具体日期，黄友铎《著述等身的藏书家——刘咸炘》说"1932 年 9 月 9 日，不幸咯血而逝，年仅三十有六"[1]，肖萐（shà）父《刘咸炘先生学术成就及学术思想》[2]、吴天墀《刘咸炘先生学术述略——为诞辰百周年纪念及〈推十书〉影印版而作》[3] 注为"1932 年 8 月 9 日"。肖萐父、吴天墀的说法源自刘咸炘的大儿子刘伯谷，刘伯谷和朱炳先撰《文化巨著〈推十书〉的作者刘咸炘》、《刘咸炘先生传略》，说刘咸炘"八月九日，咯血而没"。而说刘咸炘逝世于九月九日，源于卢前，卢前《述刘鉴泉》说："鉴泉之殁以二十一年九月九日，中秋前六日也。"[4]"中秋前六日"即"八月九日"，不是"九月九日"，所以"九月九日"的说法是错误的。然而，《推十书》（增补全本）甲辑第三册《外书三》收录的《横观综论》题目下注释"癸酉二月危城中写定"[5]，"癸酉"是 1933 年。

刘咸炘一生勤奋，著述等身，在三十六年的生命里，著书 231 种，475 卷，可谓奇才。钟肇鹏《双江刘氏学术述赞》把刘咸炘和刘师培并称"二刘"，认为"二刘皆资秉聪颖，勤于著书，其精博贯通亦相类，虽不永年，然其著作将比翼齐飞，长存不朽！"[6] 明理和工文却是刘咸炘一生两大事业，刘咸炘教导学生时也说："读书二法：明理、工文。工文即所以明理。"[7] 所以，刘咸炘一生留下了大量文学评论资料，但是，因为刘咸炘一生居于成都一隅，又很少参与社会重大活动，他的文学评论成果并没有引起重视。目前，刘咸炘研究方兴未艾，1996 年成都古籍出版社影印《推十书》三册，尤其是 2009 年《推十书》（增补全本）的出版，引发了刘咸炘研究的小高潮。据中国知网统计，自 2009 年以来的短短几年时间，学术界发表的有关论文有 29 篇之多。然而，刘咸炘的文学评论研究，仅有慈波《别具鉴裁 通贯执中——〈文学述林〉与刘咸炘的文章学》[8]、何诗海《刘咸炘的文体观及其学术史意义》[9]、何诗海《刘咸炘的戏曲观及其学术史意义》等有限几篇文章和四川师范大学 2011 年郑小琼的硕士论文《刘咸炘诗学初探》。为了方便学术界的刘咸炘研究，黄曙辉曾编订《刘咸炘学术论集》，2010 年由广西师范大学出版社出版，分为五编：《哲学编第一》、《子学编第二》、《史学编第三》、《校雠学编第四》、《文学讲义编第五》，可谓有功学界。然而《文学讲义编》并没有把刘咸炘全部文

[1] 《四川图书馆学报》1999 年第 6 期。
[2] 《中华文化论坛》1997 年第 1 期。
[3] 《文献》11997 年第 4 期。
[4] 卢前：《酒边集》，上海：会文堂新记书局 1934 年 6 月版，第 168 页。
[5] 《推十书》（增补全本），上海：上海科学技术文献出版社 2009 年，甲辑第三册，第 1001 页。
[6] 钟肇鹏：《双江刘氏学术述赞》，载《中华文化论坛》2003 年第 4 期，第 28 页。
[7] 刘咸炘《学文浅导》，《推十书》（增补全本），己辑，第 141 页。
[8] 《上海大学学报》2007 年第 6 期。
[9] 《中山大学学报》2010 年第 4 期。

学评论材料收录在内。其实，《推十书》（增补全本）戊辑中除了《推十诗》和《推十文》外，全部是文学评论，丁辑、己辑和壬辑中也有大量文学评论资料，甲辑、乙辑、丙辑中也有零星文学评论资料。所以，相对于大量的文学评论资料，刘咸炘的文学评论研究还是非常薄弱的。本文就刘咸炘的骈文理论试加论述，以期推进刘咸炘研究。

一、刘咸炘骈文研究资料

刘咸炘的骈文研究，最集中的体现在《文说林·附说·骈文》、《骈文省抄·附论》、《文谱注原》中，《学略·文词略》、《文学述林·辞派图》、《文心雕龙阐说》也有相关论述。《文说林》创作于壬戌（1922年）五月。辛未（1931年）六月十九日，《骈文省抄》印成，附录了这部分论述，《骈文省抄》前有刘咸炘的一段话："选录名篇百一，以授诸生……旧有论骈文语，附之册末，以备源流。"所谓"旧有论骈文语"，指的就是《文说林》附说之《骈文》，而略有删减。二者对比，《骈文省抄·附论》删去了"孔巽轩论骈文语最明晰而正当"一段后，删去了两段话：

> 徐文以《与北齐尚书令杨遵彦书》为第一，《劝进元帝表》次之。庚文以《哀江南赋》为第一，虽名赋，实骈文，非古赋也。至唐则律赋纯为骈文矣。《吴明彻墓志》、《思旧铭》乃其意气所寄。《终南山义谷铭》、《齐王宪神道碑》亦其工者。以上数篇，即所谓时四六之祖也。
>
> 复堂曰：陈氏《唐骈文钞》所录，意趣峻整，颇避甜熟。而开合动荡之篇较少，如燕公之《姚相碑》、郑亚之《一品集序》，以及滕阁序别、敬业檄武均不著录，恐未足以厌众，自拟取《文粹》与《四六法海》，补一二十篇，而删去卷中之朴樕、拘挛、鄙猥诸文，以续《骈体文钞》之后。附唐文上选目：太宗封禅诏、王绩《与杜之松书》、杜之松《与王绩书》（二篇轻淡）、王勃《乾元殿颂》、骆宾王《与博昌父老书》、崔融《嵩山启母庙碑》、张说《西岳太华山碑铭》、路敬淳《怀州河内县魏夫人祠碑铭》、李华《言医》、吕温《药师如来修相赞》、李德裕《贻太和公主敕书》、李商隐《为濮阳公陈情表》《梓州兴道观碑铭》、司空图《成均讽》、刘昫《文苑表》、韦庄《又玄集序》。此所选录，不是纯骈，是以六朝眼孔观之，往往有在梁初以前范围者，唐初如张燕公，中如李遐叔、吕衡州，高者多攀魏晋，不在纯骈范围中，最当分别。

"心余曰唐四六毕竟滞而不逸"一段后，删去了三段话：

> 今于谭所举者，更举数篇：王子安《上上官司马书》、郑亚《会昌一品制集序》、李义山《为濮阳公泾原谢冬衣状》《为张周封上杨相公启》。唐尚有一大四六家，则刘子玄是也。陆宣公古质处直逼东汉，不可以纯骈论。苏东坡只学其长句，遂成宋调矣。
>
> 《文心雕龙》：辨骚、议对、神思、风骨、定势、章句。
>
> 《史通》：列传、论赞、断限、编次、载文、言语、浮词、叙事、直书、曲笔、摹拟。

"《袁清容集》答高舜元"段末删去了几句话：

> 若欲精究，当取英公、杨文公、翟忠惠、綦北海、王初寮、元章简、王禹玉、张安道、刘莘老诸人文置几案。

在"王闻修曰宋四六各有源流谱派……四六至此，直是魔胃"后删去了八段话：

> 今略举数首：苏轼《谢量移汝州表》、《贺欧阳少师致仕启》、《谢应中制科启》（竟是散文），

王安石《手诏令视事谢表》，晁无咎《上李中书启》，秦少游《谢馆职启》，南宋汪彦章《隆祐太后布告天下手书》、《建炎三年十一月三日德音》。

以上所举文目，皆有情有事有意，具文之用者。四六中又有毫无事意，仅同玩物者，此等只以隶事灵巧为长，亦略举数篇为例。循例贺表，庾子山《新乐表》隶事最丰而笔亦妙，下此多板滞。

齐梁时盛行谢赐小启，庾慎之最长。子山承其家学，《谢明帝赐丝布启》一篇甚佳。唐宋都有此作，各举一首，则白乐天《中和日谢恩赐尺状》。

宋人无事不用启，而佳篇成章者少，大氐以佳句长耳.

饯别诗序唐初最盛行，亦属应酬，多无事义。王子安《滕王阁饯别》与《别洛下知己》二篇可以为例。唐时以判取士，亦最无谓，无名氏《还坟判》一篇可例。

近代骈文初本学六朝初唐，迨邵茍慈以清刚简直为标，汪容甫、孔巽轩迭出，大氐上攀魏晋者，多不屑于徐庾矣。

复堂选国朝骈文，不愧八代高文，唐以后所不能为者十五篇：纪昀《四库全书进表》，胡天游《拟一统志表》、《禹陵铭》，胡浚《论桑植土官书》，卢繁绍《吴山伍公庙碑文》，吴兆骞《孔赤崖诗序》，袁枚《与蒋莒生书》，汪中《自序》、《汉上琴台之铭》，孔广森《戴氏遗书序》，阮元《叶氏庐墓诗文》，张惠言《黄山赋》、《七十家赋钞序》，孙星衍《防护昭陵之碑》，乐钧《广简不至说》。

今论骈文，亦以为学古文之姿。徐庾之降之调，有学梁前文所可用者，最当分别。而学梁前文者欲求畅达，又不可不兼取徐庾，但不必取初唐以降耳。若徒猎辞藻，则不必学纯骈。有一捷径焉，取八代诸设词（自《答客难》以下）、诸七（自《七发》以下）、诸连珠（士衡、子山）尽读之可也。

之所以删去以上内容，主要有两个原因：一是《骈文省抄》是骈文简选，所以《文说林》附说《骈文》中的选文就需要删去；二是刘咸炘开篇就限定了自己的论述范围，他说："世所谓骈文，乃自魏晋直至赵宋之四六。吾论梁初以前不分骈散，谓之古文。今论骈文，乃指徐庾以降之纯骈，与欧苏之纯散相对者也。"所以，要删去一些有关清代骈文的论述。

二、刘咸炘的骈文史研究

刘咸炘的骈文史研究，最集中地体现在《文说林》附说《骈文》中，另外《学略·文词略》、《文学述林·辞派图》也有相关论述。

刘咸炘认为从齐梁到两宋是骈文发展演变的最重要时期，他提出了一个词"纯骈"，所谓"纯骈"，是和"纯散"相对而言的。所谓"纯散"，牵涉到刘咸炘对中国散文史的认识，他认为韩愈的古文是综合了八代文章的优点的，欧阳修为了矫正韩愈学习者"僻涩"之病，摒弃了八代文章，成就了"纯散"。所以，刘咸炘在《论学韵语》中有一首诗说："韩救浮华攀汉直，欧医僻涩得韩行。补偏救弊非通道，骈散从兹水火争。"诗下自注："欧便不似韩柳兼通各体，于是遂纯为散。"

综合考虑刘咸炘的骈文史论，有以下几个意义。一是较早的进行骈文研究。20世纪前半期较为著名的骈文研究著作，谢无量《骈文指南》出版于民国7年（1918），瞿兑之《中国骈文概论》出版于民国22年（1833），刘麟生《骈文学》出版于民国23年（1934），刘麟生《中国骈文史》出版于民国 25 年（1936），金和香《骈文概论》出版于民国 23 年（1934），钱基博《骈文通义》出版于民国 23 年（1934），蒋伯潜、蒋祖怡《骈文与散文》出版于民国 30 年（1941）。1922 年撰写的《文说林》附说《骈文》应该说是较早的一部骈文论著。

二是他的一些观点与 20 世纪前半叶其他研究者的论述不谋而合，今天的骈文研究还沿用着这些观点。刘咸炘认为骈文发展有四个重要时期：一是齐梁；二是唐代；三是宋四六时期；四是清代中兴期。

刘咸炘把齐梁看作是古文和骈文的临界点，他在《学略·文词略》中说："古今文章，大抵三界：自周秦至晋宋，无骈散之分；齐梁至中唐，骈俪盛行；韩柳变为散体，然亦源于古。欧苏始专散，以至元明，今妄目之曰古文、骈俪、八家。"又说："齐梁新体，始尚雕琢，缀对愈工，遂成偶体。"《文学述林·辞派图》说："古文之盛，止于梁初。《文选》一书，适结其局。自此以降，骈散分矣。"以孔稚圭《北山移文》"乃真纯骈之祖，徐庾之近祢（nǐ）"。

刘咸炘在《文说林》附说《骈文》中重点论述了唐宋骈文的差异。他说：

> 闻修以宋四六比宋诗，其说极是。观唐宋诗之各有偏长，而宋四六之不可概斥可见矣。唐长于韵度，宋长于意理。唐抒藻以达情，宋述古以达意。唐失在浮，而宋失在纤。唐长在章，而宋长在句。惟长于达意，故贴切事理，其有用过于唐……惟仅长于句，故长篇可诵者少，而佳句传称者多。

闻修是王志坚，明代人，编有《四六法海》一书。王志坚《四六法海自序》说："大氐四六与诗相似，唐以前作者韵动声中，神流象外。自宋而后，必求议论之工，证据之确，所以去古渐远，然矩矱（yuē）森然，差可循习。"[1] 刘咸炘十分看重王志坚编纂的《四六法海》和蒋士铨的《评选四六法海》，说"无科白之选本，则明王氏《四六法海》"[2]，"纯骈选本，以蒋心余所评《四六法海》为善"[3]，然而也只是选取其中自己认为正确的论述。对于宋人创作四六的方法，刘咸炘认为彭文勤的《宋四六话》资料收集最为全面，可以看出宋人四六"造句之则"，"精确"二字是其宗尚。彭文勤，即彭元瑞，参与编纂了《四库全书》，是与蒋士铨齐名的江南名士。《文说林》附说之《骈文》选录了大量彭文勤《宋四六话》中的材料论证了这一点。

至于清代骈文，刘咸炘的论述集中在《学略·文词略》和《清文话》中。《文词略》说：

> 清初骈文有名者，如陈迦陵《湖海楼集》、杭堇（jǐn）甫《道古堂集》之类，大都不出唐人范围。而袁子才等又横肆其间，放弃格律，皆非卓正。嘉道以还，真六朝乃大盛，如邵荀慈《玉芝堂集》、孔巽（xùn，同"巽"）轩《仪郑堂骈文》、洪北江《卷施阁更生斋乙集》、彭甘亭《小谟觞馆骈文》……道咸后继起亦多善者，具王益吾《十家四六文抄》。

王益吾即王先谦，《十家四六文抄》选录清代刘开、董基诚、董祐诚、方履籛、梅曾亮、傅桐、周寿昌、王闿运、赵铭、李慈铭十家四六文。

刘咸炘关于齐梁以后骈文发展时期的论述，诸家基本相同，也是今天沿用的。刘咸炘比较独特的认识是把齐梁作为骈文发展的一个分割点，还有就是对唐宋骈文差异的论述。刘麟生把六朝作为骈文发展的顶点，《中国骈文史》中说："东汉作风，渐趋峻整……骈文造成，此为津逮……魏晋则变本加厉，整俪更甚……六朝作者……出之以轻情之作风，而后骈文益臻美丽之域，骈文之发展，达于顶

[1] 王志坚：《四六法海》，载德堂藏版。

[2] 《学略·文词略》，《推十书》（增补全书），己辑，第 53 页。

[3] 《骈文省抄附论》，《推十书》（增补全书），戊辑，第一册，第 291 页。

点。"[1]《骈文学》中说："骈文发展，汉魏奠其基，六朝登其极，晋宋始臻绮靡，齐梁始洽宫商。"[2]金秬香《骈文概论》中说："自晋以来，文尚整练，理圆事密，联璧其章，迭用奇偶……齐梁以后，析句弥密，属对弥工。"[3]钱基博认为东汉是骈文形成时期，《骈文通义》说："西京……骈文之规模初具……东汉为骈俪之祖……魏晋自为一类……永明以后，益趋繁缛。"[4]瞿兑之认为"一篇之中，纯乎以骈文立格者，却自蔡邕为始"[5]，也把东汉作为骈文形成时期。蒋伯潜、蒋祖怡则认为"三国时代，骈文渐渐地独立了，渐渐地成熟了"[6]。只有谢无量的认识与刘咸炘相近。谢无量说："骈体至齐梁而盛。齐梁以前，行文已重偶辞，而声律未精，惟其比对姿势，多有可观耳。"[7]然而，谢无量是从形式上"声律"的要求出发做出的结论。实际上，从骈文形式上的特点出发确定骈文形成时期，是以上所有骈文理论家共同的考虑。刘咸炘的突出之处在于，他不仅考虑骈文形式，还结合中国文章学史。《文说林》的创作意图，刘咸炘有所交代，"古今诗话多而论文之书少"，因而融会贯通了《文心雕龙》、《艺概》、《文章精义》、《修辞鉴衡》、《古文绪论》、《论文集要》、《文学研究法》、《文谈》、《艺舟双楫》、《王志》等精要之论创作的，所以不局限于骈文一体。《学略》则是刘咸炘有见于"古无门径书"而创作的，"以评论之体，寓目录之用，俾学者入一门，则知一门之疆略概略"[8]。《文词略》可以说是中国古代文学简史，其中散文部分，可以说是中国文章学简史。《文学述林》可以说是"沟通四部，力贯东西"的著作，于文学文体的发展的论述也有"由博返约，通贯执中"[9]的学术特点。所以，在这样广阔的视野下，刘咸炘给自己的研究限定了"纯骈"的范围，降低了论述难度，其方法也是可行的。

最后，刘咸炘通贯执中的创作方式对后人具有一定的借鉴意义。刘咸炘的《文说林》有一个明显的特点，就是"钞撮先哲序言散见群书者而申正之"，和谢无量、刘麟生、瞿兑之、金秬香、蒋伯潜、蒋祖怡完全使用现代化的文学史创作方式不同。然而，这种论述的优点也非常明显。"钞撮先哲序言散见群书者"，并非那么容易，首先就要具备深厚的文献功底，阅读大量书籍。阅读大量书籍，又不能无的放矢，所以刘咸炘特别重视校雠学。所以，所谓的"钞撮"，实际上是做了我们今天所说的"资料汇编"工作。而这个"钞撮"只是第一步工作，还有"申正"，需要有深刻的体悟和精深的见识，才能"由博返约，通贯执中"。这样写出来的论著，证据充分，逻辑清晰。

三、刘咸炘论骈文作法

刘咸炘论骈文作法，首先就是骈文审美境界的规定性。《骈文省抄·附论》中，刘咸炘确定了十六字方针："气静机圆，词匀色称"、"洸洋自适，清新不穷"，认为这十六字代表着"骈文之止境"。[10]前八字出自蒋士铨《评选四六法海》。蒋士铨解释这八个字，用了四段话。蒋士铨认为古文和骈文没有根本上区别，骈文只不过"散行文字稍加整齐，大四烘托"，如果把古文比作"写意山水画"，骈文就是"工画楼台"，虽然"匠手可勉"，想要达到高水平，也不是"工人所能为也"。他标举"圆活"、"典雅"，认为"圆活"是"四六上乘"，"典雅"是"四六正法"。要求避免走向"圆活"

[1] 刘麟生：《中国骈文史》，北京：商务印书馆1998年影印本，第7页。
[2] 刘麟生：《骈文学》，上海：商务印书馆民国23年初版，第73页。
[3] 金秬香：《骈文概论》，上海：商务印书馆民国23年1月初版，第59页。
[4] 钱基博：《骈文通义》，上海：大华书局民国23年10月初版，第13页。
[5] 瞿兑之：《中国骈文概论》，上海：世界书局民国23年12月版，第19页。
[6] 蒋伯潜、蒋祖怡：《骈文与散文》，上海：世界书局民国30年12月版，第17页。
[7] 谢无量：《骈文指南》，上海：中华书局民国7年11月，第26页。
[8] 《系年录》，《推十书》（增补全书），癸辑，第1129页。
[9] 嬾波：《别具鉴裁通贯执中——〈文学述林〉与刘咸炘的文章学》，载《上海大学学报》2007年第6期。
[10] 刘咸炘：《骈文省抄·附论》，《推十书》（增补全书），戊辑，第一册，第291页。

的对立面"小而庸"，避免走向"典雅"的对立面"质而重"，"不可无才"又不能"为才累"，"不可无气"又不能"为气使"，"不可无雕琢"又不能"为雕琢所役"，"不可无藻丽"又不能"为藻丽所晦"。所以，他批评那种"气不断则嚣，机不方则促，词非过重则过轻，色非过质则过艳"的骈文，"气不断则嚣，机不方则促"就是不"圆活"，"词非过重则过轻，色非过质则过艳"就是不典雅。[1] 后八字出自王先谦《骈文类纂》。王先谦认为"洸洋自适，清新不穷"是骈文"绝境"，具体解释就是："格律妍而逾细，风会启而弥新，参义法于古文，洗俳优之俗调，选词之妙，酌醲纤而折中；行气之工，提枢机而内转。"[2] 实际上，蒋士铨的"气静机圆"基本等同于王先谦的"行气之工，提枢机而内转"，蒋士铨的"词匀色称"基本等同于王先谦的"选词之妙，酌醲纤而折中"，蒋士铨的"圆活"、"典雅"基本等同于王先谦的"洸洋自适，清新不穷"。

把气势、辞藻之间的流变关系作为骈文发展史的重要因素加以考量，是近代骈文研究者的共同认识，如刘麟生的《中国骈文史》，"秦汉文章，犹重气势……自晋陆机潘岳以还，又复辞藻纷纭，渐有凌轹气势之动向……唐代骈文……于气势辞藻二者，尚能兼重……宋人四六……于倩美二字不无损伤……清代……骈文始告中兴，辞藻过于气势。"[3] 从贯串气势、契机等主体因素和辞藻、对偶、用典等骈文文体因素出发，来论述骈文审美的亦不只是刘咸炘一家。如谢无量《骈文指南》就借陈其年《四六金针》语分骈文为三格：浑成格、精严格、巧密格。[4] 但是，从写作角度论述此旨最为详密的却是刘咸炘和钱基博。钱基博《骈文通义》标举"潜气内转，上抗下坠"，认为这句话是"片言居要"、"一字千金"，可以"树斯文之典型"、"发六朝之秘响"。[5] 这句话出自朱一新的《无邪堂答问》，很有意思的是刘咸炘在《文说林》中也引用了朱一新的这一看法。钱基博进一步揭示了这八个字："主气韵，勿尚才气；崇散朗，勿嬗藻采。"[6] 钱基博认为"主气韵，勿尚才气"，骈文创作就会"安雅而不流于驰骋"，骈文于此和韩愈提倡的"古文""殊科"，"崇散朗，勿嬗藻采"就会使骈文创作"疏逸而无伤于板滞"，骈文于此和"四六""分疆"。

四、刘咸炘论综合骈散

刘咸炘在1925年[7]创作《陆士衡文论》中概括了自己对于文章创作认识的演进阶段，第一阶段是"未知有法度派别"；第二阶段是听从父亲的话学习八股文，"始知重义"；第三阶段是从兄刘咸焌学习汉书，"遂与吞吐"；第四阶段是"综合骈散"；第五个阶段标举"厚雅和文质彬彬"。实际上，刘咸炘综合骈散，标举厚雅和的思想在1922年就已经形成了，他在这一年撰写的《言学三举》中就有明确论述："凡吾论文，上溯周汉，下断于梁，非于主骈主散之间，执中立异也，实持三言以为标的。何为三言？曰厚，曰雅，曰和。厚，义也；雅，词也；和，势也。"所以，他虽然在《文说林·附说·骈文》中论述了纯骈的发展过程及其特征，实际上，却对骈文的整体评价不高。所以他在《骈文省抄》中说"骈文用少"，在《文说林·附说·骈文》引用孔广森的话说："骈体文以达意明事为主，不尔则用之婚启，不可用之书札；用之铭诔，不可用之论辨，真为无用之物。"但骈文作为重要的文学史现象，又"不可不知"，所以才加以论述。

---

[1] 蒋士铨：《评选四六法海》，上海文瑞楼印。

[2] 王先谦：《骈文类纂》，光绪壬寅岁（1902）思贤书局刊，《序目》，叶四八—四九。

[3] 刘麟生：《中国骈文史》，第7—8页。

[4] 谢无量：《骈文指南》，第25—26页。

[5] 钱基博：《骈文通义》，第21页。

[6] 钱基博：《骈文通义》，第21—22页。

[7] 《系年录》，《推十书》（增补全书），癸辑，第1141页。

用综合骈散标举厚雅和的思想来衡量中国文学史，汉到南朝宋的文学创作是具有典型意义的，所以，刘咸炘"举汉至刘宋为准"[1]。"厚雅和"就是"文质彬彬"的具体体现。刘咸炘作《辞派图》，用文质理论考查中国文学史，把中国文学现象分为经说、史传、子家、文集，文集包括词赋和告语文，"经说、史传、子家皆主质，词赋主文，告语可文可质"。站在这样的立场上看待中国文学史，刘咸炘得出的结论是："西汉悉是子势，东汉以降乃会合子与词赋而成文集之势，梁后过文，唐后过质，皆不与焉。"[2]刘咸炘之所以主张骈散未分的古文，主要原因在此。他认为：中唐以前纯骈"文胜灭质"，宋以后则"有质无文"。

刘咸炘认为《昭明文选》所选文章特点是"富于情，短于理"，孔融是典型代表之一。孔融作《论盛孝章书》，文采斐然，大量使用四字句，如开篇就说："岁月不居，时节如流。五十之年，忽焉而至。"强行添字，形成四言句，然而，这种添字使用又非常巧妙。"五十之年"，"之"是添字，而"之"字在这里成了代词，代指"五十"，突出了"五十岁"，引发人的生命易逝之感。"忽焉而至"，"焉"是添字，成为"忽"字词缀，使得"忽"由形容词变成了动词，新颖异常。尤其是这篇文章有一种气势笼罩全文，使文章"如岭断云连，如画山，是层层掩错的"。但是全文有一大问题，就是盛孝章的长处到底是什么，没有交代，使得全文无根底。所以刘咸炘引月曹丕的话，说孔融是"不能持论，理不胜辞"，刘咸炘自己的评价是"不是他说话清楚，是他的态度高贵不龌龊"[3]。

魏晋时期，刘咸炘认为陆机的作品能代表这种审美标准，在《陆士衡文论》中，列举当时人对陆机的毁誉，深不以为然。"晋人于文本尚轻绮"，导致了对陆机的误读。实际上，陆机"诸子为质，诗赋为文，内密外华，气雄笔敛"，"殊不为病，只成妍耳"。[4]刘咸炘最为欣赏陆机的《五等诸侯论》，《陆士衡文论》评此文为"有金汤之固"[5]。又写作《五等诸侯论申证》，从义理上阐释此文；还把此文选入《简摩集·三集》，详加批注，在艺术上阐释此文。

刘咸炘的综合骈散，有几个意义。一是以文质关系为基本出发点，以文质彬彬为总体目标，以厚雅和为审美表现，以切、达、成家为达到文质彬彬目标具体门径，形成了一套较为严密的体系。二是在传统散文流派的划分上有所开拓。中国文学史上，文与诗流派最为复杂，延至近代。钱基博《现代中国文学史》把纷繁芜杂的近代文章学分为三家：魏晋文、骈文、散文。[6]当代学者基本认同了这个认识，宁俊红《20世纪中国文学研究史·散文卷》也是这样划分的。散文派虽说学习唐宋八大家及其后归有光、桐城派作家，实际是远承先秦两汉的。刘咸炘则是分古代散文为古文、骈文、散文，又把古文定为骈散未分的散文，与当时及今天的划分方法都有所不同。实际上，刘咸炘写有《文变论》一文，提出"根极本质，而容纳异调，是诚论文者所当持也"[7]。其观点非常宏通。三是在文章写法上有独到认识。如何达成综合骈散，刘咸炘认为要遵从包世臣的《文谱》。他说："言文章篇章结构者，多碎立名目，固定法例，非惟贻笑大方，亦且流毒后学。惟包氏此书精简而平通，乍观似浅，而实已赅。"[8]包世臣是综合骈散的，他的《文谱》论文章写法，集中在体势、疾徐、垫拽、繁复、逆顺、集散，而刘咸炘所重视的是"垫拽"和"集散"。包世臣解释"垫拽"时说：

---

[1] 《文学述林·陆士衡文论》，《推十书》（增补全书），戊辑，第一册，第93页。
[2] 《文学述林·辞派图》，《推十书》（增补全书），戊辑，第一册，第28页。
[3] 《戊辰春讲语·讲孔文举〈论盛孝章书〉》，《推十书》（增补全书），己辑，第374页。
[4] 《文学述林·陆士衡文论》，《推十书》（增补全书），戊辑，第一册，第95页。
[5] 《文学述林·陆士衡文论》，《推十书》（增补全书），戊辑，第一册，第93页。
[6] 钱基博：《现代中国文学史》，上海：世界书局民国23年8月初版。
[7] 《文学述林·文变论》，《推十书》（增补全书），戊辑，第一册，第18页。
[8] 刘咸炘：《文谱注原》，《推十书》（增补全书），己辑，第297页。

垫拽者，为其立说之不足耸听也，故垫之使高；为其抒议之未能折服也，故拽之使满。

如《孟子·公孙丑章句上》：

> 且以文王之德，百年而后崩，犹未治于天下。武王、周公继之，然后大行。今言王若易然，则文王不足法与？

为了公孙丑为了反驳孟子"言王"之"易"，铺陈文王、武王、周公之不易，就是垫。《荀子·劝学》：

> 蚓无爪牙之利，筋骨之强，上食埃土，下饮黄泉，用心一也。蟹六跪而二螯，非蛇鳝之穴无可寄托者，用心躁也。是故无冥冥之志者，无昭昭之明；无惽惽之事者，无赫赫之功。

为了证明"无冥冥之志者，无昭昭之明；无惽惽之事者，无赫赫之功"的观点，从生活中找出正反两面的例子来证明，这就是拽。

垫拽的作用是："高则其落也峻，满则其发也疾。"可以增强文采与说服力，这就是包世臣说的"得之则为蹈厉风发"。

包世臣解释"集散"时说：

> 集散者，或以振纲领，或以争关纽，或奇特形于比附，或指归示于牵连，或错出以表全神，或补述以完风裁。是故集则有势有事，而散则有纵有横。

则集散关注的是文章之结构。

综上所述，刘咸炘论骈文，在学术史上的价值在于：在近代，较早地对骈文史进行了论述，并有着较为独特的认识；把"气静机圆，词匀色称"、"洸洋自适，清新不穷"十六个字作为骈文审美的标准，代表着当时的认识；综合骈散的认识视角更广；研究方法更为适合骈文创作实际。

骈文与说理：以中古议论文为中心

刘 宁

（中国社会科学院文学研究所）

骈文是否适合说理，前人有不同的意见，章太炎在《文学略说》中明确提出，骈文"宜议论"，而孙梅在《四六丛话》中则提到骈文不宜议论的意见，这类意见认为，以骈文著论，是"工用所短"。如何理解骈文和说理的关系，是理解骈文表现功能的重要问题，也是反思骈文是否形式主义的重要角度。对于这个内容丰富的问题，本文尝试从中古议论文的体制出发，做出一些思考。

一

孙梅在《四六丛话》中，比较详细地记叙了对骈文不宜议论的批评，所谓："今体之文，尤工笺奏；词林之选，雅善颂铭。占辞著刻楮之能，叙事美贯珠之目。质缘文而见巧，情会景以呈奇尚已……夫文采葩流，枝叶横生，此骈体之长也……若乃命微言以藻思，责奥义于腴词，以妃青媲白之文，求辨博纵横之用。譬之蚁封奔骋，佩玉走趋，舌本闲强，恐类文家之吃；笔端繁拥，终滋腹笥之贫，固难以作致其情，工用所短也。"其大意是说，以藻饰刻画为能的骈文，不适合辨博纵横的议论。

但孙梅紧接着以大量例证，反驳了这一看法，他指出建安七子以下，骈体之论，云蒸霞蔚，"论屈百家，文包异采"，其中《典论》、《诗品》、《文心雕龙》、《史通》堪称"论说之精华，四六之能事"，此外单篇论文，也多骈俪华章，所谓"其他若《非有》之轶群，《四子》之大雅，《博弈》、《养生》之俊迈，《辨命》、《劳生》之奇伟。而《广绝交》一篇，云谲波诡，度越数子。此皆艺苑之琼瑶，词林所脍炙。与夫匡刘经术，韩柳文豪，西晋老庄，北宋策判，固将骧首而振剧骖，不甘垂翅而同退鹢也。"

孙梅援引众作，固然很有说服力，但对骈文何以能产生议论佳作的原因，则解释得颇为简单，其文云："盘根错节，利器斯呈；染涣游睢，锦章自显。化刚为柔，百炼有以至其精；以难而易，累丸所以喻其至。"其意是说，以骈文议论，可以更多推敲锻炼，表达也可以更为精致，这个解释显然太过笼统，富于藻饰、讲求推敲，是骈文的基本特点，这个特点，为什么有时成为议论的牵绊，而有时候又成为议论的助益？孙梅并没有解释个中的原因。今天要回答这个问题，需要回到中国古代议论文的内在体制中进行分析。

叙事、议论、抒情这种对文章表达功能的三分法，是近代才有的观念，按照今人的议论概念，古人许多文体都包含议论的内容，但从整体上看，中古时期的议论表达，主要有两个传统，其一是理论化的论理传统，其二是实用化的议事传统。前者的主要代表是学理化的子学论著和论文，后者则包括针对现实问题的策议、书檄、奏疏等。这两个传统在中古时期，都与骈文相结合，但结合的方式并不相同。论理传统与骈文的表现体制有相当深刻的内在联系，因此中古时期产生了大量传诵千古的骈俪论理文；实用化的议事之文，虽然也大量吸收骈俪，并因此增强了藻饰，但由于在篇法上与骈文的均衡性存在矛盾，因此与骈文的结合受到限制，后人对骈文不适合议论的看法，也多来自议事之文与骈俪的某些不协调。

二

孙梅在《四六丛话》中为论证骈文适宜著论，主要援引的例证是曹丕《典论》、钟嵘《诗品》、刘勰《文心雕龙》、刘知几《史通》，以及中古时期著名的单篇论文，例如《博弈论》、《养生论》、《辨命论》、《劳生论》、《广绝交论》等，这些都是理论化的论著、论文；至于实用化的议事之文，则仅仅提到"陈、阮"之书檄。显然，中古的论理文，是骈文说理最突出的代表。为什么这些论理文成为骈文说理佳作的渊薮？这就要回到论理文的内在表现体制来思考。

中古的子学论著，与先秦诸子有密切的联系，其中《荀子》的影响最值得关注。在先秦散文的发展中，《荀子》在专题论文写作上的成就十分突出。在散文史的研究中，荀韩之专论被视为先秦论说文成熟的标志而被等量齐观，但从对秦汉以后理论化子书的影响来看，《荀子》的影响又远在《韩非子》之上。《荀子》独特的"集义"式行文格局，对中古子学论著影响颇多，而这也是与骈文的均衡性章法内在接近的地方。

《荀子》成书的情况比较复杂，据考证，《荀子》三十二篇大致可以分为三类：第一类是荀子亲手所著，共二十二篇：《劝学》、《修身》、《不苟》、《荣辱》、《非相》、《非十二子》、《王制》、《富国》、《王霸》、《君道》、《臣道》、《致士》、《天论》、《正论》、《礼论》、《乐论》、《解蔽》、《正名》、《性恶》、《君子》、《成相》、《赋》；第二类属于荀子弟子记录的荀子言行，包括《儒效》、《议兵》、《强国》、《大略》、《仲尼》；第三类是荀子所整理、纂辑的一些资料，其中也插入弟子之作，包括《宥坐》、《子道》、《法行》、《哀公》、《尧问》五篇。[1]

可见，其中荀子亲自创作的篇章，除《成相》、《赋》是韵文体，其他都是出自说理文的形式，而且篇题也是荀子亲自拟定，这是自觉写作的专题论文，我们观察《荀子》之专论的特点，主要是依照《劝学》、《修身》、《不苟》、《荣辱》、《非相》、《非十二子》、《王制》、《富国》、《王霸》、《君道》、《臣道》、《致士》、《天论》、《正论》、《礼论》、《乐论》、《解蔽》、《正名》、《性恶》、《君子》这二十篇来讨论。

这些篇章，往往是围绕篇题的论点，荟萃众多之修身规范，所罗列的规范之间，并无鲜明的递进推衍关系，而是表现为一种平行、综合的结构，形成一种"集义"的格局。后世读者期待于议论文的纵横起伏、层层深入，在荀子这些专论中是难以看到的。《荀子》行文缺少波澜，与这种"集义"格局有直接的关系。

《劝学》一篇谈到了有关"学"的多方面内容，而每一方面都归结为君子之行为规则：

> 君子曰：学不可以已；
>
> 君子生非异也，善假于物也；
>
> 君子居必择乡，游必就土，所以防邪僻而近中正；
>
> 君子慎其所立；
>
> 君子结于一；
>
> 君子如响；

---

[1] 此处关于荀子篇章的撰作情况及分类的论述，参考了廖名春的分析，参见所著《〈荀子二十讲〉编者序》，载《荀子二十讲》，北京：华夏出版社 2009 年版，第 2 页。

> 君子不傲、不隐、不瞽，谨顺其身；
>
> 君子贵其全。

全文就是在对这一系列君子立身规范的说明论证中，连缀完成对于"劝学"主旨的论述。这些规范或者说明"学"的重要，或者说明君子当如何"学"，与中心论点之间仿佛轮运辐辏、点染烘托，而彼此并不存在明显的推进深化关系。

《不苟》亦是汇总君子立身之规范而成：

> 君子行不贵苟难，说不贵苟察，名不贵苟传，唯其当之为贵；
>
> 君子易知而难狎；
>
> 君子能亦好，不能亦好；
>
> 君子宽而不慢……
>
> 君子崇人之德、扬人之美；
>
> 君子大心则天而道，小心则畏义而节，
>
> 君子治治，非治乱也；
>
> 君子絜其辩而同焉者合矣；
>
> 君子养心莫善于诚；
>
> 君子位尊而志恭，心小而道大。

类似的结构还体现在《修身》篇中，全文罗列陈述士人修身之道，读来好似一篇修身守则的总汇。

《荀子》行文的"集义"格局，造成了平行与均衡的章法与文气，刘师培评蔡邕"文章之重规叠矩，则又胎息于荀子《礼论》、《乐论》，故虽明白显露，而文章自然含蕴不尽，文能含蕴则气自厚矣"[1]。刘师培对蔡文"重规叠距"的分析，看到了其与《荀子》的胎息关系。

《荀子》对中古时期的论理文，产生了比较大的影响，而中古时期的议事文，则更多地渊源于《韩非子》、《战国策》等先秦著作。

《韩非子》今存五十五篇，大部分出自韩非本人，其中有三十五篇是专题论文，包括《难言》、《爱臣》、《主道》、《有度》、《二柄》、《扬权》、《八奸》、《十过》、《孤愤》、《说难》、《和氏》、《奸劫弑臣》、《亡征》、《三守》、《备内》、《南面》、《饰邪》、《观行》、《安危》、《守道》、《用人》、《功名》、《大体》、《说疑》、《诡使》、《忠孝》、《人主》、《饬令》、《心度》、《制分》、《五蠹》、《显学》、《六反》、《八说》、《八经》。

《韩非子》之文与呈奏君王的上书有更为密切的联系，其文体近于"策"。陈奇猷云："《难言篇》为韩非上韩王书，《难言篇》称臣非者二，称大王者二，末云'愿大王熟察之'，是上书体裁可征。"[2]书中的《说难》则特别讨论了策士进言游说的艰难。因此，理解《韩非子》专论之特色，需充分考虑其"上书"、"进策"的特点。

与荀子之文不同的是，《韩非子》的专论篇章，在章法上更多离合变化，行文更具锋芒与波澜，完全不同于"集义"的散缓，例如《二柄》，全篇先总论"刑德"之于君王的重要，所谓"明主之所导制其臣者，二柄而已"，然后再分别从"刑"、"德"两端加以论述：言"刑"则云："人主将欲禁奸，则审合刑名"，言"德"则云："人主有二患：任贤，则臣将乘于贤以劫其君；妄举，则事沮

[1] 刘师培著，刘跃进讲评：《中国中古文学史讲义》，第176页。

[2] 陈奇猷：《韩非子新校注》，上海：上海古籍出版社2000年版，第348页。

不胜"。从篇法上看，开篇总论一段极言刑德之重要，充分渲染，气势夺人，而其下从"刑""德"两端分论，又波澜更胜。论述之中，或顿挫回转，或推衍递进，例如其开篇一段：

> 明主之所导制其臣者，二柄而已矣。二柄者，刑、德也。何谓刑、德？曰：杀戮之谓刑，庆赏之谓德。为人臣者畏诛罚而利庆赏，故人主自用其刑德，则群臣畏其威而归其利矣。故世之奸臣则不然，所恶则能得之其主而罪之，所爱则能得之其主而赏之。今人主非使赏罚之威利出于己也，听其臣而行其赏罚，则一国之人皆畏其臣而易其君，归其臣而去其君矣。此人主失刑、德之患也。

文中"故人主自用其刑德，则群臣畏其威而归其利矣"，已然将核心的观点推出，其下"故世之奸臣则不然"一句，文义陡然为一顿挫，以下数句，再从反面论证人主失去"二柄"的巨大危害。一正一反，文气更胜于前，形成跌宕之势。

文中还善于通过援引史证，对论点进行申述，其排宕的气势，更强化了文义递进的效果，例如《二柄》开篇正反申述核心论点，本已富有跌宕递进的效果，其下更紧接着以比喻和援引史证将论证更形强化：

> 夫虎之所以能服狗者，爪牙也。使虎释其爪牙而使狗用之，则虎反服于狗矣。人主者，以刑、德制臣者也，今君人者，释其刑、德而使臣用之，则君反制于臣矣。故田常上请爵禄而行之群臣，下大斗斛而施于百姓，此简公失德而田常用之也，故简公见弑。子罕谓宋君曰："夫庆赏赐予者，民之所喜也，君自行之；杀戮刑罚者，民之所恶也，臣请当之。"于是宋君失刑而子罕用之，故宋君见劫。

在比喻与史证之后，文章再次总结核心论点：

> 田常徒用德而简公弑，子罕徒用刑而宋君劫。故今世为人臣者兼刑、德而用之，则是世主之危甚于简公、宋君也。故劫杀拥蔽之主，兼失刑、德而使臣用之，而不危亡者，则未尝有也。

值得注意的是，对核心论点的总结，其实到"故今世为人臣者兼刑、德而用之，则是世主之危甚于简公、宋君也"这一句，从文义上看已十分完美，但其下又从反面再次申说，这并没有带给人冗赘的感觉，反而增强了论证的气势，这正是韩非之文富于波澜、气势腾跃的地方。

《荀子》之文的"集义"与《韩非子》之文的错综变化，是后世论理之文与议事之文行文结构差异的重要渊源，也是观察骈文与说理如何结合的重要切入点。无论是《荀子》，还是《韩非子》，都具有许多排句偶语，姜书阁先生沿袭《文心雕龙》而以"丽辞"称之，《荀子》之"丽辞"，与《韩非》之"丽辞"，其表现多有不同。

《荀子》之文，经常出现一偶一义，连偶成段的现象，文义的展开十分均衡，例如：

> 积土成山，风雨兴焉；积水成渊，蛟龙生焉；积善成德，而神明自得，圣心备焉。故不积跬步，无以至千里；不积小流，无以成江海。骐骥一跃，不能十步；驽马十驾，功在不舍。锲而舍之，朽木不折；锲而不舍，金石可镂。螾无爪牙之利，筋骨之强，上食埃土，下饮黄泉，用心一也。蟹六跪而二螯，非蛇蟮之穴无可寄托者，用心躁也。是故无冥冥之志者无昭昭之明；无惛惛之事者无赫赫之功。行衢道者不至，事两君者不容。目不能两视而明，耳不能两听而聪。螣蛇无足而飞，梧鼠五技而穷。诗曰："尸鸠在桑，其子七兮。淑人君子，其仪一兮。其仪一兮，心如结兮。"故君子结于一也。

这一段从开始连用九组偶句，中间只插入个别单句，每组偶句，都从一个新角度，以新的句式论证"君子结于一"的道理。这种结构不同于以相同句式构成的排比句，其文义随一层层的偶句在变化中延伸，又如：

> 吾尝终日而思矣，不如须臾之所学也；吾尝跂而望矣，不如登高之博见也。登高而招，臂非加长也，而见者远；顺风而呼，声非加疾也，而闻者彰。假舆马者，非利足也，而致千里；假舟楫者，非能水也，而绝江河。君子生非异也，善假于物也。

这一段中的单句更少，更鲜明地体现出一偶一义，连偶成段的特点。

《韩非》对"丽辞"的运用，与《荀子》多有不同，首先，由于篇法富于变化，因此没有形成一偶一义的结构，而是经常出现散句，并且将偶句包含在散句之中，例如：

> 智术之士，必远见而明察，不明察不能烛私；能法之士，必强毅而劲直，不劲直不能矫奸。人臣循令而从事，案法而治官，非谓重人也。重人也者，无令而擅为，亏法以利私，耗国以便家，力能得其君，此所为重人也。智术之士，明察听用，且烛重人之阴情；能法之士，劲直听用，且矫重人之奸行。故智术能法之士用，则贵重之臣必在绳之外矣。是智法之士与当途之人不可两存之仇也。

这一段，有非常典型的偶句，例如：

> 智术之士，必远见而明察，不明察不能烛私；能法之士，必强毅而劲直，不劲直不能矫奸。

"智术之士，明察听用，且烛重人之阴情；能法之士，劲直听用，且矫重人之奸行"，除了这两个典型偶句之外，其他句子从基本结构来看，则为散句：

> 人臣循令而从事，案法而治官，非谓重人也。
>
> 重人也者，无令而擅为，亏法以利私，耗国以便家，力能得其君，此所为重人也。
>
> 故智术能法之士用，则贵重之臣必在绳之外矣。
>
> 是智法之士与当途之人不可两存之仇也。

这些散句的运用，使行文跌宕转折，与《荀子》一偶一义，连偶成段的行文方式极为不同。其中特别值得注意的是，这些散句的内部，包含偶对的因素，例如第一句中的"循令而从事，案法而治官"；第二句中的"无令而擅为，亏法以利私，耗国以便家"。这种"散中之偶"在《韩非子》中非常常见，例如：

> 则法术之士欲干上者，非有所信爱之亲、习故之泽也；

这样的偶对，与一偶一义，自为起讫的偶句，其表现效果颇为不同，从某种意义上讲，由于它们被包裹在散句的句法之中，因此是对散句语势的增强。

《韩非》对偶句的运用，还大量以排比的形式来展开，如：

> 夫以疏远与近爱信争，其数不胜也；以新旅与习故争，其数不胜也；以反主意与同好争，其数不胜也；以轻贱与贵重争，其数不胜也；以一口与一国争，其数不胜也。
>
> 百官不因则业不进，故群臣为之用；郎中不因则不得近主，故左右为之匿；学士不因则养禄薄礼卑，故学士为之谈也。此四助者，邪臣之所以自饰也。

这些排比句，以相同句式的不断重复，强烈地推进行文气势，造成一种腾跃的章法，但在《荀子》之文中，则非常罕见，这也是《韩非》运用偶句时在均衡性上，与《荀子》颇为不同的地方。《韩非》吸收偶句的方式和《战国策》多有近似，例如《秦策》第二《苏秦始将连横说秦惠王》：

> 大王之国西有巴、蜀、汉中之利，北有胡、貉、代马之用，南有巫山、黔中之限，东有肴、函之固。田肥美，民殷富，战车万乘，奋击百万，沃野千里，蓄积饶多，地势形便。此所谓'天府'，天下之雄国也。以大王之贤，士民之众，车骑之用，兵法之教，可以并诸侯，吞天下，称帝而治。愿大王少留意，臣请奏其效！

此段文中大量运用用排比，而且以散运骈，形成起伏跌宕的文气，《战国策》是策士之文，透过与《战国策》接近，更可以看出《韩非子》之文吸收骈俪的独特方式，与其类似"上书"、"进策"的议论体制，是有直接关系的。

总的来看，《荀子》之文是在均衡的篇法中吸收偶对，其偶句与均衡的篇法相协调，一偶一义，一偶一变，连偶成段；《韩非》则是在错综变化的篇法中吸收偶对，偶对或者被吸收进散句，而增强散句之语势，或以多句的排比形成飞腾的气势，因此从总的格局来看，《荀子》之文，更容易与偶句相协调，而《韩非》变化的章法，则与偶对不无矛盾。

三

中古时期的议论文，其骈俪化因议论体制的不同而有所区别，理论性的论理之文，其体制受《荀子》影响较大，对骈俪的吸收颇为充分；实用性的议事之文，由于是针对实事进行讨论，在议论的章法上更接近《韩非子》，文中更多保留散句，而且以散运骈的现象也比较常见。

如前所述，孙梅论证骈文宜于著论时，所列举的例证，以子学论著、论文为主。中古时期的子学论著，多由专题论文构成，其行文的体制，十分接近《荀子》，其骈俪化也多采用一偶一义，连偶成段的方式，例如《抱朴子·畅玄》：

> 夫玄道者，得之乎内，守之者外，用之者神，忘之者器，此思玄道之要言也。得之者贵，不待黄钺之威。体之者富，不须难得之货。高不可登，深不可测。乘流光，策飞景，凌六虚，贯涵溶。出乎无上，入乎无下。经乎汗漫之门，游乎窈眇之野。逍遥恍惚之中，倘佯彷彿之表。咽九华于云端，咀六气于丹霞。俳徊茫昧，翱翔希微，履略蜿虹，践跚旋玑，此得之者也。

中古时期的"论"，也多采用类似的骈俪体制，例如陆机《五等论》：

> 夫王者知帝业至重，天下至广。广不可以偏制，重不可以独任；任重必于借力，制广终乎因人。故设官分职，所以轻其任也；并建伍长，所以弘其制也。于是乎立其封疆之典，裁其亲疏之宜，使万国相维，以成盘石之固；宗庶杂居，而定维城之业。又有以见绥世之长御，识人情之大方，知其为人不如厚己，利物不如图身；安上在于悦下，为己存乎利人。故《易》曰"悦以使人，人忘其劳。"孙卿曰："不利而利之，不如利而后利之利也。"

通脱自然如《达庄论》，也是类似的格局：

> 天地生于自然，万物生于天地。自然者无外，故天地名焉；天地者有内，故万物生焉。当其无外，谁谓异乎？当其有内，谁谓殊乎？地流其燥，天抗其湿。月东出，日西入，随以相从，解而后合，升谓之阳，降谓之阴。在地谓之理，在天谓之文。蒸谓之雨，散谓之风；炎谓之火，凝谓之冰；形谓之石，象谓之星；朔谓之朝，晦谓之冥；通谓之川，回谓之渊；

平谓之土，积谓之山。男女同位，山泽通气，雷风不相射，水火不相薄。天地合其德，日月顺其光，自然一体，则万物经其常。

实用性的议事之文，在骈俪之风流行的时代风气里，仍然保留了更多散体因素，例如陈琳《檄豫州文》：

> 左将军领豫州刺史郡国相守：盖闻明主图危以制变，忠臣虑难以立权。是以有非常之人，然后有非常之事，有非常之事，然后立非常之功。夫非常者，故非常人所拟也。曩者强秦弱主，赵高执柄，专制朝权，威福由己，时人迫胁，莫敢正言，终有望夷之败，祖宗焚灭，污辱至今，永为世鉴。及臻吕后季年，产、禄专政，内兼二军，外统梁、赵，擅断万机，决事省禁，下凌上替，海内寒心。于是绛侯、朱虚兴兵奋怒，诛夷逆暴，尊立太宗，故能王道兴隆，光明显融，此则大臣立权之明表也。司空曹操祖父中常侍腾，与左、徐璜并作妖孽，饕餮放横，伤化虐民。

陈琳之檄文，受到孙梅的高度评价，认为是骈文议论的佳作，但从上引一段文字来看，其间非骈俪化的句子甚多，文中的偶句往往包含在散句之中，以散运骈。

西晋以下，随着骈俪化程度的加深，议事之文也更趋工整，但其间的散句仍十分常见，以散运骈、排比等句法，仍所在多有，例如郭璞《省刑疏》：

> 臣窃观陛下贞明仁恕，体之自然，天假其祚，奄有区夏，启重光于已昧，廓四祖之退武，祥灵表瑞，人鬼献谋，应天顺时，殆不尚此。然陛下即位以来，中兴之化未阐，虽躬综万机，劳逾日昃，玄泽未加于群生，声教未被乎宇宙，臣主未宁于上，黔细未辑于下，《鸿雁》之咏不兴，康衢之歌不作者，何也？杖道之情未著，而任刑之风先彰，经国之略未震，而轨物之迹屡迁。夫法令不一则人情惑，职次数改则觊觎生，官方不审则秕政作，惩劝不明则善恶浑，此有国者之所慎也。臣窃为陛下惜之。

文中从"然陛下即位以来"至"何也"，将骈句融化在散句之中，使行文顿挫起伏，"夫法令不一则人情惑"至"惩劝不明则善恶混"数句，则是颇具气势的排比，由此形成的章法，其起伏变化与论理之文的均衡性，颇为不同。

议事之文与骈俪化的矛盾，还体现在其中难以回避的"叙事"内容。章太炎明确指出，骈文不宜叙事。这里所谓的"叙事"，是指对具体事实的记叙，而非在提炼事实基础上形成的"事典"。具体的"叙事"，涉及时、地、人物、事件经过的具体介绍，很难以骈句出之。议事之文与论理之文的一大差异，就在于后者往往可以回避具体的"叙事"，仅以"事典"说理而已。

沈约为文，骈俪色彩很重，涉及具体情事的议事之文，也难以贯彻骈偶，例如其《奏弹王源》，言及王源恶行，则以散句出之。

> 臣实儒品，谬掌天宪，虽埋轮之志，无屈权右，而狐鼠微物，亦蠹大猷。风闻东海王源，嫁女与富阳满氏，源虽人品庸陋，胄实参华。曾祖雅，位登八命；祖少卿，内侍帷幄；父璿，升采储闱，亦居清显。源频叨诸府戎禁，豫班通彻，而托姻结好，唯利是求，玷辱流辈，莫斯为甚。源人身在远，辄摄媒人刘嗣之到台辩问，嗣之列称吴郡满璋之，相承云是高平旧族。宠奋胤胄，家计温足，见托为息鸾觅婚。王源见告穷尽，即索璋之簿阀。见璋之任王国侍郎，鸾又为王慈吴郡正閤主簿。源父子因共详议，判与为婚。璋之下钱五万，以为聘礼。源行丧妇，又以所聘馀直纳妾。如其所列，则与风闻符同。

可见，议事之文和骈俪存在较多矛盾之处，中古时期的议事文，特别是朝廷奏疏之文，即使在骈俪风行的环境中，也不乏以散体为主者，例如西晋阁式《上疏定班位》：

夫为国制法，勋尚仍旧，汉晋故事，惟太尉、大司马执兵，太傅、太保父兄之官，论道之职，司空司徒，掌五教九土之差。秦置丞相，总领万机。汉武之末，越以大将军统政。今国业初建，凡百未备，诸公大将，班位有差，降而竞请施置，不与典故相应，宜立制度，以为楷式。

议事与论理，在与骈文结合上的不同特点，从阮籍所写《与晋文王书荐卢播》与《答伏义书》的区别，可以看得很清楚。《与晋文王书荐卢播》意在举荐卢播，涉及具体情事，故行文时有散句：

伏惟明公公侯，皇灵诞秀，九德光被，应期作辅，论道敷化，开辟四门，延纳羽翼贤士，以赞雍熙。是以英俊之士愿排皇闼，策名委质，真荐之徒，辐辏大府；诚以邓林、昆吾、翔凤所栖；愚黎和肆，垂棘所集。伏见鄱州驾同郡卢播，年三十二，字景宣，少有才秀之异，长怀淑茂之量。眈道悦礼，仗义依仁。研精坟典，长堂睹奥。聪鉴物理，口通玄妙。贞固足以干事，忠敬足以肃朝，明断足以质疑，机密足以应权，临烦不惑，在急弥明。

《答伏义书》则是抽象的论理之作，全文皆出以工整典雅的骈对：

籍白：承音览旨，有心翰迹。夫九苍之高，迅羽不能寻其巅；四溟之深，幽鳞不能测其底；翘无毛分所能论哉！且玄云无定体，应龙不常仪；或朝济夕卷，翕忽代兴；或泥潜天飞，晨降宵升，舒体则八维不足以畅迹，促节则无间足以从容；是又瞽夫所不能瞻，琐虫所不能解也。然则弘修渊邈者，非近力所能究矣；灵变神化者，非局器所能察矣。何吾子之区区而吾真之务求乎！

可见，同一位作家，同一种体裁的创作，因其议论性质的不同，其骈俪化的程度也不同，这显然是观察骈文与说理之关系的一个有趣例证。

总的来看，议事之文可以靠骈俪增强文辞修饰，但其因实用目的而不能避免的叙事需要、因议论实事而来的曲折章法，都与骈文存在体制上的矛盾，在骈俪风行的环境中，这一矛盾可以被强势的骈俪风气所掩盖，但当骈俪受到批评和质疑的时候，人们也往往首先关注到骈文与实用性议事目的的扞格，文风的骈散变革，也往往从实用性的议事文转向散体开始。

论理与议事之文与骈俪结合的不同表现，也是理解《文心雕龙》骈文说理特色的重要背景。《文心雕龙》以骈文说理，前人有不同的评价，于景祥先生十分深入地揭示了《文心雕龙》以多样化的表达开拓骈文说理艺术的显著成就。从论理、议事两种议论体制的骈俪化背景来看，《文心雕龙》是论理之文的代表作，就其基本议论体制来讲，是上承《荀子》而以平行均衡的章法为主，其中也吸收了以散运骈、使用排比、散体叙事等议事之文的行文之法，以造成文气的流动，例如《征圣》：

夫作者曰圣，述者曰明。陶铸性情，功在上哲。夫子文章，可得而闻，则圣人之情，见乎文辞矣，先王圣教，布在方册；夫子风采，溢于格言。是以远称唐世，则焕乎为盛；近褒周代，则郁哉可从。此政化贵文之征也。郑伯入陈，以文辞为功；宋置折俎，以多文举礼。此事迹贵文之征也。褒美子产，则云言以足志，文以足言。泛论君子，则云情欲信，辞欲巧。此修身贵文之征也。然则志足而言文，情信而辞巧，乃含章之玉牒，秉文之金科矣。

这一段文字以偶对开篇，紧接着以"陶铸性情，功在上哲。夫子文章，可得而闻，则圣人之情，见乎文辞矣"打破偶对，其下"远称唐世，则焕乎为盛；近褒周代，则郁哉可从"，"情欲信，辞欲巧"又嵌入散句，但总的来看，行文仍以骈俪工稳为主，并没有发展到议事之文起伏开阖的程度，保持了论理之文均衡的骈俪之美。

综上所述，骈文是否适合说理，不可一概而论。论理之文与议事之文对骈俪不同的吸收方式，为骈文说理带来丰富的形态，而两者的差异仍然值得做更深入的思考。

魏晋写槐骈赋的骈体特征及其意象内涵解析

杨晓斌　杨沐晓

（西北师范大学文学院）

咏物骈赋中的意象，作为一种审美对象与象征符号，具有两个最基本的特征：一是与物象自身属性有关的描写与美感表现，其二是建立在前者基础之上的文化蕴涵与隐喻作用。作为意象符号，"在提供一个以它为本原的世界时，自身带有自己的意义"[1]，一定程度上它表达自己时就"在自己的行为中实现和显示自己"[2]。

"意象赖以存在的要素是象，是物象。"[3] 作为一种物象，早期人们对槐树的认识主要在其自然属性和用途方面。先秦时期槐树作为"阴树"具有社树功能，秦汉之后槐树逐渐被赋予了人文精神。到了曹魏时期，文人于槐树情有独钟，写槐骈赋初现端倪，及至两晋，写槐骈赋逐渐在句式、结构、修辞等方面不断拓展，走向成熟。槐树意象的描写与美的表现，逐渐完成了由实体物象到虚化的蜕变，发展成为独特的意象符号，随之确立了其基本的文化内涵，具有了象征和隐喻作用。本文从统计分析魏晋写槐骈赋本身之特性（句式、结构、修辞等）入手，通过审美观照来感受赋予其中的人文精神与美的表现；通过隐喻认知来解析蕴涵其中的深层次的政治的、社会的及其历史文化意义。文中所谓"写槐骈赋"，特指"以槐题赋"，即于赋题中点出槐树之"槐"字，或"题赋言槐"，虽不以槐题名但内容专写槐，两类都是内容与槐树有关之骈赋。

一、魏晋写槐骈赋的骈体特征

现存魏晋写槐骈赋共有 10 篇，其中 1 篇残阙。分类统计如下：

魏晋写槐骈赋[4] 篇目、句型类表

类型	时期	作者	篇目	句型模式
以槐题赋	曹魏	曹丕	《槐赋（并序）》	双六式
		曹植	《槐树赋》	双六式
		王粲	《槐树赋》	双六式
		傅巽	《槐树赋》	双四式
	西晋	王济	《槐树赋》	双四式、双六式
		庾儵	《大槐赋》	双四式、双六式
		嵇含	《槐香赋》	双四式、双六式、双七式
		挚虞	《槐赋》	双四式、双六式
	西凉	李暠	《槐树赋》（阙）	不详
题赋言槐	西晋	张华	《朽社赋》	双四式、双六式

[1] 米盖尔·杜夫海纳：《美学与哲学》，孙非译，中国社会科学出版社 1985 年版，第 130 页。
[2] 《美学与哲学》，第 111 页。
[3] 袁行霈：《中国诗歌艺术研究》，北京大学出版社 2009 年版，第 53 页。
[4] 此处统计皆按作品写作时间计，以严可均《全上古三代秦汉三国六朝文》（中华书局 1958 年版）为依据。

据上表统计，魏晋写槐骈赋共 10 篇，以槐题赋 9 篇，曹魏时期为同题之作；至晋，赋题不一，各有所突出；西凉李暠《槐树赋》有目无文，已佚。题赋言槐仅张华《朽社赋》一篇，虽不题名"槐"，然却以"朽"言槐社之兴衰，为藉槐抒怀之作。写槐骈赋始于魏，成于晋，在中国骈赋史上具有重要的地位。

从上表的统计分析可见，曹魏为写槐骈赋初创期，句型模式皆为齐言单联型，出句对句都为六字的双六式为主，仅一篇双四式，通篇统一整齐的句式，只在序言中有少数散句。两晋时期，句型模式有所发展，出现双四式、双六式、双七式交错的齐言复联型句式，正文亦参有部分散句，比之曹魏时期较复杂，错落有致的行文更为灵活多变，语意容量亦有所扩大。现存 9 篇文本中，骈文句式的构造则以诗体句为主，如"孤鹄徘徊，寡雀悲吟"[1]。亦参有少许骚体句与散体句，以增强其华美之风，如"开明过于八闼兮，重阴逾乎九房"[2]。

从结构形式来看，以上骈赋结构体制为起、铺、结，多以序言或始句起，正文铺衍，或反问，或慨情以结。如曹丕《槐赋（并序）》[3]，以序言"文昌殿中槐树，盛暑之时，余数游其下，美而赋之"起，正文以"托灵根于丰壤，被日月之光华"铺衍，末以"违隆暑而适体，谁谓此之不怡"结尾，行文灵活舒展，彰显其篇章结构的形式美。

刘勰《文心雕龙·丽辞》"造化赋形，支体必双；神理为用，事不孤立。夫心生文辞，运裁百略，高下相须，自然成对"[4]，强调骈文创作时，摹写对象所需的对立与对应关系。这在写槐骈赋中亦有所体现，或是自然景物，或是社会人生，皆呈对立对应法则，如上、下；殿、门；月、阳；投翼、披矜；孤鹄、寡雀；八闼、九房；夏后、唐虞；卑室、茅茨；仰瞻、俯察；祛袂、启襟等。写槐骈赋中，此类错落有致的摹写对象使得骈句构思更为精妙。

从修辞形态来看，现存 9 篇写槐文本在对仗、典事、声韵、藻饰方面皆有涉及，但因其为咏物骈赋形成期，总体上较为自由。"对仗是骈文的最基本的修辞形态。"[5]写槐骈赋在语言句法上多采用单句对，只有两句组成的对仗形式，如嵇含《槐香赋》"仰眺崇峦，俯视幽坂"[6]。在语言词法上，则有正名对，即同类事物的对仗，如曹植《槐树赋》"观朱榱以振条，据文陛而结根"[7]；异名对，即不同类事物的对仗，如曹丕《槐赋（并序）》"承文昌之邃宇，望迎风之曲阿"[8]；数字对，即运用数字作对，如王济《槐树赋》"朗明过乎八闼，重阴逾于九房"[9]。从描写角度来看，方位对较多，如挚虞《槐赋》"上拂华宇，下临修渠"[10]；人名对，如庾儵《大槐赋》"降夏后之卑室，作唐虞之茅茨"[11]。在典故方面，魏晋写槐骈赋多用事典，偶有语典，方式上则是明用与暗用兼有，如张华《朽社赋》"飨春秋之所报，应丰胙于无射"[12]。在声韵方面，仅就字面来看，魏晋时期为骈赋产生期，平仄、黏接、

---

[1] 《全上古三代秦汉三国六朝文》之《全晋文》卷三六，第 1667 页

[2] 《全上古三代秦汉三国六朝文》之《全晋文》卷七六，第 1897 页。

[3] 《全上古三代秦汉三国六朝文》之《全三国文》卷四，第 1075 页。

[4] 刘勰撰，范文澜注：《文心雕龙注》，人民文学出版社 1958 年版，第 588 页。

[5] 莫道才：《骈文通论》，齐鲁书社 2010 年版，第 88 页。

[6] 《全上古三代秦汉三国六朝文》之《全晋文》卷六五，第 1830 页。

[7] 《全上古三代秦汉三国六朝文》之《全三国文》卷一四，第 1129 页。

[8] 《全上古三代秦汉三国六朝文》之《全三国文》卷四，第 1075 页。

[9] 《全上古三代秦汉三国六朝文》之《全晋文》卷二八，第 1621 页。

[10] 《全上古三代秦汉三国六朝文》之《全晋文》卷七六，第 1897 页。

[11] 《全上古三代秦汉三国六朝文》之《全晋文》卷三六，第 1667 页。

[12] 《全上古三代秦汉三国六朝文》之《全晋文》卷五八，第 1789 页（春秋：春社、秋社，春以祈谷，秋以谢神。报：报答神灵的祭祀。《国语·鲁语上》："凡禘、郊、祖、宗、报，此五者，国之典祀也。"丰胙：丰盛的祭品。《说文解字》："胙，祭福肉也。"无射：古十二律之一。《史记·律书》："九月也，律中无射。无射者，阴气盛用事，阳气无余也，故日无射。"

声韵较为自由，如庾儵《大槐赋》"孤鹄徘徊，寡雀悲吟。清风时至，恻怆伤心"[1]。平仄对应虽不工整，但音声流畅。在藻饰方面以形态、数量藻饰为主，如：逸叶横被、流枝萧森；八闼、九房。诸如此类的修辞形态，使写槐赋内容丰富、言辞华美、行文精妙，亦是文人审美情趣的体现。

写槐骈赋在魏晋时期盛行，与当时的社会现实和文化特征密不可分。三国至两晋，除了西晋的短暂统一，大多数时间都处于分裂与战乱时期。文人多怀忧国之思，感叹时世乱离，渴望天下太平统一。槐树以其高大、繁盛形象被视为恩荫广庇，兼之"槐"喻"怀"，有怀归天下之意，喻指槐安天下。槐树崇拜在这一时期极为突出，被赋予槐安天下的政治寄寓，为统治者所推崇；同时槐树具有社树功能，为百姓所尊奉；两晋时期玄学盛行，槐树因其玄虚通灵的特点，成为文人谈玄论道的寄寓主题。

写槐骈赋在动乱不安的魏晋时期颇受文人青睐，历代踵事增华，写槐骈赋在句式、结构、修辞、章法等方面日渐成熟。槐树以其独特的形象成为文人寄托其政治情怀、玄学思想、个体意识等的载体，在魏晋骈赋中确立了其基本的文化内涵。

二、魏晋写槐骈赋中的槐树意象内涵解析

"艺术基本上是一种'情感表现'的概念。"[2]作家通过文本来表现自己的情感，进而反映社会生活。魏晋写槐骈赋，既是文人情感的依托，又是文人世相的反映。赋中塑造的槐树意象是"融入主观情感的客观物象，或者是借助客观物象表现出来的主观情意"[3]。意象主要是借助物象进行思考与表达，这是其营造的基础与最初的依据。在魏晋诗文中，槐树具有高大、神秘、独具个性的形象，"槐"喻"怀"，有怀归、怀仙、怀思之意，因此常被借用来表达和寄托自己的政治的、社会的、个人的思想与情怀。综观现存9篇魏晋写槐骈赋中的槐树意象，主要有三个层次的象征意蕴与文化内涵。

（一）大槐安国的政治寄寓

古代有"三公面三槐"的说法，民间也有"手植三槐"便可恩荫泽被之说。《周礼·秋官司寇·朝士》："朝士掌建邦外朝之法。左九棘，孤卿大夫位焉，群士在其后；右九棘，公侯伯子男位焉，群吏在其后；面三槐，三公位焉，州长众庶在其后。"[4]槐树是三公宰辅之位的象征。周代宫廷外植有三棵槐树，三公朝见天子时，面向三槐而立，因此以三槐喻指三公。三公乃太师、太傅、太保，是周代三种最高官职的合称，后世也指朝中高位。"三槐"、"九棘"原是周代朝廷种三槐、九棘，公卿大夫分坐其下，以定三公九卿之位次。后世承此说，以三槐九棘喻指三公九卿。

延续古之"槐殿"说，三国时期魏都文昌宫前植有槐树，以其高大、繁茂被世人所传颂，槐树形成了独具帝都特色的景观与文化，在诗文中深得文人青睐。曹植《魏德论》说"武帝执政日，白鹊集于庭槐"，借文昌殿前槐树广集白鹊，来赞颂曹操广纳天下才俊之意，也有借槐以喻魏武帝怀归天下之心。

曹魏邺下文学集团同题之作较多，此类同题赋作表达的内涵较为集中，尤以咏槐赋较为明显。曹丕以《槐赋》开写槐骈赋之先，而后曹植、王粲相继作《槐树赋》唱和，侧重表达槐安天下的政治寄寓。

曹丕《槐赋（并序）》：

文昌殿中槐树，盛暑之时，余数游其下，美而赋之。王粲直登贤门，小阁外亦有槐树，

[1] 《全上古三代秦汉三国六朝文》之《全晋文》卷三六，第1668页。

[2] [美]H·G·布洛克：《美学新解》，滕守尧译，辽宁人民文学出版社1987年版，第125页。

[3] 《中国诗歌艺术研究》，第54页。

[4] 贾公彦等：《周礼注疏》卷三五，上海古籍出版社1997年版，影印阮元《十三经注疏》本，第877页。

乃就使赋曰：

> 有大邦之美树，惟令质之可嘉。托灵根于丰壤，被日月之光华。周长廊而开趾，夹通门而骈罗。承文昌之邃宇，望迎风之曲阿。修干纷其溁错，绿叶萋而重阴。上幽蔼而云覆，下茎立而攫心。伊暮春之既替，即首夏之初期，鸿雁游而送节，凯风翔而迎时。天清和而温润，气恬淡以安治。违隆暑而适体，谁谓此之不怡。[1]

曹植《槐树赋》：

> 美良木之华丽，爰获贵于至尊；凭文昌之华殿，森列峙乎端门。观朱榱以振条，据文陛而结根，扬沈阴以溥覆，似明后之垂恩。在季春以初茂，践朱夏而乃繁。覆阳精之炎景，散流耀以增鲜。[2]

王粲《槐树赋》：

> 惟中堂之奇树，禀天然之淑资；超畴亩而登植，作阶庭之华晖。既立本于殿省，植根柢其弘深；鸟愿栖而投翼，人望庇而披衿。[3]

这三篇赋都赞及文昌殿前槐树，为同题共赋之作，通篇双六式对仗。三篇咏槐赋均突出帝王殿前槐树形象，曹丕赋中彰显"大邦美树"之势，长于丰壤，滋于日月，承文昌之光辉，修干蒙阴，上下通合，国家清和，安治舒怡；曹植赋中表现"良木尊华"之容，槐承华殿之恩，森列端门，结根振枝，扬阴覆叶，恩垂天下；王粲赋中颂赞"中堂奇树"之德，禀天然淑资，扬华辉于阶庭，立根之弘深，百鸟朝圣，众望所归。

此类赋作都借描写文昌殿前槐树高大宏伟、飞鸟云集，一方面象征人间天子的威严，另一方面又以槐树的高大与自然之天、上帝之天相比拟。槐树呈现得郁郁葱葱的气象，被赋予荫蔽功能，象征蒙天子恩荫。其旨在歌颂执政者魏王曹操的威严、高大的形象及其恩德广被。此后，何晏《景福殿赋》、左思《魏都赋》中都写到文昌殿前槐树，借以赞颂曹魏政权，表达槐安天下之意。

晋王济《槐树赋》中说槐树"鼓柯命风，振叶致凉。朗明过乎八闼，重阴逾于九房"[4]，也赞槐荫广庇。挚虞《槐赋》援用此句"鼓柯命风，振叶致凉。开明过于八闼兮，重阴逾乎九房"[5]，仅改动四字，再次重申恩荫广庇，可见出时人对槐荫泽被之重视。挚虞《槐赋》"乐双游之黄鹂，嘉别鸷之王雎；春栖教农之鸠，夏憩反哺之鸟"[6]，则强调了浓荫可以广招天下，以喻德怀远人之意。

三国至晋初，在动乱的社会背景下，槐树成为渴望国家统一、祈求天下归心、"槐安天下"的寄托。文人多借"槐庭赞政"以表国家安定的祈愿，同时也蕴含着对当权者的颂赞。

（二）槐社安民的心理寄托

在魏晋写槐骈赋中，槐树除了蕴含有对国家的寄托，也有槐社安民的象征意蕴。古人对槐树怀有崇敬之感，尤以槐树的社树功能最为明显。先秦时期槐树作为阴树，具有社树功能。社，古代指土地神，并且是祭祀的地方，有春社、秋社、社日、社稷等不同的时节和祭礼。有社的地方，一定广植树木。

---

[1] 《全上古三代秦汉三国六朝文》之《全三国文》卷四，第1075页。
[2] 《全上古三代秦汉三国六朝文》之《全三国文》卷一四，第1129页。
[3] 《全上古三代秦汉三国六朝文》之《全后汉文》卷九〇，第960页。
[4] 《全上古三代秦汉三国六朝文》之《全晋文》卷二八，第1621页。
[5] 《全上古三代秦汉三国六朝文》之《全晋文》卷七六，第1897页。
[6] 《全上古三代秦汉三国六朝文》之《全晋文》卷七六，第1897页。

《白虎通·社稷》："《尚书》曰：'太社唯松，东社唯柏，南社唯梓，西社唯栗，北社唯槐。'"[1]槐树具有社树功能，为人们所崇敬。魏晋时期延续这一文化，在动荡不安的社会环境下，槐树成为人们祈福平安的心理寄托。

在魏晋写槐骈赋中，有诸多地方写到"槐社"、"槐荫"等，甚至还有专文赞颂槐树的社树功能。其中以张华《朽社赋》最为典型：

> 高柏桥南大道傍，有古社槐树，盖数百年木也。余少居近之，后去，行路遇之，则已朽。意有缅然，辄为之赋，因以言衰盛之理云尔。
>
> 伊兹槐之挺植，于京路之东隅。得托尊于田主，据爽垲以高居。垂重阴于道周，临大路之通衢。缘春秋之所报，应丰祚于无射。历汉京之康乐，逾丧乱之横逆。朱夏当阳，蓊蔼萧森。征夫云会，行旅归心。辎轩停盖，轻舆托阴。吉人向风而祛袂，王孙清啸而启襟。晞甘棠之广覆，褊乔木之无阴。[2]

张华此赋借缅怀槐社言盛衰之理。赋中回顾槐树的历史，从初被重视，历经数朝，到如今的衰落，槐树在数百年内历经沧桑。"朱夏当阳，蓊蔼萧森。征夫云会，行旅归心。辎轩停盖，轻舆托阴"，重在描写槐树高大繁盛庇荫众人，同时也寄托行旅者怀归之思，槐社是人们"槐安"心理之寄寓。

赋中亦不乏规谏之意。题目突出"朽"、序言亦强调"朽"，并直言衰盛之理，而赋中重在铺排槐社繁盛之势。作者怀着缅然之情回望槐社百年沧桑，更多的是对槐社安民心的尊崇。其以"缘春秋之所报，应丰祚于无射"一句，回顾春社祭谷、秋社谢神的繁盛景象，与如今衰朽光景形成强烈对比，突出"朽"为槐社之朽，亦是国家之朽。在兴衰之变的论述中，寄托的是槐荫泽被的期盼，以求槐社安民之世。就当时动乱的社会背景而言，亦是对槐安天下政治理想的向往，规谏之意不言而喻。

槐树作为社树，为人们所尊奉，它既是百姓祈福平安的心理依托，也是乱世文人表达"槐社安民"的思想文化慰藉。

（三）槐仙之道的玄学意蕴

《太清草木方》中载："槐者，虚星之精也。以十月上巳取子服之，好颜色，长生通神。"[3]《淮南子》中说："老槐生火，久血为磷，人弗怪也。"[4]民间流传着槐树与仙人相通，食槐子可成仙的说法。槐树具有神秘性，古人以为怪异。在玄学盛行的两晋时期，受道教文化与佛教文化影响，人们多以槐树寄托"槐仙之道"的玄学意蕴。即使魏晋之后，人们也延续此说，多以槐树意象作为谈玄论道、参佛悟道的手段与形象。如王融《游仙诗》有"习道遍槐岷，追仙度瑶碣"[5]之说，沈炯《建除诗》"除庭发槐柳，冠剑似神仙"[6]，形容槐树形貌似神仙，槐树在一定程度上被赋予通仙、通灵的神秘思想。

魏晋好玄学之风，"玄学以其崇尚虚无的本质特征，正好给士大夫们提供了精神解脱的良方，以及实现心理平衡的支撑点"[7]。诸多诗文中论及玄言、玄理往往与槐树相关，槐树意象在一定程度上成为文人谈玄论道的形象载体，或言天人相应，或论虚心实腹，或以槐树言修身，也有以槐论乘天地之正、御六气之辩，以游无穷……其中以"槐仙坐化"与"槐阴恩泽"最为突出。庾儵为代表的两

[1] 班固：《白虎通义》，台湾商务印书馆，影印文渊阁《四库全书》本，第 850 册，第 12 页。

[2] 《全上古三代秦汉三国六朝文》之《全晋文》卷五八，第 1789 页。

[3] 徐坚等：《初学记》，中华书局 2004 年版，第 689 页。

[4] 刘安：《淮南子·泛论训》，上海古籍出版社 1989 年版，第 149 页。

[5] 逯钦立：《先秦两汉魏晋南北朝诗》之《齐诗》卷二，中华书局 1983 年版，第 1398 页。

[6] 《先秦两汉魏晋南北朝诗》之《陈诗》卷一，第 2446 页。

[7] 徐公持：《魏晋文学史》，人民文学出版社 1999 年版，第 455 页。

晋文人多有佳作言及槐树的玄通之意，借助槐树意象来抒写其玄学意蕴。

庾儵《大槐赋》：

> 余去许都，将归洛京，舍于嵩岳之下，而植斯树焉，遂作赋曰：
>
>> 有殊世之奇树，生中岳之重阿。承苍昊之纯气，吸后土之柔嘉。若夫赤松王乔冯夷之伦，逍遥茂荫，濯缨其滨。望轻霞而增举，垂高畅之清尘。若其含真抱朴，旷世所希。降夏后之卑室，作唐虞之茅茨。洁昭俭以骄奢，成三王之懿资。故能著英声于来世，超群侣而垂晖。仰瞻重干，俯察其阴。逸叶横被，流枝萧森。下覆露沼，上蔽高岑。孤鹄徘徊，寡雀悲吟。清风时至，恻怆伤心。将骋轸以轻运，安久留而涕淫。[1]

庾儵《大槐赋》以"殊世"、"奇树"赞槐，赋中极尽浓墨描写槐之奇，其生长承苍昊纯气，吸后土柔嘉，故而茂荫逍遥，枝叶萧森，上下玄通，恩荫广泽，强调槐树旷世所希之势。此赋多用典事，征引玄学事例与槐树相比拟，以论其玄虚之态。"若夫赤松王乔冯夷之伦，逍遥茂荫，濯缨其滨"，类举赤松、王乔、冯夷诸仙修行的经历，类比槐仙之道。"望轻霞而增举，重高畅之清尘。若其含真抱朴，旷世所稀"，一赞槐树品性之高洁，一引《老子》观点，以论槐树之奇。其中"降夏后之卑室，作唐虞之茅茨。洁昭俭以骄奢，成三王之懿资。故能著英声于来世，超群侣而垂晖"，把槐树与三皇相比拟，赋予槐树神圣色彩，以赞其恩荫庇世。

此赋尤以"下覆灵沼，上蔽高岑"两句最为独特，上下都以槐荫来沟通，世人与神仙可通过槐荫来参悟，从而将槐树与仙境相联系，强调槐树的玄异通神。赋末连用孤鹄、寡雀、恻怆、涕淫这类词语铺排表现内心的情绪，是个体自我意识的抒发。《大槐赋》对槐树玄学意蕴独特的书写，成为槐树意象符号喻指"槐仙之道"的代表作。

在魏晋南北朝玄学风气的影响下，槐树意象在一定程度上成为谈玄论道或表现游仙修道的题材或载体，是槐仙之道的寄托。文人多借助"槐荫悟道"来阐发玄学意蕴，表现槐树意象的玄虚之美。

"文艺到了最高的境界，从理智方面说，对于人生世相必有深广的观照与彻底的了解。"[2]在时世离乱的魏晋时期，文人多有忧国忧民之思，借写槐骈赋以抒发槐安天下、槐社安民的家国情怀；在谈玄好佛的时代风气下，借写槐骈赋阐发玄言佛理、谈玄论道。槐树意象叙写了魏晋时期的大千世界和文人世相。透过槐树意象符号，我们可反观魏晋写槐骈赋的审美追求，也可以解析其中多层次的文化内涵。

---

[1]　《全上古三代秦汉三国六朝文》之《全晋文》卷三六，第1667—1668页。

[2]　朱光潜：《谈文学》，广西师范大学出版社2004年版，第5页。

论梁季江陵政治骈文的文学性书写

钟　涛

（中国传媒大学文学院）

梁代文章创作宏富，就数量来说，居南朝之冠。[1] 这些文章中骈文的数量，尚未有精确的统计，但应当不在少数。本文将关注点放在梁季江陵，从时间和空间上加以限制，冀以筛选出具体明确的研究对象。梁季江陵的骈文写作，几乎全是围绕当时政坛大事，与当时国家的政治形势密切相关，将骈文的政治功能和文学特征表现得淋漓尽致。本文试图结合梁季江陵骈文的写作背景、目的和内容，分析这些骈文的文学书写形式，并以此为案例，探讨骈文的应用功能和审美功能的融通。

一

"梁季之祸，巨寇凭垒。"[2] 梁代末年社会动荡，从梁武帝太清二年（548）八月侯景之乱至梁敬帝太平二年（557）十月陈霸先代梁，持续了近十年。湘东王萧绎早在普通七年（526），就曾出任荆州刺史，都督荆、湘、郢、益、宁、南梁六州诸军事，控制长江中上游。太清元年（547）再次出镇江陵，随后京师很快陷入政治动荡，江陵暂时成为一片安定之地。在后来的政治争斗中，萧绎剿灭了侯景的叛乱，萧誉、萧詧、萧续、萧纪等先后败亡，萧绎正式称帝。太清二年至承圣三年，正是由于萧绎的号召力和政治地位，江陵逐渐成为士人的归属和集中地，仅承圣三年江陵陷落时被西魏掠至长安的士人就有数十人。著名文人如庾信、王褒等都曾先后是江陵萧绎文人集团的一员。江陵文人集团既包括萧绎及一直追随在他左右的文人，也包括如庾信这样侯景之乱后从建康等地逃归江陵的文人，以及如沈炯这样曾在王僧辩等幕府的文人。梁季江陵政治骈文指的是太清二年至承圣三年（554）江陵萧绎集团所作与当时政治事件密切相关的骈文。另外，徐陵等人虽不是江陵文人集团的一员，但其在邺中所上的《劝进梁元帝表》与江陵政治密切相关，也可算是江陵政治骈文的一部分。粗略统计，今存太清二年至承圣三年江陵萧绎集团所作文章三十余题，这些文章基本上都是当时重大政治活动的产物。据严可均所辑《全梁文》和《全陈文》，剔除其中残存的散体或骈体残句，比较完整的骈文二十余篇。

---

[1]　严可均辑《全宋文》六十四卷，《全齐文》二十六卷、《全梁文》七十四卷，《全陈文》十八卷，严辑虽有漏辑、误编等情况，但南朝宋、齐、梁、陈四代的文章，数量上应以梁代为最多。

[2]　姚思濂：《梁书》，中华书局1973年版，第136页。

篇名	作者	年代	背景事件
劝进相国笺		大宝元年	《梁书·元帝纪》：十一月甲子，南平王恪、侍中临川大款……等府州国一千人奉笺。
答南平王恪等劝进令	萧绎	同上	《梁书·元帝纪》：世祖令答。
高祖武皇帝谥议	萧绎		《梁书·武帝纪》（太清三年）冬十一月。追赠为武皇帝，庙号高祖。
与诸蕃令	萧绎	同上	
为王僧辩等劝进梁元帝初表	沈炯	大宝二年	1.《梁书·元帝纪》卷五：冬十月辛丑朔，有紫云如车盖，临江陵城。是月太祖崩。侍中、征东将军、开府仪同三司、江州刺史、尚书令、长宁县侯王僧辩等奉表。 2.《陈书·沈炯传》：僧辩羽檄军书，皆出其手。上表江陵劝进，僧辩令炯制表，其文甚工，当时莫有逮者。
答王僧辩等劝进令	萧绎	同上	《梁书·元帝纪》：世祖奉讳，大临三日，百官缟素。乃答曰……
为王僧辩等劝进梁元帝第二表	沈炯	同上	《梁书·元帝纪》：十一月乙亥，王僧辩又奉表。
又答劝进令	萧绎	同上	《梁书·元帝纪》：世祖答曰……
下断劝进表奏令	萧绎	同上	《梁书·元帝纪》：是时巨寇尚存，未欲即位，而四方表劝，前后相属，乃下令曰……
耕种令	萧绎	大宝三年	《梁书·元帝纪》正月甲戌，世祖下令曰……
驰檄告四方	萧绎	同上	《梁书·元帝纪》：二月，王僧辩与众军发至寻阳。世祖驰檄告四方。
为王僧辩等劝进梁元帝第三表	沈炯	同上	《梁书·元帝纪》：三月，王僧辩等平侯景，传其首于江陵。戊子，以贼平告明堂、太社。己丑，王僧辩等又奉表。
为王僧辩与陈武帝盟文	沈炯	同上	《陈书·沈炯传》：高祖南下，与僧辩会于白茅湾，登坛设盟，炯为其文。
又答王僧辩等劝进令	萧绎	同上	《梁书·元帝纪》：相国答曰……辛卯，宣猛将军朱买臣密害豫章嗣王栋，及其二弟桥、樛，世祖志也。
解严令	萧绎	同上	《梁书·元帝纪》：四月乙巳……武陵王纪窃位于蜀，改号天正元年。世祖遣……拜谒莹陵，复修社庙。丁巳，世祖令曰……
赦令	萧绎	同上	《梁书·元帝纪》：五月……斩贼左仆射王伟……于江陵，是日，世祖令曰……
劝进梁元帝表	徐陵	同上	《梁书·元帝纪》八月萧纪率巴蜀大军连舟东下，遣护军使陆法和屯巴峡以拒之。兼通直散骑侍郎，聘魏使徐陵于邺奉表。
即位改元诏	萧绎	承圣元年（大宝三年）	《梁书·元帝纪》：承圣元年冬十一月丙子，世祖即皇帝位于江陵。
劝农诏	萧绎	承圣二年	《梁书·元帝纪》：三月庚午诏曰……
将归建业先遣军东下诏	萧绎	同上	《梁书·元帝纪》：八月戊戌，尉迟迥陷益州。庚子，诏曰……
加王僧辩太尉车骑大将军诏	萧绎	承圣三年	《梁书·王僧辩传》：齐祖高洋遣郭元建率众……将谋建业……僧辩率众军振旅于建业。承圣三年三月甲辰，诏曰……
别敕王僧辩	萧绎	承圣三年	《梁书·王僧辩传》：其年十月，西魏相宇文黑泰遣兵及岳阳王众合五万，将袭江陵，世祖遣主书李膺征僧辩于建业，为大都督、扬州刺史。别敕僧辩云。

上表所列各文中李兆洛《骈体文钞》选五题：萧绎《次建业诏》（《将归建业先遣军东下诏》）、《课耕令》（《耕种令》），沈炯《劝进梁元帝第二表》、《劝进梁元帝第三表》，徐陵《劝进梁元帝表》。这五篇分列于"诏书"、"教令"、"劝进"三类，均属"庙堂之制，奏进之篇"。其余《骈体文钞》未录之文，性质亦相近，均为施用于庙堂之上的政治性骈体公牍文。

二

今存梁季江陵骈文中，最集中的主题就是劝进萧绎和萧绎的答劝进。劝进和答劝进，是魏晋南北朝政治中十分普遍的现象，但萧绎在江陵登基之前，由于他的处境特殊，政治形势复杂而微妙，这些劝进文和答劝进文的立意角度和写作方式也就呈现出与一般易代之际禅授劝进文字不同的特点。

在这些劝进表中，以大宝元年十一月南平王萧恪等人所上为最早。太清三年三月，侯景攻陷京师；五月，梁武帝萧衍崩，侯景立萧纲为帝。朝廷陷贼，萧氏诸王却忙于内斗。同年六月开始，萧绎先后征讨河东王萧誉、岳阳王萧詧。第二年朝廷改元大宝，而"世祖犹称太清四年"[1]。萧绎以诸藩王之首以自居，而对身处侯景控制的新帝萧纲，则是观望的态度。在这种背景下，萧恪等人上表，冀萧绎"进位相国，总百揆，竹使符一，别准恒仪。仗金斧以鹬逆暴，乘玉辂而定社稷"。萧绎答表中虽称"鲸鲵未翦，寤寐痛心"，"率此小宰，弘斯大德"，"瞻言前典，再怀哽恶"，但还是接受了劝进，进位相国。

大宝二年十月简文帝萧纲被害后，政治情势与大宝元年已有所不同。沈炯为王僧辩所拟的三劝进表，劝进的目的和立论的角度都集中在早登大位，国不可一日无主上。大宝二年冬十月，萧纲为侯景所害，王僧辩等上表劝进，以为"黔首岂可少选无君，宗祀岂可一日无主"，萧绎答表则以侯景未灭相推辞。同年十一月，王僧辩又奉表以"赤县无主，百灵耸动"相劝，以为"国耻家怨，计期就雪，社稷不坠，繁在圣明。今也何时，而申帝启之避，凶危若此，方陈泰伯之辞"，萧绎仍未欲即位，答表称"孤遭家多难，大耻未雪，国贼则蚩尤弗剪，同姓则有扈不宾，卧而思之，坐以待旦，何以应宝历，何以嗣龙图。庶一戎既定，罪人斯得，祀夏配天，方申来议也"。大宝三年三月，侯景之乱得平，王僧辩等再次奉表劝进。萧绎答以"淮海长鲸，虽云授首；襄阳短狐，未全革面"。侯景虽灭，他登上帝位的障碍还有兄弟子侄。就在同月，在萧绎的授意下，豫章嗣王萧栋及其二弟桥、㟧被害。同年四月武陵王萧纪在蜀称帝，改号天正元年。萧绎遣使拜谒陵茔，修复社庙，但对群臣的拜表上尊号，仍固让不受。聘魏使徐陵于邺中上表劝进：

> 伏愿陛下因百姓之心，拯万邦之命。岂可逡巡固让，方求石户之农；高谢君临，徒引箕山之客！未知上德之不德，惟见圣人之不仁。率士翘翘，苍生何望！昔苏季、张仪，违乡负俗，尚复招三方以事赵，请六国以尊秦。况臣等显奉皇华，亲承朝命，珪璋特达，通聘河阳，貂珥雍容，寻盟漳水，加牢贬馆，随势污隆，瞻望乡关，诚均休戚。但轻生不造，命与时乖。忝一介之行人，同三危之远摈。承闲内殿，事绝耿弇之恩；封奏边城，私等刘琨之哭。

萧绎是否有表答徐陵不得而知。这之后，王公卿士复劝上尊号，萧绎谦让未许，表三上，乃从之。

萧绎在梁末宗室诸王中，最具实力和声望，在侯景之乱中又身处江陵，占有地理和政治上的优势，成为稳定动荡局势的希望，故而"四方表劝，前后相属"。两晋之际，在中原抗敌的刘琨、遣温峤等向司马睿上表劝进，表文慷慨陈词，激昂恳切，忠心报国、决意复仇之情贯穿全文，被认为是"正大光明，固是伟作"，"诚心所及，乃为高文"，[2] "文致耿介，并陈事之美表也"[3]。梁季动荡的政治形势，与西晋末年颇有相似之处，萧绎在外敌入侵、诸王争权的政治斗争中，相对说来也是众望所归。劝进萧绎，与一般易代之际，强臣掌国的情势下，其僚属群下在"九赐"、"禅让"的过程中，上表劝进，

---

[1] 姚思濂：《梁书》，中华书局1973年版，第114页。

[2] 李兆洛：《骈体文钞》，李兆洛、谭献评语，岳麓书社1992年版，第239页。

[3] 刘勰著，范文澜注：《文心雕龙》，中华书局1958年版，第407页。

为改朝换代做舆论准备还是有所不同的。今存的劝进萧绎诸文，虽然也旨在显示他上合天意，下称民望，但并不以歌功颂德为主，而是以时事之艰、国家之需相劝。不以表功业、述祥瑞为中心，而是陈述时事，强调危急存亡之秋，颇有家国危亡之叹。萧绎禀性猜忌，喜矫饰，又暗藏私心。他对群下的反复劝进，一直以谦退答之。固然，把持朝政的重臣在夺取皇权之前，接受劝进时都有这种装模作样的套路，但在萧绎这里也不完全是一种礼节性的虚伪应答，而是具有其现实的政治考量。太清二年侯景之乱后，萧绎无论是坐观国祸还是发兵勤王，翦除兄弟还是消灭子侄，最终目的都是为自己登基扫除障碍。到他觉得障碍尽除，可以称帝时，才接受劝进称帝。但此时梁州、益州已并入西魏，襄阳也在西魏控制之中，江陵形势十分孤立。江陵城陷落，萧绎被俘遇害的命运已不可避免。联系这些历史背景来看大宝年间的江陵政局和劝进、答劝进诸文，真有"文章可觇世运"[1]之感。

除了劝进与答劝进，今存的其他江陵骈文也主要是出于萧绎之手的诏令。驰檄遣军，即位改元，劝农课耕，褒赠功臣，围绕的都是当时最重要的政治活动。与劝进表令一样，都是政治公牍文。这些作品，对我们理解政治活动中的文学性写作、骈文与政治的关系、政治骈文具有的文学特征等，都具有典型性和启发意义。

三

梁季江陵政治骈文采用了一种具有文学性的书写方式，不仅仅是因为它使用了骈辞俪句，具有骈体文的外在形式特征，而且它在更深层次和文学用语言来塑造形象这种审美意识形态具有内在相通之处。文学以语言文字为媒介和手段塑造艺术形象，反映现实生活，表现人们的精神世界，通过审美形式发挥其多方面的社会作用。审美性并不是江陵政治骈文创作的目的和价值所在，但这些文章的作者，为实现其应用价值，采用了文学审美的形式写作，力图通过具有审美性的文章艺术来达到政治公牍文的实用目的。

刘勰认为表"必雅义以扇其风，清文以驰其丽。然恳恻者辞为心使，浮侈者情为文使。繁约得正，华实相胜，唇吻不滞，则中律矣"[2]。章表之文，以对扬王庭、昭明心曲、说理陈事为用，但仍然要附乎性情，经纬情辞，文为情使。刘勰的这个看法表明在古代"杂文学"的观念之下，公牍应用文也具有文学性的要求。梁季政治骈文中大多表现出强烈而真切的情感精神，这是其具有文学意义的重要方面。如沈炯的《劝进梁元帝第二表》中有云：

> 日者，公卿失驭，祸缠霄极，侯景凭陵，奸臣互起，率戎伐颖，无处不然，劝明诛晋，侧足皆尔。刁斗夜鸣，烽火相照。中朝人士，相顾衔悲；凉州义徒，东望殒涕，慄慄黔首，将欲安归！陛下英略纬天，沉明内断，横剑泣血，枕戈尝胆，农山圮下之策，金匮玉鼎之谋，莫不定算戾帷，决胜千里。击灵鼍之鼓，而建翠华之旗，驱六州之兵，而总九伯之伐，四方虽虞，一战以霸。斩其鲸鲵，既章大戮，何校灭耳，莫匪奸回，史不绝书，府无虚月。自洞庭安波，彭蠡底定，文昭武穆，芳若椒兰，敌国降城，和如亲戚，九服同谋，百道俱进，国耻家怨，计期就雪，社稷不坠，翙在圣明。今也何时，而申帝启之避，凶危若此，方陈泰伯之辞。国有具臣，谁敢奉诏。天下者高祖之天下，陛下者万国之欢心，万国岂可无君，高祖岂可废祀。即日五星夜聚，八风通吹，云烟纷郁，日月光华，百官象物而动，军政不戒而备。飞舻巨舰，竟水浮川；铁马银鞍，陵山跨谷。英杰接踵，忠勇相顾，湛宗族以酬恩，焚妻子以报主。莫

---

[1] 李兆洛：《骈体文钞》，谭献评语，岳麓书社 1992 年版，第 243 页。

[2] 刘勰著，范文澜注：《文心雕龙》，中华书局 1958 年版，第 408 页。

不覆盾衔威，提斧击众，风飞电耀、志灭凶丑。所待陛下昭告后土，虔奉上帝，广发明诏，师出以名，五行夕返，六军晓进，便当尽司寇之威，穷蚩尤之伐，执石赵而求玺，斩姚秦而取钟，修扫茔陵，奉迎宗庙。陛下岂得不仰存国计，俯从民请。

沈炯虽是为王僧辩代言，但书写的既有个体体验，也有时代共同情感。侯景之祸中士人的悲惨彷徨，无所依归之情，写得很真实。对萧绎才略功业虽有夸大之辞，也在属臣的情理之中。行文的基调则显得情感浓烈，声情勃发，激越恳切。以陈达情事为目的上表，如诸葛亮《出师表》、李密《陈情表》之类，是臣子个体向皇上表明心迹，个性化私人性特色明显，虽为应用文，却在一定程度能直抒胸臆。劝进表之类，往往是代百官立言，个人色彩要淡得多，抒发情感也往往会比较程式化。但沈炯亲历梁季动乱，"遭乱执节，濒死幸生。梁元进讨，贼景东奔，可冀苟安，犹不免杀妻子、屠昆季，非张俭之亡命，类李陵之无家，悲哉一生，不复望振"[1]。进表时沈炯身处王僧辩军中，忧虑国家无主，在为国家宗庙计的宏大叙事中，融入了时代的痛苦和自身的忧国忧民之情，故而表文写得"悲深迫蹙甚于越石"[2]。张溥说他"劝进三表，长声慷慨，绝近刘越石；陈情辛宛，又有李令伯风"[3]。正是看到其骈体公文具有的强烈抒情特征。具有个性化特征的抒情，并不是公牍应用文的题中应有之义，而是文学抒情手段的借用。

江陵政治骈文中的许多作品，都突破了公牍文以实用为尚的局限，注重形象化描写，这也是其文学性书写的一个重要方面。如萧绎《耕种令》：

> 军国多虞，戎旃未静，青领虽炽，黔首宜安。时惟星鸟，表年祥于东秩；春纪宿龙，歌岁取于南畯。况三农务业，尚看天桃敷水；四人有令，犹及落杏飞花。化俗移风，常在所急；劝耕且战，弥须自许。岂直燕垂寒谷，积黍自温，宁可堕此玄苗，坐飡红粒，不植燕领，空候蝉鸣。可悉深耕概种，安堵复业，无弃民力，并分地利。班勒州郡，咸使遵承。

令文为劝农而作。文中直白的说理议论之句并不多，而颇有叙述描写之辞。谭献评其"华辞尚以意运"[4]。齐梁公牍文中，常用如"天桃敷水"、"落杏飞花"这类十分形象的描写性"华辞"。同为劝农的王融《天监九年策秀才文》中，"将使杏花菖叶，耕获不愆；清畎泠风，述遵无废"就一向为人所称道。梁季政治骈文的形象性，不只是体现在这种对自然风光的描写，而是文章整体给人形象生动之感。如前文所引沈炯《劝进梁元帝第二表》中一大段都有这个特点。再如萧绎《驰檄告四方》中写己方军势之盛：

> 雷震风骇，直指建业。按剑而叱，江水为之倒流；抽戈而挥，皎日为之退舍。方驾长驱，百道俱入，夷山殄谷，充原蔽野。挟辀曳牛之侣，拔距磓石之夫，骑则逐日追风，弓则吟猿落雁。捧昆仑而压卵，倾渤海而灌荧。如驷马之载鸿毛，若奔牛之触鲁缟。以此众战，谁能御之！

夸张性的描写，十分生动形象。今存梁季江陵骈文的作者，大多同时也是诗人和赋家，他们将诗的抒情特点和赋的描写手法融入政治骈文的写作中，使这些公牍应用文也有了审美意义和文学价值。

---

[1] 张溥著，殷孟伦注：《汉魏六朝百三家集题辞注》，中华书局 2007 年版，第 337 页。

[2] 李兆洛：《骈体文钞》，谭献评语，岳麓书社 1992 年版，第 242 页。

[3] 张溥著，殷孟伦注：《汉魏六朝百三家集题辞注》，中华书局 2007 年版，第 337 页。

[4] 李兆洛：《骈体文钞》，岳麓书社 1992 年版，第 152 页。

四

梁季江陵骈文的文学性书写，还表现在具体艺术技巧和艺术风格上。许梿评萧绎《答王僧辩等劝进令》（《答群下劝进令》）说："元帝性好矫饰……狡人好语，固不足信……引古立案，构思精而撰语峭。"[1] 许梿对文章的内容和表达的情感持否定态度，但他从修辞、构思、用语等方面概括出的艺术特点，却可以说在梁季政治骈文写作中具有共性。"引古立案"，指的是使典用事，具有比喻与象征的作用，是一种曲折的文学表达方式。古人所谓构思，不是一般意义上的谋篇布局，而涉及创作过程中所进行的思维活动，许梿所谓"构思精"，既是篇章的精心结撰布局，也有文学性的艺术构思之意。"撰语峭" 是许梿对萧绎《答王僧辩等劝进令》语言风格特征的概括。梁季政治骈文语言风格或峭拔，或高朗，或隽逸，或华赡……，虽各有不同，但大都有不同于一般非文学文献的语言特点，体现出有意识的艺术追求和不同于日常语言的陌生化艺术效果。如《答王僧辩等劝进令》：

> 孤以不德，天降之灾，枕戈饮胆，扣心泣血。风树之酷，万始不追；霜露之哀，百忧总萃。甫闻伯升之祸，弥切仲谋之悲。若封豕既歼，长蛇即戮，方欲追延陵之逸轨，继子臧之高让，岂资秋亭之坛，安事繁阳之石。侯景，项籍也；萧栋，殷辛也。赤泉未赏，刘邦尚曰汉王；白旗弗悬，周发犹称太子。飞龙之位，孰谓可跻；附凤之徒，既闻来议。群公卿士，其谕孤之志，无忽！

这是萧纲被侯景所害后，王僧辩等奉表劝进，萧绎的答辞。萧绎在之前出于私心，救援京师建康未尽全力，忍看父兄身陷贼手，先后遇害。此刻虽仍有政治权势的考量，但他心中的悲痛应是真实的。他抒写自己听闻简文帝遇害后的悲痛，用了汉光武帝刘秀之兄刘伯升和吴大帝孙权之兄孙策遇害事；表达自己谦退之心，则用吴公子季札及曹国子臧让国的故事。将侯景比作项羽，萧栋比作商纣王；自比尚称汉王的刘邦和还没伐商的姬发，委婉曲折地表达了自己的政治态度和目标。除这些明显引古的事典外，截取旧典语词亦复不少。萧绎构思的精妙在于将复杂的心情和政治的考量算计，如剥笋抽丝，层层写出。文辞顿挫宕荡，简劲峭拔。无论其情之真伪，都不能不承认其具有精微之思，渊雅之辞，情旨内包，秀采外溢。

梁季江陵的骈文存世虽不多，但却很典型地折射出大多数骈文（不包括赋）的创作性质。骈体文章与诗、赋等文学文体不同，而是适用于公私各种场合的作品，大多具有应用文性质，而非纯粹的文学写作，但即便应用在政治场合，具有最直接实用目的的公牍文，也是采用了一种文学书写方式。优秀的骈文，不同于一般文献，而能在文学史上占有一席之地，是因为它们不仅具有实用功能，更具有审美特征。骈文应用文固然多数不是纯粹的审美文学作品，但骈体公私文牍往往在应用性和审美性的两极之间取其中，达到一定程度的平衡，因而大多也不是只有实用功能，也具有审美价值。

---

[1] 许梿《六朝文絜》卷二。《四部备要》093 册。

从庾信骈赋看诗赋合流到赋文趋同的文体演变史意义

周 悦

（湖南师范大学文学院）

在赋体演变历程中，与汉散体大赋、唐律赋、唐宋以后文赋相比，六朝是骈赋繁盛时代。孙梅《四六丛话》卷四论及骈赋之演变说："左、陆以下，渐趋整炼。齐梁而降，益事妍华，古赋一变而为骈赋。江、鲍虎步于前，金声玉润；徐、庾鸿骞于后，绣错绮交，固非古音之洋洋，亦未如律体之靡靡也。"由左、陆，经江、鲍，至于徐、庾，见出骈赋步步骈化，既别于"古音"亦不同于"律体"的演变定型轨迹。姜书阁《骈文史论》中论说得更为明确："魏、晋、六朝骈赋发展到梁、陈、北齐、北周，已经到了尽头，开始转而进入律赋，庾信便是骈赋最后一个大家。"

《四库全书总目提要》评庾信曰："其骈偶之文，则集六朝之大成，而导四杰之先路，自古迄今，屹然为四六宗匠。"这种对骈文的评价显然是包括了庾信骈赋的。

本文拟通过对庾信骈赋体式的考察，明其体式的演变轨迹及其在文体演变史上的意义。

一、庾信骈赋作品

倪璠《庾子山集注》中有赋 15 篇，以梁元帝承圣三年（554）入北为界，明确地分为前后两期。《春赋》前倪注曰："《春赋》以下，庾子山仕南朝时为东宫学士之文也……且子山自入魏而后，大抵皆离愁之作，触景伤怀。似此诸赋，辞伤轻艳，恐非羁臣所宜。观其文气，略与梁朝诸君相似。"从遣词和文风特征认定《春赋》及《七夕赋》、《灯赋》、《对烛赋》、《镜赋》、《鸳鸯赋》、《荡子赋》七篇为萧梁时期所作。而《哀江南赋》等其余 8 篇为入北以后所作。据鲁同群《庾信入北仕历及其主要作品的写作年代》考辨，《庾信年谱》定：《小园赋》作于 556 年、《伤心赋》作于 557 年 9—12 月间、《哀江南赋》作于 557 年 12 月。以上几篇均作于 555—557 这数年内。《枯树赋》作于 560 年，《三月三日华林园马射赋》作于 561 年（林怡《庾信年表》以为作于 573 年）《竹杖赋》作于 563 年，《象戏赋》作于 569 年。

在中国古代韵文中，不同的语言构成方式形成不同的句式，句式成为区分不同文体类别的显著标志。仅就句式的选择和语言风格两个方面观照庾信骈赋体式之变，可以发现，庾信骈赋在萧梁时期表现出诗化倾向，赋与诗合流；后期入北以后的庾信骈赋发展到与骈文类似，赋与文趋同。在魏晋六朝诗、赋、文三大类文体演变史上，庾信骈赋可以作为最具有典型意义的标本来加以考察。

二、庾信前期骈赋呈现诗赋合流倾向

1. 庾信萧梁时期的骈赋，与刘宋以来的赋体有别，就句式而言，赋中四六言文句夹杂五七言诗句，显出诗赋合流趋势。

语句形式具体而言如下：

《春赋》	五七言诗句：	24句	四六言文句：36句	
《对烛赋》	五七言诗句：	20句	四六言文句：6句	三言：6句
《荡子赋》	五七言诗句：	16句	四六言文句：12句	
《鸳鸯赋》	五七言诗句：	4句	四六言文句：20句	
《镜赋》	五七言诗句：	5句	四六言文句：52句	
《灯赋》	五七言诗句	2句	四六言文句：34句	
《七夕赋》			四六言文句：14句	

由上观之，除《七夕赋》纯为四六言句式外，其他六篇都间有五七言诗句，《镜赋》、《鸳鸯赋》因夹杂五七言诗句，不仅增添了浓郁的抒情色彩，而且显示出音节流荡的韵律美感。《春赋》前以诗句发端，后以诗句收束，诗化倾向明显，"庾信春赋，间多诗语，赋体始大变矣"（谢榛《四溟诗话》）（倪璠赋前注曰："《梁简文帝集》中有《晚春赋》，《元帝集》有《春赋》，赋中多有类七言诗者。唐王勃、骆宾王亦尝为之，云效庾体。明是梁朝宫中庾子山创为此体也。"）。

齐梁时期诗的律化和赋的骈化同步。庾信早期的赋，以《春赋》为代表是典型的诗化的骈赋。的确，《春赋》中五七言句式最多，如第一段："宜春苑中春已归，披香殿里作春衣。新年鸟声千种啭，二月杨花满路飞。河阳一县并是花，金谷从来满园树。一丛香草足碍人，数尺游丝即横路。开上林而竟入，拥河桥而争渡。出丽华之金屋，下飞燕之兰宫。钗朵多而讶重，髻鬟高而畏风。眉将柳而争绿，面共桃而竞红。影来池里，花落衫中。"开头用八句七言句式，颇为接近近体诗格律。

特别是《对烛赋》、《荡子赋》，全篇五七言诗句多于四六言文句，其流丽婉转颇类于歌行体。

不仅庾信赋如此，萧梁时期其他作家的赋作也有明显的诗化倾向，如简文帝的《鸳鸯赋》："朝飞绿岸，夕归丹屿。顾落日而俱吟，追清风而双举。时排荇带，乍拂菱华。始临涯而作影，遂蘸水而生花。亦有佳丽自如神，宜羞宜笑复宜频。既是金闺入新宠，复是兰房得意人。见兹禽之栖宿，想君意之相亲。"（《全梁文》卷九）这其中的七言四句已然是一首七言绝句了。又如梁元帝的《对烛赋》中："烛烬落，烛华明。花抽珠渐落，珠悬花更生。风来香转散，风度焰还轻。本知龙烛应无偶，复讶鱼灯有旧名。烛光灯光一双炷，讵照谁人两处情。"（《全梁文》卷十五）这里似乎是一首五言绝句再接一首七言绝句。与庾信齐名的徐陵也有《鸳鸯赋》，赋中云："山鸡映水那自得，孤鸾照镜不成双。天下真成长合会，无胜比翼双鸳鸯……特讶鸳鸯鸟，长情真可念。许处胜人多，何时肯相厌。闻道鸳鸯一鸟名，教人如有逐春情。不见临邛卓家女，只为琴中作许声。"

这里七言八句，相当于两首七言诗，和五言四句，相当于一首五言诗。实际上是这篇赋的主干。综上观之，可见在语言形式方面骈赋已经深入诗化。

2. 就语言风格来看，赋与诗皆大变刘宋以来的艰涩难读，显出绮艳流丽的特征。

汉末魏晋以来，不仅文体步步趋骈，而且语言追新逐丽。《文心雕龙·丽辞》云："自扬马张蔡，崇盛丽辞，如宋画吴冶，刻形镂法，丽句与深彩并流，偶意共逸韵俱发。至魏晋群才，析句弥密，联字合趣，剖毫析厘。"而到了萧梁时期，庾信与徐陵文名并著，世称"徐庾体"。《周书·庾信传》：既文并绮艳，故世号"徐庾体"。可见语言绮艳是"徐庾体"的突出特征。

《陈书·徐陵传》："其文颇变旧体，辑裁巧密，多有新意。"

所谓颇变旧体，不拘旧体，就句式而言，是指庾信、徐陵、简文诸人以五七言诗句入赋；就声韵而言，当是协调四声追求音节的圆转流宕；就措辞而言，追求文辞的华美；就铺陈而言，讲求用典的贴切，对仗的工整。

《隋书·文学传》："梁自大同之后，雅道沦缺，渐乖典则，争驰新巧。简文、湘东，启其淫放，徐陵、庾信，分路扬镳。其意浅而繁，其文匿而彩。"求新竞巧，意浅文繁，这不仅仅指的是诗歌，显然也是包括辞赋的。

的确，前期庾信骈赋在语言风格方面与当时大行其道的宫体诗多有相似之处，都追求语言的绮丽华美。黄侃《文心雕龙札记》云："然自魏、晋以降，赋体渐趋整练，而齐、梁益之以妍华，江、鲍、徐、庾之作，盖已不逮古处。"

《春赋》被认为是"秀句如绣，顾盼生姿，不啻桃花压面，令人肤泽光悦。"（许梿评）追求辞藻的绚丽，不只在萧梁时期如此，后期其实也没有太多改变。如《马射赋》中铺彩设色呈现绚丽的色彩："兵革无会，非有待于丹乌，宫观不移，故无劳于白燕"，"银瓮金船"，"青赤三气"，"乌弋黄支"，"玄鸟司历，苍龙御行"，"于是选朱汗之马，校黄金之捋。红阳、飞鹊，紫燕、晨风"。《象戏赋》中"绿简既开，丹局直正"，"白凤遥临，黄云高映"，"水影摇日，花光照林"，"龙烛衔花，金炉浮气"等等亦显出华美的色调。《灯赋》开头"九龙将暝……送枕荆台之上"以华丽的辞藻描绘富艳豪华又朦胧暧昧的居室环境，其浓烈的脂粉之气与香艳的宫体诗风格无异。

许梿评"蛾飘则碎花乱下，风起则流星细落"为："风致洒然，句法为唐人所祖。"

其实，魏晋以来之赋，已渐渐接近于诗，而与汉散体大赋异趣。南朝齐梁以后，赋则更近于诗，从赋中系诗，奉诏酬赠所作诗赋同题等现象中皆可看到这一趋势。但它首先是很直观地表现在语言方面，在齐梁文坛，沈约是许多文士马首是瞻的引领潮流的人物，试以他的作品为例具有典型意义，如他的《愍衰草赋》：

> 愍衰草，衰草无颜色。憔悴荒径中，寒宵不可识。昔时兮春日，昔日兮春风。衔华兮佩实，垂绿兮散红。岩陬兮海岸，冰多兮霰积。布绵密于寒皋，吐纤疏于危石，雕荒卉之九衢，陨灵芽之三脊。风急崤道难，秋至客衣单。既伤檐下菊，复悲池上兰，飘落随风尽，方知岁早寒。流萤暗明烛，雁声断裁续。霜夺茎上紫，风销叶中绿。秋鸿兮疏引，寒鸟兮聚飞。径荒寒草合，草长荒径微，圃庭渐芜没，霜露日沾衣。

赋中表达岁暮的萧瑟悲凉感慨亦不失文采。

在描写刻画上，如沈约赋中的长篇《郊居赋》，命意仿效谢灵运的《山居赋》，相比而言，描写的场面不及谢赋阔大，但描写的细腻则有过之。同样，短篇《丽人赋》描写美人，与此前赋中对女性的描写相比，描摹丽人来赴幽的情状形态既放肆无拘又细腻入微：

> 有客弱冠未仕，缔交戚里，驰骛王室，遨游许史，归而称曰：狭邪才女，铜街丽人，亭亭似月，艳婉如春，凝情待价，思尚衣巾。芳逾散麝，色茂开莲，陆离羽佩，杂错花钿。响罗衣而不进，隐明灯而未前，中步檐而一息，顺长廊而回归。池翻荷而纳影，风动竹而吹衣。薄暮延伫，宵分乃至，出音入光，含羞隐媚。垂罗曳锦，鸣瑶动翠。来脱薄妆，去留余腻。沾粉委露，理鬓清渠。落花入饮，微风动裾。

这种趋于细腻的刻画，渐开风气。这正是齐梁以来骈赋"极丽靡之辞"的具体表现。更由于沈约在齐梁文坛的显要地位，巨大的影响力导致到萧梁时期，简文帝、元帝、徐陵、庾信等莫不趋之若鹜，崇尚华美文辞、刻画细腻入微成为盛极一时的风尚。

3. 声调韵律方面，在永明诗歌声律理论的影响下，赋中也讲究"宫羽相变，低昂互节"，追求声韵和谐。

《梁书·庾肩吾传》："（萧纲）及居东宫，又开文德省，置学士，肩吾子信、蟠子陵、吴郡张长公、

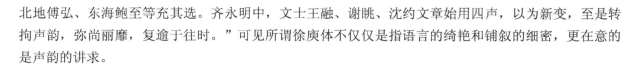

北地傅弘、东海鲍至等充其选。齐永明中，文士王融、谢朓、沈约文章始用四声，以为新变，至是转拘声韵，弥尚丽靡，复逾于往时。"可见所谓徐庾体不仅仅是指语言的绮艳和铺叙的细密，更在意的是声韵的讲求。

三、庾信后期骈赋呈现赋文趋同形态

1. 就句式而言，基本放弃了五七言诗句，凝固成骈四俪六隔句作对的形式，完成了骈赋和骈文形式上的演变。

逐一考察后期骈赋的句式：《三月三日华林园马射赋》、《竹杖赋》、《邛竹杖赋》、《伤心赋》、《象戏赋》全篇皆无五七言诗句，纯为四六言文句。《小园赋》中仅出现六句五言句式："欹侧八九丈，纵横数十步，榆柳两三行，梨桃百余树。""百龄兮倏忽，光华兮已晚。"这不过是对句而已。《哀江南赋》中出现的七言对仗句式，如"陆士衡闻而抚掌，张平子见而陋之。""马武无预于甲兵，冯唐不论于将帅。"显然不能算是七言诗句。唯一有五七言诗句出现的是《枯树赋》中"乃歌曰"后的四句："建章三月火，黄河万里槎。若非金谷满园树，即是河阳一县花。"

可见庾信后期的赋作句式已经基本定型为四六，并且在四六言句式中极尽变化以显参差错落，多用对仗排比以显匀称整齐，间以虚词以显气韵流动，成为后来人师法的楷模。在中国古代文学作品中，汉末以来，五言诗出现以后，长短适宜的四五六七言句式尤为文人青睐，五七言句式逐渐成为诗的主要句式，而四言句式精要，两个字组成一个音节形成两次停顿，六言句式多了一次停顿，往往中间穿插使用虚词形成跌宕。四六言句式逐渐成为文的主要句式。庾信后期骈赋与各类骈文在句式上已无甚差异，凝固成骈四俪六、隔句作对的形式。同时在四六言句式中极尽变化，确立了四四；六六；四四、四四；六六、六六；四六、四六；六四、六四六种基本句型。实际上是完成了骈赋这种文体形式的最终演变。骈四俪六、隔句作对的语言形式，最后定型为六朝最有典范性的话语方式，他对这种语言形式的自如驱遣，已至圆熟精美之至境，使得"六朝之骈语"可与汉赋、唐诗、宋词、元曲相提并论，而成为这段时期最具有代表性的文学样式。故张仁青《骈文学》中指出："陈徐陵北周庾信二君一出，遂集骈俪之大成，并开以四六句间隔作对之先例。盖古人作对，不过上句对下句，其隔句作对，亦往往多用四言，至以四六句平仄相间作对，则首推徐庾为多。"（文史哲出版社1984年版，第86页。）

在庾信骈赋中，四六言句式互相搭配，交错使用，确实营造出一种抑扬顿挫虚实相间的特殊韵律，读来具有朗朗上口的美感。

如《小园赋》中的一段：

> 遂乃山崩川竭，冰碎瓦裂，大盗潜移，长离永灭。摧直辔于三危，碎平途于九折。荆轲有寒水之悲，苏武有秋风之别。关山则风月凄怆，陇水则肝肠断绝。龟言此地之寒，鹤讶今年之雪。

又如《哀江南赋》序：

> 荆璧睨柱，受连城而见欺；载书横阶，捧珠盘而不定。钟仪君子，入就南冠之囚；季孙行人，留守西河之馆。申包胥之顿地，碎之以首；蔡威公之泪尽，加之以血。钓台移柳，非玉关之可望；华亭鹤唳，岂河桥之可闻。

其实骈文中骈四俪六、隔句作对并非始于庾信后期骈文，齐梁以来的骈文作品中已经出现。比如，刘骏（孝标，462—521）骈文已多四六隔对，《辨命论》、《广绝交论》中可见。徐庾骈文中则运用尤为繁密，逐渐形成一种固定的句式；并且在四六言中极尽变化，衍化为六种基本句型。在交错运用中表现出一种整齐又富于长短高下的变化，流荡而不滞塞的美感。庾信赋体的骈化臻于极致。

虽然自隋唐以来即有对庾信的尖锐批评。王通《文中子·事君篇》："徐陵、庾信古之夸人也，其文诞。"《周书·王褒庾信传论》中发展了上述观点，批评说："子山之文发源于宋末，盛行于梁季。其体以淫放为本，其词以轻险为宗，故能夸目侈于红紫，荡心逾于郑卫。"昔扬子云有言："诗人之赋丽以则，词人之赋丽以淫，若于庾氏方之，斯又辞赋之罪人也。"这样的诋毁多着意于遣词造句，然而人们仍然倾倒于其高超的语言技巧。李调元《赋话》卷一："唐王冷然《止水赋》云：浮芥则敖吏措杯，种瓜则幽人抱瓮。李子卿《聚雪为小山赋》云：峡里则秋月长圆，封中则晓云犹白。句法原本子山，命意遣词，咸有浑秀之致。"

当然，庾信后期的骈赋在句式的选择上，以四六言为主，也有三至八言不等的句式，长短交错，间以散行，夹杂虚词，因而文气疏朗散逸，无板滞之病，如《伤心赋》："若夫入室生光，非复企及；夹河为郡，前途逾远。婕妤有自伤之赋，扬雄有哀祭之文，王正长有北郭之悲，谢安石有东山之恨，斯既然矣。至若曹子建、王仲宣、傅长虞、应德琏、刘韬之母、任延之亲，书翰伤切，文辞哀痛，千悲万恨，何可胜言？"的确，正如《六朝丽指》所言："骈体之中，倘无散行，则其气不能疏逸。""作骈文而全用俳偶，文气易致窒塞。即对句之中，亦当少加虚字，使之动宕。"

2. 后期庾信骈赋于华美绮艳的基础上，其语言色调的铺设与其表现的低沉悲凉情感色彩相适应，也有较为晦暗的描写。

这与前期的纯然绮艳华美迥然有别。如《哀江南赋》："饥随蛰燕，暗逐流萤。秦中水黑，关上泥青。于时瓦解冰泮，风飞电散，浑然千里，淄渑一乱。雪暗如沙，冰横似岸。逢赴洛之陆机，见离家之王粲。"《小园赋》："心则历陵枯木，发则睢阳乱丝"，"风骚骚而树急，天惨惨而云低"。《邛竹杖赋》："霜风色古，露染斑深。"《伤心赋》："悲哉秋风，摇落变衰"，"天惨惨而无色，云苍苍而正寒"。庾信后期骈文语言特色，拙文《论庾信的骈文》中曾有论及，此不赘述。（见《中国文学研究》1994年第二期）

3. 庾信后期骈赋与骈文趋同之势，最明显的标志固然是句式皆为骈四俪六隔句作对，但在讲求音韵声律方面有别。

虽然骈文也追求"宫羽相变，低昂互节"，即讲求平仄相对相连，以求达到抑扬顿挫的美感。骈文中也包括一些韵文，如颂赞、哀吊、铭箴、连珠等，但更多的骈文并不押韵。但骈赋在音韵声律方面的要求更为严格。比如《小园赋》，不仅骈化的四六句式为主，而且尤其讲求音律谐和，读来具有朗朗上口的韵律美感。试读两段可知："一寸二寸之鱼，三竿两竿之竹。云气荫于丛著，金精养于秋菊。枣酸梨酢，桃撅李奥"。落叶半床，狂花满屋。名为野人之家，是谓愚公之谷。"遂乃山崩川竭，冰碎瓦裂，大盗潜移，长离永灭。摧直辔于三危，碎平途于九折。荆轲有寒水之悲，苏武有秋风之别。关山则风月凄怆，陇水则肝肠断绝。龟言此地之寒，鹤讶今年之雪。"这两段文字皆押的是入声韵，前一段以"竹"、"菊"、"奥"、"屋"、"谷"为韵字，后一段以"竭"、"裂"、"灭"、"折"、"别"、"绝"、"雪"作为韵字。

总之，骈文骈赋异中有同，就庾信的后期赋而言，固然应该将它们看作赋中的骈赋，也可以同时将它们看作骈文，可以两存而不悖。

四、庾信骈赋演变意义

徐师曾《文体明辨》中以批评的眼光论赋体之变：

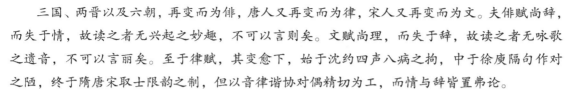

> 三国、两晋以及六朝，再变而为俳，唐人又再变而为律，宋人又再变而为文。夫俳赋尚辞，而失于情，故读之者无兴起之妙趣，不可以言则矣。文赋尚理，而失于辞，故读之者无咏歌之遗音，不可以言丽矣。至于律赋，其变愈下，始于沈约四声八病之拘，中于徐庾隔句作对之陋，终于隋唐宋取士限韵之制，但以音律谐协对偶精切为工，而情与辞皆置弗论。

> 六朝沈约辈出，有四声八病之拘，而俳遂入于律。徐庾继起，又复隔句对联，以为四六，而律益细焉。

他认为六朝赋尚辞失于情；宋赋尚理失于辞，而既限韵又精于音律的律赋则情辞皆失。

就庾信骈赋而言，前期赋的诗化和后期赋的骈文化固然使自身形式更加精美，然而也在这种演变中逐渐迷失了自我，尤其是后期赋文趋同的形态，导致骈赋骈文面目极其相似，竟至于让后世许多精审的学者把它并入到骈文中。反过来看，为什么唐宋以后诸多文章家将骈赋视为骈文选入骈文选本中，从某种意义上说，也是庾信后期骈赋骈文趋同带来的影响所致。

庾信骈文为唐初文人马首是瞻，徐庾骈文在初盛唐风靡相当长一段时期。明张溥说："夫唐人文章，去徐、庾最近，穷形尽态，模范是出。"（《汉魏六朝百三家集。庾开府集题辞》）终唐一代，朝廷的制诰、奏议，选取进士的律赋和五言律诗，制科的策问、吏部选拔人才所试的书判，日常运用的笺启、碑志，都是以骈文为主的。虽然在古文运动的冲击之下，中唐骈文也曾一改唐初典雅凝练风格，用典减少，语言质朴，散文化的句式作对偏多，有着明显的散文化倾向，然而，到晚唐时期，骈文复上承梁陈初唐风气，回归整饬典重风格，如从李商隐《樊南四六》中的篇章便可知其端倪。再到宋代欧阳修、苏轼的骈文，其体制又为之一变，正如程杲《识孙梅四六丛话》云："宋自庐陵、眉山，以散文之气，运对偶之文，在骈体中另出机杼"。他们的骈文皆极少用典，语言平易，多以散文化的语句寓于骈偶之中，促成了骈文的解放，引导着骈散的合流。如欧之《秋声赋》、苏之《前赤壁赋》等已经与散文无异，纯然是"押韵之文"。可以说，自庾信后期赋文趋同，中经初唐中唐的进一步演进，直至宋代才终于完成了赋文合流的历史进程。

立足骈文观照其与诗歌辞赋的关系，就产生的时间而言，骈文是后起的文体形式，作为一种骈偶句式组成的文体，它产生的文学因素中离不开诗赋的影响。因为早在诗赋中就已经有骈偶句存在，如《诗经》中："昔我往矣，杨柳依依；今我来思，雨雪霏霏。"（《小雅·采薇》）"溥天之下，莫非王土；率土之滨，莫非王臣。"（《小雅·北山》）楚辞中："朝饮木兰之坠露兮，夕餐秋菊之落英。"（《离骚》）但诗骚并没有直接演变出骈文，由诗到骈文经过了辞赋这一中介。因为就辞赋文体本身而言，它非诗非文，又近诗近文，故学者对它的分类，有近于诗者诗体赋，近于文者文赋，而在赋体演变历程中，骈赋与骈文形成时期前后相近。汉末张衡的《归田赋》全篇几乎是对偶的四六言句式，已经是名副其实的骈赋。魏晋以后的文人学士创作中已经渗透了自觉的骈偶意识，涌现出众多脍炙人口的骈赋名篇，如曹植《洛神赋》、陆机《文赋》等，而陆机的《豪士赋序》则已是成熟的骈文。句子渐趋整饬，对仗日趋精妙。到徐陵的《玉台新咏序》通篇以四六言句式组成，而且多四六句间隔作对，可谓开四六体骈文之先河。而庾信入北以后，完成了骈赋这种文体形式的最终演变。骈四俪六、隔句作对的语言形式，最后定型为六朝最有典范性的话语方式，他对这种语言形式的自如驱遣，已至圆熟精美之至境，因他的巨大影响力使得"六朝之骈语"可与汉赋、唐诗、宋词、元曲相提并论，而成为这段时期最具有代表性的文学样式。在这样的语境之下，骈文的巨大光环将骈赋彻底淹没。

王勃《秋日登洪府滕王阁饯别序》句末声音形式安排析论

邝健行

（香港浸会大学）

骈文之骈，原指两两平行的句子，字数相等，而相对的字词性相同或者近同。由于汉语独特的语言性质，这很容易办得到。又"古人传学，多凭口耳"，骈偶句式容易达至"记忆匪艰，讽诵易熟"的效果 [1]，于是文籍之中颇见使用。魏晋之前，人们虽然不一定有很明显的声律意识，但文篇既讲求讽诵，则下字安排，不管有意无意，求取便于唇舌，应该属于情理之中，这便隐约含有声律的成分了。

魏晋以后，声律之说出现，作者有意用其说入诗入文，加强便于唇舌讽诵的程度；于是骈文成为一种"声文" [2]。随着作者学人通过作品讽诵实践的体会和对文字声音理论上的探讨，声律在诗文中的运用安排愈见讲究和成熟；到了初唐中后期，在诗歌方面，由于沈佺期、宋之问或其稍前的人知道了声病回忌之法，再加上单句平仄的安排已在更早的时段基本解决了，终于掌握到全篇声音和谐，即所谓声势稳顺的准则，从而建立了诗歌律调（主要是五言）的标准模式。[3] 骈文声势稳顺的准则此时是否也确立了？学者似乎于此较少具体深入探论。不过观察这一时期的骈文作品，在声律的安排上，和回忌声病的律调颇见相似。然则也许可以说：初唐中后期骈文作者在声律运用上，同样掌握到全篇声音和谐的写作准则。分析王勃《秋日登洪府滕王阁饯别序》[4]（以下或简称《王序》）声音形式的安排，特别是句末声音形式的安排，个人以为事实正是如此。

以下据《广韵》标示《王序》全文句末用字平仄四声和所属韵部，然后分析讨论。普通联语两句，两个句末字；隔句联语四句，四个句末字。

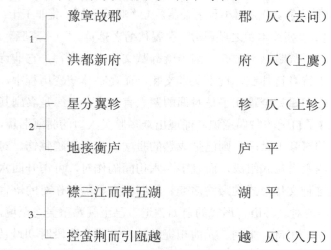

```
      ┌─ 豫章故郡          郡  仄（去问）
   1 ─┤
      └─ 洪都新府          府  仄（上麌）

      ┌─ 星分翼轸          轸  仄（上轸）
   2 ─┤
      └─ 地接衡庐          庐  平

      ┌─ 襟三江而带五湖    湖  平
   3 ─┤
      └─ 控蛮荆而引瓯越    越  仄（入月）
```

---

[1]　《文心雕龙·丽辞》范注一。

[2]　语见《文心雕龙·情采》："立文之道……二曰声文，五音是也。"

[3]　拙文《初唐五言律体律调完成过程之观察及其相关问题之讨论》对此有说明。文载拙著《诗赋与律调》，北京：中华书局1994年版。

[4]　题目据《文苑英华》及清人蒋清翊《王子安集注》。下文引"序"中文字一律据蒋注，不另标出。

4	物华天宝 龙光射牛斗之墟	宝 仄（上皓）	墟 平	
	人杰地灵 徐孺下陈蕃之榻	灵 平	榻 仄（入盍）	
5	雄州雾列	列 仄（入薛）		
	俊采星驰	驰 平		
6	台隍枕夷夏之交	交 平		
	宾主尽东南之美	美 仄（上旨）		
7	都督阎公之雅望 棨戟遥临	望 仄（去漾）	临 平	
	宇文新州之懿范 襜帷暂驻	范 仄（上范）	驻 仄（去遇）	
8	十旬休假 胜友如云	假 仄（去祃）	云 平	
	千里逢迎 高朋满座	迎 平	座 仄（去过）	
9	腾蛟起凤 孟学士之词宗	凤 仄（去送）	宗 平	
	紫电青霜 王将军之武库	霜 平	库 仄（去暮）	
10	家君作宰 路出名区	宰 仄（上海）	区 平	
	童子何知 躬逢胜饯	知 平	饯 仄（上獮）	
11	时维九月	月 仄（入月）		
	序属三秋	秋 平		
12	潦水尽而寒潭清	清 平		
	烟光凝而暮山紫	紫 仄（上纸）		
13	俨骖騑于上路	路 仄（去暮）		
	访风景于崇阿	阿 平		

14	临帝子之长洲	洲	平		
	得仙人之旧馆	馆	仄（去换）		
15	层台耸翠 上出重霄	翠	仄（去至）	霄	平
	飞阁流丹 下临无地	丹	平	地	仄（去至）
16	鹤汀凫渚 穷岛屿之萦回	渚	仄（上语）	回	平
	桂殿兰宫 即冈峦之体势	宫	平	势	仄（去祭）
17	披绣闼	闼	仄（入曷）		
	俯雕甍	甍	平		
18	山原旷其盈视	视	仄（上旨）		
	川泽纡其骇瞩	瞩	仄（入烛）		
19	闾阎扑地 钟鸣鼎食之家	地	仄（去至）	家	平
	舸舰迷津 青雀黄龙之舳	津	平	舳	仄（入屋）
20	云销雨霁	霁	仄（去霁）		
	彩彻区明	明	平		
21	落霞与孤鹜齐飞	飞	平		
	秋水共长天一色	色	仄（入职）		
22	渔舟唱晚 响穷彭蠡之滨	晚	仄（上阮）	滨	平
	雁阵惊寒 声断衡阳之浦	寒	平	浦	仄（上姥）
23	遥襟甫畅	畅	仄（去漾）		
	逸兴遄飞	飞	平		

24	爽籁发而清风生	生 平		
	纤歌凝而白云遏	遏 仄（入曷）		
25	睢园绿竹 气凌彭泽之樽	竹 仄（入屋）	樽 平	
	邺水朱华 光照临川之笔	华 平	笔 仄（入质）	
26	四美具	具 仄（去遇）		
	二难并	并 平		
27	穷睇眄于中天	天 平		
	极娱游于暇日	日 仄（入质）		
28	天高地迥 觉宇宙之无穷	迥 仄（上迥）	穷 平	
	兴尽悲来 识盈虚之有数	来 平	数 仄（去遇）	
29	望长安于日下	下 仄（上马）		
	目吴会于云间	间 平		
30	地势极而南溟深	深 平		
	天柱高而北辰远	远 仄（上阮）		
31	关山难越 谁悲失路之人	越 仄（入月）	人 平	
	萍水相逢 尽是他乡之客	逢 平	客 仄（入陌）	
32	怀帝阍而不见	见 仄（去霰）		
	奉宣室以何年 嗟乎	年 平		

33	时运不齐	齐 平			
	命途多舛	舛 仄（上獮）			
34	冯唐易老	老 仄（上皓）			
	李广难封	封 平			
35	屈贾谊于长沙 非无圣主	沙 平		主 仄（上虞）	
	窜梁鸿于海曲 岂乏明时 所赖	曲 仄（入烛）		时 平	
35	君子见机	机 平			
	达人知命	命 仄（去映）			
37	老当益壮 宁移白首之心	壮 仄（去漾）		心 平	
	穷且益坚 不坠青云之志	坚 平		志 仄（去志）	
38	酌贪泉而觉爽	爽 仄（上养）			
	处涸辙以犹欢	欢 平			
39	北海虽赊 扶摇可接	赊 平		接 仄（入叶）	
	东隅已逝 桑榆非晚	逝 仄（去祭）		晚 仄（上阮）	
40	孟尝高洁 空余报国之情	洁 仄（入屑）		情 平	
	阮籍猖狂 岂效穷途之哭 勃	狂 平		哭 仄（入屋）	
41	三尺微命	命 仄（去映）			
	一介书生	生 平			

42	无路请缨 等终军之弱冠	缨 平		冠 仄（去换）
	有怀投笔 慕宗悫之长风	笔 仄（入质）		风 平
43	舍簪笏于百龄	龄 平		
	奉晨昏于万里	里 仄（上止）		
44	非谢家之宝树	树 仄（去遇）		
	接孟氏之芳邻	邻 平		
45	他日趋庭 叨陪鲤对	庭 平		对 仄（去队）
	今兹捧袂 喜托龙门	袂 仄（去祭）		门 平
46	杨意不逢 抚凌云而自惜	逢 平		惜 仄（入昔）
	钟期相遇 奏流水以何惭	遇 仄（去遇）		惭 平

呜呼

47	胜地不常	常 平	
	盛筵难再	再 仄（去代）	
48	兰亭已矣	矣 仄（上纸）	
	梓泽丘墟	墟 平	
49	临别赠言 幸承恩于伟饯	言 平	饯 仄（上獮）
	登高作赋 是所望于群公	赋 仄（去遇）	公 平
50	敢竭鄙怀	怀 平	
	恭疏短引	引 仄（上轸）	

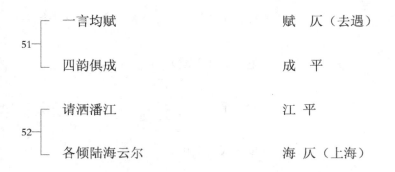

51 ┌ 一言均赋	赋	仄（去遇）
└ 四韵俱成	成	平
52 ┌ 请洒潘江	江	平
└ 各倾陆海云尔	海	仄（上海）

骈文整体声音谐合问题的研求，可以拿诗歌的回忌声病和稳顺声势作比对。

沈佺期、宋之问等人"回忌声病"，主要表现在如《文镜秘府论》天卷"调声"一节中提到的"换头"。其说如下：

> 换头者，若（吴）兢于《蓬州野望》诗曰："飘飖宕渠域，旷望蜀门隈。水共三巴远，山随八阵开。桥形疑汉接，石势似烟回。欲下他乡泪，猿声几处催。"此篇第一句头两字平，次句头两字去上入。次句头两字去上入，次句头两字平。次句头两字又平，次句头两字去上入。次句头两字又去上入，次句头两字又平。如此轮转，自初以终篇，名为双换头，最为善也。若不可得如此，即使篇首第二字是平，下句第二字是用去上入；次句第二字又用去上入，次句第二字又用平。如此轮转终篇，唯换第二字，其第一字与下句第一字用平不妨。此亦名为换头，然不及双换。又不得句头第一字是去上入，次句头用去上入，则声不调也。可不慎欤！[1]

简单来说，主张有二：一、律诗一联之中，每句前二字平仄要相反。通融一点说，每句第二字非平仄相反不可，第一字可以马虎些。不过碰到联语首句第一字是仄声，则次句第一字原来的平声也不可改成仄声，以免其声不调（如"仄仄平平仄，平平仄仄平"一联不可改成"仄仄平平仄，仄平仄仄平"）。二、两联之间，前联末句首二字的平仄要跟后联第一句首二字的平仄完全相同，起码是两句的第二个字平仄完全相同。这样各联轮转用下去，建立了联语之间正确的黏对方式，整篇声势便稳顺了；从而避免后人所说"孤平"或"失黏"的毛病。

诗歌的换头所以锁定在上下联末句和首句的前二字，特别是句中的第二字，主要是五言诗句节奏重点位置，在于第五字和第二字。《文镜秘府论·上尾》云："下句之末，文章之韵，手笔之枢要。在文不可夺韵。"《文心雕龙·声律》又云："同声相应谓之韵。韵气一定，故余声易遣。"这是说诗歌一联中的下句韵脚是声音的"枢要"，必得"同声相应"才行，否则便是"夺韵"，其于声势有碍，不言而喻。然而实际上诗歌押韵问题，即"定韵气"问题是早已解决了的，所以诗句末字的节奏不出事情。只有诗中联语及联语间第二个字平仄该怎样处理，宋齐以来，作者一直摸索，未有定论；直至"换头"的提出，然后联语及联语之间这个位置声调的对黏法则确立了，于是上下声音便见顺畅谐合。也可以总结说："换头"的办法可以促使全诗声音的顺畅谐合。

转到骈文。骈文与诗同属声文，是否也能像诗歌那样首二字换头从而稳顺整篇声势？这应该不大可能，骈文联语之中或联语之间不一定可以安排"换头"。原因是：骈文句子字数多少不一，而句式结构各有差异，其节奏重点不一定在句中的第二个位置上。试举一例：《文镜秘府论》西卷"文二十八种病"条给"蜂腰"做说明，以为"五言诗一句之中，第二字不得与第五字同声"，举"窃独自雕饰"为证，指出"独"与"饰"两字分居句中二五位置，同是入声，所以是病。书中接着写诗歌以外的一些文体如赋颂，对于蜂腰，也"须以情斟酌避之"。好像阮瑀《止欲赋》两句"思在体而为粉，

---

[1]　文字据《文镜秘府论汇校汇考》，卢盛江校考，北京：中华书局2006年版。

悲随衣以消除"便犯上了。句中"体"、"粉"两字同属上声，"衣"、"除"两字同属平声，就是蜂腰之病。这里要注意的是："体"、"衣"二字同在句中第三字的位置上，而不是诗句中必然的第二字位置。在《文镜祕府论》的作者看来，阮赋这两句的节奏重点，显然在第三字和第六字位置上。可是骈文之中一些四言句式，其节奏重点肯定在第二字的位置的。这便出现了问题：所谓"换头"，所谓声音黏缀，是在句子字数相同的联语间第二个字进行体现的。两联句子字数多少不等，节奏重点字的位置不相同，则"换头"云云，黏缀云云，无从说起。兹再用《王序》起笔前三联具体析说：

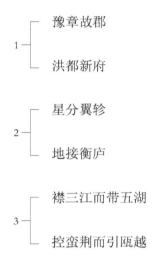

1 联末句第二字"都"和 2 联首句第二字"分"同属平声，而且位置相同；声音黏合，那是"换头"了。3 联句子结构近上引阮瑀赋句式，其节奏重点要落在第三字的位置上。3 联首句第三字"江"平声，2 联末句第二字"接"仄声（入声），二字平仄不同，本来已不黏缀；而二句一在第二字位置，一在第三字位置，更是不能用"换头"去讲说了。退一步说，就是强就两联末句和首句的第二字进行对比，一个是"接"字仄声，一个是"三"字平声，同样有背"换头"规矩。

骈文既然没有像诗歌那样起稳顺声势的"换头"，那么有没有其他方法以稳顺全篇声势，使之仍旧属"声文"？通过《王序》声律的综合观察和分析，答案可以说："有。"我们注意到《王序》全文句末字平仄的转换，其实跟诗歌"换头"中每句第二字的转换无异，即一、一联两句之中，末字平仄相反，起码是不同声调的仄声。一联四句的隔句对分作两截，上下截各两句，两句末字要平仄相反，或者是不同声调的仄声。二、两联四句之间，前联末句最后一字和后联第一句最后一字平仄要相同。如果两联一为两句，一为四句（隔句对），则所谓两联之间，实指前联末句最后一字和后联上截第一句最后一字，这两个字要同声。《王序》前六联句末声音具体状况如下：

一联之中末字的声音

郡（仄）┐
        ├（1 联）[1]
府（仄）┘

---

[1]　"郡""府"二字分属去上，是不同声调的仄声；这仍属"不同声"概念；"不同声"不仅指平仄不同声的。譬如《文镜祕府论》西卷《文笔十病得失》中指"上尾"是："第一句末字、第二句末字，不得同声。"下举笔得者、笔失者各一例。笔得者例云："玄英戒律，繁阴结序。地卷朔风，天飞陇雪。"首二句末字为入声"律"字、去声"序"字。虽同是仄声，书中仍以"不同声"看待。

两句末字仄声不同声，还有 7 联下截、18 联、39 联下截几处，其实不多；他联均平仄相反。

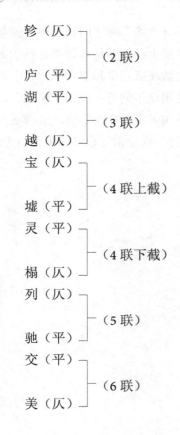

轵（仄）
　　　（2 联）
庐（平）

湖（平）
　　　（3 联）
越（仄）

宝（仄）
　　　（4 联上截）
墟（平）

灵（平）
　　　（4 联下截）
榻（仄）

列（仄）
　　　（5 联）
驰（平）

交（平）
　　　（6 联）
美（仄）

两联之间末字的声音

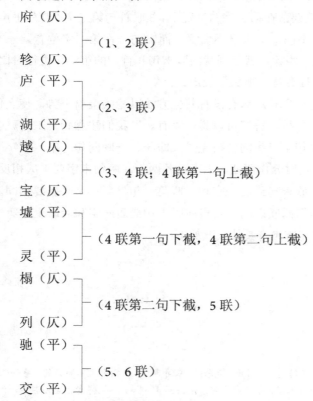

府（仄）
　　　（1、2 联）
轵（仄）

庐（平）
　　　（2、3 联）
湖（平）

越（仄）
　　　（3、4 联；4 联第一句上截）
宝（仄）

墟（平）
　　　（4 联第一句下截，4 联第二句上截）
灵（平）

榻（仄）
　　　（4 联第二句下截，5 联）
列（仄）

驰（平）
　　　（5、6 联）
交（平）

全文句末字声调转换黏对，除了 7 联第二句上截"范"宜平而仄，18 联首句末字"视"宜平而仄，影响到两联之间的声音外，其他完全按照"换头"的规则进行。

五言诗句末字是节奏重点所在。其实《文镜祕府论·上尾》论"手笔之枢要"时，强调句末韵字，也强调句末声字，所谓"在笔不可夺声"。"不可夺声"该是不可变夺原本需求的声音路数之意，要做到《文镜祕府论·声律》所说的"异音相从谓之和"的"和"的效果。只是篇中用韵，因为"韵气一定"，问题解决了；这就是《范注》所说的"谓择韵既定，则余韵从之"。然而句末声字，因为"和体抑扬，故遗响难契"。怎样把句与句末字声音调顺，而上下四句间亦求和通（《范注》意），唐以前人始终自感掌握不准，遂有"难契"之叹。唐初以来，骈文句末字运用"换头"法则做安排，于是响"契"了，声不"夺"了，不押韵的骈文"选和"也不难了，通篇声势稳顺得以建立了。总的来说，那是把诗歌的"换头"之法移于句末用字。如果允许创用新名词，也许可以说成"换足"。

骈文由于每句字数和形式不尽相同，第二字难以进行诗歌中的"换头"。不过如果宽松一点看，不理会句式的节奏重点所在，只就每句第二字观察《王序》的两句骈列的联语，则其上下两句间声音的转换，以及两联之间声音的黏缀，还是在比较大程度上有诗歌"换头"的模式，好像11联到14联，"维"、"属"，"水"、"光"，"帝"、"仙"，平仄相反；只有"骖"、"风"平仄相同。黏缀方面，也只出现在13、14联间的"风"、"帝"两字平仄相反，这是一例。但是到底由于一联之中或两联之间最初出现的声音不尽和谐，尽管句末的声音处理有其准则，骈文作为"声文"，理论上说，和诗歌相比，全篇声律安排上的细致完满，还是有所不及的。

以下试据《文镜祕府论》所论声病，比对《王序》，观其得失。《文镜祕府论》言论虽主要针对诗歌，但论诗之后，往往附说赋颂及文笔的声病问题，所以可以拿《王序》作讨论。

赋颂文笔的声病讨论文字，集中在《文镜祕府论》西卷"文二十八种病"和"文笔十病得失"两节中的"平头"、"上尾"、"蜂腰"、"鹤膝"四段，句末声律尤其跟上尾有关。只是我们首先要了解：《文镜祕府论》所论的声病，是在历史阶段、探索诗歌律调和谐过程中、就个别情况提出来的意见。事实上诗歌标准律调谱式确定后，诗歌作者依声下字，提及的声病大部分不复存在。然则比对《王序》，是否也会有同样的结果？以下先引《文镜祕府论》原文，继做说明比对：

> 平头
> 赋颂以第一句首字、第二句首字，不得同声……如曹植〈洛神赋〉云"荣曜秋菊，华茂春松"
是也。

比对《王序》，约十联犯此病数目一般。但此病是"疥癣微疾，不为巨害"，犯了也"未足为尤"。[1]

> 上尾
> 其赋颂，以第一句末不得与第二句末同声。如张然明〈芙蓉赋〉云"潜灵根于玄泉，濯英耀于清波"是也……其铭诔等病，亦不异此耳。斯乃辞人痛疾，特须避之。若不解此病，未可与言文也。
> 若诸杂笔不来以韵者，其第二句末即不得与第四句同声，俗呼为隔句上尾，必不得犯之。如魏文帝《与吴质书》云："同乘共载，北游后园。舆轮徐动，宾从无声。清风夜起，悲笳微吟"是也。笔事六句之中，第二、第四、第六，此六句之末，不宜相犯。又有踏发声。第四句末字、第八句末字，不得同声……得者："梦中占梦，生死大空。得无所得，菩提纯净。教其本有，无比涅槃。亦以无为，性空般若。"失者："聚敛积宝，非惠公所务；记恶遗善，非文子所谈。阴虬阳马，非原室所构；土山渐台，非颜家所营。"又诸手笔，第二句末与第三句末同声，

虽是常式。然止可同声，不应同韵。

综合说来，上尾戒条有四：一、一联两句最后一字，不得同声。二、两联各两句相连，共四句。其第二句不得与第四句同声。由此推展下去，则第四句不得与第六句同声，第六句不得与第八句同声，直至文末。三、第四句末字与第八句末字不得同声。四、二句与三句末同声是常式，但同声之中不可同韵。

比对《王序》，一二两项全无触犯，第四项亦然。至于第三项，就《文镜祕府论》所举例子看，只就四联八句间立说，没有就两联八句的隔句对立说，更没有就三联之间、即两联四句和一联四句合成的八句立说。四联八句接连而下，《王序》只有一处，即 11 联至 14 联；这里第四句末字与第八句末字（紫、馆）是不同声的。如果不管相连的联语形式，只纯粹以句数计，如 1、2、3 联和 4 联上截，共八句；这里第四句末字"庐"和第八句末字"墟"是同声的，似此同声情况，他处还见。像 7、8 两联，第四句末字"驻"和第八句末字"座"同声；像 8、9 两联，第四句末字"座"和第八句末字"库"同声等。然而提出踏发声的人是否同时关注到隔句对，不无可疑。

蜂腰

蜂腰者，五言诗第二字不得与第五字同声。古诗云"闻君爱我甘，窃欲自雕饰"是也。此是一句中之上尾。

为其同分句之末也。其诸赋颂，皆须以情酌避之。如阮瑀《上欲赋》云："思在体为素粉，悲随衣以消除。"即"体"与"粉"、"衣"与"除"同声是也。又第二字与第四字同声，亦不能善。此虽世无的目，而甚于蜂腰。如魏武帝《乐府歌》云"冬节南食稻，春日复北翔"是也。

（蜂腰笔）失者："扬雄甘泉"四言，"美化行乎江汉"六言，"偃息乎珠玉之室"七言，"润草霈兰者之谓雨"八言。

比对《王序》，全部四言句二四字均不同声。至于带有虚字如"而"、"之"、"于"等的六言句或七言句，二、四字甚而二四六字同声的句子很多；去掉上述虚字，二四字同声的情况大减。另外所谓蜂腰句，《文镜祕府论》似有两种定义：一是不管多少言句子，句末字就是不得与句中第二字同声；一是不管多少言句子，句末字不得与句中第二字或第三字同声，要"酌情"处理。大概来说，总合二者，《王序》蜂腰病犯十八九处，当中平声相同者约十一处，仄声相同者八处。《文镜祕府论》又说过"平声非病也"，然则可置而不论。仄声同声八处如下：

宾主尽东南之美	（6 联，"主""美"上声）
川泽纡其骇瞩	（18 联，"泽""瞩"入声）
青雀黄龙之轴	（19 联，"雀""轴"入声）
声断衡阳之浦	（22 联，"断""浦"上声）
天柱高而北辰远	（30 联，"柱""远"上声）
怀帝阍而不见	（32 联，"帝""见"去声）
不坠青云之志	（37 联，"坠""志"去声）
非谢家之宝树	（44 联，"谢""树"去声）

尽管八句犯了蜂腰，但蜂腰之病的严重性和平头等，只是疥癣微疾罢了。[1]

---

[1]　《文镜祕府论》说蜂腰："此病轻于上尾、鹤膝，均于平头。"

鹤膝

鹤膝者，五言诗第五字不得与第十五字同声。

凡诸赋颂，一同五言之式……其诸手笔，第一句末不得犯第三句末，其第三句末复不得犯第五句末，皆须鳞次避之。

比对《王序》，无一犯者。再说《文镜祕府论》又云："自余手笔，或赊或促，任意纵容，不避此声，未为心腹之病。"所以即使犯了，也不算甚么。今者全然不犯，可谓如《文镜祕府论》所说的"即是不朽之成式"了。

《王序》对八病明显的避忌和在句末下字严格遵照诗歌"换头"式的调声，特别是后者的处理，标示出骈文声律的标准安排法则。这样的法则不见得是王勃个人的独创，而是在初唐声律说探索以至完成阶段过程中，多数骈文作者掌握到的规矩。譬如骆宾王《代李敬业传檄天下文》，句末字首尾黏连，便一无错误。[1] 回看唐代以前的骈文，句末字调声达到《王序》或骆文那样的地步，却不容易见到。好像名篇庾信《哀江南赋序》，篇幅不及《王序》五分之三，联语间的黏缀有误起码七八处，更不必说像"载书横阶"、"因利成便"二四字同声的四言句了。还有徐陵《玉台新咏序》，洋洋大篇，是另一六朝名作，声音上的处理比《哀江南赋序》好得多，许梿《六朝文絜》选录此文，眉批以为"八音迭奏"。尽管这样，句末字不黏缀者达六七起，而像"真可谓倾国倾城，无对无双者也"、"其佳丽也如彼，其才情也如此"两联，第一句末与第二句末同声，犯了上尾。[2] 至于盛中唐以后，直到宋代，骈文句末字黏对，已跟《王序》等无二致，失误很少，尽可以多举全无失误的作品。自然，我们对后世作品的声音形式也得有这样的理解：作品句末字全据"换头"法处理，声音或嫌过于圆熟；稍离常规，使之生峭，会另生艺术效果。此外，徐、庾骈文向来被视为典型，为后世作家追慕的对象。作家效其运意遣词，同时也效其声律，其理甚顺。这情形一如律诗有了标准谱式后，诗人有时还写拗调。但是说到底，遵照标准谱式写律诗，毕竟是写作的正途。

余　　论

最近一二十年来，国内写骈文的风气恢复了，也兴旺了。然而目中所见，部分作品的声音形式，特别是句末字的调声方式和传统很不一样。试举一则相连两对隔句联语为例，大概如下：

（甲）
命题觅句，属文章之要紧；

达意摘辞，除声律之纠缠。

（乙）
举凡布局，宜重自然之道；

必尽性义，岂违古哲之篇。

每联上下句间相对用字平仄不相反，暂且不论。即句末字四声平仄，也跟《王序》不同，兹以《王

---

[1]　据清人陈熙晋《骆临海集笺注》本。

[2]　文家不循正常声音规则，有时或者为了不损原词意义，有时或者为了提振新意，未可一概而论。本文所指，纯从声音形式立说。

序》8、9两联做比对：

（甲）联：句（仄去）　　紧（仄上）
　　　　　辞（平）　　　缠（平）
（乙）联：局（仄入）　　道（仄上）
　　　　　义（仄去）　　篇（平）
8联：假（仄去）　　　　云（平）
　　　迎（平）　　　　　座（仄去）
9联：凤（仄去）　　　　宗（平）
　　　霜（平）　　　　　库（仄去）

　　《王序》每联句末是：仄平平仄，而甲联则是：仄仄平平，乙联则是：仄仄仄平。又两联之间的联缀字，8、9联是"座"和"凤"，同属仄声，符合准则。甲乙联是"缠"和"局"，一平一仄，不合准则。如果说《王序》句末字平仄安排起稳顺声势作用，则甲乙联句末字平仄安排自是不谐于口。这便叫人疑惑：作者这样安排声调，因为未曾掌握到骈文句末字调声之法呢？还是已经掌握了，却故意写大拗之调？很不好说。

陆贽的骈文与唐宋古文运动

张思齐

（武汉大学中文系）

一、骈文家韩愈心中的陆贽

中国古代的文章，大都含有部分的对偶句，彻底的散文其实很少。骈文指通篇采用对偶句的文言文。所谓通篇，也仅是就其主要倾向而论罢了，完全没有散行句的骈文，其实也很少。骈文起于西汉后期，至六朝而定型。自此以后，骈文盛行，代有人作，而迄至今日，并未绝迹。柳宗元《河东先生集》卷十八《乞巧文》："炫耀为文，琐碎排偶。抽黄对白，喷喷飞走。骈四俪六，锦心绣口。"[1] 这几句话概括了骈文的特点，它采用四六句式，使用华丽辞藻，堆砌典故。骈文这一名称，就是这样来的。

8 世纪的唐朝历史包括盛唐和中唐时期，二者以 765 年为界，该年十一月唐代宗李豫改年号永泰为大历。"中唐时期是唐王朝从深重的灾难中缓慢地得到恢复的时期，而且一场真正的文化复兴运动（以韩愈、白居易和柳宗元为代表）也在这一时期发展到了其顶峰阶段。"[2] 在大历年间，有一位青年崭露头角，中了进士。这位青年就是陆贽（754—805），他是一位才华横溢的人。韩愈《顺宗实录》卷四："贽字敬舆，吴郡人也。年十八，进士及第。又以博学宏词授郑县尉；书判拔萃，授渭南尉，迁监察御史。未几，选为翰林学士，迁祠部员外郎。"[3] 陆贽的官越做越大。在陆贽后来提拔的门生中就有人领导了唐代的古文运动。原来，陆贽曾于唐贞元七年（791）知礼部贡举，所取英才甚多。这一届科举考试的录取名单被人们形象地称为"龙虎榜"。《新唐书》卷二零三欧阳詹传："初，詹与罗山甫同隐潘湖，往见衮，衮奇之。辞归，泛舟饮饯。举进士，与韩愈、李观、李绛、崔群、王涯、冯宿、庾承宣联第，皆天下选，时称'龙虎榜'。闽人第，进士自詹始。"[4] 其中的韩愈，后来成为唐代古文运动的领袖。然而，韩愈的古文，其根柢在于骈文。清王先谦（1842—1917）编《骈文类纂》卷五五上韩愈《为裴相公让官表》：

> 臣度言。伏奉今日制书，以臣为朝议大夫，守中书侍郎，同中书门下平章事。承命惊惶，魂爽飞越，俯仰天地，若无所容。（中谢）臣少涉经史，粗知古今，天与朴忠，性惟愚直。知事君以道，无惮杀身；慕当官而行，不求利己。人以为拙，臣行不疑。元和之初，始拜御史。旋以论事过切，为宰臣所非，移官府廷，因佐戎幕。陛下恕臣之罪，怜臣之心，拔居侍从之中，遂掌丝纶之重。受恩益大，顾己益轻。苟耳目所闻知，心力所逮及，少关政理，辄以陈闻。于裨益无涓埃之微，而谤谗有丘山之积。陛下知其孤立，赏其微诚，独断不谋，奖待逾

---

[1] 柳宗元著，曹明纲标点：《柳宗元全集》，上海：上海古籍出版社1997年版，第151页。

[2] [美] 谢弗著，吴玉贵译：《唐代的外来文明》，北京：中国社会科学出版社1995年版，第15页。

[3] 韩愈著，钱仲联、马茂元校点：《韩愈全集》，上海：上海古籍出版社1997年版，第376页。

[4] 中华书局编辑部二十四史简体字本《新唐书》第五册，北京：中华书局2000年版，第4427页。

量。臣诚见陛下，具文武之德，有神圣之姿；启中兴之宏图，当太平之昌历。勤身以俭，与物无私；威怒如雷霆，容覆如天地；实群臣尽节之日，才智效能之时。圣君难逢，重德宜报。苦心焦思，以日继夜。苟利于国，知无不为；徒欲竭愚，未免妄作。陛下不加罪责，更极宠光；既领台纲，又毗邦宪。圣君所厚，凶逆所雠，阙于防虞，几至踣毙。恩私曲被，性命获全；忝累祖先，玷尘班列；未知所措，祗自内惭。岂意陛下擢臣于伤残之余，委臣以燮和之任，忘其陋污，使佐圣明。此虽成汤举伊尹于庖厨，高宗登傅说于版筑，周文用吕尚于屠钓，齐桓起甯戚于饭牛，雪耻蒙光，去辱居贵。以今准古，拟议非伦。陛下有四君之明，行四君之事；微臣无四子之美，获四子之荣。岂可叨居，以彰非据。今干戈未尽戢，夷狄未尽宾；麟凤龟龙，未尽游郊薮；草木鱼鳖，未尽被雍熙。当大有为之时，得非常人之佐，然后能上宣圣德，以代天工。如臣等类，实不克堪。伏愿转选周行，旁及岩穴，天生圣主，必有贤臣。得而授之，乃可致理。乞回所授，以叶群情。无任恳欷之至。[1]

这篇文章属于典型的骈文，它亦收入明王志坚（1576—1633）编《四六法海》卷三。元和十年六月乙丑，御史中丞裴度，升为中书侍郎同中书门下平章事。韩愈当时担任考功郎中知制诰，因此他代写了此表。值得注意的是，骈文与古文，乃是一对在对立统一中矛盾运动着的对偶范畴。韩愈《为裴相公让官表》亦收入清·蔡世远（1682—1733）编《古文雅正》卷八。由此可见，有人认为它属于古文。由此更启发我们，古文与骈文，其间只有一线之隔，而此悠悠一线，乃悬乎文章家之心中而已！蔡世远在这篇文章的末尾写有按语曰："文至东汉，渐趋简练。浑灏之气，不如西京。至三国，则又加选言之功，以韵调胜六朝，因而为四六绮靡之文。唐初未离此习，韩柳始一振之。此篇虽以排偶行文，然镕经铸史，兼三国六朝之胜，而浑灏流转，直迨西京者也。欧苏王曾谢表，俱效此体，绮靡之风衰矣。"[2]（卷八）韩愈《为裴相公让官表》的妙处在于，其句式突破了四字句和六字句的限制，其对偶方式实现了多重对偶，其运思方式呈明显的递进趋势。因此，这篇文章力度很够，摆脱了一般骈文的柔弱。"李光地曰：韩公虽于俳句之文，而辞之质直，气之动荡若此，所谓剥去其华，存其本根者。"[3]韩愈的本质很好。在这里，本质不仅指品性道德，而且也包括基本的审美趣味，这些是在一个人的青少年时期养成的。韩愈得到陆贽的提拔，良有以也。座主欣赏门生的文学潜质，门生发扬座主的文学优长，这在中国文学史上颇多例证。

二马相驾曰骈，成双成对曰偶。从句式上说，骈文讲究对偶，要求有工稳的对仗和整齐的结构。借用西方批评的术语来说，骈文使用的句式是平行结构（parallel structure），即用结构相同或相似的两句话来表达一个意思。唐代及以后的骈文，甚至有四重平行结构，即用结构相同或相似的四句话来表达一个意思。比如，在韩愈《为裴相公让官表》篇中，就有四重平行结构的例子："成汤举伊尹于庖厨，高宗登傅说于版筑，周文用吕尚于屠钓，齐桓起甯戚于饭牛。"从音律上说，骈文讲究平仄。押韵虽然不是骈文的范畴性规定，但是有的骈文家有时也在其骈文中多多少少押一些韵，以增加文章的音韵之美。从行文上说，骈文讲究用典和藻饰。钟嵘在其《诗品序》中曾说："若乃经国文符，应资博古，撰德驳奏，宜穷往烈。至乎吟咏情性，亦何贵于用事？"[4]用事，即用典。诗歌本来应该表现真切的感受，塑造优美的意境。在诗歌中过多地用典是不恰当的。然而，文人大都喜欢逞才，所谓掉书袋也，于是用事被骈文家们在其文章中发挥到了极致。这是因为，骈文的篇幅比诗歌大得多，诗

---

[1] 王先谦编：《骈文类纂》，杭州：浙江古籍出版社1998年版，第342页。

[2] 蔡世远：《古文雅正》，文渊阁四库全书本。

[3] 马通伯校注：《韩昌黎文集校注》，上海：古典文学出版社1957年版，第346页。

[4] 钟嵘，韩晶译注：《诗品》，北京：中国社会科学出版社2007年版，第23页。

人难于在诗篇中办到的，却被骈文家们在文章中办得很充分。这种迂回的表达方式，势必造成运思的缓慢。骈文的好处是显得优游不迫、庄重严肃、富丽堂皇、委婉含蓄。但是，这也带来一个明显的坏处，即一般说来骈文的体势柔弱。人们对骈文的种种批评可以归结到"绮靡"一语之上。绮靡，本来是个褒义词。《文选》卷一七陆机《文赋》李善注："绮靡，精妙之言。"[1] 可是，从中国文学批评史上看，绮靡往往成为文辞浮艳侈丽的代称。李白《古风五十九首》之一有云："自从建安来，绮靡不足珍。圣代复元古，垂衣贵清真。"[2] 可见绮靡早已被人们看作六朝形式主义文风的同义词了。

　　然而，也有人能够把排偶之文写得大气磅礴，一气灌注，意气风发，才气纵横的。这人是谁呢？就是陆贽。唐代的骈文，以实用文名家而取得重大的文学意义的作家首推陆贽。陆贽一生中最忙碌的时期是朱泚之乱时期，当时军务繁忙，皇帝每天发布大量的诏书。陆贽身为翰林学士，他的职责就是负责为皇帝起草诏书。诏书属于实用一途的骈文，直接地体现了国家的意志。陆贽为皇帝起草诏书，当然把文章看成经国之大业、不朽之盛事。故而，他能够取得伟大的成就。因为实用，就不愁无内容，也不会无病呻吟。这是实用骈文取得成绩的根本原因。可以说，时代造就了骈文家陆贽。充实的生活和旺盛的才思使得陆贽有可能写出好文章来。韩愈《顺宗实录》卷四："德宗幸奉天，陆贽随行在，天下搔扰，远近征发，书诏一日数十下，皆出于贽。贽操笔持纸，成于须臾，不复起草。同职皆拱手嗟叹，不能有所助。常启德宗言：'方今书诏，宜痛自引过罪己，以感人心。昔成汤以罪己致兴，后代推以为圣人；楚王失国亡走，一言善而复其国，至今称为贤者。陛下诚能不吝改过，以言谢天下。臣虽愚陋，为诏词无所忌讳。庶能令天下叛逆者回心喻旨。'德宗从之。故行在制诏始下，闻者虽武人悍卒，无不挥涕感激。议者咸以为德宗克平寇难，旋复天位，不惟神武成功，爪牙宣力，盖以文德广被，腹心有助焉。"[3] 韩愈的这一段话为《新唐书》卷一五七《陆贽传》、权德舆《陆宣公全集序》（即陆贽《翰苑集》序）、《唐会要》卷五七等文献所采用。书诏，敕书和诏书。唐代的书诏是用什么文体写成的呢？按照当时的公文语体要求，唐代的书诏用排偶之文亦即骈文来写作。这段话中的最后一句，值得我们注意。它说明，在韩愈的心中，陆贽的排偶文与朝廷的大军一样，有着伟大的力量。韩愈巧妙地以"议者咸以为"导出他的结论：这是大家一致的意见。

二、奏议名家陆贽的排偶文

　　陆贽与唐宋的古文运动，其关系是间接的，同时又是深刻的。陆贽的奏议是一种两栖的文类，有的文章家将之列入骈文之中，有的文章家将之列入古文之中。这是一种文学史上的奇异现象，值得我们深入研究，也说明了骈文是中国散文不可分割的一部分。

　　陆贽是唐代著名文学家，他具有全面的文学才华，可谓各体皆善。不过，由于政治的变动，陆贽传世之作，主要为实用文字。陆贽《翰苑集》二十二卷，又称《陆宣公奏议》，为后人所编。陆贽还有七篇赋、三首诗和两句残诗，它们保存在近人董士恩（1877—1949）所编《陆宣公全集》二十六卷之中，这是今人王素点校《陆贽集》所据之底本。董士恩编《陆宣公全集》二十六卷，前面二十二卷与《翰苑集》相同，后面增加了补遗一卷，附录三卷，一共二十六卷。董士恩，本名陆士恩，为陆贽第四十四世孙，因过继给其舅父董全胜（？—1899，字凯臣）而改为今名。董士恩的编纂工作包括汇注、汇评、增辑和校勘，用功甚著。在陆贽的实用文章中，奏议占据了最大的比重，亦代表了他的最高文章成就。那么，我们不禁要问，陆贽的奏议是否也得益于骈文呢？答案是肯定的，请看陆贽《奉天请罢琼林

[1]　萧统编：《文选》，上海：上海书店1988年版，第224页。

[2]　王琦：《李太白全集》，北京：中华书局1977年版，第10页。

[3]　韩愈著，钱仲联、马茂元校点：《韩愈全集》，上海：上海古籍出版社1997年版，第376页。

大盈二库状》：

臣闻做法于凉，其弊犹贪；做法于贪，弊将安救？示人以义，其患犹私；示人以私，患必难弭。故圣人之立教也，贱货而尊让，远利而尚廉。天子不问有无，诸侯不言多少。百乘之室，不畜聚敛之臣。夫岂皆能忘其欲贿之心哉？诚惧贿之生人心而开祸端，伤风教而乱邦家耳。是以务鸠敛而厚其帑椟之积者，匹夫之富也；务散发而收其兆庶之心者，天子之富也。天子所作，与天同方。生之长之，而不恃其为；成之收之，而不私其有。付物以道，混然忘情，取之不为贪，散之不为费。以言乎体则博大，以言乎术则精微。亦何必挠废公方，崇聚私货，降至尊而代有司之守，辱万乘以效匹夫之藏？亏法失人，诱奸聚怨，以斯制事，岂不过哉！今之琼林、大盈，自古悉无其制。传诸耆旧之说，皆云创自开元。贵臣贪权，饰巧求媚，乃言郡邑贡赋所用，盍各区分，税赋当委之有司，以给经用；贡献宜归乎天子，以奉私求。元宗悦之，新是二库。荡心侈欲，萌柢于兹；迨乎失邦，终以饵寇。《记》曰："货悖而入，必悖而出。"岂非其明效欤？陛下嗣位之初，务遵理道，敦行约俭，斥远贪饕。虽内库旧藏未归太府，而诸方曲献不入禁闱。清风肃然，海内丕变。议者咸谓汉文却马、晋武焚裘之事，复见于当今。近以寇逆乱常，銮舆外幸，既属忧危之运，宜增儆励之诚。臣昨奉使军营，出游行殿，忽睹右廊之下，榜列二库之名，慢然若惊，不识所以。何则？天衢尚梗，师旅方殷。疮痛呻吟之声，噢咻未息；忠勤战守之劳，赏赉未行。而诸道贡珍，遽私别库。万目所视，孰能忍怀！窃揣军情，或生觖望。试询候馆之吏，兼采道路之言，果如所虞，积憾巳甚。或恣形谤讟，或丑肆讴谣，颇含思乱之情，亦有悔忠之意。是知旺俗昏鄙，识昧高卑，不可以尊极临，而可以诚义感。顷者六师初降，百物无储。外扞凶徒，内防危堞，昼夜不息，迨将五旬。冻馁交侵，死伤相枕，毕命同力，竟夷大艰。良以陛下不厚其身，不私其欲，绝甘以同卒伍，辍食以啖功劳。无猛制而人不携，怀所感也；无厚赏而人不怨，悉所无也。今者攻围已解，衣食已丰，而谣讟方兴，军情稍阻。岂不以勇夫恒性，嗜货矜功，其患难既与之同忧，而好乐不与之同利，苟异恬默，能无怨咨！此理之常，固不足怪。《记》曰："财散则民聚，财聚则民散。"岂非其殷鉴欤？众怒难任，蓄怨终泄，其患岂徒人散而已？亦将虑有构奸鼓乱、干纪而强取者焉。夫国家作事，以公共为心者，人必乐而从之；以私奉为心者，人必咈而叛之。故燕昭筑金台，天下称其贤；殷纣作玉杯，百代传其恶。盖为人与为已殊也。周文之圃百里，时患其尚小；齐宣之圃四十里，时病其太大。盖同利与专利异也。为人上者，当辨察兹理，洒濯其心，奉三无私，以壹有众。人或不率，于是用刑。然则宣其利而禁其私，天子所恃以理天下之具也。舍此不务，而壅利行私，欲人无贪，不可得已。今兹二库，珍币所归。不领度支，是行私也；不给经费，非宣利也。物情离怨，不亦宜乎！智者因危而建安，明者矫失而成德。以陛下天姿英圣，倘加之见善必迁，是将化蓄怨为衔恩，反过差为至当。促殄遗孽，永垂鸿名，易如转规，指顾可致。然事有未可知者，但在陛下行与否耳。能则安，否则危。能则成德，否则失道。此乃必定之理也，愿陛下慎之惜之！陛下诚能近想重围之殷，忧追戒平居之专欲。器用取给，不在过丰；衣食所安，必以分下。凡在二库货贿，尽令出赐有功，坦然布怀，与众同欲。是后纳贡，必归有司；每获珍华，先给军赏；瑰异纤丽，一无上供。推赤心于其腹中，降殊恩于其望外。将卒慕陛下必信之赏，人思建功；兆庶悦陛下改过之诚，孰不归德？如此，则乱必靖，贼必平。徐驾六龙，旋复都邑；兴行坠典，整缉棼纲。乘舆有旧仪，郡国有恒赋。

天子之贵，岂当忧贫？是乃散其小储，而成其大储也；损其小宝，而固其大宝也。举一事而众美具，行之又何疑焉！吝少失多，廉贾不处；溺近迷远；中人所非。况乎大圣应机，固当不俟终日。不胜管窥愿效之至，谨陈冒以闻。谨奏。[1]

这篇文章指责德宗私设琼林、大盈二库之过，从来历、时局和人心军心几方面分析利害，建议德宗改过。在陆贽的众多奏议中，这是普通的一篇，然而却具有文学史上的意义。首先，这篇奏议，既不是纯粹的古文，也不是正统的骈文，而是一篇经过改良的骈文。文中的骈偶因素很多，有些句子，平仄、对仗均很工稳，有的地方还用了韵。因此，这篇文章基本上是骈文。其次，文中句式大大地突破了四言句、六言句的模式。有三言而作骈偶者，有五言而作骈偶者，有七言而作骈偶者，有九言而作骈偶者，还有十一言而作骈偶者。我们读着这些骈偶句，却隐隐约约感觉到古文的气势，字里行间并非散发着气韵细蕴，而是奔腾着力气磅礴。可以说，陆贽的骈文是用古文气势改造过的骈文，而获得这一改造效果的手段，主要是句式。这个道理很简单，只要我们回顾一下骈文产生的过程就很清楚了：以四六句式去整齐散文即成骈文。陆贽的工作是把这个过程颠倒过来：以其他句式杂骈文即可以改造骈文。将过分整齐的骈文杂以非四六的句式，改一律骈偶为部分散行单句，这实际上是把充分发展了的骈文引回到未定型之前的老路上去，亦即复古。复古之功绩，就是再青春了。因此我们看到，陆贽的奏议舒展自如，明白畅达，并不因大量的骈偶句子而板滞沉重。陆贽的骈文，散发着青春的气息。

陆贽《奉天请罢琼林大盈二库状》，其文体是一个有趣的问题。有的人认为它属于古文。高步瀛编《唐宋文举要》分甲乙两编。甲编八卷，收录古文。乙编四卷，收录骈文。陆贽的这篇文章，收录在甲编卷一之中。显然，高步瀛认为此文为古文，而陆贽则是唐代有代表性的古文作家。不过，就在高步瀛在这篇文章之前为陆挚所拟的小传之中，也收录了相反的意见。"《鸣原堂论文》卷上曰。骈体文为大雅所羞称，以其不能发挥精义，并恐以芜累伤其气也。陆公则无一句不对，无一字不谐平仄，无一联不调马蹄。而义理之精，足以比隆濂、洛；气势之盛，亦堪方驾韩、苏。"[2] 在这里，显然认为陆贽的文章属于骈文。今人所编的不少唐代古文选本之中，也收入了陆贽的这篇文章。有的人认为它属于骈文，最典型的意见出于四库馆臣。《四库全书总目》卷一五零《翰苑集》提要："故《新唐书》例不录排偶之作，独取贽文十余篇，以为后世法。司马光作《资治通鉴》，尤重贽议论，采疏奏三十九篇。"[3] 四库馆臣从安邦治国的角度来看待司马光对陆贽奏议的采录，明确地言及了这些文章的篇数，但是未言及它们的文体特征。但是，他们在言及《新唐书》采录陆贽奏议的时候，明确地关注到了这些文章的文体特征，即陆贽的奏议属于排偶之文。何谓排偶之文呢？排偶之文就是骈文。从行文口吻看，四库馆臣认为，陆贽的奏议从整体上说属于骈文的大范畴。也就是说，如果硬要把陆贽的奏议归入古文的大范畴，那么，它们是包含骈文成分极多的古文，或曰，它们是尚未蜕掉骈文躯壳的古文。

那么，我们不禁要问，这里所提到的十余篇究竟是陆贽的哪些文章呢？它们被收录在《新唐书》中的何处呢？原来它们俱载于《新唐书》卷一五七《陆贽传》之中。这是一些文章的著名段落。由于其篇幅均较长，中华书局编辑部二十四史简体字本《新唐书》的点校者们，特地将它们作为单列的引文，以求醒目。它们各自成篇，意义完足。由于古人引书并非逐字逐句引用，而往往是扼要地举其辞而已。《新唐书》中所录之陆贽语段，与文集有差异。为研究之方便，笔者兹将它们与王素点校《陆宣公全集》（以下简称"王本"）中的相关段落逐一比对，罗列如下。

---

[1] 陆贽撰，王素点校：《陆贽集》，北京：中华书局 2006 年版，第 420 页。

[2] 高步瀛选注：《唐宋文举要》，上海：上海古籍出版社 1982 年版，第 101 页。

[3] 永瑢等撰：《四库全书总目》，北京：中华书局 1965 年版，第 1287 页。

第一篇："劳于服远，莫若修近……则梁、宋安。"[1]此篇出自《陆宣公全集》卷十一《论两河及淮西利害状》："是以劳心于服远者，莫若修近而其远自来……汝、洛既固，梁、宋亦安。"[2]这一语段在王本中跨越了两段。

第二篇："立国之权，在审轻重……何以备之？"[3]此篇出自《陆宣公全集》卷十一《论关中事宜状》："立国之权，在审其轻重……未审陛下其何以御之？"[4]这一语段在王本中跨越了三段。

第三篇："夫关中，王业根本在焉……则端本整荄之术。"[5]此篇为上篇之延伸，对应语段为："且今之关中，即古者邦畿千里之地也，王业根本于是在焉……端本整荄，无易于此。"[6]这一语段在王本中跨越了两段。

第四篇："自安史之乱……群情嚣然，而关畿不宁矣。"[7]（第3833页）此篇出自《陆宣公全集》卷十二《论叙迁幸之由状》："自胡羯称乱……朝野嚣然，而京邑关畿不宁矣。"[8]（第356—359页）

第五篇："陛下又谓百度弛废……是则群臣之罪也。"[9]此篇为上篇之延伸，对应的语段为："陛下又以百度弛废……群臣之罪者，岂徒言欤？"[10]第四篇与第五篇，在王本中处于同一段。

第六篇："陛下方以兴衰诿之天命……请以近事信之。"[11]此篇为上篇之延伸，对应的语段为："圣旨又以国家兴衰……臣请复以近事证之。"[12]这一语段在王本中跨越了两段。

第七篇："自比兵兴……何患乎不宁哉？"[13]此篇为上篇之延伸，对应的语段为："自顷征讨颇频……何患乎天下不宁？"[14]这一语段在王本中跨越了两段。

第八篇："昔人有因噎废食者……恐非所以为悔也。"[15]此篇出自《陆宣公全集》卷十三《奉天请数对群臣兼许令论事状》："昔人有因噎而废食者……恐非所以为悔者也！"[16]这一语段在王本中跨越了两段。

第九篇："传曰：人谁无过……不宜以此梗进言之路也，"[17]此篇为上篇之延伸，对应的语段为："臣闻《春秋传》曰：人谁无过……而阻绝直言之路也。"[18]这一语段在王本中跨越了两段。

---

[1] 中华书局编辑部二十四史简体字本《新唐书》第四册，北京：中华书局2000年版，第3831—3832页。

[2] 陆贽撰，王素点校：《陆贽集》，北京：中华书局2006年版，第324—330页。

[3] 中华书局编辑部二十四史简体字本《新唐书》第四册，北京：中华书局2000年版，第3832页。

[4] 陆贽撰，王素点校：《陆贽集》，北京：中华书局2006年版，第335—345页。

[5] 中华书局编辑部二十四史简体字本《新唐书》第四册，北京：中华书局2000年版，第3832页。

[6] 陆贽撰，王素点校：《陆贽集》，北京：中华书局2006年版，第349—352页。

[7] 中华书局编辑部二十四史简体字本《新唐书》第四册，北京：中华书局2000年版，第3833页。

[8] 陆贽撰，王素点校：《陆贽集》，北京：中华书局2006年版，第356—359页。

[9] 中华书局编辑部二十四史简体字本《新唐书》第四册，北京：中华书局2000年版，第3833页。

[10] 陆贽撰，王素点校：《陆贽集》，北京：中华书局2006年版，第359—360页。

[11] 中华书局编辑部二十四史简体字本《新唐书》第四册，北京：中华书局2000年版，第3833—3834页。

[12] 陆贽撰，王素点校：《陆贽集》，北京：中华书局2006年版，第360—361页。

[13] 中华书局编辑部二十四史简体字本《新唐书》第四册，北京：中华书局2000年版，第3834页。

[14] 陆贽撰，王素点校：《陆贽集》，北京：中华书局2006年版，第361—363页。

[15] 中华书局编辑部二十四史简体字本《新唐书》第四册，北京：中华书局2000年版，第3834—3835页。

[16] 陆贽撰，王素点校：《陆贽集》，北京：中华书局2006年版，第390—391页。

[17] 中华书局编辑部二十四史简体字本《新唐书》第四册，北京：中华书局2000年版，第3835页。

[18] 陆贽撰，王素点校：《陆贽集》，北京：中华书局2006年版，第393—394页。

第十篇："圣人不忽细微……不必慕高而好异也。"[1] 此篇为上篇之延伸，对应的语段为："是则圣贤为理，务询众心，不敢忽细微……固不在慕高而好异也。"[2]

第十一篇："陛下又以雷同道说……况疏隔而猜忌者乎？"[3] 此篇为上篇之延伸，对应的语段为："陛下所谓：比见奏对论事皆是雷同……况有疏隔而勿接，又有猜忌而加损者乎？"[4] 这一语段在王本中跨越了三段。

第十二篇："自禄山构乱……图之而功靡就。"[5] 此篇出自《陆宣公全集》卷十九《论缘边守备事宜状》："国家自禄山构乱……图之而其功靡就。"[6]

第十三篇："夫势有难易……胡不守所易，用所长乎？"[7] 此篇为上篇之延伸，对应的语段为："势有难易……在其慎守所易，精用所长而已。"[8] 这一语段在王本中跨越了三段。

第十四篇："若乃择将吏……行不必当，当不必行。"[9] 此篇为上篇之延伸，对应的语段为："若乃择将吏以抚宁众庶……所行不必当，当者未必行。"[10]

第十五篇："又有六失焉。夫兵有攻讨，有镇守……治兵若此，斯可谓措置乖方。一失也。"[11] 此篇为上篇之延伸，对应的语段为："臣请为笔下粗陈六者之失……理兵若斯，可谓措置乖方矣。"[12] 这一语段在王本中跨越了两段。

第十六篇："赏以存劝……御众若此，可谓课责亏度。二失也。"[13] 此篇为上篇之延伸，对应的语段为："夫赏以存劝……御将若斯，可谓课责亏度矣。"[14]

第十七篇："以课责之亏……制用若此，可谓财匮于兵众矣。三失也。"[15] 此篇为上篇之延伸，对应的语段为："课责亏度……制用若斯，可谓财匮于兵众矣。"[16]

第十八篇："今四夷最强盛者……建军若此，可谓力分于将多矣。四失也。"[17] 篇为上篇之延伸，对应的语段为："今四夷之最强盛……建军若斯，可谓力分于将多矣。"[18]

第十九篇："治戎之要……养士若此，可谓怨生于不均矣。五失也。"[19] 此篇为上篇之延伸，对应的语段为："理戎之要……养士若斯，可谓怨生于不均矣。"[20]

---

[1] 中华书局编辑部二十四史简体字本《新唐书》第四册，北京：中华书局 2000 年版，第 3835—3836 页。
[2] 陆贽撰，王素点校：《陆贽集》，北京：中华书局 2006 年版，第 394—396 页。
[3] 中华书局编辑部二十四史简体字本《新唐书》第四册，北京：中华书局 2000 年版，第 3836 页。
[4] 陆贽撰，王素点校：《陆贽集》，北京：中华书局 2006 年版，第 396—400 页。
[5] 中华书局编辑部二十四史简体字本《新唐书》第四册，北京：中华书局 2000 年版，第 3840 页。
[6] 陆贽撰，王素点校：《陆贽集》，北京：中华书局 2006 年版，第 609—610 页。
[7] 中华书局编辑部二十四史简体字本《新唐书》第四册，北京：中华书局 2000 年版，第 3840 页。
[8] 陆贽撰，王素点校：《陆贽集》，北京：中华书局 2006 年版，第 611—612 页。
[9] 中华书局编辑部二十四史简体字本《新唐书》第四册，北京：中华书局 2000 年版，第 3840—3841 页。
[10] 陆贽撰，王素点校：《陆贽集》，北京：中华书局 2006 年版，第 612—613 页。
[11] 中华书局编辑部二十四史简体字本《新唐书》第四册，北京：中华书局 2000 年版，第 3841—3842 页。
[12] 陆贽撰，王素点校：《陆贽集》，北京：中华书局 2006 年版，第 613—616 页。
[13] 中华书局编辑部二十四史简体字本《新唐书》第四册，北京：中华书局 2000 年版，第 3842 页。
[14] 陆贽撰，王素点校：《陆贽集》，北京：中华书局 2006 年版，第 616—617 页。
[15] 中华书局编辑部二十四史简体字本《新唐书》第四册，北京：中华书局 2000 年版，第 3842 页。
[16] 陆贽撰，王素点校：《陆贽集》，北京：中华书局 2006 年版，第 617—618。
[17] 中华书局编辑部二十四史简体字本《新唐书》第四册，北京：中华书局 2000 年版，3842—3843 页。
[18] 陆贽撰，王素点校：《陆贽集》，北京：中华书局 2006 年版，第 618—621 页。
[19] 中华书局编辑部二十四史简体字本《新唐书》第四册，北京：中华书局 2000 年版，第 3843 页。
[20] 陆贽撰，王素点校：《陆贽集》，北京：中华书局 2006 年版，第 621—623 页。

第二十篇："凡任将帅……用帅若此，可谓机失于遥制矣。六失也。"[1] 此篇为上篇之延伸，对应的语段为："凡欲选任将帅……用师若斯，可谓机失于遥制矣。"[2]

第二十一篇："臣愚谓宜罢四方之防秋者……则八利可致，六失可去矣。"[3] 此篇为上篇之延伸，对应的语段为："臣愚谓宜罢诸道将士番替防秋之制……则八利可致，六失可除。"[4]

以上是中华书局编辑部二十四史简体字本《新唐书》单列为引文的陆贽言论二十一篇。它们引自陆贽的五篇奏议，即《论两河及淮西利害状》、《论关中事宜状》、《论叙迁幸之由状》、《奉天请数对群臣兼许令论事状》和《论缘边守备事宜状》。《新唐书》的引文，进行了较大程度的整合，文字压缩较多，但是大多采用原话，属于摘要式引用。此外，还有一些陆贽的重要言论，中华书局编辑部二十四史简体字本《新唐书》未将它们作为单列引文，而是夹在叙述的中间。兹略去过于简短者，而将篇幅较长者，清理如下：

第一篇，陆贽奏言："古之仁君，德合于天曰皇……宁与加冗号以受实惠哉？"[5] 此言论出自《陆宣公全集》卷十三《重论尊号状》，对应的引文为："臣闻德合天者谓之皇……陛下何吝而不革，反欲加冗号以受实惠哉？"[6]

第二篇，陆贽即建言："履非常之危者……无苟于言，以重取悔。"[7] 此言论出自《陆宣公全集》卷十三《奉天论赦书事条状》，对应的引文为："履非常之危者……无苟于言，以重其悔。"[8] 这一语段在王本中跨越了两段。

第三篇，陆贽谏，以为："琼林、大盈于古无传……捐小宝固大宝也。"[9] 此言论出自《陆宣公全集》卷十四《奉天请罢琼林大盈二库状》，对应的引文为："今之琼林、大盈，自古悉无其制……捐小宝固大宝也。"[10] 这一语段在王本中跨越了五段。

第四篇，陆贽曰："信赏必罚……厚赐可也。"[11] 此言论出自《陆宣公全集》卷十四《又论进瓜果人拟官状》，对应的引文为："臣愚以为：信赏必罚，霸王之资……必欲使之欢欣，不如厚赏钱帛。"[12] 这一语段在王本中跨越了三段。

第五篇，陆贽谏曰："楚琳之罪旧矣……通归途，济大业也。"[13] 此言论出自《陆宣公全集》卷十六《兴元请抚循李楚琳状》，对应的引文为："李楚琳乘时艰危……故通归涂，将济大业。"[14]

第六篇，陆贽谏曰："大难始平……天下固多衰人，何必独此？"[15] 此言论出自《陆宣公全集》卷十六《兴元论赐浑瑊诏书为取散失内人等议状》，对应的引文为："今渠魁始平……天下

[1] 中华书局编辑部二十四史简体字本《新唐书》第四册，北京：中华书局 2000 年版，第 3843—3844 页。

[2] 陆贽撰，王素点校：《陆贽集》，北京：中华书局 2006 年版，第 623—625 页。

[3] 中华书局编辑部二十四史简体字本《新唐书》第四册，北京：中华书局 2000 年版，第 3844 页。

[4] 陆贽撰，王素点校：《陆贽集》，北京：中华书局 2006 年版，第 626—627 页。

[5] 中华书局编辑部二十四史简体字本《新唐书》第四册，北京：中华书局 2000 年版，第 3836 页。

[6] 陆贽撰，王素点校：《陆贽集》，北京：中华书局 2006 年版，第 408—410 页。

[7] 中华书局编辑部二十四史简体字本《新唐书》第四册，北京：中华书局 2000 年版，第 3836—3837 页。

[8] 陆贽撰，王素点校：《陆贽集》，北京：中华书局 2006 年版，第 423—415 页。

[9] 中华书局编辑部二十四史简体字本《新唐书》第四册，北京：中华书局 2000 年版，第 3837 页。

[10] 陆贽撰，王素点校：《陆贽集》，北京：中华书局 2006 年版，第 421—426 页。

[11] 中华书局编辑部二十四史简体字本《新唐书》第四册，北京：中华书局 2000 年版，第 3837—3838 页。

[12] 陆贽撰，王素点校：《陆贽集》，北京：中华书局 2006 年版，第 447—452 页。

[13] 中华书局编辑部二十四史简体字本《新唐书》第四册，北京：中华书局 2000 年版，第 3838 页。

[14] 陆贽撰，王素点校：《陆贽集》，北京：中华书局 2006 年版，第 492—493 页。

[15] 中华书局编辑部二十四史简体字本《新唐书》第四册，北京：中华书局 2000 年版，第 3838—3839 页。

固多美人，何必独在于此！"[1] 这一语段在王本中跨越了三段。

第七篇，陆贽奏言："齐桓公问管仲害霸……待以轻者重其事也。"[2] 此言论出自《陆宣公全集》卷十七《请许台省长官举荐属吏状》，对应的引文为："昔齐桓公将启霸图，问管仲以害霸之事……是乃任以重者轻其言，待以轻者重其事。"[3] 这一语段在王本中跨越了八段。

以上是中华书局编辑部二十四史简体字本《新唐书》未单列为引文的陆贽言论七篇，它们分别引自陆贽的七篇奏议，即《重论尊号状》、《奉天论赦书事条状》、《奉天请罢琼林大盈二库状》、《又论进瓜果人拟官状》、《兴元请抚循李楚琳状》、《兴元论赐浑瑊诏书为取散失内人等议状》和《请许台省长官举荐属吏状》。这些引文，其概括性更强，不过大多并非原话，属于整合式引用。

圣经是西方人必读之书。圣经皇皇巨著，巍巍如锡安山，约合汉字百万字。西方人读圣经有一妙法。如觉新旧约全书太多，可仅读新约。新约的篇幅仅为旧约的三分之一。如觉新约亦多，可仅读四福音书。如觉四部福音书亦多，可仅读"约翰福音"，该经卷有教义福音之称。如觉《约翰福音》亦多，可仅读其第一章。如觉第一章亦多，可仅读其第一段。如觉其第一段亦多，可仅读其第一句："太初有道，这道与上帝同在，道就是上帝。"[4] 此方法亦可移用来研读陆贽的奏议。现存陆贽奏议，如果《均节赋税恤百姓六条》只算作一篇，那么共有一百零三篇。若觉得它们太多，可仅读《新唐书》所引用过的那十二篇。至少，从文学的角度说，的确如此。这得感谢欧阳修，他修《新唐书》时已经替我们做了一遍拣择精编的工作了。这也得感谢四库馆臣，他们编纂《四库全书》时已经替我们做了文体分析。

中国外文学史上都曾迭起过复古的浪潮。欧洲文艺复兴打着回归古希腊罗马的旗帜，认为只有复古才能"再生"。从这种意义上说，陆贽以其他句式杂骈文的努力也是一种复古。可以认为，陆贽开启了后来的古文运动之先声。不过，陆贽未能彻底，他尚未抛弃骈文的躯壳。彻底地抛弃骈文的躯壳这一历史任务，只能等到历史条件成熟的时候，由韩愈、柳宗元等人来做。陆贽的学生韩愈还真的做到了。韩愈成了唐代古文运动的领袖之一。

三、骈文家苏轼心中的陆贽

历史并非直线地前进，文类的运动史亦然。到了晚唐，李商隐等又热衷于骈文了。晚唐作家李商隐在经历了唐代古文运动之后，其为文之兴趣又回复到骈文之上，并且取得了成就。宋朝初年，骈文亦盛行天下。欧阳修起而振之，领导了宋代的古文运动。这一文学史上的重要事件暗示我们，文章的运动一如世间万物，均遵循对立统一规律。欧阳修的古文是学习韩愈古文的结果。欧阳修《居士外集》卷二三《记旧本韩文后》："予少家汉东。汉东僻陋无学者，吾家又贫无藏书。州南有大姓李氏者，其子尧辅，颇好学。予为儿童时，多游其家。见有弊筐贮故书在壁间，发而视之，得唐昌黎先生文集六卷，脱落颠倒无次序，因乞李氏以归。读之，见其言深厚而雄博。然予犹少未能悉究其义，徒见其浩然无涯若可爱。"[5] 读书少年的心情，溢于言表！欧阳修在学习古文的过程中，曾在全神贯注的状态下仔细研究过韩愈的古文。韩愈的古文之所以能够触动欧阳修的神思，乃是因为二人均具有类似的文学趣味，其中包括对骈文的体认和喜爱。欧阳修的古文，成就较之韩愈更为伟大。然而，通检《欧

[1] 陆贽撰，王素点校：《陆贽集》，北京：中华书局 2006 年版，第 502—504 页。

[2] 中华书局编辑部二十四史简体字本《新唐书》第四册，北京：中华书局 2000 年版，第 3839—3840 页。

[3] 陆贽撰，王素点校：《陆贽集》，北京：中华书局 2006 年版，第 543—548 页。

[4] 《新旧约全书》，北京：中国基督教协会、中国基督教三自爱国运动委员会 1982 年，第 113 页。

[5] 欧阳永叔：《欧阳修全集》，北京：中国书店 1986 年版，第 536 页。

阳修全集》，我们发现这样一个事实：欧阳修的骈文，其创作量远多于其古文。这是发人深省的。唐宋的古文运动规定了此后古文的审美趣向，亦即优秀的古文总是或多或少地具有某些骈文的美质。

欧阳修的古文是直接学习韩愈的结果，亦是间接学习陆贽的结果。换言之，欧阳修为陆贽的再传弟子。唐宋的古文运动，孕育出了唐宋八大家。其中，唐两家，宋六家。唐两家中，柳宗元的骈文成就很大，《骈文类纂》录柳宗元骈文多达六篇，它们分别是《为裴中丞贺破东平表》（卷一三）、《为武中丞谢赐樱桃表》（卷一四）、《谢李相公示手札启》（卷二一下）、《为裴中丞伐黄贼转牒》（卷二七）、《唐故特进赠开府仪同三司扬州大都督南府君睢阳庙碑》（卷三十上）和《故唐中散大夫检校国子祭酒兼安南都护御史中丞充安南本管经略招讨处置等使上柱国武城县开国男食邑三百户张公墓志铭》（卷三三上）。宋六家中，欧阳修本人为座主，其余五家都是他的门生。换言之，苏轼是陆贽的第三代弟子。老师选拔学生，必有共同的审美趣味起着动因的作用。此正如辛弃疾《贺新郎》词所谓："我见青山多妩媚，料青山见我应如是。情与貌，略相似。"[1] 不难设想，一位深谙骈文三昧、擅长骈文写作的主考官，会对那些连骈文都不会的考生发生多少兴趣。即使阴差阳错地将他们录取了，他们也难以从先生那里吸收多少学术的营养。辛弃疾《满江红》词道出了个中究竟："天与文章，看万斛，龙文笔力。"[2] 其实，天资的本质，还是早期教育所打下的全部基础。天资的提高，有赖于终身孜孜不倦的努力。贺拉斯（Horace，65—8 BC）《诗艺》第 268—269 行有云：Vos exemplaria Graeca / Nocturna versus manu, versate diurna. [3] 大意是说：为了你们自己好，日日夜夜把玩希腊范例，把那些书页揣摩鼓捣。（拙译）唐宋八大家的古文成就，全都离不开他们的骈文功夫。

苏轼是著名的古文家，苏轼同时还是骈文家。清·王先谦编《骈文类纂》卷十二苏子瞻《上陆宣公奏议劄子》：

> 窃谓人臣之纳忠，譬如医者之用药。药虽进于医手，方多传于古人。若已经效于世间，不必皆从于己出。伏见唐宰相陆贽，才本王佐，学为帝师。论深切于事情，言不离于道德。智如子房，而文则过；辩如贾谊，而术不疏。上以格君心之非，下以通天下之志。三代以还，一人而已。但其不幸，仕不遇时。德宗以苛刻为能，而贽谏之以忠厚；德宗以猜疑为术，而贽劝之以推诚；德宗好用兵，而贽以消兵为先；德宗好聚财，而贽以散财为急。至于用人听言之法，治边驭将之方，罪己以收人心，改过以应天道，去小人以除民患，惜名器以待有功。如此之流，未易悉数。可谓进苦口之药石，针害身之膏肓。使德宗尽用其言，则贞观可得而复。臣等每退自西阁，即私相告言，以陛下圣明，必喜贽议论，但使圣贤之相契，即如臣主之同时。昔冯唐论颇、牧之贤，则汉文为之太息；魏相条晁、董之对，则孝宣以至中兴。若陛下能自得师，莫若近取诸贽。夫六经三史、诸子百家，非无可观，皆足为治。但圣言幽远，末学支离，譬如山海之崇深，难以一二而推择。如贽之论，开卷了然。聚古今之精英，实治乱之龟鉴。臣等欲取其奏议，稍加校正，缮写进呈。愿陛下置之坐隅，如见贽面；反复熟读，如与贽言。必能发圣性之高明，成治功于岁月。臣等不胜区区之意。取进止。[4]

以上是这道劄子的正文。在《苏轼文集》卷三六中，苏轼的这篇骈文又作《乞校正陆贽奏议上进札子》，一作《乞校正陆贽奏议进御札子》。在这篇文章的开头，还有一段话说明了事情的原委："元

[1] 唐珪璋编：《全宋词》第三册，北京：中华书局 1965 年版，第 1915 页。

[2] 唐珪璋编：《全宋词》第三册，北京：中华书局 1965 年版，第 1888 页。

[3] Q. Horati Flcci, OPERA, with notes by Thomas Ethelbert Page, assisted by Arthur Palmer and A.S. Wilkins (London: Macmillan and Co., Limited, 1933）191.

[4] 王先谦编：《骈文类纂》，杭州：浙江古籍出版社 1998 年版，第 314 页。

祐八年五月七日，端明殿学士兼翰林侍读学士左朝奉郎守礼部尚书苏轼，同吕希哲、吴安诗、丰稷、赵彦若、范祖禹，顾临札子奏：臣等猥以空疏，备员讲读，圣明天纵，学问日新，臣等才有限而道无穷，心欲言而口不逮，以此自愧，莫知所为。"[1] "顾临"，不是人名，而是一个副词，表示一同呈递札子的六个人小心翼翼，你看我，我看你，又看看皇上。因此，"顾临"的前面，不应标为顿号，而应标为逗号。苏轼不仅重视陆贽奏议的思想内容，而且佩服陆贽奏议的辞章艺术。从前者看，苏轼重视帝国家的利益。从后者看，苏轼洞晓文章学的原理。

这篇札子的妙处在哪里呢？从骈文艺术上看，苏轼《上陆宣公奏议札子》的妙处主要有以下四点。

第一，对偶工稳而一气呵成。"臣等不胜区区之意取进止"为进御札子必用的套话。去掉这句套话之后，只要顺次去掉位于句首的发语词、虚词或词组，那么我们就会看到，这篇文章几乎全用对仗。有的上下句，虽非严格的对仗，但其字面上仍为对仗。这样的对仗，即使在严格讲究对仗的诗歌中，也是允许的。这些发语虚词如下：伏见唐、至于、可谓、臣等、若、夫、但、臣等欲、愿陛下、必能。尽管全面地进行了对仗，这篇文章又是一气呵成的。究其根本的原因，乃在于这篇文章内在的逻辑性很强。当然，也有客观上的原因，这就是四重排比的运用，即"德宗以苛刻为能，而贽谏之以忠厚；德宗以猜疑为术，而贽劝之以推诚；德宗好用兵，而贽以消兵为先；德宗好聚财，而贽以散财为急。"在这里，每一重意义皆以德宗和陆贽为对比，从而造成了一气贯注的效果。这非常类似于爱伦•坡（Edgar Allan Poe，1809-1849）所提倡的"统一效果"（the unique effect），它将全文凝聚为一个统一的场。

第二，用典丰富而明白晓畅。张良、贾谊、冯唐、李齐、廉颇、李牧、汉宣帝、晁错、董仲舒，为人物典故。贞观之治、孝宣中兴，为事件典故。《诗经》、《尚书》、《礼记》、《乐经》、《易经》和《春秋》六经，《史记》、《汉书》和《后汉书》三史，为典籍典故。典故的使用，具有两重性。典故用得不好，则导致文章壅塞。典故用得巧妙，则可化点为线，即利用各个典故之间的内部联系从而增强文章的叙事功能。典故用得不好的根本原因在于用典太多。然而，苏轼《上陆宣公奏议札子》之用典不可谓不多，却并无壅塞的感觉。东坡骈文的高明之处，就在于此。

第三，波澜起伏而激扬动人。苏轼《上陆宣公奏议札子》，全文有一个总体的安排，类似于一部四幕剧。"臣等猥以空疏……不比皆从于己出"，此为第一幕。作者苏轼在此谦虚一番，犹如柏拉图对话，先把自己的身份降低，在对话的过程之中，将对方一步一步诱入事先设计好的论证格局之中，最终让对方见出自己的不足，服膺柏拉图的伟大学说。在这里，隐含的对话方为宋哲宗。"伏见唐宰相陆贽……则贞观可得而复"，此为第二幕，以唐德宗与陆贽为对比，说明陆贽学说得正确、高明和伟大。苏轼明确地批评了唐德宗，这就等于委婉地启迪宋哲宗：千万别犯唐德宗那样的错误啊！"臣等每退自西阁……皆足为治"，此为第三幕。苏轼在此直接劝勉宋仁宗，要他好好学习陆贽的奏议，从中悟出经邦治国的道理，甚至从中借鉴某些具体的做法。"但圣言幽远……成治功于岁月"，此为第四幕。苏轼在此告诉宋哲宗，应当用什么样的态度和方法来研读陆贽的奏议。这样的四幕剧似的安排，既符合中国人起承转合的思维习惯，又使得文章具有波澜。

第四，文出文忠而毕肖宣公。《上陆宣公奏议札子》这一文章是苏轼写的，可是我们觉得它简直就像是陆贽写的。其实，不少古人也有这样的感觉，清•张伯行（1615—1725，字孝先）《唐宋八大家文钞》卷八："张孝先曰。苏长公自少即好读陆宣公书，故惓惓欲献之君父者，莫非忠爱之心也。中段隐栝奏议大意，简而赅，精而切。其文字安详恳挚，亦大类宣公手笔。"[2] 苏轼自幼熟读陆贽奏议，于书声琅琅之中，不仅得其神韵，而且得其声口，故而撰写同类文章的时候，必然与不经意之间而毕

---

[1] 苏轼著，傅成、穆俦标点：《苏轼全集》，上海：上海古籍出版社2000年版，第1335页。

[2] 张伯行选编，肖瑞峰导读，肖瑞峰标点，张星集评：《唐宋八大家文钞》，上海：上海古籍出版社2007年版，第148页。

肖宣公。声口，此即西方文学批评中的口吻（tone）。口吻，难于按照某种方法简单地获得，只能在长期的揣摩中慢慢地习得。如果说真有什么方法可以习得声口，或曰口吻，那就是放声朗读。苏轼谥文忠，人称苏文忠公。陆贽谥宣，人称陆宣公。人们称二人为公，这是敬称。苏轼与陆贽相较，则不宜称公，因为陆贽是太上老师。故而，这篇文章可谓，文出文忠而毕肖宣公。

关于这次上进所校正的《陆宣公奏议》的动机，苏轼在一封书信中说得更为详尽，苏轼《文集》卷五十九《答虔倅俞括一首》有云："轼顿首资深使君阁下。前日辱访，宠示长笺，及诗文一编，伏读数日，废卷拊掌，有起予之叹。孔子曰：'辞达而已矣。'物固有是理，患不知，知之患不能达之于口与手。所谓文者，能达是而已。文人之盛，莫如近世，然私所敬慕者，独陆宣公一人。家有公奏议善本，顷侍讲读，尝缮写进御，区区之忠，自谓庶几于孟轲之敬主，且欲推此学于天下，使家藏此方，人挟此药，以待世之病者，岂非仁人君子之至情也哉！"[1] 虔倅，虔州（治所在今江西赣州）的副职。俞括，字资深，宋沙县（今属福建）人，神宗熙宁六年（1073）进士。哲宗绍圣初，俞括以京官奉议郎的资格担任虔州的通判，相当于今日由中央下派的地区党委副书记。这封书信，一作《答俞括书》，又作《答虔倅俞括奉议书》。由此可见，苏轼一生道德文章，得益于陆贽甚多。苏轼之学习陆贽，不仅仅为了使自己的文章艺术得以提升，还有通过大宋皇帝而推广之，天下文人尽皆以陆贽的文章为准绳，普遍地提升宋代文章及文章学水平的深切用意在里头。也就是说，苏轼之提倡陆贽奏议，乃是为了宋代古文运动这一伟大的目标而服务的。

由此可知，中国的文章，其运动发展的机制乃是骈文和古文的矛盾运动。

---

[1] 苏轼著，傅成、穆俦标点：《苏轼全集》，上海：上海古籍出版社2000年版，第1914页。

论元绛的文书特点

张明华

（阜阳师范学院文学院）

元绛是北宋中期的骈文名家，其骈文成就集中体现在文书写作中。元绛（1009—1084），字厚之，钱塘（今浙江杭州）人。仁宗天圣八年（1030）进士，历仁宗、英宗、神宗三朝，官至参知政事，以太子少保致仕。著有《谳狱集》十三卷、《玉堂集》三十卷。可是由于以上二书早已失传，留传下来的作品不多。据《全宋文》卷九二八统计，元绛的文书，现存《陈升之起复集贤相制》、《除韩琦京兆尹再任判大名府制》、《皇弟頵两镇进封嘉王制》、《韩绛罢相入官知邓州制》、《大飨明堂御札》、《熙宁七年南郊赦天下制》、《韩绛罢相进礼部尚书观文殿大学士知许州制》、《赐王广渊、张诜奖谕诏》、《赐宰臣韩绛已下上尊号不允批答》、《赐宰臣王安石已下乞御正殿复常膳不允批答》、《赐宰臣韩绛免恩命不允批答》、《赐陈升之免恩命不允批答》、《赐皇伯宗谔恩命不允批答》、《越州谢上表》、《谢致仕表》、《乞敕封南海洪圣广利王奏》、《宜以僖祖之庙为太祖议》17篇。现以这些作品为根据，对元绛文书的特点进行分析。

一、以骈文为主，亦重视散文

元绛文书的最突出的外在特点是，虽然以骈文为主但也重视散文的意义。这可以从两个层次加以分析。

从大处说，元绛的多数文书是骈文，少数是散文。上面列举的17篇文章中，可以看作骈文的有14篇。如《熙宁七年南郊赦天下制》：

> 门下：王者钦崇神天，严奉宗祏。就郊以飨，所以诏天下之恭；假庙而烝，所以教天下之孝。洪惟五圣之烈，诞辑百王之文。肆予冲人，昭事上帝。载念物无以称，维一诚可以展大报之仪；祭不欲烦，维三岁可以述躬行之典。会协康年之顺，道迎至日之长。是用朝荐殊廷，祼将太室。乃进登于阳時，以裒对于皇穹。合祛柔祇，陟配文祖。祝燧告洁，赞牺尚纯。六乐变音，舞奏而诸物至；二精扬燎，烟升而万灵交。方丕事之获成，敢蕃禧之专飨。宜数大号，以赉多邦。可大赦天下云云。於戏！意尽精禋，既秩宗祈之举；政施惠术，亶昭庆宥之行。维时黎元，绥我德泽。尚赖谟明四近，忠荩群材，仪图新美之功，励相隆平之运。同底于治，永孚厥休。[1]

这篇制书中，除了"可大赦天下云云"一句外，其余句子都可以归为骈句，是一篇非常地道的骈文。这样的文章，代表了元绛文书的一般特点。

在以骈文为主的同时，元绛也重视散文的作用。如《赐宰臣韩绛已下上尊号不允批答》：

---

[1] 曾枣庄、刘琳等：《全宋文》第43册，上海辞书出版社、安徽教育出版社2006年版，第196页。

朕闻唐虞之世，君臣吁俞，相与敕戒，以康庶事；未闻其自耀功德，大为名称，以动天下之听。朕以凉菲，获承皇绪，固已极崇高之位号矣。向者奉郊宗之祀，三事大夫亦屡以徽册来上，而愧不敢从。方且嘉与众贤夙寤晨兴，以营极治之业，要之万世，建无穷之基，亦有无穷之闻，不犹愈于虚名欤？臣之尊君，义则勤至；朕守弗夺，毋烦数陈。[1]

通读全文，不仅没有使用骈句，连句式也不够整齐，显然是散文的特色。此外，《乞敕封南海洪圣广利王奏》、《宜以僖祖之庙为太祖议》二文，都是由这样的散句组成的。严格地说，这样的文章只能算是散文，已经不能算是四六文了。

从小处说，元绛的文书虽然多属于骈文，但其内部亦有两种不同的情况：

第一种，有的文章以骈句为主，如《赐宰臣韩绛免恩命不允批答》：

卿方重淳深，清明端亮，阅文武之二柄，慎谋猷于百为。属者羌种跳边，王师淹戍，往视方略，以宣威灵。嘉维尔忠，蔽自朕志，延轶前比，延登冢司。扶世泽民，将倚调于元化；靖兵戢乱，犹伫建于肤公。况惟涣号之孚，已穆广朝之听，胡为恳牍，欲避隆名？虽难进之风，自高冲尚；而仰成之属，殊烦顾怀。趣宜钦承，毋重挢固。[2]

除了"胡为恳牍，欲避隆名"、"趣宜钦承，毋重挢固"等几句外，其余句子都是骈句。又如《大飨明堂御札》：

敕内外文武臣寮等：朕荷二仪之休，履四海之富，经庶政之至治，秩将礼之弥文。钦惟五圣之谟，常躬三载之祀。自缵隆于大业，已肆类于圜丘，兴言总章，未诏嘉飨。维仁祖之武，宜谨于遵修；维文考之尊，宜严于陟配。况万宝时懋，三光仰澄，官师协恭，方夏底定。是用稽仍路寝之制，涓选肃霜之辰。上以襄对天明，展昭事之重；下以敕厉民志，示遵养之勤。特戒先期，以孚大号。朕取今年季秋，择日有事于明堂，其今年冬至，更不行南郊之礼。所有合行诸般恩赏，并特就祀明堂礼毕，一依南郊例施行。至日，朕亲御宣德门宣制。咨尔攸司，各扬厥职。诸道州府，不得以进奉为名，辄行科率。务循典故，无致烦劳。[3]

这篇文章明显可分为两个部分：从开头至"以孚大号"诸句，基本上都是骈句；从"朕取今年季秋"至结尾，则都是散句。因此，以骈句为主，可以说是这类文章的特点。

第二种，有的文章以整句为主，句式非常整齐。如《赐王广渊、张诜奖谕诏》：

洮岷之役，师旅载兴。维予信臣，一乃忠力。百尔调发，并济厥须，告凯奏功，实繄攸助。特加褒宠，有腆分颁。宜体眷怀，益图来效。"[4]

在这篇诏书中，算得上骈句的仅有"特加褒宠，有腆分颁；宜体眷怀，益图来效"一联，其余的句子虽然没有对仗，但都是整齐的四字句。这样的句子可以称为"整句"。又如《赐宰臣王安石已下乞御正殿复常膳不允批答》：

垂象之变，咎在朕躬。内惟菲凉，敢不祗惧！避朝损膳，钦天之渝，神休震动，销去大异。而三事庶尹，咸造在庭，愿复旧常，至于再请。且星隆暑德，犹赖交修；况天畏柴忱，固当屡省。

[1] 曾枣庄、刘琳等：《全宋文》第43册，上海辞书出版社、安徽教育出版社2006年版，第198页。
[2] 曾枣庄、刘琳等：《全宋文》第43册，上海辞书出版社、安徽教育出版社2006年版，第199页。
[3] 曾枣庄、刘琳等：《全宋文》第43册，上海辞书出版社、安徽教育出版社2006年版，第195—196页。
[4] 曾枣庄、刘琳等：《全宋文》第43册，上海辞书出版社、安徽教育出版社2006年版，第198页。

弭灾向福，其庶几焉。[1]

在这篇诏书中，仅有"且星隆昬德，犹赖交修；况天畏棐忱，固当屡省"属于对句，其余句子虽语言古雅，以四字为主，非常整齐，但并不对仗，与上文情况一致。这类文章中的多数句子虽然不是骈句，但也不是散句，而是一些整句。这种整句介于骈句与散句之间，可以说同时具有二者的特点。

总之，元绛的文书在以骈文为主的同时，亦重视散文的作用。就一些骈文而言，元绛的有些文章以骈句为主，同时使用少量的散句或整句；有些文章则以整句为主，骈句并不多。

二、典丽精工

不可否认，在元绛的文书中，骈文的数量不仅最多，艺术价值也更高。而精于用典可以说是元绛骈文的突出特点。王铚《四六话》卷上载：

> 神宗友爱嘉、岐二王，不许出阁，固辞者数十。其后改封，先召翰林学士元厚之，谓曰："卿可于麻辞中道杀，勿令更辞也。"略云："列第环宫，弥竿开元之盛；侧门通禁，共承长乐之颜。"[2]

王铚所列之联，上句用唐代典故，意思是兄弟聚居，更能体现出皇家血脉的繁盛；下句用汉代典故，意思是彼此亲近，可以一起承接长辈的慈颜；两句结合，就把皇帝不愿意让嘉、岐二王出阁的意思表达得委婉得体，也让他们二人再无理由推脱了。其用典之精于此可见一斑。又《四六话》卷下载：

> 神宗自颍王即位，元丰中升颍州为顺昌军节镇。时元厚之罢参政，作颍守，令郡中老儒士胡士彦作谢表。公览之，以笔抹去，疾书其纸背，一挥而成，略曰："焘土立社，是开王者之封；乘龙御天，厥应圣人之作。按图虽旧，锡命惟新。"又曰："兴言骏命之庆基，宜建中军之望府。"谓文武之德圣而顺，唐虞之道明而昌，合为嘉名，以侈旧服。[3]

如果说上条所列的内容侧重于用典，此条所节部分的对仗特色更加明晰。这里共有三个对句，第一句点明颍州是神宗的龙兴之地，第二句切合"升颍州为顺昌军节镇"事，第三句则进一步概括了朝廷此举的意义。王铚解释此文的妙处为"谓文武之德圣而顺，唐虞之道明而昌"，合为"顺昌"之嘉名，以宠颍州之旧邦。这几个句子用典虽然不多，但对仗精工，不仅上下句力量均衡，而且语言典雅，含义深刻，足以见出元绛骈文的妙处。

这里提到的两篇文章虽然原文都已经失传，但其中体现的典丽精工的特点，实可代表元绛四六文的基本特点。从现存的作品看，《陈升之起复集贤相制》也是典型的例子：

> 门下：闵子经而服政，先圣称得事君之宜；晋侯墨以临戎，前志谓达变礼之用。矧予丞弼，奄遘闵艰，久虚席以思贤，宜敷朝而涣号。前推忠协谋佐理功臣、光禄大夫、行礼部尚书、同中书门下平章事、集贤殿大学士、上柱国、颍川郡开国公、食邑四千八百户、食实封一千四百户陈升之，蕴浑厚之量，挺高明之才。体备四气之至和，智通万方之远略。发纾一德，感会三朝。经武斗枢之庭，则王灵震叠；赞元鼎铉之府，则邦治协宁。端正百度之原，章明九叙之枢。向锺家疚，遂解政机，稽之师言，厥有成宪。桓焉夺服，其惟诏使之从；赵喜罹忧，未始宰司之去。盍来复召台路，以大熙于天工。於戏！断恩从权，自昔弗逾于国制；

---

[1] 曾枣庄、刘琳等：《全宋文》第43册，上海辞书出版社、安徽教育出版社2006年版，第198—199页。

[2] 宋王铚：《四六话》，王水照《历代文话》第1册，复旦大学出版社2007年版，第8页。

[3] 宋王铚：《四六话》，王水照《历代文话》第1册，复旦大学出版社2007年版，第22页。

移孝扶义，维时尚义于王家。勉一乃心，无替朕命。可特起复推忠协谋佐理功臣、光禄大夫、行礼部尚书、同中书门下平章事、集贤殿大学士、上柱国、颍川郡开国公、食邑四千八百户、食实封一千四百户。[1]

此文的第一联用典即非常高明。上联出自《春秋公羊传·宣公元年》云："古者臣有大丧，则君三年不呼其门。已练可以弁冕。服金革之事，君使之，非也。臣行之，礼也。闵子要经而服事。既而曰：'若此乎，古之道不即人心？'退而致仕。孔子盖善之也。"[2]下联中的故事出自《左传·僖公三十三年》，晋襄公在其父文公未葬时"墨衰经"出击秦军，俘获其百里孟明视、西乞术、白乙丙三帅。[3]上、下联皆用古人不拘泥于丧制的典故，非常贴切。又如《除韩琦京兆尹再任判大名府制》首句"分陕称伯，《召南》当公职之尊；启魏就封，毕万得国名之大"，《皇弟頵两镇进封嘉王制》首句"史谓建大宗之封，如安磐石之固；《诗》美得同气之助，共敷棠棣之华"等，都具有同样的特点。

南宋王应麟《玉海》附录的《辞学指南·制》卷二百二引李邴（字汉老）之言云："张乐全高简纯粹，王禹玉温润典裁，元厚之精丽稳密，苏东坡雄深秀伟，皆制词之杰然者。"[4]李邴所说的"精丽稳密"不仅可以概括元绛的制文，即使用来概括其一般的四六文，也是比较准确的。

三、感情真挚

制书、诏书都是代皇帝起草的下行文书，因为是代言，一般来说难以反映作者的真情实感。可是，如果诏制下达的对象恰好是作者熟悉的官员，则其中也可以反映出作者一定的感情。如《韩绛罢相进礼部尚书观文殿大学士知许州制》：

> 门下：国家登延弼疑，内以起功于庶事；分畀藩翰，外以发政于四方。闵劳申恩，倚重均体，肆敷丕号，庸谂广朝。推忠协谋同德佐理功臣、特进、行尚书吏部侍郎、同中书门下平章事、监修国史、上柱国、南阳郡开国公、食邑六千八百户、食实封二千户韩绛，躬庄厚之资，函良悦之度，修世美以特立，告辰献而具臧。屡陪国均，实辅台德。向自保厘之寄，再膺翼亮之咨。高平师师，总修众职之采；公孙斤斤，参听百官之成。久宣于勤，间愬以疾。确辞几务之剧，祈即燕申之休。感于朕聪，姑徇尔欲，宜还宰柄，往建州麾。陟春官常伯之尊，兼禁殿隆儒之冠，载更切号，增衍井封。於戏！乃眷臣邻，虽尔身之在外；不忘寿考，岂兹心之谓遐。其服宠章，以将福履。可特授行礼部尚书、充观文殿大学士、知许州军事、兼管内劝农使、京西北路安抚使、兼提举本路兵马巡检公事、加食邑一千户、食实封四百户，仍改赐推诚保德崇仁翊戴功臣。[5]

元绛与韩绛曾在学士院为同僚，所以彼此了解较多。这篇制书乃是为韩绛升职，故多溢美之辞，但其中"躬庄厚之资"几句，亦包含了作者对他的积极评价和真实感情。

作为上行文书的奏表，因为不是代言，所以更多体现出作者的真情实感。元绛仅存2篇谢表，如《越州谢上表》云：

> 易帅峤南，方深危惧；分符浙右，特荷保全，仰服恩章，惟知感涕。伏念臣习知忠谊，

---

[1] 曾枣庄、刘琳等：《全宋文》第43册，上海辞书出版社、安徽教育出版社2006年版，第191—192页。

[2] 汉公羊寿传，汉何休解诂、唐徐彦疏：《春秋公羊传注疏》，北京大学出版社1999年版，第321页。

[3] 周左丘明传，晋杜预注，唐孔颖达正义：《春秋左传正义》上册，北京大学出版社1999年版，第475页。

[4] 王应麟：《玉海》，《四库全书》第948册，第295页。

[5] 曾枣庄、刘琳等：《全宋文》第43册，上海辞书出版社、安徽教育出版社2006年版，第197页。

窃慕功名，历事三朝，行将四纪。向自北垂之漕，就更南粤之麾。蒙临遣以丁宁，敢遑安而留滞。载驱长陆，甫及半途，忽闻羽檄之音，谓有龙编之警。横水明光之甲，得自虚声；云中赤白之囊，倡为危事。边萌扰动，朝听震惊，况臣守臣，敢惩奔命。凤驰南海，已久见于吏民；日远长安，盖未闻于章奏。仰烦宵旰，咨及臣邻，谓获塞之急人，且择人而代戍。驱车万里，虚出玉关之门；乘驷一麾，幸至会稽之邸。尚兼方面，弥畏人言。此盖伏遇陛下法道曲全，等天丕冒。以臣更事绵久，备历四方之勤；知臣立朝最孤，迥无一介之助。涣然休命，付畀价藩。臣敢不训旅以严，安民以静，庶希乐易之治，仰补熙隆之时。衔赐不赀，论生曷补！[1]

此表作于神宗熙宁元年（1068）八月。关于此文的写作，王铚《四六话》卷上云：

> 元厚之久作藩郡，后闻侬智高余党寇二广，移知广州，而所传乃妄改知越州。厚之谢上表云："忽闻羽檄之驰，谓有龙编之警。横水明光之甲，得自虚声；云中赤白之囊，倡为危事。"用李德裕《献替记》："伐刘稹，李石令中人石元贯奏：'横水明光之甲曳地，何由取他？'德裕曰：'从伊十五里精兵明光甲曳地，必须破却此贼。'后所传果妄，遂诛刘稹焉。"[2]

元绛由广州改知越州，到任后遂作此表。所谓"易帅峤南，方深危惧；分符浙右，特荷保全，仰服恩章，惟知感涕"不但说出改官的意思，而且体现出作者的感激之情。王铚标举的部分体现出作者不避艰险、一心为国的决心。其中"以臣更事绵久，备历四方之勤；知臣立朝最孤，迥无一介之助"一联，写皇帝的知遇之恩，尤为令人感动。另一篇作于元丰四年（1081）六月的《谢致仕表》感情更加真挚：

> 四载披诚，薪还于朝组；九重垂听，申锡于诏函。预储宫之备官，遂家林之侠老。伏念臣衣缨衰绪，樗栎下材。再龀而孤，仅能构思；未冠而仕，始务代耕。懵儒术之逢原，狙吏文之宿业，历官二世，服劳四方。蒙上圣之误知，自东州而即召，擢置词禁，进处冬官。浸膺选众之求，窃贰赞元之任。近藩出守，遇潜邸之建旆；别殿追还，复露门之奉席。遭周岁律，屡对威颜。自惟瘿杇之余，每循止足之戒，深辞圭绂，冀就田庐。载齿孤鸣，空怀疲恋，槁骸如在，正欲全归。仰烦睿训之慈，终窃愚衷之守。不图宠眷，加进荣阶，存东宫保养之官，仍西清严近之职。效华封之祝圣，伫见多男；阶商皓之通宾，愿护太子。恩隆山岳，感浃肺肝。此盖伏遇皇帝陛下大道曲全，至仁博施。念师丹之垂老，久已宣勤；察卫绾之无他，居常远耻。越推渥涣，获保初终。诧里俗而有辉，顾师言而至愧。冥鸿虽远，正依天宇之函容；时藿未彤，尚傃日华之明润。逢辰知幸，之死不忘。[3]

作者详细叙述自己的经历，深深感激皇帝的知遇之恩；如今年老致仕，但对皇帝的忠心始终不渝；两方面的感情都写得非常动人。关于其中师丹忘事之典故，元绛曾多次使用。王铚《四六话》卷上云：

> 宋元宪晚岁有诗云："老矣师丹多忘事，少之烛武不如人。"其后元厚之作执政参知政事，一日奏事差误，神宗顾谓曰："卿如此忘事耶？"明日乞退，遂用元宪语作《乞致仕表》云："少之烛武，尚不如人；老矣师丹，仍多忘事。"神宗读表至此，怜其意而留之。欧阳文忠公《谢致仕表》云："虽伏枥之马悲鸣，难恋于君轩；而曳尾之龟涵养，未离于灵沼。"元厚之后作《致

[1] 曾枣庄、刘琳等：《全宋文》第43册，上海辞书出版社、安徽教育出版社2006年版，第200—201页。
[2] 宋王铚：《四六话》，王水照《历代文话》第1册，复旦大学出版社2007年版，第8页。
[3] 曾枣庄、刘琳等：《全宋文》第43册，上海辞书出版社、安徽教育出版社2006年版，第201页。

仕表》云：“跄跄退舞，敢忘舜帝之笙镛；翯翯归飞，亦在文王之灵沼。”又《谢致仕表》云："冥鸿虽远，正依天宇之高华；微藿虽倾，尚邀日华之明润。"其意谓万物不离于天地，虽致仕亦不离君父也。子瞻为《笔说》，大以此为妙，云："古人谢致仕表，未有能到此者。"[1]

虽然元绛的这类文章保存得不多，仅有以上2篇，但表现出来的是作者自己的真情实感。诏书、制书虽然也可以体现出作者的一些真情实感，但跟它们相比，这2篇谢表中的感情更加浓重。

四、元绛文书的历史地位

元绛的文书写作在文学史上有着自己的地位。这可以从以下三个方面来解析：

其一，元绛继承了杨亿、刘筠和夏竦等人的骈文特点。王铚《四六话》卷上云：

> 先公言本朝自杨、刘，四六弥盛，然尚有五代衰陋气。至英公表章，始尽洗去。四六之深厚广大、无古无今皆可施用者，英公一人而已，所谓四六集大成者。至王歧公、元厚之，四六皆出于英公。王荆公虽高妙，亦出英公，但化之以义理而已。[2]

王铚这里转述的是其父亲王莘的话。杨亿、刘筠是著名的西昆体作家，其四六文以李商隐为学习对象，典丽高华，音韵谐美，取得了很高的成就，盛行朝野几十年之久。夏竦与杨、刘生活时代相近，一方面接受了杨、刘四六文的特点，另一方面又加以发展变化。于景祥《中国骈文通史》说："（夏竦的）骈文也好使事用典，偶对又相当工稳，总体风格是典雅工致。不过他用典并不大冷僻，常常是一生一熟，一浅一奥，相互为对，这样便不显晦涩。"[3]王莘说元绛的四六文"出于英公（夏竦）"，从其作品以骈文为主且典丽精工来看，应该是合乎实际的。

其二，欧公散文影响。元绛与欧阳修生活在同一时代，但其文学地位显然不及欧公。自嘉祐二年（105）欧阳修利用科举考试打击"太学体"之后，古文的地位越来越高。于是出现了两种情况：一方面，欧阳修扩大了散文的使用范围。此前虽有王禹偁提倡散文，但经过杨、刘以及夏竦之后，几乎所有的官府应用文字都使用骈文。乘范仲淹"庆历新政"之余威，欧阳修一方面扩大了散文的应用范围，一些原本需要使用四六写成的文体，他都逐步使用散文写作了。另一方面，在骈文写作中，他大量借用散文的特点，从而带来了骈文的新特点。陈师道《后山诗话》云：

> 国初士大夫例能四六，然用散语与故事尔。杨文公刀笔豪赡，体亦多变，而不脱唐末与五代之气。又喜用古语，以切对为工，乃进士赋体尔。欧阳少师始以文体为对属，又善叙事，不用故事陈言而文益高，次退之云。王特进暮年表奏亦工，但倚巧尔。[4]

元绛生活的时代，不仅散文已经发展起来，欧阳修利用散文特点革新骈文也已经显示出明显的成绩。在这样的文学背景下，元绛使用散文写作章表，以及在骈文中较多使用散句或者整句，也都很容易理解了。

其三，元绛骈文体现出向王、苏的过渡特色。关于宋代骈文的发展趋势，宋人杨困道《云庄四六余话》将其分为王安石、苏轼两派，而王派从夏竦来，而苏派从欧阳修来。施懿超《宋四六论稿》在其基础上进一步云：

[1] 宋王铚：《四六话》，王水照《历代文话》第1册，复旦大学出版社2007年版，第7页。

[2] 宋王铚：《四六话》，王水照《历代文话》第1册，复旦大学出版社2007年版，第8—9页。

[3] 于景祥：《中国骈文通史》，吉林人民出版社2002年版，第661页。

[4] 陈师道：《后山诗话》，清何文焕《历代诗话》上册，中华书局1981年版，第310页。

宋四六在北宋大致发展为两派，即王安石派和苏轼派。苏轼派从欧阳修所创散体四六而来，或称欧苏派，因而具有散体四六的特点，以古文体制贯穿四六文写作。苏轼派雄深浩博，出于四六准绳之外，以辞简意明为特点。王安石四六虽受欧阳修散体四六的影响，但总体而言仍和苏轼派大相径庭，上承夏竦等人而自成一派。王安石派四六谨守法度，以典雅见长，以用事亲切、属对工巧为特点。[1]

如前分析，元绛的文书既受到杨、刘和夏竦等人的影响，具有典丽精工的特点；又受到欧阳修变革文体的影响，有意扩大散文的应用领域，或者扩大骈文中的散句比例。正因为如此，元绛的文书同时具有夏竦和欧阳修两类不同骈文的特征。可是，元绛的文章跟此后由夏竦而来的王安石一派、由欧阳修而来的苏轼一派仍有很大的区别，既不像王安石等人那样"谨守法度"，也不像苏轼等人那样"雄深浩博"，而是更多地体现出向其二者的过渡特点。

总之，元绛的文书虽然以骈文为主，但亦重视散文，其中有些骈文中还使用了或多或少的散句或整句。元绛的这些文章不仅具有典丽精工的艺术特点，而且反映出作者的真情实感。元绛的文书既受到杨亿、刘筠和夏竦等人四六文的影响，也受到欧阳修等人的散文和散体四六的影响，同时也对其后王安石、苏轼两类不同风格的四六文的形成具有一定的推动作用。

---

[1]　施懿超：《宋四六论稿》，上海古籍出版社 2005 年版，第 35 页。

史料所见五代迄北宋初骈文专集选本识小

陶绍清

（浙江科技学院语言文学学院）

　　骈文经过在初、中唐的变迁中逶迤前行后，经由大手笔的李、温、段才大力阔之张目，又在晚唐季获得类似南朝齐梁间徐、庾之新生，这在编定于初唐时的《兔园策》在晚唐五代"家藏一本"即可知。[1]《旧五代史》卷一二六《冯道传》："唐末衣冠，履行浮躁者必抑而镇之。有工部侍郎任赞，因班退，与同列戏道于后曰：'若急行，必遗下《兔园策》。'道寻知之，召赞谓曰：'《兔园策》皆名儒所集，道能讽之，中朝士子止看文场秀句，便为举业，皆窃取公聊，何浅狭之甚耶！'赞大愧焉。"[2]《北梦琐言》卷一九《诙谐所累》云："然《兔园册》乃徐庾文体，非鄙朴之谈，但家藏一本，人多贱之也。"[3]

　　五代数十年，骈文仍继绝前行，郑準、殷文圭之四六，冯道之疏赞，韦庄之序记，王周、杨凝式之骈赋，黄滔、徐寅之律赋等，踵武前贤，导沿五代至北宋初之徐铉、王禹偁、杨大年、贾竦及范仲淹之一脉。其间流徙，虽溪流冲冲，仍弦歌不辍。

　　《文献通考》卷二三四《经籍考》六一《沧浪集》注云[4]：

　　　　欧阳氏序曰：天圣之间，予举进士于有司。见时学者，务以言语声偶撼裂，号为时文，以相夸尚。而子美独与其兄才翁及穆参军伯长作为古歌诗、杂文，时人颇共非笑之，而子美不顾也。其后天子患时文之弊，下诏书讽勉学者以近古，由是其风渐息，而学者稍趋古焉。

同卷《尹师鲁集》下亦引晁氏公武云：

　　　　文章自唐末卑弱，柳开始为古文，天圣初，与穆修大振起之。

　　天圣之后，柳开、穆修等开北宋文体革新之先声，不久欧阳修继之振起，"时文"委顿，"古文"汹汹而作。本文讨论之骈文文献，其上以唐末入五代发端，下即以天圣前后为限。又骈体作品因其文体特征、制作程式及使用界域，无法如诗词等样式般独成一体，而大量融迹于赋、序、碑、记、论、制、策、表等之中，于一幅之中，其篇幅规制也大小或可，灵活自如。赋体文字，最难区分，数量又极大。此两大类虽然占骈文主流，因为操作的困难，我们这里不予讨论。此外别集之中，即如掊击"时文"最烈之柳开、穆修流，率亦不乏骈体四六之作，技术上无法割裂单列。"专集"之谓，盖有"四六"、"刀笔"骈文专称著述。以下分举数例做简要述论。

---

[1]　有关《兔园策》，可参考拙文《五代骈文景观》之《附论》（《柳州师专学报》2002年第6期）及学界相关研究成果。
[2]　《旧五代史》，中华书局1976年版，第1657页。
[3]　孙光宪著，贾二强点校：《北梦琐言》，北京：中华书局2002年版，第34页。
[4]　马端临：《文献通考》，中华书局1986年版，第1868页。下引此书皆此本，不另注。

一、总集选本

（一）《群书丽藻》六十五卷

清徐炯《五代史记补考》（以下简称"徐《补考》"）卷二四《艺文考·集类》原按："《三朝艺文志》（著录作）一千卷，崔遵度编。"[1]云云，《晁志》不录。其叙述亦全据《文献通考》，《通考》又全据陈振孙《直斋书录解题》，盖马端临时也未能寓目。清顾櫰三《补五代史艺文志》（以下简称"顾《补志》"）之《总集类》就直录作"一千卷，（目）五十卷"[2]。南开大学卢燕新教授撰《〈群书丽藻〉考论》有详细考述，可参看。[3]《群书丽藻》所收内容，诸书皆作"以六例总话古今之文"，未言有诗，然《考论》云"是五代编成的大型诗文总集"，不知何自。据陈氏略述其目："以六例总话古今之文：一曰'六籍琼华'，二曰'信史瑶英'，三曰'玉海九流'，四曰'集苑金銮'，五曰'绛阙蕊珠'，六曰'凤首龙编'，为二百六十七门，总一万三千八百首。今无目录，合三本，共存此卷数，断续讹缺，不复成书，当其传写时固已如此矣。其目止有四种，无'金銮'、'蕊珠'二类，姑存之，以备缺文。"就书题及"六例"而言，以辞藻、音律（"丽"、"藻"、"琼"、"华"等）为胜，是其编辑基本体例要求，也是其选文体制形式及内容的基本原则，或与骈体文字相类从。

（二）《五百家播芳大全文粹》一百十卷（又名《圣宋名贤五百家播芳大全文粹》）

宋魏齐贤、叶棻同编。书编于南宋末，宋诸家公私书目皆不可见，马端临竟也未予著录。《四库全书总目》卷一八七《集部》四〇《总集类》二称是书：

> 皆录宋代之文，骈体居十之六七，虽题曰五百家，而卷首所列姓氏实五百二十家，网罗可云极富。中间多采宦途应酬之作，取充卷数，不能一一精纯；又仿《文选》之例，于作者止书其字，人远年湮，亦往往难以考见，疑为书肆刊本，本无鉴裁，故买菜求益，不免失于冗滥。朱彝尊尝《跋》此书，惜无人为之删繁举要，则亦病其冗杂矣。然渣滓虽多，精华亦寓，宋人专集不传于今者，实赖是书略存梗概，亦钟嵘所谓"披沙拣金，往往见宝者"矣。故彝尊虽恨其芜，终赏其博也。又彝尊所见徐炯家宋刻本，称二百卷，今抄本止一百十卷，寻检首尾，似无阙佚，殆彝尊记忆未审，或偶然笔误欤？首载绍熙庚戌南徐许开《序》。[4]

是书传本较多，主要有瞿氏铁琴铜剑楼景抄本，一百五十卷目录十卷，八十册。另有清道咸间山东金石藏书家刘喜海东武刘氏嘉荫簃宋本校钞《圣宋名贤五百家播芳大全文粹》百二十六卷，据题识，以许氏（宗彦）鉴止水斋影宋抄本过录。台湾商务印书馆1983年据文渊阁四库全书本景印，一百一十卷。岳振国有《〈圣宋名贤五百家播芳大全文粹〉版本流传考述》详考述是书版本源流，可参看。[5]

[1] 徐炯：《五代史记补考》，载傅璇琮、徐海荣、徐吉军主编：《五代史书汇编》，杭州出版社2004年版，第1270页。下引此书皆此本，不另注。

[2] 顾櫰三：《补五代史艺文志》，载傅璇琮、徐海荣、徐吉军主编：《五代史书汇编》，杭州出版社2004年版，第3146页。下引此书皆此本，不另注。

[3] 卢燕新：《〈群书丽藻〉考论》，载《古籍整理研究学刊》2010年1期。

[4] 永瑢等撰：《四库全书总目》，中华书局1965年版，第1698页。

[5] 岳振国：《圣宋名贤五百家播芳大全文粹》版本流传考，载《图书馆理论与实践》2007年第5期。

二、别　集

（一）罗隐《甲乙集后集》五卷

徐《补考》不分卷《艺文考·集部》[1]：罗隐"《甲乙集》皆诗；《后集》五卷，有律赋数首"。按，今人雍文华辑校中华书局中国古典文学基本丛书之《罗隐集》，收有《甲乙集》，不分卷，皆诗。另有《杂著》，收隐序、启等文字，亦无赋，恐尚不足称为足本。[2]潘慧惠校注《罗隐集校注》，与上著近，然仅补收《秋虫赋》一首，不明所以。[3]民国11年《四部丛刊初编》第七八四册景常熟瞿氏铁琴铜剑楼藏宋陈道人书籍铺本《甲乙集》十卷，仍无赋作。唯《全唐文》卷八九四收赋作五首，另有表启若干；《全唐文补编》卷一一四补收罗隐疏、表、碑记等12首，皆多以骈体写就。[4]《容斋三笔》卷第一六《唐世辟寮佐有词》："唐世节度、观察诸使，辟置寮佐以至州郡差掾属，牒语皆用四六，大略如告词。李商隐《樊南甲乙集》、顾云《编稿》、罗隐《湘南杂稿》，皆有之。"顾《补志》不分卷《表状类》有罗隐《湘南应用集》三卷，《吴越掌记集》三卷，《启事》一卷，此《应用集》或即《湘南杂稿》。

（二）《文恭集》五十卷、《补遗》一卷

宋胡宿撰。宿为宋初文字家，嘉祐二年以翰林学士修纂《类篇》。《四库全书总目》卷一八七《集部》四〇《总集》类二称："宿立朝以廉直著，而学问亦极该博。当时文格未变，尚沿四六骈偶之习，而宿于是体尤工。所为朝廷大制作，典重赡丽，追踪六朝。"[5]

是书早佚，《宋史·艺文志》不录。陈氏《直斋书录解题》载宿集七十卷，久无传本。四库馆臣于《永乐大典》中辑出，以散于他书者附辑为一卷。《书录解题》云："《胡文恭集》七十卷（按：原书注：卢校注：聚珍版），枢密副使文恭公晋陵胡宿武平撰。晋陵之胡，自文恭始大，其犹子宗愈仍执政，子孙为侍从、九卿者以十数。绍兴初，世将承公，亦其后也。至今犹名族。"[6]

（三）《文庄集》三十六卷

宋夏竦撰。竦为人低劣，陈氏《书录解题》卷一七深抵之："竦父死王事，身中贤科，工为文辞，复多材术，而不自爱重，甘心奸邪。声伎之盛，冠于承平。夫妇反目，阴慝彰播。皆可为世戒也。"《四库全书总目》同上卷："竦有《古文四声韵》，已著录。其集本一百卷，《宋史·艺文志》著录，今已不传。兹据《永乐大典》所载，兼以他书附益之，尚得诗文三十六卷。竦之为人无足取。其文章则辞藻赡逸，风骨高秀，尚有燕、许轨范。《归田录》、《青箱杂记》、《东轩笔录》、《中山诗话》、《玉海》、《困学纪闻》诸书皆称引之。吕祖谦编《文鉴》，亦颇采录。盖其文可取，不以其人废矣。集中多朝廷典册之文。盖所长特在于是。"评骘不以人废言，也算中允。《解题》、《郡斋》、《通考》皆著录集一百卷，题《夏文庄集》，到清已仅于《永乐大典》中检得三十六卷。竦曾同修《册府元龟》，精通音韵学，有《古文四声韵》五卷，《文献通考》卷一九〇称其"博采古文奇字，分四声编次"。《郡斋读书志》称其作"善为文章，尤长偶俪之语，朝廷大典策，屡以属之。为诗巧丽，皆'山势蜂腰断，溪流燕尾分'之类"[7]。除以上诸书外，《宋朝事实类苑》、《临汉隐居诗话》、费衮《梁

---

[1]　徐炯：《五代史记补考》，第1263页，版本同上。

[2]　雍文华辑校：《罗隐集》，中华书局1983年版。

[3]　潘慧惠校注：《罗隐集校注》，浙江古籍出版社1995年版。

[4]　陈尚君辑校：《全唐文补编》，中华书局2005年版。

[5]　《四库全书总目》，第1310页。下引此书皆此本，不另注。

[6]　陈振孙：《直斋书录解题》，上海古籍出版社1987年版，第687页。下引此书皆此本，不另注。

[7]　晁公武：《昭德先生郡斋读书志》，卷四下，别集下下，故宫博物院图书馆藏淳祐中袁州刊本。

溪漫志》皆予激赏，是宋初骈文一员虎将。

宋江少虞《宋朝事实类苑》卷第四〇《文章四六》列举有宋四六名家二十四人又八事，几乎囊括宋初骈文作者。[1] 陈鹄《耆旧续闻》卷六亦云："本朝名公四六，多称王元之、杨文公、范文正公、晏元献、夏文庄、二宋、王岐公、王荆公、元厚之、王履道。"据四库馆臣《耆旧续闻提要》考，陈鹄南渡开禧以后人，此列举之"四六名公"，太半为宋初时人，可见宋初骈体作者及制作之盛。《宋朝事实类苑》八事不述，其所列二十四人，计卢多逊、吴处厚、范文正公（仲淹）、杨文公（亿）、胡武平、王元之（禹偁）、林逋、终慎思、宋湜、夏英公（竦）、丁晋公（谓）、凌叔华、陶谷、潘佑、赵邻几、徐锴、钱昭序、汤悦、王状元（君贶）、刘贡父、钱若水、钱熙、阮思道、欧阳文忠公等，其诸人本集佚事，于今天我们研究五代迄宋初骈文嬗变，当足可参资，需详加注意。

三、专集："四六"与"刀笔"

以上"寮佐以至州郡差掾属"，皆可以骈文四六行之。凡表状制诏奏议之文，多用四六。"四六"名称之始，"明到了李商隐，'今体'才被'四六'取代。'四六'这一从文章句法概括出的文体名称从此流行文坛，至'骈文'一词出现、流行，仍然并行不悖，直至近代才被"骈文"概念取代。"[2] 宋吴曾《能改斋漫录》卷一《试辞学兼茂科格制》："大观四年四月，礼部奏拟立到岁试辞学兼茂科试，格制依见行体式，章表依见行体式，露布如唐人《破蕃贼露布》之类。已上用四六、颂如韩愈《元和圣德诗》、柳宗元《平淮夷雅》之类，箴铭如杨雄《九州岛箴》，又如柳宗元《涂山铭》，张孟阳《剑阁铭》之类，诫谕如近体诫谕风俗，或百官之类，序记依古体亦许用四六。"[3] 此为科场文体之格式。《容斋三笔》卷第八《四六名对》："四六骈俪，于文章家为至浅，然上自朝廷命令、诏册，下而缙绅之间笺书、祝疏，无所不用。"[4] 顾《补志》之表状类所录《李袭吉表状》、《李巨川启状》、《韦庄笺表》等三十二种二百八十四卷，大致皆可入骈文之属，颇有似于宋人"刀笔"之称。然于研究而言，其应用功能是需要特别提出的，《鹤林玉露》卷之四甲编《词科》："嘉定间，当国者惮真西山刚正，遂谓词科人每挟文章科目以轻朝廷，自后，词科不取人。虽以徐子仪之文，亦以巫咸一字之误而黜之，由是无复习者。内外制，唯稍能四六者即入选。殊不知制诰诏令，贵于典重温雅，深厚恻怛，与寻常四六不同。今以寻常四六手为之，往往褒称过实，或似启事谀词，雕刻求工，又如宾筵乐语，失王言之体矣。"[5] 语虽官僚气味浓郁，意思还是明了的。

（一）"四六"

1. 五代"四六"之属：

郑樵《通志》卷七〇《艺文略第八》"四六"收晚唐入五代骈文集（除去唐亡前去世者）有：

崔致远《四六》一卷（本文按：致远后周广顺元年卒）

郑準《四六》一卷（原注：五代人。本文按：《宋史·艺文志》作"郑昌士《四六集》一卷"）

白岩《四六》五卷（原注：后唐人）

关郎中《四六》一卷

[1] 江少虞：《宋朝事实类苑》，上海古籍出版社1980年版，第687页。

[2] 莫道才：《"四六"指骈文之形成与接受过程考述》，载《广西师范大学学报（哲学社会科学版）》2011第6期，第2页。

[3] 吴曾：《能改斋漫录》，墨海金壶本，第127册。

[4] 洪迈：《容斋三笔》，四部丛刊续编本。

[5] 罗大经撰，王瑞来点校：《鹤林玉露》，中华书局1983年版，第59页。

塞蟠翁《四六》一卷

邱光庭《四六》一卷

殷文圭《四六》三卷等

又：田霖《四六集》一卷

按：郑樵《通志》不录，《宋史·艺文志》收同。《文献通考》卷二三三《经籍考》六〇《别集》录载，注："晁氏曰：南唐田霖撰。"徐《补考》、顾《补志》、宋《补志》、清王振民《补南唐艺文志》亦收[1]，当据《郡斋读书志》及《通考》。田霖，两《五代史》、陆游《南唐书》均无传。宋郑文宝《江表志》卷中云为玄宗李璟之文臣。[2]

2.宋"四六"之属：

王禹偁《四六》一卷

丁谓《四六》二卷

宋齐丘《四六》一卷

萧贯《四六》一卷

李祺《象台四六集》七卷

欧阳修《表奏书启四六奏议》二十五卷（按：宋赵希弁《读书附志》卷下《别集类》二："《读书志》云：《（欧阳）文忠公集》八十卷……《表奏书启四六奏议》二十五卷。"）[3]

（二）"刀笔"

"刀笔"之属，五代艺文未见，或尚无以此书名。郑樵《通志》卷七〇《艺文略》第八收宋"刀笔"，计有：

丁晋公《刀笔》一卷（本文按：《宋志》作《刀笔集》二卷）

刘鄩《凤池刀笔》一卷

杨文公《刀笔》三卷（本文按：《宋志》作《刀笔集》二十卷）

按：《通考》卷二三四《经籍考》六十一作杨文公《刀笔》十卷，下云：

> 晁氏曰：宋朝杨亿字大年，建州人……《刀笔集》有陈诂序。凡三百六十三首。
>
> 陈氏曰：杨文公《武夷集》二十卷，《别集》十二卷。按本传，所著《括苍》、《武夷》、《颍阴》、《韩城》、《退居》、《汝阳》、《蓬山》、《冠鳌》等集及《内外制》、《刀笔》共一百九十四卷，《馆阁书目》犹有一百四十六卷。今所有者，惟此而已。《武夷新集》者，亿初入翰苑，当景德丙午，明年，条次十年诗笔而序之。《别集》者，祥符五年避谗伴狂，归阳翟时所作也。《君可思赋》居其首，亦见本传。余书疏皆作其弟倚酬答。

是书，《四库全书总目》卷一五二《集部》五《别集类》五《武夷新集提要》亦作二十卷。云："大致宗法李商隐，而时际昇平，春容典赡，无唐末五代衰飒之气。"

杨大年十一岁召对授正字，为宋初文章著公，骈文耆老，《驾幸河北起居表》等名作及《武夷新集》二十卷，钱基博极称"铺张排比，妍炼稳称。"[4]《玉海》卷五四《总集类》另著录"杨亿集当世述作为《笔苑时文录》数十编。"[5]（钱基博作"数千篇"。）

---

[1] 王振民：《补南唐艺文志》，载傅璇琮、徐海荣、徐吉军主编：《五代史书汇编》杭州出版社2004年版，第5811页。

[2] 郑文宝：《江表志》，学海类编本。

[3] 赵希弁：《读书附志》，丛书集成续编本。

[4] 钱基博：《中国文学史》，中华书局1993年版，第456页。

[5] 王应麟：《玉海》，广陵书社2003年影光绪九年浙江书局本，第1022页。

宋景文《刀笔》二卷（本文按：《宋史》作《刀笔集》二十卷）

按：宋佚名《南窗纪谈》不分卷[1]、宋朱弁《曲洧旧闻》卷九："欧阳文忠公虽作一二十字小束亦必属稿……方古文未行时，虽小束亦用四六，世传宋景文公《刀笔集》虽平文亦务奇险，至或作三字韵语。"[2]《四库总目》卷一五二《集部》五《别集类》五《宋景文集提要》亦引作《刀笔集》，当是。

刘筠《中山刀笔》一卷（本文按：《宋史》作《中山刀笔集》三卷）

按：《通考》卷二三四作"刘中山《刀笔》二卷"，与上述有异。云：

> 晁氏曰：宋朝刘筠字子仪，大名人。咸平元年进士。三迁右正言、直史馆，以司谏、知制诰出知邓、陈两州，召入翰林为学士。尝草丁谓、李迪罢相制，既而又命草制，复留丁谓，筠不奉诏，遂出知庐州。再召为学士，月馀，以疾知颍州。三召入翰林，加承旨。未几，进户部、龙图阁学士，再知庐州。为人不苟合，学问闳博，文章以理为宗，辞尚纟致密，尤工篇咏，能侔揣情状，音调凄丽，自景德以来，与杨亿以文章齐名，号为"杨、刘"，天下宗之。《刀笔集》有黄鉴序。

陈氏曰：《刀笔》皆四六应用之文。筠与杨大年同时，号杨、刘，诗号"西昆体"。有《册府应言集》十卷，《荣遇集》十二卷，《表奏》六卷，《泲川集》四卷，见《馆阁书目》。

《渔阳刀笔》一卷（按：渔阳，宋初人，待考。）

又：《宋史·艺文志》：李祺《刀筆集》十五卷（按：李祺，宋初人，待考。）

宋人四六，最初踵武樊南书庄，六十年间，亦人才迭出。自天圣以后，古文峰起，但终宋之世，骈文并没有被翦灭，这其中归功于宋代文人尤其欧阳永叔、东坡等人既以宽容之心容纳，又以巨大才力参与其中，骈文仍以其外部环境与自身动力系统前行着，丰富着宋代文学的内容和形式。

除以上所列举部分选本别集专集之四六、刀笔外，因为骈文的文体独特性，其在体制上的表现，以独立形态出现极少，尤其六朝以降，骈文多依铭碑箴贴、序论赋表、制诏奏疏等等，虽今天大多早已亡佚，但当时总量相当庞大。这在极大地丰富和充实着骈文的内涵和写作技巧，滋育着文学创作的多样性乃至应用写作的文学性的同时，却也为骈文史料和文本资料撷取和归类评述带来极大的不便。本文的写作更多基于文献排比，在材料刺取的艰难上也感触颇深，期待学界早日有更多类似《骈文史料学》成果出现，于骈文更深入地综合研究，善莫大焉。

---

[1]　佚名：《南窗纪谈》，墨海金壶本，第149册。

[2]　朱弁：《曲洧旧闻》，知不足斋本。

论郑献甫的骈文

莫山洪

（柳州师范高等专科学校中文系）

作为清中后期的岭南文人，郑献甫（1801—1872）不但在散文方面成绩突出，在骈文上也很有造诣。郑献甫原名存纻，字献甫，别字小谷，号白石，广西象州人，其《补学轩骈体文》[1] 二卷 90 篇，《补学轩骈体文续》二卷 41 篇，合计 131 篇，可以说数量较庞大，在岭南作家中首屈一指。从其骈文所涉及的文类看，有论、问、序、书、状、哀诔、传志、赋、引、祭文等，古代各种文体多有涉及。郑献甫的骈文与其散文一样，反映了他在当时社会背景下的思想，表现了他对时局的看法，也表现了当时社会背景下的时代变化，体现了骈文在清中叶繁荣的延续，体现了乾嘉以来"不拘骈散"论的发展。

一

郑献甫生活在清代中后期，跨越了封建社会和半封建半殖民地社会阶段。生活在清王朝走向衰落的 19 世纪，郑献甫既经历了帝国主义列强对中国的入侵，也经历了太平天国起义的动荡时期。作为"两粤宗师"，郑献甫对时代有着独特的看法，这在他的散文中多有体现，但其骈文的主要内容却未涉及这些。其骈文的主要内容有以下几个方面。

首先是表达自己在文学创作及其他各种写作上的态度。

一是表达自己的史学观念。其骈文中有"论"一篇，即《史传论》。文章中，郑献甫对史书的写作提出了这样的观点："亦因时制宜也。""其中乃有不必袭而袭，又有不必增而增者。"史书的创作不能人云亦云，要结合时代，"愚以为：某为忠良，某为奸佞，某有学行，某有文艺，其人果落落不凡耶，专传可也；其人第碌碌无异耶，不传可也。且传之体因一时而立一号，苦于无所附丽也，即数人而分数名，便于有所出入也。学虽分而老韩可以合，人虽众而孟荀为之宗。据事直书，随人曲肖。谁毁谁誉，不为成言；孰是孰非，非自昭公。"中国历史上的史书写作，自然以司马迁的《史记》为最出色，郑献甫在谈论史书的写作时，也是以司马迁的《史记》作为范本。

二是陈述自己的骈文观念。这些观点体现了郑献甫作为一个骈文作家所能体会到的骈文理论。包括三个方面。首先是骈文与散文的优劣问题。郑献甫在这个问题上主张骈散合一，"文之有散体又有骈体也，犹诗之有古体又有律体也"，骈与散本来就是文体发展中的不同形态，不存在孰优孰劣。其次是骈文的弊端。骈文发展到清代，出现了中兴的局面，但骈文自身存在一定的弊端，这是毋庸置疑的。郑献甫指出，骈文存在这样几个方面的问题："词旨不达"、"体裁不真"、"音节不古"，这也是他在《与李秋航论四六文书》一文中指出的骈文"三弊"，而在《为张眉叔论四六文述略》中，郑献甫又提出了骈文的"四弊"，对骈文存在的问题进行了批评。他所说的"三弊"与"四弊"基本一致，

---

[1]　郑献甫：《补学轩骈体文》二卷，咸丰十一年刊印，《补学轩骈体文续》二卷，同治十一年刊印，本文所选郑献甫骈文作品，均出自二书，不另出注。

即词语华丽，典故繁多，表达累赘。第三是骈文史方面的问题。在《洪子龄大令湦则斋骈体文序》中有这样一段话，体现了郑献甫对骈文发展史的基本认识：

> 骈体文发源于两汉，分派于三唐，而平流于六代。南北两史，宋齐八书，朝廷之命诰，官府之奏议，儒林之辨论，文苑之记序，总有百体，通为一途。未尝以某为散，以某为骈也。惟圆者无穷，方者有穷，奇者易变，偶者难变。苏绰在周，李鹗在隋，已欲洗彼铅华，钻此坟素，而力不足以起衰，非骐骥之率马，直蝙蝠之笑燕耳。韩柳崛起，雕琢为朴，上溯周秦，于是骈之体别而骈之名立焉。初变为徐庾，入于绵密；再变为王杨，入于繁冗；又变为欧苏，入于流易。枉以救枉，歧之又歧，至于前朝，竟成外道。国初颇尚词学，陈章前辈，俱失正宗，孙孔后来，渐复本体。其时能于此中自运其才者，胡稚威、袁简斋、洪稚存数先生而已。

文章中所谈论的其实就是骈文发展的基本情况。郑献甫认为骈文产生于两汉，在汉末建安时期就已经成体，南北朝为骈文最兴盛时期。在经过隋唐到宋代的变化后，骈文并未完全摆脱形式的束缚，各种变革的结果是"竟成外道"，直到清代胡稚威、袁枚等人出来，才恢复了骈文的传统。在郑献甫看来，文章本无骈散之分，优秀的文章"未尝以某为散，以某为骈也"。从骈文发展演变的历史看，郑献甫所说的变化确实存在。

此外在骈体类文章中，郑献甫还表现了自己的诗文观念。他所作的很多诗序类文章，就在不经意间表达了自己的诗文观念。如《孙仿山不着一字斋诗序》、《鸣秋集序》、《怡雪诗草后序》、《翠微仙馆诗稿序》等。

其次是表现自己对岭南风光的喜爱，表现岭南风光的优美。在郑献甫的骈文作品中，有一篇非常精美的文章《游白龙洞记》，其中既有对白龙洞美景的描述，也有对自己怡情山水的展露：

> 诸州之水多绕城南，宜州之水独阻城北。隔水以望，崖屼四立。谽谺半空，则白龙洞在焉。秋八月之三日，邱子仁甫为金谷主人招同人游之。江荒日白，树密云青。鸥边招舟，人影半渡。犊外扶伞，山光忽来。途迫若开，磴盘在空。凡历数百级，始抵焉。薜萝在眼，云霞荡胸。树老石上，不粘寸土。风来穴中，突见丈室。喘哮少定，踊跃告行。烛奴引前，灯婢列后。凿空直下，乘间曲入。火色石色，离离目中；钟声鼓声，隐隐足下。更进百步，阳开阴合，所见益奇，石柱削下，如垂佛牙；石坟空中，定葬仙骨。同人大呼，山鸣谷应。其路始穷。回首斜行，当面横亘有石焉。蜿蜒在地，蹴尔不起；躨跜向人，赫然欲飞。首尾相纠，鳞翼自动。同人曰：此白龙洞所由名也。烛龙渐暗，洞口微明。乃从别窦横出，壁间有"白龙洞"三大字，其旁又有紫霞翁一题名，余多漶漫不可记诵。因循崖而复其故处。大暑将尽，小年正长。徐子治轩挟梯，陈子宝田载笔，余执帚偏摩崖文并别苔字，皆前明来游者。始耳有岳君和声五言磨于东崖，又有刘君彦直七古磨于西壁，号为佳矣。已而拊几者高吟，凭栏者远眺。阳光隐山，凉意浮水。鱼鳞万龙，螺髻千峰。疏林来风，不落一叶；野树当屋，犹开数花。秋声正浓，酒色亦渌。蔬果间陈，荡以凉雪；觥筹交错，盎如热云。青萝合阴，苍藓分路。徐步欲下，而夕阳已淡然矣。闻其上更有雪窦，有玉井，有丹龟，皆前代陆仙翁遗迹也。去此百筑，别循一径，同人皆有难色。及归时回望山巅，迥出云表，城中灯火，顶上钟鱼，白云蓊然，碧宇如画，未尝不徘徊而不忍去也。同游者庆远学博胡君文江，忻城大令莫君向岩，邱子仁甫，徐子治轩，陈子宝田，吴子海树，冯子相山，施子，庞子，及献甫共十人。

此文具体描述了登临宜州白龙洞的过程，描述了白龙洞的秀美风光。文章对岭南山水的特点做了非常细致的描绘，抓住了岭南喀斯特地貌的特点来写，如写洞外风景的"树老石上，不粘寸土"，这是喀斯特地貌植被独有的特点。文章的重点是突出山洞中的奇异风景，并以"奇"来展示白龙洞的独特风景，抓住白龙洞之所以称为"白龙"洞的根本原因。文章的后面也写到了类似王安石《游褒禅山记》的结局，"去此百篾，别循一径，同人皆有难色"，只能归去，而归去再回望，则又有"徘徊而不忍去"的心思。作者没有像王安石那样大发感慨，但其遗憾之情溢于言表。

第三则是表现自己与亲人之间的友好情谊。在郑献甫的骈体文章中，有几封书信写的真挚感人，表现了郑献甫与亲人之间的亲密关系。如其中有6篇为与李秋航的书信，李秋航为郑献甫在柳江书院学习时的同窗，两人有着非常亲密的关系，后李秋航去世，郑献甫还为其作《陕西白河县知县幻幻生秋航李君墓志铭》[1]，文中引张大令书信称："此翁平生常不满人，而平生亦不满于人，称知己者，君一人耳。"足见两人关系之密切。试看其中一篇《与李秋航书》：

> 秋航二兄足下：关山难越，裳葛易更，碧云在空，苍波何极。劳心毂于万里，增首疾以三年。前年春迟来一旬，顿失半面。我如叔夜，既懒作书；君有小冯，又希结客。种花开否，采艾茫如。乃者榛苓西望，正忆美人；鸿雁南来，忽得芳讯。因于烹鲤之顷，敬悉骑虎之谈。晓露易欲晞，朝云先去。宜乎挺虬髯而直视，顾蛾眉而长叹矣。然侘傺者，境也；俦侪者，才也。混浊者，时也；淡泊者，志也。许子将之，马磨甘之，久矣。范莱芜之鱼釜，闻者欣然。今即兔罝争趋，牛刀未试。而饔人上膳，不少双鸡；滕臣卖身，尚值五羖。不较胜于兔园。夫子孤穴，诗人乎？仆以为疾病难问当如医然，纷纭难治当如御然。趁此鸭学呼名，鱼同逐队。正宜调宓子弹琴，之轸磨尹。何制锦之刀，无泥州书，早储县谱，庶异日者，铁案不移，银手如断耳。长安为名利之地，秦中固帝王之州也。禾黍周郊，葡萄汉馆，几行残碣，一片斜阳。落雁峰可携谢朓之诗，通天台可上初明之表。果其浊酒难醉，清谈易孤，则听鸡关前，骑驴桥上，此亦倦领簿者之极娱也。献甫工于谋人，拙于为己。极口以论，似有百能；扪心而思，总无一善。聊布近状，以慰远怀。丙午春初，盗牵九牛，其年冬仲，妄产一年，事之不如意若此。惟比年为庆远府主讲，与程酉山太守略吏隐之分，托文字之契，最为雅素，可照汗青。昨者辱捐四品之俸，代刊八比之艺，渠自定百六十首付梓，如此宗工乃出循吏，亦奇矣。中间皇甫谧之序，曾藉高名；刘渊林之注，半属私笔。非季绪之诬人，恃惠子之知我也。今以一部呈鉴，彼中有工此者可示之。献甫犬马之齿，将届五旬；虫鱼之业，不及数寸。虽复借萤雠书，挑灯役梦，其劳不已，所得几何。足下一行作吏，百里封侯，别有壮怀，不屑此事。故亦不欲多言也。前送君不及，有七古一首，后得君寄函，有七律二首并附录。尘不罪，云泥相望，风雨自爱。倘有鸿，便稍慰鹤翘。献甫顿首。

全文表达了对李秋航的思念之情，既遥想朋友远在他乡的生活，也将自己近年的情况告诉李秋航。只有那种相互牵挂着的人，才会这样关心着对方，也才会渴望把自己的遭遇告诉对方。这也正体现了郑献甫与李秋航两人之间深厚的友谊。

在郑献甫的骈文作品中，还有相当多的文章是属于应酬、应制类的作品。寿序类作品就有60篇之多，约占其骈文文章总数的一半，如《诰封通政大夫伍平湖太翁八秩寿序》、《宜山邑侯魏晓园明府五十初度序》、《外姑王孺人八秩寿序》等。这类作品都是为寿主祝寿之用，其中虽有一些表达了作者对寿主的真挚的祝愿之情，但更多的则是一种应景之作，并无太大价值。

---

[1] 见《补学轩散体文》卷四，咸丰十一年刊本。

二

　　郑献甫骈文在艺术上也很有特色。作为这个时期岭南出现的文学家，郑献甫在学识和才智上均有过人之处。虽地处岭南，但其骈文却不乏中原骈文的华丽特点，也不乏用典的特色，保持了传统骈文的基本特点。

　　首先是句式的整齐划一，符合骈文的标准。与传统骈文一样，郑献甫的骈文在形式上也将就句式的整齐、统一。从对仗的角度看，其骈文的对仗可以说工整严谨，且各种对仗句式多样，以《游白龙洞记》中的句式为例，当句对如"大暑将尽，小年正长"、"阳光隐山，凉意浮水"，隔句对如"疏林来风，不落一叶；野树当屋，犹开数花"、"蔬果间陈，荡以凉雪；觥筹交错，盎如热云"。这些对句以四字句为主，显得整齐划一。其中又有六字句，如"徐子治轩挟梯，陈子宝田载笔"，还有长句对，如"有岳君和声五言磨于东崖，又有刘君彦直七古磨于西壁"，还有一些散句穿插其中，这使文章既整齐又富于变化，达到很高的艺术修辞效果。其对仗也非常工整，如"大"、"小"相对，"山"、"水"相对，"雪"对"云"，"叶"对"花"，非常严谨。从平仄关系来看，郑献甫骈文的对仗句也非常注意平仄的对应，如"大暑将尽，小年正长"一联，平仄关系为"仄仄平仄，仄平仄平"，"疏林来风，不落一叶；野树当屋，犹开数花"一联，平仄关系为"平平平平，平仄仄仄；仄仄平平，平平仄平"，平仄交替，错落有致，

　　其次是自然清新，少用典故。骈文在其发展的历史进程中，曾经有过如六朝至初唐时期非常讲究用典的阶段，也曾有过为了改变骈文地位而努力变革的陆贽骈文阶段。但是，在很多人心中，骈文用典是正途，用典被列为骈文的主要修辞形态。进入清代，骈文的复兴带来了人们对骈文的再认识。"为四六之文者，陈维崧一派以博丽为宗，其弊也肤廓。吴绮一派以秀润为宗，其弊也甜熟。章藻功一派以工切细巧为宗，其弊也刻镂纤小"[1]，对清代初年的骈文发展情况做了比较全面的描述，并且指出了其中的弊端。这些弊端，也是骈文发展进程中存在的问题。清中叶最有名的骈文作家汪中的作品也存在着用典过多的问题，如其名作《哀盐船文》中就有多处用典。作为清中后期岭南优秀作家，郑献甫对于骈文的特点自然非常清楚，在骈文文论中，他对骈文的弊端也提出了批评，在《为张眉叔论四六文述略》中谈到骈文"硬语盘空，不求妥帖，成语集袭，不加剪裁"，因此，在其骈文作品中，他有不用典故的清新自然之美，尤其是他的名作《游白龙洞记》。文章几乎没有用典，纯为白描，用语贴景，描述细腻，写出了岭南特有的风光和白龙洞独特的美景。骈文写景而不用典故，确实非常难得。其实郑献甫的文章也有用典的，如《白崖山寨记（为松如林子作）》中就有直接用《诗经》诗句的，"无逾我里"，这是《诗经·将仲子》中的句子。当然，在郑献甫大量的应酬之作即各种寿序、碑志文章中，用典则不可避免，这也恰好体现了钱钟书对中国文学用典的评价："就是一位大诗人也未必有那许多的真情和新鲜的思想来满足'应制'、'应教'、'应酬'、'应景'的需要，于是，不得不象《文心雕龙·情采》里所谓'为文而造情'，甚至以文代情，偷懒取巧，罗列些古典成语来敷衍了事，于是，为皇帝作诗少不了找出周文王、汉武帝的轶事，为菊花做诗免不了要扯进陶渊明、司空图的名句。"[2]说的是诗人，其实骈文作家又何尝不是如此？这个问题，并不是郑献甫骈文的不足，而是其不得不如此——这其实也是中国文学自周秦以来所形成的一种传统，即从《诗经》"雅"、"颂"的情况看，这种庙堂似的文字就以典雅为其基本基调。对于寿主来说，一篇典雅的寿序，自然能令其寿宴更增添文化的气息——尤其是岭南这个长期处在文化边缘的地区，人们迫切渴望有文化色彩融入自己的生活，

---

[1]　纪昀等：《四库全书总目提要》（整理本）卷一百八十五，中华书局 1997 年第 1 版，第 2593 页。

[2]　钱钟书：《宋诗选注》，人民文学出版社 1989 年 9 月第 2 版，第 42 页。

以体现自己的文化气息，体现自己的高雅情趣。从文学性较强的作品如游记等文章看，郑献甫的骈文还是尽可能追求清新自然的风格。

第三是语言的华丽。柳宗元在《乞巧文》中曾对骈文的语言进行了批评，称"抽黄对白，唲哗飞走"，骈文自兴盛时期的徐庾时期，就非常注重语言的华丽。郑献甫的骈文也不乏语言华丽之处。其代表作《游白龙洞记》中就有这方面的特点。如对色彩的描述，"江荒日白，树密云青"，在色彩的运用上，作者不仅抓住色彩的特征，还从色彩形成的角度出发，强化色彩的视觉效果和心理感受。"日白"因"江荒"，"云青"因"树密"，眼前之景与心理感受相结合，体现了作者对自然景物的敏锐的感受力。此外，如《与李秋航书》中有"赤鳞黄耳，希得素书；丹桂青枫，渐滋老态"，又有"碧云在空，苍波何极"，《山问》中有"白日如驰，青山且暮"，"碧海舍人，各封三品；青门隐士，别为一流"，《滇水纪行》中有"目前白浪，不点一鸥，背上黄沙，但浴五悖"，色彩也非常丰富。

尽管郑献甫以"骈体文"命名其作品，但正如他自己所认识到的，骈文与散文并无优劣之分。清代篇散文之间还是存在着比较大的分歧。以方苞、姚鼐为代表的桐城派继承韩愈、柳宗元以来的古文传统，反对骈文，发扬古文传统，姚鼐所编《古文辞类纂》在当时也颇为盛行。相比较而言，李兆洛的《骈体文钞》的影响力没有那么大，不过作为骈文派的标志，《骈体文钞》在当时及后来对文坛都有着比较大的影响。同时，自清中叶以来，不拘骈散的观念已经深入人心，无论是作《四六丛话》的孙梅，或者是桐城后学梅曾亮，都有骈散融合的思想。郑献甫曾于1835年进士及第后在京城为官，对此自然有较深刻认识。所以，其骈文也有骈散融合的特点。如其《游白龙洞记》一文中，就既有整齐的对句，"火色石色，离离目中；钟声鼓声，隐隐足下"，"石柱削下，如垂佛牙；石坎空中，定葬仙骨"，也有一些散句，"秋八月之三日，邱子仁甫为金谷主人招同人游之"，"乃从别窦横出，壁间有'白龙洞'三大字，其旁又有紫霞翁一题名，余多漶漫不可记诵"。骈散的使用，基本上依照叙述用散，写景用骈的模式。这种句式的使用符合当时文章演变的基本情态，也更能充分发挥骈散句式的特长。

在艺术上，郑献甫的骈文一方面体现了骈文传统的典雅华丽，另一方面，也体现了其清新自然的风格，达到了很高的艺术成就。

三

郑献甫骈文的出现，既是中原文化深入岭南，影响岭南文化的结果，也是岭南人民主动接受中原文化，主动融入中原的结果。

在中国漫长的历史发展中，岭南一直属于偏僻落后的地方，尤其是粤西（广西），被视为蛮荒之地。这个地方，历史上一直属于文化相对落后地区，虽然历代也有不少文人因贬谪或其他原因到过这里，如唐代的柳宗元、李商隐，宋代的黄庭坚、秦观等，都是著名的文人，明代王阳明也曾到过广西，但是这些人都不是当地人。以当地人身份出现在文坛上，并取得一定成就的，尤其是在富有典雅气息的骈文领域取得如此成就，在广西作家中确实少有。这表明广西作家的文化底蕴有了进一步的拓展，显示出中原文化对岭南的影响力越来越大。

郑献甫骈文在艺术上的特色也体现了作家文学艺术的优秀。尽管长期活跃于两广文坛，出生生活在相对落后的广西壮族地区，但是郑献甫通过努力，掌握了相当的基础文化知识，形成了富有深度的文化渊源，在典故的运用、声律的配合以及骈散句式的交互使用上，达到了很高的境界——这应该也是他能成为"两粤宗师"的根本原因——他的骈文不仅有着优美的句式和对色彩敏锐的感悟能力，而且有些篇章有着非常浓厚的情感，体现了为情为文的特点。

郑献甫骈文成就的取得，体现了岭南地区文人对中原文化的认同和自觉接受。长期以来，岭南地区一直被视为政治、经济、文化的边缘地区，唐宋时期的贬官大多也是贬谪到岭南，中原人士对岭南的印象也大多不好，岭南独特的喀斯特地貌，秀丽迷人，但是在贬官心中，却充满各种忧伤，柳宗元就称"海畔尖山似剑芒，秋来处处割愁肠"（《与浩初上人同看山寄京华亲故》）。尽管如此，贬官的到来，毕竟带来了先进的文化，而且这些贬官也比较注重当地文化建设，这对当地文化的发展起到了一定的作用。如柳宗元贬谪柳州期间，曾修复孔庙，传播儒家文化，"江岭间为进士者，不远数千里皆随宗元师法；凡经其门，必为名士"[1]，"南方为进士者，走数千里从宗元游，经指授者，为文辞皆有法"[2]，可以看出柳宗元对岭南文化的影响。象州距柳州 70 公里，郑献甫在其文章中也曾多次提到柳宗元，可以看出他应该也受到了柳宗元的影响。据周永光《郑献甫年谱》，郑献甫于 1810 年入读家塾，1815 年入州学，后入柳江书院学习，1825 年乡试中举，1835 年中进士[3]，由此可以看出，郑献甫一直主动接受儒家文化的影响，自觉融入中原文化体系。郑献甫能在 35 岁的时候考中进士，其传统文化的素养显然很高，这也就能理解为什么他在两广一带影响巨大。其骈文创作的成就，可以说是其对中原文化的一种主动接受。

[1] 刘昫等：《旧唐书》卷一百六十，中华书局 1975 年第 1 版，第 4214 页。

[2] 欧阳修、宋祁：《新唐书》卷一百六十八，中华书局 1975 年第 1 版，第 5142 页。

[3] 周永光：《郑献甫年谱》，载《广西地方志》2004 年第 1 期。

论骈体小说《燕山外史》的艺术得失

陈　鹏

（河南师范大学文学院）

　　清代陈球的《燕山外史》是我国古代的一部奇书，长达 31 000 多言，全用骈体写成。这不仅在小说史上是稀见的，而且在骈文史上也罕有其匹。据潘建国统计，《燕山外史》"存世之清代版本，竟多达二十余种，覆盖了清稿本、传抄本、木刻本、石印本及铅印本等文本形态"[1]。其种数之繁多，形态之丰富，即便在我国古代小说史上亦不多见，堪称是古代小说研究的典型案例。该书甚至还东传日本，由大乡穆氏为其训诂，可见其受众之多，流传之广。但学界对该书却缺乏足够的重视，相关论著寥寥无几，而且大多是或先入为主，贬多扬少，或空泛而论，浅谈辄止。本文在前人研究的基础上，主要探讨该书在艺术方面的得失。

一

　　《燕山外史》的故事原本是冯梦祯的《窦生传》，讲述明永乐年间燕山窦生绳祖与绣州女子爱姑悲欢离合的爱情故事。作为典型的才子佳人小说，《窦生传》走的还是传统套路，不外乎男女主人公意外相逢、一见钟情，中间插以严父反对，小人作梗，好事多磨，最终金榜题名大团圆。该文用散体写成，只有 1 500 字左右。陈球将其改写为骈体，扩充为 3 万余字，虽然在主要情节上并无大的发展，但在形式上却进行了极大的创新。正如他在《燕山外史》凡例中所说："史体从无以四六成文，自我作古[2]，极知僭妄，无所逃罪，第托于稗乘，尚希未减。"所谓"极知僭妄"不过是谦辞，"自我作古"才是其真正用心之所在，即欲借小说显其才华，成一家之言，以流传后世。

　　陈球之所以选择《窦生传》作为改写的对象，是因为"客有述其事于座中"，窦生与爱姑生死不渝的爱情深深打动了他。他在小说结尾自述创作动机时云：

　　　　球十年作赋，伤旧业之荒芜；三径论交，怅同侪之寥落。学书学剑，百事蹉跎；呼马呼牛，
　　半生潦倒。兼之路历羊肠，雄心久耗；年加马齿，壮志都灰。骨自销余，见蝇飞而神悚；胆
　　从破后，闻蚁斗而魂惊。嗟呼，桓温已逝，孰许猖狂；严武未逢，谁容傲岸……浔江闻商妇
　　之谈，青衫泪湿；阳关听故人之唱，苍鬓霜催。秀频添毫，究向阿谁润色；枯肠搜句，总缘
　　我辈钟情。此《燕山外史》之所由作也。[3]

---

[1]　潘建国：《〈燕史外史〉小说版本考》，选自《中国古代小说研究》（第三辑），人民文学出版社 2008 年版，第 223 页。

[2]　尽管我们今天知道，在唐代就有张鷟用骈体所写的小说《游仙窟》，但《游仙窟》在国内早已失传，直到 20 世纪初才在日本被偶然发现，陈球当时确实未见到该书。再者，《游仙窟》并非纯骈体之作，且情节简单，篇幅不长。

[3]　本文所引《燕山外史》文本，皆依据褚家伟校点本，春风文艺出版社 1987 年版。

从中可知其创作《燕山外史》时，已年岁老大，知交零落，穷困潦倒，但仍情缘未断，一往情深，亦如其在小说开篇所云：

> 人非怀葛，畴安无欲之天；世异羲农，孰得忘情之地……地老天荒，毕竟悲多欢少；海枯石烂，大都别易会难。积成万种深情，添出一番佳话……何来骚客，言之瘏伤，竟使陈人，闻而枨触。无端技痒，妄求见技之方；讵是情痴，忽有言情之作。

正所谓情之所钟，正在我辈。由于作者在写作时寄寓了万种深情，所以《燕山外史》一书大大发挥了骈体情致婉约、摇曳生姿的特色。相较于《窦生传》的简单质朴，有骨无肉，《燕山外史》对男女主人公的爱情描写血肉丰满，哀感缠绵。如窦生与爱姑初次相遇后，《窦生传》叙述得很简略，只言窦生"积思成梦，积梦成疾"，但《燕山外史》却铺写了窦生梦中与爱姑幽会的场面。当窦生美梦惊醒之后，残更未尽，感伤不已：

> 听渐零之蕉叶，雨响如珠；对黯淡之兰膏，灯光似豆。邻鸡未唱，睡鸭初销。辗转孤衾，才子独悲缘浅；寂聊客舍，愁人只苦夜长。从此意态彷徨，精神恍惚；不痛不痒，如醉如痴。对酒添愁，摊书益闷。恋隔宵之香梦，乍即乍离；寻半晌之幽欢，忽啼忽笑。

情辞斐美，余音凄恻，形象地刻画出窦生的痴绝。作者接下来描写窦生虽因相思成疾，命悬一线，但仍情有独钟，无怨无悔：

> 既觏出群仙品，对脂铅尽若泥沙；曾逢压众天姿，视粉黛都无颜色。因是扫除俗艳，挺立芳标。非绛仙不可疗饥，非卓女无由解渴。非赵姊莫教漫舞，非韦娘讵使轻歌。独是缥缈巫峰，寓辞行雨，潺湲洛水，托想凌波。几回彤管空怀，令人凄绝；一切青楼薄幸，匪我思存。

这种自知一息仅存、虽生不久但还要一往情深、至死方休的爱情，今天读来仍然让人感慨唏嘘。

再如窦生与爱姑经历艰难险阻，后来意外相逢，两人无疑有千言万语诉说衷肠，但《窦生传》只用了四个字"备述颠末"，未免过于简略，而《燕山外史》却让爱姑备陈苦志，历诉冤情：

> 苦则苦于母也不谅，屡起衅端；冤则冤夫妾本无辜，频遭变故。翠钿堕落，珠粉飘零。好姻将作恶姻，佳偶几同怨偶。窃信莲生浊水，倍表清姿；菊傲严霜，素贞晚节。山移谷变，唯存心铁难磨；海竭河干，只有泪波未涸。如其不信，视妾容颜；何以若斯？为郎憔悴。

语自心倾，泪随声出，具有很强的艺术感染力。相较原作，《燕山外史》无疑更为凸显了男女主人公执著无悔的爱情。正因如此，吴展成在《燕山外史》序中将其与汤显祖《牡丹亭》"生者可以死，死者可以生"的爱情描写相媲美。

中国古代的散体文言小说受史书的影响很大，一般不怎么描写风景，即使有所涉及，也往往要么非常简略，如"则嘉树列植，间以名花，其下绿芜，丰软如毯。清遇岑寂，杳然殊境"（《补江总白猿传》），要么用一些陈词滥调的骈语，如"千峰竞秀、万壑争流"、"柳绿花红、山明水秀"之类。正因如此，《窦生传》通篇没有涉及风景描写。而骈体在描写风景方面却有着较为悠久的传统，如六朝时期陶弘景《答谢中书书》、吴均《与宋元思书》描写山水，简澹高素，潇洒自然，成为一代名作。陈球"在总角时，即喜读六朝诸体"[1]（《燕山外史·凡例》），自然得六朝骈文描写风景之神韵。

---

[1] 《燕山外史》中许多句子都出自徐陵的作品，如"未识他心，那知彼意"出自徐陵《谏仁山深法师罢道书》之"未得他心，那知彼意"；"岂意天狼炳曜，参虎扬铓"出自徐陵《为梁贞阳侯与王太尉僧辨书》之"昔自天狼炳曜，非无战阵之风；参虎扬铓，便有干戈之务"，可见陈球所言不虚，对六朝骈文的确是情有独钟。

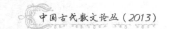

另据于源《灯窗琐话》记载：

> 陈蕴斋先生球……工画。尝寓西湖，遇雨则着屐出游，徘徊山麓间，终日不去。人笑其痴。
> 蕴斋云："此即天然画稿也，勉向故纸堆中觅生活耳。"诗品淡逸如其画。[1]

由上可知陈球率真洒脱，精于绘画，崇尚天然清新。因此，《燕山外史》绘事写景，颇多佳句。如写爱姑被盐商和母亲合伙所骗，而误以为窦生相招，欣然佣舟前往：

> 波如平掌，帆饱如弓。两岸飞花，近映嫩红之属；千山抹黛，遥迎澹翠之眉。棹入银塘，杨柳丝牵青雀舫；水连铁瓮，桃花片逐白鸥波。江色无边，春光如许。晴堤絮落，点点飘来；暮树鹃啼，声声催去。

文笔优美，清空秀雅，为全书增添了几分诗情画意。又如写窦生守完父丧后，便急切去南京与爱姑相会，书中描绘了其途中所见的"一片江山入画图"：

> 斯时碧桃花下，宿雨初收；青粉墙头，斜阳未尽。白鹇飞处，蘋滩之橹响咿哑；黄犊归来，柳迳之笛声嘹亮，问牧儿分前路，知侠友之故居。谢家选胜之场，只在乌衣巷里；石氏藏娇之地，不离白鹭洲边。第见门庭整洁，竹树清幽，院锁碧烟，全遮蕉阴；帘垂红雨，半罩花枝。

这些描写扫除浮艳，简澹高素，尽得江南山水之神韵，且能切合人物心境，绘影传神。所谓"流连宛转，自成文章"，信非虚誉。

《窦生传》写窦生相思成疾，卧床不起后，"如有知其隐者，伪托能为昆仑事，醉生以酒，潜以村妓荐寝。生察知，患甚，病转剧"。陈球敏锐地发现其中所蕴含的喜剧意味，于是便戏仿六朝时期所盛行的内容嘲谑游戏的骈体俳谐文：

> 悬秦镜于螭庭，奸形悉露；燃温犀于牛渚，怪状毕呈。绝非桃叶之名姝，却是杨花之下妓。始望许飞琼向蕊宫谪下，岂知鸠盘茶从鬼国飘来。历齿蓬头，备具非常之丑；涂唇抹屬，又加不洁之蒙。身住东施，音操北鄙，发何种种，口更期期。臃肿腰肢，偏植金城之柳；蹒跚足样，移栽玉井之莲。年比季隗长加一倍，貌同嫫母寝过三分。嗟乎！睹此陋形，直可参居禹鼎；遭兹异事，殊堪续入《齐谐》。

调侃取笑，诙谐讽刺，令人抚掌解颐。其他如描写轻薄儿"信口铺张"、"任心造设"，"强其说鬼，鬼从车载而殊多；与之谈天，天向管窥而不大。言皆不怍，未知于意云何；语尽无稽，动说我闻如是"。写庸医："妄解内经之旨，漫托杏林；初知本草之名，辄夸橘井。闻呼而至，操术以登。药不备于笼中，方更忘乎肘后。温凉并进，攻补兼投，十有九非，百无一效。"写盐商："罔知欢，罔知忧，浑是无肠公子；亦善饭，亦善饮，竟为负腹将军。"写考官："红纱罩面，安知班马文辞；白蜡存胸，讵晓匡刘经义。秦庭得璧，却吝偿城，沧海求珠，翻遗照乘。"这些都是《窦生传》所无，作者独出机杼所平添的笔墨。联系陈球蹉跎不遇的生平经历，这些文字中无疑寄托了他太多的悲愤不平。

《燕山外史》在行文时以四六句式为主，将四六句式的组合极尽转换调配之能，并时而间以五言、七言、八言、九言等多种句式，对仗工整而又灵活多变，并适当地借助发端或转折虚词，使文章气势随着小说人物的情感变化而时起时伏、或急或缓。如写马生饮酒高歌：

> 醉馀耳热，兴到声张，泉涌云飞，音殊激楚；雷辊电割，气甚沉雄。竟病独谐，曹景宗

---

[1] 转引自孔另境：《中国小说史料》，上海古籍出版社1982年版，第171页。

偏工险韵；汪洋自喜，辛弃疾别著豪声。

意到笔来，疾如轻车骏马之奔驰，马生的豪放不羁呼之欲出。又如写窦生的相思之苦：

> 写歌时如孤鸿之唳长空，如哀猿之啼断峡。謇尔如崩崖裂石，凄然如楚雨酸风，如击筑
> 而成变徵之音，如弹丝而起绝弦之响，如夜坐而听闺人之泣寡，如晓行而闻边士之苦寒。

幽音鸣咽，凄如飘风急雨之骤至。另外，小说在用典方面也很讲究，力避重出叠见，雷同合掌，限于篇幅，本文就不再展开论述了。

综上所论，正因为《燕山外史》在艺术方面取得较高的价值，在清代才会流行众多的手抄本，把它当作练习骈体的范文。鲁迅《中国小说史略》评《燕山外史》："语必四六，随处拘牵，状物叙情，俱失生气"[1]，未免有点失之偏颇，责之太苛了。

二

徐岱《小说叙事学》云："叙事之于小说犹如旋律节奏之于音乐、造型之于雕塑、姿态之于舞蹈、色彩线条之于绘画，以及意象之于诗歌，是小说之为小说的形态学规定。"[2] 可见叙事在小说艺术中的重要地位，但骈体小说在叙事方面却存在着先天的不足。

六朝骈文被王国维誉为与楚辞、汉赋、唐诗、宋词、元曲并称的"一代之文学"。六朝时期骈偶化的风气几乎影响了当时所有的文体，以至于"凡君上诰敕，人臣章奏，以及军团檄移与友朋往还书疏，无不袭用斯体（笔者按：即骈体）"[3]。然而就在六朝这个"一切韵文与散文骈偶化时代"[4] 里，叙事文学却几乎没有受骈体的影响。如范晔的《后汉书》和沈约的《宋书》传末论赞多用骈偶，但传记部分则用散体。又如干宝是六朝骈文名家，其《晋纪总论》带有浓厚的骈俪色彩，被收入《文选》，然而他的志怪小说《搜神记》却是用散体来写的。由此可见，当时的文人已经意识到骈体不适于叙事。唐人对此已经有了理论上的认识。如刘知几认为："夫叙事者，或虚益散辞，广加闲说，必取其所要，不过一言一句耳"，如此"则庶几骈枝尽去，而尘垢都捐"。[5] 他批评唐人修《晋书》杂用骈语是"加粉黛于壮夫，服绮纨于高士"[6]。虽然在唐初产生了著名的骈体小说《游仙窟》，但与其说《游仙窟》是叙事类的小说，还不如说它是《洛神赋》之类的作品，而且《游仙窟》在国内久已失传，清末才从日本传抄回来，可以说对中国古代小说的创作没有产生什么影响。骈体不适于叙事的观点在我国古代影响深远。直至近代，国学大师章太炎仍认为："叙事者，止宜用散。"[7]

虽然古人对叙事不宜用骈体的原因语焉不详，但揣摩而言，大体是相较散体，骈体往往较多关注于对偶、用典、声律、藻饰，在线性时间叙述方面无疑有着明显的不足，不利于叙述的展开。当骈体文学所营造的审美共时性空间让读者流连忘返时，却也不知不觉地延缓或中断了读者的阅读进程。尽管《燕山外史》用骈体进行叙事已有着先天的劣势，但陈球并没有尽力去弥补，反而放纵笔墨在细枝末节方面极尽铺陈之能事。如小说介绍爱姑的身世：

---

[1] 鲁迅：《中国小说史略》，上海古籍出版社1998年版，第178页。

[2] 徐岱：《小说叙事学》，中国社会科学出版社1992年版，第5页。

[3] 孙德谦：《六朝丽指》，四益宦刊本。

[4] 胡适：《白话文学史》，载《胡适文集》（第八册），北京大学出版社1998年版，第211—212页。

[5] 浦起龙：《史通通释》上海古籍出版社1978年版，第170页。

[6] 浦起龙：《史通通释》上海古籍出版社1978年版，第82页。

[7] 章太炎：《文学略说》，载《国学讲演录》，华东师范大学出版社1995年版，第248页。

　　　　人系小家，姓推钜族。本二师之一脉，系出海西；同孟母而三迁，籍居城北。其父始为鬻器，
　　既作饼师。早谐采桔之妻，晚丧纬萧之子。频年佞佛，熊不征祥；每岁祈仲，蛇偏叶吉。绕
　　膝之童乌才逝，投怀之彩燕旋来。聿生少艾于良辰，适采芳兰于上巳……无何灵椿秋冷，大
　　树先飘；铜雀春深，小乔未嫁。痛乃翁之长逝，愈觉家贫；随阿母而孤居，连遭岁歉。

　　这段文字骈四俪六，使事用典，长达上百字，可见作者用力颇深，然远不如《窦生传》"李姓嫠妇，
无食无儿。有女名爱姑，年十五，殊色也"简洁明快，作者可谓是吃力不讨好。其实，散体与骈体正
如阴阳奇偶，二者不可偏废。言宜单者，不能使之偶；言合偶者，不能使之单。奇偶随需，骈散相济，
才能气韵融谐，文脉流畅。作为才子佳人小说，《燕山外史》用骈体来写固然香艳绮丽、情辞悱恻，
但通篇全用骈体，则不免使小说呆板滞涩，气雍难疏。

　　受史书的影响，散体文言小说一般不在文中发表议论，因为这样容易打断线型叙事的进程。如果
作者要发表识见，也往往要么寓褒贬于行文之中，这就是古人所推崇的春秋笔法，要么在篇末采取类
似"太史公曰"这样的形式展开议论。对于这一点，陈球也缺乏足够清醒的认识。他时时在行文中发
表议论，中断叙事进程，如写窦生为相思所苦、卧床不起时，作者不禁插入一段议论：

　　　　至于名士择妻，谈非容易。欲结同心之果，必栽称意之花。试以裙笄，譬诸草木，有如
　　桃生瑶岛，子结千年；莲植华峰，香飘十丈。日边则栽红杏，天上只种白榆。要难夸述夫仙
　　葩，兹且略言乎众卉。乃若三湘撷秀，蓉堪集以为裳；九畹滋芳，兰可纫而作佩。离间菊放，
　　寻向雨中；岭上梅开，探从雪后。洵托雅人深致，以抒君子遥情。

感慨名士淑女相得之难。又如写窦生经历唐赛儿之乱后，家业萧条，大妇不甘贫困，卷财与人私奔，
陈球又控制不住自己的愤怒，评论道：

　　　　是知失贞每在名门，丧节半归豪族，少则养娇习懒，长而恃色矜才。专工咏柳吟桃，而
　　独未娴蘋藻；素善裁鸾刺凤，而偏欠解睢麟。外弛防闲，内疏检束。美孟姜于洧上，岂避嫌疑；
　　留子国于邱中，宁知廉耻。

作者有意识地将出身贫贱的爱姑与娇养富贵的大妇形成鲜明的对比，从而强化了小说的主旨，即发乎
至情的私奔比父母之命的婚嫁更为神圣可贵。如果说上述这些议论还和全书主旨相关，那么有些议论
却或多或少游离于全书的主要线索之外，显得枝蔓过多，如：

　　　　天下本无难事，只在工夫。谋利谋名，弗求胡获；学仙学佛，有志竟成。果能发愤为雄，
　　将相何曾有种；苟不因循自误，富贵未必在天。竭力磨砖，尚期作镜；诚心点石，直欲成金。
　　贤豪刻苦之功，类皆如是；士女交欢之事，何独不然？

这些议论并无新颖之处，无须大费笔墨。更有甚至，书中写到马生反对窦生携爱姑归妻家，而窦生执
意要行，正当读者为他们的命运担忧时，作者却插入了一段长达近五百字的议论：

　　　　要之马子之竭力挽留，苦心劝阻，岂不知丈夫之志，壮托桑蓬，而顾使男子之身，老死
　　户牖耶？良以事不深谋，祸将旋踵；人无远虑，灾必逮身。今窦生牵小妇而居大妇之家，率
　　旧人而入新人之室。无论拖云带雨，一时未便轻投；即令簇锦团花，两美岂能骤合？常疑好
　　事皆虚事，未必他心似我心……乃有字昧鲁鱼，物迷璞鼠，面上尘蒙三斗，俗不堪医；胸中
　　茅塞一团，牢无可破。乃且剧谈千古，武断一乡，啧有烦言，强为解事；卑无高论，妄作通人。

辄为马子间此姻缘，议其有干天理；阻兹完聚，只为不近人情。噫嘻！下里浮谈，识同篱鹦；

庸流鲜见，局等井蛙。人固不足重轻，言亦无关得失，此皮相之士耳，能心知其意乎？

这段文字洋洋洒洒，一味铺陈，却繁略失当，令人难以卒读。正因为陈球叙述如此拖沓，再加上《燕山外史》不分卷数，因此不可避免地导致"阅者苦其冗长，目力不继"（《燕山外史·凡例》）。有人建议陈球将该书分为八卷，这无疑有其合理之处，在某种程度上可缓解读者的审美疲劳，陈球却不以为然。虽然他最终不得不"聊徇阅者之意"，将全书析为八卷，但实非本意。由此可见，陈球的确不懂小说叙事之法。

另外，小说中的人物语言大都是口语，需用散体来写，但《燕山外史》中的人物语言全用骈体。主人公窦生和爱姑作为才子佳人，其语言用骈体来写，也不为太过。但爱姑之母本为一村妇，其语言也骈四俪六，则显得不伦不类。作者描写她苦口婆心地劝爱姑改嫁："夫玉貌易衰，金夫难遇。与使久乖琴瑟，长为荡子之妻；毋宁再抱琵琶，且作商人之妇。狗如可嫁，续尾何妨？兔既不来，守株何益？"如此文绉绉的语言显然违背了生活真实，令人生厌。

《燕山外史》在清末民国时期颇为流行，然而到了当代，却逐渐隐隐不彰，甚至湮没无闻。这一方面是因为白话文取代了文言文，国民的古汉语阅读能力普遍下降。《燕山外史》征引繁富，所用的典故数以千计，且时有僻典，自然令广大读者望而却步。另一方面，也是由于《燕山外史》本身有着严重的艺术缺陷。尽管如此，《燕山外史》在艺术方面的探索和创新，以及对于民国时期骈体小说创作的启发，都值得我们进一步的研究。

近代骈文创作特征论

谢飘云

（华南师范大学文学院）

近代骈文创作在近代社会的剧变中多元文化相互激荡而处于不断解构和建构的新变状态，呈现出多方面的特征，使得近代骈文这一传统的文学体式在新旧交替的文学变革大潮中泛起新变的微澜。

一、特征一："骈散之争"与近代骈文理论的探寻

骈文是我国传统文学中的一种体式，其与散体文并行发展构成了古代文章流变的主要内容，在古代文学史上具有重要地位。不过，骈文与散文也存在着争斗。在清代中期，文学界兴起了一场骈、散之间的论争。这一论争是清代汉学与宋学之争在文学领域的投影。以桐城派为首的宋学一派大都是古文名家，桐城文论遂成系统。而乾嘉时期的汉学家，则工于骈文，以此与古文派抗衡。然而直至扬州学派的代表人物阮元出现，溯源六朝，从"文笔"说中汲取理论资源，骈文派才有了较为系统的文论，以此与桐城古文派对峙。在清中至近代骈文的整体复兴中，阮元、梅曾亮、李兆洛、谭宗浚等著名学者都为近代骈文理论的探寻做出过努力。

阮元是近代骈文创作发展进程中起着重要作用的人物。阮元对学界曾出现的诸说进行了糅合，俨然成为骈文派的领袖。他从古训入手，标举"文言说"，以争文章正统。其具体步骤学界有论者总结为：正本清源；征圣宗经；阐明文质；严守文统。[1]由于阮元的特殊地位，他的观点也使骈散之争的格局产生有利于骈文的变化。他体悟到骈文是一种完美的文体，它给人带来韵偶、声音之美的享受。他强调用韵对偶才是"文"，"文"的观念及被作为论争武器与盛行当时的桐城派相抗。阮元在当时大力提倡"文言"、"文韵"，尊对偶、音韵、辞藻之文为文章的正统，强调骈散的分别，为骈文争地位，主要是着眼于改变古文创作中平直疏浅、音韵失和的习气，也是为了纠正桐城派雅洁有余、文采不足的创作倾向。阮元等人重提文笔之说，推崇骈偶及有韵之文，其目的也是为了与某些古文家的文章相抗衡，客观上对骈文的发展起了推波助澜的作用，也给人们在文学创作中融进艺术精神提供了有益的启示。

梅曾亮曾有过创作骈体文的经历，但他的古文创作遮蔽了他的骈体文创作。他对骈文，经历了由喜爱而创作，到因为师从姚鼐，接受管同建议放弃骈文，再到认识骈文有独特价值而不废骈文的过程。梅曾亮在《柏枧山房文集》卷五《管异之文集书后》云：

> 曾亮少好为骈体文，异之曰：'人有哀乐者，面也。今以玉冠之，虽美，失其面矣。此骈体之失也。'余曰：诚有是，然《哀江南赋》、《报杨遵彦书》，其意固不快耶？而贱之也？'异之曰：'彼其意固有限。使有孟、荀、庄周、司马迁之意，来如云兴，聚如车屯，则虽百徐、庾之词，不足以尽其一意。"余遂稍学为古文词。异之不尽谓善也，曰：'子之文病杂，一

---

[1] 冯乾：《清代文学骈、散之争与阮元"文言"说》，《古典文献研究》第十一辑。

篇之中数体驳见，武其冠，儒其衣，非全人也。' 余自信不如信异之深，得一言为数日忧喜。

呜呼！今异之亡矣，吾得失不自知；人知之，不能为吾言之。异之亡，余虽于学日从事焉，

茫乎不自知其可忧而可喜也，故益念异之不能忘也。[1]

由此可见，梅曾亮认识到了骈文的不足，但他不废骈文。当研究古（散）文的学者大张旗鼓地宣扬唐宋八大家、桐城派及其古（散）文价值的时候，像梅曾亮这样的古文大家还能长时期创作有较高艺术价值的骈体文，这的确是值得我们深思的现象。

谭宗浚对骈文领域的诸多问题也进行了深入的思考，颇具理论创建。他面对骈散之争，指出："自韩柳振声，欧苏嗣响，衺所自制，名曰古文，偶体一途，遂遭掊击，目梁陈为蝉噪，诋荆魏以驴鸣。"[2] 对文坛崇散抑骈的片面倾向提出了批评。他认为文章由散体变为骈体乃自然之势，骈散同出一源。散文与骈文都有其存在的独立价值，斤斤计较于优劣尊卑并无任何意义。谭宗浚对他所生活的晚清时代，对清末骈文所表现的"伪体繁兴"弊端[3]，大加鞭斥，并自觉以"倡复而振兴"文风自任。因此，他在《后希古堂文会序》中抨击了前人在骈文创作中所形成的种种弊端，从正面对骈文创作提出了明确的要求。

李慈铭关于骈文发展、骈散关系的论述，大多散见其文集与日记中。他有不少对骈文作家独到的点评，且不乏真知灼见，从中可以见出他本人的骈文理念。在文学理论上，也具有十分鲜明的文体意识。李慈铭秉承阮元等人的观点，与同时代大多数对骈散相争持调和态度的文人学者不同，他将骈文视为文章正统，重视骈文与散文的区别。但相较于前期阮元"今人所便单行之文，极其奥折奔放者，乃古之笔，非古之文也"[4] 的看法，他对散体文的态度已明显宽容很多。在文体上，关于骈散之辨，李慈铭仍然将两种文体严格区别对待，正如曾之撰所评："继见稿内《与陈昼卿书》自举著述之目，亦以骈文散文分编，乃知先生因不从阮氏之说，屏散文于文外，亦不从李氏之例，置散文于骈体中。"[5] 李慈铭十分反对李兆洛在《骈体文钞》中收录《报任安书》、《出师表》二文的做法，认为"文章自有体裁，既名骈体，则此二篇皆单行之辞，自不得厕之俪偶。且由老、韩推之，则《尚书》、《周易》，亦有近骈体者，申耆何不竟取《禹贡》、《尧典》等篇，以冠卷首乎？"[6] 显然，这里反映出李慈铭在骈散文体式区分问题上强烈的文体意识。不过，李慈铭推崇骈文，却并不反对散文。他承认散文中同样有许多优秀作品，他对《史记》、《汉书》的评价极高："然学者但能蓄奋经训，沉浸《史》、《汉》，则所作自高古深厚，不落腔调小技，亦非必自骈体入手也。"[7] 同时，李慈铭对柳宗元、刘禹锡、杜牧的散文推崇备至[8]，并且李慈铭身体力行，创作了两百多篇散文。[9] 这都表现了他相对比较公允的论文态度。李慈铭论文章，虽重文体，但更重视的是支撑文章创作的学术根柢以及行文中所体现出来的风骨与识见，这与他的汉学学风取向是一致的。

从上述对近代骈文理论探寻的择要梳理中，我们可以发现，近代作家们对骈散体式或坚守或兼容或调和，但无论是理论还是创作都在近代文化转型的大潮推动下隐伏着新的蜕变。

[1] 彭国忠著，胡晓明校点：《柏枧山房诗文集》，上海古籍出版社 2005 年版。

[2] 谭宗浚：《答门人岑王季辕论骈体文书》，《希古堂集》，《续修四库全书》，上海古籍出版社 2002 年版，第 397 页。

[3] 谭宗浚：《答门人岑王季辕论骈体文书》，《希古堂集》，《续修四库全书》，上海古籍出版社 2002 年版，第 397 页。

[4] 阮元：《揅经室续集》，中华书局 1985 年版，第 128 页。

[5] 曾之撰：《越缦堂骈体文叙例》引自李慈铭著，刘再华校点：《越缦堂诗文集》，上海古籍出版社 2008 年版，第 1551 页。

[6] 李慈铭著，由云龙辑：《越缦堂读书记》，上海书店出版社 2000 年版，第 1095 页。

[7] 李慈铭著，由云龙辑：《越缦堂读书记》，上海书店出版社 2000 年版，第 1095 页。

[8] 见李慈铭著，由云龙辑：《越缦堂读书记》，上海书店出版社 2000 年版，第 1095、894、898 页。

[9] 见李慈铭：《复陈昼卿观察书》："病中颇料检著述……骈文亦检得百五十首，名曰初编。惟散文分内外篇，约二百首。"李慈铭著，刘再华校点：《越缦堂诗文集》，上海古籍出版社 2008 年版，第 1149 页。

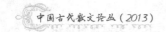

二、特征二：近代文学变革与"骈散杂糅"格局的形成

有清一代的文体，有着极大的变化。骈文与散文不但在质的方面有惊人的进步；量的方面更有巨大的收获；而且骈文和散文相互争胜，一时辉映，便造成了千载未有的盛况。到了晚清，近代文学是在苦难与战争中向古代告别，蹒跚地走向近代的背景下产生和发展的，它萌芽于思想启蒙和中西文化的撞击，经过资产阶级维新运动、资产阶级革命运动和辛亥革命运动，接受过大大小小的帝国主义国家的侵略和人民群众奋起反抗的血与火的考验，八十年来产生的作品从正面、侧面或反面映照着时代的变迁。从鸦片战争前后的文学变革到维新运动时期的"文界革命"，打破了数千年来通行的文体，使得文学生态发生着前所未有的变化，新的文体观念萌生，近代文体嬗变中"骈散杂糅"格局形成，成为近代新文体发展过程不可忽视的重要一环。龚自珍、梅曾亮、曾国藩、李慈铭、谭嗣同、康有为、梁启超等，在文体创新上做了不懈的努力。

在鸦片战争前后，龚自珍看到清朝危机四伏，他呼吁社会应该"大变"、"速变"，在文学理论上也提出了变革的要求。他在《文体箴》中说："大变忽开，请俟天矣。寿云几何，乐少苦多。圜乐有规，方乐有矩。文心古，无文体，寄于古。"[1] 发出文体变革的呼声。

曾国藩在文章的骈散问题上，主张骈散结合。在《河南文征序》[2] 中论道：

> 若其不俟摹拟，人心各具自然之文，约有二端，曰理，曰情……自群经而外，自一家著述，率有偏胜。以理胜者，多阐幽造极之语，而其弊或激宕失中；以情胜者，多悱恻感人之言，而其弊常丰缛而寡实。自东汉至隋，文人秀士，大抵义不孤行，辞多俪语。即议大政，考大礼，亦每缀以排比之句，间以婀娜之声。历唐代而不改，虽韩、李锐志复古，而不能革举世骈体之风。此皆习于情韵之类也。

曾国藩从梳理古文与骈文各自的特点出发，指出应沟通骈散，使作品能反映人心之本然。诚然，曾国藩以主"情"与主"理"来概括骈文和古文，尽管有偏颇之嫌，但其将骈散特点并论，即把骈文放在总的文章背景下加以观照，这种方法倒是可取的。同时，曾国藩还试图对骈散历史做统一的描述，其《送周荇农南归序》云：

> 天地之数以奇而生，以偶而成，一则生两，两则还归于一，一奇一偶，互为其用……文字之道，何独不然？六籍尚已，自汉以来，为文者莫善于司马迁。迁之文，其积句也皆奇，而义必相辅，气不孤伸，彼有偶焉者存焉。其他善者，班固则毗于用偶，韩愈则毗于用奇。[3]

但为了强调沟通骈散是文章的本性，他以司马迁的史传文字为例，虽甚牵强，不过，他兼顾骈散文的思路却是有见地的。

在近代文学的变革中，谭嗣同、严复、康有为、梁启超等人在文学实践上打破骈散之别，推动着"骈散杂糅"格局的形成。

谭嗣同作为革新派的代表人物之一，他对文章的骈散问题提出了非常重要的观点。如在《三十纪》中提出："所谓骈文，非四六排偶之谓，体例气息之谓也，则存乎深观者。"[4] 谭嗣同的文章融合了

---

[1] 龚自珍：《定庵八箴·文体箴》，王佩诤校，《龚自珍全集》，上海古籍出版社1975年版，第418页。

[2] 曾国藩：《曾文正公文集》卷一，四部丛刊本。

[3] 曾国藩：《曾文正公文集》卷一，四部丛刊本。

[4] 蔡尚思，方行编：《谭嗣同全集·增订本》上册，中华书局1981年版，第55、290页。

散文的笔法和骈文的体例气息，他并不拘束于狭隘的骈散概念，认为骈散的区别在于体例气息。谭嗣同的散文熔各家思想于一炉，取其精华为我所用的论辩方法，则使文章呈现出长于雄辩、汪洋恣肆的特点。行文则时骈时散，时古时今，长短结合，不拘程式，力求文义表达通畅。如他的散文《〈仁学〉自序》中一段，以见文章风格之一斑：

> 以吾之遭，置之婆娑世界中，犹海一涓滴耳，其苦何可胜道。窃揣历劫之下，度尽诸苦厄，或更语以今日此土之愚之弱之贫之一切苦，将笑为诓语而不复信，则何可不千一述之，为流涕哀号，强聒不舍，以速其冲决网罗，留作券剂耶？网罗重重，与虚空而无极。初当冲决利禄之网罗，次冲决俗学若考据、若词章之网罗，次冲决全球群学之网罗，次冲决君主之网罗，次冲决伦常之网罗，次冲决天之网罗，次冲决全球群教之网罗，终将冲决佛法之网罗。然真能冲决，亦自无网罗；真无网罗，乃可言冲决……吾惭吾书未屡观听，则将来之知解为谁，或有无洞抉幽隐之人，非所敢患矣。[1]

文章以感情之笔说理，情因理发，理因情显，情理相得益彰。谭嗣同本其冲决一切网罗的勇猛精神，为散文的发展在理论和实践上做了有益的探索，也为散文在荆榛丛集中开拓了一条大路。

严复的散文骈散结合长短并用。他的文章既有洋洋洒洒上万言的长文（如《拟上皇帝书》、《救亡决论》等），也有一些几百字的短文（如《西湖游记序》、《也是集序》以及一些按语）。从他的早期散文来看，以散体为主，而在散体之中，杂以偶丽，因而加强了作品的感染力。如《天演论自序》中，作者在批判顽固派的抱残守缺和妄自尊大的错误，说明翻译《天演论》的目的时指出：

> 大抵古书难读，中国为尤。二千年来，士徇利禄，守阙残，无独辟之虑。是以生今日者，乃转于西学，得识古之用焉。此可为知者道，难与不知者言也。风气渐通，士知弇陋为耻。西学之事，问涂日多。然亦有一二巨子，然谓彼之所精，不外象数形下之末；彼之所务，不越功利之间。逞臆为谈，不咨其实。讨论国闻，审敌自镜之道，又断断乎不如是也。赫胥黎氏此书之恉，本以救斯宾塞任天为治之末流，其中所论，与吾古人有甚合者。且于自强保种之事，反复三致意焉。夏日如年，聊为迻译。有以多符空言，无裨实政相稽者，则固不佞所不恤也。[2]

这段骈散结合的文字，层层推进，加强了批判的力度，显示出文章的气势。

康有为的散文，不仅在内容上表现出饱满的政治热情，而且在艺术上追求毫无拘束，感情尽情倾泻的艺术境地，从而形成了自己独特的风格。在表现手法上，康有为的散文不拘传统古文的程式，融时代精神与科学精神于传统的古文形式之中。康有为的散文虽然不同于梁启超的新文体，仍然用传统的古文形式，但他的散文却没有传统散文的温文尔雅和词是理违之弊，也没有按"桐城"格局去讲求"义法"；它既没有桐城派散文的迂拘，也没有文选派散文的偶丽，更没有考据学者散文的朴拙，而是一种新旧结合的散文，或者说是新文体的雏形。在语言运用上，或骈或散，骈散杂糅，信笔所之，无一定格。如《朱九江先生佚文序》，便在全文散体中间有排偶。有时在他的散文中又喜欢用一连串的排句和偶句，连类引发，并且在散体中忽杂韵语。如《诗集自序》便体现这一特色。因此，康有为的散文给我们的美学感受，是一种总体性的混成效果——思想、感情、色彩、节奏、各种艺术技巧等都是相互渗透、紧密交织的。他那阔大壮观、气势雄伟的文章风格得到梁启超的继承和发扬，形成了风靡一时的新的散文体式。康有为用他那别具一格的散文，为近代散文向新文体过渡铺平了道路。

---

[1] 蔡尚思，方行编：《谭嗣同全集·增订本》上册，中华书局 1981 年版，第 55、290 页。

[2] 王栻主编：《严复集》第五册，中华书局 1986 年版，第 1320—1321 页。

梁启超的《少年中国说》、《呵旁观者文》等文章，在跳动着爱国之心的字里行间，既可看到一脱八股文的陈词滥调，又看到染上了一层经过"维新"了的骈体文色彩。如：

> 昨日割五城，明日割五城，处处雀鼠尽，夜夜鸡犬惊。十八省之土地财产，已为人怀中之肉；四百兆之父兄子弟，已为人注籍之奴。岂所谓'老大嫁作商人妇'者耶？呜呼，凭君莫话当年事，憔悴韶光不忍看！楚囚相对，岌岌顾影，人命危浅，朝不虑夕。国为待死之国，一国之民为待死之民。万事付之奈何，一切凭人作弄。[1]

文章变化万千，铮然有声。作者壮怀激烈，在呼吁、在提醒读者，瓜分之祸，迫在眉睫。梁启超不仅善于利用句子形式上的错综变化制造文章的波澜，而且常常巧用譬喻、对比、排比、对偶、反复、重叠等修辞手法形成文章的波澜，描摹世态，表情达意。这些修辞手法的运用，往往是根据内容的需要而变化的。有时破奇为偶，用一连串的排偶句来增强笔力气势，俾人感到文章的一种内在的旋律，有时又奇偶互用，使文章显得跌宕起伏，摇曳多姿。如在《说希望》中便巧妙运用对偶、譬喻和排比句式："不为李后主之眼泪洗面，即为信陵君之醇酒妇人。"这是用对偶句描绘出绝望之人的形态和归宿，寓意深刻！作者满腔的爱国之情更集中突现在最后的排比句中：

> 旭日方东，曙光熊熊。吾其叱咤曦轮，放大光明以赫耀寰中乎？河出伏流，牵涛怒吼。吾其乘风扬帆，破万里浪以横绝五洲乎！穆王八骏，今方发轫。吾其扬鞭绝尘，与骅骝竟进乎！四百余州，河山重重。四亿万人，浃浃大风。任我飞跃，海阔天空。美哉前途，郁郁葱葱。谁为人豪，谁为国雄？我国民其有希望乎？其各立于欲所立之地，又安能郁郁以终也。[2]

这整齐清新又流畅的排比句式，读起来韵律悠扬，听起来也令人精神为之一振。明快的节奏似庄子论文的雄奇奔放，气度恢宏，汪洋恣肆和浩浩莽莽，有排山倒海之势，富有浪漫主义色彩。精萃譬辟闪光的语言及浸润在文字里的感情融为一体，展示了作者深刻的识见和惊人的笔力。用这样的文笔，提出了时代的命题，就更能抓住读者，更能在读者群中引起强烈的反响。又如在《少年中国说》的一段中，作者调用了二十多组排比句来论证老年与少年性格不同之大略：

> 欲言国之老少，请先言人之老少。老年人常思既往，少年人常思将来……老年人常多忧虑，少年人常好行乐……老年人常厌事，少年人常喜事……老年人如夕照，少年人为朝阳。老年人如瘠牛，少年人为乳虎。老年人如僧，少年人如侠。老年人如字典，少年人如戏文。老年人如鸦片烟，少年人如泼兰地酒。老年人如别行星之陨石，少年人如大洋海之珊瑚岛。老年人如埃及沙漠之金字塔，少年人如西伯利亚之铁路。老年人如秋后之柳，少年人如春前之草。老年人如死海之潴为泽，少年人如长江之初发源。此老年与少年性格不同之大略也。任公曰：人固有之，国亦宜然。[3]

文中这一长串的排偶不仅鲜明形象地突出了老年人与少年人的差异，而且利用有明暗、忧乐、高低、缓急、强弱等明显对比度的语言构成两种截然不同的情绪与意境，且前后句句相接、环环紧扣、逐层深入，使文章声色兼备，增强了文章的艺术感染力。

辛亥革命至五四运动前后，章太炎在文体观念上主张骈散不分。他说："夫有韵为文，无韵为笔，是则骈散诸体，一切是笔非文，藉此订成，适足自陷。"[4]"由是言之，文辞之分，反覆自陷，可谓大惑不解者矣。"[5]虽然章太炎不是"骈散合一"的始作俑者，但是从文学史的角度来看，章太炎也

[1] 梁启超：《少年中国说》，《饮冰室合集·文集之五》，中华书局1989年版。
[2] 梁启超：《饮冰室合集·文集之十四》。
[3] 梁启超：《少年中国说》，《饮冰室合集·文集之五》，中华书局1989年版。
[4] 章太炎：《文学总略·国故论衡》，上海古籍出版社2003年版，第51、52页。
[5] 章太炎：《文学总略·国故论衡》，上海古籍出版社2003年版，第51、52页。

是这场持久的骈散之争的实践者。除此之外，相关的媒体为近代文体变革以及骈散合并的趋势大声疾呼，如《广益丛报》（辛亥革命党人在重庆的机关刊物）刊登《论近代文体之变迁及近今骈散文合并之趋势》（1908 年第 176 号）、《论近时著述之怪相与文体之卑劣》（1911 年第 258 号）等文章，对文坛复古之风进行全面审视，并关注着文体变革的走向。在此期间，散文观念出现了新的发展，如陈独秀在《文学革命论》中倡文学革命，反对骈文，也反对古文："所谓'桐城派'者，八家与八股之混合体也；所谓骈体文者，思绮堂与随园之四六也；……此等国民应用之文学丑陋，皆阿谀的虚伪的铺张的贵族古典文学阶之厉耳。"[1] 陈独秀认为，骈文与古文都应该被彻底打倒。又如钱玄同以"桐城谬种"，指称桐城古文；以"选学妖孽"指称骈文；另外他还提出："一文之中，有骈有散，悉由自然。"[2] 这种"自然"观念正合当时追求自由、自然的时代气氛，把散文观念提升到了新的高度。

从骈文与散文体式的变革来看，近代作家们在自己的创作实践中所出现的"骈散杂糅"的行文格局，成为近代散文发展进程中的颇有文化意味的一种现象。

三、特征三：文化转型与近代骈文创作题材的取向

中国文学在由古代向近现代的转型过程中，外来文化的大量涌入，对其影响是巨大的，这是外来文化第二次大规模地撞击中国传统文化与文学的时期。同时，也是中国文学从古典走向现代的过渡期。近代骈文的创作与中外文化交流这股"东风"关系极为密切；换言之，近代骈文在欧风美雨的沐浴下具有了异于古代、面向现代的"近代味"；其创作题材的取向也有明显的特征。

一是抒身世之感。如李慈铭有一篇《梦故庐记》，便是这方面的代表作。文章写道：

> 余自幼即隘陋之，以为不足居也……先一日，宿味水楼，将寝灭灯，始潜然以悲，谓斯楼斯灯不知何日复见？濒行，先妣送之堂，步步回顾，始觉门庭枕闼之可乐，花树鸡犬之相安，而游子之可悲也……每过西郭，未尝一履视之，盖不忍重伤其心也。然比夕辄梦，梦辄在故居。[3]

作者以梦为依托，以感情变化为线索，将对故园的款款情思细细叙出，毫无造作之感，看似寻常家话，简淡无华，实则哀痛悲切，催人泪下。文章时夹有散体句法，骈散整合无间，浑然一体。文辞平实自然，感情真挚，于状物之际寄托身世情怀，质朴感人。另一篇如《六十一岁小像自赞》，亦是这方面的佳作，其全文如下：

> 是翁也，无圉圉之面，乏姁姁之容。形骸落落兮谨畏翿翿，须眉招怅兮天怀畅通。故其貌溪刻兮，而心犹五尺之童；其言謇呐兮，而辩为一世之雄。不知者以为法官之裔，如削瓜而少和气兮；其知者以为柱下之胄，能守雌而以无欲为宗。乌乎！儒林邪？文苑邪？听后世之我同。独行邪？隐侠邪？止足邪？是三者，吾能信之于我躬。雨潇风晦，霜落吐红；悠然独笑，形行景从。待观河之将皱兮，拊桑海而曲终。故俗士疾之，要人扼之，而杖履所至，常有千载之清风。[4]

文中述怀言志，反映了作者行为处事的秉性，亦表现出作者逆境中不失真我的品格。还有一篇《息荼庵记》则是借物来抒写自身身世与性情：

> 寓之前庭，忽产三瓜，盖有似乎君子生不得其地，逼仄托处，不能自达，有随遇而安，

[1] 陈独秀：《文学革命论》，载《新青年》1917 年 2 卷 6 号。
[2] 钱玄同：《寄陈独秀》，载《新青年》1917 年 4 卷 1 号。
[3] 李慈铭：《梦故庐记》，李慈铭著，刘再华校点：《越缦堂诗文集》，上海古籍出版社 2008 年版，第 1209 页。
[4] 李慈铭：《六十一岁小像自赞》，李慈铭著，刘再华校点：《越缦堂诗文集》，上海古籍出版社 2008 年版，第 1011—1012 页。

虽困而不失其性者。又阶前生红蓼数枝，蓼性苦而幽隐处下，其容忧伤憔悴，又以肖予之生也。予名其庭之宇曰'苦瓜馆'，其轩曰'卧蓼轩'，而总之曰'息荼庵'。荼者，舒也。息者，休也。终天之恨，虽百稔而奚舒？君子之生，无一日之可息。[1]

李慈铭在文中以贴切自然的比喻，用富有哲理的话语，描写自身的艰难处境，抒发怀才不遇之感，激愤之情，溢于言表。

二是述心志之高。心志，是指人的意志、志气、心性、性情。中国古代知识分子往往在作品中寄寓自己的心志，这也成为近代骈文中一个重要题材。如李慈铭的《答仆诮文》一文写道：

官穷至此，官文是祟。谁使官幼，识字不成？哦诗上口，听经能背。谁使官长，作文无害？镂膺周秦，胝手汉魏。不今是逢，而古为媚。思涩若痴，意迷若醉。官今已壮，所得者累。官之西家，侁兮崽子。颠倒秋仗，乳臭青紫。官之东邻，乌献家儿，丹跋布算，猗赢垺赀。官有薄田，岁丰以寥。三载不治，责税荒草。官应诏科，字必俗矫。六上不收，三十发皓……而犹文为？文将奚适？[2]

此文作于咸丰九年除夕之夜，从仆人口中写出先生行为性情，述说了自己的性情志向。文章用四字一顿的语言结构，以叙述的方式，用声韵铿锵的音调，似抑实扬的手法，使一位文识渊博、胸怀坦荡、个性磊落、清高耿介，不以钻营为业，但以寄情山水、陶冶性情为乐的先生形象跃然纸上。

三是叙风物之美。如李慈铭在其《西陵赋》中，描绘了西陵胜景：

突兀赤岸，下临浙江。覽巩余暨，瓶压钱唐。襟远势于太末，袤支流于乌伤。控海门以东委，郁云树而四苍。潮声沸空，风力卷石，万怪惑皇，千里震胁。黔宇宙以莽块，激晦明而一碧。惟兹陵之屹然，斗挂颐而扼嗌。纷骨旗而西靡，转濆洞以奔迭。带长堤而亘虹，粲云开而壁立。尔其戍旗西指，估舶东来，帆樯齿列，埭馆鳞排。市声汹于澎湃，炊烟缭以阛开。红楼霞蠹，白沙雪皑。擢便娟以兰桂，照红妆而徘徊。筝琶四凑，歌声曼催。拥烟水于洞房，杂鹆鹊以传杯。渔火星灿，严城角哀。亿濑江之都会，吊无余之霸才。至若烟敛日暐，天高雾霁，余杭逶迤，万山若洗。凤岭纡而朗眉，鹫峰峭而笋髻。塔影金摇，湖光练曳。辨盐官之爨火，数富春之树荠。洵泽都之天险，界中流而屏蔽。[3]

此赋创作于同治四年（1865），描写西陵之景，辞采瑰玮，意象雄伟，气势宏大，境界壮阔；写景状物，充盈勃发之气，用语刚健，气势奔腾，体现出李慈铭骈文中所具有的阳刚之美。作者运用今昔对比手法，以古讽今，以积极心态，阐发政见，忧国之情，充溢其间。

又如李凤翩的《乌江赋》，述说乌江的发源，描摹乌江的形胜，考察了地理位置，叙写了乌江物产，描写峡江悬壁与激流险滩，并引瞿塘峡、龙门峡作比衬，畅想乌江未来远景。文中写道：

原夫乌江者，滥觞南广，经乎蔺地；流安顺之西堡，与谷龙而相会，始不过厉揭之微，继则恣作舟之利，波摇六广，渐大其流；浪涌九庄，遂弥其势；尔其绕囷仓而滢潆，抵螺蛳而澎溥。石牛喷瀑以来趋，养龙孕精而献瑞。上则黄沙衔其派，下则乌拉夹其裔。南界修文之旧卫，北堑播州之遵义，乃名乌江，爰设关隘。自时厥后，水落岩悬。断壁千寻而削列，迅湍一线以长穿。左则大鱼和小鱼以奔注，右则三岔下三角而洄漩。鹿平之金钟晚翠，猴洞之珠光夜然。洋水小河，长流灌乎其内，大塘衰草，古渡废于何年？瓮整则山苗傍崖而处，茶山则前明凿险而关。遂乃会合口，下石阡，过湄潭，经思南；标水德而入武彭，会岷江而

---

[1] 李慈铭：《息荼庵记》，李慈铭著，刘再华校点：《越缦堂诗文集》，上海古籍出版社2008年版，第1205页。

[2] 李慈铭：《答仆诮文》，李慈铭著，刘再华校点：《越缦堂诗文集》，上海古籍出版社2008年版，第1077—1078页。

[3] 李慈铭：《西陵赋》，李慈铭著，刘再华校点：《越缦堂诗文集》，上海古籍出版社2008年版，第1050—1051页。

趋赭龛；走三省以绵亘，纳众谷而流谦。此乌江之原委，曾禹步所未探。

这篇赋辞藻华丽而古奥，情采飞扬。作者通过"铺陈"达到"体悟写志"[1]这种表现情感的方式，把乌江源、流、峡、滩、险、峭的特点描摹得动人心魄。

再如龙绍纳骈文也颇有特色，从刊行的龙绍纳《亮川赋稿》18篇作品来看，多描绘山川风物以及咏物之作，代表作品有：《甲绣楼赋》、《亮川赋》、《南泉山赋》、《蕨粉赋》、《铜鼓赋》等。他的《甲秀楼赋》有2篇，前一篇写楼的形貌及周围景观，兼及历史人物与遗迹；后一篇写登楼所见景色及观赏情趣。其后一篇云：

> 尔乃天气清明，人情欢畅，日丽风和，心怡神旷。携得惊人句到，背李贺之奚囊；认将真面写来，开徐熙之画帏。高瞻远瞩，无限低徊；密咏恬吟，几番侪怅。欲举头而近日，连步同升；思引手而摘星，缘梯共上，于是驻锦鞯，停华盖；侈盛游，联嘉会；披翠烟，拂苍霭；览渔汀，听石濑。卧元龙百尺，寄情山水之间；看黄河千寻，骋目在云霄之外。词臣贵客，写尺素而缠绵；逸士骚人，吐寸心而滂沛。留雪泥之鸿爪，小住为佳；纵月夜之鸡谈，斯游称最……[2]

文章写得想象奇瑰，情景交融，如诗如画，气象万千。将游人登楼的心情描摹到极致，把登楼时心惬意爽，或远观胜景，或俯瞰寰宇，或吟诗作画，或听天籁之音，或与朋侪纵谈，或寄情山水之间的情境，栩栩如生地展现在人们面前。

四是发兴亡之感。清政府日益衰败，国已不国的现状使得近代作家深感忧患。如李慈铭的作品就蒙上了一层凄凉的色彩，他感到空有满腔抱负却无处施展，对日益衰微的国事充满无力感。他创作的《篱豆花赋》、《紫薇花赋》、《水仙花赋》[3]等作品，托物抒怀，借花言志，反映出作者复杂的内心世界，抒发着兴亡之感，寄寓作者切身体验或追求志向。这些咏物赋作，文辞婉丽，描写细腻，无不华美而内敛，呈现出凄艳哀切的之情。

而南社文人也以赋体文学的形式，撰写了不少韵散相间、铺陈有序、对仗工稳、沉博绝丽的篇章。如：陈去病所作的《南社叙》，便是骈四俪六的作品。文中写道：

> 盖闻隆中促膝，犹传梁父之吟；庑下赁舂，未忘五噫之句。投清流于白马，诗品终存；极迁谪于哀牢，雄文独健。自古羁人贬宦，寡妇逋臣，才子狂生，遗民逸士，苟其遭逢坎坷，侘傺穷途，志屈难伸，身存若殁，莫不寄托毫素，抒写心情。对香草以含愁；怀佳人其未远。凄馨哀艳，纷纶兰蕙之篇；悱恻缠绵，曲尽温磨之志。入幺弦而欲绝，弹不成腔；未终卷而悲来，涕先沾臆……湘水沈吟，比三闾兮自溺；江南愁叹，等贾傅而烦冤，此不得已者一也。抑或揽髦丘之葛，重慨式微；采首山之薇，将归曷适。竹石俱碎，凄凄朱鸟之味；陵阙何依，黯黯冬青之树。吊故家于乔木，厦屋山丘；寻浩劫于残灰，铜驼荆棘。此不得已者，又其一也。而且乘车戴笠，交重金兰；异苔同岑，谊托肺腑。携手作河梁之别，苏李情殷；聚星应奎斗之芒，苟陈契合。或月明千里，引两地之相思；或邻笛山阳，怅九京之永逝，此不得已者，又其一也。[4]

文章充分表达了当时南社文人的忧国忧时之情与易代兴亡之感。陈去病的另一篇文章《南社雅集小启》，也是以四字句式为文，其间杂以六四对偶句，使得文章形式生动。其文曰：

> 孟冬十月，朔日丁丑，天气肃清，春意微动，詹尹来告曰：重阴下坠，一阳不斩，芙蓉弄妍，

---

[1] 刘勰：《文心雕龙·诠赋》篇。

[2] 李凤翙、龙绍纳的骈文史料转引自：黄万机《黔中骈文评介》，载《贵州文史丛刊》2007年第4期。

[3] 李慈铭：《篱豆花赋》，李慈铭著，刘再华校点：《越缦堂诗文集》，上海古籍出版社2008年版，第1063—1066页。

[4] 《南社丛刻》第一集，江苏广陵出版社影印本，1996年。

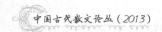

岭梅吐萼，微乎微乎，彼南枝乎，殆生机其来复乎？爰集鸥侣，觞于虎丘。踵东坡之遗韵，
载展重阳；革南国之名流，来寻胜会。登高能赋，文采彬矣；兹乐无穷，神仙几矣。凡我俦侣，
幸毋忽诸。敬洁芳樽，恭迟芳躅。

这篇《小启》，发表于《民吁日报》1909年11月6日，曲折地表述了首次雅集成立南社的目的意义、政治意识、心理期待。如果从近代文化转型这一历史性进程来看，则南社赋体文学已汇入了近代文化变革的大潮之中，反映了时代的进取精神。如果从南社赋体文学创作目的来说，其情感的抒发，是一种"江山黯淡，爱国泪多"的悲愤鸣咽，表现出一种批判现实、召唤未来、勃发向上的资产阶级革命精神。作家们摒弃了风花雪月与缠绵悱恻的描写，反映出南社文人强调文学"尤贵因时立吾言于此而不可移易"的时代特征。[1] 于是在他们的文章中充分体现出发扬风雅，鼓吹反清，希望"今此社之结，因文学而导其保种爱类之心，以端其本"[2]，拯救祖国于危难之中时代的精神。

可以看出，如果说在"抒身世之感"、"述心志之高"、"叙景物之美"这些方面还是古代题材的延续，近代意识还不甚明显的话，那么，在"发兴亡之感"的作品中的"近代味"就更浓烈些了，这也许就是文体特点所形成的缺憾。

四、特征四：传媒文化与近代骈体小说的繁荣

文化的形成和发展离不开传播活动，近代文化传播中传媒作为文化载体的功能极大地影响着近代文学的发展，促进传统文化现代意蕴的开掘与创新。近代出现的民初骈体小说便是与传媒文化结合的产物。

清末民初骈体小说热潮的出现，从某种程度来说，这是近代骈文发展的一个重要的特征；骈体小说的盛行其实也是对清末不彻底的小说界革命的某种回应；民初文人以骈文形式创作小说，追求小说自身的审美与趣味，使骈体小说的创作走上了充分发掘人性、表现人生的"为文学"之路。不过，这一过程并不太长。从1912年8月3日《民权报》连载徐枕亚的《玉梨魂》开始，直至《民权素》、《小说丛报》、《小说新报》、《小说旬报》等民初期刊相继刊发借助骈文创作的小说，后被名为"骈体小说"（或称"骈文小说"），至1919年五四新文学兴起之时，民初骈体小说热潮也便渐次退出了人们的视野。

骈体小说的产生，原因是复杂的。但从骈文文体自身的发展来看，清代骈文创作热潮一直延续到民初，这也为民初骈体小说热的出现提供了潜在的读者群。作为骈体小说的主要创作者和传播者，旧式文人自身拥有庞大的辐射力，在清末民初市民读者队伍不断壮大的情况下，创造了一个开放性的群体接受环境。伴随着都市化而成长起来的市民读者群体不断壮大，各种文学期刊特别是小说期刊迎合了市民读者的阅读趣味。从另一方面来说，在抒发文人的愤懑、失望、积郁等情感方面，骈体小说的语言体式有助于深入到他们混乱的精神世界，满足其释放压抑的情感需求。同时，骈体语言体式本身也具有审美优势，骈文擅于描写抒情，散体承担叙事功能，运用骈文创作小说，骈散结合，形成一种徐舒迂缓的叙事节奏以及极具张力的语言体式。骈体小说虽不长于写实、记叙，但在意境的营造方面颇具优势，以至小说呈现出一种"诗化"的气质。骈体小说自身独特的美学风格满足了当时众多读者的审美需求，这是读者接受骈体小说的审美心理基础。《小说丛报》便是具有代表性的期刊之一。

《小说丛报》是民初骈体小说的刊发阵地之一，创刊于1914年4月，1919年8月停刊。其所刊骈体小说中，最为特殊的是出现了少量改作与拟作。如小说《拟〈燕山外史〉》、《血鸳鸯》是对清代陈球所著骈体小说《燕山外史》[3]的拟写，《琴堂婚判》改写的底本则是清代青城子所作的《南海

[1]　周实：《无尽庵诗话叙》。

[2]　姚光：《淮南社序》，《南社丛刻》第五集，江苏广陵出版社影印本，1996年。

[3]　《燕山外史》为清代陈球（蕴斋式）著，全书3.1万余言，通篇皆骈。

王大儒》[1]。《血鸳鸯》刊发于1914年5月《小说丛报》第1期，署名刘铁冷，虽标明"哀情小说"，但篇末道明"记者传神绘影，愧无班宋之才。俪白骈黄，聊拟燕山之史"。该小说仿《燕山外史》，用典颇多，对仗工整，承袭六朝骈文风格，除祭文外，几乎通体皆骈文。《血鸳鸯》叙述了女子傅蕙为俞生殉情的故事，该篇小说以自然景物描写铺陈："龙华道上，车水鞭丝。实室门前，红愁惨绿。苍松涛涌，遍地风波，白打灰飞，漫天蛱蝶。"紧接着插入故事情节："楚歌四面，灵均埋沉泪之冤。麦饭一盂，杞妇动崩城之哭。若断若续，媲孤雁而益哀。不疾不徐，与悲笳二相和。谁家少女，底事幢怀，村妪牵衣，频拭桃花之面。牧童弄笛，谱成恭薤露之歌。"最后倒叙"艳情侠史"："原夫俞生屏北，籍粤东，越棘吴钩……"而标明"别体小说"的《拟〈燕山外史〉》，发表于《小说丛报》第19期，署名人则。清代陈球的骈体小说《燕山外史》"成书于嘉庆四年（1799）或稍前"、"始刻则是在嘉庆十六年（1811）或稍后"[2]，几乎通体皆骈，讲究铺排用典、辞采雅致，且骈文句式多样，除四四、四六、六四、六六句式外，还有四七句、三三八句、七六句、七七句、九九句等多变的句式。这也影响了《拟〈燕山外史〉》的写作；该小说由两个小故事《错遇》和《情死》组成；《错遇》叙述的是来自山左的男子与一位"妙妓"秘密幽会，男子走错房间，熟料另一妓女最终与该男子情定的乌龙趣事。《情死》同样写的是沪北某妓与清河某男子情定却未能如愿的故事，阿母（老鸨）发现妓支助钱财给男子来妓院幽会，妓"服生烟以终"，男子闻后以身同殉。两则小故事短小精悍，叙述方式不一，但都长于描写铺陈，如《错遇》开篇以"旖旎风情，不卜画而卜夜。朦胧星眼，欲迎旧而迎新"引出妓院的生活情境，营造故事的背景；《情死》同样以"怒鸦逐凤，谁怜潘溷之花。野鸭随鸳，拼折章台之柳"这样的骈句铺陈，紧接着加以议论"短缘适合，恍绸缪乎栀子通信，好事多磨，空惆怅夫桃花人面。恨天下之有情人，黄金无屋。为世间缺憾事，紫玉成烟"。然后才进入故事情节。

民初骈体小说热潮的出现受到清末文言小说"辞赋化"倾向的影响，《聊斋志异》中便出现了诸多骈文句式。处于清末民初语言体式转变时期的民初文人以骈体入小说，这无疑是在探索新的文学语言模式。骈体小说中将骈文、古文、白话文和和新名词、诗词都杂糅在其中，充分发挥了骈文擅描写抒情、散文善叙事的文体特点。以骈文铺排渲染，或描写或抒情或议论，以散文推进故事情节的发展，采用动静结合的叙述方式，显得灵动而不呆滞。因此骈体小说家并不是"真骈"，而是将骈文的描写抒情和古文的叙述搭配起来，穿插使用，因而，张力十足。不同文体共同推动着故事的进展，从民初骈体小说的开山之作《玉梨魂》以及《小说丛报》刊发的诸多骈体小说中可窥见一二。这些骈体小说开篇一般使用骈文来进行描写或抒情，如《不堪回首》以"秋风萧瑟，淡日稀微。燕去垒以哀鸣，雁行天而独影。章台杨柳，风流非复当年，金井梧桐，零落空伤迟暮"开篇，以"秋风、淡日、燕、雁、杨柳、梧桐"等意象的描写，渲染出苍凉、伤感的情感基调。《月明林下美人来》以对仗工整的骈句"梅影横斜，暗香逗月。松枝傲岸，同调添霜；寒鸦盘旋以绕枝，孤鸿哀唳而摩空"描写冬夜清冷之境，意象描写的同时也抒发了作者的思想感情。也有不少篇目以议论开篇，"嗟嗟！月老糊涂，乱注鸳鸯之谱。昙花飘忽，遽离蝴蝶之梦"（《泣颜回》），借助"月老"、"昙花"、"鸳鸯"、"蝴蝶"等意象来发表议论。一般采用散体来叙事，如《拟〈燕山外史〉》"错遇"篇以"则有人来山左，迹寄浦滨，月夕花晨，小结嬉游伴侣"引出故事人物，"情死"篇亦以"沪北某妓者，家住金隆之里，妆催玉镜之台……时有清河某，华翳寿芳，金钱买笑，逐烟花之队，赏识可人"之类的散体语言推进故事情节的发展。叙事与抒情、议论交替行进，骈体小说叙事节奏灵动，富于变化。这种叙述方式富有诗意，虽节奏迟缓，但颇具韵味。骈体小说延宕叙事，形成徐舒迂缓的叙事节奏，且在描写中重视情感的渗入。除少量篇目通篇皆骈外，多采取韵散相间的语言体式，颇具张力。另外，骈体小说运

---

[1] 《南海王大儒》为清代青城子的笔记小说集《亦复如是》中的一篇小说。

[2] 渭滨笠夫编次，褚家伟校点，陈球（蕴斋式）著，褚家伟校点：《孤山再梦·燕山外史》，春风文艺出版社1987年版，第154页。

用典故、辞藻绮丽，较容易插入历史语境，营造出深厚的意蕴。

总而言之，骈文创作在近代部分作家的力撑下，有一段时间呈现出复兴局面；但随着近代文学变革的深入发展，骈文这一传统的体式就随之式微了。然而，作为文学体式是没有高下之分的，各种体式都有其存在的价值；不过，文学体式又是受时代的推动与制约，或继承，或创新，随时代而变。一个时代往往有其主流文体或主导性文体，这都不影响其他文体样式的存在，它们共存在一个文化与文学生态圈中，有时会此消彼长，但这只是暂时的弱化，也许经过一段时间淘洗，隐退的体式又会出现强化的机遇。骈文体式的命运就是如此。文学界这种有趣的现象，值得人们进一步探索。

【参考文献】

[1] 谢无量 . 骈文指南 [M]. 上海：中华书局，1918.

[2] 姜书阁 . 骈文史论 [M]. 北京：人民文学出版社，1986.

[3] 刘麟生 . 中国骈文史 [M]. 北京：东方出版社，1996.

[4] 李蹊 . 骈文的发生学研究：以人的觉醒为中心之考察 [M]. 保定：河北大学出版社，2005.

[5] 奚彤云 . 中国古代骈文批评史稿 [M]. 上海：华东师范大学出版社，2006.

[6] 夏晓虹 . 晚清社会与文化 [M]. 武汉：湖北教育出版社，2001.

[7] 孙燕京 . 晚清社会风尚研究 [M]. 北京：中国人民大学出版社，2002.

[8] 于景祥 . 中国骈文通史 [M]. 长春：吉林人民出版社，2002.

[9] 余英时 . 士与中国文化 [M]. 上海：上海人民出版社，2003.

[10] 袁进 . 中国文学的近代变革 [M]. 桂林：广西师范大学出版社，2006.

[11] 童庆炳 . 文体与文体的创造 [M]. 昆明：云南人民出版社，1994.

[12] 吴承学 . 中国古代文体形态研究 [M]. 广州：中山大学出版社，2000.

[13] 王尔敏 . 近代文化生态及其变迁 [M]. 南昌：百花洲文艺出版社，2002.

[14] 王一川 . 中国现代性体验的发生：清末民初文化转型与文学 [M]. 北京：北京师范大学出版社，2001.

[15] 蒋晓丽 . 中国近代大众传媒与中国近代文学 [M]. 成都：四川出版集团巴蜀书社，2005.

[16] 钱基博 . 现代中国文学史 [M]. 南京：江苏文艺出版社，2008.

[17]《小说丛报》（1914-1919）. 中国图书公司代印，1914 年 11 月 10 号再版，1914 年正月 30 号三版 .

[18]《小说月报》（1910-1919）. 上海商务印书馆印行版，1910 年 8 月（宣统二年七月）.

[19]《小说新报》（1915-1919）. 国华书局，1915 年 3 月 .

[20]《小说林》. 小说林宏文馆发行版，1907 年 2 月 .

[21]《新小说》1902-1903. 上海广智书局，1902 年 .

[22] 王凯符 . 论清代骈文复兴 [J]. 北京师范学院学报（社会科学版），1990 年第 4 期 .

[23] 黄万机 . 黔中骈文评介 [J]. 贵州文史丛刊，2007 年第 4 期 .

[24] 汪欣 . 论南社骈文辞赋的文化品格 [J]. 南京理工大学学报·社会科学版，2010 年第 2 期 .

[25] 邹晓霞 . 清末岭南文人谭宗浚的骈文批评观 [J]. 广东技术师范学院学报（社会科学），2012 年第 3 期 .

[26] 冯乾 . 清代文学骈、散之争与阮元"文言"说 [J]. 古典文献研究，第十一辑 .

[27] 彭国忠 . 从重古轻骈到援散入骈——古文大家梅曾亮的骈文创作 [J]. 文学遗产，2012 年第 2 期 .

[28] 颜建华 . 清代乾嘉骈文研究 [J]. 浙江大学博士学位论文，2004.

[29] 吕双伟 . 清代骈文理论研究 [J]. 浙江大学博士学位论文，2006.

[30] 杨雪 . 李慈铭的骈文理论及其创作研究 [J]. 湖南大学硕士学位论文，2011.

祝、史"垂戒之辞"与连珠体的起源

马世年

（西北师范大学文学院）

　　"连珠体"是我国古代文体中非常独特的一种。刘勰《文心雕龙》将其与"对问"和"七"并列为"杂文"一类，萧统《昭明文选》则单列"连珠"一体，皆可见其在当时之影响。从文体学的角度看，连珠体在古代文体流变史上具有很是特别的地位；同时，它对于辞赋与骈文的研究都有较为深远的意义。正因为如此，它也越来越受到学者们的重视，出现了很多学术价值颇高的著述。不过总体看来，关于其体制、特征、渊源等问题依然未能很好解决，需要进一步去研究，本文即对此予以探索。我们认为，有两个问题尤其需要辨明：第一，连珠体是指一组体式相同或相近的作品，而不是指一则作品；第二，以《逸周书·周祝解》、《史记解》等为依据，可以考知连珠体源于西周以来祝、史之官戒勉君主的垂戒之辞。

一

　　关于"连珠体"，今所见较早的说法当是傅玄的《叙连珠》：

　　　　所谓连珠者，兴于汉章之世，班固、贾逵、傅毅三子受诏作之。其文体辞丽而言约，不指说事情，必假喻以达其旨，而览者微悟，合于古诗讽兴之义。欲使历历如贯珠，易看而可悦，故谓之"连珠"。（《文选》卷55"连珠"，李善注引）

　　《艺文类聚》卷57、《太平御览》卷590，题作《连珠序》，稍详于李善所引，《艺文类聚》在"班固、贾逵"句后多"而蔡邕、张华之徒又广焉"一句。

　　其后，沈约《注制旨连珠表》曰：

　　　　窃闻连珠之作，始自子云，放《易》象《论》，动模经诰。班固谓之命世，桓谭以为绝伦。连珠者，盖谓辞句连续，互相发明，若珠之结排也。（《艺文类聚》卷57引）

　　刘勰《文心雕龙》将其与"对问"、"七"并入"杂文"中：

　　　　扬雄覃思文[阁]，业深综述，碎文琐语，肇为连珠，其辞虽小而明润矣……夫文小易周，思闲可赡；足使义明而词净，事圆而音泽，磊磊自转，可称珠耳。[1]

　　以上诸说所涉及的问题实际有两方面：一、连珠的渊源与流变；二、连珠的文体特征。这两点实际上也是紧密相关的，因为对某种文体渊源的追溯只能依据其文体特征来确定；反过来，对该文体形成与流变历史的考察有助于更为准确地把握其文体特征。正是如此，傅玄认为连珠兴于东汉章帝之时，

---

[1]　刘勰：《文心雕龙》，郭晋稀先生注译，岳麓书社2004年版，第118—123页。

"班固、贾逵、傅毅三子受诏作之"，蔡邕、张华等人对其又做了发展；而沈约与刘勰则认为始于西汉扬雄："窃闻连珠之作，始自子云"，"扬雄覃思文阁，肇为连珠"，班固等人则是其流变。刘勰甚至认为在后世模仿者中，只有陆机的拟作才称得上"连珠"之名。这两种看法都有较大的影响。赞同前说者如明吴讷《文章辨体序说》，而附和后说者有梁任昉《文章缘起》、明徐师曾《文体明辨序说》等，如徐氏云："盖自扬雄综述碎文，肇为连珠，而班固、贾逵、傅毅之流，受诏继作，傅玄乃云兴于汉景之世，误矣。"[1]直接否定了前一种意见。

明代以来，杨慎、陈懋仁等学者又有不同的意见。陈懋仁《文章缘起注》说：

> 《北史·李先传》"魏（明）帝召先读《韩子·连珠》二十二篇"，《韩子》，《韩非子》。韩非书中有连语，先列其目，而后著其解，谓之连珠。据此则连珠之体兆于韩非。任昉《文章缘起》谓连珠始于扬雄，非也。[2]

按：《北史》卷27《李先传》载："明元即位，问左右：'旧臣中谁为先帝所亲信？'新息公王洛儿曰：'有李先者，为先帝所知。'俄而召先，读《韩子·连珠论》二十二篇，《太公兵法》十一事。诏有司曰：'先所知者，皆军国大事，自今常宿于内。'"故清人章学诚明确指出："韩非《储说》，比事征偶，连珠之所肇也。"[3]这就将连珠体的渊源直接追溯到了韩非的内、外《储说》。这种见解颇有新意，但却有一个问题：《韩非子》中并无《连珠论》二十二篇，因此方以智《通雅》谓《韩子》并无此名，"连珠"作为文体之名，实始扬雄。对此，范文澜先生解释说"连珠论"即是指内、外《储说》33条："疑二十二为三十三之误"，"此三十三条，《韩非子》皆称之曰经，李先嫌其称经，故改名为论；又以其辞义前后贯注，扬雄拟之称'连珠'，因名为'连珠论'。""先以《连珠论》与《太公兵法》同读，更可信是内、外《储说》"。[4]

这种观点也广为研究者所采用，如周勋初先生《韩非子札记·历历如贯珠的一种新文体——储说》、沈剑英先生《论连珠体》、沈海燕先生《连珠体试论》等[5]，便都认为连珠体的首创就是《韩非子·储说》。

此外，清人孙德谦《六朝俪指》提出：连珠体始于《邓析子》。范文澜先生对此持否定意见，认为并不足信。[6]

近来，罗莹、耿振东等先生认为，连珠体起源于先秦子书。[7]此说实本于钱钟书先生《管锥编》所云："盖诸子中常有其体，后汉作者本而整齐藻绘，别标门类，遂成'连珠'。"[8]这种看法较之上引诸说要更为深入。不过，"先秦子书"的说法则过于宽泛，并不能昽确反映出连珠体的渊源。

探索连珠体的起源，需要明确两个方面：第一，一种文体的产生与形成总有一个较为漫长的过程，它不是由某一人在一时之间创造出来的——尽管个人可能在其发展史上起过很大的推动作用。这是文学的基本规律之一。从此角度看，前人以班固、扬雄或韩非为连珠体源头的溯源工作便都有些问题：

---

[1]　徐师曾：《文体明辨序说》，人民文学出版社1998年版，第139页。

[2]　陈懋仁：《文章缘起注》，《丛书集成》初编本；又见杨慎《丹铅总录》卷12"史籍类·韩子连珠论"。

[3]　章学诚：《文史通义·诗教上》，叶瑛校注，中华书局1993年版，第61页。

[4]　范文澜：《文心雕龙注》，人民文学出版社1998年版，第259页。

[5]　周勋初：《韩非子札记》，江苏人民出版社1980年版；沈剑英《论连珠体》，载《中国逻辑史研究》，中国社会科学出版社1982年版；沈海燕《连珠体试论》，载《文学遗产》1985年4期。

[6]　范文澜：《文心雕龙注》，人民文学出版社1998年版，第259页。

[7]　罗莹：《连珠体的归类与起源问题的再思考》，载《古典文学知识》2007年4期；耿振东《连珠源于先秦子书考》，载《西南交通大学学报》2007年6期。

[8]　钱钟书：《管锥编》第三册，中华书局1979年版，第1136页。

将起源完全归结为某一个人的创造的做法是不妥当的。第二，在探索一种文体的渊源、辨析源与流时需要注意，不能将"上源"等同于该文体本身。譬如楚地歌谣尽管是楚辞的上源之一，但它绝不是完整意义上的楚辞。同样，连珠体的上源虽然具有该文体的一些因素，但它依然不是连珠体。我们说一种文体的产生与形成，是指它已具备了严格的文体学特征。以此为视点，以前的溯源实际上是对连珠体文体形成标志的探索。

二

首先对"连珠"文体内涵中的一个问题予以辨析："连珠"究竟是指什么？前人多将其误解为一则作品中上下词句之间文辞事理的互相启发、历历相贯，这是不准确的。所谓"连珠"，它不是指一则作品，而是指一组体式相同或相近的作品，"连珠"便是针对这一组作品前后连续、历历相贯而言的。无论是傅玄所说"历历如贯珠"，还是沈约所谓"辞句连续，互相发明，若珠之结排"，他们都是指一组作品中，各章之间体式一致、上下排比、前后连续、反复申说，如同珠玑颗颗相连，因此称为"连珠"，这才是其最本质的文体特征。姜书阁先生说："'连珠'亦大体上是定格联章的赋类。"[1]是否为"赋类"尚可讨论，但"定格联章"四字却是精当之极。《文选》列连珠一体，所收录的是陆机的《演连珠》50首，其原因也正在此。至于刘勰所说"文小易周，思闲可赡；足使义明而词净，事圆而音泽，磊磊自转，可称珠耳"，仅是阐明"连珠"中的每一则作品何以称"珠"的原因，而为何称作"连珠"，他并未做解释，大概在刘勰看来这本不是个问题。不过明清以来，人们对此已有误解，如吴讷所说的"穿贯事理，如珠在贯"[2]，徐师曾所说的"贯穿事理，如珠之在贯"[3]，将"连珠"的意思解释为一则作品中事理的上下贯穿，已去其本意远矣；而现代的研究者只是在一则作品中分析其"辞句连续、互相发明"的论说特征乃至逻辑形式，更是愈走愈远。倒是清人王兆芳《文体通释》说连珠是"若丝编珠，联续相属"，可谓紧紧抓住了连珠体"定格联章"的特征。

再来看前人关于连珠体渊源的探索。

很显然，将傅玄所说"兴于汉章之世，班固、贾逵、傅毅三子受诏作之"理解为连珠的起源是不对的，因为西汉扬雄已经有《连珠》之作（《全汉文》今存其原篇之二则，另有残文二则），故而无论如何也不能将班固等人的创作作为连珠体的渊源。而且，"受诏作之"四字也暗示出该文体已经形成。当然，如果将傅玄所说"兴于汉章之世"的"兴"训为"兴起"，则此说法倒可以做如下解释：连珠体形成之后，文人的创作在这一时期逐渐兴起。

同样，扬雄的作品也不是连珠体的源头。试看其所作之《连珠》：

> 臣闻：明君取士，贵拔众之所遗；忠臣荐善，不废格之所排。是以岩穴之士无隐，而侧陋章显也。

> 臣闻：天下有三乐，有三忧焉。阴阳和调，四时不忒；年谷丰遂，无有夭折；灾害不生，兵戎不作，天下之乐也。圣明在上，禄不遗贤，罚不偏罪，君子小人，各处其位，众臣之乐也。吏不苛暴，役赋不重，财力不伤，安土乐业，民之乐也；乱则反焉，故有三忧。（《艺文类聚》卷57）

以此来对照班固《拟连珠》与陆机的《演连珠》（各节录一部分）：

---

[1] 姜书阁：《汉赋通义》，齐鲁书社1989年版。

[2] 吴讷：《文章辨体序说》，人民文学出版社1998年版，第54页。

[3] 徐师曾：《文体明辨序说》，人民文学出版社1998年版，第139页。

　　臣闻：听决价而资玉者，无楚和之名；因近习而取士者，无伯玉之功。故玙璠之为宝，
非驵侩之术也；伊吕之佐，非左右之旧。

　　臣闻：马伏皂而不用，则弩与良而为群；士齐僚而不知，则贤与愚而不分。（《艺文类聚》
卷 57 引班固《拟连珠》）

　　臣闻：春风朝煦，萧艾蒙其温；秋霜宵坠，芝蕙被其凉。是故威以齐物为肃，德以普济为弘。

　　臣闻：性之所期，贵贱同量；理之所极，卑高一归。是以准月禀水，不能加凉；晞日引火，
不必增辉。（《文选》卷 55 陆机《演连珠》）

可以看出，在文体形式上，无论是语言还是结构，它都与班、陆之作无多大差别，这说明在扬雄之时
连珠体也已成型。一种文体已经完全形成，若再将其看作是"上源"，那是不正确的。问题是，如何
理解刘勰说扬雄"肇为连珠"呢？从现存文献资料来看，扬雄之前再没有直接命名为"连珠"的作品，
在他之后，才出现了"拟连珠"、"演连珠"、"畅连珠"、"范连珠"等各种名称，更多的则径称为"连
珠"。因此，如果将"肇为连珠"理解为连珠体在扬雄时正式产生，他也首次将其命名为"连珠"，
则是符合实际的。由此也可见出扬雄在连珠体发展史上的历史地位。

　　那么，韩非的内、外《储说》是否就是连珠体的源头呢？

　　《韩非子·储说》共六篇，分为经文与传文两部分，笔者将其性质界定为"韩非用来教授弟子的材料，
相当于一个学派内部的教材"[1]。前人讨论它和连珠体的关系，只是就其中的经文而言，和传文并无
多大关系。这些经文排列在一起成为一组，历历如贯珠，很类似于后来的连珠体。就每则经文而言，
语言简练概括，既有形式上的逻辑关系，两句之间又大致相对，富有韵律。从逻辑形式来看，每则都
有"前提"、"论证"、"结论"，很是严谨。例如《内储说上》的一则经文："观听不参则诚不闻，
听有门户则臣壅塞。其说在侏儒之梦见灶，哀公之称莫众而迷。故齐人见河伯，与惠子之言亡其半也。
其患在竖牛之饿叔孙，而江乙之说荆俗也。嗣公欲治不知，故使有敌。是以明主推积铁之类，而察一
市之患。"[2]此处"观听不参"二句是假言前提；"其说在"是正面实例论证；"其患在"是反面实
例论证；而"是以"则又是形式结论。这种表述方式很类似于后来的连珠体，如前引陆机《演连珠》，
"鉴之积也无厚"几句是前提，"应事以精不以形，造物以种不以器"是论证；"是以万邦凯乐"数
句则是结论。二者的承继关系粲然可见。可以肯定，这种结构形式对于后来的连珠体有着很大的影响。

　　当然，内、外《储说》的经文与连珠体在文体形式上也有一定的差距：没有"臣闻"、"盖闻"
等引起语；篇幅相对而言还显得不够凝练；其中的逻辑关系也只是形式上的，不像后来的连珠体那样
紧密结合内容。更为主要的是，它只是文章中的一部分，而不像连珠体那样本身就是完篇。因此，尽
管范文澜先生解释《北史·李先传》"《韩子·连珠论》二十二篇"就是内、外《储说》的经文 33 则，
但并不能将其看作形式完备的连珠体。

三

　　如果进一步追问：能否再将连珠体的源头向前推求？则这个问题还值得我们深思。

　　刘师培先生在其《论文杂记》中有一段话很值得注意："观荀卿作《成相》篇，已近于赋体。而
其考列往迹，阐明事理，已开后世之连珠。"又说："连珠，始于汉魏，盖荀子演《成相》之流亚也。"[3]

---

[1]　马世年：《〈韩非子·储说〉的题意、分篇与性质》，载《甘肃社会科学》2004 年 5 期。

[2]　王先慎：《韩非子集解》，中华书局 1998 年版，第 211 页。

[3]　刘师培：《中国中古文学史论文杂记》，人民文学出版社 1998 年版，第 116 页。

他提出《荀子·成相》为连珠体的上源，其说很有新意，可惜并未展开论述；其后，姜书阁先生《汉赋通义》也说连珠"与'成相'正同"，依然非常简略。尽管如此，他们的意见已给我们全新的思路，使得我们从文学演变的角度去探讨一种文体的发生与发展过程。

荀子的《成相》是一篇非常独特的文学样式，杨倞旧注以为就是《汉书·艺文志》著录的《成相杂辞》，清人卢文弨说："审此篇音节，即后世弹词之组……《汉书·艺文志》'《成相杂辞》十一篇'，惜不传，大约托于瞽矇讽诵之词，亦古诗之流也。《逸周书·周祝解》亦此体。"[1] 这种文学样式的独特之处体现在两个方面：一是句式结构，一是布篇方式。先来看前者。《成相》每章五句，分别为三、三、七、四、七言，篇幅短小，"文小思闲"，且用韵语写成。此即研究者所说的"成相体"，主要是用来唱诵"而非简单的案头文字"[2]。至于它由什么人来唱诵，又用做什么，我们留待后面再说。其次来看其布篇方式。《成相》共56章，句式相同、前后连续、历历相贯，"定格联章"。这两方面表明，《成相》与连珠体的确很是相似。上引刘、姜之说，确非向壁虚造。

学者们还注意到，《成相》这种特别的形式并非其所独有。1975年湖北云梦睡虎地秦墓出土了大量的竹简，多为战国后期的文书中，其中有一篇被拟题为《为吏之道》，其后半部分附有八首韵文，体制与《荀子·成相》极为接近。试比较二者：

> 请成相，世之殃，愚暗愚暗堕贤良！人主无贤，如瞽无相何伥伥！
> 请布基，慎圣人，愚而自专事不治。主忌苟胜，群臣莫谏必逢灾。
> 论臣过，反其施，尊主安国尚贤义。拒谏饰非，愚而上同国必祸。
> 盍为罢？国多私，比周还主党与施。远贤近谗，忠臣闭塞主势移。
>
> （《荀子·成相》[3]）

> 凡治事，感为固，遏私图，画局陈棋以为籍。宵人慑心，不敢徒语恐见恶。
> 凡戾人，表以身，民将望表以戾身。表若不正，民心将移乃难亲。
> 操邦柄，慎度量，来者有稽莫敢忘。贤鄙既义，禄位有序孰瞽上？
> 邦之急，在体级，掇民之欲政乃立。上无间隙，下虽欲善独何急？
>
> （秦简《为吏之道》[4]）

其格式几乎完全一样。看来，"成相体"在当时已广为流传。这种文体形式的上源，还可追溯到《逸周书·周祝解》。

《周祝解》的写作时间，根据现代学者的研究，当在战国中期。[5] 该文全篇为韵语，伏俊琏先生将其作为流传至今的"成相体"[6]，这主要是就其"天为盖，地为轸，善用道者终无尽。天为轸，地为盖，善用道者终无害。天地之间有沧热，善用道者终不竭"等"三、三、七"的句式而言。其实，不只如此，《周祝解》全文除首句"曰：维哉！其时告汝"的领起语外，其余均由一则则小段落排列组成，"数句为一节，每节押韵，各节相对独立"[7]，形式基本整齐。这种篇章结构不仅与《荀子·成相》、《为

[1] 引文见王先谦：《荀子集解》，中华书局1988年版，第455页。

[2] 刘跃进：《七言诗渊源辑考》，收入作者《玉台新咏研究》，中华书局2000年版。

[3] 王先谦：《荀子集解》，中华书局1988年版，第457—458页。

[4] 《睡虎地秦墓竹简》，文物出版社1978年版。

[5] 参看黄怀信：《〈逸周书〉源流考辨》，西北大学出版社1992年版，第124页；李学勤《〈称篇〉与〈周祝〉》，载《道家文化研究》第三辑，上海古籍出版社1993年版，第214—248页。

[6] 参伏俊琏先生：《〈汉书·艺文志〉"成相杂辞""隐书"说》，载《西北师大学报》2002年5期。

[7] 谭家健：《先秦散文艺术新探》，首都师范大学出版社1995年版，第171页。

吏之道》等相近，更与《韩非子·储说》的经文以及后来的连珠体接近。如：

> 角之美，杀其牛，荣华之言后有茅。凡彼济者必不息，观彼圣人必趣时。石有玉而伤其山，
> 万民之患在故言。时之行也勤以徙，不知道者福为祸。时之徙也勤以行，不知道者以福亡。故曰：
> 肥豕必烹，甘泉必竭，直木必伐。

> 地出物而圣人是时，鸡鸣而人为时，观彼万物且何为求？故天有时，人以为正；地出利，
> 而民是争，人出谋，圣人是经。

> 陈五刑，民乃敓。教之以礼民不争，被之以刑民始听，因其能，民乃静。故狐有牙而不敢以噬，
> 貒有爪而不敢以撅。

> 势居小者，不能为大。特欲正中，不贪其害。凡势道者，不可以不大。故木之伐也而木为斧，
> 贼难而起者自近者。[1]

尤为重要的是，《周祝解》中每一则都有"故曰"、"故"等逻辑标识词语，此种表述方式在《韩非子·储说》的经文与连珠体中也都存在，由此可见其关系之密切。这样，我们就可以肯定：连珠体的上源，一直可以追溯到《周祝解》那里。

以上主要是从形式层面做的分析。现在我们需要对其思想内容予以考察。《周祝解》全篇所论，皆为国家治乱、立身处事、政治教化的宏大主题，这在《荀子·成相》、《为吏之道》、《韩非子·储说》等材料中依然是讨论的重点，后来的连珠体也继续着这些主题。我们不免会有一个疑问：从《周祝解》到连珠体，为什么都以此为文章的思想主旨呢？这就涉及《周祝解》的产生及其用途的问题。

关于该篇的性质，潘振注："臣下作解，设为王训民之辞，祝官读之以讽王也。"以为是臣下所作而由祝官诵读于君王；陈逢衡则云："此周祝垂戒之语，义与《史记解》同。"认为本篇就是周祝之作，用以戒勉君主；唐大沛亦云："此篇作于周祝，故以名篇。祝即春官太祝，掌王诰命者也。古人垂戒之文不一体，此篇似箴似铭，尤为奇绝。"[2]据此，可以确定本篇为祝官讽戒君王之作。我们知道，祝与巫、卜、史一样，都是商周以来非常重要的职业，他们拥有丰富的知识，享有很高的社会地位，主要职责是"掌管法典礼仪，执行宗法制度，举行祭祀典礼，沟通天地人神，预测吉凶祸福，记载国家大事"[3]。春秋以后，尽管其职业有所分化，地位有所变迁，但在国家事务与政治活动中依然起着很重要作用。此处"周祝"即对王做劝诫之人，故唐大沛说："祝即春官太祝，掌王诰命者也。"我们更感兴趣的是祝官戒勉君王时所运用的文体形式。有一点需要明了：《周祝解》的创作时间尽管在战国中期，但它的文体形式应当源于西周以来祝官劝诫君王的传统，因而产生较早。我们看到，由于祝官"垂戒"的实际需要，《周祝解》这种文体表现出了与其功用密切相关的特征：就内容而言，自然是以论道强国、政治教化为核心；因为祝官要讲诵于王，所以采取韵文的形成以利于传播；又因为受众的特殊性——君王，故而每一段都很简短，便于理解和接受；全篇皆由此类短章组成，以供祝官反复申说；此外，这类垂戒之辞多是格言成语——谭家健先生便认为《周祝解》是"谣言集锦"[4]，所以常用"故曰"、"故"等逻辑标识词语凸显其结论的权威性，以便君主乐于接受，从而达到讽诵的目的。这些特征在后来的连珠体中几乎都有所体现。

---

[1] 据黄怀信：《逸周书汇校集注》（修订本），上海古籍出版社2007年版，第1049—1058页。分段则结合其文意与韵部两方面，在"故曰"、"故"等句后断开。韵读参考周玉秀《〈逸周书〉的语言特点及其文献学价值》，中华书局2005年版，第214—215页。

[2] 引文见黄怀信：《逸周书汇校集注》（修订本），上海古籍出版社2007年版，第1048页。

[3] 葛兆光：《中国思想史》第一卷，复旦大学出版社2001年版，第38页。

[4] 谭家健：《先秦散文艺术新探》，首都师范大学出版社1995年版，第171页。

回过头再看前文提出的有关《成相》用途的问题。我们看到，《成相》的形式对本篇借鉴颇多，而且又是讲唱之作，那么就可以推断，其用途与《周祝解》也应大致一致，即卢文弨所说"大约托于瞽矇讽诵之词"，当是用于劝诫国君的。方孝岳先生说："《成相》这种通俗的鼓词曲调，被一班瞽史祝宗用来作为应用文辞的格式。"又说："《逸周书·周祝解》即是这种调子，《荀子·成相》恐怕是写给当时的巫祝拿来念给国君听的。"[1] 其推测很有道理。同样，由内容与体式分析，秦简《为吏之道》也应是此种用途的余绪。

《逸周书》另有《史记解》，也是史官戒勉君王之作，文中开篇云："维正月，王在成周。昧爽，召三公、左史戎夫。曰：'今夕朕寤，遂事惊予。'乃取遂事之要戒，俾戎夫言之，朔望以闻。"孔晁注："集取要戒之言，月朔、日望于王前读之。"潘振注："下文皆要戒之言，左史所读者也。"以下"历序炎黄以至周初二十八国灭亡之由"（陈逢衡注引郑环语）。联系《国语·周语上》所说"故天子听政，使公卿至于列士献诗，瞽献曲，史献书，师箴，瞍赋，矇诵，百工谏，庶人传语，近臣尽规，亲戚补察，瞽、史教诲"，可以推知，《史记解》大约就是史官"献书"与"教诲"之所用，其性质与《周祝解》亦大致相近。从文章形式看，本篇也是由许多短章组成，并列展开，各节"××以亡"的句式也使得全篇形式较为整齐；不过本篇不是韵文（此或与史官的职责有关）。将《史记解》与《周祝解》比较，不难看出，二者的文体特征也很接近，都应当是在祝、史劝诫、教诲君主传统下出现的。

总之，《周祝解》、《史记解》所体现的祝、史之官垂戒君王的文辞形式，其产生是较早的。战国以后，它不再是祝、史的专用，而是流传开来，不断出现在诸子文章中。除《荀子·成相》、《韩非子·储说》外，《老子》、《文子》等也都有其痕迹。如《老子》第二十八章：

> 知其雄，守其雌，为天下溪。为天下溪，常德不离，复归于婴儿。
> 知其白，守其黑，为天下式。为天下式，常德不忒，复归于无及。
> 知其荣，守其辱，为天下谷。为天下谷，常德乃足，复归于朴。
> 朴散则为器，圣人用之则为官长。故大制不割。

又如《文子·符言》

> 老子曰：道至高无上，至深无下，平乎准，直乎绳，圆乎规，方乎矩，包裹天地而无表里，洞同覆盖而无所砢。是故体道者，不怒不喜，其坐无虑，寝而不梦，见物而名，事至而应。
> 老子曰：时之行，动以从，不知道者福为祸。天为盖，地为轸，善用道者终无尽；地为轸，天为盖，善用道者终无害。陈彼五行必有胜，天之所覆无不称，故知不知，上；不知知，病也。[2]

如果将这里的"老子曰"替换成"臣闻"，则与定型后的连珠体极为类似。此外，《韩非子·亡征》所举亡国之事 47 项，每项都用"可亡也"作结，显然是受到《史记解》的影响。以上均可看出祝、史垂戒之辞在体式方面对于后来文学的影响。

至此，可以确定：连珠体起源于西周以来祝、史戒勉君主的文辞形式。这种"垂戒之辞"对于连珠体的形成，主要有以下几方面的影响：

第一，"定格联章"的结构。前面指出，祝、史之辞中由于实用性的要求，采用多则短章排列组成的方式，《成相》、《为吏之道》、《储说》等对此予以沿袭和发展。连珠体吸收了此种结构方式，每则内容均非常短小，多节并列，排比展开，历历相贯，"若珠之结排"。这也成为其文体特征的根

---

[1]　方孝岳：《关于屈原天问》，载《中山大学学报》1955 年 1 期。

[2]　李定生、徐慧君：《文子校释》，上海古籍出版社 2004 年版，第 143、147 页。"老子"，原文校为"[文子]"。

本方面。

第二，政治教化的主题。祝、史垂戒之辞因为文体功用的限制，主要谈论国家兴亡、君臣治乱、立身之道等话题，而连珠体自扬雄开始，也都是谈论此类关乎政治教化的宏大命题。这既是对祝、史文化传统的继承，同时也与它最初创作的实用目的——讽喻君主——紧密相关，从而在内容方面形成了该文体自身的显著特征。

第三，讽喻君主的用途。祝、史的垂戒之辞是用来讲诵给国君听的，其目的就是讽喻。我们看到，连珠体在其正式产生之际，也承载着这种"晓谕人君"的任务。今所见文献虽然对此并无明确记载，但由扬雄、班固等人的作品分析，这一点是可以知晓的，一个显见的理由就是"臣闻"这样的领起语的存在（此后经过曹丕的改造，才出现"盖闻"的形式）。说"臣闻"，自然是相对于君主而言的。而且，傅玄说班固等人"受诏作之"，亦可见其创作与国君有着密切的关系，既"受诏"，则以之来讽喻人主也是合乎情理的。

第四，韵文为主、韵散并存的语言形式。祝、史之官在戒勉君主时要讲诵于王，为了便于记忆，所以多用韵文以利传播，这一点为《荀子·成相》与秦简《为吏之道》等"成相体"所继承；另一方面，因为史官职责的原因，有时候并不用韵，如《史记解》，此则为《韩非子·储说》、《亡征》等采用。连珠体基本上继承了韵文的形式，同时在其流变中也出现了无韵的作品。魏晋以后，有韵与无韵的体式并行不悖，这也使得后人对其性质的判定总是在诗、赋与骈文之间摇摆不定。[1]

第五，逻辑标识词语的定型。前文指出，祝、史垂戒之辞因为多是格言谚语，因而每节常用"故曰"、"故"等逻辑标识词语凸显其结论的权威性，以便君主乐于接受，从而达到讽诵的目的。《文子·符言》《韩非子·储说》等对此也予以继承和发展——这对于连珠体的形成有着重要的意义。后来的连珠体中，"故"、"是故"、"是以"等逻辑标识词语便定型下来，从而成为其体式特征之一。

我们可以得出如下结论：

连珠体不是指一则作品，而是指一组体式相同或相近的作品。它源于西周以来祝、史之官戒勉君主的垂戒之辞。早期的垂戒之辞因为祝、史文化的传统与实用的要求，逐渐形成了定格连章、韵散结合、前后相贯、反复申说的文体特征，用于讽喻君王；而其内容为国家治乱、立身处世、政治教化等。这种文体在战国时期不再为祝、史专用，而是流传开来，在诸子著作中不断出现——这是连珠体形成之前的一个颇为关键的阶段。及至西汉，扬雄开始着力于此类文体的创作，并将其命名为"连珠"，这标志着连珠体的正式产生；东汉班固、贾逵、傅毅等人"受诏作之"，遂使其一时兴盛起来；其后，陆机的拟作则更使其达到了鼎盛；魏晋以后，连珠体尽管渐次式微，但其遗绪却如地下暗泉，不时会涌现出来。

---

[1]　刘勰《文心雕龙·杂文》所列"对问""七""连珠"，本身就介于"文笔"也即韵文（有韵）与散文（无韵）之间。

骈文的兴盛与魏晋子书文体的演变

——以《抱朴子外篇》为考察中心

丁宏武

（西北师范大学文学院）

文章的骈化是一个自然演进的过程。先秦时期，六经、诸子中就已出现了不少骈句；西汉之时，盛行于世的大赋重藻饰，多排偶，辞赋家散文的骈化倾向更趋明显；到了东汉，各体文章虽仍奇偶相生，但四言句的比重突出，其句式因此更趋整齐，于是初露骈体的端倪。建安以后，文学的独立地位得到确立，文人对诗赋以外的实用性文章有了自觉的审美追求，讲求文辞之美几乎成为写作各类文章的共同要求，骈偶与用典、藻饰、声韵一样，都是当时文人藉以达到这种效果的重要艺术形式。于是"以声色相矜，以藻绘相饰"（刘师培《论文杂记》九）就成为魏晋南北朝文章的总体特征。流风所及，魏晋以降，自成一家言者如《金楼子》、《刘子》、《颜氏家训》等，皆用骈偶，《刘子》则全书尽然。

关于汉魏两晋子书文体的演变，刘师培曾有比较系统的论述："东汉之儒，凡能自成一家言者，如《论衡》、《潜夫论》、《申鉴》、《中论》之类，亦能取法于诸子，不杂排偶之词。"[1] "魏代子书，纯以推极利弊为主，不尚华词，与东汉异"；"晋人所撰子书，文体亦异。其以繁缛擅长者，则有葛洪《抱朴子外篇》，其质实近于魏人者，则有傅玄《傅子》及袁准《正论》。自是以外，若陆云、杨泉、杜夷、华谭、孙绰、苏彦，均著子书。然隋唐以下，存者仅矣"[2]。由于魏晋时期的不少子书已经散佚不存，所以对这一时期子书文体的演变难以进行全面的考察，但是，确如刘师培所论，在魏晋诸家子书中，葛洪《抱朴子外篇》的繁缛文风，不仅与西晋"缛旨星稠，繁文绮合"（沈约《宋书·谢灵运传论》）的主流文风完全一致，而且体现出明显的骈化倾向。在魏晋以降子书文体向骈俪化发展的过程中，《抱朴子外篇》实开风气之先。关于这一问题，前贤时彦虽有不少论述，但大多为片言只语，鲜见深入系统的考察。本文拟从对句行文、大量用典、四六对偶、文多藻饰、多用韵语等方面入手，对《抱朴子外篇》的骈化倾向进行全面考察，以期对骈文逐渐兴盛后魏晋子书文体的演变有更深入的了解。

一

《抱朴子外篇》的骈化倾向，前人早有注意。《四库全书简明目录》谓其"多作排偶之体"，《四库全书荟要提要》也说"文藻赡丽，非六朝以后所能作"。清代的骈文选集如《骈体文钞》、《骈文类纂》等，也都涉及了《抱朴子》。观颏道人（清杨浚别号）还辑有《抱朴子骈言》一卷，收入《闽竹居丛书》。

---

[1]　刘师培：《中国中古文学史·论文杂记》，人民文学出版社 1959 年 11 月版，第 117 页。

[2]　刘师培：《中国中古文学史讲义》，上海古籍出版社 2000 年 12 月版，第 28、70、71 页。

在今人的相关论著中，姜书阁《骈文史论》[1]、杨明照《抱朴子外篇校笺·前言》[2]、金毅《葛洪〈抱朴子外篇〉概论》[3]、袁行霈主编的《中国文学史》等[4]，对此也有论述。

前人关于《抱朴子外篇》骈化倾向的论述，几乎都是片言只语，而且大多与《抱朴子内篇》合而论之。即使像《骈文史论》那样论述较详者，也只是略举几例骈俪之句，根本没有从骈偶、四六、平仄、用典、藻饰等方面进行深入系统的探讨。所以，《抱朴子外篇》的骈化程度如何，有待于进一步的研究。

在论析《抱朴子外篇》的骈化程度之前，首先必须回答一个问题：骈文是否宜于说理？对此，学界持论不一。孙梅《四六丛话》、刘麟生《中国骈文史》等主张骈文不宜说理，瞿兑之《中国骈文概论》、王瑶《徐庾与骈体》、张仁青《骈文学》、尹弘恭《骈文》等又主张骈体不影响论事析理。我们认为，骈文对形式美的过分追求，无疑会影响内容的表现，但因此而认定骈文不宜说理，却未必尽然。就事实来看，魏晋时代杰出的论辩文，诸如曹冏《六代论》、陆机《辨亡论》、干宝《晋纪总论》、刘孝标《广绝交论》等，都可以说是骈文。此后梁元帝《金楼子》、刘昼《新论》、颜之推《颜氏家训》等子书以及《文心雕龙》、《史通》等学术名著，也都以骈文议论说理。尤其是《文心雕龙》，"剖析文理，体大思精，全书用骈文来表达致密繁富的论点，婉转自如，意无不达，似乎比散文还要流畅，骈文高妙，至此可谓登峰造极"[5]。正因为这样，王瑶先生认为："如果说骈文形式上的拘束妨碍了意义的表现，则对于什么内容的文体都是一样，并不限于说理的。骈文自有它特殊的一种议论说理的方式，虽然和散行文字不同，但也可以达到这种使命，其效果并不比对于表情叙事更无力。"[6]不仅如此，骈文的某些特点甚至还有利于说理，瞿兑之《中国骈文概论》即云："以骈文说理，正可利用它的辞藻，供引申譬喻之用，利用它的格律，助精微密栗之观。"[7]总之，魏晋以来，骈文渐次兴盛，以骈文论事析理，自然也是文士之所尚。倡言"今胜于古"的葛洪采用这种新体著书立言，也就毋庸置疑。

二

《抱朴子外篇》（以下简称《外篇》）的骈化倾向，主要体现在以下几个方面。

（一）行文基本以对句为主

杨明照先生在《抱朴子外篇校笺·前言》中说："《外篇》为葛洪'骋辞章'之作，行文多韵语和骈言，因而书中征事数典之处比比皆是。"又附注云："全书除间用单笔外，几乎都是骈言（当然不如后代的精工），而且还经常押韵。"[8]虽然寥寥数语，却是对此书行文方式的精确概括。就《外篇》全书来看，尽管大多数对句只求字数对称和节奏一致，不如后代精工，但行文却基本上两句一意，排比并列。《嘉遁》篇的首段即可为证：

> 有怀冰先生者，薄周流之栖遑，悲吐握之良苦；让膏壤于陆海，爰躬耕乎斥卤。秘六奇以括囊，含琳琅而不吐；谧清音则莫之或闻，掩辉藻则世不得睹。背朝华于朱门，保恬寂乎

[1] 姜书阁：《骈文史论》，人民文学出版社1986年11月版，第336—345页。
[2] 杨明照：《抱朴子外篇校笺》（上），中华书局1991年12月版。
[3] 金毅：《葛洪〈抱朴子外篇〉概论》，《北京第二外国语学院学报》1997年第1期。
[4] 袁行霈：《中国文学史》（第二卷），高等教育出版社1999年8月版，第169页。
[5] 范文澜：《中国通史简编》（修订本第二编），人民出版社1964年8月版，第418页。
[6] 王瑶：《中古文学史论》，北京大学出版社1998年1月版，第321页。
[7] 转引自刘麟生：《中国骈文史》，东方出版社1996年3月版，第31页。
[8] 杨明照：《抱朴子外篇校笺·前言》，中华书局1991年12月版，第15、19页。

蓬户。绝轨躅于金张之间，养浩然于幽人之仵；谓荣显为不幸，以玉帛为草土。抗灵规于云表，独违今而遂古。庇峻岫之巍峨，藉翠兰之芳茵；漱流霞之澄液，茹八石之精英。思眇眇焉，若居乎虹霓之端，意飘飘焉，若在乎倒景之邻；万物不能搅其和，四海不足汩其神。于是有赴势公子闻之，慨然而叹曰："空谷有项领之骏者，孙阳之耻也；太平遗冠世之才者，赏真之责也。安可令俊民全其独善之分，而使圣朝乏乎元凯之用哉！"乃造而说曰："徒闻振翅竦身，不能凌厉九霄，腾跚玄极，攸叙彝伦者，非英伟也。今先生操立断之锋，掩炳蔚之文，玩图籍于绝迹之薮，括藻丽乎鸟兽之群，陈龙章于晦夜，沉琳琅于重渊，蛰伏于盛夏，藏华于当春；虽复下帏覃思，殚毫骋藻，幽赞太极，阐释元本，言欢则木梗怡颜如巧笑，语戚则偶象颦蹙而滂沱，抑轻则鸿羽沉于弱水，抗重则玉石漂于飞波，离同则肝胆为胡越，合异则万殊而一和，切论则秋霜春肃，温辞则冰条吐葩，摧高则峻极颓沦，竦卑则渊池嵯峨，疵清则倚暗夜光，救浊则立澄黄河；然不能沾大惠于庶物，著弘勋于皇家，名与朝露皆晞，体与蜉蝣并化，忽崇高于圣人之宝，忘川逝于大耋之嗟，窃为先生不取焉[1]。

不难看出，这段文字除每层意思的开头、结尾和过渡外，基本上都两两相对，合两语成一意。尽管对仗并不严格，但基本以四字、六字相对为主，间有五字、八字对句，甚至还有"思眇眇焉，若居乎虹霓之端，意飘飘焉，若在乎倒景之邻"这种四六隔对的变体和排比句，"眇眇"与"飘飘"又是两个叠音词相对。这种以对句为主，间杂排比与散句的行文方式，在以论事析理为主的《外篇》中非常普遍。

《外篇》行文以对句为主的倾向，在连珠短章的汇集——《博喻》、《广譬》中最为明显，例如：

琼艘瑶楫，无涉川之用；金弧玉弦，无激矢之能。是以介洁而无政事者，非拨乱之器；儒雅而乏治略者，非翼亮之才。[2]（《博喻》）

出处有冰炭之殊，躁静有飞沉之异。是以墨翟以重茧怡颜，箕叟以遗世得意。[3]（《博喻》）

潜朽之木，不能当倾山之风；含陈之崖，难以值滔天之涛。故七百之祚，三十之世，非徒牧野之功；倒戈之败，鹿台之祸，不始甲子之朝。[4]（《广譬》）

登玄圃者，悟丘阜之卑；浮溟海者，识池沼之褊。披九典乃觉墙面之笃蔽，闻至道乃知拘俗之多迷。[5]（《广譬》）

就其形式结构而言，这种连珠短章，完全可以看作骈文的长隔对。

当然，《外篇》中也有个别篇章，行文以散句为主，如《自叙》叙述家世、生平、性格、抱负时，基本上都用散句。《弹祢》叙述祢衡的生平，也是如此。但两篇结尾的辩难之词，又都以对句为主。葛洪的这种写法，与其表达的内容不无关系。孙德谦《六朝丽指》说："骈体之中，使无散行，则其气不能疏逸，而叙事亦不清晰"，故庾子山碑志文，"每叙一事，多用单行，先将事略说明，然后援引故实，做成联语"，"述及行履，出以散，而骈俪之句则接于其下。推之别种体裁，亦应骈中有散"[6]。钟涛《六朝骈文形式及其文化意蕴》也说："六朝骈文中，不用典故，无须迂回曲折方能了解，清楚

[1] 杨明照：《抱朴子外篇校笺》（上），第1—8页。
[2] 杨明照：《抱朴子外篇校笺》（下），第238页。
[3] 杨明照：《抱朴子外篇校笺》（下），第250页。
[4] 杨明照：《抱朴子外篇校笺》（下），第348页。
[5] 杨明照：《抱朴子外篇校笺》（下），第326页。
[6] 孙德谦：《六朝丽指》，癸亥四益宦刊本。此书不分卷次，故只注版本。

明白的叙事句，往往是散句。"[1]这说明以散句记叙生平，是六朝骈文的共同倾向，并非葛洪偶然所为。

（二）旁征博引，大量用典

虽然隶事用典在六朝并非骈文的专利，但骈文作为六朝文学贵族化的象征，正是以隶事显博的表述方法，把当时士人高雅典奥的审美趣味表现得淋漓尽致。"博闻深洽"（《晋书》本传）的葛洪在《外篇》中大量用典，正是《外篇》骈化倾向的一个方面。如《穷达》为说明"荐贤"的重要，一连引用六个典故："穰苴（司马穰苴）赖平仲（晏婴）以超踔，淮阴（韩信）因萧公（萧何）以鹰扬。隽生（隽不疑）由胜之（暴胜之）之谈，曲逆（陈平）缘无知（魏无知）之荐。元直（徐庶）起龙蟠之孔明（诸葛亮），公瑾（周瑜）贡虎卧之兴霸（甘宁）。"一句一典，排偶出之，此即刘勰所谓"略举人事，以征义者也"（《文心雕龙·事类》）。又如《交际》为说明"交友"之重要，引《诗》、《易》之语证之："《易》美金兰（《易·系辞上》），《诗》咏百朋（《小雅·菁菁者莪》），虽有兄弟，不如友生（《小雅·常棣》）。"此又刘勰所谓"全引成辞，以明理者也"（同上）。骈文用典，往往不指明出处，讲究剪截融化，这在《外篇》中也有体现，如："先生立言助教，文讨奸违，摽退静以抑躁竞之俗，兴儒教以救微言之绝。非有出者，谁叙彝伦？非有隐者，谁诲童蒙？普天率士，莫匪臣民。亦何必垂缨执笏者为是，而乐饥衡门者可非乎！"（《嘉遁》）此段先后化用《左传》、《汉书·艺文志》、《尚书》、《周易》、《诗经》、《礼记》等经史典籍之成辞，融成己意。又如"虽笔不集札，菽麦不辨，为之倒屣，吐食握发"（《交际》），暗中化用蔡邕倒屣迎王粲，周公吐哺握发以待贤的故事。诸如此类，《外篇》中随处可见，比比皆是。

从上面几例可以看出，《外篇》的用典与后代骈文相比，不仅僻典较少，而且往往将典故隐含的意义也陈述出来，不像后来的骈文那样只出典故，不加阐释，所以比较显豁易懂。但是，《外篇》中的用典并不仅仅起引证的作用，在不少地方，用典已经成了文章结构的有机组成之一。取消用典，不仅文章的内容受到影响，而且会导致文气不足，难以成文。这在前引数例中已有体现，而在"假喻达旨"的连珠短章中更为明显，例如：

> 神农不九疾，则四经之道不垂；大禹不胼胝，则玄珪之庆不集。故久忧为厚乐之本，暂劳为永逸之始。[2]（《广譬》）

> 勋（尧）、华（舜）不能化下愚，故教不行于子弟。辛（殷纣）、癸（夏桀）不能改上智，故恶不染于三仁（微子、箕子、比干）。[3]（《博喻》）

上例去掉用典，其旨尚存，但文气明显不足。下例则作者所阐发的内容，即典故本身所蕴含之意，无典即无文。

关于用典在骈文中的作用，孙德谦《六朝丽指》有论：

> 文章运典，于骈体为尤要……梁简文《叙南康简王薨上东宫启》："伏惟殿下：爱睦恩深，常棣天笃。北海云亡，骑传余稿；东平告尽，驿问留书。呜呼此恨，复在兹日。"此陈古况今，并以足其文气也。倘无北海两人故事，文至"爱睦"二语，不将穷于辞乎？故古典不可不谙习也。有此古典，藉以收束，而文气亦充满矣。[4]

就上引文例来看，《外篇》的用典，确实也有济其文辞、足其文气的双重作用。因此，《外篇》的用

---

[1] 钟涛：《六朝骈文形式及其文化意蕴》，东方出版社1997年6月版，第168页。
[2] 杨明照：《抱朴子外篇校笺》（下），第385页。
[3] 杨明照：《抱朴子外篇校笺》（下），第298页。
[4] 孙德谦：《六朝丽指》，癸亥四益宧刊本。此书不分卷次，故只注版本。

典不仅仅是一种修辞手法，而且也是文章的一种组织结构方式，这正是骈文的基本特点之一。

（三）四六对偶已占优势

在骈文的文体特征中，四六对偶是一个很重要的方面。王力等先生认为，四六对偶的基本格式有五种：四四，六六，四四四四，四六四六，六四六四。"前期骈体文的对偶，主要是上述第一、二两种句式；后期骈体文的对偶，则以第三、四两种为最常见。"[1]

《外篇》中的对偶，虽然四字、五字、六字、七字、八字的对句比较普遍，甚至还有不少九字、十字的对句，但总体而言，四六隔对初露端倪，四六对偶的五种基本格式全部具备，并且已占优势。例如：

北击猃狁，南征百越。（《用刑》）

躁静异尚，翔沉舛情。（《任命》）

穷览《六略》，旁综《河洛》。（《重言》）

竦盖千仞，垂荫万亩。（《名实》）

（以上四四）

高勋著于盟府，德音被乎管弦。（《自叙》）

清玄剖而上浮，浊黄判而下沉。（《君道》）

五味舛而并甘，众色乖而皆丽。（《辞义》）

（以上六六）

仰登绮阁，俯映清渊；游果林之丹翠，戏蕙圃之芬馥。（《知止》）

威肃鬼方，泽沾九裔；仪坤德以厚载，拟乾穹以高盖。（《嘉遁》）

真伪颠倒，玉石混淆；同广乐于桑间，均龙章于素质。（《百家》）

（以上四四六六）

夫器非琼瑶，楚和不泣；质非潜虬，风云不集。（《应嘲》）

鲁秉周礼，暴兵不加；魏式干木，锐寇旋旆。（《讥惑》）

纣为无道，见称独夫；仲尼陪臣，谓为素王。（《刺骄》）

（以上四四隔对）

玄圃极天，盖由众石之积；南溟浩漾，实须群流之赴。（《交际》）

万麋倾角，猛虎为之含牙；千禽鳞萃，鸷鸟为之握爪。（《博喻》）

乐饥陋巷，以励高尚之节；藏器全真，以待天年之尽。（《名实》）

（以上四六隔对）

---

[1] 王力主编：《古代汉语》修订本第三册，中华书局1988年2月版，第1232页。

> 策奔而不止者，鲜不倾坠；凌波而无休者，希不沉溺。（《知止》）
>
> 卫鞅、由余之徒，式法于内；白起、王翦之伦，攻取于外。（《用刑》）

（以上六四隔对）

上列六种格式，第三类实为前两类之综合。不难看出，尽管属对不及后代精工，但四六对偶的基本格式在《外篇》中都已出现。而且就全书来看，以上五种基本格式，除四四、六四隔对比较少见外，其他三种都较为普遍。值得注意的是，四六隔对的变体在《外篇》中为数不少，如：

> 应龙徐举，顾眄而凌云；汗血缓步，呼吸而千里。（《文行》）
>
> 一条之枯，不损繁林之蓊蔼；蒿（荠）麦冬生，无解毕发之肃杀。（《博喻》）
>
> 登峻者，戒在于穷高；济深者，祸生于舟重。（《博喻》）
>
> 摩尼不宵朗，则无别于碛砾；化鲲不凌霄，则靡殊于桃虫。（《广譬》）

四六隔对的初露端倪及其变体的大量存在，无疑是四六对偶初具规模但尚未定型的表现，这又是《外篇》骈化倾向的一个侧面。

（四）文多藻饰

与葛洪注重文辞的主张相适应，《抱朴子外篇》虽以论事析理为主，但不少篇章颇以精心结撰、词采繁丽见胜。其中尤以《博喻》、《广譬》为甚。这两篇的题目即对偶为文，别具匠心。篇中各短章大都比兴迭出，妙喻屡见，文句整饬，音节铿锵。其意旨或总结生活经验，或概括历史教训，多简洁精警，富于采润。不仅如此，《外篇》大量的论辩文中，不少篇章都有雕饰润彩的痕迹。前引《嘉遁》篇首段就很有代表性，文句整饬姑且不论，仅句首动词即可见选词炼字的功力，尤其是"言欢"、"语戚"、"抑轻"、"抗重"等语，对偶为文，极具匠心。《知止》篇描写达官贵人生活的一段，更见藻饰之痕：

> 然而入则兰房窈窕，朱帷组帐，文茵兼舒于华第，艳容粲烂于左右，轻体柔声，清歌妙舞，宋、蔡之巧，阳阿之妍，口吐《采菱》、《延露》之曲，足蹑《渌水》、《七槃》之节，和音悦耳，冶姿娱心，密宴继集，醽醁不撤。仰登绮阁，俯映清渊，游果林之丹翠，戏蕙圃之芬馥。文鳞瀺灂，朱羽颉颃，飞缴堕云鸿，沉纶引鲂鲤。远珍不索而交集，玩弄纷华而自至。出则朱轮耀路，高盖接轸；丹旗云蔚，麾节翕赫；金口嘈囋，戈甲璀错；得意托于后乘，嘉旨盈乎属车；穷游观之娱，极畋渔之欢；圣明之誉，满耳而入；谄悦之言，异口同辞。于时眇然，意蔑古人，谓伊、吕、管、晏不足算也。岂觉崇替之相为首尾，哀乐之相为朝暮？肯谢贵盛乞骸骨，背朱门而反丘园哉[1]！

文辞华美，句式整中有变，俨然"铺采摛文"（《文心雕龙·诠赋》）的赋笔；达官贵人奢侈淫靡的生活，尽显眼前，无以复加。此外，《崇教》篇自"汉之末世，吴之晚年"至"此所以保国安家者至稀，而倾挠泣血者无算"一段，状歌舞宫室之美，游玩渔猎之盛，文笔之华丽，与此同出一辙。

总之，《外篇》虽以论事析理为主，但受时代风气的影响，注重文辞的倾向比较明显，这又是其初步骈化的一个方面。

（五）多用韵语

虽然《外篇》中四六对偶已占优势，但限于初成，结构对仗尚欠工稳，平仄相间更无迹可寻。尽

---

[1] 杨明照：《抱朴子外篇校笺》（下），第613—616页。

管如此，《外篇》行文却多韵语，而且有几个倾向确实值得注意。[1]

首先，平、上、去、入四声字分押的情况比较普遍，例如：

1. 平声字独押：

《嘉遁》：音，林，寻，沉（侵部，《抱朴子外篇校笺》上，第 19 页）；

《安贫》：筝，笙，醒，声，情，盈，倾，生，营（庚耕清青，《校笺》下，第 218 页）；

《任命》：形，情，轻，清，盈，冥，生，惊，营，征，声，鸣，名，庭，贞，荣（庚耕清青，《校笺》上，第 476—478 页）。

2. 上声字独押：

《嘉遁》：苦，卤，吐，睹，户，仵，土，古（姥部，《校笺》上，第 1 页）。

3. 去声字独押：

《嘉遁》：泰，迈，裔，盖，濊，义，会，害，外，败，类（泰夬废祭至合用，《校笺》上，第 55 页）；

《崇教》：蔚，匮，醉，帅，芥，类，悴，瞶（至未怪合用，《校笺》上，第 148 页）。

4. 入声字独押：

《嘉遁》：醁，服，竹，椓，屋，玉，欲，俗，朴，足（屋部，《校笺》上，第 47 页）；

《守塉》：稑，翼，億，食（职部，《校笺》下，第 176 页）。

《外篇》中四声字分押的例子还有，限于篇幅，兹不赘举。

《颜氏家训·音辞》称葛洪撰有《要用字苑》，并善于因声别义。又据《魏书·江式传》、《隋书·经籍志》、《隋书·潘徽传》、《封氏闻见记》等记载，曹魏李登编《声类》，晋吕静撰《韵集》，"始判清浊，才分宫羽"（潘徽《韵纂·序》）。《声类》"以五声命字，不立诸部"（《封氏闻见记》卷二），《韵集》仿之（江式《古今文字源流表》）。由此可知，《外篇》中四声字分押的现象绝非偶然，而是时人对汉语四声的区分渐趋明晰的结果。就宋齐时代四声理论的最终形成而言，葛洪等人的尝试功不可没。

其次，押韵比较宽泛，韵部间的通押颇近三国时的用例。

总体来看，《外篇》的押韵比较宽泛，不少三国时代通用，晋代不再通用或很少通用的情况，《外篇》中依然存在，例如：

1. 周祖谟先生认为："晋宋时期，脂微独立，除平声字有与皆咍灰齐押韵的例子以外，上去声字很少通押。"[2] 前引去声字独押两例中，上例除泰夬废三韵字外，尚有祭韵"裔"和至韵"类"，下例除至未二韵字外，还有怪韵"芥"。

2. 周祖谟先生认为：晋代有少数作家，如傅玄、张华、陆云、左思等人间或把庚部（包括《广韵》庚耕清青四韵）的"明、京、兄"等字与阳部（包括阳唐两韵）字相押，这种现象跟东汉时期相似。[3] 《外篇·安贫》中"廷、堂、泞、璋、垧、云、泳、正"相协（《校笺》下，第 208 页），其中"堂"、"璋"属阳部，"云"属文部，其他属庚部。

3. 周祖谟先生认为：歌部（包括歌戈麻三韵）麻韵一类的上去二声字在晋宋时期大多数的作家都是独用的，同歌戈两类的上去二声合用的很少。[4] 《外篇·嘉遁》中"沱、波、和、葩、峨、河、家、

---

[1] 以下所论，主要参据周祖谟：《魏晋宋时期的诗文韵部研究》，见《文字音韵训诂论集》，北京大学出版社 2000 年 12 月版；王力：《南北朝诗人用韵考》，见《龙虫并雕斋文集》第一册，中华书局 1980 年 1 月版；于安澜：《汉魏六朝韵谱》，河南人民出版社 1989 年 5 月版。

[2] 周祖谟：《文字音韵训诂论集》，北京大学出版社 2000 年 12 月版，第 99 页。

[3] 周祖谟：《文字音韵训诂论集》，北京大学出版社 2000 年 12 月版，第 94 页。

[4] 周祖谟：《文字音韵训诂论集》，北京大学出版社 2000 年 12 月版，第 106 页。

化、嗟"相押（《校笺》上，第 8 页），其中"化"即为麻韵去声字，且与歌戈两韵的平声字协韵。

《外篇》押韵宽泛之例尚多，限于篇幅，不复赘举。周祖谟先生认为"陆机、陆云诗文的押韵在各部里比同时代一般的人都宽泛"[1]，这种情况在葛洪的作品中也有体现，说明魏晋时期江南吴地土著士人的诗文押韵确实具有明显的地域特色，这不是与作家审音精粗有关的偶然现象，而是与江南吴地的方音有很大的关系。[2]

再次，《外篇》用韵中 -n，-ng 韵混用的情况也比较突出。前引阳庚合用之例中，文部"云"字即与庚韵字相押。又如：

> 《嘉遁》：茵，英，邻，神（真庚相押，《校笺》上，第 1 页）；
> 《自叙》：骢，鹏，名，鼎（真登庚通用，《校笺》下，第 721 页）；
> 《博喻》：神，因，明，伦（真庚谆通用，《校笺》下，第 258 页）。

这种倾向，很可能也与葛洪的方音有关。

三

《外篇》的骈化倾向，主要体现在上述五个方面。不难看出，虽然此书的骈化是初步的，但显然是有意努力的结果。究其成因，当有以下几个方面。

（一）魏晋以来骈文的兴盛，是《外篇》骈体化的外因

骈文是盛行于六朝时代的一种特殊文体。关于它的初步形成，学术界普遍认为在魏晋时期。对此，刘师培在《论文杂记》中有精辟论述：

> 东京以降，论辩诸作，往往以单行之语，运排偶之词，而奇偶相生，致文体迥殊于西汉。
> 建安之世，七子继兴，偶有撰著，悉以排偶易单行；即非有韵之文，亦用偶文之体，而华靡之作，遂开四六之先，而文体复殊于东汉。
> 东汉之文，句法较长，即研炼之词，亦以四字成一语。魏代之文，则合二语成一意，由简趋繁，昭然不爽。
> 东汉之文，渐尚对偶。若魏代之体，则又以声色相矜，以藻绘相饰，靡曼纤冶，致失本真。[3]

刘氏所谓"悉以排偶易单行"、"合二语成一意"、"声色相矜"、"藻绘相饰"等等，正是骈文的部分文体特征。这说明在三国时代，骈文已初步形成。此后，经过陆机、潘岳、沈约、任昉、徐陵、庾信等一大批优秀作家的提倡实践，骈文遂渐次取代散文的主导地位，在两晋南北朝时期独领风骚。正因为这样，王国维先生将六代之骈语与楚之骚、汉之赋、唐之诗、宋之词、元之曲并称为"一代之文学"，"后世莫能继焉者"。（《宋元戏曲史·自序》）

既然六朝是骈文大盛的时代，那么，成书于东晋初年的《外篇》也难免受其沾溉。明朱务本《刻

---

[1] 周祖谟：《文字音韵训诂论集》，北京大学出版社 2000 年 12 月版，第 107 页。
[2] 关于魏晋时期吴语的地域特征，唐长孺、丁邦新、赤松祐子等人都有比较全面深入的考察，详参唐长孺《〈文心雕龙〉"士衡多楚"释》，载《山居存稿续编》，中华书局 2011 年 4 月版，第 295—311 页；丁邦新：《魏晋音韵研究》（英文），载台北《中央研究院历史语言研究所专刊》第 65 种，1975 年出版；（日）赤松祐子：《〈真诰〉诗文押韵中所见的吴语现象》，见徐云扬编：《吴语研究》，香港中文大学新亚书院 1995 年版，第 329—344 页。
[3] 刘师培：《论文杂记》，人民文学出版社 1959 年 11 月版，第 116、117 页。

〈抱朴子〉叙》即云："其文词恢弘壮丽……盖六朝之文之鼻祖。"清钮树玉《匪石先生文集》卷下《读抱朴子》亦云："至于文词雕琢，华多实少，则六朝之所尚，甚矣，风气之足以囿人也。"[1]《四库全书简明目录》、《四库全书荟要提要》等，也都肯定了时代风气对《抱朴子》的影响。魏晋以来运用骈文著书立言的倾向，孙德谦《六朝丽指》也已论及："六朝骈体之盛，凡君上诰敕人臣章奏以及军国檄移、与友朋往还书疏，无不袭用斯体。至于立言传世其存于今者，若梁元帝《金楼子》、刘昼《新论》、颜之推《家训》，其中皆用骈偶，《新论》则全书尽然，若刘舍人专论文字，更不待言矣。"[2]孙氏此论所及，显然都是骈文成熟后的作品，但完全采用在当时被称为"今体"的骈文论事析理，无疑需要一个发展过程。《外篇》的初步骈化，正可弥补孙说之不足。

（二）葛洪今胜于古、注重文辞的文学思想，是《外篇》骈体化的内因

葛洪早年以"文儒"（《外篇·自叙》）自任，所以在《外篇》中提出了不少文学主张。今胜于古、注重文辞即是其中非常重要的两个方面。葛洪认为，人类社会是向前发展的，"诸后作而善于前事"是自然之理，所以，汉魏以来的辞赋诗文在内容的广博、辞藻的富丽、结撰的精工等方面，无疑超过了《尚书》、《诗经》等先秦经典。（《钧世》）他重视立言，在子书的评价与撰写方面也非常注重文辞。《尚博》篇评价汉魏以来的"群言"，既说"义深于玄渊"，又说"辞赡于波涛"，文辞即是他关注的一个方面。他还说："百家之言，虽不皆清翰锐藻，弘丽汪濊，然悉才士所寄心，一夫澄思也。"（《百家》）尽管不以"清翰锐藻，弘丽汪濊"苛求百家之言，但揆其文义，华美的文辞无疑是更高层次的标准。事实上，文辞之美正是葛洪心目中的理想子书不可或缺的条件：

> 繁华暐晔，则并七曜以高丽；沈微沦妙，则侪玄渊之无测。人事靡细而不浃，王道无微而不备，故能身贱而言贵，千载弥彰焉。[3]（《辞义》）

不难看出，葛洪主张子书创作应该内容形式并重，不仅要"沈微沦妙"，亦即"义深"，而且要"繁华暐晔"，亦即"辞赡"。只有"辞赡义深"，才能永垂不朽。

葛洪注重子书的文辞之美，固然与魏晋时代追求华丽辞藻的时尚密切相关，但也不能排除其他方面的原因。首先，早在三国时代，魏文帝曹丕重视立言，称赞徐干的《中论》"辞义典雅，足传于后"（《与吴质书》），已经表现出注重子书文辞的倾向。这种观点对同样注重子书的葛洪不能没有影响。其次，魏晋以来，文人的文集（别集）日渐兴盛，"大抵皆兼括诗文各体，且多俪词韵语之文"[4]，以说理见长的子书要继续保持其传统地位，单凭思想深刻显然不能适应形势的需要。在这种情况下，葛洪强调子书的文辞之美，自在情理之中。他采用新体骈文著述立言，正是对上述文学主张的具体实践。

（三）连珠体的广泛运用，也是《外篇》骈体化的主要原因

葛洪于《外篇》，几乎每篇都采用连珠体，包括他的《自叙》。《博喻》、《广譬》两篇更是集连珠短章之大成，前者凡97则，后者共85首。葛洪之所以在《外篇》中广泛运用连珠体，与其能够同时适应《外篇》说理与骈辞两方面的需要不无关系。

"连珠"之体，历来被视为骈体的滥觞。《艺文类聚》卷五十七载傅玄《连珠序》曰："所谓连

---

[1] 朱务本《叙》见《四部丛刊》影印明嘉靖四十四年鲁藩本《抱朴子》卷首，张元济等辑，民国8年（1919）上海商务印书馆影印本；《匪石先生文集》见（民国）罗振玉辑《雪堂丛刻》，民国4年（1915）上虞罗氏排印本。

[2] 孙德谦：《六朝丽指》，癸亥四益宧刊本。

[3] 杨明照：《抱朴子外篇校笺》（下），第399页。

[4] 刘师培：《论文杂记》，人民文学出版社1959年11月版，第114页。

珠者……其文体辞丽而言约，不指说事情，必假喻以达其旨；而贤者微悟，合于古诗劝兴之义。欲使历历如贯珠，易睹而可悦，故谓之连珠也。"又载沈约注《制旨连珠表》曰："连珠者，盖谓辞句连续，互相发明，若珠之结排也。"[1] 明吴讷《文章辨体序说》云："大抵连珠之文，穿贯事理，如珠在贯。其辞丽，其言约，不直指事情，必假物陈义以达其旨，有合古诗风兴之义。其体则四六对偶而有韵。"[2] 刘师培《论文杂记》亦云："（连珠）首用喻言，近于诗人之比兴，继陈往事，类于史传之赞辞，而俪语韵文，不沿奇语，亦俪体中之别成一派者也。"[3] 王瑶《徐庾与骈体》借连珠来说明骈体议论说理的方式和演进的情形，并且指出："从连珠的文字组织看来，就是简短的骈文；而且都是假喻达旨，是说理的。"[4] 关于其起源，说法较多。[5] 王瑶综合各家之说，认为连珠体是战国时代诸子百家推论说理的方法之一，汉代以后，"子史衰而文集之体盛，著作衰而辞章之学兴"（《文史通义·诗教上》），这种议论说理的方法便也由子史著作而移用在文辞之上。骈文兴盛之后，连珠体"假喻达旨"、"辞丽言约"、对偶而多韵的文体特点，正符合于骈文所要求的形式条件，所以就成了骈文指事述意的普通方式。[6] 汪奠基《中国逻辑思想史》不仅持论与此相似，而且充分肯定了葛洪对连珠体的创造运用，认为"连珠式的推论，到他这时候转变成了博辩广喻的议论方法"[7]。

王、汪二位先生的论述，对于我们认识《外篇》的骈化倾向与连珠体的关系不无启迪。据葛洪自述，他撰写《外篇》，不仅为了"言人间得失，世事臧否"（《外篇·自叙》），而且也为了"骋辞章于来世"（《内篇·黄白》）。被王瑶先生称为"简短骈文"的连珠体，正是因为同时适应《外篇》说理与骋辞两方面的需要，才被葛洪创造性地加以广泛运用，成为博辩广喻的议论方法。如：

> 盈乎万钧，必起于锱铢；竦秀凌霄，必始于分毫。是以行潦集，而南溟就无涯之旷；寻常积，而玄圃致极天之高。[8]（《博喻》）

> 谤讟不可以巧言弭，实恨不可以虚事释。释之非其道，弭之不由理，犹怀冰以遣冷，重炉以却暑，逐光以逃影，穿舟以止漏矣。[9]（《博喻》）

> 物贵济事，而饰为其末；化俗以德，而言非其本。故绵布可以御寒，不必貂、狐；淳素可以匠物，不在文辩。[10]（《广譬》）

> 观听殊好，爱憎难同。飞鸟睹西施而惊逝，鱼鳖闻《九韶》而深沉。故袞藻之粲焕，不能悦裸乡之目；《采菱》之清音，不能快楚隶之耳；古公之仁，不能喻欲地之狄；端木之辩，不能释系马之庸。[11]（《广譬》）

不难看出，连珠体所谓"假喻达旨"的表述方法，实际上是一种类比推论式。其结构形式，就陆机的

---

[1] 欧阳询撰、汪绍楹校：《艺文类聚》，上海古籍出版社 1999 年 5 月版，第 1035、1039 页。

[2] 吴讷：《文章辨体序说》，人民文学出版社 1962 年 8 月版，第 54 页。

[3] 刘师培：《论文杂记》，人民文学出版社 1959 年 11 月版，第 113 页。

[4] 王瑶：《中古文学史论》，北京大学出版社 1998 年 1 月版，第 322 页。

[5] 连珠体的起源，傅玄《叙连珠》认为"兴于汉章之世，班固、贾逵、傅毅三人受诏作之"。任昉《文章缘起》、沈约《连珠表》、《文心雕龙·杂文》等说源于扬雄，陈懋仁《文章缘起》、杨慎《丹铅总录》、章学诚《文史通义·诗教上》等认为始于韩非《储说》，孙德谦《六朝丽指》又主张出自《邓析子·无厚》。

[6] 王瑶：《中古文学史论》，北京大学出版社 1998 年 1 月版，第 322—326 页。

[7] 汪奠基：《中国逻辑思想史》，上海人民出版社 1979 年 9 月版，第 268—272 页。

[8] 杨明照：《抱朴子外篇校笺》（下），第 237 页。

[9] 杨明照：《抱朴子外篇校笺》（下），第 254 页。

[10] 杨明照：《抱朴子外篇校笺》（下），第 334 页。

[11] 杨明照：《抱朴子外篇校笺》（下），第 388 页。

《演连珠》（《文选》卷五十五）来看，一般都是按"臣闻……是以……故……"的连缀方式组织的。葛洪在运用这种形式时，并没有严格按照原有的程式，而是以"是以"、"犹"、"故"等词语来连接论证"事例"与"人事"之间的联系，所以使用起来更为方便简洁、得心应手。作为葛洪"言人间得失，世事臧否"的子论，《外篇》不仅充分继承了先秦以来诸子百家所常用的辩对、论说等说理形式，而且还创造性地将连珠体广泛运用于子书的推论说理，从而形成宏观上以辩对、论说的体式结构全文，微观上借助于连珠短章层层推理的论辩体系。连珠体的广泛运用，又为比物联类、设喻使事提供了方便，于是，"旁引曲喻"、"析理入微"就成了《外篇》最明显的文体特征之一。就此来看，《外篇》的骈体化与连珠体的广泛运用也有很大的关系。

总之，《外篇》的骈体化虽然是初步的，但也是明显的。运用骈体创作子书，葛洪以前比较少见，此后却蔚然成风。葛洪以新体骈文写作子书的大胆尝试，不仅拓展了骈文的应用范围，而且从文体上为子书的创作注入了新的活力。南北朝时期文士们普遍以骈体著书立言，固然与骈文的极度兴盛有关，但倘若没有葛洪等人的初步尝试，《刘子》、《文心雕龙》等对骈文的成熟运用又岂不来得过于突然？

北魏骈文艺术的流变

何祥荣

（香港树仁大学中文系）

一、形成期：北魏前期

所谓形成期，概指北朝骈文最初发展的时期，亦即北魏前期。从 386 年鲜卑新兴首领拓跋珪于淝水之战后，乘机集合部众于平城称代王开始，正式为北魏的历史揭开序幕。398 年，即晋安帝隆安二年（北魏天兴元年），改国号为魏，同年改称道武帝。直至 499 年，孝文帝辞世以前，可称为北朝骈文的形成期，即北魏前期。综观此期的骈文创作，除常爽有较工整的对句以外，其余代表作家的作品，均显示此期骈文创作仍在较为稚嫩的初创阶段：骈化程度不高，骈散夹杂而多散行之气，对句欠工稳，文辞质朴。

北魏文化的发展较南朝为慢是不容否认的事实，故在骈文发展方面，自然也较南朝为后。据《魏书·序纪》，鲜卑拓跋氏为黄帝后人，即"昌意少子，受封北土，国有大鲜卑山，因以为号"[1]。他们世代以来便居处漠北，过着游牧生活，平素只以木契为记，并无文字。到了魏晋，鲜卑拓跋氏势力不断扩张，即使刘琨也不惜遣使乞师求救。"三年，晋并州刺史刘琨遣使，以子遵为质。帝嘉其意，厚报馈之…刘琨又遣使乞师救洛阳，帝遣步骑二万助之。"[2] 在五胡十六国时期，他们要面对大大小小的连年征战，未能建立安定之环境，提供充足的资源发展文化。十六国时期，北方先后出现二十多个政权，他们大多实行军事统治，进行经济掠夺，致使北方长期陷入无休止的混战之中。 至道武帝拓跋珪迁都平城，"始营宫室，建宗庙，立社稷"，"定律吕，协音乐"，"平五权、较五量"，"定五度"，"初令五经群书各置博士，增国子太学生员三千人"[3]。但对推动文学发展的政策却是乏善足陈。

（一）高允、常爽

北魏前期的代表人物首推高允。高允位高权重，既得到帝王的赏识，亦受时人推重。《魏书·高允传》："高宗重允，常不名之，恒呼为令公，令公之号播于四远矣。"又云："崔公谓余（游雅）云：'高生丰才博学，一代佳士，所乏者矫矫风节矣。'余亦然之。"[4] 史称高允"敷陈事理，申释是非，辞义清辩，音韵高亮。明主为之动容，听者无不称善。"[5] 可见高允实有丰富的才学，有令人动容的艺术感染力。因此，在张溥的《汉魏六朝百三家集》中选录北魏作家文集，亦只录高允及温子升二人。更重要的是张溥在题词中指出高允对文学发展的贡献，在于对北朝后期，即北齐骈文的启导与开拓。

---

[1] 魏收：《魏书》，北京：中华书局 1995 年版，第 1 页。

[2] 魏收：《魏书》，北京：中华书局 1995 年版，第 7 页。

[3] 魏收：《魏书》，北京：中华书局 1995 年版，第 33 页。

[4] 魏收：《魏书》，北京：中华书局 1995 年版，第 1077 页。

[5] 魏收：《魏书》，北京：中华书局 1995 年版，第 1077 页。

其言曰："试列之北朝文苑，虽逊步崔公，而开疆邢魏，固当日之先正也。"[1] 邢即邢邵，魏即魏收，皆北齐骈文名家。凡此说明，高允在北魏前期的代表意义。

综观高允现存的文章，有两大特点可说明其骈文仍属稚嫩，是北朝初期骈文的典型：第一，文辞质朴。第二，骈化程度不高。《鹿苑赋》虽为骈赋体，但辞采未见精美。除三数对句较有辞采美感外，余者多为质朴语句。如 "庶真容之髣髴，燿金晖之焕焕"，"茂花树以芬敷，涌醴泉之洋溢"较近南朝绮丽风格。而 "奉请戒以毕日，兼六时而宵月。何精诚之至到，良九劫之可越。资圣王之远图，岂循常以明教。希缙云之上升，羡顶生之高蹈。思离尘以迈俗，涉玄门之幽奥。禅储宫以正位，受太上之尊号。既存无而御有，亦执静以镇躁……"一整段均较少雕缛藻彩。 此外，高允文章骈化程度不高，一则表现在对句欠工稳，二则在以骈体行文的文章为数不多。如《鹿苑赋》全用单句，并以六言为主，是早期骈赋的风貌。其中有少数较工楷对句，如 "下宁济于兆民，上克光于七庙"，其中 "上" 对 "下" 是方位对；"兆" 对 "七" 是数字对；"民" 对 "庙" 是名词，亦为实字对实字。可见高允对对句已有一字的掌握。但亦有不工之处，如 "眷耆年以广德，纵生生以延福"其中 "耆年" 对 "生生" 显然是不能成对的。这又见出其粗略，不够成熟之处。其次，今存十三篇文章中，只有《鹿苑赋》一篇以骈语为主要的写作形式，其余皆以散体为主，而杂以部分骈语，甚或全用散体。

从下表的统计亦可窥见高允文章的骈化程度：

篇　名	对偶句数
上天文灾异八篇表	1
承诏议兴学校表	5
谏文成帝起宫室	1
谏文成帝不厘改风俗	0
答宗钦书	1
箴论	0
塞上公亭诗序	2
征士颂并序	10
酒训	22
祭岱宗文	4

可见，高允大部分的文章均是以散体为主，杂以少数的骈句，不能算是严格意义的骈文，可说是北朝骈文的雏形，正好体现北魏初期骈文形成的面貌。又在其文章中，间或有双句对的出现，可说是对北朝骈文创作的开拓。

与高允同属北魏前期的骈文家有常爽。《魏书·常爽传》称常爽"笃志好学，博闻强识，明习纬候，五经百家多所研综。"[2] 可见他是一个好学博闻的儒者。又因世祖西征凉土时"归款军门"，深得世祖太武帝拓拔焘的嘉许。常爽又鉴于贵游子弟多事戎马，以致不修学问，特置馆授徒，教授门徒七百余人，使"京师学业，翕然复兴"对推动北魏的汉化，促进北方外族的学术修养及发扬儒家经术，做出相当的贡献。

今存常爽的文章见于《全后魏文》的只有一篇《六经略注序》。此文用颇多对句组成，显见为有意识的骈文创作：

---

[1] 张溥：《汉魏六朝百三家集》，上海：上海古籍出版社，1994 年版，第 626 页。

[2] 魏收：《魏书》，北京：中华书局 1995 年版，第 1848 页。

> 仁义者，人之性也；经典者，身之文也；皆以陶铸神情，启悟耳目，未有不由学而能成其器，
> 不由习而能利其业。是故季路，勇士也，服道以成忠烈之概；宁越，庸夫也，讲艺以全高尚之节。
> 盖所由者习也，所因者本也。本立而道生，身文而德备焉。昔者先王之训天下也，莫不导以诗书，
> 教以礼乐，移其风俗，和其人民。故恭俭庄敬而不烦者，教深于礼也；广博易良而不奢者，
> 教深于乐也。温柔敦厚而不愚者，教深于诗也，疏通知远而不诬者，教深于书也。洁静精微
> 而不贼者，教深于易也，属辞比事而不乱者，教深于春秋也。

此文不但对句颇为工整，且句型多变，行文畅达，说理透辟，是一篇整练可观的骈文。较为工整的对句如：

"陶铸神情，启悟耳目。""陶铸"对"启悟"为动词相对。"神情"对"耳目"是名词相对，
也是半实对全实。

"本立而道生，身文而德备。""本"对"身"是名词；道对德是名词；"生"对"备"是动词。

"仁义者，人之性也；经典者，身之文也。""仁义"对"经典"是名词，"人"对"身"，"性"对"文"也是名词对。

常爽又喜用排偶句以助说明六经的功用：

> 故恭俭庄敬而不烦者，教深于礼也；广博易良而不奢者，教深于乐也；温柔敦厚而不愚者，
> 教深于诗也；疏通知远而不诬者，教深于书也；洁静精微而不贼者，教深于易也，属辞比事
> 而不乱者，教深于春秋也。

这种整练的排句，在《文心雕龙》也颇常见。然常爽生处于拓拔焘年间，正值刘宋初期，时序较刘勰为早。

（二）孝文帝、李彪

北魏太和时期原为史书所称颂的文风新变的时代。《北史》云："及太和在运，锐情文学，固以
颉颃汉彻，跨蹑曹丕；气韵高远，艳藻独构，衣冠仰止，咸慕新风。律调颇殊，曲度遂改。"[1]孝文
帝是太和时期的代表人物，曾写作大量诏诰、书信及祭文。孝文帝在政治上锐意改革，厉行汉化，但
在文学上却仍较为保守。其《令官民各上便宜诏》以为劝谏的文字应该"务令辞无烦华，理从简实"。
对于繁采雕缛的文辞似乎不太欣赏。纵观孝文帝现存于《全后魏文》的文章，该论似乎与事实不尽相符。
有骈文论者引用其《令官民各上便宜诏》一文，以为堪称孝文帝的代表作。但若把此文的对句逐一考察，
即可发现，此文殊乏辞采之美，更遑论雕饰。

> 帝业至重，非广询无以致治；王务至繁，非博采无以兴功
> 虚己以求过，明恕以思咎
> 谏鼓置于尧世，谤木立于舜庭
> 耳目四达，庶类咸熙
> 承累圣之洪基，属千载之昌运
> 思言者莫由申请，求谏者无因自达
> 上明不周，下情壅塞
> 百辟卿士，工商吏民
> 辞无烦华，理从简实

骈文的藻彩往往包含色彩、形态、数量、比拟、摹状等方式，质诸上列九句，却不见其中一种，

---

[1] 李延寿：《北史》，北京：中华书局1982年版，第2779页。

更欠缺南朝骈文惯用的金玉龙凤、风花雪月的雕饰，故焉得云辞采雅丽？ 另一篇较有骈文风范的文章《报卢渊议亲伐江南诏》同以质朴之辞为多。此外，孝文帝的文章骈化程度仍未算深，除《令官民各上便宜诏》、《为里党法诏》、《报卢渊议亲伐江南诏》、《吊殷比干墓文》外，其余多是散体或散体之中夹杂对句，可见其骈文创作的意识仍未深厚，创作成就亦未见突出。《吊殷比干墓文》被誉为孝文帝骈文的另一篇代表作。孝文帝此文的序文是以散体为主，杂以四句骈句的骈散夹杂之文；正文则为骈散夹杂，句中加兮字的骚体。无论骈化的程度与辞藻的运用均有深刻的楚骚痕迹。句子如 "咨尧舜之耿介兮，何桀纣之猖败"，转化自离骚 "彼尧舜之耿介兮，既遵道而得路。何桀纣之昌被兮，夫唯捷径以窘步。" 又如 "引雄虹而登峻兮，扬云旗以轩游。跃八龙之蜿蜿兮，振玉鸾之啾啾。" 显然转化自《离骚》： "驾八龙之蜿蜿兮，载云旗之委蛇"， "扬云霓之晻蔼兮，鸣玉鸾之啾啾。" 无论其立意、情调、用语均可谓师法楚辞，与其说是受南朝精美文风的影响，不如说是直接从《楚辞》吸取养分更为恰当。类似之例更是不胜枚举。

与孝文帝同期的作家还有李彪。据《全后魏文》李彪之名为孝文帝所赐，特蒙恩宠，而卒于景明二年，可见其生活多在太和年间，及后入于宣武帝时。李彪的文章风貌与孝文帝相若。其文虽杂以骈句，然统观今存于《全后魏文》之四篇文章，只能说是骈散夹杂，其至是以散体为主而杂以少量对句，如《表上封事七条》只有篇首前半部分有用排偶之句，其余绝大部分的篇幅均为散行。如

> 今四人豪富之家，习华既深，敦朴情浅，夫识俭素之易长，而行奢靡之难久。壮制第宅，美饰车马，仆妾衣绫绮，土木被文　绣，僭度违衷者众矣。古先哲王之为制也，自天子以至公卿，下及抱关击柝，其宫室车服，各有差品，小不得踰大，贱不得踰贵。夫然，故上下序而人志定……

在这段文字中，欲摘其中对句，不过三四。自此段而后，直至篇末，对句亦复寥寥。可见，李彪的文章实以散行为主，并未有意识地纯用骈体写作。有论者竟举此文以谓其文骈化程度较高，实非确论。其《求复修国史表》及《五德议》同样表现出其骈散夹杂的特点。两者皆可谓先骈后散，文章的前半部分以骈体为主，后半部分以散行为主。 《表上封事七条》运用较多排句，但有欠工稳，如：

> 立圆丘以昭孝，则百神不乏飨矣；
>
> 举贤才以酬谐，则多士盈朝矣
>
> （下联较上联少一字。）
>
> 开至诚以轨物，则朝无佞人矣；
>
> 敦六顺以教人，则四门无凶人矣
>
> （下联较上联多一字。）
>
> 制冠服以明秩，则典式复彰矣；
>
> 作雅乐以协人伦，则人神交庆矣
>
> （下联较上联多一字。）

其对句运用实有欠工稳，可见其骈偶运用仍在稚嫩的阶段。《五德议》是较有骈文气息的一篇。除对偶工切，引用事典恰当外，亦较能用骈体流露文气。佳句如 "排虐嬴以比共工，蔑暴项而同吴广。近蠲谬伪，远即神正。若此之明也。宁使白蛇徒斩，雕云空结哉！" 可谓属对工整，一气直下。

二、演进期：北魏后期

从宣武帝元恪景明元年（500）至534年，高欢立孝静帝，并迁都邺城，建立东魏，结束了北魏历史为止，可称为北魏后期，即北朝骈文演进期。伴随政治社会的动乱与剧变，北魏后期的骈文亦有较多雄健真切的作品，体现出北朝骈文辞义贞刚的本色。此期骈文对句较前工稳自然，骈化程度亦较前期为深，有较多的骈俪气息，并建立自身的艺术风格，故可称为北朝骈文的演进期。

北魏前期，由于胡汉分治，汉族及非拓跋部的人民往往受到压迫，加以经济发展缓慢萧条，因而引发不少民间起义。如445年，卢水胡盖吴的起义，规模盛大。北魏需征集敕勒兵才能将之打败。面对这种统治不稳的局面，迫使孝文帝不得不做出改革，甚至推行汉化的政策。孝文帝虽没有积极而具体的实施推动文学的策略，但至少选择了迁都洛阳，从一个鲜卑拓跋贵族的根据地平城，迁移至文化底蕴深厚、具汉族文化传统的洛阳，大大地改善了发展文学的环境与条件。因此，李延寿于《北史·文苑传》中指出："太和、天保年之间，洛阳、江左，文雅尤盛。"可见，经孝文帝时期，文学的发展是较前迈进及提升的。这也为北魏后期骈文的演进，提供了稳固的基础。

另一方面，孝文帝虽然努力做出多方面的改革，但仍挽救不了北魏走向衰亡。孝文帝死后，北魏政治日趋腐败，使民怨不断加深。如宣武帝元恪统治期间，见之于记载的起义有十次；孝明帝正光年间，有大规模的六镇起义；孝明帝孝昌年间有杜洛周、葛荣的河北大起义；正光年间关陇起义；孝庄帝永安年间则有邢杲为首的山东起义等，均严重地动摇了北魏的统治，使之走向衰亡。时代的动乱，却也为北魏骈文提供可歌可泣的素材，突显北朝骈文辞义贞刚、雄深雅健的艺术特点。如此期孝庄帝子攸几篇较有成就的骈文，便是以尔朱荣的动乱为主题，并能充分流露大义凛然的雄健之气。这也是北魏后期有别于前期的地方。

（一）　孝庄帝子攸

今存于《全后魏文》的孝庄帝子攸文章共16篇。其文章并非全用骈体，但就其中成就较高的篇章观之，可见其骈文有相当的造诣。代表作如《尔朱荣进位太师诏》及《以尔朱荣为天柱大将军诏》，此二篇在骈化的程度上，均较北魏前期的作者为深，具见骈文应有风范。孝庄帝一生纠缠于与尔朱荣的关系之中。孝庄帝的继位，原得到尔朱荣的拥立，北魏众多动乱的平定，亦倚重尔朱荣的力量。尔朱荣原为契胡酋长，过着游牧生活，善骑射，在山西北部不断扩张势力后，占据晋阳，成为北方一大军事势力。528年，进兵洛阳，立元子攸为孝庄帝，执胡太后及元钊，沉之于河朔，又杀戮王公卿士，史称河朔之变。元子攸不甘当傀儡，遂联络贵族、朝臣，于530年，趁尔朱荣入宫朝见之际伏兵杀之。荣弟尔朱兆起兵复仇，攻陷洛阳，杀孝庄帝立元恭为节闵帝。孝庄帝与尔朱氏均曾互相利用，最后却两败俱伤，故终孝庄帝一生，可谓悲剧。《尔朱荣进位太师诏》一文篇幅不算长，但大部分由骈句贯串而成，共享骈句二十六对，其中更有两对复句作对，反映其时骈文的进化与逐步迈向成熟。：

我皇魏道契神元，德光灵范。源先二象，化穆三才。玉历与日月惟休，金鼎共乾坤俱永。而正光之末，皇运时屯。百揆咸乱，九宫失叙。朝野抚膺，士女嗟怨。遂使四海土崩，九区瓦解。逆贼杜周，虔刘燕代；妖寇葛荣，假嗤魏赵。常山、易水，戎鼓夜惊；冰井、丛台，胡尘昼合。朔南久已丘墟，河北殆成灰烬。宗庙怀匪安之虑，社稷急不测之忧。大丞相、太原王荣，道镜域中，德光区外。神昭藏往，思实知来。

义踵先勋，忠资曩烈。

此文颇能体现北朝文风的特质，全文辞义贞刚，未见有瑰丽辞藻，却以朴质之辞，流露大义凛然的雄健之气。起句"我皇魏道契神元，德光灵范。源先二象，化穆三才。玉历与日月惟休，金鼎共干帮俱永。"以较工稳的骈句道出北魏政权的威武气象，已有惊人气力。继而转述明帝正光以后的衰乱之象："百揆咸乱，九宫失叙。朝野抚膺，士女嗟怨，遂使四海土崩，九区瓦解。"并指出杜洛周、葛荣的大动乱："逆贼杜周，虔刘燕代；妖寇葛荣，假噬魏赵。"造成社会残破，民生凋敝。接着赞颂尔朱荣讨平祸乱的巨大功绩，多用比拟，甚具气魄："熊罴竞逐，虎豹争先。轩翥南溟，抟风北极。气震林原，势动北岳。"用熊罴虎豹的竞逐，比喻战场上的杀戮，极为恰切。又借用庄子《逍遥游》的大鹏鸟飞翔于南溟与北极的气魄，增进文章的气势，使林原、山岳均为之震动。此外，更巧妙地活用典故"秦晋闻声而丧胆，齐莒侧听而慑息"。尔朱氏的强大声势，即使秦晋等强国也为之慑服。其功绩可谓凌天盖地，震古烁今："道格普天，仁沾率土。振古以来，未有其比。"总括而言，此文以质实之辞，表贞刚之气，以工稳的对句、贴切的典故、生动的比喻，表达出雄深雅健的北朝骈文本色，词义畅达，潜气流转自然，是北魏后期骈文的杰作，对比前期的骈散夹杂的风貌，实有长足的进步。

（二）孝武帝、路思令

稍后于孝庄帝而值得称道的有孝武帝。其成就虽不及孝庄帝，然其骈文亦颇具贞刚气息，今存于《全后魏文》中共18篇，其中多为散文。骈文则有《即位改元诏》及《南征诏》两篇。《即位改元诏》从篇首至篇末均骈散句夹杂。对句运用的密度虽不及孝庄帝，但也体现北朝骈文的气质。"否泰相沿，废兴互有，玄天无所隐，精灵弗能谕。大魏统干，德渐区宇。牢笼九服，旁礴三光。"起首即能表露出北魏的威势。但经历太和以后的动乱，今已"礼乐崩沦，宪章漂没。赫赫宗周，剪为戎寇。肃肃清庙，将成茂草。"皆因胡羯"竞其吞噬之意，不识醉饱之心。"如今得到大丞相渤海王"爱举义旗，志雪国耻。故广阿之军，貔虎夺气。邺下之师，金汤失险。近者四胡相率，实繁有徒，驱天下之兵，尽华戎之锐。"终能使"社稷危而复安，洪基毁而还构。"故文章后半段以骈句刻划拨乱反正之功，流露义烈刚勇之气，不失雄深雅健本色。《南征诏》起首亦以气胜："大魏得一居宸，乘六驭宇。考风云之所会，宅日月之所中。"以两句对句突显北魏王朝的气魄。又忆述世祖太武帝拓跋焘的威武事功："世祖太武皇帝，握金镜以照耀，击玉鼓以铿锵。神武之所牢宠，威风之所轹，莫不云彻雾卷，瓦解冰消。"以骈语一气直下，凛凛之气，透彻心魄。最后表露心迹："自非五牛警跸，七萃案部。何以复文武之旧业，拯涂炭于遗黎。朕将亲总六军，径临彭汴。一劳永逸，庶保无疆。"道出大济苍生的宏愿，并不惜御驾亲征，以安定社稷，同以骈偶表露其向上奋发的昂扬精神，简朴而刚健。

北魏后期还有路思令的骈文可堪称道。终其一生的活动，贯串自孝文帝太和以后，至东魏孝静帝天平三年卒，故一生大多时间生活在北魏后期。路思令的代表作有《陈兵事疏》，亦为现今仅存于《全后魏文》的一篇。此文过半的篇幅运用对句，骈化程度较前期骈文为高，其中六句较为工稳的复句对，如"三代不必别民，取治不等；五霸不必异兵，各能克定"；"汤武之贤，犹须伊望之佐；尧舜之圣，尚有稷契之辅。"可算工丽自然。此外，此文说理透辟，分析精当，表达明晰，配合骈偶的气势，显得更有说服力。文章后半段指出国家治道方面的弊端："乃令赢弱在前以当锐，强壮居后以安身。兼复器械不精，进止不集。任羊质之将，驱不练之兵；当负险之众，敌数战之虏，欲令不败，岂有得哉？"再加上"便谓官号未满，重爵屡加；复疑赏赏之轻，金帛日赐。帑藏空虚，民财殚尽。致使贼徒更赠，胆气益盛。"政策的失误是国家致败和积弱的原因。末后献出个人的救国大计："今若舍上所轻，求下得重。黜陟幽明，赏罚善恶。搜徒简卒，练兵习武。甲密弩强，弓调矢劲。谋夫既设，辨士先陈，晓以安危，示其祸福。"道出富国强兵的谋略，甚为明晰。最后更流露充沛的气魄："如其不悛，以我义顺之师，讨兹悖逆之竖。岂异厉萧斧而伐朝菌，鼓洪炉而燎毛发？虽愚者知其不旋踵矣。"因此，

此文亦以简健朴质的文辞，展现刚贞之气，宜为北魏后期的代表之一。

（三）袁翻、李谐

路思令之外，还有袁翻的骈文有可观之处。今存袁翻最出色的作品有《思归赋》，亦为北魏骈文中较少数的情景相生的出色作品。袁翻从太和末年开始，即展开其宦仕生涯，至孝庄帝建义初年遇害，故为北魏后期人物。纵观整篇《思归赋》虽有对偶不工的毛病出现，但总体来说，大部分的篇幅均用骈体形式写作，骈化度较高。文中出现回文对，"月逢霞而未皎，霎值月而成阴。"显示其时骈文在修辞方面的进步。文章以景入情，行文颇有条理。写景之句，秀丽工巧，如"错翻花而似绣，网游丝其如织。蝶两戏以相追，燕双飞而鼓翼。"风格更近南朝的工笔雕缕，透露南北文风融合的痕迹。又用白描之句，刻划山川的开阔境界，自然而清新："北眺羊肠诘屈，南望龙门嵯峨。坛千重以耸翠，横万里而扬波"充分摹画出北地辽阔茫然的绝景，却又体现出北朝文的本色。他又从空茫的景象中道出忧思的无尽："心郁郁兮徒伤，思摇摇兮空满"忧思何来？接着和盘托出："行复行兮川之畔，望复望兮望夫君。君之门兮九重，余之别兮千里分。"仿效《离骚》寻觅帝阍之门，喻思君之意，情深语切。故全文以景衬情，抒襟述怀，依然流畅自然，文质兼美。

北魏后期以骈文见称者还有李谐。史称李谐："风流闲润，博学有文辩，当时才俊，咸相钦赏。受父前爵彭城侯。"[1]孝静帝初年曾出使南朝，更与萧衍对答而无惧色，尽显雄辩之才，而为萧衍赞赏，堪称北魏才彦。今存其代表作《述身赋》。此赋写于元颢入洛后，"颢败，除名，乃为《述身赋》。"[2]《述身赋》为长篇骈赋，按其文义与层次，约可分为十一段落。全篇绝大部分篇幅均用对句组成，骈化程度甚高，已为有意识的骈文创作。此文作为北魏后期的赋篇，可谓别具意义。第一，此文颇能体现南北文风融合的痕迹。在回忆闲适生活时，运用较多绮藻："山隐势于复石，水回流于激沙。树先春而动色，草迎岁而发花。座有清谈之客，门交好事之车。或林嬉于夜月，或水宴于景斜。肆雕章之腴旨，咀文艺之英华。羞绿芰与丹藕，荐朱李及甘瓜。"其中"肆雕章之腴旨，咀文艺之英华"具有文章雕缕的气息；"绿芰"与"丹藕"为色彩的藻饰，下字运意近于梁元帝《采莲赋》："红莲兮芰荷，紫茎兮文波。"第二，另一方面却又流露北朝悍厉的文风："何建武之明杰，茂雄姿于天表。忽灵命之有归，藉亲均而争绍。师出楚而飙发，旆陵江而云矫。辟闾阖之峥嵘，端冕旒于忆兆。神驾逝以流越，翠华飘而缭绕。"刻画行军时威武的情状，好比天门崇高壮伟，比喻恰切，气势凌云。可见，其文实已揉合南北的文风，成为北朝骈文演进期中鲜明的代表例子。

三、结　论

综言之，北魏骈文经历了初创的稚嫩阶段，逐步走向成熟，促成北朝后期骈文的繁兴，亦为南北文风的融合，起着重要的作用。北魏骈文家一方面吸收了南朝骈文形式美的特点，在对偶的工整、句式的多变、声律的谐协方面，加以学习与实践；一方面却保留北朝文风的独特色彩，尤以是文辞的质朴、气度的贞刚雄健方面，显示其有与南方文风不同的特色。

---

[1]　魏收：《魏书》，北京：中华书局 1995 年版，第 1456 页。

[2]　魏收：《魏书》，北京：中华书局 1995 年版，第 1456 页。

六朝文的骈化与士族意识[1]

张朋兵

（西北师范大学文学院）

研究六朝骈文者，多注重于骈文的形式，常称为"美文"、"庙堂文学"、"贵族文学"等，都是就其性质而言的。但这里涉及一个现象：六朝骈文的兴盛期正值门阀士族的鼎盛期，这两者之间是否存在着某些关联呢？在六朝文学的发展过程中，世族门阀虽在南朝有些衰退，但就整个时期来看，他们还是占主导的。而且骈文的创作基本都是由文化修养较高的文化士族垄断的，他们的思想意识和审美趣味也会在骈文中有所体现。本文拟在前修时贤研究的基础上就这个问题谈一点看法，请大方之家指正。

一、骈文发展的环境：崇文风气

魏晋以来，文章朝着追新逐丽、崇尚华美的骈化方向发展，"诗赋欲丽"[2]、"诗缘情而绮靡"[3]的主张从诗赋扩展到书表铭颂等其他文体。到了南朝，骈化的倾向就更加明显了，"俪采百字之偶，争价一句之奇。情必极貌以写物，辞必穷力而追新"[4]的风潮席卷文坛。同时，在创作领域，贵族文人间也非常流行用典比赛，如王摛与何宪，陆澄与王俭，沈约与刘显等，皆以夸耀骋辞作为展现家族文化优越性的工具。文章典故的来源也从儒家经典进一步扩展到史、子、集、百家杂说等，表现出扩大化的趋势。在文章里重视隶事稽古的倾向，反映了我国文人士大夫崇尚历史文化、追求古雅的共同文化心态。刘勰在《文心雕龙·宗经》中注意到稽古尊经与文学的关系：

> 故论、说、辞、序，则《易》统其首；诏、策、章、奏，则《书》发其源；赋、颂、歌、赞，则《诗》立其本；铭、诔、箴、祝，则《礼》总其端；纪、传、铭、檄，则《春秋》为本。
> 三标彝道，训深稽古。致化归一，分教斯五，性灵熔匠，文章奥府，渊哉，铄乎！群言之祖。

然则，尊经隶事的观念与当时的社会环境是紧密相连的。魏晋时期，陆机在《文赋》中说"辞逞才以效伎"[5]，作文要"收百世之阙文，采千载之遗韵"[6]。晋室灭亡以后，高门世族对文化的兴趣更多地从以言语、风度为标准来品评人物逐渐转为以文学才能为标准，像"辞采华丽"、"善属文"等

---

[1] "辞赋"虽与"文"的概念有所区别，但为了论述的方便，本文暂将辞赋也归入文的范畴。

[2] 萧统：《文选》卷五二《典论·论文》，上海古籍出版社1986年版，第2271页。

[3] 陆机著，张少康集释：《文赋集释》，人民文学出版社2002年版，第99页。

[4] 刘勰著，范文澜注：《文心雕龙》，人民文学出版社1958年版，第67页。

[5] 陆机著，张少康集释：《文赋集释》，人民文学出版社2002年版，第99页。

[6] 陆机著，张少康集释：《文赋集释》，人民文学出版社2002年版，第36页。

评语不绝于史。宋文帝立四学，明帝设总明观，文学的独立地位则更加明显，高门世族中"一门能文"的现象也屡见不鲜。帝王凭借政治力量而招纳文学之士，出现了许多文学集团，集团内部切磋诗文，彼此酬唱，也从事编纂书籍等文化活动，如萧子良"夏月客至，为设瓜饮及甘果，著之文教。士子文章及朝贵辞翰，皆发教撰录"[1]；萧统则"恒自讨论篇籍，或与学士商榷古今"[2]；萧纲"引纳文学之士，赏接无倦，恒讨论篇籍，继以文章"[3]等，促进了文学艺术的繁荣。钟嵘《诗品序》云："今之世俗，斯风炽矣。才能胜衣，甫能小学，必甘心而驰骛焉"[4]，江淹亦云："近世取人，多由文史。"[5]

伴随着崇文精神的大盛，尚武风潮日歇。东晋南北朝的文化士族，以"清流"自命而不与被视为"浊"的兵家同伍，原因就在于文化修养问题。《世说新语》载王述不愿与桓温结亲戚是因为"兵，那可嫁女与之！"[6]后来沈庆之子沈文季讳言出身将门[7]等，均是众所周知的例子。以武力强宗的家族也纷纷转习文艺，以提高自己的文化竞争力，如吴兴沈氏、东吴陆氏等。即便是皇室成员，也以喜好诗书、标榜风雅著称，甚至出现了一种畸形的文化争胜心理。《南齐书·王僧虔传》载："（宋）孝武欲善书名，僧虔不敢显迹。大明世，常用掘笔书，以此见容……（齐）太祖善书，及即位，笃好不已。与僧虔赌书毕，谓僧虔曰：'谁为第一？'僧虔曰：'臣书第一，陛下亦第一。'上笑曰：'卿可谓善自为谋矣。'"[8]王僧虔身为当朝书法名家，亦要留给皇帝博得风雅的面子，可知崇尚文学艺术的风气之烈。而梁武帝跟群臣进行骈文比赛，因敌不过刘峻而不再引见他，因比不过沈约而恼羞成怒竟要杀沈，这种文化自卑的心理就更足了。南朝皇室均出身庶族，在政治、军事上拥有重权，但在文化上似乎没有地位。而修习文学，转尚文化，亦可常葆荣华。《颜氏家训·勉学》云："自荒乱以来，诸见俘虏，虽百世小人，知读《论语》、《孝经》者，尚为人师；虽千载冠冕，不晓书记者，莫不耕田养马……如能常葆数百卷书，千载终不为小人也。"[9]颜延之在这里不免有些夸张，但足可见当时崇文风气之余波犹盛。

治南朝文史者，多认为"自中原沸腾，五马南渡，缀文之士，无乏于时。将及梁朝，其流弥盛。盖由时主儒雅，笃好文章，故才秀之士，焕乎俱集"[10]。虽为不假事实，然帝王对文学的喜好仍以士族风尚为指向标，士族风尚才是决定整个六朝文化发展的主导。六朝骈文的发展与兴盛，也正是在尊经崇文的时代风气下进行的。骈文中重视辞采、用典以至声律，是这种风气的集中体现。

二、骈文蕴含的思想：士族意识

由于骈文的创作非常重视隶事用典、对偶等修辞手法，需要有较高的文化知识和艺术修养，而且在文中隶事用典、对仗等是否准确、妥帖甚至精巧，乃是衡量骈文水平的重要标准，也是显现作家文化修养的主要手段。六朝骈文的作者和读者多出自文化士族，有世代相传的文化积累，拥有较高的文化水平和学术修养。而寒族文人，在门阀社会中一般处于边缘或从属的位置。因此可以说，骈文的兴盛与发展走向，主要是由文化士族所主导的，骈文创作与传播，势必反映他们的文化倾向和审美趣味。

[1] 萧子显：《南齐书》卷四〇《武十七王传》，中华书局1972年版，第694页。

[2] 姚思廉撰：《梁书》卷八《昭明太子传》，中华书局1973年版，第167页。

[3] 姚思廉撰：《梁书》卷四《简文帝纪》，中华书局1973年版，第109页。

[4] 钟嵘著、曹旭集注：《诗品集注》（增订本），上海古籍出版社2011年版，第64页。

[5] 姚思廉撰：《梁书》卷一四《江淹传论》，中华书局1973年版，第258页。

[6] 刘义庆著，刘孝标注，余嘉锡笺疏：《世说新语》，中华书局2011年版，第292页。

[7] 萧子显：《南齐书》卷四四《沈文季传》，中华书局1972年版，第776页。

[8] 萧子显：《南齐书》卷三三《王僧虔传》，中华书局1972年版，第592—597页。

[9] 颜之推著，王利器集解：《颜氏家训集解》卷三，上海古籍出版社1980年版，第145页。

[10] 李延寿：《南史》卷七二《文学传》，中华书局1975年版，第1672页。

这种审美倾向我们暂且称为"士族意识"，主要表现在以下三个方面。

第一，祖述先人功德，反映贵族生活的宗族观念。

贵族出身带来的自豪感和优越感是士族意识的集中体现，它源自魏晋以来重门阀的社会风气，在文章中则反映为历述先人功绩、歌功颂德的宗族意识。往前追溯，战国时代的屈原《离骚》开篇即道明自己高贵的血统："帝高阳之苗裔兮，朕皇考曰伯庸。摄提贞于孟陬兮，惟庚寅吾以降。皇览揆余初度兮，肇锡余以嘉名：名余曰正则兮，字余曰灵均。"[1] 建安时代的曹丕在《名都篇》里描述他的浪荡生活，其云："斗鸡东郊道，走马长楸间。驰骋未及半，双兔过我前……云散还城邑，清晨复来还"[2]，还有《与杨得祖书》中所表现的贵公子的傲慢等，均是出身于贵族生活的自豪表现。

到了骈文初成的西晋时代，在文章中"咏世德之骏烈，诵先人之清芬"[3] 的贵族意识仍在发展，此以陆机为代表。陆机表现宗族意识的骈化文章，在量和质上都蔚然可观。像入选《文选》的《辨亡论》，就是以讨论陆氏身世与吴国灭亡为纲的，《晋书》陆机本传说："以孙氏在吴，而祖父世为将相，有大勋于江表，深慨孙皓举而弃之，乃论权所以得，皓所以亡，又欲述其祖父功业，遂作《辨亡论》二篇。"[4] 此外，还有如具有一定骈化倾向的《祖德赋》、《思亲赋》、《述先赋》、《吴贞献处士陆公诔》、《吴大司马陆公诔》等作品，均是对家族先烈的追忆和歌颂。其中，对父陆抗的赞颂尤为夸饰："我公承轨，高风肃迈。明德继体，徽音奕世……德与行美，美与言溢。"[5] 吴郡陆氏一门人才济济，据《世说新语·规箴》载："孙皓问丞相孙凯曰：'卿一宗在朝有几人？'陆曰：'二相、五侯、将军十馀人'皓曰：'盛哉！'陆曰：'君贤臣忠，国之盛也。父慈子孝，家之盛也。今政荒民弊，覆亡是俱，臣何敢言盛！'"[6] 由此可见，陆氏家族的繁盛程度。而如此显赫的宗族，对其污蔑的行为将是无法容忍的，《世说新语》载陆机对卢志的挑衅行为就提出义正词严的抗争。[7] 但对于寒门庶族出身的左思，则是蔑视无礼的，《晋书·左思传》载陆机写给弟陆云的信中说："此间有伧父，欲作《三都赋》，须有成，当作覆酒瓮耳。"[8] 亦可见，陆机对宗族功业的重视和门第观念之所向。此外，其弟陆云的《祖考颂》也是对宗族门第的歌颂。

从晋宋到齐之际，骈化凸显，"俪采百字之偶，争价一句之奇"[9] 成为时尚。颜谢并称，颜延之"文章之美，冠绝当时"[10]，属于诫子书的《庭诰》，通体骈俪，叙述贵族家庭如何建立人伦关系。而《三月三日曲水诗序》、《祭屈原文》等几篇诔文虽不是叙述自家身世，却是对刘宋皇室及他人门第的颂歌。谢灵运"才高词盛，富艳难踪"[11]，在赋和文方面均有力作，《山居赋》以汉大赋的体式刻画贵族山水庄园实况。除此，活跃在颜、谢同期的文士，如孙绰《喻道论》、王羲之《称病去会稽郡自誓父母墓文》等，都从强调宗族功德方面表现家族自豪感和贵族生活场景。到了南齐，以"沈诗任笔"著称的任昉，《文选》收文17篇而冠于全书。其文多为诏、令等歌功颂德之作，如《册梁公九锡文》、《宣德皇后令》等，都是堂皇典雅、述祖歌德的庙堂文章。

梁陈这段时间，骈文发展趋于成熟，表现宗族功德的文章亦是接连不断。而梁陈最著名者为庾信《哀

[1]　洪兴祖：《楚辞补注》，中华书局1983年版，第3页。

[2]　黄节：《曹子建诗注》（外三种），中华书局2008年版，第109页。

[3]　陆机著，张少康集释：《文赋集释》，人民文学出版社2002年版，第20页。

[4]　房玄龄等撰：《晋书》卷二四《陆机传》，中华书局1974年版，第1467页。

[5]　陆机著，金涛声点校：《陆机集》，中华书局1982年版，第122页。

[6]　刘义庆著，刘孝标注，余嘉锡笺疏：《世说新语》，中华书局2011年版，第481页。

[7]　刘义庆著，刘孝标注，余嘉锡笺疏：《世说新语》，中华书局2011年版，第263页。

[8]　房玄龄等撰：《晋书》卷六二《左思传》，中华书局1974年版，第2377页。

[9]　钟嵘著，曹旭集注：《诗品集注》（增订本），上海古籍出版社2011年版，第64页。

[10]　沈约：《宋书》卷七三《颜延之传》，中华书局1974年版，第1891页。

[11]　钟嵘著，曹旭集注：《诗品集注》（增订本），上海古籍出版社2011年版，第34页。

江南赋》，一开头即是对祖德与家风的追述，文中莫不透漏出一种出身显宦的家族自豪感：

> 我之掌庾承周，以世功而为族；经邦佐汉，用论道而当官。禀嵩华之玉石，润河洛之波澜；
> 居负洛而重世，邑临河而宴安。代用价值艰虞，始中原之乏主；民枕倚于墙壁……文词高于甲观，
> 楷模盛于漳滨。嗟有道而无凤，叹非时而有麟。既奸回之窳逆，终不悦于仁人。

据北周滕王宇文逌《庾信集》及相关史书记载，庾氏一族身世显赫，累代居官机要。到了庾肩吾和庾信，"出入禁闼，恩礼莫与比隆。既有盛才，文并绮艳，故世号为徐、庾体焉。当时后进，竞相模范。每有一文，京都莫不传诵"[1]，足可知高自期许实不为过。另外在《春赋》里，还展现出贵族子弟春游时宽衣薄带、悠游闲雅的生活细节。徐陵《玉台新咏序》更是以细腻的笔法刻画了当时宫廷贵族富丽堂皇的生活场景，与《颜氏家训·涉务》所云江陵陷落前"梁世士大夫，皆尚褒衣博带，大冠高履，出则车舆，入则扶侍，郊郭之内，无乘马者"[2]的生活没有什么两样。

纵观六朝文章之骈化过程，表现祖宗功德的士族意识的作品不在少数，大致魏晋以陆机为代表，宋齐以颜、谢和任昉等腾声，梁陈以徐、庾相标榜，这中间而又以碑诔哀策等文体的骈化程度为高。

第二，强烈的建功立业之心，常葆兴盛的家族意识。

余英时先生曾言："魏晋南北朝则尤为以家族为本位之儒学之光大时代，盖应门第社会之需要耳。"[3]魏晋世家大族建功立业的心迹与常葆家族繁盛的愿望是相暗合的。据《晋书·陆机传》记载："（陆机）好游权门，与贾谧亲善，以进趣获讥"[4]，他并不是一个循规蹈矩的儒者，而是像《谢平原内史表》中说的"遭国颠沛，无节可纪"[5]的亡国之臣。他仕晋的行为虽为后世多所诟病，但目的却是重振家室，建功立业。他的这种进取之心在《五等论》中说得很明白："盖企及进取，仕子之常志；修己安人，良士所希及。"[6]而像《思亲赋》、《思归赋》、《怀土赋》中反映的思乡意识，也从侧面表现出对昔日显贵生活的怀念。

宋齐时代，这种"将弘祖业，实崇奕世"[7]功名意识，亦有所发展，而寒门士族反映得则更为强烈。谢灵运为一时之秀，《宋书》本传说他"自谓才能宜参权要，既不见知，常怀愤愤"[8]。吴郡沈氏人物沈骑士曾言："或致君泽民，或立言垂范，或折冲御侮，或孝友于家庭，或终结殉国难"[9]，沈约《郊居赋》中亦显怀博大志向。而到了梁陈以后，庾信由放弃归隐而转为主动求官[10]，亦是源于其士族意识，为家族而扬名的考虑，而六朝骈文本身就是功利性的，因为他们大多是应用文，无论是大到反映军国大事还是小到酬唱赠答，甚至细碎琐事，都是有为而作的。

在赋和文中展现强烈的功名意识和积极的人生态度，无论是文化士族如陆机、谢灵运、庾信诸流，抑或是庶族出身的鲍照等，均源自于他们为家族利益的考虑，"他们对改朝换代的态度，往往决定于本家族或家庭的利益"[11]，家族利益可以说是他们为之建功立业的不竭动力。

———————————

[1] 令狐德棻等撰：《周书》卷三三《庾信传》，中华书局1971年版，第733页。

[2] 颜之推著，王利器集解：《颜氏家训集解》卷四，上海古籍出版社1980年版，第295页。

[3] 余英时：《士与中国文化》，上海人民出版社1987年版，第398—399页。

[4] 房玄龄等撰：《晋书》卷五四《陆机传》，中华书局1974年版，第1481页。

[5] 萧统编，李善注：《文选》，上海古籍出版社1986年，第1697页。

[6] 萧统编，李善注：《文选》，上海古籍出版社1986年，第2340页。

[7] 陆云撰，黄葵点校：《陆云集》卷三《答兄平原》，中华书局1988年版，第47页。

[8] 沈约：《宋书》卷六六《谢灵运传》，中华书局1974年版，第1753页。

[9] 严可均辑：《全梁文》卷四〇《沈氏述祖德碑》，商务印书馆1999年版，第423—424页。

[10] 鲁同群先生《庾信传论》一书认为庾信创作《哀江南赋》的目的"一是为了表示对目前处境的不满，二是为了向北朝统治者求官"（天津人民出版社1997年版，第160页）。

[11] 曹道衡、沈玉成：《南北朝文学史》，人民文学出版社1991年版，第3页。

第三，艺术上崇尚典雅，追求新变的审美趣味。

梁萧子显在《南齐书·文学传论》中提出："在乎文章，弥患凡旧，若无新变，不能代雄"[1]的主张，张融则宣称："夫文岂有常体，但已有体为常，政当使常有其体"[2]，这种追求新变的意识是士族审美倾向所努力追求的，以区别自己家族文化与其他家族。齐梁文章善于在风格以至题材上进行变革，如江淹的《恨赋》、《别赋》，体式新颖，构思奇特，为赋中之精品。任昉骈文水平高超，所做应酬之文措辞得体，典雅深重，"当时王公表奏，无不请焉"[3]。而齐梁时代的新变带来的诗赋互渗现象则更为深刻，一些新的题材和风格的写景文和宫体诗的出现，也是这种新变意识所影响的。但纵观六朝骈文的整个演变过程，尤为值得注意的现象是，文化士族的审美倾向与骈文形式的完善过程基本是重合的，"当上层贵族倡导'诗赋欲丽'，'诗缘情而绮靡'的靡丽文风时，骈文偶对丽藻的形式首先确立。而当隶事呈博成为一时审美风气时，骈文隶事的特点也逐步成熟，声律论则是首先由上层贵族提出，很快推行到骈文创作实际中"[4]。六朝诗文中重视藻彩丽辞的文风抑或是士族生活在文学领域的映照，梅运生先生曾言："奢华主要表现在士族地主的奢侈生活上，养成了一种习性，进而形成特定的审美心态和审美定势，并影响到整个社会风气……中古时代骈文、诗歌和辞赋非常重视辞采的声色之美，正是士族文士爱好形式美在文学领域内的表现"[5]，似可作为参考。

三、骈文的社会功用性：声韵技巧

骈文在整个六朝时期的发展，仅次于诗歌，但从实用性来讲，又超过了诗歌。古诗有"不歌而诵"的传统，骈文虽被视为"美文"、"贵族文学"，但从实用性上讲，亦可朗读。宋谢伋《四六谈麈》中说："四六施之于制诰、表奏、文檄，本以便于宣读，多以四字六字为句"[6]，而且在句式和节奏方面更注意吟诵的效果。因为骈文一般被认为是典雅文体，在正式场合使用的频率很高，在当时由文士代笔、皇帝颁布的各种诏令中尤为显见。《文心雕龙·章句》云："四字密而不促，六字格而非缓"[7]，而这种优雅的文体也正符合庙堂文学庄重典雅的要求。出于朗读的目的，骈文讲究音情顿挫，急缓低昂，上抗下坠，更加注重使用虚字以显示轻重音和节奏之快慢，以便展现出有节奏的音乐美。甚至有研究者认为四六言的间隔使用"于是形成了一种雍容典雅的情调。这是一种近乎美学分割的和谐"[8]，"因为四言和六言的比值最接近1：0.618这一黄金分割线。0.618是个神奇的数字，符合之一比值的画面使人看起来愉悦，符合之一比值的音响节奏使人听起来感到和谐"[9]，似可值得考虑。

而在永明声律还未产生之前，贵族文士中重视辞采华美、音情顿挫的风气就已经很流行了。魏晋时代兴盛的玄学，在清谈上讲究音情的铿锵顿挫，发声嘹亮。《世说新语·文学》注引邓粲《晋纪》云："遐以辩论为业，善叙名理，辞气清畅，泠然若琴瑟。闻其言者，知与不知，无不叹服。"[10]可见，谈玄不仅在于义理，也在于声调的泠然入耳。而《晋书·裴秀传》附遐传，也是以谈论的声调之抑扬顿挫来评价裴遐的。东晋名僧谈佛以及佛经转读梵呗之声亦特别讲究吟诵效果，或对骈文吟诵有所沾

[1] 萧子显：《南齐书》卷五二《文学传》，中华书局1972年版，第908页。

[2] 萧子显：《南齐书》卷四一《张融传》，中华书局1972年版，第729页。

[3] 姚思廉撰：《南史》卷五九《任昉传》，中华书局1975年版，第1453页。

[4] 钟涛：《六朝骈文形式及其文化意蕴》，东方出版社1997年版，第36页。

[5] 梅运生：《士族、古文经学与中古诗论》，载《安徽师范大学学报》1996年第3期。

[6] 纪昀等编：《四库全书·集部四十九》卷一九六《诗评类二》，台湾商务印书馆民国七十二年，第1480—21页。

[7] 刘勰著，范文澜注：《文心雕龙注》，人民文学出版社1958年版，第571页。

[8] 余福智：《骈文兴衰原因探》，载《佛山师专学报》1986年第1期。

[9] 钟涛：《六朝骈文形式及其文化意蕴》，东方出版社1997年版，第36页。

[10] 刘义庆著，刘孝标注，余嘉锡笺疏：《世说新语》，中华书局2011年版，第183页。

溉。《世说新语·文学篇》言："支道林、许掾诸人共在会稽王斋头。支为法师，许为都讲。支通一义，四座莫不厌心。许送一难，众人莫不抃舞。但共嗟咏二家之美，不辩其理之所在。"[1] 可知当时名士对佛理并不在意，所重者为辞藻音调之美。

另外，在国外某些诗歌和其他文体里，也非常注重音调和押韵之法。吴兴华在《读〈国朝常州骈体文录〉》中曾说："欧洲古代文学也有与骈文相近之处"[2]，"古希腊人对'昂'、'低'、'合'三声就非常敏感，对诗文中的长短音的错综交织要求更为严格"[3]。可见，无论中外，对于文章在朗读上的音韵之美都是非常注意和讲究的。

六朝文的发展环境是在门阀士族崇尚文学艺术的大环境下进行的，它常因过于注重形式而为后世所诟病，却往往忽视了其社会实用性的一面，在庄重典雅场合多加使用的诏令等文体样式是其实用性的集中体现。由于骈文的倡导过程主要是自上而下的，且主要是由文化士族所主导的，因此它也会或多或少地反映出士族的思想意识和审美倾向，主要表现在：追述祖宗阴德的宗族意识，追求功业、常葆家族繁盛的家族意识，艺术上趋新求变的审美趣味三个方面。纵观六朝文章骈化的完善过程，与士族的发展轨迹基本是重合的，倘若离开任何一方而谈另一方都是片面且不合理的。

【参考文献】

[1] （南朝宋）刘义庆著，刘孝标注，余嘉锡笺疏.世说新语［M］.北京：中华书局，2011.

[2] （梁）刘勰著，范文澜注.文心雕龙注［M］.北京：人民文学出版社，1958.

[3] （梁）萧统编，李善注.文选［M］.上海：上海古籍出版社，1986.

[4] （唐）房玄龄等撰.晋书［M］.北京：中华书局，1974.

[5] （清）李兆洛编，殷海国、殷海安校点.骈体文钞［M］.上海：上海古籍出版社，2001.

[6] 姜书阁.骈文史论［M］.北京：人民文学出版社，1986.

[7] 鲁同群.庾信传论［M］.天津：天津人民出版社，1997.

[8] 钟涛.六朝骈文形式及其文化意蕴［M］.北京：东方出版社，1997.

[9] 孙明君.两晋士族文学［M］.北京：中华书局，2010.

---

[1] 刘义庆著，刘孝标注，余嘉锡笺疏：《世说新语》，中华书局2011年版，第198页。

[2] 吴兴华：《读〈国朝常州骈体文录〉》，载《文学遗产》1998年第4期。

[3] 钟涛：《六朝骈文形式及其文化意蕴》，东方出版社1997年版，第36页。

骈散结合，共襄盛举

——小议魏晋南北朝时期骈文成熟过程中经典范文中的骈散结合

李建芳

（西北师范大学文学院）

骈文曾盛行于魏晋南北朝文坛，是中国古代文学史上值得抒写的一页，同时其创作弊病亦遭到当时文人和后世文人的诸多责难，评为"形式主义"，为后辈学者所轻视和冷落。自 20 世纪 80 年代始，关乎骈文的研究渐入正轨，前辈大家对骈文的诸多问题已有比较明确的认识和界定，诸如骈文的发展历史和成就，骈文的审美特征及其审美基础，骈文文体意识的演进及其与其他文体的区分等等，同时对骈文的生成原因亦多有论述且是极有道理和充分论据的。今写一小文，在前辈大家现有研究成果之基础上，以魏晋南北朝时期经典骈文为例，对该时期的美文进行分析的同时对文章中骈散结合之重要性进行阐释。

对于骈文和散文的界定和区分，前辈大家已多有论述，不再赘言。谭家健先生在《关于骈文研究的若干问题》中指出："骈文和散文的区别，不仅在于对偶句的多少，还在于文章风格的追求。明王志坚《四六法海》'总论'说：'古文如写意山水，俪体如工画楼台。'……台湾学者张仁青先生说：'散文主气势旺盛，则言无不达，辞无不举。骈文主气韵曼妙，则情致婉约，摇曳生姿。'"[1]

这些见解均是相当精辟的。的确，不同文体有不同文体的外在形态和内在气质，散文多注重内在文气的流转和笔势的浑圆，思之所至，笔亦随之；优美的骈文则需精琢细镂，内外兼备，既要有文的叙事论说的特点，也要有诗性的语言形式的追求，呈现出不同的言说方式和精神气质，魏晋南北朝时期一些后人奉为经典的骈文本质上就是骈散结合的美文，它们融合了不同的文体形态和精神气质，具有了多元文化的精神因素，呈现出完美的文学风尚。

一、曹魏时期之初成

曹魏文章，建安为优；建安文章，子建独绝。徐公持先生在《魏晋文学史》中言："曹植之文，基本上以骈文为主，此在当时潮流之中。其特点则在于气韵更为清畅，藻采更为繁盛，因此'独冠群才'。"[2]曹植以其天赋文思，撰写技术性要求甚高的骈体文，驾轻就熟，自然天成。如《曹子建求自试表》：

> 臣植言：臣闻士之生世，入则事父，出则事君；事父尚于荣亲，事君贵于兴国。故慈父不能爱无益之子，仁君不能畜无用之臣。夫论德而授官者，成功之君也；量能而受爵者，毕命之臣也。故君无虚授，臣无虚受。虚授谓之谬举，虚受谓之尸禄，《诗》之素餐，所由作也……

---

[1] 谭家健：《关于骈文研究的若干问题》，载《文学评论》1996 年第 3 期。

[2] 徐公持编著：《魏晋文学史》，人民文学出版社 1999 年 9 月版。

故启灭有扈而夏功昭，成克商、奄而周德著。今陛下以圣明统世，将欲卒文、武之功，继成、康之隆，简贤授能，以方叔、召虎之臣，镇卫四境，为国爪牙者，可谓当矣。然而高鸟未挂于轻缴，渊鱼未愚于钩饵者，恐钓射之术或未尽也。[1]

曹植之文，大多数是整齐的偶句，再加上词义的属对和丰美的辞藻，已经是骈偶体制；不过对偶还不十分精工细密，作者用字直接切合事理且多为自己从典籍中提炼而出，有的只是字数的匀称和意义的相对，而不是直接凝练的典故运用，因而散行气息犹存，不乏清峻疏朗之态，正所谓骈文发展进程中骈散结合的经典文例。有此一说，原因在于：其一，从其体制言，虽然曹植之文已经具备骈文所要求的基本要素——对偶、辞藻、典故（此时声律说未出），已经是成型的骈文，但在骈文发展史上并不算是成熟之作，因而以散带骈，骈散结合，但并不妨碍其成为文学史上任人传诵的经典之作。其二，对曹植来说，似乎唯其文体难度高，正利于充分发挥才情，显示自身优势，所以他的文章基本以骈文为主，借重骈文的形式之美，在其博赡的学问基础上尽情表现其才华，每篇文章写得既多且长，长篇大论，尽情挥洒，往往收束不住，读来流宕酣畅，有古文之风。其三，结合当时的时代精神和文坛风尚，"建安风骨"为其主导，作者将慷慨任气之内心情感自由表达于创作当中，使其作品具有一种不为外在形式所束缚的充沛力量。该文即围绕希冀获得魏文帝的重用而行文义义层层递进，论述充分饱满且文章气势充沛，一泻千里，堪称经典范文。仔细研读，文章句法，骈散结合，或以散带骈，或以散总骈，随势变异，推动文章向前运行。这样，在整篇文章中，既呈现出外在形式的匀称之美，又贯注着内在的舒畅流宕之气，使其成为骈文发展史上的经典美文。

二、齐梁时期之发展

齐梁时期，骈文通体完备。此一时期，由于声律说的出现和发展，骈文形成并发展成熟所需要的几个重要的因素：词句的排偶、辞藻的铺设、典故的运用、声律的追求已经完全具备，运用于该时期的文学创作中，便是使其语言更加整饬和辞采华茂，且更加注重隶事用典，骈文逐渐走向成熟。今举有"任笔沈诗"之称的任昉为该时期骈文的代表人物，原因就在于：任昉能行俪体之文，却不投时俗而取妍，远绍魏晋风骨，有慷慨疏朗之气。如《王文宪集·序》：

> 公在物斯厚，居身以约。玩好绝于耳目，布素表于造次；室无姬妾，门多长者。立言必雅，未尝显其所长；持论从容，未尝言人所短。弘长风流，许与气类。虽单门后进，必加善诱。勖以丹青之价，弘以青冥之期。公铨品人伦，各尽其用；居厚者不矜其多，处薄者不愿其少。穷涯而反，盈量知归。

所选虽"短短一段文字，有四字句、六字句、四六句、七字句，间有散句，而且个别文句还不避同字对。行文既巧于对仗，又不显雕琢，纯任自然。全无南朝骈文末流的华靡卑弱之弊，而有汉魏文章气势奔放、行文畅达之长"[2]。钟涛学者的评述一语中的。骈体文是一种形式限制甚严的文体，能把骈文写得不受其限制而能够自由言说，不事雕琢，的确很难。任昉之所以能做到这点，主要在于：其一，在任昉的作品中，以骈偶句式居多的骈文体制中往往间有散句，使文章骈散间行，可求得气韵生动自然，读之朗朗上口。其二，在任昉的骈文中，虽采用俪体偶句所创制，但所用词句多自然质朴，而无浮词丽语，且所表达之情感真切质实，无投俗取妍之媚态，外在的形式之美加之内在流畅的情感表达，亦是经典骈文融合不同的骈散文体之精神而展现出的美质美态，亦可堪称骈散结合之典范。

---

[1]　高步瀛选注：《魏晋文举要》，中华书局 1989 年 10 月版。

[2]　钟涛：《任昉骈文略论》，载《青海师范大学学报》（社会科学版）1993 年第 3 期。

三、梁陈时期之顶峰

梁陈之际，在骈文发展到顶峰的同时，弊端已然显现——对骈文四大要素过分呆板的运用，对唯美形式的过分追求，对自身文采的过分卖弄，使齐梁时期的诸多文人创作走向凝滞，走上了形式主义的道路，成为当时文人和后世学者口诛笔伐的对象，更有甚者，完全推翻了骈文在中国文学史上所具有的价值。然而，客观地讲，齐梁时期作为骈文发展的顶峰，亦不乏留传文史的骈文大家和经典之作，主要代表则是骈文创作的集大成者庾信及其代表作品《哀江南赋并序》：

> 粤以戊辰之年，建亥之月，大盗移国，金陵瓦解。余乃窜身荒谷，公私涂炭。华阳奔命，有去无归，中兴道销，穷于甲戌，三日哭于都亭，三年囚于别馆。天道周星，物极不反。傅燮之但悲身世，无处求生；袁安之每念王室，自然流涕……日暮途远，人间何世？将军一去，大树飘零；壮士不还，寒风萧瑟。荆璧睨柱，受连城而见欺；载书横阶，捧珠盘而不定。钟仪君子，入就南冠之囚；季孙行人，留守西河之馆。申包胥之顿地，碎之以首；蔡威公之泪尽，加之以血。钓台移柳，非玉关之可望；华亭鹤唳，岂河桥之可闻？……[1]

庾信一文并序，以完美的骈文体式和酣畅淋漓的气势将国家倾覆、滞留未归的悼国哀己之情表达得十分真挚感人，是为骈文发展到鼎盛时期的典范。该文中骈文的艺术形式所需要的四大要素都已具备，并被运用得非常精当，骈偶句式变得整齐划一，文采变得更为绮丽，句子变得更为雕琢，对隶事用典亦着力追求，使其作为骈文的体制堪称完美。然而，读之并无壅塞凝滞之感，原因在于：其一，庾信之文，在着力追求骈文整饬完美的形式之时，更加注重文章思想内容及自身情感的完整表达，使其文章内外兼备，文质兼修，读之不仅有流畅雄健的跌宕气势，而且有震撼读者心灵的故国之思、亡国之痛，其艺术效果是其他文章不可企及的。其二，便是庾信在整饬的文风中坚持骈散结合，单复互用，自然灵动；在以骈偶句式表达故国之情时往往以散总骈，使句式不觉其为骈偶，自然而然，将强烈激荡的情感表达得十分有力且又如行云流水般流荡顺畅，无阻滞之感。正如于景祥先生在《骈文的形成与鼎盛》一文中所言："骈体的规范、格式本来是限制作者的联想活动、束缚其手脚的，依照它，可以增加形式美，却易于文过其质，有浮华之气；撇开它，可以更完整地表达思想内容，但又易于理过其词，质胜于文。带着镣铐而要跳出优美的舞蹈，在束缚之中摆脱束缚，寄新意于法度之中而又游刃有余，使束缚重重、戒律森严的骈体同自由的散体文具有同样的表现力而又不以损害骈体形式技巧之美为代价，这是骈体的极致，也是最艰难的创作，而庾信的成功正在于此。他把骈文的形式美发挥得登峰造极，又把自己所要表达、不吐不快的'乡关之思'表达得淋漓尽致。因此，他在用骈体的形式表现丰富的内容的创作尝试中，既超越了限制又不损坏这些规矩，领异标新于法度之中。"[2]

综上所述，古之散文多用以传达政令思想以明道，在作文中为了更好地达到经世致用之效，往往行文中理过其辞而少文采修饰，无美感可言；古之骈文，随着其发展通体完备，过分注意外在形式美的追求，往往忽略文章内容与情感的表达，使其文过其质，读之空洞无物，无思想可言。只有将骈文所追求的外在形式之美和散文内在气质的顺畅表达结合起来，而这种结合不仅表现在骈偶句式为主的文章中间行散句，使其在整饬的文风中文句表达更加流畅，而且表现在骈文所规定的四大要素的通备所形成的外在形式之美和古文所需要的思想内容及其情感的表达所构建的内在文质之美的完美结合，使骈散结合达到文章所需要的完美契合状态，从而创作出文史上可以流传千古的经典美文。

---

[1] 倪璠编：《庾子山集注》（许逸民校点本），中华书局 1985 年版。

[2] 于景祥：《骈文的形成于鼎盛》，载《文学评论》1996 年第 6 期。

骈文的积极介入与唐诗的主动参用

王志清

（南通大学文学院）

有唐三百年，是中国古典诗歌的黄金时期，也是骈文的极盛时期，这两种文体在这个时期高度成熟且极其辉煌。唐诗以其博大的开放性，汲取多种文学或非文学的营养，获得了空前绝后的迅捷发展。由于骈文的积极介入，也由于唐诗的主动参用，唐诗的律化更加自觉，唐诗也自觉从骈文中有所吸取而使唐诗趋向于高度成熟，并且完成了唐诗"以文为诗"的转型。

一、唐诗与骈文齐头并进的各自走向与相互吸引

骈文，起源于对称性思维，是作家的对称性意识而造成的形式美感。对称性，即追求平衡的一种稳定性原理。以骈文研究见长的莫道才，在论骈文的均衡和谐美时指出："对称创造了均衡的结构效果"，而这种结构所形成的和谐之美，"是人类的美学基本形态，也是最初的美学形态。它是古典美学的主要形态"。因此，他认为："对称均衡是人类在自我形成发展中的完美选择。"[1]中国人似乎尤好对称，具有喜好骈俪的特殊倾向，也具有骈俪的风气崇尚，甚至具有骈俪自觉的素质教育，自小便接受"属对"的训练，这也是中国的不少文献样式特别喜欢骈对的深刻原因。

20世纪杰出美籍俄裔语言学家和文学理论家雅各布森，把语言艺术放在结构主义的功能观上进行考察，而把对等性规则看作是诗歌创作上的一个重要规律。他认为，对等在一种简单而明显的层次上，满足了人们对于对称和规律的天生欲望。从中国文学的初始期看，这种对称性的骈俪意识就已很明显，且不断地强化着，故而，有研究者认为，骈文肇端于先秦。余恕诚先生则认为："骈文渊源于汉赋，赋讲求排比对偶，崇尚辞采，具有声律，不少作品散中带骈，对于骈体而言，已是一种萌芽状态，到汉末魏晋，不仅辞赋骈化加强，且骈偶的表达方式进一步影响扩大到其他文体，南北朝时期骈体文正式形成，并扩张为文坛的主要体制，此时赋亦俨然成了骈文中的一体。"[2]余恕诚先生辨其渊源，明言骈文出于汉赋，而不是出于古诗，但是，这不等于说他就否定骈文接受古诗影响的事实。诗与骈文，孰先孰后？即先有鸡还是先有鸡蛋？很多的研究者是很想弄明白而至今说不清楚的。其实，这两种文体形式，是一种相互影响的骈俪状态，即二者也是骈俪着发展的。在这种诗文二者并行的走向中，诗与骈文的双向交流、互为汲取则是自然发生的异性相吸的现象。

认识骈文的第一要义，就是形式上的骈俪。骈文，乃是一种以四言和六言的句子来排比成文的一种文体。东汉散文向着骈俪化的方向发展，同时，不少语体散文作家也刻意追求骈俪效果。梁陈以后，以四言和六言相间为句的比重越来越大，这种文体突破了早期散文古朴简单的格局而向精致华美发展，形式上的要求更加突出。古文则是散行的，自由度极大，句子长短多少听凭自然。骈文像诗歌一样，

---

[1]　莫道才：《骈文通论》，齐鲁书社2010年版，第150页。

[2]　余恕诚：《唐诗与其他文体之关系》，中华书局2012年版，第180页。

必须有严格节制，不仅要受字数音律的限制，还要使用典故，追求韵味，这就必须将一些事典诗化、简约化、乃至格式化或者格律化。骈文在其完善和成熟的过程中，形成了丽藻、隶事、骈偶、声韵的几个基本要素。而这几个因素，也同时为诗歌所拥有，或者说，在这些方面，诗歌与骈文具有相一致的地方。这种相同或者相似性，造成了二者沟通、交流、诱发、营养的互为关系，甚至也造成了以骈为诗或以诗为骈的创作倾向与特点。应该说，六朝时期是一个骈俪盛行也骈俪成风的时期，所有的文字都追求骈俪化，诗亦如此，骈俪意识越来越强烈，甚至极端如颜延之"不对不发"的创作原则。从诗与文的各自的发展走向来看，都有一个逐步骈俪的整饬化的过程，都有一个骈俪成分不断加重与强化的过程。

骈文形成于魏晋，大盛于南北朝，而极盛唐代，定型于中唐，因为其行文上句子两两对称，且约定俗成为四言与六言，即为柳宗元概括为"骈四俪六"（《乞巧文》），以至于后来李商隐首先将自己的这些文字的合集称为《樊南四六》。骈文发展到唐代，骈文的优长也获得了特别充分的显示与张扬，表现出对唐诗的强劲诱惑。唐诗与骈文这两种不同文体之间某些艺术因素，具有自然天性的互相吸引、互相吸收，乃至互相转化、彼此消长的文体特殊性。而唐诗与骈文间异体相生，相互渗透诱发，更是成为唐代文学的特殊奇观，也成为骈文与唐诗发展的动力之一。唐诗与骈文的互动，既为骈文的定型提供了特殊的语言与思维，也为唐诗高度开放的吸纳整合而进一步律化以强劲的推动。

二、唐诗的以骈为诗促成了唐诗的转型

中唐之后，诗歌转型的突出标志就是"以才学为诗"与"以文为诗"，在形式上表现为"好对"，而在内容上主要表现为"切事"。虽然不能说"好对切事"是骈文的专利，但是，骈文对诗歌的积极介入和诗歌对骈文的主动参用，强化了"好对切事"的自觉性。

李商隐在《樊南甲集序》中说："樊南生十六能著《才论》、《圣论》，以古文出诸公间。后联为郓相国、华太守所怜，居门下时，敕定奏记，始通今体。后又两为秘省房中官，恣展古集，往往咽噱于任、范、徐、庾之间。有请作文，或时得好对切事，声势物景，哀上浮壮，能感动人。十年京师寒且饿，人或目曰：韩文杜诗，彭阳章檄，樊南穷冻人或知之。"李商隐自述其与骈文结缘经过。"好对切事"是区别骈文和散文的重要标志，古文不喜偶对，而骈文则专事偶对。李商隐自述幼时能为古文，后因四六高手令狐楚等人的传授，而精通了骈文。又因其两度在秘书省做官，得以大量阅读古集，特别是任昉、范云、徐陵与庾信这些骈文大家的作品对其影响甚深，又兼及对韩文、杜诗、令狐楚四六章奏之学的领会甚透，作文遂形成了"好对切事"的自觉。故而，清人何焯说李商隐"观其使事，全得徐孝穆、庾子山门法"，"吾独谓义山是以文为诗者"（《义山读书记》）。钱钟书也说："樊南文与玉溪诗消息相通。"（《谈艺录》）也就是说，李商隐的诗歌，得益于其骈体艺术经验的吸收，或者说，李商隐的骈文和近体诗具有互为影响的沟通。

唐代诗人中，"好对切事"者，最突出的代表是杜甫与李商隐。

先说"好对"。诗文中的"对"，绝不是轻易可就。对得好，即平仄协调，精警耐味，既能够词性对称，意义相关，而又不露痕迹，非硬性拼凑。美国汉学家高友工《律诗的美学》里说："（律诗）其二重结构创造出来一只复杂而又对称的、层叠的雕塑。这种新颖结构需要一种新的阅读程序。一般的读法是直线向前的，而对偶结构的阅读常常将读者的注意力引向一边，要求他注意对应的相邻诗行。向前推进的运动由于回看及旁观而中止，产生了一种回顾的、旁向的运动，徘徊于一个封闭的空间，形成一个圆圈。这种形式，或者更确切地说，这种阅读形式，能够用来对在诗中描述'空间性'与'回环性'

作出最充分的说明。"[1] 这是从律诗美学的角度来阐述"对"的形式效果的。律诗的最突出要素就是因为"对"而形成的对称性，对称性是形成唐诗整饬工俪的外在形态。杜甫与李商隐皆擅长律诗，皆喜作律诗，以此来反推，二者不仅皆"好对"，而且皆"对好"。杜甫的诗，流传下来的有1 400多首，七律151篇，占其存诗11%，是初、盛唐之和。五律626首，占其存诗的45%。杜甫尤其喜欢写作排律，其中五言排律就有127首，几乎占全部杜诗的10%。排律更能够显示"对"的技巧的顶级功夫。考察杜甫安史之乱以后各个时期的创作，五言排律所占的比重是逐渐增加的，也就是说诗人越老而诗律越细，其最长的排律竟达百韵之多，如《秋日夔府咏怀奉寄郑监李宾客一百韵》，而他的绝笔诗《风疾舟中伏枕书怀》也取五排的形式。七言排律之律，严如军律，在唐人诗集里是少之又少，杜甫也能够游刃自如。杜甫的绝句亦如此，很典型的如："两个黄鹂鸣翠柳，一行白鹭上青天。窗含西岭千秋雪，门泊东吴万里船。"两两相对，工整稳俪。一般的绝句不怎么写，习惯了对称的杜甫，把绝句也当律诗来对了。可见杜甫不仅擅"对"，而且"对"成了习惯，"对"出了瘾来。元稹高度评价杜甫的诗"铺陈终始，排比声韵……属对律切，而脱弃凡俗"（《唐故检校工部员外郎杜君墓系铭》）。

李商隐在《漫成五章》首章自嘲云："沈宋裁辞矜变律，王杨落笔得良朋。当时自谓宗师妙，今日惟观属对能。"这是说其当年从令狐楚受四六章奏之学，指望能在仕途上致身通显，可以今日之境况观，不过是多了点"属对"的本领罢了。另一方面，我们也从诗中读出了诗人对自己的属对之才能还是很自信的。因此，李商隐也擅作七律、七绝与五言排律，叶矫然称"李商隐为晚唐第一人"[2]。李商隐成就最高、对后世影响最大的当推他的七律。他的七律学杜甫，其最突出的贡献就是进一步扩大了七律的表现力。李商隐的七绝与杜甫同，也喜属对，譬如《漫成五章》其三，诗云："生儿古有孙征虏，嫁女今无王右军。借问琴书终一世，何如旗盖仰三分？" 一二句与三四句之间均用反对，以解嘲的语气出之，反对的意味尤深。因为大量写作骈文的缘故，李商隐的诗歌中，高密度地、大批量地出现对称句，可以说是骈文写作造成了其诗大量对偶对比的状态，其数量之多，不胜枚举。

再说"切事"。诗歌创作中的用典，十分考验人的学力。杜甫自幼就受到良好的儒家传统的教育，博闻强识，经史典籍不无烂熟于心，有"读书破万卷"的自谕。余恕诚先说指出："中国诗歌从《诗经》时代发展到唐，经过历代文人创造和运用，将许多词语诗化了，成为饱含诗情画意的辞藻或意象，为诗家所用。但这种诗化，是从自然意象和一般社会生活方面，一步步向前推进和积累的，事典的诗化则发展较迟。"[3] 譬如杜甫，在为数众多的投赠、赠答诗中，大量使用了贤臣良将、楚汉文人、儒家圣人、魏晋名士、贞隐之士五类人物典故，主要是儒家圣主明君和阮籍、嵇康、王粲等魏晋名士的典故，表现其"致君尧舜"的政治理想。而事典是需要一个"诗化"的过程的，即仅靠勤于读书、强于记诵是远远不够的，杜甫诗歌用典所以能够垂范后世，最重要的是他天才的用典技巧和纯熟精妙的驾驭文字的能力。杜甫用典炉火纯青，方式多样，不拘一格，善于直接化入典籍中的语句或故事。因为用典，也因为大量用典，杜甫的诗歌滑向文的一边，或者说是在诗中增加了文的比重，遂开以文为诗、以才学为诗的先河。中唐开始，杜诗的地位猛增，杜诗中用典的技巧与主张也得到越来越广泛的响应，因此也使唐诗逐步过渡到宋诗。

李商隐诗歌晦涩，首先在于用典。"李商隐诗歌所用的事典，将近半数出自魏晋以后，许多都不是熟典，甚至是首次发掘之典。商隐在四六文写作中大量隶事。当事典被熔裁到能适应四六文的语言要求时，同时也就大体上能符合诗歌的语言要求了。从诗歌创作角度看，李商隐的四六文写作，是为

---

[1]　高友工：《美典：中国文学研究论集》，北京三联书店2008年版，第245—246页。

[2]　叶矫然：《龙性堂诗话》，载《清诗话续编》，上海古籍出版社1983年版，第925页。

[3]　余恕诚：《唐诗与其他文体之关系》，中华书局2012年版，第187页。

诗歌用典做了材料上的准备和技巧上的锻炼。"[1]李商隐的骈文写作，使其诗歌创作直接收益。魏庆之云："李商隐诗好积故实"（《诗人玉屑》卷七）。王士禛亦云："獭祭曾惊博奥殚，一篇锦瑟解人难"（《戏仿元遗山论诗绝句》）。鲁迅也曾说："玉溪生清词丽句，何敢比肩，而用典太多，则为我所不满。"[2]据宋代黄鉴的笔记《杨文公谈苑》记载说商隐为文多简书册，左右鳞次，号獭祭鱼。说是李商隐每作诗，一定要查阅很多书籍，屋子里摊满了书。这也可见，李商隐的诗歌创作，如他的骈文写作一样，在运思与结体上具有近似的一致性。李商隐的骈文中经常出现贾谊的典故，多达二十多处，其诗也自然拈取此典，灵活化用，譬如《贾生》借贾谊发一浩叹，"可怜夜半虚前席，不问苍生问鬼神"。贾生受召，历来作为君臣遇合用，诗取讽刺意，讽刺当权者的昏庸，对天下苍生漠不关心却询问那些无聊的鬼神事。李商隐的《安定城楼》诗连用四个典故，其中一个又说到贾生。其诗云："迢递高城白尺楼，绿杨枝外尽汀洲。贾生年少虚垂泪，王粲春来更远游。永忆江湖悲白发，欲回天地入扁舟。不知腐鼠成滋味，猜意鹓雏竟未休。"此诗作于开成三年，时商隐应博学宏词科试落选，住在他岳父泾原节度使王茂元家。诗的开头两句是交代，写登上安定城楼所见到的景色。三、四句分别用贾谊、王粲的典故，都是用来含蓄表达其处境的，名落孙山，与贾谊同；寄人篱下，与王粲同。五、六句用范蠡的典故，既有自比范蠡的自负，又有功成身退的愿望。诗的最后两句用《庄子秋水》中的故事，发泄对妒忌者的不满，并表明自己的心迹，从来就不曾想要参与党争，更不会威胁别人的地位。全诗使典用事，典中套典，典与典间相互联系而相互发生。李商隐不愧是用典使事的能手，其诗中不仅大量运用典故，形成了一种意象重叠而并置，意蕴纷呈而艰深的诗歌艺术，而且曲用典故，使典故之间不受时空的拘束，也不受因果关系的制约，形成缺乏内在逻辑性的相悖离的联系，如《锦瑟》里庄生梦蝶、杜鹃啼血、良玉生烟、沧海泪珠等。这些意象构成的不是一个有完整画面的意境，喻体本身就具有朦胧的性质，再加上组合上的跳脱，更显得扑朔迷离。李商隐还化用传说，诗中典故多依附神话，寄托象征，形成暗示，这些道教神仙典故如玉烟、蓬山、青鸟、彩凤、灵犀、梦雨、紫台、楚帐等，构成李商隐诗歌的意象体系，均难以实指，而注重环境气氛赋予的暗示性，形成意会而难以言传的朦胧美。

骈文不同于散文的白描与直说，讲求平实简省，而特别需要铺排文饰的形式，需要属对事典的表现，这对于诗歌的影响很大。可以说，对偶和用典，是骈文和诗之间相互沟通的重要方面。这种诗文"消息相通"所造成的效应，不仅表现在骈文与唐诗的异性相吸上，而且强化了诗歌的形式美与表现性，而诗歌的大量用典与属对，则造成了的诗歌转型，以至于形成了中唐之后"以才学为诗"与"以文为诗"的风尚及诗歌的发展走向，周振甫先生在《李商隐选集前言》中评说钱钟书先生所提出的"商隐以骈文为诗"的观点，说是李商隐的四六文写作，也深刻影响到了他的诗歌，形成了"以骈为诗"的诗歌特征。

三、唐诗的以骈为序与序之诗化的效应

唐代是唐诗发展的高潮期，唐诗自身发展的多种体裁和风格的需要，使其十分关注同时代其他文体中的优势与发展，而骈文则是这些文体中最具活力的一种，几乎所有的唐代重要诗人都自觉地把骈文的因素带进诗歌，讲究诗歌的词采、对偶、用典，以及表达上的委婉含蓄，这给诗歌带来实质性的变化，出现了"以文为诗"、"以才学为诗"的诗歌走向与趣尚。而且，唐诗从骈文中撷取的，远不仅是铺排藻饰和含蓄委婉的表达方式，诗人们还直接骈化诗序，借诗序这一形式自由、结构灵活的文

---

[1] 余恕诚：《唐诗与其他文体之关系》，中华书局 2012 年版，第 187—188 页。

[2] 鲁迅：《鲁迅全集》（卷十）（1934 年 12 月致杨霁云的信），人民文学出版社 1956 年版，第 224 页。

化形态，来推助和强化诗歌的表现，把不适合在诗歌中表现的内容放在骈化的序中反映。

骆宾王有一首五言排律叫《夏日游德州赠高四诗序》，是骆宾王对友人"雅韵"的报答，全诗四十九联，十一次转韵，运用大量的典故叙写自己潦倒落魄的遭遇与怀才不遇的愤慨。其诗序云：

> 夫在心为志，发言为诗，诗有不得尽言，言有不得尽意。仆少负不羁，长逾虚诞，读书颇存涉猎，学剑不待穷工，进不能矫翰龙云，退不能栖神豹雾，抚循诸己，深觉劳生。而太夫人在堂，义须捧檄，因仰长安而就日，赴帝乡以望云。虽文阙三冬，而书劳十上。嗟乎，入门自媚，谁相谓言，致使君门隔于九重，中堂远于千里，既而交非得兔，路是亡羊，敬止弊庐，褐来初服，遂得载披玉叶，款洽金兰，倾意气于一言，缔风期于千祀。虽交因气合，资得意以敦交，道契言忘，少寄言而筌道，是以轻投木李，以代疏麻，章句繁芜，心神愧恧，庶瞻雅韵，仁辱报章，则紫耀运星，开龙文于剑匣，素辉亏月，领骊颔于珠胎云尔。（诗略）

这则诗序成为其一生坎坷的经验总结，直言自小生成了"不羁"的性格，虽然苦读博览而才高业精，然"进不能矫翰龙云，退不能栖神豹雾"，落得个进退失据的处境。骆宾王自己也明白，他的狂狷个性决定了他的遭际坎坷与命运悲剧，然而却亡羊难补。序中内容，与诗互补，互为映照，文偏于叙事，而诗重在抒情，诗人借助骈化了的文序，侧重于从叙述人物和事件的发展变化过程中反映事物的本质，交代了诗歌抒情的基点以及情感发生的缘来。骆宾王的骈文功力深厚，其诗序写得特别好，他也很认真地去写诗序，因此，他的诗序比较多地完整地留存下来。他的《秋日饯曲录事使西州序》云：

> 曲录事务切皇华，指轮台而凤举；群公等情敦素赏，临别馆而凫分。促樽酒而邀欢，望山川而起恨。于时露团龙隰，云敛雁天，落叶响而庭树寒，残花疏而兰皋晚。闻秋声之乱水，已怆分沟；对零雨之飘风，倍伤岐路。五日之趣，未淹兰籍之娱；二星之辉，行照葱河之境。清飙朗月，我则相思；陇水秦川，君方呜咽。行歌不驻，遽惊班马之嘶；赠言可申，聊振飞鱼之藻。人探一字，一韵一篇。

《全唐文》收骆宾王赠序4篇，《全唐诗》另有其饯送诗序3篇。很难说清第一篇赠序诞生于何时，而此赠序应是骆宾王序中最早的作品。初唐时赠序往往还和饯送诗联属在一起，显现出赠序和赠答诗序的关系。朋友离别之际，设宴饯别，饮酒赋诗，以序记叙诗歌的创作缘由与过程。遗憾的是其诗已佚。此序笼罩着的是一种萧瑟苍莽的悲凉之气，送友人去"轮台"，不只是写惜别时，也写了分别后，全是"已怆"、"倍伤"以及"呜咽"的那种念念难舍的失落与怅惘，可见其是个特别重情义的真人。这些诗序，有助于我们了解诗人的思想性格、身世经历以及创作兴发，我们在研究其诗时应该十分珍视。

唐代诗歌异常发达，然诗论却相对薄弱。唐代文人的文学思想大多散见于书信序跋、碑铭墓志之中。因此，诗序则往往承担起文人文学观念阐述的重任。陈子昂干预时政、指陈时弊，其策论数十篇之多，滔滔雄辩，斗胆"犯上"，让我们自然联系到子昂家学所铸就的任侠使气的豪侠性格和风流倜傥的纵横习气。子昂于诗歌，也功勋卓著，卢藏用说他："崛起江汉，虎视函夏。卓立千古，横制颓波。天下翕然，质文一变。"（《右拾遗陈子昂文集序》）子昂的诗歌变革，有其理性自觉。可是，他却并没有诗歌理论的单篇文章，他的诗学思想全集中在200字的《与东方左史虬修竹篇序》里：

> 东方公足下：文章道弊五百年矣。汉、魏风骨，晋、宋莫传，然而文献有可征者。仆尝暇时观齐、梁间诗，彩丽竞繁，而兴寄都绝，每以永叹。思古人，常恐逶迤颓靡，风雅不作，以耿耿也。一昨于解三处，见明公《咏孤桐篇》，骨气端翔，音情顿挫，光英朗练，有金石声。遂用，发挥幽郁。不图正始之音复睹于兹，可使建安作者相视而笑。解君云："张茂先、何敬祖，

东方生与其比肩。"仆以为知言也。故感叹雅制，作《修竹诗》一首，当有知音以传示之。

这一段小序，据说是抒发其胸中不平之气的，缘自东方虬为武后夺取紫袍而另赠宋之问一事，子昂一怒，成此诗序，针锋相对，犯上顶撞。子昂旗帜鲜明地反对片面追求"彩丽竞繁"的齐梁宫廷诗风，对初唐诗坛"兴寄都绝"、"风雅不作"的现实深为不满，第一次将汉魏风骨与风雅比兴联系起来，反对没有风骨、没有比兴的作品。诗人主张恢复古诗比兴言志的风雅传统，就是要求诗歌发扬批判现实的传统，就是要求诗歌有鲜明的政治倾向、高尚充沛的思想感情和刚健充实的现实内容，就是提倡一种端庄正大、刚健遒劲、清新明丽的美学品格。子昂的《修竹诗》虽不那么著名，而诗前的这则小序却成为诗歌改革的纲领性文献，对于扭转齐梁诗歌缺乏充实的社会现实内容的弊端，矫正诗坛的软弱柔靡诗风，使唐诗走上反映社会现实生活的正道，具有十分积极的意义。诗序影响深远，也为历代的诗歌改革家当利器反复使用，成为一种诗歌革新的传统。

诗序这种独特的文体性质，不仅具有非常丰富的思想性与文学性，也含有重要的文献价值。诗序以记载个人经历和见闻为主要内容的，记录诗情如何被激发的缘起。因此，诗序不仅是研究诗人生平和创作的可靠资料，还可与社会历史研究互补互证而生成文化关联。譬如王维问边河西之行所作的序，这对于考察王维的精神与艺术境界的提升具有非常重要的文献价值。其《送高判官从军赴河西序》曰：

> 今上合大道以抚荒外，振长策以驭宇内。故左言返踵，穿胸沸唇。膺腾白波，骤输碧砮之贡；腹阻赤坂，传致紫琥之琛。辫发名王，养马于下厩；魋结去帝，献珠于小臣。而犬戎不识，蜗角自大，偷安九服之外，谓天诛罕及；自绝所国之后，而王祭不供。天子按剑，谋臣切齿，思以赤山为城，青海为堑，尽平其地，悉虏其人。而上将有哥舒大夫者，名盖四方，身长八尺，眼如紫石棱，须如蝟毛磔。指撝而百蛮不守，叱咤而万人俱废。鬐鬐奋鬣，哮吼如虎，裂眦大怒，磨牙欲吞。不待成师，固将身先士卒；常思尽敌，不以贼遗君父。矢集月窟，剑斩天骄，蹴昆仑使西倒，缚呼韩令北面，岂直赵人祭其东门，匈奴不敢南牧而已。
>
> 开府之日，辟书始下，以为踊跃用兵，健将之事；意气跨马，侠少之能。盖欲谋夫起予，哲士俾我。歼黠虏以无类，举外国如拾遗。待夷门而不食，置广武于上座，始得我高子焉。高子读书五车，运筹百胜。慷慨谋议，折天口之是非；指画山川，知地形之要害。尝著《七发》，曹王慕义；每奏一篇，汉文称善。缘情之制，独步当时。主人横挑而有余，墨客仰攻而不下。公卿籍甚，遍交欢于五侯；孙吴暗合，将建功于万里。征以露版，召见甘泉，衣短后之衣，带楯具之剑。象孤雕服，鞭弨橐鞬，目无先零，气射西旅。苍头宿将，持汉节以临戎；白面书生，坐胡床而破贼。然孤烽远戍，黄云千里，严城落日而闭，铁骑升山而出。胡笳咽于塞下，画角发于军中。亦可悲也。迟子之献凯云台，奏事宣室，紫绶曳地，金印如斗，列居东第，位为通侯。旧友拜尘，群公书币。祁大夫老矣，武安侯问乎。

这一篇序，是骈文表述形式，亦诗亦文的写法。序之开篇先说"犬戎不识，蜗角自大，偷安九服之外，谓天诛罕及"而冒犯天威，再竭尽赞美之辞来刻画主帅天神般的叱咤风云的神威，接着写唐军所向披靡的攻势与战绩："矢集月窟，剑斩天骄，蹴昆仑使西倒，缚呼韩令北面。"在这样的多重衬托下，才推出了被送之人，才集中笔墨来叙写被送者的文韬武略，写其出塞的意义以及作者的期待等。然后再以矫健之笔勾勒边塞战地："孤烽远戍，黄云千里，严城落日而闭，铁骑升山而出。胡笳咽于塞下，画角发于军中。"以景蕴情，情以景生，以雄浑苍莽之景象，衬托别情愁怀。这种景象、场面与军威的写法，完全得力于诗人两年战地生活的积累。送人之序，却不先直接破题或者点题，而是先说一大通的衬辞，岑参后来的送别诗也是这种写法。如果将王维此序的内容换成七言古体来表达，与诗没有什么不同。王维的这种写法，对于后来的岑参的边塞诗有着重要的启发。王维的《送李补阙充河西支度营田判官序》也是如此笔法，序曰：

> 汉张右扳，以备左袒，西遮空道，北护居延。然犬戎夜猎于山外，匈奴射雕于塞下，岁或有之。我散骑常侍曰王公，勇能尽敌，礼可用兵，读黄石书，杀白马将。入备顾问，载以乘舆副车；出命专征，赐以内栈文马。将军幕府，请命介于本朝；天子琐闱，辍谏官以从士。补阙李公，家世龙门，词场虎步。五经在笥，一言蔽诗。广屯田之蓄，度长府之羡，以赡边人，以弱敌国。然后驰檄识匿，略地昆仑。使麾下骑，刃楼兰之腹；发外国兵，系郅支之颈。五单于遁逃于漠北，杂种羌不近于陇上。子之行也，不谓是乎？拜首汉庭，驱传而出。穷塞砂碛以西极，黄河混沌而东注。胡风动地，朔雁成行，拔剑登车，慷慨而别！

王维的边塞诗与序，往往把现实中的边地将帅，甚至包括他所送的这些友人，都看成了天神般的英雄，当作了李广、霍去病来写，这是与唐代边塞诗人所大不相同的地方。序中的散骑常侍，描写成为叱咤风云的英雄，"勇能尽敌，礼可用兵，读黄石书，杀白马将"，不仅具有威武勇悍的英雄气概，还拥有知书达理的文化情怀。被送别之人，乃"补阙李公"，也是"家世龙门，词场虎步。五经在笥，一言蔽诗。广屯田之蓄，度长府之羡，以赡边人，以弱敌国。然后驰檄识匿，略地昆仑"。这样的将帅出场，肯定具有压倒一切之威势而稳操胜券。"使麾下骑，刃楼兰之腹；发外国兵，系郅支之颈。五单于遁逃于漠北，杂种羌不近于陇上。"才是送别之时，便有凯旋之料。与岑参的诗同，也是极端英雄主义的产物。序的最后才破题写道："穷塞砂碛以西极，黄河混沌而东注。胡风动地，朔雁成行，拔剑登车，慷慨而别！"显然，王维边塞诗文所反映的精神指向，主要不是历史，而是当下。这对于激励当时士人不甘平庸，投笔从戎，先国后家，马革裹尸，具有很强烈的现实意义。王维的这两篇序，是文的形式，然而，却是诗的形象，诗的思维，诗的作法，"以诗为文"的作法，很典型的是诗对于骈文的渗透，或者说是骈文对于诗的撷取和吸收。诗序与诗本文之间，存在着绝对依附与相对独立的关系，依附是它的本质属性，而这种"以诗为文"的作法，则使序文具有了强烈的诗的性质，成为诗的有机部分，甚至也具有了彻底的独立性。

骈文对于唐诗的影响，主要是强化了唐诗的属对意识与使典自觉，进而在诗中激增了属对与典事的成分，使唐诗加快了律化的步伐，同时也使唐诗由盛唐而中唐，迅速发生和完成了唐诗"以文为诗"的转型。

骈文对辽金道教文章创作的渗透

蒋振华

（湖南师范大学文学院）

辽金两朝，虽为异族政权，但受汉文化思想学术之影响及其自身之进步，在散文创作上，纵不能与唐宋散文之辉煌成就同日而语，但亦延续了中华民族正统文章之脉络。据《辽史·文学传》云："辽起松漠，太祖以兵经略方内，礼文之事固所未遑。及太宗入汴，取晋图书、礼器而北，然后制度渐以修举。至景、圣间，则科目聿兴，士有由下僚擢升侍从，骎骎崇儒之美。"正是向汉儒文化学习之故，才有辽代的礼仪文章"骎骎崇儒之美"。从现存《全辽文》所录散文篇章看，诏谕、章奏、论序、志铭诸作，虽多奇句单行之篇，但四六骈文的形式之文，亦处处可见。至于金代散文，相比于辽，可谓一时称盛。据张金吾《金文最》之序云："惟金崛起东方，奄有中原，幅员则广于辽，国势则强于宋。风会所开，一洗卑陋浮靡之习。聿稽武元开国，得辽旧人；文烈继统，收宋图籍。文教由是兴焉。大定、明昌，投戈息马，治化休明。南渡以后，赵杨诸公，迭主文盟，文风蒸蒸日上。迄乎北渡，元遗山以宏衍博大之才，郁郁为一代宗匠，执文坛牛耳者几三十年。呜呼盛矣。"清代阮元亦赞金代散文"其文章雄健，直继北宋诸贤"。现存《金文最》及《全辽金文》所收金文，文体多为墓表、碑志、书记、铭箴、议疏、奏章，序跋、颂赞、诏令、册令、牒引，各体皆备，题材广博，虽普遍承袭传统散文之制，然骈俪之体亦与散体之文并峙而立。

在辽金文章继承传统骈文遗风而呈骈骊化趋势之同时，学界不能忽视这种趋势在道教文章之创作领域的"蔓延"情况。辽金两代道教亦盛，尤其金代，教派林立，教旨深宏，太一教、大道教、全真教，在北方大半个中国充满活力，屡受最高统治者的恩宠，至于信仰者尤以文学之士、官吏士人居多，其为文章，作者既有道教内人物，亦多官吏层、知识分子阶层者，从《全辽文》、《金文最》、《全辽金文》统计得知，道教内文章家31家，信仰道教的文章家86家，吏者兼文人身份所作涉道文章者共203家，由此见，道教散文创作在辽金两代彬彬之盛。下面我们来分析骈骊化倾向在这些文章家作品中的"蔓延"趋势，以见骈文对辽金道教文章创作之影响。

骈文严格的词性对称、文字对偶的特征在辽金道教文学创作中呈现松散自由、对偶弱化、流水对加强的"蔓延"趋势，但这并不意味着骈文意识在前述作家文章观念中的淡化。辽末作家王枢熟悉道教养生之方，多与道教药师往来，并引领此类方术之士出入朝廷，看病治身，且劝其出山入世，为医行善，有《郭药师降表》一文，面奏朝廷，延纳道医，其文曰：

> 待时而动，动静固未知其常；顺天者存，存亡不可以不察。臣素提一旅之师，偶遭百六之运。亡辽无可事之君，大金有难通之路。宋主载嘉，秦官是与。念一饭之思必报，则六尺之躯可捐。虽知上帝之是临，敢思困兽之犹斗。昔也东征，虽雷霆之怒敢犯；今焉北面，祈天地之量并容。[1]

---

[1] 《全辽金文》，山西古籍出版社2001年版，第718页。下引同。

这篇一百零七字的简短骈文，词性对偶比较松散，只求上下句字数的相当，不究词性的严谨相称，如"待时"引起的上句与"顺天"引起的下句，"而"与"者"不配；"固未知其常"与"不可以不察"只字数相当，松散自由；又下一个对句中"一旅"与"百六"不对；"念一饭"与"则六尺"松散不谨；"上帝"与"困兽"亦随机对；"昔也"之上句与"今焉"之下句亦为自由对，其中"虽"与"祈"词性不当，"敢犯"与"并容"为宽对。诸如此类，足见骈文之形式尚存，而其实质则在渐渐地为信道之作家所改造、改变。

卿希泰先生指出金代道教三派鼎立，"表现出茁壮的生命力……出现了道教界前所罕见的兴盛局面"[1]。其中一个重要的宗教特征便是注重对生命肉体的保健医病，因此，大量医药、方剂之类的医书被分类编纂，此类著作的序言大多用骈体写就，如杨用道《附广肘后方序》，阎明广《流注指微针赋序》、《流注经络井荥图序》，宋云公《伤寒类征序》，王纬《注解伤寒论序》，等等，有金一朝，此类序文共计167篇。杨用道序中有云："边境宁而盗贼息矣，则人无死于锋镝之虑；刑罚清而狴犴空矣，则人无死于桎梏之忧；年谷丰而蓄积富矣，则人无死于沟壑之患。"[2]这三个对偶句中，三次重复"则人无死于"五字，同一个字或同几个字在四六句中重复出现，这是正规骈体文之大忌，但此文作者敢于犯忌，体现了对骈文程式的大胆打破，追求一定的规则而又不失去创作个性自由，显然是骈文对道教文章创作发生影响、渗透的同时又有其独立性。又宋云公《伤寒类证序》区区260余字的骈文，其开篇云："窃闻天地师道以覆载，圣人立医以济物，道德医药，皆源于一。医不通道，无以知造物之机；道不通医，无以尽养生之理。"[3]此等对偶之句，毫无正统骈文典雅屈奥之学究气，真是脱口而出，如行云流水，出对自由。

就绝大多数的道教题材之文章而言，骈文对其之影响、渗透在对偶上是如此松散自由，但也有少数篇章是严格讲究出对的，词性当对严谨，表现出很高的骈文学养素质，不愧为传统骈文之高手。如王喆《金莲社开明疏》：

> 窃以慧灯永照，须凭玉蕊之光；性烛长明，决得金莲之耀。内沐三光之秀，外消四假之名。步虚摄空，探玄搜妙。洗来莹净之乡，出入芳馨之路。各怀珠璧，共捧琼瑶。显要全神，须令养气。消通斯诀，请挂芳衔。[4]

这是典型的四六文范作，出自王喆之手，不足为怪。王喆（1113—1169），即王重阳，金代全真教的创始人，全真教自金元以来几乎主宰中国道教、中国士人、文人七百余年，而始祖王喆的文化修养、学识、授受，几至为道教界之圣人，有此属对精工、文风稳健、语调庄雅之文，无论在道教文学史，抑或传统的文章史或骈文史上，实自唐宋骈文低落以来，有一种力挽颓势之苦心与努力。

骈文自产生后，无论是作品创作实际上，还是在理论诉求上，都把平仄相对、声韵相协作为其文体定义的基本内涵，因此，骈文为有韵之文已为古来所共识。从文体发展史来看，颂赞之体、铭箴之体、诔碑之体，由散而骈，由语韵参差到平仄声韵齐整，都可看出古代文章由散而韵、由奇而偶的发展痕迹。虽然经历唐宋古文对骈文的反动与批判，但四六文对于韵律、声仄的追求丝毫没有消减。宋代以降，及于辽金，文章家、理论家依然把声律之美作为骈文的重要标志，观于辽金道教题材之骈文，依然高擎骈文声韵之大旗，尤其在颂赞、铭箴之诸体上，那种声韵之齐整划一，格调之铿锵有力，不复在六朝骈文之下。以上所列几篇骈体足以证之。

---

[1] 卿希泰主编：《中国道教史》第三卷，四川人民出版社1996年版，第1—2页。

[2] 《全辽金文》，第1324页。

[3] 《全辽金文》，第1274页。

[4] 《全辽金文》，第1274页。

秦志安（1188—1244），金元之际全真教七子之一丘处机的再传弟子，元代道教全书《玄都宝藏》的总编纂，教内极富学养的道教领袖，道教文章一时之盟主，《全辽金文》收其文章8篇，所作颂赞之体有《老君石像赞》、《披云仙翁赞》，前者云：

> 绝圣弃智，挫锐解纷，居太初太易之前，隐无象无形之内。五千五百重天，藏于卵壳；九十九亿万岁，贮物在弹丸。此其太上乎？曰：非也。恍兮惚，其中有物，物不可得而名；杳兮冥，其中有精，精不可得而见。此其太上乎？曰：非也。迎之不见其首，随之不见其后，独立而不改，周行而不殆，能为万象主，而不逐四时凋，此其太上乎？曰：非也。然则孰为太上？曰：凭君似向东风问，惟有黄花翠竹知。[1]

此赞为混合体形式，但以骈体为主，骈骊四六之对又比较松散随意。然以句之平仄声调而言，平稳从容，缓急有度，后式排比句又使文章整齐有致，尤其是文末两个七言诗句，平平仄仄平平仄，仄仄平平仄仄平，是典型的七言律诗第一式的句型，它要求颔联一定对仗，如杜甫《秋兴》之一的颔联为：江间波浪连（一作兼）天涌，塞上风云接地阴。秦志安此赞一者为自由平易的骈对之体，一者为格律整饬的七言之诗，宽严结合，尽得古韵文之要义，从文章学讲，法而不法；从信仰上讲，信而不信，切合太上老君："信言不美，美言不信"之精髓，确为道教之真传。

后者云：

> 披云仙翁，玄竹中龙。德如之何？太华之峰。节如之何？值来之松。九龄悟道，遍礼琳宫。千里求师，密契真风。阐玄化于阴山之外，续琼章于火劫之终。炼谭马三阳之镜，铸丘刘八极之钟。玉树重芳于海上，金莲复秀于山东。直待养成千岁鹤，一声铁笛紫云中。[2]

该赞词显系骈骊之体，对仗工整，平仄协调，在用韵上，一韵到底，龙、峰、松、宫、风、终、钟、东、中，通押东韵，气势流畅，声调朗练。

除上引秦志安赞颂骈体外，还有杜仁杰、刘祈同题之作《虚静真人像赞》，杜文为二十四句三字文，祁文为四个九字对偶句，切声韵相协，押偶句韵，读来朗朗上口。

铭箴之体因具劝诫、记省之性，又要求铭刻心灵，故自产生以来，为便于牢记、诵唱，更讲究声韵，故《文心雕龙·铭箴》云："箴诵于官，铭题于器，名目虽异，而警戒实同。箴全御过，故文资确切；铭兼褒赞，故体贵弘润：其取事也必核以辨，其擒文也必简而深……义典则弘，文约为美。"简约、深刻、唯美，是铭箴之体的要求，韵律形式也就非常重要了。马扬，金初道教人士，其《浮山仙蜕岩铭》为传颂、流播道教的神仙信仰而作，该文云：

> 尧水浮山，迄今几年。夫人灵耀，孰开厥先？作镇兹地，泽润民编。石中之蜕，孰知其然？惟古至人，体道虚玄。神疑罔测，通达以圆。委蛇一化，卢牟八埏。出入金石，弗间天渊。物若留碍，其天守全。屠维之岁，荒落是缠。律协夷则，气遇中元。日御甲午，仙蜕出焉。人耶神耶？胡能究旃。智数诡诘，强名云仙。乃择令辰，乃荐吉蠲。改卜所兆，既固且完。贞石有泐，岩谷有迁。兹岩之蜕，尚永其传。[3]

岩铭除了以神奇怪诞的情节动人外（这是道教自神其教的需要），用韵自然，韵脚一致无变，文"简而深"。

前述杜仁杰为金末元初名士，与全真教往来甚密，山隐而终，文章名播海内，为元好问所称颂，

---

[1] 《全辽金文》，第2820页。

[2] 《全辽金文》，第2820—2821页。

[3] 《全辽金文》，第1392页。

涉道文章达 17 篇之多，又以铭文见著，其《清虚小有第一洞天三言铭》对仗工稳，声韵和谐，平仄得体，其文曰：

> 坤所载，乾所焘。象与形，孰朕兆？纬五行，环而曜，流而川，何浩浩。四溟溟，九河导。
> 峙而山，亦多号。神有岳，山有峤。粤天坛，极道妙。巉孤撑，未易到。日出没，见遗照。
> 偃东西，绝海徼。倏光怪，来熠耀。大龙烛，细萤爝。不恒出，赴感召、笙嘹亮，鹤窈窕。
> 羽人路，此其要。青螺堆，玉簪峭。左参井，右舟灶……圣之作，贤者绍。矧玄元，语秘奥。
> 探逾远，理益耀。微是理，万有耗。文虽径，实非剽。庶今来，永为诏。[1]

如前面几篇赞铭，也是一韵到底，不换韵，这在道教业内成了不成文的规律，作家们灵犀相契默而守之、行之。

用典亦是骈骊之文的写作要求，无论是事典或语典，一则给骈文增饰华丽之容，形成繁富之态，再则体现作者才气之用、学识之博，且典之出处遑论文史哲三元，出经入史，纵古贯今，诗词骚赋，信手拈来。然在辽金道教文章中，骈文之用典对之的影响只局限于道教的理论来源——老庄原典或其自身的宗教故实、神仙传说、道教典籍而绝少旁及教外文籍，从而形成具有其宗教自身特色的用典风格，这是骈文用典在辽金道教文章中的一个新变。

王寂是辽代中期以文章，政事显称于世的文人，清人英和誉其为"大定、明昌文苑之冠"[2]，晚年颇信仰神仙道教，所作《蔓聚奇赋》、《道士女冠度牒》等皆为涉道题材之骈体，前者用典广博，然终不出《庄子》一书，中有《庄子·逍遥游》和《山林》关于"不材之木"的典故，又有《庄子·则阳》中"蛮触之争"、《庄子·列御寇》中"骊龙珠"等典故。后者短小精悍，其文曰：

> 范围至道，衣被舍生。太和薰灵宝慧香，多暇适希夷真境。以尔脱离世纲，攀慕仙梯，
> 讽蕊笈之玄文，佩金坛之秘箓。损之又损，优游践黄老之言；纯乎其纯，清静赞唐虞之治。[3]

这篇骈文语典、事典皆出自道教原典《老子》及道教起源发祥之祖——黄帝、老子、唐尧、虞舜。"希夷"、"损之又损"、"纯乎其纯"皆语本《老子》。灵宝，即道祖神"灵宝君"，三清境最高神之一。

金元之际，全真教繁盛之极，七真人都为擅文专诗者，都有文集、诗集传世，自序、他序之文连篇累牍，骈文成为序文的首选，计 26 篇。七子之一的郝大通世为宦族，家学渊深，洞晓阴阳、易学、律历、卜筮，有《太古集》四卷传世，诗文兼擅，其作《太古集》自序，用典饶丰，其中道典 34 处，神仙物事 62 种，阴阳占卜等道教术数词汇 46 处，短短 700 余字的骈体，用典文字几近三分之二，多为教内事典和语典，真可谓三句话不离本行，以显宗教人士对自身业务之专精。其他七子人物的文集序文也大多如此，如当时为红极一时几近为成吉思汗之国事顾问参谋的七真人之一丘处机《磻溪集》作序者共 4 种，各种典故、语汇计 51 种，绝大多数为道教故实用语。至于为七真之祖王重阳之《重阳教化集》所作序文共计 10 篇，其所用道教道典、语汇实在是不计其数了。

对偶、声韵、事典构成骈骊之体对于辽金道教文章的渗透和影响之元素，但另一方面，骈散两体的有机结合，各自优势被充分重视和展现，两种传统文体的优秀部分被统一和充分弘扬，在辽金道教文章创作中亦成为一种普遍态势，成为引领此时道教文学的新方向。这种现象在辽金两代的道教宫观志记、道教人物墓碑志表、道教神仙游记等体裁中最为突出。尤其是当时著名文人、朝廷高官如王鼎、王寂、党怀英、赵秉文、王若虚、李纯甫、刘祖谦、元好问、王鹗、杜仁杰为道教著名建筑、高道真

---

[1] 《全辽金文》，第 3628—3629 页。

[2] 《金文最·序》。

[3] 《全辽金文》，第 3000 页。

人写的宫观记、墓志铭、墓表文、碑文、墓碣等，其骈散结合之文体所反映的写作水平之高，所揭示的文人与道教关系之密切以至文道互动对于文学与道教发展所产生的历史推动作用，所提供的文学文献和道教文献而形成的文献价值以至成为当代文学研究和道教研究重要的文献依据，都是必须肯定的。如王寂的《祁县重修延祥观记》，王若虚《太一三代度师萧公墓表》、《清虚大师侯公墓碣》、《茅先生道院记》，元好问《紫虚大师于公墓碑》、《冲虚大师李公墓铭》、《通真子墓碣铭》、《通玄大师李君墓碑》、《太古观记》、《紫微观记》、《清真观记》等等，卿希泰先生在研究辽金道教发展史时，都以这些文章作为重要的文献依据。至于它们骈散结合的文体形式，主要表现在以下几个方面：

一是开篇数句为散句，继之以两个或以上的偶句，这种形式为单加偶起首式，如米孝思《重建孙真人祠记跋》即是此种形式。此文叙述重建孙真人祠观之经过，孙真人乃初唐著名高道孙思邈，后人为之建宫观庙宇以示纪念，又作为祈雨求阳之场所，该文写此的开首式为：

真人生于华原，以硕德隐操，显于隋唐间。其丰功厚利，拯济群生者，于今六百年矣。

虽飞升之久，而一方有雨阳之求，则昭应也如响；病者有药饵之请，则对症而受赐。[1]

这种结构过渡自然，由散入骈巧妙自如，结合默契，毫无阂隔突兀之病，可谓两体相得益彰。

二是文章中部为骈体，首尾两端为散体，这种形式为散加骈加散的三层结构式。这在辽金两代关于宫观记、墓志铭、碑文、墓表、墓碣中最为广泛运用，更显骈散结合的高度自由，由于此类文章大多篇幅较长，不便引用，这里只摘引一些好的骈骊句子。李俊民《重修王屋山神霄宫阳台宫碑》写及道观阳台宫重修之状有骈句云："不募而役集，不鸠而材具。变污以洁，易故而新，宏大殿堂，修直廊庑，复灵官之位，引斋厨之次。接遇则有宾馆，招纳则有道院。其用简，其功速，旋天关，回地轴。"[2] 句式对偶丰富多样，三字对，四字对，五字对，六字对，整齐而又参差，错落而又严整，对之则严，变之则松，运用自如而属对工整。又著名全真道士秦志安（丘处机高足）《创建元都清虚观记》云："起三清之邃宇，建五祖之华堂。香厨密荟于瑶瑯，云室馨含于芝术。药灶隐静庐之胁，丹炉连方丈之阴。竹隐轩风，松筛径月。焕丹青于列圣之像，灿金碧于群仙之容。虽陶隐居之华阳洞天，潘师正之逍遥道院，何以如此。"[3] 长句之对，在辽金道教骈文中，实为罕见，而此文对仗工整，又多道教事典，非常"专业"。考辽金道教宫观记，著名文人元好问所作最多，且有关道教人物之墓志也最多，其中骈骊句亦精炼超群，文章宗法欧苏，"落落大方，殊有风气"[4]。如《紫微观记》中有句："始欲为高而终为高所卑，始欲为怪而卒为怪所溺"，"本于渊静之说，而无黄冠禳祓之妄；参以禅定之习，而无头陀缚律之苦。"[5] 又《紫虚大师于公墓碑》中有句："悠然而风鸣，泛然而谷应"，"按天籁以宫商，责混沌之丹青"。[6]

三是篇末为骈体加散体的结尾式，如李俊民《重修王屋山阳台宫碑》之结尾为：

有竹林高致，不啸傲升平；有盘谷雅尚，不轻期富贵。味老子五千言，不读非圣书；悟广成长生说，不作矫俗事。龙伯钓后，长愁海上之鳌；子晋归时，难驻云间之鹤。大朝巳亥岁三月二十二日壬辰，登真于云岳观，春秋八十有八。其徒曰定、曰忠、曰祥、曰玄、曰温，索余文其碑，故欣然书之以示来者。[7]

[1] 《全辽金文》，第 1601 页。

[2] 《全辽金文》，第 2549 页。

[3] 《全辽金文》，第 2817 页。

[4] 李慈铭：《越缦堂读书记遗山集》。

[5] 《全辽金文》，第 3217 页。

[6] 《全辽金文》，第 3123 页。

[7] 《全辽金文》，第 2550 页。

骈骊之句清新可读，风格自然天成，用典同样为道教内神仙人物、事件。

终辽金两代之道教文章，骈骊之文虽不能抗衡散体，但在上述三个方面亦努力与散文争一席之地，作家们试图将骈体的优秀元素渗透到整个文章创作领域中去，其努力的成果一是丰富了文章创作的实绩，二是放宽了骈文理论的界定范围，尤其是对于骈文特质的再认识，使这种特质的内涵与外延更具有伸缩性和包容性，这种理论倾向当然也有它的负面作用，那就是让一些作家乘机对骈文持反对甚至否定态度，如著名道教文章家范圆曦在给全真七子之一的郝大通之文集《太古集》所作序言中就提出："至人达观，物无不可，故词旨所发，务以明理为宗，非必骈四骊六，抽青配白，如世之业文者以声律意度相夸耳。"[1] 这种全盘否定之态当然是不足取的。

---

[1] 《全辽金文》，第 1669 页。

论清代常州骈文与古文的文体互参及开创意义

倪惠颖

（江苏省社会科学院）

清代常州派跨越学术、词、骈文和古文[1]诸多领域，各个不同领域的思想和成果相互碰撞、互渗和交融，形成常州地域文化特富创新的内在机制。这其中尤以常州骈文和古文的文体互参为显例。乾嘉时期常州的骈文和古文在通过邵齐焘、洪亮吉、孙星衍、李兆洛等常州老辈和后起之秀的一代代努力和累积之后，在创作和理论上真正实现古文和骈文双向文体互参的巨大成就，清代中期常州以一地之域先后在骈文和古文的领域开宗立派，一为常州骈体文派，一为阳湖古文派，在清代文章学史上以不骈不散之文的实践，特具开创意义，大大提高了古文和骈文的表现力，引领一代文章风尚。

一、骈文参体古文：邵齐焘取"晋宋"之美与清代骈文风骨之初立

就骈文而论，明清之际，宜兴陈维崧、江都吴绮、钱塘章藻功即以骈文创作实绩为清代骈文复兴导夫先路，陈维崧更被吴伟业推为清初四六家"第一"[2]，然而，作为清初骈文三大家，他们并没有彻底摆脱晚明以来以云间派为代表的"俗格"[3]，如《四库全书总目》所言："为四六之文者，陈维崧一派以博丽为宗，其弊也肤廓。吴绮一派以秀润为宗，其弊也甜熟。章藻功一派以工切细巧为宗，其弊也刻镂纤小。"[4]所谓"滑熟"、"伪体"、"肤廓"等在某种程度上都可归为"俗调"，其弊都在于不能化古为雅，推陈出新，自南宋以来，受应试科举文及学养匮乏、应酬交际等因素的影响，无论古文还是骈文都表现为格调不高，风骨匮乏，尤其骈文，相较古文处于更劣势的地位，所以历三载整理刘师培遗书的山西学者南桂馨说"文士所奉为圭臬者，仍在散不在骈"[5]，但至乾嘉时期，在朴学思潮的带动下，骈文复兴，尤以常州派为先为著，南氏称"骈文至常州经儒，风骨始遒"[6]，正揭示常州派在清代骈文复兴中的标志性意义，邵齐焘、洪亮吉、孙星衍、杨芳灿等一大批常州派士人以经儒而为骈文之能事，在清代骈文复兴之初即以流派的集群范式一改骈文绮靡缛采、流于俗调的通病。

乾隆初期的邵齐焘（1718—1769）和刘星炜（1718—1772）为继清初陈维崧以来常州派最有力的代表人物，两人俱功名早达，出身翰林，为乾隆初期台阁大雅之文的代表，王昶《长夏怀人绝句》称："台

[1] 按：通常称为阳湖古文派。

[2] 《冒无誉诗集序》评语，《陈迦陵俪体文集》卷四，《四部丛刊初编》本。

[3] 南桂馨《刘申叔先生遗书序》称："同时云间、西泠倡导骈文，犹多俗格。"（《刘申叔先生遗书》卷首，江苏古籍出版社1997年版）。

[4] 《四库全书总目》别集类存目《玉芝堂集提要》，中华书局1965年版，第1682页。参见曹虹、陈曙雯、倪惠颖：《清代常州骈文研究》，第60页。

[5] 南桂馨：《刘申叔先生遗书序》，《刘申叔先生遗书》卷首，江苏古籍出版社1997年版。

[6] 南桂馨：《刘申叔先生遗书序》，《刘申叔先生遗书》卷首，江苏古籍出版社1997年版。

阁文章自一家，岂容下里竞皇夸。谁知刘邵当时重，制诰才封众口夸。"[1] 统观两人文集，台阁大雅之文均为主体。自康熙以来的博学鸿词特科虽然仅有两次，但其引导文风的指向意义显然大于其本身吸纳科举遗才的旨意。乾隆六下江南，南巡献赋成为通例，乾隆初期学者齐召南《本朝馆阁赋序》称："我朝重熙累洽，久道化成，比自天子南巡，亲召试献赋行在之士，拔其尤授中书舍人，次亦赍以文绮，士益淬厉为古学，其蒸蒸然以起者，人握随侯之珠，家怀荆山之璧，炳然与三代同风，胡汉人之足言哉！"[2] 在翰林馆阁内部，词臣亦可藉显示自己的赋才提高声誉，据称："君既入词馆，明年驾幸翰林院，赐宴仿柏梁联句与焉，寻献《东巡颂》，原道敷章，研神播采，扬班之亚也。群公器之，争欲致君门下。"[3] 《东巡颂》是邵齐焘庙堂文章的代表作，被曾燠选入《国朝骈体正宗》，颇有汉赋风采。在朴学思潮还未开始的乾隆初期，以赋体为代表的骈文写作及应用被纳入博学鸿词的视野[4]，与"淬厉为古学"相生相衍，客观上提高了骈文的品格和地位，得到士人的普遍认同，"炳然与三代同风，胡汉人之足言哉！"论者越过汉大赋，将清初馆阁大雅之赋与"三代"之文接续，以愈古愈尊的古典美学标准衡量，当时以赋体及骈文为主体的馆阁文学地位非常高，在清代士人骈文总集还未出现之前，《本朝馆阁赋》等馆阁文学总集先行出现，前文所引王昶就邵齐焘和刘星炜馆阁文学的绝高评价，正反映了当时博学鸿词视野下以馆阁大雅之文为主的赋及骈文在当时的实际地位。

以骈俪为主的赋体写作为馆阁词臣的职事，这些赋颂一般篇幅较长，相较一般抒情言志的骈文，对作者学养兼才情的笔力要求特高，作为乾隆初期这方面的大家，邵齐焘、刘星炜努力摸索探求，不仅创作成果斐然，而且在赋及骈文写作理论上亦独有心得。与邵、刘同辈的彭启丰为邵齐焘文集作跋称：

> 庙堂之文，发源三代，诗书所载，云汉为章，其弗可及已。汉代相如、子云、孟坚之徒，推波助澜，扬葩吐芬，往往文胜而质衰，讽一而劝百，然其善者类能宣上德、通下情，不远乎典谟雅颂之旨，故足贵也。自兹以往，风气代变，晋宋之际，骨干尚存；齐梁而下，绮靡日甚。至于李唐，并推燕许，为能以博大之气摅富丽之辞，光华炳然，雄视一世。后之作者，互有师承。八家代兴，诸体渐废。我朝文教跨越前古，腾芳艺林，擅声馆阁者多矣。而吾独有味乎荀慈之文也，其论古人有云"于绮藻丰缛之中存简质清刚之制"。观其所作，诚践斯言，华不失实，炼不伤雅，洵足上追李唐，远攀晋宋者歟。[5]

"于绮藻丰缛之中存简质清刚之制"语出邵齐焘晚年答朋友王太岳的书信，原文为："平生于古人文体，尝窃慕晋宋以来词章之美，寻观往制，泛览前规，皆于绮藻丰缛之中，能存简质清刚之制，此其所以为贵耳。"[6] 成为清代核心的骈文理论之一，对当时及后世影响都很大。"绮藻丰缛"与"简质清刚"，"华"与"实"、"炼"与"雅"都是相对相成的美学标准，邵氏力图调和，取其中庸，以达到兼顾骈文风骨和文采的美学效果。

至于"风骨""文采"相调和的文学理念则始于刘勰《文心雕龙》，其《风骨》篇云：

> 用以怊怅述情，必始乎风，沉吟铺辞，莫先于骨。故辞之待骨，如体之树骸；情之含风，

[1] 王昶：《长夏怀人绝句·常州刘侍郎映榆常熟邵编修叔勉（齐焘）》，《春融堂集》卷二四，清嘉庆十二年塾南书舍刻本。

[2] 《本朝馆阁赋》齐召南《序》，叶抱崧、程洵等辑《本朝馆阁赋》卷首，清乾隆刻本。

[3] 郑虎文：《翰林院编修叔八邵君墓志铭》，《吞松阁集》卷三四，清嘉庆刻本。

[4] 参见曹虹、陈曙雯、倪惠颖：《清代常州骈文研究》第二章第三节中"学风丕变与文尚闳丽的大环境"的论述。

[5] 彭启丰：《跋邵荀慈集》，《芝庭诗文稿》文稿卷八，清乾隆刻增修本。

[6] 邵齐焘：《答王芥子同年书》，《玉芝堂文集》卷五，《四库存目》第281册，第504页。

犹形之包气。结言端直，则文骨成焉；意气骏爽，则文风清焉……故练于骨者，析辞必精；

深乎风者，述情必显。捶字坚而难移，结响凝而不滞，此风骨之力也。[1]

刘勰历经齐梁陈三代，对当时流行的绮靡文风深为不满，此为刘氏创立"风骨"说的时代背景。"风骨"又与文采紧密相关，所谓："若风骨乏采，则鸷集翰林；采乏风骨，则雉窜文囿；唯藻耀而高翔，固文笔之鸣凤也。"文采过度或不足都会影响到风骨的整体表现，故后世虽于"风骨"释义分歧较多，但不妨将其视为刘勰对于一切文学形式包括骈文所提出的普遍的美学要求，即文学对于人事充满生命力又富于美感的有力表现，具体到诗、词、古文或骈文本身，因文体语境不同，其侧重点亦当有别。就骈文这一体裁而论，极具敷藻铺采、调声谐律的声色美即特殊的文采是骈文区别于古文的标志，在这方面的极力追求最终导致齐梁时期骈文大多绮靡、骨弱的问题，即文采过度而风骨不足，后世欲复兴六朝之骈文，首先即要规避骈文的这一先天的体制上的弱点，邵齐焘提出这一理论之前，清初的骈文家就此已有比较清醒的认识，乾隆十四年（1749）吴宽序金兆燕《棕亭骈体文钞》即曰："窃谓文有风骨，骈体尤尚。盖体密则易乖于风，辞缛则易伤于骨。能为其难，则振采弥鲜，负声有力。"[2]"振采弥鲜，负声有力"，恰与《文心雕龙·风骨篇》"若丰藻克赡，风骨不飞，则振采失鲜，负声无力"形成对照。吴氏更进一步赞美金兆燕骈俪文"意气骏爽，文风清焉；结言端直，文骨成焉"，此亦承《文心雕龙·风骨篇》而来，即上述所引"结言端直，则文骨成焉；意气骏爽，则文风清焉"，仅上下句的顺序略有变化。相较"风骨"的抽象演绎，刘勰所提出的"汉魏风骨"之说对象更加明确，并在后世文学史的建构中被不断经典化，在唐初诗歌及中唐古文运动的重大文学转换中起到重要的美学示范作用，"汉魏风骨"几乎成为"风骨"的代名词在诗歌和古文的领域被广泛接受，"风骨"这一美学标准因而带有了更偏向刚健简质的阳刚气度。而"风骨"之于骈文的意义因着中唐以后骈文创作的渐行衰落而被忽视，随着晚明以及清初以来骈文创作的不断积累，如何处理骈文因文采过度而导致的风骨不振遂为欲复兴骈文的创作者及理论家重视。

颇有意味的是，在清初的诗古文领域，王夫之以遗民身份对诗古文一味追求"风骨"而流于粗豪、喧薄之气予以否定，称："俗所谓建安风骨者，如鳝蛇穿堤堰，倾水长流，不涸不止而已。"[3]他不但对深于风骨的曹植、王粲、陈子昂等的诗都有批评，而且对明代流行的诗文复古派更是痛加贬斥："总由怒气嚣张，傲僻嗤绞，假建安以护过之名，标风骨为大雅之迹。则历下以效古者戕贼古音，过实不可辞也。"[4]偏执于"风骨"之一端，在文采上难以辉光，也就会因文采不足而影响到"风骨"，即"风罢风，骨白骨"[5]。故王夫之从诗古文易偏执于"风骨"出发，肯定齐梁文章风采，称"文笔两途，至齐而衰，非腴泽之病也。欲去腴泽以为病，是涸天之雨，童地之山，髡人之发，存虎之鞟焉耳矣。文因质立，质资文宣，衰王之由，何关于此？"[6]认为齐梁文章之弊不在绮藻丰丽的文采本身，而在于"正苦体蹢束而气不昌尔"[7]。关键是齐梁文章的气不足以驾驭文采。这一论断不惟超越古文家对于齐梁骈文的评断，亦超越清初骈文家自身对骈文的理解，王氏特以诗古文家的视角而为齐梁骈文文采正名，特别强调骈文应具与诗古文辞相通的昌明之气，并以之驾驭骈文特有的绮丽文采，虽然

---

[1] 黄叔琳注，李详补注，杨明照校注拾遗：《增订文心雕龙校注》卷六，风骨第二八，中华书局2000年版，第388页。

[2] 《棕亭骈体文钞》卷首，《续修四库全书》第1442册，第275页。

[3] 王夫之：《古诗评选》卷一，袁淑《效子建白马篇》评语。

[4] 王夫之：《明诗评选》卷四，王穉登《古意》评语。

[5] 王夫之：《明诗评选》卷六，贝琼《送王克让员外赴陕西》评语。

[6] 王夫之：《古诗评选》卷五齐竟陵王冠萧子良《登山望雷居士精舍同沈右卫过刘先生墓下作》评语。

[7] 王夫之：《古诗评选》卷五齐竟陵王冠萧子良《登山望雷居士精舍同沈右卫过刘先生墓下作》评语。

立足点还在诗古文辞，但对后世文章特别是骈文创作颇富启发意义。

合而观之，散体古文与俪偶骈文是"文笔两途"之后产生的文章内部的体制分离，作为清初诗古文家的王夫之与作为乾隆初期骈文家的邵齐焘基于此均自觉意识到受骈散分离影响这两种文体带有的先天的自限性，即古文更偏于风骨，易受风骨限制而缺乏文采与蕴藉之美，而骈文更偏于文采，易流于骨气不植。无论古文抑或骈文，欲达到创作上风骨与文采兼备，即刘勰所说"唯藻耀而高翔，固文笔之鸣凤也"的境界，则需打通文笔视野，以彼之长补己之短，王夫之和邵齐焘共同把眼光瞄准了骈散分界不明的晋宋时期，王称"必不使晋宋诗人与齐梁同称'六代'"[1]"静善不佻达，犹存晋宋风旨"[2]"神清韵远，晋宋风流"[3]，邵齐焘亦独推"晋宋以来词章之美"，两人均称颂骈散不分、声律未严之前文笔尚未判然两分的晋宋词章。故至乾隆时期，诗古文及骈文经过历代漫长的正价或负价的创作和理论积累，各自的优长及弱点均已显露并被有识见的诗古文家或骈文家认知，其实，以散运骈或是以骈植散不过是清代文章学的一体两面，在沟通骈散的过程中，体现了双方对各自文体弱点的积极规避，以实现风骨和文采的有机统一。

邵齐焘"皆于绮藻丰缛之中，能存简质清刚之制"的理论内涵亦当在上述清初以来骈古文交错的视野中去理解，基于此，同辈好友郑虎文这样称颂邵齐焘的骈文创作："其学于古也，而揉之，去故遗迹，咀含浸淫，渗漉衍溢，乃大昌于辞，而惟自其已出，今古骈散，殊体诡制，道通为一。"[4]邵氏得古典诗古文传统"文以气为主"的启发，首先明确提出以诗古文"简质清刚"之气以驭骈文特有的充足富丽的文采，正如郑虎文所言，已初步有了打通骈古文界限的视野。另一方面，邵氏取法晋宋文章之美，在破体骈文上仍持谨慎克制的态度。邵氏所谓"晋宋"当指东晋与刘宋，这一时期的文章相较于汉魏之文，更多文采，与齐梁之文相比，又多了几分"简质清刚"的散体气质。晚清广雅书院山长朱一新即将自汉至六朝的文章细分为不同时段，称"汉文为骈俪之祖，崔蔡诸公，体格已成。建安近东汉，西晋近建安，故魏晋自为一类，东晋与刘宋自为一类。永明以后益趋繁缛，至萧梁诸帝王之作，而靡丽极矣"[5]，并概括出不同阶段文章的总体风格，即"东汉清刚简质，适如东京风尚。建安藻绘而雄俊，魏武偏霸，才力自与六代不同。晋、宋力弱，特多韵致，亦由清谈之故。其体较疏，犹有东汉遗意"[6]。晋宋文章虽然褒有东汉文章"清刚简质"的风骨遗意，但这一风骨表现显然没有汉魏文章充足，大体偏于韵致，邵齐焘在对古典的考察中选择"晋宋"作为其骈文美学标准的理想时段，以与诗古文界常以"汉魏风骨"作为美学标准区分开来，表明邵氏在骈文破体上持谨慎立场，所以其"简质清刚之气"不同于汉魏文章慷慨淋漓之气，而是有着适用于骈文情感向内延转的内敛本色。与邵齐焘同辈的刘星炜并以"清转华妙"之说承其骈文理论。可见，清代常州骈文复兴先驱在破体创新的探索上，首先注意到骈文气萎的弱点，他们对骈文"绮藻丰缛"的文辞特色并无异议，且持肯定态度，而均倾向于以接近于诗古文却不偏离骈文内敛本色的清健之气以济骈文，从而提高骈文的气格和品位。邵、刘二人的着眼点均在补充完备骈文的气骨，并不专注于文章形制的以散济骈，然而骈俪排偶中夹杂散行却是以古文之气以济骈文在文辞上的自然呈现。邵齐焘的骈文成就很大，以其理论为指南的骈文创作成功地矫正了清初骈文三大家的俗弊，其尝试有节制地以古文之气以济骈文，树立了骈文的内在风骨，对常州骈文乃至清代骈文走向道古复兴之路以及骈散兼济之路有着先驱导向的意义。正是在这一点上，后世史家认为常州乃至清代骈文的复兴始源自邵氏，《四库全书总目》云："齐焘欲矫三家之失，故

---

[1] 王夫之：《古诗评选》，文化艺术出版社1997年版，第225页。

[2] 王夫之：《古诗评选》，文化艺术出版社1997年版，第241页。

[3] 王夫之：《古诗评选》，文化艺术出版社1997年版，第109页。

[4] 钱林：《文献征存录》卷七，清咸丰八年有嘉树轩刻本。

[5] 朱一新：《无邪堂答问》卷二《答问骈体文》，中华书局2000年版，第90页。

[6] 朱一新：《无邪堂答问》卷二《答问骈体文》，中华书局2000年版，第90页。

所作以气格排奡、色泽斑驳为宗，以自拔于蹊径，而斧痕则尚未浑化也。"[1]骈文史学者金钜香称："邵齐焘气独遒古，有正宗雅器之目。尝谓清新雅丽，必泽于古，非苟且牵率，以娱一世之耳目者，骈体之尊始此。刘星炜、孔广森、孙星衍、洪亮吉、曾燠辈继之，其旨益邈。"[2]

二、激发性情的通才之文：洪、孙树帜与骈、古文互参

常州骈文派树帜的一个重要标志是"洪、孙"并称[3]，特别是洪亮吉，骈文创作成就巨大，为常州派一代骈文宗师，在清代骈文史上和汪中双峰并峙。袁枚称颂洪亮吉《卷施阁文乙集》"文之渊雅，气质之深厚，世皆能知之"[4]，通检其骈文，无一篇语涉浮艳，格调遒古，呼应于邵齐焘而又能青出于蓝。吴鼐在《卷施阁文乙集题辞》中称颂洪亮吉云：

> 具兼人之勇，有万殊之体，篇什独富，其惟稚存太史乎？太史志行气节，儒林引重，余读《卷施阁乙集》，朴质若中郎，遒宕若参军，肃穆若燕公，盖其素所蓄积，有以举其词。刘勰谓英华出于性情。[5]

洪亮吉的骈文几乎涉及各种题材和体裁，且文气充沛、词旨渊雅，与青年时期常州龙城书院的恩师邵齐焘以及同乡前辈刘星炜不同，他将立足于台阁大雅及应酬的乾隆初期的骈文推向更广阔的表现领域，其骈文中所蕴含的过人性情更接近于布衣精神[6]，他甚至以骈文尝试经世切用的表达，如论学等，虽然有些尝试不一定成功，但总体上使骈文的表现域近乎古文辞，而在辞章之美上，又胜于古文辞。

洪亮吉以其博学宏才已然跳脱骈文或古文的藩篱，并且有着更进一步的宏通视野，相较邵齐焘骈文或"斧痕尚未浑化"，对古人主取"晋宋"之美，他不汲汲于文章内部的泽古取径，强调文章与经术合一，称："西汉文章最盛，如邹、枚、严、马以迄渊、云等，班固不区分别为立传，此文章所以盛也。至范蔚宗始别作《文苑传》，而文章遂自东汉衰矣。"[7]这里的"文章遂自东汉衰"并非从文体立论，而是将儒林而兼文苑作为文章创作和兴盛的根本。可作为阐发的是，苏完恩在《洪北江先生遗集序》中云：

> 我朝正学昌明，人文蔚起，江南尤其渊薮，儒林文苑代有其人。乾嘉间，诸老辈各树坛坫，后先相望，而常州之学尤甲海内，如张氏惠言之治郑、虞《易》，刘氏逢禄之治公羊《春秋》，皆卓然一家之言也。然文章经术二者难兼，开诸家之先，而兼擅其胜者，其洪北江先生乎！先生少孤，力学，自为诸生时，其诗文已风行海内。及居朱竹君学使幕府，与邵二云、王伯申诸先生交，乃更从事诸经正义及《说文》《玉篇》之学，而诗文益日以进。已而入玉堂，直三天，奉使黔中，观山川之雄秀，览人物之瑰奇，诗文益恣肆……盖先生于声音训诂及古今地理之学，尤所长也。统观先生之书，洵乎经术文章，两擅其胜者矣。[8]

---

[1] 永瑢等撰：《四库全书总目》卷一八五《玉芝堂集提要》，中华书局1965年版，第1682页。

[2] 金钜香：《骈文概论》，商务印书馆1934年版，第126页。

[3] 曹虹、陈曙雯、倪惠颖：《清代常州骈文研究》第四章"'洪、孙'并称与常州派的树帜"，江苏人民出版社2010年版。

[4] 洪亮吉：《卷施阁文乙集序》，《洪亮吉集》第一册，中华书局2001年版，第265页。

[5] 吴鼐：《吴学士诗文集》诗集卷一五，民国求恕斋丛书本。

[6] 曹虹先生在《集群流派与布衣精神——清代前期文章史的一个观察》就清代前期文章的"布衣精神"予以论述。（《苏州大学学报》2012年第6期）对常州派而言，其为文的布衣精神更多表现为超越道统，直抒性情。

[7] 洪亮吉：《北江诗话》卷一，《洪亮吉集》，第五册，第2243页。

[8] 洪亮吉：《洪北江先生遗集序》，《洪亮吉集》第五册，中华书局2001年版，第2399页。

乾隆三十八年（1773）四库馆开，朴学思潮迅速风靡全国，所谓"家家许郑，人人贾马，东汉学灿烂如日中天"[1]，当时汉学经儒多为考据文章，但一些人特别是由文章家转为考据的经儒并未放弃骈文和诗古文的创作，这一点在常州经儒身上体现非常明显，扬州学者汪中在给同乡刘台拱的信中写道：

> 中至江以南，所见材俊之士以常州为最：此时秀出者约四五人，惟是以作诗为性命，而以袁枚为宗师，毁誉从违，惟其所向，可不谓'秦无人'乎？扬州一府，若足下，若怀祖，若中，虽所造不同，然皆通经术，立名节，在忧民之心，于势分声名绝无依附，亦可谓豪杰之士矣。"[2]

此信写于乾隆四十一年（1776），朴学之风已然兴起，洪亮吉、黄景仁、杨芳灿、孙星衍等常州一时青年才俊均得到当时江南文学领袖袁枚的欣赏，另一方面，他们中又有人与汪中同幕于朱筠幕府始从朴学，虽然因资性不同，他们在经术和文章的去取之间，或有分别，成就也不一样，但洪亮吉以其惊人的努力和才情打通经术和文章，成为最早实践"瑰辞朴学"[3]的常州士人代表，在其于常州后辈的典范意义上甚至重塑了常州文化，即兼顾学术创新和文学创作的通人之境，常州派于有清一代，无论学术、古文、词和骈文均能独树一帜，独具开创性，其根基即在于学术和文学创新的通人视野。

洪亮吉性情过人，同乡后辈恽敬《前翰林院编修洪君遗事述》称："君长身火色，性超迈，歌呼饮酒，怡怡然。每兴至，凡朋侪所为，皆掣乱之为笑乐。而论当时大事，则目直视，颈皆发赤，以气加人，人不能堪。"[4]他的为人气质代表了乾嘉时期常州士人群体不协于俗的个性，在和珅当政、士气委顿的时期，常州士人群体被称为"戆翰林"[5]，以洪亮吉、孙星衍为代表的常州籍的翰林自觉保持刚直不迁的人格，不与和珅妥协，洪亮吉后来的冒死主谏，正是这种"戆翰林"气质的集中表现。基于这种刚正不阿的群体人格精神，洪亮吉为文主性情、真气[6]，在此基础上，提出"至诗文讲格律，已入下乘"[7]，与邵齐焘取于"晋宋"之美不同，洪亮吉因刚直深挚的性情和融天下学术文章于一身的通达视域，其骈文的骨力要比邵齐焘刚健，好友赵怀玉称："君厚于天禀，情性过人，然明好恶，别是非，无所回护，议论激昂，亢爽有古直者之风，诗文涉笔有奇气，举世称之。"[8]谢无量称："洪文疏纵，汪文狷洁，然或又以汪洪并称，汪不逮洪之奇，洪不逮汪之秀。综观清代骈体，或无出汪洪之右者也"[9]。"奇"的美学风格评价显然更偏向刚健风骨一路，这与前文所指"文之渊雅，气质之

---

[1] 梁启超：《清代学术概论》，东方出版社1996年版，第74页。

[2] 刘文兴：《刘端临先生年谱》乾隆四十一年二十六岁条，《国学季刊》第三卷第二号，民国二十一（1932）年六月。

[3] 陆继辂《上孙抚部书》称李兆洛、丁履恒、庄绶甲、董士锡等人为"瑰辞朴学"。（陆继辂：《崇百药斋续集》卷三，参见曹虹：《阳湖文派研究》，中华书局1996年版，第82页。）

[4] 恽敬：《前翰林院编修洪君遗事述》，《洪亮吉集》第五册，中华书局2001年版，第2372—2373页。

[5] 刘禺生：《世载堂杂忆》"和珅当国之戆翰林"条，中华书局1960年版。

[6] 洪亮吉称："诗文之可传者有五：一曰性，二曰情，三曰气，四曰趣，五曰格。诗文之以至性流露者，自六经四史而外，代殊不乏，然不数数觏也。其情之缠绵悱恻，令人可以生，可以死，可以哀，可以乐，则《三百篇》及《楚辞》等皆无不然。河梁、桐树之于友朋，秦嘉茵糵之于夫妇，其用情虽不同，而情之至则一也。至诗文之有真气者，秦、汉以降，孔北海、刘越石以迄有唐李、杜、韩、高、岑诸人，其尤著也。"（洪亮吉：《北江诗话》卷二，《洪亮吉集》第五册，中华书局2001年版，第2257页）

[7] 洪亮吉称"至诗文讲格律，已入下乘。然一代必有数人，如王莽之摹《大诰》，苏绰之仿《尚书》，其流弊必至于此。明李空同、李于麟辈，一字一句，必规仿汉、魏、三唐，甚至有窜易古人诗文一二十字，即名为己作者，此与苏绰等亦何以异！本朝邵子湘、方望溪之文，王文简之诗，亦不免有此病，则拘拘于格律之失也。"（《北江诗话》卷二，《洪亮吉集》第五册，中华书局2001年版，第2257页）

[8] 赵怀玉：《皇清奉直大夫翰林院编修洪君墓志铭》，《洪亮吉集》第五册附录，中华书局2001年版，第2363页。

[9] 谢无量：《中国大文学史》第五编第三章"乾嘉文学"第四节"骈文及词体"，中华书局1928年版，第623页。

深厚"，"格调遒古"互见，好友王昶称洪亮吉"作文具体魏晋"[1]，晚辈陈文述称洪亮吉"文章魏曹植"[2]，"东南作者于今盛，力扫轻浮此大家。直以高文继曹植，况闻博物并张华"[3]。在汉魏文章家中，曹植为文较多地使用骈俪对偶之句，对齐梁骈文的形成和盛行有着一定的影响，钟嵘的《诗品》称赞曹植"骨气奇高，词采华茂，情兼雅怨，体被文质"，并称："陈思之于文章也，譬人伦之有周孔，鳞羽之有龙凤，音乐之有琴笙，女工之有黼黻。"以魏晋时期曹植的文章拟于洪亮吉，既表明洪亮吉骈文以散运骈、风骨和文采高度统一的境界，也揭示了洪亮吉在文章学领域的绝高地位。

孙星衍的骈文作品鲜少流传下来，但他的骈文和理论还是产生了一定的影响，"洪孙"并称几乎成为后来常州派骈文的代名词。他与洪亮吉相辅相成，立足于骈文风骨的建立，提升骈文品格至与古文辞颉颃的地位。首先，他认识到单纯的排比对偶的语言形式"易伤于辞"，提出"叙次明净，锻炼精纯"，这其实与其好友孔广森"骈体文以达意明事为主"[4]的立论相似，孔氏称"六朝文无非骈体，但纵横开阖，一与散体文同也"，以散体之文气和文辞参济骈文，摆脱骈文无用及易溺于辞采泥沼的境地，赋予骈文以古文的表现力，即所谓"激发性情与雅颂同，至于揽物起兴，似赠如答，风云月露，华而不缛，然后其体尊，其艺传"[5]。

洪亮吉、孙星衍以及朴学思潮时期如孔广森、汪中等通才即儒林而兼文苑的骈文作者，较之早期的邵齐焘和刘星炜等，更坚定地把骈文和古文联接起来，力图将骈文的表现力和格调提高到与古文一致的地位，打通骈散、以散济骈则是达到这一目的的必要手段。而就地域和流派而言，常州通才作家以洪、孙为代表，形成一个在当时全国来讲独一无二的骈文创作群落，虽然还没有明确的流派意识和统一的理论主张，但他们以强大的骈文创作实践完成了常州派经典范式的建立，并以群体的形式树立了骈文风骨，提高了骈文品格和地位，在当时古文衰落乏力、以姚鼐为代表的桐城派还未崛起的形势下，使骈文的声势甚至超过了古文，若如南桂馨所言，直至清初，"文士所奉为圭臬者，仍在散不在骈"，那么，在朴学思潮刚刚开始的乾隆中后期，"文士所奉为圭臬者"，大概已不在散体，以常州派为代表的汉学经儒跨越唐宋，将骈文的源头上溯至汉魏，在骈文创作的资取上泯灭骈散之迹，以通才的视野和能力进行骈文创作，这是当时拘于道统、流于矫情的古文家所不可企及的，南氏所言"骈文至常州经儒，风骨始遒"，对于常州士人群体之于这一风气的转变作用以及他们对于清代骈文真正复兴的引领及标示意义，都是一个很好的概括。

常州派在擅手骈文并推动清代骈文复兴的同时，并未忽略对衰落的古文的探讨与创作，这也是他们通才的文章视野的自然流露。这一时期，除了骈文大兴之外，汉学主流的考据之文铺天盖地，古文受排挤衰微，姚鼐从四库馆出走即是一个信号。章学诚曾在答友人沈枫墀的私人书信中就清初以来不同阶段古文兴衰情况进行梳理[6]，章氏从传统意义上将文视作古文辞，并不包括骈文，从史学派的立场出发，其古文辞更偏于叙事记传之文，虽然如此，并不妨碍他对清初以来古文辞兴衰及缘由的大体阐述，令人豁然。章氏提出，清初以博学鸿词取人不仅有利于骈文，而且有利于古文的创作；"自雍正初年至乾隆十许年"，八股时文大行其道，古文近乎淹没不闻。更应引起注意的是，章氏对于乾隆中后期朴学思潮兴起之后文章创作大势的评断，撮其大意，即骈文的兴起和考据之文的风靡。至于古

[1] 《洪亮吉集》引《湖海诗传》，《洪亮吉集》第五册，中华书局2001年版，第2396页。

[2] 陈文述：《吴山尊吉士（嵩）席上赠洪稚存太史》，《颐道堂诗选》卷一古今体诗，清嘉庆十二年刻道光增修本。

[3] 陈文述：《兰陵吊洪稚存先生》，《颐道堂诗选》卷六古今体诗，清嘉庆十二年刻道光增修本。

[4] 孙星衍：《遗郑堂遗文序》，孙星衍撰、王重民辑《孙渊如外集》卷四，民国二十一年刊本。

[5] 吴嵩：《吴学士诗文集》文集卷四，清光绪八年江宁藩署刻本。

[6] 参见章学诚：《答沈枫墀论学》，《章学诚遗书》卷九，文物出版社1985年版，第85页。

文辞，不仅"议之者鲜"[1]，而且"为之者鲜"[2]。章学诚论古文辞亦注意到"考订"、"辞章"、"义理"的结合，较之姚鼐或意义偏向不同，但均注意到在考据风气大行的环境下古文辞如何预流却又不被时风所拘的问题。这时专门致力于古文辞的作者虽还未成气候，但立足骈文家身份而兼作古文的作者却并不鲜见，如汪中、洪亮吉、孙星衍等，他们虽未被章学诚纳入以史为宗的古文家的范畴，也并不是当时人们心目中理想的古文家，但其古文成果及古文理论却能自成一体，与史学派和考据派的古文辞不同，亦超越了一般追绪道统的辞章意义上的古文辞，即与桐城派不同。

张之洞《书目答问》把洪亮吉归为经学家、史学家、小学家、骈体文家，所跨领域不惟不多，张氏在文学上推举洪亮吉最为世人瞩目的骈文，其实洪亮吉在诗歌和古文方面亦兼擅手，清代著名学者陈沣在为同乡文集作序时称：

> 集中有古文，有骈体文，有考据之文，又别有诗集，兼擅此四者，求之国朝海内诸名公，其顾亭林乎？其洪稚存乎？袁简斋能为古文、骈体文，能为诗而不喜考据，然其随笔之书即考据也。阮文达公精考据又能为骈体文与诗，而谓古文非文也，笔也，然其集中之笔亦复佳。是皆兼擅四者。[3]

袁枚是文学家，考据并非所长，阮元立主文笔之界，自称其文为"子派杂家"[4]之文，顾炎武为清初三大儒，若论四者兼擅，总体来看，洪亮吉对此应当仁不让。就古文来看，洪氏文集如《卷施阁文集》、《更生斋文集》都分为甲、乙两集，甲集为古文，乙集为骈文，古文主要以叙事文和议论文为主，其中记杭世骏、汪中、武亿、汪苍霖、阿桂、刘统勋、朱筠、裘曰修、毕沅、毛大瀛等遗事篇，打破传统史传笔法，纯以人物气质和性情为旨归，无丝毫道学方巾气，以传奇笔法写实，这一古文家法或被传于其子洪饴孙，洪亮吉去世之后，洪饴孙请求洪亮吉好友王芑孙为洪亮吉文集作序，称："先子之殁也，两父执分撰志表，其文非不善也，读之一似先子素方严曲谨者，其神情不类，今先子遗集未有序，愿先生开刘元城序《忠肃集》例，略述生平，俾后来者有所想见焉。"[5]与向来传记之类文章的宏大叙事或正面褒扬不同，洪亮吉父子认定古文写人当肖其"神情"，故并不避讳主人公生活中的一些怪事或糗事，认为这些史传不载的或许不够正面的事件细节恰能反映人物独一无二的气质。这和方苞以及姚鼐一路的古文大有区别，已然把古文从道统的路上拉了出来，拒绝蹈空，以真气行文，以性情替代矫情，同时，又不使古文落于考据之泥潭，确实于当时古文能够另辟蹊径。而孙星衍一方面如当时一些汉学家或骈文家一样，对古文家奉为圭臬的唐宋八大家本身颇有微词，另一方面从明季以来唐宋古文选本和古文创作的角度对"时文"化的"古文定格"进行猛烈抨击，道破明清以来古文主要弊端，正如骈文史家瞿兑之所言："古文与八股融合之说，孙星衍已创之。"[6]孙星衍并称："不知古人当日亦自行胸怀，随其学之所得，司马迁《报任少卿书》、嵇康《与山巨源绝交书》，率意成文，不肯修饰边幅，亦如真英雄之视井底蛙耳。"[7]孙氏所举两文为汉魏骈散未分之文，以散行为主，夹杂骈俪，这种古文既有气骨，又文采斐然，是他心目中理想的以真气行文的理想篇章。这种通变的资取态度超越了唐宋古文传统，对古文的散体形制给予拨动，在以性情统摄全文的过程中，散或骈都只是传达作者真实情感的一种形制，因此，因情而生的语言表达亦不会被定格为单纯的一体。蒋寅先

---

[1] 同上。

[2] 章学诚：《家书二》，《章学诚遗书》卷九，第92页。

[3] 陈沣：《李恢垣文集序》，《东塾集》卷三，清光绪十八年菊坡精舍刻本。

[4] 阮元：《书梁昭明太子文选序后》，《揅经室三集》卷二，中华书局1993年版。

[5] 王芑孙：《洪稚存集序》，《渊雅堂全集》编年文续稿，清嘉庆刻本。

[6] 瞿兑之：《中国骈文概论》，世界书局民国二十三年版，第2页。

[7] 孙星衍：《洪筠轩文钞序》，《平津馆文稿》卷下，《孙渊如诗文集》，《四部丛刊初编》本。

生指出中国古典文体的互参普遍遵循着"以高行卑"[1]的体位定势，古文是中唐古文运动过程中韩愈等古文家相对于今文即骈文而提出来的，古文被认为在文章格调上高于骈文，故骈文取资古文，即以散运骈更容易被接受，但反过来，若以古文取资骈文则不被认可和接受，受到普遍的批判，如方苞、姚鼐即是。所以，孙星衍不惟始创"以时文为古文"的批判，亦率先提倡"激发性情"、泯灭骈散的古文主张，孙氏所选《续古文苑》隐然针对以姚鼐为中心的桐城派，推崇汉魏六朝之文，打通骈散，已初步显露出骈、古文互参的意向。[2]虽然他本人在古文创作上受朴学影响过深，在当时并没有相应的与这一理论对应的杰出古文成果呼应，但此说如星星之火，其好友洪亮吉在描述诗古文的构思状态时，称："任尔压张燕公、苏许公、韩潮州、柳柳州、王杨卢骆李杜高岑及王李，从此千门万户曲廊深室一一悉洞开，一任天神地祇日月星斗以迄一世随时随地相往来。"[3]洪亮吉高度自由的诗文构思情境或可作为泯灭骈散的一种暗示，亦不失为对孙星衍不歧骈散古文观的一种呼应。

余　　论

曹虹先生对嘉道间恽敬、李兆洛、张惠言等为代表的阳湖派古文"气势与文采兼擅"、"文体不甚宗韩欧"的古文特色给予极高的评价，认为这是阳湖派古文自树于桐城派之外的重要特征。[4]李兆洛《骈体文钞》一出，完全打破自中唐以来古文和骈文的界限，真正实现了骈文和古文的文体互参，在继承常州先辈骈、古文的创作成果和理论才富的基础上，将通才的文章理念发挥到极致。洪亮吉、孙星衍为代表的常州前辈在以散运骈上有着成功的骈文创作积累，洪、孙并称为"常州骈文派"的标识，同时，在《骈体文钞》之前，已有吴鼐《八家四六文钞》以及曾燠《国朝骈体正宗》等当代骈文选本倡导不歧骈散的骈文创作，经过乾嘉时期骈文复兴的积累，骈文取资古文普遍不再被质疑，并被作品和选本理论验证是提高骈文品格的必要条件，李兆洛《骈体文钞》中这一理念的提出可谓水到渠成，他在骈文选本中掺入晋以前古文，以古济骈的行文边界更多表现为泯迹骈散。而就以古文资取骈文来看，李兆洛《骈体文钞》以选本的理论形式在孙星衍还处于萌芽的以骈资古的理论基础上实现了质的跨越，所谓："吾友李君申耆欲人知骈之本出于古也，为是选以式之，而名之曰《骈体文钞》，亦欲使人知古者之未离乎骈也。"[5]这是骈文和古文互参的简练概括，同时，他就古文必资取骈文予以强调，称"窃以为欲宗两汉，非自骈体入不可"[6]，相较当时渐渐崛起的以姚鼐为主的桐城派，不啻当头一棒，这一理论上的巨大突破得益于李兆洛本人、恽敬等众多阳湖古文家的以骈资散的古文创作，同时，亦胎息于以洪、孙为代表的常州前辈迥异于方苞、姚鼐等桐城派的古文创作和理论，自此阳湖古文派大兴，而其以古文资取骈文的古文理念在嘉道以后遂冲破流派限制，甚至为桐城派接受，不骈不散的古文风格遂成为嘉道以后清代古文的主流，阳湖派古文家以创体之力功厥甚伟。常州以一地之域而有常州骈文派和阳湖古文派之称，发源于与常州骈文有着深厚渊源的邵齐焘，兴起于洪亮吉、孙星衍为代表的常州前辈，完成于李兆洛、恽敬等后起之秀的常州派骈文和古文的文体互参，既是骈文树立风骨、自我救赎的尊体历程，又是古文打破拘限自我完善的过程，这一文体互参的骄人创作成绩和理论成果为常州派所独具，在清代的文章史上具有非同寻常的开创意义。

[1]　蒋寅：《中国古代文体互参中"以高行卑"的体位定势》，中国社会科学2008年第5期，吴承学先生亦有类似说法。

[2]　倪惠颖：《孙星衍撰辑〈续古文苑〉的文坛意义》，载《南京大学学报》2009年第5期。

[3]　洪亮吉：《更生斋诗续集》卷八《闭门索句图为陈茂才增赋》，载《洪亮吉集》第四册，中华书局2001年版，第1783页。

[4]　曹虹：《阳湖文派研究》第六章"文体不甚宗韩欧"，第82—115页。

[5]　李兆洛：《代作骈体文钞序》，《养一斋集》文集卷八书，《续修四库全书》本。

[6]　李兆洛：《答庄卿珊》，《养一斋集》文集卷八书。

论清代江南骈文的偏胜及其原因

路海洋

（苏州科技学院人文学院）

清代骈文堪称复兴，谢无量谓其"高者率驾唐宋而追齐梁，远为元明所不能逮"[1]，刘麟生则云"起衰振弊，能以骈文之真面目示人"，"殊足以跨越元明"[2]。而清代骈文的中心是江南，江南骈文发展的规模、成就，代表了有清一代骈文发展的规模和成就，清代江南骈文的发展进程，即构成了整个清代骈文史的主体。那么，作为清代骈文中心的江南地区的骈文究竟达到了怎样的兴盛程度？其偏胜的主要原因又是什么？这是清代骈文研究必须解决的问题。

一、清代江南骈文偏胜的表征

在具体勾勒清代江南骈文偏胜总体面貌之前，有必要对文章所说的"江南"略作说明。正如罗时进师在其《地域·家族·文学——清代江南诗文研究》一书中所云，学界至今对于如何解释"江南"、定义"江南"，认识尚不统一。于是他在综合既有意见的基础上，认为"从自然生态、经济水平、人文环境三方面加以综合考量，大致可将环太湖地区称之为'江南'"，即包括苏、松、常、嘉、湖、太五府一州及杭、镇二府部分地区在内的吴文化地区。[3]这一认识具有相当的合理性，环太湖地区的这七府一州地区，自古便是江南的核心地带之一，诸府间不但有着自然地理上的紧密关联性，而且有着社会人文上的内在统一性，可以说是一个以太湖为自然纽结点的文化生态圈。在清代，它们是全国的重要经济、文化中心，康熙所谓"东南财赋地，江左人文薮"。这里物产丰饶，经济富庶，山水清嘉而人文萃聚，是催生文艺与学术滋衍的绝佳场所，也正是清代骈文发展的中心与主体区域。因此，本文所谓"江南"，实际即指苏、松、常、镇、杭、嘉、湖及太仓这七府一州。

清代江南骈文的偏胜，可以从两个角度来考察。首先是骈体大家、名家的数量，以骈坛久享隆誉的吴鼒《八家四六文钞》、张寿荣《后八家四六文钞》和王先谦《国朝十家四六文钞》所录作家为例。吴集以"科第先后为次"[4]，分别选录了袁枚（钱塘）、吴锡麒（钱塘）、刘星炜（武进）、邵齐焘（昭文）、孙星衍（阳湖）、洪亮吉（阳湖）、孔广森（曲阜）和曾燠（南城）8人的作品，8人中6人属江南籍。张集分别选录张惠言（阳湖）、乐钧（临川）、王昙（秀水）、王衍梅（会稽）、刘开（桐城）、董祐诚（阳湖）、李兆洛（武进）和金应麟（钱塘）8人的作品，中有5人为江南骈文家。王集所选作家依次为刘开、董基诚（阳湖）、董祐诚、方履篯（大兴）、梅曾亮（上元）、傅桐（盱眙）、周寿昌（长沙）、王闿运（王闿运）、赵铭（秀水）和李慈铭（会稽），其中方履篯原籍虽隶大兴，

---

[1] 谢无量：《骈文指南》，中华书局 1918 版，第 79 页。

[2] 刘麟生：《中国骈文史》，商务印书馆 1937 年版，第 105 页。

[3] 罗时进：《地域·家族·文学——清代江南诗文研究·前言》，上海古籍出版社 2012 年版，第 7 页。

[4] 吴鼒：《八家四六文钞·小仓山房外集》卷首《小仓山房外集题辞》，清嘉庆三年较经堂刻本。

但从他的高祖父即占籍阳湖，故方氏实为江南人，因此王先谦所录 10 人，一半皆为江南作家。如果我们综合计算吴、张、王三集所录作家，去其重复，可知江南地区的骈文家计有 15 人，占上述全部作家数量将近 3/5 的比例；再考虑进吴、张、王三集基本囊括了有清一代大部分的骈体大家、名家的因素，我们可以非常肯定地说，清代江南地区实是骈体名手最为集中的区域。

其次是骈文家的总量，可以收录清骈作家较为全面、影响较大的四部总集为例，它们是曾燠《国朝骈体正宗》、张鸣珂《国朝骈体正宗续编》、姚燮《皇朝骈文类苑》和王先谦《骈文类纂》（清代部分）。曾集以人系文，共辑录清初至乾嘉间 43 位骈文家的作品，其中有 28 人隶籍江南，约占全部的 65%；张集上承曾集，共选录嘉庆后期至光绪中期 60 位作家的骈文创作，其中江南地区作家共计 39 人，占全部的 65%；姚集本拟选录光绪以前 125 位清代骈文家的作品，但由于该集第一类"典册制诰文""选目尚虚"，"不录一作者"[1]，因此其实际所录的作家共 103 位，而其中江南作家共有 59 人，约占全部的 57%；王集所录清初至清末作家共 65 人，其中 35 人为江南人，约占全部的 54%。由此可知，在清代，不论是清初、清中期、清后期还是统观整个清王朝近三百年时间，江南地区骈文家的数量都超过了全国骈文家总数的半数以上，这是清代其他任何区域都无法同日而语的。

综上可以进一步讲，有清一代江南地区的骈文家，无论就大家、名家的数量而言，还是就各层次代表性作家的总量而言，在全国皆独占鳌头。而骈文家数量的多少、层次的高低，同时即对应骈文创作数量的多寡和层次的高低，在这个意义上，我们得出清代江南骈文偏胜的结论，应是没有任何疑义的。

对于一种独特的文学史现象，知其然还需知其所以然。正如中国古代文学史已经告诉我们的，一种文学现象的形成，乃是多种因素共同促成的结果，清代江南骈文的特盛，亦是如此。江南自然地理的秀美，为骈文的兴盛提供了"江山之助"；江南社会经济的发达，为骈文的发展提供了物质保障；江南教育、科举的发达，为骈文人才的大量产出提供了坚实基础；江南文学浪漫绮丽的历史传统，也为作为典型美文的骈体文之隆兴提供了重要前提：这些是清代江南骈文发展兴盛的一般背景，将之迻论江南诗词、传奇之偏胜，亦无不可，文章对此不做详论。江南骈文在清代的崛起，还有其比较独特的原因，尤其是清廷压制与引导并行的政治、文化政策，清代江南地区考证学的鼎盛和江南作家在地缘与亲缘上的紧密关联，明末陈子龙、张溥等对骈体文的重视提倡等，它们对于清代江南骈文的兴盛起到了更为直接的作用，下文即分述之。

二、清代江南偏胜的政治因素

自上而下的政治、文化政策常对文学发展产生巨大影响，是中国文学发展史的一个重要现象。魏晋之际司马氏政权的高压政治促成了低沉"正始之音"的奏响、唐代科举以诗赋取士推动了唐代诗歌的普遍发展、明初朱氏王朝限制戏剧搬演内容的国家律令导致了神仙道化及伦理剧的兴起，都是比较典型的例证。清代骈文的复兴，与清廷政治、文化政策的施行，也有着千丝万缕的联系。

简要梳理清代骈文发展史可以发现，与清代骈文由沿袭明人、渐次振起到创辟鼎盛过程相对应的，正是清廷政治由利用、高压到高压与怀柔并用的过程：一方面，从清初开始，清廷对汉族知识分子一直采取了打压的政治策略，顺治间前后相继的"科场案"、"奏销案"、文字狱，使得天下知识分子噤若寒蝉，不要说讽刺时政、怀念故国的诗文不敢写，就是一般涉及清廷、故国的文字也用得很慎重；另一方面，清廷对汉族知识分子又采取了利用、怀柔的政策，清初国家方立时对知识分子的利用当然意义有限，但从康熙中期开始直到乾隆间，帝王热心并参与文艺创作、四库馆与明史馆的开设等等，都对文学创作的发展起到了比较重要的引导、鼓励之效。就文学发展本身来讲，诗歌、古文这样以刺

---

[1] 张寿荣：《皇朝骈文类苑凡例》，姚燮原选、张寿荣校载《皇朝骈文类苑》卷首，清光绪七年刻本。

政讽世为重要内容的文体，特别易于触犯时忌，事实上清代的很多文字狱的兴起，都是以作家的诗歌、古文创作为由头的。因此，许多作家便将一部分心力转移到骈体文上来，希望借助用典繁密、意思隐晦、文采绮丽的骈文以婉转达情、委曲抒愤，清初陈维崧、吴农祥的许多骈体文正是这方面的典型；而随着政治环境的渐次宽松、社会经济的日益发展，国家呈现出蓬勃的盛世气象，于是长于歌功颂德，适宜发挥作家绮情、华采与博学的骈体文，便更获得了发展、兴盛的绝佳时机，乾嘉骈文臻于鼎盛之局也就顺理成章了。

如果细心考察清初至嘉庆间清廷的许多重要政治举措，可以发现，其主要针对的乃是江南人：清初的政治招纳、开科取士所利用的，主要是江南知识分子；顺治后期至康熙初的"科场案"、"奏销案"、文字狱，其所打压的主要也是作为"人文渊薮"而"反满洲的精神到处横溢"的江南地区的知识分子[1]；康熙间开明史馆，乾隆间开四库馆，其所笼络的主要还是江南知识分子。因此，在此过程中，江南知识分子既是政治上最大的直接受害群体，又是骈文创作上最大的间接受益群体。要之，江南骈文在清代的偏胜，与清政府打压与怀柔、引导并行的政治文化策略，无疑有着重要的内在关联。

当然，有利于骈文发展的清廷政治、文化策略，不止是上述几个方面，清廷的翰林考差制度及馆阁风习，就是比较重要的推动因素。博学鸿词系唐代以来科举考试制科的一种，清朝政府曾两次比较成功地开设博学鸿词科，一是康熙十八年（1679），二是乾隆元年（1736）。这两次与荐并被授予官职的文人共计65人，与荐而未获朝廷聘任的还有很多，这样的举措虽然旨在笼络汉族知识分子、巩固统治，但客观上却促进了诗赋与骈体文的发展。其主要原因是博学鸿词考试的内容是诗赋，其中赋则主要指律赋，律赋既需通篇限韵为格，又须全篇排偶成文，在清代被比较普遍地视作骈文之一体。由于博学鸿词科荐举的都是"学行兼优，文辞卓越之人"[2]，因此与荐之人无论获授官职与否，都应是知识分子中的佼佼者，那么此科特受世人重视，也就不难理解了。而正是由于博学鸿词考试须考律赋，所以希望与试者都要学会写律赋，为了写好律赋自然需要对历代骈文家、赋家名作进行揣摩研习，这种好尚衍成风气，便对清代骈体文的发展产生了积极的推动作用。

屠寄《国朝常州骈体文录·叙录》在论析常州骈体文隆盛原因时，即曾言及博学鸿词科的意义："我朝创立，光启文明。圣祖宣聪，尤重儒艺，康熙以来，累试举鸿博。于是冠带荐绅之伦，闾左解褐之士，咸吐洪辉于霄汉，采璨宝于山渊。雅道既开，飙流益煽。"[3]正如屠氏所说，康、乾的博学鸿词科，对诗文创作的倡导之功实不可没；而就骈文来讲，包括常州府在内的清代骈文的发展、兴盛，也离不开清代统治者"尤重儒艺"、"荐举鸿博"措施的积极影响。如姚燮《皇朝骈文类苑》所录103位骈文家中，曾被推荐参加鸿博考试的计有24人，占总数的1/5以上，其中在清代骈文史上堪称名手的就有7人，鸿博制科对清代骈文发展的重要影响，于此可见一斑。[4]而当我们查核这些被荐鸿博考试诸人的籍贯时又会发现，前述的24位骈文作家中，10人系出江南，这就比较清楚地体现出博学鸿词科对江南骈文的发展所产生的影响了。

清政府的翰林考差制度，是针对翰林院供职人员即修撰、编修、庶吉士、主事等而言的。瞿兑之《中国骈文概论》言律赋的用途时曾曰："律赋的历史很长，自唐以来，未曾中断，前清翰林官考差仍旧

---

[1] 梁启超：《中国近三百年学术史》，上海三联书店2006年版，第13页。

[2] 赵尔巽等：《清史稿》，中华书局1976年版，第3175—3176页。

[3] 屠寄：《国朝常州骈体文录》卷三十一，清光绪十六年刻本。

[4] 这24人分别是宜兴陈维崧、萧山毛奇龄、秀水朱彝尊、长洲尤侗、山阴胡天游、仁和杭世骏、钱塘厉鹗、天台齐召南、钱塘陈兆崙、华亭王祖庚、上元程廷祚、荆溪叶萼凤（未试而卒）、闽县陈继善、山阴胡浚、钱塘沈埁、江都马荣祖、汉军李锴、泰和梁机、临川张锦传、太康车文彬、满洲黑王葛、任丘边连宝、余姚邵昂霄、临川李弦。见姚燮《皇朝骈文类苑》卷首，清光绪七年刻本。

用赋，与白折小楷并重的。"[1] 即在清代翰林官员考差的形式中，写作律赋是颇为重要的一种。事实上，不但考差要用，常日的应奉、朝廷文书写作也都要用。[2] 由于翰林院是清廷的清要之地，有清一代宰辅多从此出，其余公卿疆僚许多也由翰林院选出，因此天下知识分子无不以入选翰林院为荣，而要成为合格的翰林院官员，必须学会写作骈体文，这也就对清代骈体文创作的发展产生了内在的影响。如果考虑到清代入选翰林院的读书人，很大一部分出自江南，我们就不难看出清代江南骈文之偏胜与清廷的翰林院考差制度、翰林院风习的联系了。

三、清代江南骈文偏胜的地域文化优势

清代江南偏文偏胜的地域文化优势，主要指这一地区的学术优势与地缘、亲缘聚合优势。众所周知，骈体文的写作与学术有着天然的联系。仅就用典隶事来说，骈体文创作不可或缺的一个关键因素就是用典，而创作者要想妥当地征典隶事，必须熟知经、史、子、集各部撰著，与此相关的经训、义理、笺释甚至舆地、天文、历算、校勘、金石、音韵、训诂诸种学问，都要求作者有所了解甚至钻研。事实上，清代的骈体名家、大家，虽然不能都说是专业学者，但是他们无疑都是有着一定的学术造诣，其中很多人还是相关学术领域的名家宗匠。以常州府为例，洪亮吉、孙星衍为一代硕儒，洪氏之于补旧史表志，孙氏之于《尚书》及校勘之学，尤为名家。张惠言为一代经学大师，深通《易》、《礼》，其所擅《虞氏易》，论者推为"孤经绝学"[3]。而李兆洛，魏源以之与庄存与为"并世两通儒"[4]，其于经史、天文、音韵、训诂诸学无所不通，尤擅舆地之学。又如陆继辂长于金石之学，董祐诚为清代算学大家，而兼擅方志之学。

他如苏州府顾广圻通经学、小学，尤精校雠之学，为清代校勘学巨擘；冯桂芬擅历算、钩股之学，又精河漕、兵刑、盐铁诸之学。杭州府杭世骏长于史学及小学；龚自珍通经、史、小学，为清末著名思想家；嘉兴府张鸣珂工小学与目录之学，湖州府俞樾兼擅诸学，为一时朴学之宗。诸如此类，不胜枚举。他们对于学术的熟悉、钻研，为其撰作大量音韵和谐、用典得当的骈体文，提供了必不可少的支持；另外，就前述作家骈文作品的风格意蕴来讲，诸人对于学术的浸淫，使得其骈文亦染学术之风而去浮靡、趋沉雅，亦即梁启超《清代学术概论》所谓"力洗浮艳，如其学风"[5]。

学术对于江南骈文的影响，还有必要提到康熙中叶以降的汉宋之争。所谓汉、宋之争，系指以惠栋、戴震为代表的汉学阵营与以方苞、姚鼐为代表的宋学阵营之间的学术论争。这一持续时间很长的论争，内容非常广泛，其中有一个与清代古文、骈文发展相关联的重要问题，那就是以方、姚为代表的"桐城派"既以孔孟以来的道统自任，又以《左传》、《史记》及唐宋八家以来的文统自任，并且用他们的主张来贬抑骈体文，"桐城"后劲梅曾亮在《复陈伯游书》中，甚至斥骈体之文"如俳优登场，非丝竹金鼓佐之，则手足无措"[6]，这就引起了提倡骈体或者不拒骈体文的诸多文人学者的不满，从而引发了骈散关系及文统之争。

如袁枚上承陈维崧、毛先舒，强调骈散一源、两者各适其用，曾燠强调"古文丧真，反逊骈体；骈体脱俗，即是古文。迹似两歧，道当一贯"[7]。古文家刘开认为"夫文辞一术，体虽百变，道本同源"，"骈

---

[1] 刘麟生、方孝岳等：《中国文学七论》，广西师范大学出版社2007年版，第175页。

[2] 如刘星炜《思补堂文集》、邵齐焘《玉芝堂文集》中所录骈文作品，有相当的数量即写于他们在职翰林院当值期间。

[3] 赵尔巽等：《清史稿》，中华书局1976年版，第13244页。

[4] 魏源：《古微堂外集》卷四，清光绪四年刊本。

[5] 梁启超撰，朱维铮导读：《清代学术概论》，上海古籍出版社1998年版，第65页。

[6] 梅曾亮著，彭国忠、胡晓明校点：《柏枧山房文集》卷二，上海古籍出版社2005年版。

[7] 曾燠：《国朝骈体正宗》卷首《序》，清嘉庆十一年赏雨茅屋刻本。

之于散，并派而争流，殊途而合辙"，"两者但可相成，不可偏废"。[1]其余彭兆荪、王芑孙、方东树、包世臣、张惠言、陆继辂诸人，也从不同角度，就骈散关系问题提出了与袁、曾、刘等相似的观点。至李兆洛《骈体文钞》编成，骈散一源、骈散融通的理论乃获得了较为系统的论析。值得注意的是，李兆洛纂辑《骈体文钞》"目的显然在于取桐城派的《古文辞类纂》而代之"[2]，从这个意义上讲，李氏所提倡的骈散一源、骈散融通，无疑有着为骈体文争地位的用意。而汉学家阮元则在李兆洛的基础上，仄径远迈，对骈体文的地位进行了观点十分鲜明的论述，他的《文言说》与《文韵说》托孔子《文言》、子夏《诗序》而立论，借助圣人、先哲之名以自尊，其核心论点则是认为当代流行天下的单行散句之古文，并非古人所谓"文"，而只是"古之笔"；并且，"古之文"应当"不但多用韵，抑且多用偶"，应当宫商、藻采、性情、俳偶并备，而骈体四六正是"有韵文之极致"。[3]于是，阮元从文体根源上，将骈体文推为古人所谓"文"的典型，从而用新的骈体文统取代了"桐城派"所倡导的秦汉以来的古文文统，这在"桐城"古文风行天下的清代中期显然是石破天惊之论。

需要强调的是，上述在理论上尊骈或不拒骈文之人，既有作为典型汉学家的张惠言、阮元，又有跳脱汉宋框范的袁枚、李兆洛，甚至还有推崇宋学的"桐城派"古文家刘开，这就使得清代中期以降的骈散关系之争，具有了相当的理论广泛性，而清代骈文在中期的蓬勃发展及后期的承衍继进，正是在骈文家的创作及学者们的理论探讨双重努力下所结出的硕果。进言之，学术上的汉、宋之争，推动了文学上关于骈散关系及文章正统问题的理论探讨，理论探讨又进而强化了学界对于骈体文地位的认识、促进了骈体文创作的进一步发展。如果考虑到汉、宋之争的主要策源地是在江南，汉、宋两个阵营尤其汉学阵营的中心是在江南，而参与骈散关系及文章正统问题辩难的主要人物也是江南人，那么清代江南骈文的兴盛，实际离不开江南学术优势对它的影响问题就比较清晰可辨了。

另外，作为一个地域性的文学盛况，清代江南骈文的偏胜，是江南骈文作家群体性努力的结果。但必须指出的是，清代江南骈文作家的群体性努力，并不是各个作家自发性、个体性创作的简单相加，而是作家们自觉性、群体性创作的有机综合，而促成江南作家具有群体性自觉的重要因素，乃是他们之间基于地缘与血缘关系的师友、宗亲交游。师友指作家间建立在学术、文艺授受或思想共鸣、彼此切磋基础上的师生而兼友朋关系，宗亲则指作家间经由血缘承续和姻缘结合而形成的亲戚关系，而宗亲和师友关系常常是交叉并在的。考察清代江南骈文家的生平及交游情况，可以发现他们大部分人都可以用师友和宗亲的关系网进行联结，其中常州府和杭州府作家群体具有相当的典型性。

先就宗亲关系而言，这在常州府作家群体中体现得最为突出。血亲方面，常州有一门兄弟、一门叔侄甚至一家父子兄弟皆作家的盛况。如董基诚、祐诚兄弟，是清代文学史上有名的骈林双子星；陆继辂与陆耀遹二人，则是典型的叔侄作家。此外，骈文家洪符孙、洪龆孙为亲兄弟，而他们的父亲是常州骈文巨擘洪亮吉；又张惠言、张琦兄弟及惠言子成孙，都是常州骈文重要作手，此即所谓一门父子兄弟皆作家。姻亲方面，大南门张氏与武进董氏之间最具代表性，董士锡系张惠言、张琦外甥，张成孙姨兄，而惠言又将女儿嫁与董士锡，故此张、董两氏之间成了双重的姻亲关系。另外，阳湖陆氏与洪氏、洪氏与武进赵氏、三河口李氏与阳湖董氏之间，也有比较间接的姻亲关系。设若我们进一步对他们之间的血亲、姻亲关系进行综合考查，便可以陆继辂为中心，将前述陆氏、董氏、张氏、洪氏、赵氏骈文家，尽数连缀在一张血亲及姻亲关系的大网之内。[4]

再就师友关系来讲。前文已言，清代江南骈文家之间的宗亲与师友关系，常常是交叉并在的，张

[1] 刘开：《孟涂骈体文》卷二《与王子卿太守书》，清道光六年刘孟涂集刊本。
[2] 郭绍虞主编：《中国历代文论选》第四册《文言说》"说明"，上海古籍出版社2001年版，第589页。
[3] 阮元撰，邓经元点校：《揅经室集》，中华书局1993年版，第1064页。
[4] 具体血亲及姻亲关系，参见拙作《清代阳湖骈文之兴盛及其原因》，载《齐鲁学刊》2011年4期。

惠言与张成孙、董士锡之间，固然是我们熟知的父子、舅甥而兼师友关系；此外，像洪亮吉与洪符孙及洪龄孙之间、洪亮吉与赵怀玉表兄弟之间、张惠言与张琦兄弟之间、张琦与张成孙叔侄之间、张成孙与董士锡表兄弟之间、陆继辂与陆耀遹兄弟之间、董基诚与董祐诚兄弟之间、吴锡麒与吴清皋父子之间等等，也无不是宗亲而兼师友的关系。当然，江南骈文作家之间更多的是比较单纯的师友关系，如陆繁弨系章藻功之师、杨芳灿系袁枚弟子、陆继辂系吴锡麒弟子，又如陈维崧、吴农祥曾同客冯溥幕中，与毛奇龄、吴任臣、王嗣槐、徐林鸿并称"佳山堂六子"，陆圻、毛先舒都系"西泠十子"的成员，杭世骏、吴锡麒为浙诗派中期健将，洪亮吉、孙星衍、赵怀玉皆"毗陵七子"中人，他们之间都是良朋而谊兼师友。此外，还有许多江南骈文作家之间，并不是某一学术、诗文群体的组成人员，而仅仅是因为地缘的相近、志趣的相投而成为师友，如洪亮吉平生喜导扬后进，刘嗣绾、董士锡等常州骈文后劲，皆曾承其教诲，而赵怀玉与阳湖同里李兆洛及陆继辂、耀遹叔侄等人俱曾聚宴清游。不但一府之内的作者易结友谊，异地跨省之间的作者也常因为地域文化的相近而结成诤友，宜兴陈维崧与仁和毛先舒之间、钱塘袁枚与昭文邵齐焘之间、武进赵怀玉与钱塘吴锡麒之间，即其典型。

那么，清代江南骈文作家之间的宗亲和师友关系，对江南骈文发展的意义到底何在？如果用一个词组来概括的话，那就是凝聚作用。江南骈文作家之间由于地缘的相近、血缘的相亲、志趣的相投而结成不同形式的师友关系；师友之间不可避免地会有许多交游活动，在交游中他们彼此砥砺品节、探讨艺文，从而形成一种内在的向心力；这种内在的向心力首先将骈文作家群体凝聚在一起，而骈文作家群体的凝聚，即意味着骈文创作力的凝聚；常州骈文宗派的形成、杭州骈文创作群落的形成、清代江南骈文地域性文学壮观的形成，实皆有赖于此。

四、 清代江南骈文偏胜的文学因缘

清代江南骈文的发展、兴盛，一方面固然是受到来自社会政治、历史及地域学术、文化等文学外部因素影响、推动的结果，另一方面也是文学史演进自身规律作用的结果。我们细绎明清骈文发展史可知，清代骈文的复兴并不是一个陡然出现的孤立文学现象，其与明代骈文的发展实有着非常紧密的关联。马积高《清代学术思想的变迁与文学》在论及清代骈文复兴的基本原因时曾云："清代骈体文的复兴首先是受到我国文学传统中浓淡、奇偶两对审美情趣交互兴降的规律的推动，是明代诗文复古运动的必然发展。"正如马氏所说，从前七子代表作家李攀龙开始，明代文学就已经"含有改变语言向平淡化发展的趋向"，李攀龙的骈赋创作，杨慎对《文选》所录文、赋的重视，汤显祖的沉酣《文选》与创作骈赋，陈与郊、张凤翼、齐闵华、刘节、周应治、胡震亨等人《文选》注释、批评及新增内容《文选》选本的撰选、刊行，梅鼎祚、张燮、张溥等人包含大量骈文在内的各种文学总集、丛集之编纂，都为明末骈文的抬头及清代骈文的复兴打下了基础。[1]

但结合到清代江南骈文的复兴来讲，以陈子龙为代表的云间诸子的骈文创作与骈文主张的意义，就显得更加突出。这里的云间诸子，主要指陈子龙、李雯、夏允彝、朱灏、周立勋、徐孚远、彭宾、顾开雍等几社同仁，他们的诗文创作，杜骐征、徐凤彩、盛翼进等曾辑为《几社壬申合稿》20卷。就文章而论，《合稿》中所收诸文"体不一名，折中者广"[2]，体有赋、序、册、檄、启、赞、铭、诔等，其所折中则"赋本相如，骚原屈子"，"赞序班、范，诔铭张蔡"。[3]值得注意的是，《合稿》中所收诸人作品，有相当一部分系骈体或骈散相间之作。显然，这并不是文集编纂者选编文章时的偶然性

---

[1] 马积高：《清代学术思想的变迁与文学》，湖南人民出版社2002年版，第99—100页。

[2] 张溥：《几社壬申合稿序》，杜骐征、徐凤彩、盛翼进辑《几社壬申合稿》卷首，明末小樊堂刻本。

[3] 张溥：《几社壬申合稿序》，杜骐征、徐凤彩、盛翼进辑《几社壬申合稿》卷首，明末小樊堂刻本。

举措，而是为了体现几社同仁文章创作理念的必然性行为。

正如陈子龙在《合稿凡例》中所论，几社诸子的创作，"文当规摹两汉，诗必宗趣开元，吾辈所怀，以兹为正。至于齐梁之赡篇，中晚之新构，偶有间出，无妨斐然"[1]。陈子龙所说的规摹"两汉"，既包括学习前后七子所强调的两汉古文，又包括取则前后七子虽未明言而并不十分排斥的东汉骈文；而"齐梁之赡篇"，则无疑是包括了齐梁时代繁兴的骈体文。陈子龙渊源古人既取古文又则骈体的主张，在他和古文家艾南英的文学争论中，还有更为明确的体现。艾南英《与陈人中论文书》云：

> 及足下行后，则从友人得见足下所为《悄心赋》，乃始笑足下向往如是耶！此文乃昭明选体中之至卑至腐，欧、曾等大家所视为臭恶而力排之者……足下以赋病宋人，诚是矣。然天下安有兼才？必欲论赋，则奚独宋人？自屈平而后，汉赋已不如矣，楚以下皆可病也。然则足下《悄心赋》，何不直登屈氏之堂，而乃甘退处于六朝，排对填事、柔靡粉泽如是？而讥宋赋，恐宋人不受也。[2]

按此，陈子龙对宋赋颇有微词，并且他通过自己的创作传达出了作赋的取则倾向，即《文选》所录自屈原直至六朝的骚赋之作。当然，陈子龙的推主《文选》并非局限于赋之一体，而是包含了诗文创作的各个体类；就文章创作而言，其所效仿的对象除了秦汉古文，还要包括东汉、魏晋、六朝的骈体文，《几社壬申合稿》及前引陈氏的《凡例》即是明证。

其实陈子龙推崇《文选》的主张，在艾文张符骧评语所引吕留良的几句话中，还有更直接的说明："吕子曰：崇祯戊辰己巳间，陈大樽与艾东乡争辨文体。陈主《文选》，艾主唐、宋大家，反覆不相下。"又艾南英《再答夏彝仲论文书》有云："人中（陈子龙）乃欲尊奉一部《昭明文选》，一部《凤洲》、《沧溟集》。"[3]可与吕留良之语互证。而考虑到明代末年推崇古文的理论声势——不论是尊秦汉，还是尊唐宋——仍然笼罩整个文坛的文学史背景，陈子龙尊奉《文选》，特别是尊奉东汉至六朝之骈体文的理论创新性，就清晰地凸显了出来。

从文学史影响和贡献来看，由于陈子龙是复社中坚、几社魁首、江东人望，加之几社李雯、夏允彝等文坛健将与其同声相应，而体现诸人文学好尚的《几社壬申合稿》又遍行天下，因此他们尊奉《文选》、推崇骈体文的理论主张，在晚明很快就传播南北、深入人心。毫无疑问，骈体在文经历了元、明两代的长期衰歇，至晚明而渐露复兴之机，并在江南地区初绽异彩，以陈子龙为代表的云间几社诸子的提倡之功可谓至巨。

当然，陈子龙等人提倡骈体文的意义，不仅在于推动了晚明骈文的崛起，正如文学史展示给我们的，清代骈文复兴篇章的起首之作，乃由陈维崧、毛先舒、毛奇龄等人执笔撰成，而陈、毛诸人恰恰是陈子龙的衣钵传承者。毛先舒《湖海楼俪体文集序》云："昔者黄门夫子振起吴松，四六之工语妙天下，余与其年皆及师事。悠悠摆落，仆复何言？乃其年则群推领袖，直接宗风，既吐纳乎百川，亦磬控乎六马。"[4]亦即是说，陈维崧、毛先舒等人的创作骈体文，乃是"直接宗风"于陈子龙的结果；实际上陈维崧、毛先舒等人强调"天之生才不尽，文章之体格亦不尽"[5]，骈散并生"皆天壤自然之妙，非强比合而成之也"[6]，也一脉渊源于陈子龙等人。因此可以说，清代骈文全面复兴序幕的开启者固然是以陈维崧为代表的清代骈文家，而直接推动陈维崧等人拉开清骈复兴大幕的，乃是陈子龙为首的

---

[1] 杜骐征、徐凤彩、盛翼进辑《几社壬申合稿》卷首。
[2] 艾南英：《天佣子集》卷一，四库禁毁书丛刊本。
[3] 艾南英：《天佣子集》卷二，四库禁毁书丛刊本。
[4] 陈淮：《湖海楼俪体文》卷首，清乾隆六十年浩然堂刻本。
[5] 陈维崧：《陈迦陵文集》卷二《词选序》，四部丛刊本。
[6] 毛先舒：《湖海楼俪体文集序》，陈淮《湖海楼俪体文》卷首。

几社同仁。

要之，清代骈文的复兴，在很大程度上乃是中国"文学传统中浓淡、奇偶两对审美情趣交互兴降的规律"推动下的结果，是文学史推衍发展的必然；而这一文学史进程的主要推动者，当首推明末以陈子龙为代表的云间诸子及清初以陈维崧为代表的几社门生。颇有意味的是，明末骈文理论的重要策源地是在江南，明末骈文初盛的场域也主要在江南，清代骈文恢弘开局的展开还是在江南，从这个意义上可以说，作为清代骈文主体的江南骈文之兴起、繁盛，在很大程度上是江南地区以陈子龙、陈维崧为代表的骈文理论家、创作家，紧握文学史演进的大势，前后相继、共同努力的结果。

综上可知，清代江南骈文的偏胜，是社会政治历史、地域学术文化和文学发展规律等多种因素交互影响、共同推动下的结果。当然，如果我们要全面、细致地考察这一特殊文学现象产生的原因，前文所讲的自然地理、社会经济、教育科举、文学传统等因素，就都必须考虑在内。不过值得注意的是，文学史背景研究，很容易陷入一种千篇一律的泛化探讨误区，当今学术研究不乏其例，而这对于我们准确掌握不同的文学史现象，并无太多助益。就此而言，文章在探讨清代江南骈文出现偏胜局面的原因时，仅限于论析最为直接、最有针对性的几个方面，其或许能在揭示这一现象产生独特背景的同时，还能引起我们额外的一点思考。

当代辞赋骈文创作简略

周晓明

2006 年 8 月中旬，我组建了中国骈文网，11 月应邀参加了在贵州师范大学召开的第二届骈文国际学术研讨会。与会期间，受益良多，收获很大。不仅仅与众多专家学者一起研讨，并被大会选为理事。

2007 年春，我又参加了在洛阳大学召开的首届中国辞赋创作研讨会，并在大会上做了《当前辞赋创作的几点看法》的发言。通过这两个会议所见所识，我对当代辞赋骈文创作有了一个大致的了解，并创作了《当代骈文作家及其创作述略》一文，发表在 2008 年出版的个人骈体赋集《八风集》中。

至今又过了六年时间，当代的辞赋骈文创作又取得了让人瞩目的进步。至此，做了一个全面综合的梳理，让与会的专家学者有个初步的了解。

2006 年贵阳会议前，全国仅有两家专业的辞赋骈文网站，是中华辞赋网（安徽）和中国骈文网（浙江）。而如今则扩充为七家，其中有中国辞赋网（南昌）、中国诗赋网（沈阳）、中国碑赋网（北京）、辞赋骈文网（山东）、辞赋之都网（洛阳）。而《中华辞赋》杂志诞生至今也已五年，发行了三十四期双月刊，并得到中央宣传部和中国文联的肯定。很多大腕也纷纷加入，如李东东、闵凡路、周笃文、魏明伦等，还有饶宗颐、冯骥才、马识途、霍松林等担任顾问，影响力巨大。其他还有不定期的《中华辞赋报》、《中华诗赋》、《中国诗赋》、《辞赋》、《诗赋陇南》、《辞赋骈文报》等。其中个人出版的辞赋骈文集有浙江周晓明的《八风集》、江苏袁瑞良的《神州赋》、河南孙继纲的《汉风堂集》、陕西姚平的《姚平辞赋集》、北京李东东的《李东东辞赋集》、北京王铁的《王铁诗赋选》、北京戴国荣的《诗心画语》、新疆王宇斌的《天池赋》、山东韩邦亭的《韩邦亭辞赋选》、山东金学孟的《兰花草辞赋集》、山东布茂岭的《布谷鸟辞赋集》、四川魏明伦的《魏明伦新碑文》、四川潘成稷的《苍山牧云辞赋选》、四川徐康的《徐康辞赋集》、四川刘昌文的《讦风辞赋集》、河南刘少舟的《奋翮集》、甘肃陈郑云的《漫笔异乡》，等等。而出版的专集有闵凡路、黄彦主编的《中华辞赋百家赋选》、于海洲编《当代百家辞赋评注》、《菁莪居辞赋注评》，饶惠熙的《骈文举萃》，潘承祥主编的《中华新辞赋选粹》、《千城赋》、《赋苑琼葩》，孙继纲主编的《历代咏洛赋评注》、《当代咏洛赋集》等。

除了 2007 年洛阳首届中国辞赋创作研讨会后，又举办了聊城辞赋创作会议、北京辞赋高峰论坛、清徐辞赋会议、中国青年辞赋（南昌）论坛等。新成立的创作研究组织有中华辞赋家联合会、中国辞赋家协会、中国诗赋学会、中国青年辞赋学会、中国青年诗赋家协会、河南洛阳辞赋研究院、山东聊城大学辞赋研究所、江苏东台辞赋研究所、南昌滕王阁辞赋研究所、鲁南辞赋协会、陇南青年诗赋学会，等等。特别是《光明日报》推出的"百城赋"栏目在国内产生了强大的吸引力和深刻的影响，从此以后全国各地均出现大规模的征赋热，至今仍热度未减，因为奖金丰厚，吸引了大批的辞赋作家和写手参与。奖金少则几千，多则达十万之巨（如敦煌赋、华山赋）。

原来粗略统计有创作的作家几百人，而活跃的仅几十人而已，现在这支队伍相当壮大，创作的作家达到几千人，而活跃的也有几百人。在青年队伍中也渐渐壮大，很多青年作家脱颖而出，成了辞赋骈文创作的主力军。

根据创作人员的职业特点，现在大体可分为几个创作流派：一是学院派：贵州师范大学的易闻晓、中国人民大学的詹杭伦、舜文化研究室的王金铃、山东聊城大学的布茂岭、洛阳大学的谭杰、四川师大的张昌余、辽宁锦州师专的陈逸卿等。二是政工派，由原来的国家干部政工人员在职或退职后进行辞赋骈文创作，如袁瑞良、孙继纲、王铁、张友茂、李乃毅、李荣南等。还有是网络派，这派人员队伍壮大，人员庞杂，如周晓明、潘承祥、韩邦亭、侯铭、何智勇、陈郑云、戴永斌等骨干。

根据这七大网站所刊发的文章来看，大多数是骈赋或者骈文，其他汉赋、律赋、骚赋仅占少数。所以骈赋还是比较受欢迎的文体。这和骈文辞藻华美、富有节奏等有关，特别受到广大读者的喜爱。

近年来辞赋骈文创作为何发展如此迅速，笔者认为主要有以下几点原因：

是市场的需求，现在全国各地都在打造旅游区，各地的景区建设蓬勃发展，需要大量的文学作品来做宣传，而辞赋骈文有其自身的文体优势而得到了广泛的认可。

辞赋骈文创作借助网络时代，利用其覆盖面广，信息量大，流传及时，又兼成本低的优势，快速建立自己的文学阵地。

辞赋骈文容量大，内涵丰富，形式可长可短，可骈可散，比诗词等文体在描绘等方面具有不可替代的优势。

现在利用百度、谷歌等搜索引擎，可以轻易地搜索到各种需要的资料，又加上中国知网等资源共享，就更加便利了，不需要亲自到实地做考察后而再创作。

便于碑刻。现在大量的碑刻作品中以骈赋骈文为主，其中四川魏明伦、张昌余、何开四，江苏袁瑞良，新疆王宇斌，山东韩邦亭均有大量的作品被当地部门碑刻，而本人的《香山寺重建碑记》、《陈府庙重建碑记》、《重建兴福禅寺碑记》、《谢胡公捐地赠房碑》、《金氏家族陵园碑记》等也已被当地寺庙所碑刻。

2009 年笔者应邀赴浙江大学城市学院做"学习辞赋骈文，提高写作水平"的讲座，2013 年秋，又应邀在温州图书馆籀园讲坛主讲"弘扬传统文化，学习辞赋骈文"的讲座。这说明这个古老的文体也渐渐受到了普通市民和学生的喜欢。

辞赋骈文创作虽然现在势头很好，但如果要想继续繁荣发展，必须要进行一些改革，要坚决摆脱那些远离百姓，束之高阁而只供少数人孤芳自赏的作品。否则是万万不能长久兴盛的，如果让专业人员都读得苦不堪言，那普通老百姓就更不敢问津了。如果大多数人看不懂，那就会失去了阅读的兴趣。贴近时代、贴近生活才能更好地为社会服务，为时代服务。

现在也敬请与会的专家学者能抽一点时间，对当代的骈文创作有所了解有所认识有所发掘。使这一门中华独有的文体更加光芒耀眼。

悲壮生命史与永恒哲学悖理的集中图示

——陶渊明《闲情赋》主题研究述评与刍议

豆红桥

（西北师范大学文学院）

陶渊明全部作品 144 首（或篇）中，《闲情赋》也许是最特别的一篇作品，说它"特别"，就是因为它是陶渊明唯一的写关于"求女恋情"的赋作，它是与我们所获得的关于所有陶渊明印象中最"出格"最复杂的一篇，是从古至今聚讼不休的一桩公案。在这些"最"中，其主题解读之复杂首当其冲。主题又可称为主旨、意旨，某些情况下又可称为写作动机等。为了阐明这个问题，笔者借助现代多媒体检索手段，句子检索得共 631 条，主题检索得共 103 条。对古代的研究资料则主要依据北京大学、北京师范大学中文系、北京大学中文系文学史教研室编的《陶渊明资料汇编》（上下册，中华书局1962 年版）。现就《闲情赋》主题前贤研究情况整理概述如下。

一、讽谏、寄托说

所谓的讽谏、寄托，就是通过言情写物叙事达到"劝百讽一"、进行道德劝谏的目的，或通过人物象征寄寓作者某种政治理想。这主要源于儒家"诗言志"传统和"劝百讽一"的辞赋阅读期待和写作模式。另一个重要原因是因为陶在其序文中表明"谅有助于讽谏"，这就引起了太多人的注意。古代大部分研陶者都持此主张，最有代表性的是萧梁昭明太子萧统《陶渊明集序》："白璧微瑕者，惟在《闲情》一赋。扬雄所谓劝百而讽一者，卒无讽谏，何必摇其笔端？惜哉，亡是可也！"[1] 这是站在儒家诗教传统来衡量《闲情赋》，认为它背离了讽谏原则故摈弃于《文选》之外。

持肯定态度的司空图、批评此作的方东树、批评萧统崇敬陶渊明的苏轼、激赏此作的方宗诚、明代的张自烈在《笺注陶渊明集》卷五中曰："此赋托寄深远"[2]，直至近代持激烈批评态度的王闿运等，此观点在五四以前占主导地位。

当代持此观点的代表学者有：

1. 邵逸青《〈闲情赋〉不是"白玉微瑕"》："……这个'美女'也许不只是一个单独的个人，而是一个广义的象征，而陶潜的感情也许不只是'爱'情，而是一种广义的'情'。"[3]

2. 王振泰《〈闲情赋〉论纲》："此赋，显然受《离骚》之影响，托男女之情以言志。以佳人自

---

[1] 北京大学、北京师范大学中文系、北京大学中文系文学史教研室编：《陶渊明资料汇编》（上、下册），中华书局1962 年版，上第 9 页。

[2] 北京大学、北京师范大学中文系、北京大学中文系文学史教研室编：《陶渊明资料汇编》（上、下册），中华书局1962 年版，下第 323 页。

[3] 邵逸青：《〈闲情赋〉不是"白玉微瑕"》，载《书屋》2008 年第 2 期。

况而言志。"[1]

3. 王振泰《〈闲情赋〉研究》："陶渊明《闲情赋》作于《感士不遇赋》之后，二者为述志陈情姊妹篇……表现了忠君爱国之重要意旨，或缅怀古圣帝明君，或感念东晋诸帝，或独示对东晋恭帝被刘裕所毒害之感慨，或俱兼包其内也。"[2]

4. 王廷国《〈闲情赋〉"卒无讽谏"浅论》："《闲情赋》其实是作者借爱情来表达自己的政治理想罢了……以追求爱情的失败表达政治理想的幻灭。"[3]

5. 高国藩《论陶渊明的〈闲情赋〉》："它以追求关人爱情失败为喻，即表现了陶公这种政治理想的幻灭。"[4]

6. 刘根栓《浅谈陶渊明〈闲情赋〉的主旨》："即此赋是陶渊明自恋情节的表现，以美人寄托自己的理想人生。"[5]

7. 游国恩等编写的《中国文学史》说过："他的《闲情赋》用铺排的写法表现了男女之间深挚的感情，从序文来看，它也是有寄托的。"[6]

8. 逯钦立认为此赋"以追求爱情的失败，表达政治理想的幻灭"。

9. 周乔健《〈闲情赋〉二论》："《闲情赋》表现的却是对异性热烈执著的追求，委婉缠绵的情感。《闲情赋》也是作者内心苦闷的象征和心理波动升华的象征。《闲情赋》流露出一股极其强烈和深沉的追思爱慕之情。这里所追慕的佳人已不是单纯的异性美，而是一种美的理想的象征。"[7]

10. 周振甫《发乎情，止乎礼义——读陶渊明〈闲情赋〉》："写出了情和智的矛盾，愿望和实际的矛盾，是抑制情和愿望而服从实际。可称为'守礼说'。"[8]

以上"言志"、"寄托"、"象征"诸说是指含混，这种说法源于我国传统文论，究竟言什么"志"？寄托什么？象征什么？均语焉不详；"忠君爱国"说从陶渊明生平思想考察，但是考证太粗略，未免"削足适履"之嫌，更把陶渊明低估了；"守礼"说看到了作品的显性结构，特别是文本序言和结尾之词，但在揭示作品深层意蕴方面，似乎挖掘有限；"政治理想"说并没有明说陶之政治理想为何物，更何况陶渊明平生极力淡化回避政治，这显然夸大了陶渊明的政治性，与史实不符；"理想人生"虽云寄托，但对"理想人生"是什么？仍然未做进一步探讨与诠释；"自况"说，对于解释"求女""闲情"诸问题，所云不详。

总之，以上说法或发论含混，或考证存疑，或不符史实，但纵观《闲情赋》，陶渊明秉持儒家礼义理想，袭用先秦汉魏以来的"求女"赋作模式，试图有所讽谏寄托，并归闲情于闲正，则无疑确乎是明朗的，以上寄托讽谏之说依然有启迪意义。故笔者认为尚有继续深入研究之必要。

二、爱情说和悼念亡妻说

此说主要就赋中所描写的表面内容出发，从"求女"主导感情特别是"十愿十悲"情感蕴含中得出的结论。此观点五四以来占了主导。主要代表有鲁迅、周汝昌、袁行霈等。

[1] 王振泰：《〈闲情赋〉论纲》，载《九江师专学报》（哲学社会科学版）1986年，第3页。
[2] 王振泰：《〈闲情赋〉研究》，载《九江师专学报》（哲学社会科学版）2004年3月。
[3] 王廷国：《〈闲情赋〉"卒无讽谏"浅论》，载《濮阳职业技术学院学报》2010年12月第23卷第6期。
[4] 高国藩：《论陶渊明的〈闲情赋〉》，载《固原师专学报》1992年第3期。
[5] 刘根栓：《浅谈陶渊明〈闲情赋〉的主旨》，载《昌吉师专学报》1999年3月第一期。
[6] 游国恩等编：《中国文学史》，人民文学出版社1964年版。
[7] 周乔健：《〈闲情赋〉二论》，载《九江师专学报》（哲学社会科学版）1986年3月。
[8] 周振甫：《发乎情，止乎礼义——读陶渊明〈闲情赋〉》。

1. 周妆昌《〈红楼梦〉与"情"文化》：陶渊明作了《闲情赋》，被讥为"白璧微瑕"，《昭明文选》赋类中已分出了一个"情"类，所收乃《洛神》《登徒》等篇，分明是沾上了今世的"爱情文学"的边沿了。[1]

2. 曲平《"胡思乱想"的自白，"清新真切"的情诗——评陶渊明的〈闲情赋〉》："《闲情赋》中的美人，很可能就是诗人发妻形象的化身，……《闲情赋》是一篇植根于诗人生活的艺术珍品。"[2]

3. 高淑平《"十愿十悲"在抒情和构思上的唯美追求》："《闲情赋》之所以为后人赞赏不已，却正是陶渊明在赋中所表现出的对缠绵浪漫爱情遐想的描写，艺术效果远远高于讽谏效果。"[3]

4. 张翠爱《"闲情"对于休闲的功用》：《孟子》曰："食色，性也"。认为色欲是人的自然本性。从不虚矫、追求生命自然率真的陶渊明当然不讳言对意中情爱的热烈憧憬。因为传统对爱情的禁锢，所以陶渊明把需要闲暇、自由且能给人带来闲暇、自由的爱情称为"闲情"。确实，真正和谐美好的产生于心灵碰撞的爱情可以给人带来真正的休闲……本文……是描写、歌咏、体验爱情的华美乐章。[4]

5. 袁行霈《陶渊明的〈闲情赋〉与辞赋中的爱情闲情主题》："细细揣摩苏轼的意思，他并不一定认为《闲情赋》有什么讽谏的寓意。在他看来《闲情赋》是抒写爱情之作，但好色而不淫，无伤大雅。"[5]

6. 张廷银《"闲情"自当属真情——论陶渊明〈闲情赋〉的人格意义》："《闲情赋》……寄托他对令姿艳色女性的恋慕。之情……显示了其人格之真纯与自然。"[6]

7. 王志清《〈闲情赋〉的费解与新解》："《闲情赋》乃陶潜的内心爱情生活的真实而艺术的表现。"[7]

8. 李世萍《〈闲情赋〉的情蕴和主旨探析》："其主旨是表现作者对亡妻的深切思念之情；此赋不关'教化'，而是诗人真实情感的自然流寓。"[8]

9. 宋雪玲《〈闲情赋〉的主题和陶渊明诗文的理想化倾向》："《闲情赋》一赋，是陶渊明为追悼亡妻所作。这与陶渊明诗文总体上呈现的理想化倾向相统一。"[9]

10. 周乔健《〈闲情赋〉二论》："《闲情赋》表现的却是对异性热烈执著的追求，委婉缠绵的情感。"[10]

11. 张筱叶《白璧无瑕〈闲情赋〉》："它是一篇光明正大的爱情赋。"[11]

12. 王许林《表倾城之艳色期有德于传闻——读陶渊明的〈闲情赋〉》："是陶渊明人生历程中一次单相思的真实披露。"[12]

13. 高扬《论陶渊明〈闲情赋〉的基本意旨及其人生向度》："追求理想人格。"[13]

高说从文本解读出发，探索了陶之人生向度，并将"闲情"模式理解为追求理想人格，这种观点似乎受到袁行霈、朱光潜诸先生的启发。的确，追求理想人格是陶渊明一生矢志以求的目标，但陶之"理

[1] 周妆昌：《〈红楼梦〉与"情"文化》，载《红楼梦学刊》一九九三年第一辑。

[2] 曲平：《"胡思乱想"的自白，"清新真切"的情诗——评陶渊明的〈闲情赋〉》，载《宁夏大学学报》（哲学社会科学版）1998 年 1 月第 20 卷。

[3] 高淑平：《"十愿十悲"在抒情和构思上的唯美追求》，载《广西社会科学》2006 年 2 月。

[4] 张翠爱：《"闲情"对于休闲的功用——对陶渊明诗文及宋词中亲情友情爱情的意蕴探微》，载《前沿》2008 年第 12 期。

[5] 袁行霈：《陶渊明的〈闲情赋〉与辞赋中的爱情闲情主题》，载《北京大学学报》1992 年第 5 期。

[6] 张廷银：《闲情"自当属真情——论陶渊明〈闲情赋〉的人格意义》，载《学术交流》1997 年第 1 期。

[7] 王志清：《〈闲情赋〉的费解与新解》，载《名作欣赏》2007 年第 19 期。

[8] 李世萍：《〈闲情赋〉的情蕴和主旨探析》，载《贵州社会科学》2006 年第 6 期。

[9] 宋雪玲：《〈闲情赋〉的主题和陶渊明诗文的理想化倾向》，载《九江学院学报》（社会科学版）2011 年第 2 期。

[10] 周乔健：《〈闲情赋〉二论》，载《九江师专学报》（哲学社会科学版）1986 年第 3 期。

[11] 张筱叶：《白璧无瑕〈闲情赋〉》，载《嘉兴高等专科学校学报》2000 年 9 月第 13 卷第 3 期。

[12] 王许林：《表倾城之艳色期有德于传闻——读陶渊明的〈闲情赋〉》，载《古典文学知识》2000 年第 5 期。

[13] 高扬：《论陶渊明〈闲情赋〉的基本意旨及其人生向度》，载《新东方》1999 年第 2 期。

想人格"的内涵究竟是什么？高文没有明确。因此笔者认为，这个问题值得进一步探讨。

鲁迅、周汝昌、袁行霈、张筱叶、周乔健、王志清、张廷银、张翠爱、高淑平诸家大致都倾向于爱情主题，此说几占主导地位。此派大家众多，毕竟此赋以"求女""爱情"为表现载体，但因此作系年争讼纷纭，对陶渊明的思想、感情生活研究似乎考证存疑时时而有，因而仍停留于爱情载体的感性层面，对传统"男女"比兴手法蕴含似乎观照不够；曲平认为赋中美人形象以作者发妻为原型；李世萍、宋雪玲两位认为该赋实为作者悼念发妻之作。李、宋之说从作品系年考证出发寻找论据，但从文本看，"悼念"之意味显然不够，此说似乎失之穿凿。

三、游 戏 说

徐国荣《〈闲情赋〉，陶渊明的游戏之笔》："是戏笔和不成功之作。"[1]笔者认为此说首先否定了《闲情赋》的文学价值，再次从创作动机和风格上认为是游戏之作，从而否定《闲情赋》的文学审美价值，笔者认为这既缺乏必然的因果关系，所谓的游戏之论也难以令人信服。

四、情 欲 说

丁永忠《"发乎情，止乎礼义"——先秦儒家"食色"观述略以及陶渊明的形象表达》："饮食男女"是当今社会普遍喜欢谈论的话题，也是我国古代儒家十分重视的问题。在中国古代的社会生活中，不管是思想家还是政治家都把吃饭和性爱问题看作是高居于其体他所有问题之上的重大问题。儒家所制定的"礼"，具有对情欲的节制功能，即"以礼节欲"……因此，陶渊明《闲情赋》就是先秦儒家"发乎情，止乎礼义"思想的艺术表现。[2]

此说从陶作序言和结尾展开论证，并通过对古代人性论和心理学方面提供论据，似持之有故，但表现陶公"情欲"之作似仅此一赋，形成所谓"孤证"，支撑此说的论据显然不足。

五、仰慕孔子说

王振泰《〈闲情赋〉测情》（《九江师专学报》哲学社会科学版1996年第4期）：渊明《闲情赋》中之"佳人"，即他最为仰募思念之先师孔子也。[3]

王先生一反自己先前之观点，张此异说，胆略可钦！此说极富启迪意义。此说虽然言之凿凿，可也无法指出寄托、爱情诸说之不是，此外，验之渊明全部作品，显然夸大了渊明对于先师孔子的仰慕思念之情。至于"求而靡得"，"然即虚想果遂，仍难长好常圆，世界终归阙陷，十愿适成十悲，终归阙陷"[4]现象之内蕴的诠解和所表现的感情色彩来看，也略显牵强。

六、性心理记录疗伤说

1. 朱邦国《〈闲情赋〉之我见》：记录了自己一次隐蔽的自认为十分不应该有的感情波澜，目的

---

[1] 徐国荣：《〈闲情赋〉，陶渊明的游戏之笔》，载《九江师专学报》（哲学社会科学版）1994年3—4期合刊。

[2] 丁永忠：《"发乎情，止乎礼义"——先秦儒家"食色"观述略以及陶渊明的形象表达》，载《重庆教育学院学报》2011年9月第5期。

[3] 王振泰：《〈闲情赋〉测情》，载《九江师专学报》（哲学社会科版）1996年第4期。

[4] 钱钟书：《管锥编》，中华书局1999年版。

是为了心理疗治。[1]

2.杨满仁《模拟与寄托：陶渊明〈闲情赋〉述评》："本赋就是陶渊明在阅读前人作品时，产生了一种情感共鸣，从而以一种'生命印证生命'的方式所完成的生命和情感的体验。"[2]

朱说首先否定了陶渊明的"恋情"，其次认为有"疗治"的需要，陶渊明主观是否需要疗治？我们不得而知，疗治效果如何？也似无从得知。此说的前提是以"爱情""恋情"或者是畸恋，这个假设能否成立且不说，但就朱文而看，也没有任何考证。

杨先生从"模拟"与"寄托"观点出发，用"生命印证生命"的方式来诠释《闲情》一赋的内心和情感机制，看似新异，实属旧论。此外作者对"生命印证生命"的内在机制及内涵论述不够。文章赏析有余，论述不足。

七、讽刺伪道德说

顾竺《关于陶渊明的〈闲情赋〉》："《闲情赋》的出现并不意味着陶渊明开始宣言背离儒家思想，只应看作是对扼杀人性的虚伪道德情操的讽刺。"[3]

顾说将陶渊明与儒家伦理思想的矛盾对立夸大，并赋予陶渊明以"反礼教"的面目，不管从文本还是陶渊明平生思想来看，这种观点明显不符史实，带有"左"的思维烙印。

八、多重主题说

1.刘继才《论陶渊明〈闲情赋〉》："此赋的主题是多重矛盾的统一，但矛盾的主题并不影响它的价值与意义。"[4]

2.范炯《人生思辨的形象写真—陶潜〈闲情赋〉新探》："《闲情赋》是陶潜矛盾人格的集中表现，其中，既有爱情的痛切经验，又有理想的苦涩追念。既是心理变异的反映，又是生活感受的图示，同时，既是热情向往的苦果。又是弃官归隐的注脚。一句话，《闲情赋》是陶潜整个复杂心态的形象写真，是一种人生思辨的形象化。"[5]

3.耿振东《陶渊明〈闲情赋〉的创作旨归》："《闲情赋》中的'美人'有象征意义，她寄托了陶渊明少年的'猛志'和对田园生活的留恋，以及在晚年的生活潦倒中，在理想与现实的矛盾中，力守田园的努力。"[6]

刘作将陶赋主题归之为"多重矛盾的统一"，既有爱情甚至情欲，又有人生理想的寄托，还有讽喻性质，更有作者倾慕的诸多"先师""先贤"，确实很复杂，但这并不影响赋作的价值。

范文将赋之主题归为"陶潜矛盾人格的集中表现"，从心理分析角度来诠释辞赋，论证令人信服，也颇具启发意义。

耿文从寄托与象征基点出发，揭示了陶渊明的复杂心理蕴含，理解自有独到之处。

以上三篇论文从不同角度解读陶渊明《闲情赋》的主题，揭示了此赋主题蕴含的复杂性，极具启发性。下面笔者主要从此三篇文章中获得的启示出发，不揣谫陋，谈谈对这篇赋作的主题认识。

[1] 朱邦国：《〈闲情赋〉之我见》，载《淮阴师范学院学报》（哲学社会科学版）2001年4月第23卷。

[2] 杨满仁：《模拟与寄托：陶渊明〈闲情赋〉述评》，载《九江学院学报》（哲学社会科学版）2010年第2期。

[3] 顾竺：《关于陶渊明的〈闲情赋〉》，载《西北师大学报》（社会科学版）1990年第6期。

[4] 刘继才：《论陶渊明〈闲情赋〉》，载《辽宁教育学院学报》1997年5月第14卷第3期。

[5] 范炯：《人生思辨的形象写真—陶潜〈闲情赋〉新探》，载《中州学刊》一九八七年第三期。

[6] 耿振东：《陶渊明〈闲情赋〉的创作旨》，载《沧州师范学院学报》2012年6月第28卷第2期。

笔者认为辞赋表面上以讽谏的初衷和爱情载体，通过求女的传统比兴手法，表现了作者现实和理想、出世和隐居、感性和理性、生和死、无限和有限、追求与失落、希望与失望等一系列悲壮生命中的二难紧张与哲学悖理，从而得到完美生动的诠释与图示。

九、陶渊明《闲情赋》主题再议

这主要从文本中表现出来的诸多"矛盾"点上获得理解。此赋集中表现出的"矛盾"主要有以下两点。

（一）现实与理想的二难紧张

《闲情赋》作于何时？这也是个聚讼不休的话题。代表性的意见有三种：

1. 早年说。此说以古直、王瑶、袁行霈、郭维森、包景诚为代表。王瑶认为此赋乃渊明三十岁时作。[1] 袁行霈则认为此赋作于"晋海西公太和五年庚午（370），渊明十九岁"[2]。郭维森、包景诚认为《闲情赋》作于陶渊明二十七岁之时。[3]

2. 中年说。此说代表为逯钦立、龚斌。逯钦立认为，此赋系年为彭泽致仕之后："本篇约写于义熙二年（406），陶渊明四十二岁，彭泽归田后之次年。"[4] 龚斌同意此说。[5] 这一年，也是他因"家贫、耕植不足以自给。动稚盈室，瓶无储粟，生生所资，未见其术"，在亲友们的劝说下，出任彭泽县令的一年。在任彭泽县令的 80 多天的时间里，他又目睹了官场的许多丑闻。

3. 晚年说。此说以王振泰为代表。他认为此赋"应是渊明接踵其《感士不遇赋》作于晚年，即晋、宋易代之后，其时渊明五十八岁左右。二赋珠联璧合，为姊妹篇"[6]。

由上可见，以上三种意见分歧很大，这势必会影响到对此赋的主题理解。笔者认为，不管是从该赋的文章风格、情感体验还是从作者的经历心绪来看，晚年说最接近文章主旨。由于这个问题较为复杂，不在本文讨论范围之内，故不赘述。

这篇赋描写了一位绝世弹琴美女，不仅"令姿""艳色""倾城"，而且"传闻""有德"，"柔情"，"雅志"，"神仪"，"妩媚"，"举止详妍"，总之，从外到内都臻于极致完美！这样的绝色佳人怎能不"感余"，进而产生强烈的"接膝""交言""结誓"之动机？但是正当作者怀着圣洁之心希图通过儒家礼义得体地追求这位旷世美女时，"恐他人之我先"，作者却又极度担心怕被别人占了先机！于是"意惶惑而靡宁，魂须臾而九迁"！然而最终结局是：经历了狂热的一番追求之后，作者不得不即不甘愿地承受着无尽的惆怅悲愁。为什么美好的东西始终无法获得？"终阻山而带河"，横亘在理想与现实之间的山河阻隔显然被赋予了高度的隐喻和象征意义，在坚硬如铁的现实面前，人终究显得渺小如粟！人的思想情感充其量只能算是"弱志"！人在这种尴尬的处境中，除了"自悲"，所能做的也就只能是"寄"此"弱志"于"归波"，历史长川总会毫不留情地带走一切，人们所有的努力不过是转瞬即灭的泡沫而已！《闲情赋》以艺术的笔法，通过"求女不遇"的传统模式寄寓隐喻了作者的全部人生体验和历史经验。

纵观陶渊明思想体系，儒家思想对他影响最深。早期的他以"大济苍生"为理想，怀着"朝与仁义生，夕死复何求"的积极仕进精神。然而，诗人生不逢时，他所生活的时代正值中国魏晋大分裂、大动荡、

---

[1] 王瑶编注：《陶渊明集》，人民文学出版社 1956 年版，第 104 页。

[2] 袁行霈撰：《陶渊明集笺注》，中华书局 2003 年 4 月版，第 452 页。

[3] 郭维森、包景诚：《陶渊明集全译》，载《陶渊明年谱》贵州人民出版社 1992 年版。

[4] 逯钦立校注：《陶渊明集》，中华书局 1979 年 5 月版，第 146、276 页。

[5] 龚斌校笺：《陶渊明集校笺》，上海古籍出版社 1996 年版，第 369、383 页。

[6] 王振泰：《闲情赋系年新探》，载《九江师专学报》（哲学社会科学版）1987 年第 3 期。

大混乱的时期，外有异族侵凌，内则政局动荡，乱象丛生，且门阀世族垄断政权，陶渊明出身寒族，子女不聪，而又高洁耿介，只能在黑暗的官场处处碰壁，在《感士不遇赋并序》中说：“自真风告逝，大伪斯兴，闾阎懈廉退之节，市朝驱易进之心。怀正志道之士，或潜玉于当年；洁己清操之人，或没世以徒勤。故夷皓有‘安归之叹，三闾发‘已矣’之哀。”这表明陶渊明彻底看清了现实，理想既然无由实现，因而在历经种种风波挫折之后，陶渊明毅然选择了退隐之路，走向了陇亩。

归隐之后的陶渊明，虽然乐于“复得返自然”的全新田园生活，但归隐之后的陶渊明，心绪并不总是悠哉乐哉的，身是归隐了，但心却未留下了太多憾恨和不甘。每当夜深人静之时，特别是随着年齿渐长，理想破灭带来的悲愁一直挥之不去，盘踞在灵魂深处，终其一生，心绪难平！“白日沦西阿，素月出东岭。遥遥万里辉，荡荡空中景。风来入房户，夜中枕席冷。气变晤时易，不眠知夕永。欲言无予和，挥杯劝孤影。日月掷人去，有志不获骋。念此怀悲戚，终晓不能静。”[1]“恫恫不寐，众念徘徊”，就是这种心境的真实写照。其中“众念”就是包含了非常复杂难名的感情，这里显然有良士不遇的悲慨，也有对早年有志不获骋的遗恨，也有对美好事物的不息渴求，更有对岁月迁逝和人生价值的深沉哲思，其中的悲戚、荒凉、遗恨、焦虑、孤独和难名的恐惧，如许复杂的生命体验勘谓百感交集！这些感受作者陆陆续续表现于他的诗文中，特别是在《闲情赋》中，更加形象集中地表现出来了。而这些绝不是简单的如有些论者所谓的“爱情”说、“情欲”说、“悼念亡妻”说或“忠臣恋主”说等单一主题所能概括诠解得了。这种焦虑心境郁积“徘徊”日久，理想弥笃，渴求越切，失落就越深。于是“一方面很自然地出现了把感情投射到客体中去的倾向，另一方面又出现了把客观情调吸收到主体中来的倾向”[2]。客体主体化和主题客体化的双向运构，使得诗人不得不产生一吐为快的创作动机。加之作者一旦从理想现实的永恒矛盾与自先秦汉魏“美女类”及“神女类”赋中形成的“求女不遇”传统模式中找到冥合的契机之后，表现这种感情思想就成了艺术表现的选择问题。所以，天才的作家通过诗文将作者这种“不遇”心情艺术地表现出来，现实与理想的二元对立遂化为《闲情赋》中“求女不遇”模式，赋作中“十愿十悲”分明象征了作者诸如“五官”等全部人生遭际和复杂感受，并将个人的人生体认上升到代代不已的生命史的宇宙高度，从而使《闲情赋》获得了崇高的哲学品格和至高的文化价值。

（二）无限与有限的永恒悖理

世间万物，有生必有死，“肯定的理解中也必然包含着否定的理解”，这是自然规律，人类亦然。但是在我国古代，受儒家思想之影响，“不知生，焉知死？”生死问题一直未能得到正面理解，由儒家文化主导的中国古代文化特别是在两汉，基本上对此问题采取回避态度。自东汉中后期以降，王纲崩解，世乱人离，人命无常，生死问题才得以凸显，于是魏晋文学中关于有限与无限、生与死的主题空前高涨。如《古诗十九首》的悲情歌咏、建安文学的慷慨苍凉、正始文学的深沉体验，两晋文学的哲学玄思……到东晋中后期陶渊明时代，有限与无限、生死问题成为浸透士林的头等哲学和文学主题。“死生亦大矣，岂不痛哉！”（《兰亭集序》）

生死问题成为无可回避的人生课题，也成为哲学、宗教、文学乃至整个文化史的永恒课题。面对不可避免的死亡，人生的价值和终极关怀问题已然逼迫着作家们做出或积极或消极的选择，儒释道均从不同向度指出解决方案。陶渊明受其影响，对生死问题即有限与无限的问题，是有过长期而深入的思考和体认的。陶渊明的思想成分比较复杂，儒家思想的影响至深，特别是早年，归隐之后融入了道释玄思想，经过长期躬耕实践与思考，最终形成了“甚念伤吾生，正宜委运去。纵浪大化中，不喜亦

[1] 龚斌校笺：《陶渊明集校笺》，载《杂诗十二首其二》，上海古籍出版社1996年版，第291页。

[2] 朱光潜：《悲剧心理学》，人民文学出版社1983年版。

不惧，应尽便须尽，无复独多虑"[1] 的生命观。跟魏晋文士相比，陶渊明对于生命的态度显得较为豁达，他通过委运大化、饮酒行乐、闲情著文来消解对于死亡的恐惧和焦虑。

"悲晨曦之易夕，感人生之长勤。同一尽于百年，何欢寡而愁殷。"[2] 正如李泽厚所说"以前所宣传和相信的那套伦理道德，鬼神迷信，截纬宿命，烦琐经术等等规范、标准、价值，都是虚假的或值得怀疑，它们并不可信或并无价值，只有人必然要死才是真的，只有短促的人生中总充满那么多的生离死别、哀伤不幸才是的。"[3] 陶渊明对于生死、有限和无限的思考，始终处在一种认真体验和积极思考的状态中，这是他终其一生也未能很好解决的人生课题。"他的所有举动都不过因为对现世人生的热爱和留恋。对着死亡的冰冷感受生命的热情"[4]，《闲情赋》正是通过塑造一个完美绝伦、可望而不可即的美人意象，寄寓倾注了作者的全部人生理想和热望，在这个可爱而圣洁的意象中，融入了作者对美、爱、理想和无限的全部情愫！优美而爱，有爱而生死相许，正是沿着这样的情思轨迹，作者展开了狂热赤城的追寻，这个追寻的性质，已经远远超出了男女爱情的界限，这分明是作者一生孜孜以求美、理想和终极关怀的生动想象的图示。最终，追寻的过程是壮烈的，追寻的结局是悲壮的。以有限追求无限，以无限超越有限，其结局注定是悲剧的。由乐而悲，求而无得，最后处在深深的生命悲凉之中，生而有涯，而求也无涯，一代代生命不就是汇演成壮美的生命史诗么？由此，陶渊明以清醒的悲剧意识、独特的哲学品格和自觉的历史意识，通过《闲情赋》使个人及历史的生命体验和复杂形态与人生有限宇宙无限之间的永恒二难这一哲学悖理得到淋漓尽致的诠释与图示。

[1] 陶渊明：《陶渊明集》卷之二，中华书局 1979 年版，第 37 页。

[2] 陶渊明：陶渊明集》卷之五，中华书局 1979 年版，第 154 页。

[3] 李泽厚：《中国思想史论》（上），安徽文艺出版社 1999 年版，第 196 页。

[4] 张学君：《向死而生：论陶渊明的生命意识》，载《宁夏大学学报》（人文社会科学版）2007 年 1 月第 1 期。

论王嘉《拾遗记》的语言特色

王兴芬

（西北师范大文学院）

《拾遗记》系东晋十六国时期前秦道士王嘉所作，该书不仅内容丰富，而且具有非常独特的语言特色。《拾遗记》文辞艳丽，铺陈夸饰，具有鲜明的赋体特征；同时，王嘉在《拾遗记》还穿插了大量的诗歌、谣、谚，诗文融合，是这一时期志怪小说一个独特的存在。有鉴于此，笔者将从鲜明的赋体特征、诗文融合以及语言的形象化等几个具体方面谈一谈《拾遗记》独特的语言艺术。

一、鲜明的赋体特征

刘勰《文心雕龙·诠赋》说："赋者，铺也，铺采摛文，体物写志也。"又说："丽词雅义，符采相胜，如组织之品朱紫，画绘之著玄黄，文虽杂而有实，色虽糅而有仪，此立赋之大体也。"在刘勰看来，赋体的鲜明特征就是以虚构的情节、华丽的文辞铺排渲染，体物写志，而王嘉《拾遗记》自梁代始，就因文辞的华丽夸饰备受关注。萧绮在《拾遗记序》中即说"道业远者，则辞省朴素，世德近者，则文存靡丽"。胡应麟在批评《拾遗记》"所记无一事实者"的同时，又指出"皇娥等歌，浮艳浅薄，然词人往往用之，以境界相近故"[1]。顾春《拾遗记跋》也称赞《拾遗记》"辞藻灿然"。《四库全书总目提要》对其华丽辞藻对后代词人的影响也给予了充分的肯定，认为《拾遗记》"历代词人，取材不竭，亦刘勰所谓'事丰奇伟，辞富膏腴，无益经典而有助文章'者欤。"周中孚《郑堂读书记》也说《拾遗记》"徒以辞条丰蔚，颇有资于词章"。此外，谭献《复堂日记》卷五也认为"《拾遗记》，艳异之祖，恢谲之尤，文富旨荒，不为典要"。《拾遗记》的华丽藻饰，主要表现在行文中多处运用排比和夸张极尽铺陈渲染之能事。如卷三对宋晋公之世善星文者神异之术的铺陈即是如此：

> 宋景公之世，有善星文者，许以上大夫之位，处于层楼延阁之上，以望气象。设以珍食，施以宝衣。其食则有渠沧之鼋，煎以桂髓；丛庭之鹨，蒸以蜜沄；淇漳之鳢，脯以青茄；九江珠毯，饔以兰苏；华清夏洁，洒以纤缟。华清，井水之澄华也。饔人视时而叩钟，伺食以击磬，言每食而辄击钟磬也。悬四时之衣，春夏以金玉为饰，秋冬以翡翠为温。烧异香于台上。忽有野人，被草负笈，扣门而进，曰："闻国君爱阴阳之术，好象纬之秘，请见。"景公乃延之崇堂。语则及未来之兆，次及已往之事，万不失一。夜则观星望气，昼则执算披图。不服宝衣，不甘奇食。景公谢曰："今宋国丧乱，微君何以辅之？"曰："德之不均，乱将及矣。修德以来人，则天应之祥，人美其化。"景公曰："善。"遂赐姓曰子氏，名之曰韦，即子韦也。

这段文字文辞华美，句式整中有变，俨然"铺采摛文"的赋笔。对统治者浮华奢靡生活的描写，极尽铺排渲染之能事。《拾遗记》中最能体现"铺采摛文"赋体特征的是卷十对神话传说中八大名山神奇

---

[1] 《少室山房笔丛》卷三十二，上海书店出版社 2001 年版。

物产的描写。可以说，王嘉对八大名山动植物产的铺陈，就是八篇结构完整的赋作，现举两例如下：

岱舆山，一名浮析，东有员渊千里，常沸腾，以金石投之，则烂如土矣。孟冬水涸，中有黄烟从地出，起数丈，烟色万变。山人掘之，入地数尺，得燋石如炭灭，有碎火，以蒸烛投之，则然而青色，深掘则火转盛。有草名莽煌，叶圆如荷，去之十步，炙人衣则燋，刈之为席，方冬弥温，以枝相摩，则火出矣。南有平沙千里，色如金，若粉屑，靡靡常流，鸟兽行则没足。风吹沙起若雾，亦名金雾，亦曰金尘。沙着树粲然，如黄金涂矣。和之以泥，涂仙宫，则晃昱明粲也。西有乌玉山，其石五色而轻，或似履舄之状，光泽可爱，有类人工。其黑色者为胜，众仙所用焉。北有玉梁千丈，驾玄流之上，紫苔覆漫，味甘而柔滑，食者千岁不饥。玉梁之侧，有斑斓自然云霞龙凤之状。梁去玄流千余丈，云气生其下。傍有丹桂、紫桂、白桂，皆直上千寻，可为舟航，谓之"文桂之舟"。亦有沙棠、豫章之木，长千寻，细枝为舟，犹长十丈。有七色芝生梁下，其色青，光辉耀，谓之"苍芝"。荧火大如蜂，声如雀，八翅六足。梁有五色蝙蝠，黄者无肠，倒飞，腹向天；白者脑重，头垂自挂；黑者如乌，至千岁形变如小燕；青者毫毛长二寸，色如翠；赤者止于石穴，穴上入天，视日出入恒在其上。有兽名啾月，形似豹，饮金泉之液，食银石之髓。此兽夜喷白气，其光如月，可照数十亩。轩辕之世获焉。有遥香草，其花如丹，光耀入月，叶细长而白，如忘忧之草，其花叶俱香，扇馥数里，故名遥香草。其子如薏中实，甘香，食之累月不饥渴，体如草之香，久食延龄万岁。仙人常采食之。　（岱舆山）

瀛洲一名魂洲，亦曰环洲。东有渊洞，有鱼长千丈，色斑，鼻端有角，时鼓舞群戏。远望水间有五色云，就视，乃此鱼喷水为云，如庆云之丽，无以加也。有树名影木，日中视之如列星，万岁一实，实如瓜，青皮黑瓤，食之骨轻。上如华盖，群仙以避风雨。有金峦之观，饰以众环，直上干云。中有青瑶几，覆以云纨之素，刻碧玉为倒龙之状，悬火精为日，刻黑玉为乌，以水精为月，青瑶为蟾兔。于地下为机橛，以测昏明，不亏弦望。时时有香风泠然而至，张袖受之，则历年不歇。有兽名噢石，其状如麒麟，不食生卉，不饮浊水，嗅石则知有金玉，吹石则开，金沙宝璞，粲然而可用。有草名芸苗，状如菖蒲，食叶则醉，饵根则醒。有鸟如凤，身绀翼丹，名曰"藏珠"，每鸣翔而吐珠累斛。仙人常以其珠饰仙裳，盖轻而耀于日月也。　（瀛洲）

靡丽的文辞与夸诞的内容相结合，这是"赋"体常见的写法。这种行文中运用排比句式的夸张渲染，一方面显示了王嘉驾驭语言的高超的技巧，另一方面也是他作为一个道教徒宣传神仙道教思想的需要：为了让更多的人相信道教神仙之说，或"出于对仙山异境超人间的富丽表现的需要，书中许多地方运用了类似辞赋的铺排渲染之笔，铺陈珍奇，罗列异宝，夸张渲染，不遗余力"[1]。王嘉就是以华丽奇特的语言向世人展示了神仙世界的神奇与高不可攀，从而达到了宣传神仙道教思想的目的。难怪谭献称《拾遗记》为"艳异之祖，恢谲之尤"[2]。

刘勰《文心雕龙·诠赋》说："赋自诗出，分枝异派。"以屈原为代表的"骚体"是诗向赋的过渡，叫"骚赋"；汉代正式确立了赋的体例，称为"辞赋"；魏晋以后，日益向骈文方向发展，叫作"骈赋"。骈赋要求在写作的过程中，语句上以四、六字句为主，句式错落有致并追求骈偶，语音上讲求声律协谐，文辞上讲究藻饰和用典。王嘉《拾遗记》除用华丽的文辞极尽铺排渲染之能事外，在行文的过程中，还大量地运用了四六对句，而这应该是王嘉受魏晋后期逐渐兴起的骈赋文风影响的结果。如卷四在陈

[1]　王晶波：《论〈拾遗记〉的唯美倾向》，载《西北师大学报》2003 年第 1 期。

[2]　齐治平校注：《拾遗记》第 253 页附录：谭献《复堂日记》卷五，中华书局 1981 年版。

述秦始皇所起云明台、卷三在讲西王母降临人间时都使用了大量的对句：

> 始皇起云明台，穷四方之珍木，搜天下之巧工。南得烟丘碧桂，郫水燃沙，贲都朱泥，云冈素竹；东得葱峦锦柏，漂檖龙松；寒河星柘，岘山云梓；西得漏海浮金，狼渊羽璧，滁嶂霞桑，沉塘员筹；北得冥阜乾漆，阴坂文杞，襄流黑魄，暗海香琼，珍异是集。
>
> 西王母乘翠凤之辇而来，前导以文虎、文豹，后列雕麟、紫麐。曳丹玉之履，敷碧蒲之席，黄莞之荐，共玉帐高会。荐清澄琬琰之膏以为酒。又进洞渊红花，嶕州甜雪，崐流素莲，阴岐黑枣，万岁冰桃，千常碧藕，青花白橘。

又如，卷一在陈述春皇庖牺的贡献时也运用了大量的对句：

> 自尔以来，为陵为谷。世历推移，难可计算。比于圣德，有踰前皇。礼义文物，于兹始作。去巢穴之居，变茹腥之食，立礼教以导文，造干戈以饰武，丝桑为瑟，均土为埙，礼乐于是兴矣。调和八风，以画八卦，分六位以正六宗，于是未有书契，规天为图，矩地取法，视五星之文，分晷景之度，使鬼神以至群祠，审地势以定川岳，始嫁娶以修人道。

可以看到，上述几段文字，虽然没有特别讲求声律的和谐，但用的最多的是四字对句，六字对句也兼有穿插。笔者以为，这种整中有变的艳丽文辞和华美的藻饰，应该是王嘉受到这一时期逐渐兴起的骈赋文风影响的结果。所有这些也都是王嘉《拾遗记》鲜明赋体特征的反映。

二、诗文融合

诗文融合是中国古代小说区别于世界上任何一种小说文本最显著的标志之一。而中国古代小说这种诗文融合的独特存在，一般认为，是继承先秦时期《左传》、《国语》等优秀历史散文的结果。特别是《左传》，书中大量引用了《诗经》中的诗句。汉魏六朝时期小说特别是杂史杂传类小说中这种诗文融合的语言特色与先秦历史散文一脉相承。中国小说在其幼年之时的六朝志怪和志人小说中，诗文融合虽也时有出现，如《穆天子传》中穆王与西王母相会时的以诗言志，《搜神记》中"紫玉"条的四言诗、"崔少府墓"条的五言诗等，但成分较少。而《拾遗记》在这一时期的志怪小说中却是一个独特的存在。《拾遗记》的语言，不仅受魏晋时渐趋靡丽的文风的影响，行文骈化、赋体化倾向明显，而且穿插了大量的诗歌、谣、谚，诗文融合。《拾遗记》以史的体例结构全书，在语言的运用上也继承《左传》等先秦历史散文的特点，在行文中运用大量的诗歌、俚语，韵散结合，使语言华丽而有文采。据粗略估计，《拾遗记》中运用的诗歌、俚语将近30处。总的来看，《拾遗记》中所引诗歌，谣、谚可分为两个类：一类是从外在角度出发所引，这些诗谣谚语主要是作者或叙述人有感而发的议论，如：卷一"轩辕黄帝"条宁先生的七言颂，仙人方回的《游南岳七言赞》，卷七"薛灵芸"条的"行者歌"，卷九张华的《金葵赋》以及文中所引的《诗》、《春秋》等书中的诗句等。另一类是从内在的角度出发所引的诗歌谚语，这些诗歌谚语主要表现作品中故事人物自身的主观感受，如皇娥与白帝之子的对歌，卷六昭帝使宫人所歌七言诗，灵帝在裸游馆时所唱的《招商》之歌，翔风被黜退后所唱的五言诗以及汉武帝所作《落叶哀蝉曲》等。

在这些诗歌、谚语中运用最多的是七言诗，如卷一"少昊"条，皇娥与白帝之子所歌七言诗：

> 皇娥依瑟而歌曰："天清地旷浩茫茫，万象迴薄化无方。浛天荡荡望沧沧，乘桴轻漾著日傍，当其何所至穷桑，新知和乐悦未央。"
>
> 白帝之子答歌曰："四维八埏眇难极，驱光逐影穷水域。璇宫夜静当轩织，桐峰文梓千寻直，伐梓作器成琴瑟。情歌流畅乐难极，沧湄海浦来栖息。"

韵散结合的语言，恰如其分地表达了两个热恋中的年轻人愉悦的心情，瑰丽的辞藻构成了一个缥缈秀丽的仙境，二人的情歌赠答，辞采艳发，情致缠绵，更是锦上添花。从内在的韵律来看，二人所唱之歌，也是句句押韵的，读来朗朗上口。《拾遗记》中所引七言诗，更多的是为宣传神仙道教思想服务的，如卷一"轩辕黄帝"条宁先生游沙海的七言颂："青藥灼烁千载舒，百龄暂死饵飞鱼。"与"虞舜"条仙人方回《游南岳七言赞》："珠尘圆洁轻且明，有道服者得长生。"等都反映了仙人对神仙世界的歌颂。也有以七言诗的形式来反映谶纬思想的，如卷七"薛灵芸"条行者所歌之诗："青槐夹道多尘埃，龙楼凤阙望崔嵬。清风细雨杂香来，土上出金火照台"，就是以阴阳五行学说预示了曹魏的运数将尽以及司马氏的即将大兴。

在七言体诗歌刚刚起步的魏晋时代，王嘉《拾遗记》中自创或引用如此之多的七言诗，是难能可贵的，虽然这些七言诗艺术成就并不高，但它们对后代七言诗的进一步发展具有重要的开创意义。更重要的是，这些诗句运用到小说的叙事之中，使叙事与抒情相结合。有时从外在角度出发，对所述之事进行一番议论；有时又从内在角度出发，把主人公彼时彼地的所思所想完整地表达了出来。这些诗词，升华、延伸了小说的情节，也加深了读者对小说的理解。

除七言诗外，《拾遗记》中所引诗歌谚语还有六言、五言、四言、三言、杂言等诗歌样式。杂言如卷五汉武帝所赋《落叶哀蝉曲》："罗袂兮无声，玉墀兮尘生，虚房冷而寂寞，落叶依于重扃。望彼美之女兮安得，感余心之未宁。"把一个帝王对爱妃无尽的思念表现得淋漓尽致。六言诗如卷九"张华"条的闾里歌"宁得醇酒消肠，不与日月齐光"以及同卷的《金葵赋》："擢九茎于汉庭，美三株于兹馆，贵表祥乎金德，比名类乎相乱"等等。前两句反映了在魏晋这一动乱的时代，文人以酒消极避世的历史事实；后一首则是讽刺杨氏专权，影射时事。五言诗如卷九翔风所作五言诗："春华谁不美，卒伤秋落时，突烟还自低，鄙退岂所期，桂芳徒自蠹，失爱在蛾眉。坐见芳时歇，憔悴空自嗤！"这是翔风独守空房时所作的五言诗，在这首诗中，把一个被弃的女性心中的怨恨、感伤统统表现了出来，与前面曾经的专宠形成鲜明的对比，揭露了封建社会上层贵族喜新厌旧的丑恶行径，这是翔风的内心独白，更是对这一不合理社会现象的强烈控诉。《拾遗记》对谚语的引用，多是四言、三言、二言等，也都不同程度地反映了王嘉的思想倾向，不再一一引述。"这些歌谣俚语被有机地组合在整个故事中，既很好地表达了人物的思想感情，又渲染了环境气氛，有些还从一个侧面反映出了特定的社会现实。"[1]

上述诗歌、俚语的艺术特色我们暂且不论，但这种诗文融合的语言承史而来，却比"史"的语言更为工整华丽却是显而易见的。《拾遗记》以前的小说中，也时有引诗，但这样大量地运用诗歌、俚语，在魏晋南北朝小说中，却还是第一次。这种诗文融合的方法，不仅符合作品人物的特定的心理状态，更与虚构想象的小说情节水乳交融，就是有感而发的诗，也是恰如其分，与整个故事情节融为一体，这说明，《拾遗记》"在继承过去历史著作中诗文融合写作方法的同时，能够摆脱其纯粹纪实的性质，而贯注以奇幻想象的活力，从史传的旧传统中，开拓出艺术的新境界，这在中国古典小说的发展历程中，具有奠基意义"[2]。《拾遗记》中各体诗的韵文与叙述性散文的相间杂用，使它成为了"文备众体"的综合性语体。难怪历代学者都认为，《拾遗记》"事丰奇伟，辞富膏腴，无益经典，而有助文章"[3]，且使"历代词人，取材不竭"[4]。今天看来，不失为公允的评价。

[1] 邵宁宁、王晶波：《说苑奇葩》，甘肃教育出版社1999年版，第58页。

[2] 郭洁：《中国古典小说中诗文融合传统的渊源与发展》，载《中国文学研究》1995年第2期。

[3] 《四库全书总目》卷一百四十二，中华书局1996年版，第2107页。

[4] 《四库全书总目》卷一百四十二，中华书局1996年版，第2107页。

三、形象化的语言

《拾遗记》的语言，除了行文中鲜明的赋体倾向以及诗文融合的特点之外，也具有形象化的特点，特别是在一些事物的命名上，更显出了王嘉的匠心独具。杂史杂传体志怪小说《穆天子传》中记载了周穆王巡行天下时驾车的八骏：赤骥、盗骊、白义、逾轮、山子、渠黄、华骝、绿耳。《拾遗记》中也写到了穆王的八骏，但这里的八骏之名与《穆天子传》完全不同，它们是："一名绝地，足不践地；二名翻羽，行越飞禽；三名奔霄，夜行万里；四则越影，逐日而行；五名逾辉，毛色炳耀；六名超光，一形十影；七名藤雾，乘云而奔；八名挟翼，身有肉翅。"同样是八骏，《穆天子传》中的八骏之名，除逾轮、山子外，似乎更偏重于从颜色上寻求马的特点，然而在王嘉的笔下，八骏之名一个个充满了灵动之气，形象而又鲜明，给读者以广阔的想象空间，余味无穷。除八骏外，《拾遗记》中还有"八剑"之名：掩日、断水、转魄、悬翦、惊鲵、灭魂、缺邪、真刚，也都集物件的名称与特点于一体，形象生动。又卷七写汉宣帝时，"有背明之国，所贡五谷"，五谷之名也颇为形象：

> 宣帝地节元年，乐浪之东，有背明之国，来贡其方物。言其乡在扶桑之东，见日出于西方。其国昏昏常暗，宜种百谷，明曰"融泽"，方三千里。五谷皆良，食之后天而死。有浃日之稻，种之十旬而熟；有翻形稻，言食者死而更生，天而有寿；又明清稻，食者延年也；清肠道，食一粒历年不饥。有摇枝粟，其枝长而弱，无风常摇，食之益髓；有凤冠粟，似凤鸟之冠，食者多力；有游龙粟，叶屈曲似游龙也；由琼膏粟，白如银，食此二粟，令人骨轻。有绕明豆，其茎弱，自相萦缠；有挟剑豆，其荚形似人挟剑，横斜而生；有倾离豆，言其豆见日，叶垂覆地，食者不老不疾。有延精麦，延寿益气；有昆和麦，调畅六府；有轻心麦，食者体轻；有醇和麦，为麴以酿酒，一醉累月，食之凌冬可袒；有含露麦，穟中有露，味甘如饴。有紫沉麻，其实不浮；有云冰麻，实冷而有光，宜为油泽；有通明麻，食者夜行不持烛，是苣藤也，食之延寿，后天而老。其北有草，名虹草，枝长一丈，叶如车轮，根大入穀，花似朝虹之色。昔齐桓公伐山戎，国人献其种，乃植于庭，云霸者之瑞也。有宵明草，夜视如列烛，昼则无光，自消灭也。有紫菊，谓之日精，一茎一蔓，延及数亩，味甘，食者至死不饥渴。有焦茅，高五丈，燃之成灰，以水灌之，复成茅也，谓之灵茅。有黄渠草，映日如火，其坚韧若金，食者焚身不热；有梦草，叶如蒲，茎如著，采之以占吉凶，万不遗一；又有闻遰草，服者耳聪，香如桂，茎如兰。其国献之，多不生实，叶多萎黄，诏并除焉。

除此之外，还有如曳影之剑、沦波舟、挂星查等都生动、形象、有趣，给人无尽的遐想。可以看到，《拾遗记》生动形象的语言背后，反映的是古代劳动人民战胜自然、克服自然的强烈愿望和美丽的幻想。在远古时代交通不发达，缺少食物，部落之间战争频繁，所以人们幻想有像八骏一样的交通工具，使人们免受徒步之苦；有一穗千车的谷物，使人民免受饥饿之苦；有像"八剑"、曳影之剑这样的兵器，使人民免受战争之苦；又有轮波之舟、挂星之槎，能让人们上天下海，探索宇宙大海的奥秘。总之，古代劳动人民对神奇而又变幻莫测的大自然充满了好奇，这一系列富有想象力的生动形象的事物名称，即是明证。

毋庸置疑，《拾遗记》鲜明的赋体特征、诗文的大量融合以及语言的形象化都使得它在魏晋南北朝志怪小说中大放异彩，成为这一时期杂史杂传体志怪小说的代表之作，也直接影响了后世小说的创作，具有深远的意义。

刘孝标名、字、本名、籍贯及家世考

赵建成

（黑龙江大学文学院）

刘孝标学识渊博，文藻秀出，实为一代高才。然其生前抑郁不得志，身后亦颇寂寥。即以其年谱之编订与生平之考证、作品之系年而论，研究成果较少，尤其是系统、深入的考证文章不多。兹参诸刘孝标作品、诸史之记述及先辈、时贤之研究成果，考证其名、字、本名、籍贯及家世如下。

一、名、字、本名

刘峻，字孝标，其作品中自称名字，今可查考者有三：

《自序》："峻字孝标。"（《文选》卷四十三《重答刘秣陵沼书》李善注引[1]）

《自序》："梁天监中，诏峻东掌石渠阁。"（同上）

《与诸弟书》："平原刘峻疾其苟且。"（《文选》卷五十五《广绝交论》李善注引）

第一处明确说明了"峻"为其名，"孝标"为其字。二三两处，"峻"皆为刘孝标自称其名。刘璠《梁典》、姚思廉《梁书·刘峻传》、李延寿《南史·刘峻传》、李延寿《北史·刘休宾传》皆同：

刘璠《梁典》："峻字孝标。"（《文选》卷五十四《辨命论》李善注引）

《梁书》："刘峻字孝标。"（《梁书》卷五十，《文学下·刘峻传》）

《南史》："峻字孝标。"（《南史》卷四十九，《刘峻传》）

《北史》："法武后改名峻，字孝标。"（《北史》卷三十九，《刘休宾传》）

然而《南史》本传又云："（峻）兄法凤自北归，改名孝庆字仲昌。"从习惯上看，孝庆、孝标或皆为名，或皆为字，而一为字，一为名，亦有可疑。又《魏书》卷四十三《刘休宾传》有"法武后改名孝标云"之语，则似"孝标"为名而非字。宋华礼即据《魏书》此句断定孝标为名，峻是字。[2]但平原刘氏一族人名本无规律可言，《魏书》"改名孝标"之说仅为孤证，而且可能并不严谨，盖因刘孝标在南朝其以字行而致误。又《南史》、《北史》均为李延寿所撰，是在其父李大师前期工作的基础上，删节宋、南齐、梁、陈、魏、北齐、北周、隋八书，又补充了一些史料而写成的。相应的，《南史》的记载应来自《梁书》，《北史》的记载应来自《魏书》。但《北史》中关于刘孝标的名、字，李延寿并未采用《魏书》之说，而是和《南史》一道，与《梁书》的记载一致，这应该是有所辨正之后的结果。总之，验之以前引刘孝标作品及诸史之记载，孝标为名，峻为字之说不能成立。

本名法虎。《南史》本传："峻字孝标，本名法武。"陈垣以为刘孝标本名当为法虎，法武系《南史》避唐讳而改。其说云："南史称：峻本名法武，父卒，其母许氏，携峻及其兄法凤还乡里。兄名法凤，

---

[1]　本文所引《文选》，均据国家图书馆藏南宋淳熙八年（1181）尤袤刻本，并与各重要版本比对，有异文者注出。下文不另做说明。

[2]　宋华礼：《刘峻研究》，山东师范大学 2009 年硕士学位论文，第 14 页。

则峻本名法虎，南史避唐讳，改虎为武也。"[1]罗国威承陈垣此说，云："其兄本名法凤，则孝标当名法虎。《南史》做法武者，盖唐人避唐祖讳，改虎作武也。"[2]

建成案：据两《唐书》之《高祖本纪》，唐高祖李渊之祖名李虎。陈垣《史讳举例》卷八《历朝讳例》第七十六《唐讳例》，高祖李渊下列其祖虎，并举例其避讳方式："虎改为兽，为武，为豹，或为彪。"[3]加之刘孝标兄本名法凤，则其本名为法虎的可能性很大。又《南史》关于刘孝标本名的记载应来自魏收《魏书》卷四十三《刘休宾传》："休宾叔父旋之，其妻许氏，二子法凤、法武……法武后改名孝标云。"而《册府元龟》卷九百四十采《魏书》："休宾叔父旋之早亡，其妻许氏，携二子法凤、法虎。""法武"正作"法虎"。中华书局本《魏书》卷四十三校勘记"二子法凤法武"条云："《册府》卷九四〇——〇六七页'武'作'虎'。按《北史》卷三九也作'武'。疑《魏书》本作'虎'，《北史》避唐讳改，后人又据《北史》改此传。《册府》所据尚是未改旧本。但别无他证，今仍之。"[4]《魏书》校勘记的推测是很有道理的。唯通行本《魏书》作"武"未必为后人据《北史》所改，很可能是在唐代传抄过程中因避讳所改。综合以上分析，本《汇考》以法虎为刘孝标本名。

谥曰玄靖先生。《梁书》本传与《南史》本传所记一致：

《梁书》：峻居东阳，吴、会人士多从其学。普通二年，卒，时年六十。门人谥曰玄靖先生。

《南史》：峻独笃志好学，居东阳，吴、会人士多从其学。普通三年卒，年六十。门人谥曰玄靖先生。

二、籍　贯

关于刘孝标之籍贯，其于作品中曾两次提到：

《自序》："峻字孝标，平原人也。"

《与诸弟书》："平原刘峻疾其苟且。"

可见刘孝标的籍贯是平原。《梁书》本传、《南史·刘怀珍传》、《魏书》之《刘休宾传》与《文晔传》的记载与此一致：

《梁书》："刘峻字孝标，平原平原人。"

《南史》："刘怀珍刘怀珍字道玉，平原人。"（《南史》卷四十九，《刘怀珍传》。刘怀珍为刘孝标从父兄）

《魏书》："刘休宾，字处干，本平原人。"（《魏书》卷四十三，《刘休宾传》。刘休宾为刘孝标从父兄）

《魏书》："臣之陋族，出自平原。"（《魏书》卷四十三，《文晔传》。文晔对北魏高祖孝文帝拓跋宏之语。文晔为刘休宾子）

又《梁书·任昉传》、《梁书·安成王秀传》、《梁书·庾仲容传》、《南史》卷五十二，《梁宗室下·萧秀传》、《南史》卷五十九，《任昉传》、《南史》卷七十二，《文学·崔慰祖传》皆云"平原刘孝标"，《南史》卷三十五，《庾仲容传》云"平原刘峻"，均无异词。

[1]　陈垣：《云冈石窟寺之译经与刘孝标》，《陈垣学术论文集》第一集，北京：中华书局1980年版，第444页。

[2]　罗国威：《书梁书刘峻传后》，《刘孝标集校注》（修订本），北京：学苑出版社2003年版，第223页。

[3]　陈垣：《史讳举例》，上海：上海书店出版社1997年版，第108页。略举一例：北魏有许赤虎，其传附见《魏书》卷四十六《许彦传》，又于《魏书》卷七上《高祖纪第七上》出现两次，《魏书》卷四十三《刘休宾传》出现一次，《魏书》卷五十二《胡叟传》出现一次。相应地，此人于《北史》卷三，《魏本纪》第三，《高祖本纪》两次出现，卷三十四《胡叟传》一次出现，但"虎"被改作"武"，作"许赤武"。《北史》卷三十九《刘休宾传》一次出现，"虎"又被该做作"彪"，作"许赤彪"。

[4]　北齐魏收撰：《魏书》，第三册，北京：中华书局1974年版，第984页。

建成案：平原即平原郡。罗国威《刘孝标集校注》云："平原郡有二：一为宋侨置，故址在今山东淄博市附近。又一为梁置，并置平原县，故治在今广东双桥附近。考之《梁书》峻本传，魏剋青州峻即陷身为奴，孝标之籍贯，当为前者。"[1] 据《梁书》本传，刘孝标陷身为奴之处乃其"乡里"，乡里与籍贯并非同一概念，不能以其乡里之所在判断其籍贯之所在。[2] 而平原郡，中国古代所置非一，《中国历史地名大辞典》便列七处，一为西汉初置，治所在平原县（今山东平原县西南二十五里张官店）；一为东晋侨置，治所在梁邹城（今山东邹平县东北）。北魏称为东平原郡。一为南朝梁置，治所在泷乡县（今广东罗定市南百里）；一为北魏太和十一年（487）置，治所在聊城县（今山东聊城市东北二十五里）；一为北魏置，在今河北涿鹿县东南；一为北魏置，治所在阴槃县（今甘肃平凉市东南四十里泾水北岸）；一为隋大业初改德州置，治所在安德县（今山东陵县）。[3] 案据谭其骧《中国历史地图集》，治所在阴槃县之平原郡，应为后秦所置，设置的时间应在东晋太元二十年至义熙五年之间（395—409）。[4] 据《南史·刘怀珍传》："刘怀珍字道玉，平原人，汉胶东康王寄之后也。其先刘植为平原太守，因家焉。祖昶从慕容德南度河，因家于北海都昌。"刘植无考，但既不言其为曾祖、高祖，则能确定应在刘昶之前三代或以上。慕容德为十六国南燕君主，《晋书》卷一百二十七，《载记》第二十七，《慕容德传》，慕容德于晋安帝司马德宗隆安二年（398）率众自邺（在今河北临漳县）徙于滑台（今河南滑县东南）。刘昶随慕容德渡河，当在此时。又《魏书·文晔传》文晔对高祖孝文帝拓跋宏曰："臣之陋族，出自平原，往因燕乱，流离河表，居齐以来，八九十载。"可与《南史》之记载相印证。以此为据，可以推测，刘植为平原太守定在北魏建立之前（386）。则以上所列七处平原郡，一处后秦所置、两处北魏所置、一处南朝梁置[5]、一处隋置皆不可能是作为刘孝标籍贯的平原郡。而东晋侨置之平原郡，据《魏书》卷一百六中，《地形》二中，系刘裕所置。[6] 而这一平原郡所处位置在东晋义熙五年（409）以前分别是后燕、南燕的统治区域[7]，义熙五四月至六年二月，刘裕攻灭南燕，此平原郡的设置当在此时。那么这一平原郡亦非刘孝标之籍贯所在。这样，只有西汉初所置之平原郡符合作为刘孝标籍贯的时间条件。又《梁书》本传云刘孝标为平原平原人，即平原郡平原县人，其先刘植既为平原太守，则其家当在治所所在，因此平原县当为平原郡之治所，以上七处平原郡亦仅有西汉所置者符合这一情况。综上，我们可以得出结论，刘孝标之籍贯为平原郡平原县，在今山东平原县西南二十五里张官店。

三、家　　世

（一）汉胶东康王刘寄之后

《南齐书》："刘怀珍字道玉，平原人，汉胶东康王后也。"（《南齐书》卷二十七，《刘怀珍传》）

《南史》："刘怀珍字道玉，平原人，汉胶东康王寄之后也。"（《刘怀珍传》）

刘怀珍为刘孝标从父兄，故刘孝标乃汉胶东康王刘寄之后。据《史记》卷五十九，《五宗世家》第二十九、卷四十九，《外戚世家》第十九及《汉书》卷五十三，《景十三王传》第二十三、卷九十七上，

---

[1] 罗国威：《书梁书刘峻传后》，《刘孝标集校注》（修订本），北京：学苑出版社2003年版，第223页。
[2] 关于刘孝标之乡里以及出生地等问题，详见下文考证。
[3] 史乐为主编：《中国历史地名大辞典》，北京：中国社会科学出版社2005年版，第665—666页。
[4] 谭其骧主编：《中国历史地图集》第四册：东晋十六国·南北朝时期，北京：中国地图出版社1982年版，第13—16页。
[5] 此即应为罗国威所说南朝梁所置之平原郡。
[6] 此即应为罗国威所说南朝宋侨置之平原郡。
[7] 谭其骧主编：《中国历史地图集》第四册：东晋十六国·南北朝时期，北京：中国地图出版社1982年版，第13—14页，第15—16页。

《外戚传》第六十七上，刘寄为汉景帝王夫人儿姁（景帝王皇后即汉武帝母之妹）所生四子之第二子。又《史记》卷十一，《孝景本纪》第十一："（中二年）夏，立……子寄为胶东王。"[1]《汉书》卷五，《景帝纪》第五："（中二年夏四月）立皇子……寄为胶东王。"[2]《汉书》卷六，《武帝纪》第六："（元狩二年夏）胶东王寄薨。"[3] 孝景中二年即汉景帝中元二年（前148），则刘寄于汉景帝中元二年（前148）夏四月被立为胶东王，汉武帝元狩二年（前121）夏卒。刘寄，《史记·五宗世家》及《汉书·景十三王传》有传，《汉书》的记述是承《史记》而来，因此二者内容略同。今录《汉书》所记如下："胶东康王寄以孝景中二年立，二十八年薨。淮南王谋反时，寄微闻其事，私作兵车镞矢，战守备，备淮南之起。及吏治淮南事，辞出之。寄于上最亲，意自伤，发病而死。不敢置后，于是上闻。寄有长子贤，母无宠，少子庆，母爱幸，寄常欲立之，为非次，因有过，遂无所言。上怜之，立贤为胶东王，奉康王祀，而封庆为六安王，王故衡山地。"[4] 刘寄立为胶东王二十八年薨，他于汉景帝中元二年（前148）被立为胶东王，汉武帝元狩二年（前121）卒，则此二十八年应为虚数，即首尾各计一年，而不是周年。

（二）其先刘植，平原太守

《南史》："其（刘怀珍）先刘植为平原太守，因家焉。"（《刘怀珍传》）

刘植不可考，唯一的线索就是他曾任平原太守。平原郡为西汉初刘邦所置[5]，治所在平原县（今山东平原县西南二十五里张官店）。辖境相当于今山东平原、陵县、禹城、齐河、临邑、商河、惠民、阳信、等市县地。《后汉书》卷四，《和殇帝纪》第四："（殇帝）延平元年春正月辛卯……封皇兄胜为平原王。"[6]《后汉书》卷五，《安帝纪》第五："（建光元年五月）丙申，贬平原王翼为都乡侯。"[7] 又《后汉书》卷五十五，《章帝八王传》第四十五："平原怀王胜，和帝长子也。不载母氏。少有痼疾，延平元年封。立八年薨，葬于京师。无子，邓太后立乐安夷王宠子得为平原王，奉胜后，是为哀王。得立六年薨，无子，永宁元年，太后又立河间王开子都乡侯翼为平原王嗣。安帝废之，国除。"[8] 则东汉殇帝延平元年（106）至安帝建光元年（121），平原为国。又《后汉书》卷七，《孝桓帝纪》第七："（建和二年）夏四月丙子，封帝弟（顾）【硕】为平原王，奉孝崇皇祀。"[9]《后汉书》卷五十五，《章帝八王传》第四十五："建和二年，更封帝（兄）【弟】都乡侯硕为平原王……建安十一年，国除。"[10]《后汉书》卷九，《孝献帝纪》第九："（建安十一年）齐、北海、阜陵、下邳、常山、甘陵、济（阴）【北】、平原八国皆除。"[11] 则汉桓帝建和二年（148）至汉献帝建安十一年（206）平原为国。又《三国志》卷二，《魏书》二，《文帝纪》第二："（黄初三年）三月乙丑，立齐公叡为平原王。"[12]《三国志》卷三，《魏书》三，《明帝纪》第三："明皇帝讳叡，字元仲，文帝太子也……（黄初）三年为平原王……七年夏五月，帝病笃，乃立为皇太子。丁巳，即皇帝位。"[13] 则三国魏文帝黄初三年（222）

[1] 汉司马迁撰：《史记》卷十一，《孝景本纪》第十一，第二册，北京：中华书局1959年版，第444页。

[2] 汉班固撰：《汉书》卷五，《景帝纪》第五，第一册，北京：中华书局1962年版，第146页。

[3] 汉班固撰：《汉书》卷六，《武帝纪》第六，第一册，北京：中华书局1962年版，第176页。

[4] 汉班固撰：《汉书》卷五十三，《景十三王传》第二十三，第八册，北京：中华书局1962年版，第2433页。

[5] 《汉书》卷二十八上，《地理志》第八上，"平原郡"下注曰"高帝置"。

[6] 南朝宋范晔撰：《后汉书》，第一册，北京：中华书局1965年版，第196页。

[7] 南朝宋范晔撰：《后汉书》，第一册，第233页。

[8] 南朝宋范晔撰：《后汉书》，第七册，第1810页。

[9] 南朝宋范晔撰：《后汉书》，第二册，第292页。

[10] 南朝宋范晔撰：《后汉书》，第七册，第1809页。

[11] 南朝宋范晔撰：《后汉书》，第二册，第384页。

[12] 晋陈寿撰：《三国志》，第一册，北京：中华书局1959年版，第79页。

[13] 晋陈寿撰：《三国志》，第一册，北京：中华书局1959年版，第91页。

至黄初七年（226）平原为国。又《晋书》卷三，《武帝纪》："（泰始元年冬十二月）丁卯，遣太仆刘原告于太庙。封……皇叔父幹为平原王。"[1]《晋书》卷五，《孝怀帝纪》："（永嘉五年春正月）庚辰，太保、平原王幹薨。"[2]《晋书》卷三十八，《宣五王传》："平原王幹字子良……武帝践阼，封平原王……永嘉五年薨，时年八十……有二子，世子广早卒，次子永以太熙中封安德县公，散骑常侍，皆为善士。遇难，合门埋灭。"[3]则西晋武帝泰始元年（265）至怀帝永嘉五年（311）平原为国。

刘植既为汉胶东康王刘寄之后，而仅为太守，未有封爵，则其定非刘寄之子甚明，即刘植应为刘寄第三代及以后的子孙。刘寄卒于汉武帝元狩二年（前121），生年不详，考虑到其父汉景帝刘启生于汉惠帝七年（前188），又据《史记·五宗世家》、《史记·外戚世家》及《汉书·景十三王传》、《汉书·外戚传》，刘寄之母王夫人兒姁入宫略晚，且刘寄是其所生第二子，因此刘寄卒时肯定不到五十岁。刘植即便为其第三代孙，其任平原太守的时间也定在刘寄卒后。又前文我们已经推测刘植为平原太守定在北魏建立（386）之前。

综合以上分析，我们大体可以推定刘植任平原太守的可能时间断限如下：一、汉武帝元狩二年（前121）—东汉殇帝延平元年（106）春正月辛卯；二、东汉安帝建光元年（121）五月丙申—汉桓帝建和二年（148）夏四月丙子；三、汉献帝建安十一年（206）—三国魏文帝黄初三年（222）三月乙丑；四、黄初七年（226）夏五月—西晋武帝泰始元年（265）冬十二月丁卯；五、怀帝永嘉五年（311）春正月庚辰—东晋孝武帝司马曜太元十一年、北魏道武帝拓跋珪登国元年（386）。

（三）祖昶，宋青州中从事，位至员外常侍

《南齐书》："（刘怀珍）祖昶，宋武帝平齐，以为青州治中，至员外常侍。"（卷二十七《刘怀珍传》）

《魏书》："（刘休宾）祖昶，从慕容德度河，家于北海之都昌县。"（卷四十三《刘休宾传》）

《南史》："（刘怀珍）祖昶从慕容德南度河，因家于北海都昌。宋武帝平齐，以为青州中从事，位至员外常侍。"（《刘怀珍传》）

《北史·刘休宾传》所记与《魏书》相同。其中"中从事"即"治中"，全称治中从事史，亦称治中从事，为州之佐吏，南朝宋治中掌众曹文书事，多以六品官为之。《南史》、《北史》、《北齐书》等避唐高宗李治讳，省作中从事。综合这些记载，可知刘孝标祖父刘昶，本随慕容德渡河，并安家于北海都昌县（治所在今山东昌邑市西二里）。宋武帝平齐即攻灭南燕事。刘昶归宋，为青州治中，位至员外常侍。

父珽之（或作"旋之"），宋始兴内史。母许氏：

《梁书》："父珽，宋始兴内史。"（《刘峻传》）

《南史》："父珽之，仕宋为始兴内史。"（《刘峻传》）

《魏书》："休宾叔父旋之，其妻许氏，二子法凤、法武。而旋之早亡。"（《刘休宾传》）

《北史·刘休宾传》所记内容与《魏书》相同。这样，四部史书对刘孝标父名便有了三种不同的记载：珽、珽之、旋之。《南史》的记载应来自《梁书》，《北史》的记载应来自《魏书》。而关于刘孝标父名，《梁书》作"珽"，《南史》作"珽之"，并不一致。可能造成这种歧异的原因有二：一是二书的记载本自不同；一是本来一致，歧异系因传写致误而产生。但第一种原因实际上不能成立，因为若是李延寿《南史》在成书时便与《梁书》对刘孝标父名的记载不同，说明李延寿并没有采用《梁书》的记载，而是另有所据，且为其所认同，也就是说他是做了考证的。这样的话，同为其所撰的《北史》，其记载应与《南史》一致，但《南史》作"珽之"，《北史》作"旋之"，二者虽同音，但还不是同字，

[1] 唐房玄龄等撰：《晋书》，第一册，北京：中华书局1974年版，第51—52页。

[2] 唐房玄龄等撰：《晋书》，第一册，北京：中华书局1974年版，第122页。

[3] 唐房玄龄等撰：《晋书》，第四册，北京：中华书局1974年版，第1119—1120页。

记载并不相同。这说明李延寿在编撰《南史》、《北史》时并未就刘孝标父名的问题进行考证，而只是承袭前说而已，否则不可能造成这种歧异。《魏书》与《北史》均作"旋之"，可为证明。那么《南史》所记之刘孝标父名应是袭自《梁书》，二者应该一致，现在的歧异应是传写致误造成的。古书竖排抄写，若以行草书之，"斑"与"琁之"确易混乱。问题是，是《梁书》还是《南史》的传抄出现了错误呢？考虑到《魏书》与《北史》均作"旋之"，可知此二书的传抄并未出现问题，《南史》的"琁之"与之虽不同字，但同音，则应是《梁书》的传写出现了问题，误以"琁之"为"斑"。而"琁之"与"旋之"何者为是，以目前的史料记载尚难判断，姑且存疑。

关于刘琁之（旋之）之仕历，前引《梁书》与《南史》皆言其为宋始兴内史。既为内史，则始兴应为封国。考诸《宋书》，惟宋文帝刘义隆次子刘濬曾为始兴王。据《宋书》卷五，《文帝本纪》："（元嘉十三年）九月癸丑，立第二皇子濬为始兴王。"[1]《宋书》卷九十九，《二凶传》亦云："濬字休明……元嘉十三年，年八岁，封始兴王。"[2] 又《宋书》卷六，《孝武帝本纪》："（元嘉三十年五月）丙子，克定京邑。劭及始兴王濬诸同逆并伏诛。"[3]《宋书·二凶传》亦载刘濬于元嘉三十年五月四日为江夏王刘义恭所斩，其三子亦皆被杀。可知自宋武帝刘义隆元嘉十三年（436）九月至元嘉三十年（453）五月，刘濬为始兴王，刘琁之（旋之）为始兴内史，当在此期间。

而实际上，刘琁之（旋之）任始兴内史的时间范围，还可以进一步缩小。除刘琁之（旋之）外，《宋书》中尚有四人曾任始兴内史，分别是陆徽、檀和之、向柳及荀赤松。据《宋书》卷九十二，《良吏传》："元嘉十四年，（陆徽）为始兴太守。明年，仍除使持节、交广二州诸军事、绥远将军、平越中郎将、广州刺史。"[4] 又《宋书》卷五，《文帝本纪》："（元嘉十五年八月）甲寅，以始兴内史陆徽为广州刺史。"[5] 这两条记载可以相互印证。唯元嘉十四年刘濬已为始兴王，而《良吏传》云陆徽为始兴太守，误，应以《文帝本纪》所云始兴内史为是。《宋书》卷五，《文帝本纪》又云："（元嘉二十年）冬十二月庚午，以始兴内史檀和之为交州刺史。"[6] 南朝宋前期官员任期承两晋之制，为六年，后期改为三年。据《南史》卷二十，《谢庄传》："初，文帝世，限年三十而仕郡县，六周乃选代，刺史或十年余。至是皆易之，仕者不拘长少，苟人以三周为满，宋之善政于是乎衰。"[7] 明确指出文帝时官员的任期为六年。自元嘉十五年八月陆徽离任，至元嘉二十年十二月檀和之离任，共五年零四个月，基本是一个六年之期，因此二人任始兴内史很可能是前后相继的。又据《宋书》卷四十五，《向柳传》，向柳"历始兴王濬征北中兵参军，始兴内史，南康相。臧质为逆，召柳至寻阳，与之俱下。质败归降，下狱死"[8]。而据《宋书》卷九十五，《索虏传》，至少在元嘉二十七年十二月之前直到元嘉二十八年正月初，"征北中兵参军事向柳守贵洲"[9]，为宋文帝刘义隆所部防御拓跋焘的众将之一，则向柳任始兴内史当在元嘉二十八年正月之后。当然，还存在一种可能，即向柳为始兴王刘濬征北中兵参军、始兴内史是同时之事。如此，则向柳任始兴内史至晚当在元嘉二十七年十二月。又《宋书》卷九十九，《二凶传》，元嘉三十年二月，"杀徐湛之、江湛亲党新除始兴内史荀赤松"[10]。荀赤松既为新除始兴内史，应是刚刚被任命，则向柳任始兴内史的时间又应在元嘉三十年二月之前。元嘉二十八年正月至元嘉三十年二月，仅有两年的时间，

[1] 梁沈约撰：《宋书》，第一册，北京：中华书局1974年版，第84页。
[2] 梁沈约撰：《宋书》，第八册，北京：中华书局1974年版，第2345页。
[3] 梁沈约撰：《宋书》，第一册，北京：中华书局1974年版，第111页。
[4] 梁沈约撰：《宋书》，第八册，北京：中华书局1974年版，第2267页。
[5] 梁沈约撰：《宋书》，第一册，北京：中华书局1974年版，第85页。
[6] 梁沈约撰：《宋书》，第一册，北京：中华书局1974年版，第90页。
[7] 唐李延寿撰：《南史》，第二册，北京：中华书局1975年版，第555—556页。
[8] 梁沈约撰：《宋书》，第五册，北京：中华书局1974年版，第1374页。
[9] 梁沈约撰：《宋书》，第八册，北京：中华书局1974年版，第2351页。
[10] 梁沈约撰：《宋书》，第八册，北京：中华书局1974年版，第2427—2428页。

则向柳与荀赤松任始兴内史也应是前后相继的。之后不久，元嘉三十年五月，刘濬被诛，始兴国除。而元嘉三十年二月至五月，未有任命始兴内史的记载，同时，在这两个多月的时间里，刘骏兴兵讨刘劭，任命始兴内史这样的人事活动似也无暇顾及，刘琰之（旋之）在此期间任始兴内史的可能性不大。这样，我们大体可以确定，刘琰之（旋之）任始兴内史应在檀和之之后，向柳之前，时间大体为元嘉二十年（443）冬十二月至元嘉二十八年（451）正月之后不久。若向柳任始兴王刘濬征北中兵参军、始兴内史是同时之事，则刘琰之（旋之）任始兴内史的时间下限当在元嘉二十七年十二月。

关于刘琰之（旋之）之卒年，前引《魏书》言"旋之早亡"，《北史·刘休宾传》亦仅言"旋之早卒"。唯《南史》刘孝标本传则明确说"峻生期月而琰之卒"。案期月，既可以指一整月，如《礼记·中庸》云："择乎中庸，而不能期月守也。""不能期月守"，郑玄注云："不能期匝一月而守之。"（卷五十二）又可以指一整年，如《论语·子路》孔子曰："苟有用我者，期月而已可也。"《论语集解义疏》梁皇侃疏曰："期月，谓年一周也。"（卷七）《论语注疏》宋邢昺疏曰："期月，周月也。谓周一年十二月也。"（卷十三）朱熹《论语集注》云："期月谓周一岁之月也。"（卷七）[1]考虑到皇侃是梁人，《南史》所据史料必为梁代或稍后者，时代一致或基本一致，则《南史》此处"期月"之意以一整年为是。刘孝标生于宋孝武帝大明六年（462），则刘琰之（旋之）卒于宋孝武帝大明七年（463）。

刘孝标母许氏，家族所出未详。据《梁书》、《南史》刘孝标本传，《魏书》、《北史》刘休宾传等所记，刘孝标出生后一年，其父刘琰之（旋之）卒，许氏携刘孝标及其兄法凤（刘孝庆）回到故乡北海都昌县（治所在今山东昌邑市西二里）。刘孝标八岁，魏剋青州，许氏及二子为人所略至中山为奴，为中山富人刘实（宝）所赎。因其江南有戚属，又被徙之代都。刘孝标母子孤贫不自立，并出家为尼僧，既而还俗。

---

[1] 此处所引《礼记》、《论语》及诸家注疏之内容，均据文渊阁本《四库全书》。

李梦阳《述征赋》写作时间考辨

郝润华

（西北大学文学院）

明代作家李梦阳（1473—1530）生平创作颇丰，现存各体诗两千余首，文五百余篇，赋的创作在数量上虽赶不上诗文，但在明代作家中也堪称大家。李梦阳生平创作了 41 篇赋（包括被编入杂文的未以赋命名的作品，或称"文"，或称"辞"），其中大多是骚体赋。何景明曾说他"著书薄子云，作赋追屈原"[1]。因此李梦阳的骚赋成就较高，在明代的赋体创作中占有一席之地。其中的《述征赋》是李梦阳最著名的作品之一。该赋收入明万历三十年潘之恒、邓云霄刻六十六卷本《空同集》卷一，关于它的创作时间与背景，迄今有几种不同的说法，莫衷一是，故本文不揣浅陋试就《述征赋》的创作时间、背景等发表一些不同见解。

一、《述征赋》全文迻録

兹将《述征赋》全文标点迻录如下：

正德四年夏五月，北行作。

仲夏赫炎兮，草木毕揭。羁缧赴征兮，夜发梁国。抑情顺志兮，强食自解。乱流渡河兮，忽焉而寐。所以愤恨挥霍兮，中情菀而内伤。明星散而交加兮，翩冥冥吾以行。览众芳而横涕兮，莽皇皇莫知所投。曷暾杲杲方上进兮，云披离而蔽之。飘风薀而曾波兮，湖水击而震荡。慨川广而难越兮，朝余翱翔乎河上。既涉卫以奔骛兮，又逾淇而渡漳。去故乡以就远兮，沾余襟兮浪浪。

山峻高而造天兮，又阴晦而多雨。观蕴虫之相搏兮，怵于邑汗又交下。哀人命之有当兮，祸福杳其无门。孰非义之可蹈兮，焉作忠而顾身。余独怪夫謇博之罹患兮，亲好修而逢殆。箕子狂而悲歌兮，彼比干以菹醢。观前世谁不然兮，矧吾怀怨而造尤。聊周张以婵媛兮，盖不忍此心之常愁。涉汤阴余怆怳兮，乃又瞻兹羑里。鄂庙屹而傍路兮，驷超轶而过止。怀诚有离愍兮，任道有承尤。侍中颠陨兮，扁鹊被刘。

专惟君而遘殃兮，眩吾不知其何谓。极终古而长愤兮，羌炯炯其犹未昧。翼绵绵之无聊兮，眇翩翩莫知所骋。忧悄悄之闷瞀兮，历山川余弗省。迹有隐而难察兮，物有微而先彰。负蚊虻以抗山兮，固切人之未量。欲结言以自明兮，拙而莫之谋也。将曾举以远群兮，又绊而莫之能也。经沟渎吾不悦兮，亦何必为此行也。謇相羊以俟至兮，莫好修之证也。

路辽远之裔裔兮，埃风旋而籁扬。烟液蒸而练练兮，夕吾次于沱阳。岭萁曲以敛容兮，

---

[1] 何景明：《大复集》卷八《李户部梦阳》，文渊阁《四库全书》影印本。

原暧晻而塘崿。风草剡而冥冥兮，狼狸号而夜鸣。指黄昏以为期兮，骖骎骎又夜行。日雷霆不可玩兮，孰刑人而不戒。悲辕马之喘嘶兮，常十策而九退。朝揽木末之清风兮，夕瞻明月指列星。我既处幽羌谁告兮，魂中夜之营营。欲展诗以效志兮，又恐增怨而倍尤。众聚观而潜谇兮，或掩涕为予乎淹留。予朝餐中山之初蕨兮，暮挈易之香荈。睇北山而不见兮，彼南州又蔼焉而弗予睹。气怦怦而絓结兮，心纬繣而弗怡。纷流目以相观兮，见金台之崔嵬。轸雄虹之迅光兮，忾乌白与马角。燕昭既剧该辅兮，厥躬亡而国削。何秦嬴之虎视兮，厥二世以不禄？固盈虚之环沓兮，春秋奄其代续。自前代乃已然兮，吾又何怨乎人心。杂乱反复岂毕究兮，由遽古而至今。

重曰：隆隆三伏，铄金石兮，如羹如沸，行路喥兮。道思作诵，轸尔类兮，南有乔木，不可以憩兮。念我徂征，日颢颎兮，含精内蚀，世莫可说兮。

乱曰：已矣哉！凤鸟之不时，与燕雀类兮，横海之鲸，固不为蝼蚁制兮。诚解三面之网，吾宵溘死于道路而不悔兮！

二、《述征赋》的文义与内涵

阅读《述征赋》全文，可以看出此篇骚体赋主要叙写李梦阳受到阉宦迫害，从开封家中被逮至京师，路途中遭遇诸多艰辛，文末表示出虽遭坎坷但却矢志不渝的情绪，以赋明志，明显属于言志之作。"全文依着北行的路径写作，由大梁至京城，离乡的悲伤渐渐转为焦躁、恐惧、愤怒，恰与仲夏的赫炎气候相应，末段之乱辞点出主旨，仍希望君主觉醒，解三面之网，宽厚行仁，那么即使是在北行的途中死去，亦无遗憾。"[1]

全文可分为五段。开首写因弹劾刘瑾被阉宦从梁国械系北行的情况。梁国，即大梁，今河南开封，战国魏都，在今河南省开封市西北。隋、唐以后，通称今开封为大梁或梁国。李梦阳有《台馆访李秀才濂》诗，曰："李生梁国彦，少小事沉冥。"（载《空同集》卷二十五）因李濂为开封人，故诗称其为"梁国彦"。作者一行先艰难渡过黄河，然后又"逾淇而渡漳"。淇，水名。在河南省北部。古为黄河支流，南流至今河南汲县东北淇门镇南入河。东汉建安中，曹操于淇口作堰，遏使东北流，注入白沟今卫河，以通漕运。此后遂成为卫河支流。《诗·卫风·氓》："淇水汤汤，渐车帷裳。"《孟子·告子下》："昔者王豹处于淇，而河西善讴。"《水经注·淇水》："淇水出河内隆虑县西大号山。"清王夫之《诗经稗疏·卫风》"（竹竿）泉源在左，淇水在右"："（朱熹）《集传》曰：'……淇在卫之西南。'今按淇水出林县大号山，迳淇县西北，南合清水入卫河。桑钦所谓'淇水出隆虑山'者是也。"漳，水名。山西东部有清漳、浊漳两河，东南流至今河北、河南两省边境，合为漳河。旧有老漳河、小漳河，皆漳河故道，今并湮。《尚书·禹贡》："覃怀底绩，至于衡漳。"东汉王粲《赠士孙文始》诗："在漳之湄，亦剋宴处。"淇水、漳河均为李梦阳北上京师经过的河流。"去故乡以就远兮，霑余襟兮浪浪"，离故乡越来越远，不禁黯然神伤。第二段从自己的遭际想到古代有着同样经历的圣贤，如披发佯狂为奴的箕子，被纣王剖心的比干，拘于羑里的周文王，遭奸臣杀害的岳飞等，并借以自喻。第三段提及自己与宦官抗衡之情形。第四段叙述路途中的辛苦，"路辽遽之裔裔兮，埃风旋而簸扬"，并感叹忠良遭到陷害，小人一时得志的残酷现实，不得不发出"自前代乃已然兮，吾又何怨乎人心"的感慨。最后的"重曰"与"乱曰"继承屈原赋的形制特点，对全文做出总结，并表达自己的美好政治愿望与为实现理想无怨无悔的心迹，"凤鸟之不时与燕雀类兮，横海之鲸固不为蝼蚁制兮。诚解三

---

[1] 朱怡菁：《李梦阳辞赋研究》，政治大学 2003 年硕士学位论文，第 63 页。

面之网，吾宁溘死于道路而不悔兮"，慷慨陈词，寄希望于明君，表明心迹。作者虽身陷囹圄，遭受艰难困苦，但却通过该赋表示出无悔无畏的精神与信念。这篇赋基本上代表了李梦阳总体赋作的水平，是一篇质量上乘的作品。

三、《述征赋》的写作时间与背景

关于此赋所作时间，明朱安沨《李空同先生年表》曰："六年辛未，公年四十岁。台谏交章荐公忠直，诏起为江西按察司提学副使，公益励勤，风节慨然，有孟博澄清之志。作《述征赋》以行。"[1]正德四年，刘瑾诛，五年，朝廷为李梦阳平反，六年，任命他为江西提学副使。《年表》以该赋作于正德六年（1511）赴江西之时。

李梦阳此赋小序曰："正德四年夏五月北行作。"故王公望先生在《李梦阳年谱简编》中根据此小序认为该赋作于正德四年五月，背景是作者"出门北游"，"叙述一生遭遇，示不屈之信念"。[2]

台湾学者朱怡菁则认为该赋叙述的是正德四年五月因弹劾刘瑾案被械系京城的史事，但又指出并非写于当时，"当为事后追述之作"[3]。

笔者以为以上三种有关《述征赋》写作时间与背景的说法均似不妥。

按，据赋中"既涉卫以奔骛兮，又逾淇而渡漳。去故乡以就远兮，霑余襟兮浪浪"，"涉汤阴余怆悦兮，乃又瞻兹羑里。鄂庙屹而傍路兮，驷超轶而过止"，"我既处幽羑谁告兮，魂中夜之营营。欲展诗以效志兮，又恐增愆而倍尤"等句，可知此赋实因明武宗时的宦官刘瑾矫旨械系逮梦阳自大梁（今河南开封）赴京途中所作。正德元年（1506）九月，时任户部郎中的李梦阳协助户部尚书韩文弹劾阉宦刘瑾等"八虎"（撰写《代劾宦官状》），正德二年正月，刘瑾获知韩文之奏疏出自李梦阳之手，遂矫诏夺官，降山西布政司经历，勒致仕。李梦阳归开封，在城北黄河之壖故康王城筑河上草堂，"闭门却扫，课子弟，聚生徒，怡然终日，不履城市"（《李空同先生年表》）。正德三年（1508）五月，刘瑾"蓄憾未已，必欲杀梦阳以摅其愤，乃罗池他事械系北行，矫诏下锦衣卫狱"（《李空同先生年表》）。李梦阳在其《述征集后记》中云："余以正德三年五月十七日絷而北行，至秋八月八日乃赦之出云。"（载《空同集》卷四十八）又，其《离愤》诗小序亦曰："正德戊辰年五月，阉瑾知劾章出我手，矫旨诏狱。"（载《空同集》卷九）明人为李梦阳作传，皆以被逮赴京时间为正德三年五月。如比李梦阳稍晚的袁袠在《李空同先生传》中记载："然瑾必欲杀公，又明年戊辰，矫旨罗织公罪，械系逮京师再下锦衣卫。"[4]戊辰，即正德三年。是该赋写作的背景当是正德三年械系北行的事实，时间应该在正德三年五月。而李梦阳赴江西是在正德六年（1511）夏，正德六年二月，朝廷诏任李梦阳为江西提学副使。四月十七日，梦阳接朝廷任命，于是作《正德辛未四月十七日简书始至于时久旱甘澍随获漫尔写兴》一诗（载《空同集》卷二十九），诗中云"玺书况属临门日，江汉须看放舸时"，可证。五月，梦阳出发赴任，其所作《汎彭蠡赋》小序曰："正德六年夏五月，李子赴官江西，南道彭蠡之湖。"（载《空同集》卷二）因此，朱安沨《李空同先生年表》所载《述征赋》写于赴江西之时显然有误。在此有必要对编写《李空同先生年表》的作者做些介绍，以便帮助了解《年表》之可靠性与否。朱安沨，周定王朱橚（明太祖第五子，洪武十四年改封于开封）四世孙，周惠王朱同镳之侄。其事，《明史》卷一百十六《诸王一》记载十分简略，曰："时有将军安沨者，一岁丧母，事其父以孝闻。父病革，刲臂为汤饮父，父良已。

---

[1] 载万历三十年邓云霄、潘之恒校刻《空同集》附录。

[2] 载《甘肃社会科学》2001年论文辑刊。

[3] 《李梦阳辞赋研究》，国立政治大学2003年硕士学位论文，第62页。

[4] 载万历三十年邓云霄、潘之恒校刻《空同集》附录。

年七十，追念母不逮养，服衰庐墓三年，诏旌其门。素精名理，声誉大着，人称陆棻（镇平王朱有爌之孙）为'大山'，安湴为'小山'云。"李梦阳夫人左氏，其母为周定王之曾孙，镇平恭靖王朱有爌之孙女，封广武郡君，"郡君者，镇平恭靖王孙。王，周定王第八子也"[1]。故朱安湴当为梦阳岳母之后人，约生活于万历中后期，自身博学好古，其为李梦阳所作《李空同先生年表》作为研究李梦阳之重要文献被学界广为征引，理当不应有太多的错误，然而笔者在阅读李梦阳相关资料时，发现其记载李梦阳生平事迹，其中疏漏讹误处不少，据笔者考证，明显错误竟达 11 条之多，故此条中记载的时间与背景错误也自然可以理解。

王公望先生《李梦阳年谱简编》以为写于作者"出门北游"之时，这个结论并不能令人信服。首先，"出门北游"，既然为"游"，一般是比较愉快的事，其事实却与《述征赋》中所叙写情形不符；其次，文中内容，包括小序，对于"北游"之事，并无半句介绍或提及。故此观点也似不妥。

台湾朱怡菁发现该赋所叙述事件与小序中作者所写的时间有矛盾之处，这个看法是准确的，但她又以为此赋"当为事后追述之作"[2]。若果如作者所说，《述征赋》为事后追述之作，那么，李梦阳此赋小序的"正德四年夏五月，北行作"又作何解释？"北行作"，明显是指当时所作。检李梦阳诗文作品及后人传记、年表，正德四年五月时，作者应当在开封赋闲，兹有李梦阳诗文为证：

《正德四年七夕上方寺作》（载《空同集》卷十七），作于正德四年七月。

《明故遥授沧州判官贾君墓志铭》：贾君，通许县人，"其生以正统七年七月三日，卒正德四年五月十七日，年六十有八岁。"（载《空同集》卷四十六）该文作于正德四年五月或稍后，其时梦阳正在开封。

《赠王生序》曰："后十余年而当正德己巳，王生自京师还，而过大梁见余，然犹为青袍生，涂路坎坷……"（载《空同集》卷五十六）正德己巳，即正德四年。

《丘先生祭文》云："维正德四年，岁在己巳，六月甲子，处士松山先生丘公卒，其友人北郡李梦阳以柔毛庶品为奠，而致辞曰：……"（载《空同集》卷六十四）正德四年六月时亦在开封。

由以上作品可知，正德四年五月至七月间李梦阳均在开封，并无如此惨痛的北行之举。显然，此"北行作"，指的就是械系北行途中作。梦阳同时还作有《北行家兄与内弟玉实间行逯缓急即如雷霆之下魂魄并襫矧又如饥》一诗（载《空同集》卷三十），其兄李孟和与其内弟左国玉亦陪其北行，路途可谓坎坷。据上文考述，"械系北行"事情发生在正德三年五月，但有意思的是：为何序中偏称"正德四年五月"？颇有不可思议之处。

笔者在难以发现证据的情况下做出大胆揣测：以为此文小序中可能存在文字讹误，即疑"正德四年"实为"正德三年"之误。或为黄省曾于嘉靖九年（1530）在苏州初刻《崆峒先生集》六十三卷时的手民之误，其后诸本大多据黄本而刻[3]，则以讹传讹，造成今日的分歧。数字之间在传写刊刻中容易致误，如王念孙《读书杂志·逸周书》"武有六制"条、"城方千七百二十丈郭方七十里"条等，校勘内容全为数字。当然如"三"与"五"，"三"与"二"，因字形相近，误例更多。如《读书杂志·史记第一》"十三年"条，王念孙校出《史记·秦始皇本纪》"孝公十三年，始都咸阳"当作"孝公十二年，始都咸阳"，认为"'三'即'二'字之误"。"三"与"四"，字形有些差异，可能有人以为二字不容易相误，但是实际上前代文献中"四"与"三"、与"五"之间都不乏误例，如《读书杂志·汉书第二·诸侯王表》："三年"条，云："常山宪王舜，真定。元鼎三年，顷王平以宪王子绍封泗水；

---

[1]　李梦阳：《封宜人亡妻左氏墓志铭》，载《空同集》卷四十五，明万历三十年邓云霄、潘之恒校刻本。

[2]　《李梦阳辞赋研究》，台湾政治大学 2003 年硕士学位论文，第 62 页。

[3]　参见郝润华《李梦阳诗文集流传及版本考辨》，载《古典文献研究》第 12 辑，凤凰出版社 2009 年 7 月版。

元鼎三年，思王商以宪王少子立。念孙案：'三年'，皆当为'四年'。此涉上文'元鼎三年王勃嗣'而误。武纪云：元鼎四年立常山宪王子商为泗水王……"又，《汉书第七》"四年"条："元菟郡：武帝元狩四年开。念孙案：《水经》辽水注作'三年'，是也。《武帝纪》、《朝鲜传》并作'三年'。"依此二例类推，该文小序当是"三年"讹作"四年"，否则，以李梦阳作为《述征赋》作者的角度不可能在写作时产生如此明显的错误。

李梦阳有《述征集》，不见有传本，或已佚，写于正德三年五月"械系北行"时的此篇《述征赋》亦应收入其中。

陈维崧、冒襄诗文集中《铜雀瓦赋》之著作权辨

李金松

（江西师范大学）

陈维崧（1625—1682）是清初著名的词家、骈文家。他的骈文被认为是"哀艳流逸，每于叙怀伤往，俯仰顿挫，怆有馀情，庾开府来一人而已。"[1] 在中国骈文史与文学史上具有重要的地位。然而，在他的骈体文集中，有一篇《铜雀瓦赋》，篇幅不长，才 32 句 166 字。而与他同时的冒襄（1611—1793）的《巢民诗文集》中，也有一篇同题赋作，除了比前者多 15 句 76 字、赋末二句有 4 字异文外，其余的文字则完全相同。这不仅令人心生疑问：《铜雀瓦赋》的作者到底是谁？或者说谁应当是这篇赋作著作权的拥有者？为了能顺利地解决这一问题，现将这两篇同题且文字基本相同的赋作全文移录如下，以便进行讨论、甄别其作者或者说其著作权到底属谁。

陈维崧俪体文集卷一的《铜雀瓦赋》的全文是：

铜雀瓦赋

魏帐未悬，邺台初筑，复道袤延，绮窗交属。雕甍绣栋，矗十里之妆楼；金埒铜沟，响六宫之脂盝。庭栖比翼之禽，户种相思之木。驳娑前殿，逊彼清阴。柏梁旧寝，啮其局蹙。无何而墓田渺渺，风雨离离。泣三千之粉黛，伤二八之蛾眉。虽有弹棋爱子，傅粉佳儿，分香妙伎，卖履妖姬，与夫杨林之罗袜，西陵之玉肌，无不烟消灰灭，矢激星移，何暇问黄初之轶事，铜雀之荒基也哉？春草黄复绿，漳流去不还。只有千年遗瓦在，曾向高台覆玉颜。

而冒襄《巢民诗文集》文集卷一的《铜雀瓦赋》全文则是：

铜雀瓦赋

魏帐未悬，邺台初筑。复道袤延，绮窗交属。雕甍绣栋，矗十里之妆楼；金埒铜沟，响六宫之脂盝。庭栖比翼之禽，户种相思之木。驳娑前殿，逊此清阴。柏梁旧寝，啮其局蹙。无何而墓田渺渺，风雨离离。泣三千之粉黛，伤二八之蛾眉。虽有弹碁爱子，傅粉佳儿，分香妙伎，卖履妖姬，与夫杨林之罗袜，西陵之玉肌，无不烟销灭，矢激星移。何暇问黄初之轶事，铜雀之荒基也哉？乃有遗瓦，如舟绣落似，错德俪泓，声谐松壑，醉素留草圣之墨痕，颠米镌秘书之宝阁。光泽莹腻，古灏磅礴，见之三十九年以前，怳焉千四百载如昨。唐宋文房，此为鼻祖；西京玉质，还其大朴。已焉哉。春草黄复绿，漳流去不还。只有土花留碧在，曾向高台覆玉颜。

---

[1] 徐乾学：《陈检讨维崧墓志铭》，转引自《陈维崧集》（陈振鹏标点，李学颖校补）"附录一"，上海古籍出版社 2010 年版。

　　两相比较，后者比前者多了"乃有遗瓦，如舟绣落似，错德俪泓，声谐松罄，醉素留草圣之墨痕，颠米镌秘书之宝阁。光泽莹腻，古灏磅礴，见之三十九年以前，怃焉千四百载如昨。唐宋文房，此为鼻祖；西京玉质，还其大朴。已焉哉"这15句76字，且"千年遗瓦"作"土花留碧"。尽管后者比前者多了15句76字，赋末2句有4字异文，但这分载在不同作者别集中且文字基本相同的同题赋作的作者只能是一人，而不可能是两人。也就是说，《铜雀瓦赋》的作者或者是陈维崧，或者是冒襄，二者必居其一。

　　早于陈、冒二人的三百年前的元末明初，被视为"文妖"的杨维桢（1296—1370）也有一篇《铜雀瓦赋》，此赋乃因见友人所得铜雀瓦而作，采用的是传统的主客问答体，以陶唐甄（铜雀瓦之化名。瓦为陶属，唐甄，则近于铜之切音）与楮先生两者之间的问答结构全篇，此赋全文如下：

铜雀瓦赋（有序）

元·杨维桢

　　金华刘仲车得是瓦于里甿，体半存且废，复完以胶漆。背有铜台字，左右篆铭，有涪翁记云："艾城王文叔为洺川守，得此于深水，允谓古匪谬。"故予为赋之。

　　客有陶唐氏甄名，来自邺下，与会稽楮先生论交。先生曰："子辞高而卑，去合而分，偃傲雨露，谲避风云，将涵泳圣涯，哜嚅道真。其出处得失之大，故亦可得而闻乎？"甄曰："唯唯。惟汉建安大将军操，挟天子威，芟夷羣盗，瞻彼雒京，宫室咸烧。睠兹邺土，新厥层构，殆将追始志于谯东，谈诗书而训甲胄也。予泥涂之人，稼穑是利。大钧有造，适用于器，以为太柔则坯，太刚则甄。和我以丹铅，济我以火齐。不剥脱，不砥砺，而出我于成剀。繇是蹑云梯，登金雀，翼舻棱，以特峙轶埃（土盍）之混浊，与燕黄金以争高。吾之承魏恩者，亦不薄矣。"先生愀然曰："与枉而拊，宁直而蟠。蹈海绝秦，耕野傲燕，彼卧龙所不事，石羯所不为，非许月旦所评之奸乎？子不登明堂，上灵台，则已而何立鼎峙乎中州？冒九锡于其间，凌霄汉其若此，故不如监门而抱关。"甄曰："马既负乘，雀亦告灾。嗟我鸳侣，碎砾飞灰。有幸不幸，璜沉璧埋。解予逃难，谩何取材？陵迁谷易，甘遯不谐。越八百其愿，而起我于深水之涯。太守拾遗，如获渭潭；太史审象，如见傅岩。青黄沟断，律吕爨焦。千年瓦砾，一日琼瑶。陶弘通谱，扑满绝交。歗眉包羞，端眼献嘲。直笔如杠，敛锷淬铦。然所藏咳唾成章，诛奸不死，发德弥光，非吾斯文之一大昌乎？"先生哑尔曰："大节一折，万事瓦裂。云斩其佞，苏泣其别。吾子既创高危，宜悟明哲。毁身削名，埋照食蘗，又何聘几席之贵，资笔削之直，老忠义之研磨，将何辞于孟德？子殆为铜台之罪案。于颡独无泚而面独无墨乎？"甄色如土，不敢作声。扣之复鸣，曰："甄实顽钝，未周规矩。多寿斯累，怀璧而贾。阅西陵之传舍，仅四纪而弗有；舍金华之仙伯，复流落乎谁手？忽暗投乎渠，侬孰为瓻而为玖？分甘与破甄同弃，而老（爽瓦）同朽；投胶漆以自坚，又为邠金氏之友也。"先生蹩然曰："汝补漏于一方，孰与同文于天下也？卖耻于故国，孰与尸解于九土也；取吊于骚人，孰与忘言于老圃也？义士绝餐，孰回西山？故侯不名，孰夺东陵？为子计者，野鸡拔尾，林鹿閟声，又何起缺足于半土，志折胁于客卿？魏既失之而弗能有，黄既得之而弗能留。自谓求田而问舍，又崛强而依刘？徒知三献以为宝，未知一毁而解仇者欤？已矣乎！器以名而累形兮，名以盗而乱实。非夫人之具眼兮，孰封隩而谢甓？岂掷地而金声兮，犹未忘于瓦砾？削歖识与癥文兮，庶还初而返质。"甄乃蹙然而起，退而徵中书先生之篆。

（《历代赋汇》卷一百七）

在文学史上，临摹、仿效前人辞赋名作的篇什层见错出。西汉枚乘《七发》问世之后，仿效之作在后世层出不穷，如傅毅《七激》、崔骃《七依》、张衡《七辩》以及曹植的《七启》等。分载于陈维崧与冒辟疆别集中的《铜雀瓦赋》是不是对杨维桢《铜雀瓦赋》的效仿呢？只要将上述陈、冒二人别集中的《铜雀瓦赋》与杨维桢的同题赋稍做比较，显然可以看出，前者绝非对后者的临摹、仿效，而是属于缘事而赋，是赋作者个人的有感而发。

那么，陈维崧与冒辟疆二人到底是谁有感而作此赋呢？其实，收录在冒辟疆别集里的《铜雀瓦赋》所多出的文字"见之三十九年以前，怃焉千四百载如昨"这一句，倒透露了作者的信息，即此赋的作者在三十九年前曾见到了铜雀瓦。而此赋的创作，显然是作者再次见到了铜雀瓦而引发的。但是，再次见到铜雀瓦，陈维崧的可能性则大于冒辟疆。这是因为：明亡后，冒辟疆一直隐居家乡，足迹不出三吴之地。而陈维崧自康熙七年（1668）季冬离京南下，取道河北，游幕于中原，至十二年（1673）始挈家归里定居。在漂泊中原五年的岁月里，陈维崧两度途经邺下。第一次是康熙七年的季冬。《迦陵词全集》卷十七《念奴娇·邺中怀古》：

滏阳南去，望邺城一带，逼人愁思。记得群雄争割据，健者曹家吉利。公子彩毫，佳人绣瓦，快意当如是。漳河呜咽，至今犹染红泪。　犹忆秋夏读书，春冬射猎，泥水谯南地转眼寒，烟萦战垒。耿耿还留霸气。贺六浑来，韩擒虎去，苑树都如荠。论人成败，世间何限余子？

同卷又《邺城感怀，寄纬云弟都下》：

漳河南下，被浪花打散。邺宫遗事，总是英雄儿女恨，酿就千年霸气。冯淑妃来，慕容麾去，谁问他曹魏？铜台绣瓦，至今换作残垒。　白头来到中原，吴钩醉舞，不耐涛声沸。春雁成行都北往谓纬云、子万，只剩离鸿一对。一滞吴关谓半雪，一留赵郡自谓也，夜冷那能睡？阑干拍遍，凄然长念阿纬。

《湖海楼诗集》卷三"戊申"《题邺下闻琴亭，和壁间周伯衡观察韵》：

人传邺下有邮亭，拊掌亭前韵可听。我到寒禽方轧轧，响来粉壁果泠泠。伎帷繁奏疑铜雀，朔客哀丝类洞庭。郭索此宵弹不尽，乱山重迭涌秋屏。

陈维崧的这些诗词，虽是抒怀，但同时也是纪行，叙述了他在康熙七年游历邺城的行实。而陈维崧第二次行经邺下，是在康熙十年（1771）四月。在《湖海楼全集》中，有诸多篇什记其事。如卷五《邺台怀古》八首其一：

姊归啼歇野花殷，惆怅春还我未还。四月青阴连邺下，千秋陈迹满人间。缭垣鏷涩防乡梦，隔寺钟来搅客闲。绝忆故园梅雨后，鲞鱼初贱竹新斑。

其二：

当涂家世大长秋，汉室河山指顾收。霸府三台夸割据，名藩八斗擅风流。尽陶赵魏成鸳瓦，别情姮娥直绮楼。镂枕空贻罗袜冷，漳河冉冉不胜愁。右曹魏。

其三怀石赵，其四怀高齐等，同卷另有《邺下寄纪伯紫》等。据周绚隆先生考证，陈维崧《湖海楼全集》中的《铜雀瓦赋》当是此次游历邺下所作，因为赋中所云"春草黄复绿，漳流去不还"，正好与《邺台怀古》其一"四月青阴连邺下"所写相合。[1] 从生平行实来看，陈维崧有游历邺下、行经铜雀台遗

[1]　周绚隆：《陈维崧年谱》，人民出版社 2012 年版，第 376 页。

址的经历，而冒辟疆则没有。所以，《铜雀瓦赋》只能是有游经邺下的陈维崧所作，而不是无游历邺下的冒辟疆所作。

而且，在陈维崧的《湖海楼全集》中，铜雀瓦或铜雀绣瓦作为一个文学意象，多次出现。如前举陈维崧《邺城感怀，寄纬云弟都下》词中之"谁问他曹魏？铜台绣瓦，至今换作残垒"句、《邺台怀古》其二之"尽陶赵魏成鸳瓦"（暗含铜雀瓦之义）句。再如以下的篇什：

赠表兄万大士 旧临漳令

少日情亲，两家中表，羊车竞戏阶前。雕虫薄技，里塾又随肩。弹指渭阳凋谢，乌衣巷蔓草平田。谁能料，童时伴侣，相对两华颠。　中年抛艾绶，柴门罨画，三径萧然。忆相州邺下，宦迹流传。购得铜台绣瓦，归吟写、夜雨朝烟。残生事，酒鎗棋局，此外总由天。

（《湖海楼词》卷十三）

陆放翁砚歌为毕载积使君赋

毕公古砚砚最奇，相传南宋年间物。尘黯苔斑款识无，"心太平庵"字鬐鬣。砚背有"心太平庵"四字。陆放翁庵名心太平。瘦如碧珪出禹陵，莹如宝刀来突厥。苦遭镌削只简傲，便委泥沙还强倔。此砚昔没于水，罟师以网出之。江头风雪欺醉渔，渔翁拍手来捕鱼。无何网重举不得，挽起却是红砟碨。渔翁见此心踌躇，流涎曲车何计沽？正遇项大夫，赠尔黄金蚨，公然咤付平头奴。秋风秋雨经江国，闲卧官衙论胸臆。自是男儿一片心，持砚赠公惜不得。我公笑向庵名指，犹忆剑南陆老子。当时此老最不凡，剧于骏马脱辔衔。巴烟栈雨一千里，夜猎雪压干红衫。文彩风流偏健举，萧骚老夔奈何许？蜀国弦悲忆酒徒，竹郎庙冷思倡女。即今人去几百年，砚亦飘零走道边。铜盘去渭还流泪，石阙衔悲也可怜。我时末座闻公语，谓公吊古公无苦。世间一物必有神，古来万事岂无主？君不见铜雀瓦年年屹立高台下，少被曹家女伎憎，老愁邺下官军打。砚乎砚乎何太乐！前遇陆游今毕卓。

（《湖海楼诗集》卷一）

雪后赠张尔成先生

千门梅蕊晴春动，一夜琼葩玉戏佳。天上张星原列宿，人间枢府本崇阶。清河第宅雕鞍盛，韦曲门庭画戟排。八月银河供汗漫，千秋金镜待磨揩。华文入直莲为炬，峻秩分簰玉作牌。绣帏一探铜雀瓦，珠珂仍响濯龙街。班齐簪笏千官肃，调叶笙簧二气谐。玉立朝端推领袖，风生间右懔椎埋。还因吏散呼香茗，每喜朋来选菜鲑。白月半廊浮白堕，青春三径踏青鞋。公缘桑梓情偏惬，我困泥途句类俳。门下况承栖小季，花时只拟过高斋。欣逢搀览星文灿，喜值愚孤鸟韵喈。是日赤麟方献赋，是日初八，令嗣子俶方入礼闱。公家玉燕早投怀。蟠桃正熟瑶池岛，红杏旋开御水涯。寄语善题鹦鹉客，来宵重醉凤凰钗。

（《湖海楼诗集》卷六）

铜雀瓦或铜雀绣瓦作为一个文学意象在以上所举陈维崧的诗词中反复出现，可以印证《铜雀瓦赋》的作者实为陈维崧，而不是冒辟疆。相反，在冒辟疆的《巢民诗文集》中，除了《铜雀瓦赋》外，没有别的诗文提到铜雀瓦或铜雀绣瓦，这也可以反证冒辟疆不是《铜雀瓦赋》的作者。

　　然而，令人疑惑的是：冒辟疆的《巢民诗文集》中，为何载收没有署陈维崧之名而实为他所作的《铜雀瓦赋》呢？要想解释清楚这一事实，有必要弄清楚陈、冒二人之关系。冒辟疆与陈维崧的父亲陈贞慧同为明末四公子（另两人为方以智、侯方域）中人，算是陈维崧的父执、世交。陈维崧在父亲去世之后，曾自顺治十五年（1658）至康熙四年（1665）在冒辟疆寄居8年，陈、冒二人关系极为密契。而在康熙十七年（1678）被举荐博学鸿词赴京师应试之前，陈维崧自昆山徐干学的憺园前往苏州，拜别因家难移居在苏州的冒辟疆。[1]虽然对这次拜会的具体情形我们无法了解，但在这次拜会过程中，陈维崧想必拿出自己所写的一些颇为得意的作品请父执冒辟疆品评，而《铜雀瓦赋》当是其中之一。由于此赋缅怀曹魏历史，意蕴丰盈，感慨深沉，自然会受到冒辟疆的喜爱；而全篇不过240来字（即留存于冒氏集中的《铜雀瓦赋》），过录极易。因此，冒辟疆过录了陈维崧的《铜雀瓦赋》，以便随时诵读、赏鉴。而冒辟疆的子孙在编次冒氏文集时，未曾细考，将冒氏所过录的陈维崧的《铜雀瓦赋》误为冒氏之作，因而冒氏的《巢民文集》中便载有未署陈维崧名的《铜雀瓦赋》了。虽然冒氏子孙在编次《巢民文集》时系此赋于康熙丙午（1666），但上述所作的考辨已充分地证明，陈维崧为此赋的唯一作者可以说是确凿无疑的。

　　需要继续探讨的是，陈维崧的俪体文集卷一中的《铜雀瓦赋》为何比冒襄《巢民文集》卷一中的《铜雀瓦赋》少了15句76字且末2句有4字异文呢？只要比较分载在二人文集中的《铜雀瓦赋》，即可见出，陈维崧俪体文集中的《铜雀瓦赋》虽然是文字简洁、文气贯通，但全篇主要是抒写铜雀台，仅仅最后2句"只有千年遗瓦在，曾向高台覆玉颜"才涉及铜雀瓦，算是画龙点睛。而冒辟疆《巢民文集》卷一中的《铜雀瓦赋》虽然文字稍显芜杂、冗繁，但所多出的15句76字"乃有遗瓦，如舟绣蒤似，错德俪泓，声谐松壑，醉素留草圣之墨痕，颠米镌秘书之宝阁。光泽莹腻，古灏磅礴，见之三十九年以前，怃焉千四百载如昨。唐宋文房，此为鼻祖；西京玉质，还其大朴。已焉哉"，敷写的正是铜雀瓦。而载在陈维崧俪体文中的《铜雀瓦赋》之所以比收录在冒襄《巢民文集》卷一中少了15句76字，毫无疑问，是因为陈维崧删改而至。而经过删改，陈维崧俪体文中的《铜雀瓦赋》在结构上更为紧凑、贯通，而且在意蕴上也更为警策。换言之，载入冒襄《巢民文集》卷一中的《铜雀瓦赋》乃是陈维崧的原作，而陈维崧俪体文中的《铜雀瓦赋》则是修改后的定稿。

---

　　[1]　周绚隆：《陈维崧年谱》，人民出版社2012年版，第376页，第62页注⑥。

汪中创作考辨二题

颜建华

（长沙理工大学）

一、汪中"三十岁以后不作诗"辨

就目前所掌握的资料来看，最先提出汪中"三十岁以后不作诗"的是汪中挚友刘台拱，并且三次提及：一是在《容甫汪君传》中云："君少作诗，上规汉、晋，下逮韩、杜，三十以后遂不复作。"[1]又云"自以心力甚弱，束诗不讲，并力于古文经学"[2]，这是转述汪中自己的话。二是在其《容甫先生遗诗题辞》云："（汪中）早岁喜为诗，三十以后绝不复作。旧稿多散失，今录其仅存若干首。"三是《与喜孙书》[3]云："初获交于尊大人时所见诗甚多，后来不复作，少时所作，亦不复存，遗稿数十首，此间亦录出。然在尊大人为绪余，不刻可也。"汪中之子汪喜孙亦云："先君三十以前工诗善词赋，肆力于诸史，既乃专治经学。"（《年谱》乾隆三十八年）。这个观点此后为许多人接受，比如张舜徽《清代扬州学记·清代扬州学者年表》乾隆二十四年下云"汪中始学为诗，三十后决不复作"。郑世贤为《广陵对》所作作者小传，亦持此观点。朱自强、高占祥等主编《中国文化大百科全书·文学卷》以及黄葆树等编《黄仲则研究资料》同样沿引刘台拱的观点。[4]直到现在，仍有学者持同样看法，比如陈文新主编《中国文学编年史·清前中期卷上》[5]云："刘先生台拱序先君诗云：早岁喜为诗，三十以后绝不复作，并稿亦散矣。"赵航著《扬州学派概论》附录《扬州学人学术系年要览》中"乾隆二十四年（1759）汪中始学为诗，三十岁后绝不复作"。熊礼汇等选注《明清散文集萃》[6]汪中小传，亦是如此。

但也有持怀疑态度者。比如缪钺早在20世纪40年代就说"容甫作诗甚少，故诗名不著。今所传遗诗一册，乃身后所搜辑，仅一百四十余首，最早者在乾隆三十年乙酉，最晚者至乾隆五十八年癸丑，而大部分皆乾隆四十年以前之作。刘台拱《容甫先生遗诗题辞》谓其'早岁喜为诗。三十以后，绝不复作。'大体得之。"傅璇琮、许逸民等主编《中国诗学大辞典》（该书第961页）持同样观点。王学泰、杨镰等主编《中国文学通典：诗歌通典》说得更为肯定，在引刘台拱说法后订正云："此说不确，汪氏至乾隆五十八年（1793）尚有诗作。此时50岁，距其去世仅一年。全集编年以太岁纪年，始自旃

---

[1] 刘台拱：《刘氏遗书》卷八，丛书集成本。

[2] 汪中在乾隆三十六年（1771）的《与秦丈西岩书》，《年谱》乾隆三十六年载。

[3] 汪喜孙：《汪氏学行记》卷四，江都汪氏丛书本。

[4] 所引语句出处分别见《清代扬州学记》，湖北人民出版社1962年版，第203页；郑世贤观点见《中华活叶文选（十六）》，中华书局上海编辑所1963年版，第160页；《中国文化大百科全书·文学》，长春出版社1994年版，第250页；《黄仲则研究资料》，上海古籍出版社1986年版，第351页。

[5] 该书第450页引汪喜孙《容甫先生年谱》评述。

[6] 分别见《扬州学派概论》，广陵书社2003年版，第266页；《明清散文集萃》，湖北人民出版社1999年版，第470页。

蒙作噩（乙酉），终于昭阳赤奋若（癸丑）（1765—1793）全编共录诗 140 余首，补遗 1 卷录诗 8 首。"[1]

那么，到底实际情况怎么样？我们为何还要提出这个问题呢？

首先，我们觉得这个问题还有辨析的必要。汪中诗歌创作受到同时代人的重视，王昶辑录《湖海诗传》、阮元辑《淮海英灵集》以及曾燠编《朋旧遗诗合钞》均选录其诗[2]，民国徐世昌辑《晚晴簃诗汇》卷一百亦选录其诗十首。他的诗歌创作在当时亦有影响。他的诗作受到同时代人和后代学者文人的推崇，如洪亮吉谓汪诗"如病马振鬣，时鸣不平"（《北江诗话》卷一）。稍后有张亨甫（际亮）《与容甫子孟慈书》谓"容甫诗'风骨在仲则、甘亭之上'"，又谓"海内言诗者多矣，能深知其意者盖寡，吾为此言，要当于百年后论定，信其不诬"。陈寿祺云："（汪中）诗章书翰无所不工"；平步青谓其诗"直入亭林之室"，又谓"钱金粟《文苑记事》采其遗诗，谓得唐人法"。"予读先生子孟慈太守所纂年谱中，载佳作甚夥"（《霞外捃屑》卷八）。事实上，汪中于诗歌创作亦颇用心，转益多师，锻炼以出。汪喜孙《容甫先生年谱》乾隆二十四年云："早岁溯源汉、晋，下逮唐人，于杜工部、韩昌黎用力尤邃。既乃专以气韵含蓄为宗，自以少作依傍门户，不欲存稿"可见端倪。[3]因而，其诗歌创作有其突出的个性特征和艺术风格，值得认真加以研究，而且通过对这个问题的探究可以帮助我们更进一步认识汪中以及乾嘉诗坛的审美风尚和艺术精神。

其次，因为这个问题还值得进一步探究。之所以出现上面这种矛盾的观点是因为不加分析沿引刘台拱的说法或者对文本本身缺乏深入细致的分析。我们知道，汪中本人是重学轻文的，"中之志乃在《述学》一书，文艺又其末也"[4]。他的观点实际上代表乾嘉学者普遍的态度，同时也深深影响其子。刘台拱与汪喜孙书云："来书欲并刻遗诗，足见孝子之心不忍于先人而必欲传之，无所不用其极也。此时先录一底本，以待能知先生之诗者稍为抉择，而付之梓。"[5]刘氏觉得可以不录，其子喜孙只因为诗作是父亲心血的结晶而不忍废弃。[6]汪中自刻《述学》，却遗漏其诗，与顾炎武"耻为文人"一脉相承，这也是当时知识分子普遍心态。既然这样，我们发觉他对诗歌创作并不经意，随作随弃，存稿不多，也就不难理解了。加上其诗在其生前并未编刻付印，现存《容甫先生遗诗》实际上只是其诗歌创作很少的部分，远非其诗歌创作的全部。具体情况如下：

首先，我们探讨《遗诗》的编撰情况。我们知道，汪中诗集的编撰是在其本人卒后，而且诗作未及检束。往往诗稿仅存友朋家或者散落于书肆故纸堆中，从多种途径裒集，其中有些已经残损。如员燉《容甫先生诗选》云："家贫，奔走四方，以笔札供菽水。间为诗，不自成稿，与余有世讲之谊，常相过从……此数诗皆予所手辑者，容甫虽不以诗名，亦可藉以觇其流露耳。"（《容甫先生遗诗·题跋》）庄绶甲云："其间有五纸为五言古诗六章首位完具外，尚有数纸，橅之字迹宛然。或有首缺尾，或有尾缺首，不知夹在何处。"（《容甫先生遗诗·诗跋》）张鉴"鉴尝在广陵书肆得容夫先生诗稿一册，较曾宾谷都转所刻多十之二三，因举以归哲嗣孟慈孝廉，俾藏之其家"（《汪氏学行记》卷四）。其最早的刻本是刘台拱选辑，其子增补刊于嘉庆年间问经堂藏板《遗诗》。但这个本子也删汰甚多，

---

[1] 以上引文分别见缪钺《汪容甫诞生二百周年纪念》（《诗词散论》，上海古籍出版社 1982 年版，第 95 页；傅璇琮、许逸民：《中国诗学大辞典》，浙江教育出版社 1999 年版，第 961 页；王学泰、杨镰等主编：《中国文学通典：诗歌通典》，解放军文艺出版社 1999 年版，第 675 页。

[2] 王昶：《湖海诗传》仅录其一首诗，并说"比其殁也，子稚，著作皆不可考…从《淮海英灵集》中钞得一首"云云。阮元《淮海英灵集》选录《代白纻歌》、《杂诗》等数首；曾燠《朋旧遗诗合钞》选录其诗六十多首编为一卷，且录其刻印本以外诗四首，这些佚诗因此赖以保存。

[3] 其实这也不是汪喜孙的发挥，而是引用汪中同时代人的评价。

[4] 这个观点与汪中的私淑前辈学者顾炎武"今生耻为文人"重学轻文观念一脉相承。《与刘端临书》，《述学》第 119 页。

[5] 见前注。其实汪喜孙应该知道其父三十以后仍然有诗歌创作，其撰《年谱》载有全篇或者摘录诗句多处。另外，乾嘉学者其实早就注意到"学"与"文"的区别，钱大昕、王念孙都有过类似的评论。

[6] 汪喜孙与阮元书坚持要让其父入清史《儒林传》而不是《文苑传》亦可说明这一点。

并非全貌。汪喜孙按语云："刘先生校《述学》并写定遗诗，喜孙益肆搜罗，都为一册。有朋旧遗诗入选而兹册未载，以先大夫草稿自删，不敢有加焉。"此后有道光间精刊本与光绪乙酉（1885）木活字本以及光绪二十六年（1900）刻鹄斋本作 7 卷 [1]，均是以此本为祖本，另有民国间商务印书馆编《四部丛刊》则据汪氏初刊本影印本。虽则卷数略有不同，而诗作数量未见增益。

其次，我们现在通过《年谱》、《汪氏学行记》及相关文献资料依然可以考知汪中诗歌创作情况。汪中十多岁开始诗歌创作 [2]，虽然中间时作时辍，如乾隆三十六年冬（1771）汪中《与秦丈西岩书》云："比来心力甚弱，不得已束诗。"（《年谱》乾隆三十六年）乾隆五十三年，汪中《题机声灯影图序》（《年谱》乾隆五十三年）云"中年多病，久不作诗。比至居忧，此事遂绝…聊作数章，以当一哭"，但终其一生不费吟哦，始终没有停止过诗歌创作。即使在其生命的最后两年，他尚有诗作，如《年谱》乾隆五十八年"十一月十九日，曾都转燠召集三贤祠，致祀坡公。先君有诗，未存稿"[3]。"乾隆五十九年，正月七日，曾都转燠招游蜀冈，先君有诗，失稿。"（《年谱》乾隆五十九年）我们检视年谱和《汪容甫遗诗》发现，汪中三十岁以后诗歌创作仍然旺盛，《遗诗》卷五大部分诗作都是三十岁之后的创作。另外，从《年谱》我们获知，汪中在这中间删汰不少诗篇，如乾隆四十年《将赴江宁题所居东轩》汪喜孙注"是诗先君未存稿"，乾隆五十八年"十一月十九日，曾都转燠召集三贤祠，致祀坡公。先君有诗，未存稿"。"乾隆五十九年，正月七日，曾都转燠招游蜀冈，先君有诗，失稿。"

综合以上材料，可以肯定，"（汪中）三十岁以后不作诗"说法是不确的。[4]汪中三十以后不仅依然有诗歌创作，而且有情韵兼到之作，比如晚年所作《秦淮杂诗》、《白门感旧》、《题机声灯影图》等均可诵，藉此不仅可以想见汪中情感丰富的内在世界，亦可觇视学者文人的审美趣味与风尚。同时，我们仔细比对稿本与刻本，发现汪中不断修改诗作[5]，即使是吟咏情性之作，亦反复周旋，酝酿以出，从中可以看出学者诗人的笔下慎重的谨严。今天重读其诗作，不仅可以感知汪中坎坷的身世和复杂的情感世界，而且对于我们全面了解汪中思想和学术以及乾嘉时期的社会生活亦不无裨益。

二、《八家四六文》佚"二汪"文考辨

比较早提出吴鼒《八家四六文》佚"二汪（存南、容甫）之作"的是清末的谭献于光绪六年（1880）年提出，其所作《吴学士文集序》云"学士定八家之文，逸二汪（存南、容甫）之作"（《吴学士文集》光绪八年壬午江宁刊本）。此后其弟子徐珂以及杨钟羲又重申其说。徐珂《清稗类钞》云："国朝骈文，以山阴胡稚成天游为第一，而江都汪容甫中亦表表者，皆在吴谷人之前，而山尊选本，宁缺不录，又何疏耶？"杨钟羲《雪桥诗话三集》云："谭复堂序吴山尊文集，谓学士定八家之文，逸二汪之作。考山尊客扬州。以繁册十幅，写曾宾谷诗意，自云：'方汇钞平生师友随园、圊三、叔宁、巽轩、谷人、稚存、季述、存南、容甫诸君文，与宾谷文为十家四六。'今刊行本无存南、容甫二家。"《全椒县志·人物志》"汪履基"条云："邑人吴鼒尝从受骈文法。今行世八家四六选本，原有汪履基及汪中合为十

[1] 胡念修《重刻汪容甫先生诗集序》云："及甲午之秋，复以事道出先生之乡，偶游书肆，忽从故纸堆中见先生诗集一册，倍值购回，读之百回不寐者旬日，爰谋付诸手民。"是为光绪二十六年刻本，但诗作数量也未有增加。

[2] 《年谱》乾隆二十六年留存《述怀诗》两首，叙说自己幼年丧父、家庭生活窘困情状，抒发少年老成的痛苦与悲伤。《年谱》乾隆二十七年还辑录《过汪蛟门故居》"我亦身轻如一叶，积年漂泊任西东"及《重过族弟既清》"少年都似梦中看"等诗句。汪中诗编年始于乾隆三十年，《年谱》乾隆三十年云"先君二十以前诗未存稿，是年有《静夜》五律，编年始此"。

[3] 按喜孙说法误，《容甫先生遗诗》补遗部分有题为《十二月十九日，曾宾谷都转召集三贤祠，致祀坡公同作》，当即此诗。

[4] 上矩缪钺先生所说"（汪中诗作）大部分皆乾隆四十年以前之作"亦值得商榷。

[5] 曾燠《朋旧遗诗合钞》中所选诗歌与刻本字句不同处很多，汪喜孙所见稿本涂抹处亦多。

家，后佚去。"[1] 胡玉缙撰《续四库提要三种》则加以驳难，"《八家四六文钞》九卷，全椒吴鼒编。吴有《吴学士集》等。是编所录八家，为袁枚、邵齐焘、刘星炜、孔广森、吴锡麒、曾燠、孙星衍、洪亮吉。前有自序，称'以立言垂不朽者不仅数公，兹就师友之间钻仰所逮，或亲炙言论，或私淑诸人，所知在此'。又称'钜公名德，辱收之者亦不仅数公，众制分明，元音异器，兹集局于四六一体，道则共贯，艺有独工，所录在此'云云。是其意不过就所知者录其文，非以是概一代之骈体，亦非以是为天下之绳尺。而本集谭廷献序谓'学士定八家之文，逸二汪（存南、容甫）之作'，已失其旧。"[2] 这里所说吴鼒编撰目的"是其意不过就所知者录其文，非以是概一代之骈体，亦非以是为天下之绳尺"。大致不差，而谓谭献所云"逸二汪（存南、容甫）之作"舛误则未及深研。金天翮《皖志列传稿》卷五"汪履基传"注云："《八家四六文》嘉庆三年鼒自序不云十家，何由而佚其二，其言未可信。姑据县志存此说。"[3] 亦属此类。

那么，到底情况怎样？吴鼒真的遗失了汪中、汪存南之作，还是别有深意呢？

要回答这个问题不难，我们只要认真阅读该书总序、各家小序以及《吴学士文集》就可以解决问题。其实吴鼒编撰《八家四六文》的目的在序言中开宗明义：一是所选诸家是自己熟悉的，"或亲炙言论，或私淑诸人"；一是虽"兹集局于四六一体"，而取精用宏，以供揣摩，"伐柯之则不远，吹律之秘可睹"。按照这个标准，汪中和汪存南之作自然应该入选。事实上吴鼒与汪中私交不错，而且他们经常谈艺论文，"往予在江淮间，友人汪容甫出巽轩检讨骈体文相示，叹为绝手"，"一日集容甫家，容甫称今之人能为汉魏六朝唐人之诗者武进黄仲则也，能为东汉魏晋齐梁之文者，曲阜孔巽轩、阳湖孙渊如也"。至于汪中之骈文，吴鼒评价颇高，"（容甫）经术词术并臻绝诣，所为骈体哀感顽艳"。所以选汪中之文应是题中应有之义。吴鼒与汪存南更有师生之谊，是其骈体文所从出，"余年廿一，始从表兄汪存南先生学为四六之文"，其《寿尤水村八十》"咏觞前事在，仕隐古欢同"[4]。杨钟羲亦谓："山尊以己未入翰林，大考高等，迁官，与幸翰林院和圣制诗三十二人之列……少受词术于表兄汪存南。"[5] 吴鼒对汪存南骈文亦叹服，其《思补堂文集题词》云："吾师汪存南先生为刘司寇高弟，述其谭艺四字云清转华妙，可谓至言。集中古体赋结响未坚，取材亦宽，然视明卢枏诸人皮剥肤附以为古者，有上下床之别。"[6] 薛时雨《吴学士文集序》"词章有金棕亭、汪存南诸先生，皆学士所敛手所推敬"。而且汪存南骈文亦师出高明，为当时骈文名家刘星炜弟子，汪履基其实在当时也有文名，并且骈体文自有家数，且有骈文批评著述，中国科学院图书馆所藏王志坚《四六法海》十二卷就缀有汪履基的批点。[7] 其实吴鼒自己确有选十家四六文的计划，其《客扬州以素册十幅写宾谷先生集中诗意，自跋一首》"抄公骈体文，并为来者贻"诗下有注云：鼒方汇抄平生师友随园、圕三、叔宁、巽轩、穀人、稚存、季述、存南、容甫诸君文，与君文为十家四六。"（《吴学士诗集》卷一，光绪八年壬午刻本）至于为何后来只选八家，应该是此二家之文当时未及刊印或者流布不广，无以着手。吴鼒《卷施阁文题词》云："（容甫）经术词术并臻绝诣，所为骈体哀感顽艳，惜皆不传。"汪中虽则生前刊刻《述学》，

[1] 所引分别见清代徐珂编撰《清稗类钞》第八册，中华书局1984年版，第3891页；清代杨钟羲：《雪桥诗话三集》卷九，北京古籍出版社1991年版，第394页；民国张其浚、江克让纂修：《全椒县志》，台湾成文出版有限公司1974年版，第648页。

[2] 胡玉缙撰：《续四库提要三种》，上海书店2002年版，第770页。

[3] 金天翮：《皖志列传稿》，台湾成文出版有限公司1974年版，第303页。

[4] 吴鼒《吴学士诗集》卷三《寿尤水村八十》之二自注云："鼒年十三识水村于邑侯凯龙川师座上，时侍先大夫汪存南师、冯五筠先生，又贵州刘进士某同集，今惟水村健在。"

[5] 杨钟羲：《雪桥诗话》，北京古籍出版社1989年版，第483页。

[6] 王承治转引作为学文者之津梁：《骈体文作法》，上海大东书局1928年版，第158页。

[7] 《中国科学院图书馆藏中文古籍善本书目》，科学出版社1994年版，第371页。

但少流传[1]，其子所刊《述学》则在吴鼒《八家四六文》之后。汪履基的文集《溯洄草堂集》则仅存抄本[2]，而且存世量极稀。因而合理的解释是吴鼒本来想完成十家四六，但因为汪中、汪履基的文集难以如愿，所以最后只选了八家。说吴鼒"佚去二汪"之文是错的，而是其未及见"二汪"之文，心有余而力不足。至于张振镛《中国文学史分论》所云："且八家中去胡天游与汪中，则未为精审……治古文不取韩欧，以汉魏六朝为则，柔厚艳逸，而长讽谕，辞洁净而气不局促。好讥弹人文，亦磊落自多。""中文与亮吉并称，亮吉之文，造句多奇而近于疏纵，中则蓄气甚厚而谨于狷，此其不同也。中所作《自序》及《广陵对》，尤称博雅。盖清之骈文，至中而称极矣。后之作者，未有能出乎骑上者也。"[3]为汪中鸣不平，则更属无谓。

---

[1]　说参阅拙文《汪中著述及佚作述略》，载《湖南大学学报》（社会科学版）2004年第3期，《汪中著述及版本考述》，载《西南交通大学学报》（社会科学版）2004年第5期。

[2]　柯愈春《清人诗文集总目提要》第883页著录云："《溯洄草堂集》不分卷 汪履基撰。履基字存南，安徽全椒人。乾隆三十六年翠人，四十五年召试，授内阁中书。武进刘星炜高弟。此编乃文集，钞本，《续修四库》及《安徽艺文考》著录。"

[3]　张振镛：《中国文学史分论》第二册，商务印书馆1934年版，第231页。